中国裕固族民间文学资料汇编

钟进文　主编

民族出版社

目　录

历史传说歌

情　　歌

生 活 歌

劳动歌

婚礼歌

仪式诵词

民间谚语

裕固族民间文学绪论

钟进文

裕固族现有14000余人，主要聚居在甘肃省肃南裕固族自治县和酒泉市黄泥堡裕固族乡。肃南裕固族自治县西部大河、明花一带的裕固族主要操阿尔泰语系突厥语族语言；肃南裕固族自治县东部康乐、皇城（一部分）的裕固族操阿尔泰语系蒙古语族语言。两种语言简称西部裕固语和东部裕固语。

操两种语言的裕固人长期生活在同一地区，一方面原来各自拥有的突厥文化和蒙古文化在各方面有了相当大的融合，另一方面又共同吸收了当地汉族、藏族等文化，尤其民间文学又是口头流传的，所以两种语言的不同文学既相互传播又共同吸收，形成了你中有我、我中有你的局面。

一、裕固族神话

裕固族神话主要反映人类与自然斗争的一些原始性的幻想情节。神话在裕固族民间故事中所占分量不大，而且神话特征也不是十分明显，就内容而言，往往和传说、幻想故事相联系。

裕固族婚礼上有一段重要诵词（有时为散体，有时为韵体），裕固语称之为“阿斯哈斯”，即“庆贺”“祝福”的意思。其目的是向年轻人讲述裕固族婚礼的来历，但主要内容是解释天地的形成、人类的产生，具有浓郁的人类起源神话色彩。

传说很古的时候，只有天堂和大海，释迦牟尼从天上请来青龙和白象，他在青龙身上披上青绸子，驮上黄金，在白象身上披上白绸子，驮上白土，每天不停地往海里撒，想铺出一块陆地。但是时间久了，还是一片汪洋大海，不见地面形成。释迦牟尼没办法，只好去天上求教拉依尔昂迦神。拉依尔昂迦神说：“你要使海中形成地面，必须在天的四角立四根柱子，火神要生火，胎子要生人，这样地面就自然形成了。”释迦牟尼听后感到很为难。拉依尔昂迦神问他：“马是怎么站起来的?”一句话提醒了他。于是他找来像马腿那样的四根柱子。这时，海洋渐渐变小，不但出现了陆地，还形成了山川河流。接着他又说和了当时在地面上唯一生存的郑尔斯汗和鲍尔得汗，让他们的王子和公主结了婚，繁衍了人类……

裕固族神话中也有关于自然起源，尤其是关于日、月的神话片断。如《日母月父》中说：天地刚分开时，世上只有月亮和太阳。他们是一对情人，也是我们的父母。他们有无数的牛羊，那就是我们能看见的星星。天上的大神创造了陆地后，日母月父赶着牛羊来到草原上生活。不知啥时发了大洪水，日母月父又赶着牛羊重新回到天上。我们看见的天上的彩虹正是日母月父的牧鞭。

《神珠》是关于日月星辰的神话，传说：很久以前，天地间黑洞洞一片，人就像动物一样在黑暗中爬行。不要说人很害怕，就连天帝也感到不安。天帝只好把黄、白两颗神珠扔到人间照明。一天，一对夫妇到荒野去挖草根吃，猛然间看到这两颗神珠，男的高兴地拿到了黄珠，女的欢喜地拿到了白珠。二人正在玩耍，谁知这夫妇连同神珠一起变成了两个圆火球，一个黄灿灿，一个白光光，“哗啦啦”地升到天空，一前一后地飞转，光亮得很。人们睁眼一看，地上什么东西都有了，后来人们把白火团叫太阳，黄火团叫月亮。

还有一些神话主要表现了人与自然的斗争。如《莫拉》《三头妖与勇敢的青年》等，主要反映了裕固族先民在征服自然火和寻找人工取火过程中不屈不挠的斗争。火神崇拜的产生，一方面是雷电击木起火的自然火灾给先民造成的巨大灾难而形成的恐惧心理，另一方面是先民对太阳等自然物的感受以及对自然火的初步掌握而产生的感激之情。这两方面交织在一起，使火在先民的心目中变得格外复杂，人格化的火神在神话中也就往往表现出两面性。例如《莫拉》中的莫拉从东海太阳神处借来的火神葫芦虽然消灭了促成寒冷的雪妖，但由此引起的火灾也把讨伐英雄烧成了一座山。《三头妖与勇敢的青年》中人们视火种为珍宝，倍加小心地保护，尽管如此，可仍有失去火种的时候，重新续火要到蟒古斯的住地，也就意味着灾难来临。神话中火神的这种二律背反现象正好反映了裕固族先民在认识大自然过程中产生的种种矛盾心理。

此外，在裕固族的幻想性故事中也有一些神话片断。有一则故事说，裕固族历史上有一名人叫“恰威”，他立志要到天上看个究竟。他一直走到了天与地的交界处，发现天边是红铜做的，地边是黄铜做的，天地边几乎连在了一起。他到了天边后，天地间忽然开了一条缝，他便上了天，看见天上的人都系腰带，但腰带在腋下。他们把他当作鬼，将他绑在了一个用草编成的牛上，从天上扔了下来。因天地间距离很近，他没有被摔死。因为他勇敢，族人便推举他做了头目，他便是姓安的人。这是裕固族先民对天地的一种幻想解释，它反映了原始游牧民族“天似穹庐”的观念，寄托了他们了解大自然和征服大自然的愿望。

二、裕固族传说

传说是关于特定的人、地、事、物的口头故事，根据与其相关联和所解释的对象，裕固族传说可分为以下几类：

（一）人物传说

裕固族人物传说中的主人公有古代的可汗、民族英雄、现代的部落头目、宗教名人、革命英雄等。这些传说既有以真人真事为依据的，也有虚拟的人物、情节。

《阿木兰汗的传说》叙述的是元朝忽必烈之子铁木尔汗和当时的裕固族可汗阿木兰汗斗智斗勇的故事。传说铁木尔汗想灭掉阿木兰汗的汗国，连年发动战争，但总斗不出胜负。有一年，阿木兰汗得一儿子，小可汗出世不久，铁木尔汗也得一女。这时铁木尔汗提出和阿木兰汗结亲，想利用相亲的机会，杀掉阿木兰汗父子，灭掉阿木兰汗的汗国。可是阿木兰汗手下有一博学多智的宰桑（大臣），识破了铁木尔汗的计策，他向阿木兰汗请求让他佩带可汗的剑并带小王子代替可汗前往相亲。铁木尔汗见阿木兰汗没有来，就想长期拖住王子，不提送亲的日子。可足智多谋的宰桑施巧计让王子和公主见了面，王子与公主一见钟情。有一天，不知内情的铁木尔汗让王子从他的七个女儿中认出七公主，如果认不出来，就不许再提这件婚事。聪明的王子在宰桑的指点和公主的暗示下轻而易举地认出了七公主。铁木尔汗只好答应择吉日送亲，但又提出，双方必须各拿出一样稀罕之物作为婚娶的信物。他要拿一个金“尧达”（羊小腿），问阿木兰汗能否拿一个银“尧达”。宰桑看出这是在找借口想废除婚约。他从两国人民的习俗和传说说起，劝铁木尔汗另送一物，并指出羊群中的领头羊做尧达如何如何好。铁木尔汗觉得宰桑说得有理，只好决定送亲。但在送亲的路上又设下了种种圈套，机智勇敢的宰桑巧妙地躲过了这些圈套，终于把公主迎回了国内。在隆重的婚礼上，宰桑把这次出使、相亲的经过编成一段生动的诵词——《尧达曲格尔》。通过冠戴新郎的方法，诵说给阿木兰和所有的人听。从此这个优美的诵词一直流传到今天。

《盖赛尔的故事》主要叙述了由青蛙变来的盖赛尔在娶媳妇过程中如何和黑头目斗智、和魔鬼大战的故事。

《杨安续录的传说》叙述了与马驹、小狗同时出生的杨安续录与心术不正、经常放咒念黑经的僧人阿卡桥东斗争的故事。传说中的杨安续录不仅是民族英雄，而且还成为白皇帝和黑皇帝的乘龙快婿，最后自己也当了皇帝。整个故事情节曲折，跌宕起伏，富有传奇色彩。

据学者研究，这两个传说故事是藏族英雄史诗《格萨尔》流传到裕固族地区的变体。

《裕固族最后一个大头目》，记述了1910年清朝宣统年间，年仅十七岁的裕固族青年安贯布什嘉被推上裕固族大头目的宝座，到中华人民共和国成立后，在这长达四十年的任职期内的一些轶闻趣事。从中可以看到，他既有封建统治者骄横跋扈的一面，又有身为头人，严以律己、以身作则的一面。故事反映出来的更多的是裕固族牧民对大头目的颂扬和热爱。

（二）地方传说

这是关于各地特定的山、河、泉、石等名胜古迹的传说，以及某些地名由来的解释性故事。裕固族地方传说多涉及裕固族或裕固族地区的寺庙、古城和名山等，其中不少传说和裕固族的文化变迁、风俗习惯有密切联系。

《红湾寺的由来》是这样叙说的：相传，裕固族八格家部落想建一座喇嘛庙，最早把寺址选到松木滩东沟。可就在破土动工那一天，电闪雷鸣，暴雨连天，修寺院准备的材料都被冲走了。僧官只好重新选址，选到西柳沟坐北向南的青色楼儿山脚下。寺院建成后连续几年，八格家部落牛羊不产羔，妇女不生育，疾病蔓延，瘟疫流行，头人请活佛念经颂神也无济于事。一天，活佛骑一匹枣红马，出西柳沟，朝着隆畅河边的红湾走来，路上看见一条花蛇追着一只白兔，白兔跑跑停停，忽左忽右，一直在马前窜来窜去。活佛骑马跟了过去，走到红湾山根的一块平地上，白兔和花蛇突然消失了。活佛在白兔消失处下马，极目远眺，红湾四周高山起伏，形成一块盆地，这里山上白雪银光闪闪，山下松柏常青，波涛滚滚的隆畅河从盆地中间穿过。活佛想，玉兔前面引，小龙（蛇）后面跑，兔、龙消失处，必是佛祖点化的风水宝地。活佛当即决定把寺院迁到这里，并取名红湾寺。活佛为使八格家部落人杰地灵、百业兴旺，将一尊三尺高的铜佛，埋到山上，作为镇山佛。从此，八格家部落逐步兴旺起来。民间流传着："五格家的羊毛杨哥家的马，八格家的姑娘赛棉花。"1954年，肃南裕固族自治县成立时，就把这块景色秀丽的地方选为自治县首府所在地。

《三墩的来历》是关于裕固族人居住的明海和汉族人居住的天城之交界处的一桩动人传说。它叙述了两方发生边界纠纷后，天城一老者出面裁决，他说不论哪一方，谁能背动这块定界石碑，背到哪里，就以哪里为界。明海的巴特尔背起这六百斤重的石碑走了五里地，他为明海的裕固人争回来了一块草场，但自己却死在碑石旁边。从此双方以此为界，互不侵犯。

《北山与南山的传说》讲述的是：有两座山，原来像亲兄弟一样要好。但后来北山变得骄傲起来，总觉得自己比南山聪明，经常嘲笑、为难南山。有一天，北山对南山说咱们比着长，看谁长得快，长得高，并要求只能白天长，晚上休息。可北山没有遵守诺言，晚上也偷偷长。北山越长越高，终于有一天，突然“轰隆”一声，起火爆炸了。而南山却越长越威武、英俊。后来人们就称北山为瘪山。

（三）历史传说

裕固族历史传说都是围绕裕固族东迁这一重大历史事件展开的。其中有的和叙事诗内容相同，情节相似；有的则解释东迁的原因、过程等。叙述同样的事件，但叙说角度不同。历史传说中除贯穿某一历史事件外，还往往虚构一些幻想性的故事情节来做铺垫，这样既有历史感，又有传奇色彩。

有一则历史传说里讲：在东迁的时候，有一对父母生了七个儿子，他们没有把父母杀死，而是装在箱子里驮着走，一路上在老人的指点下，他们没有渴死、饿死。当他们走到穿短腰鞋的地方时，老人让孩子们唱歌：“走吧！去吧！到生长兔儿条的地方去吧！走吧！走吧！朝长着红柳条的地方走吧！”这样，有牲口的人就到山上住下了，没有牲口的人就住在平滩上了。之后，这则历史传说又讲述了这七个孩子和父亲如何到兰州去，并和兰州的官员进行茶马交易，兰州的官员又让七个儿子当裕固族的七个头目，让父亲当大头目等。

另一则历史传说讲的是：早先裕固族是信奉佛教的，没有信奉过伊斯兰教。可汗带民众走的时候人很多，约有十多万人。他们是从西至哈至走的，后来到了日出之山，又走了几个月，然后到了千佛洞、万佛峡，就在那儿住下了，先后有三辈人住在那儿。到第三辈人时，可汗抢了格赛尔汗的可敦（妻子），由此导致战争，裕固族才继续东迁。故事的结尾说：把老人都请来，大家商量往哪儿走。妥氏的头人妥思麦尔盖说：“去吧！去吧！到生长兔儿条的地方去吧！走吧！走吧！朝生长红柳条的地方去吧！”于是留下了两位老人，一位是妥思麦尔盖，一位是杨立多仁。然后大家就上路了。

这两则历史传说的开头和结尾大致相同，但中间穿插的故事情节大不相同，有大故事套小故事的味道，而且讲述人在讲述时努力造成一种真实可信的感觉。

此外，裕固族民间也流传有关裕固族各种风俗、土特产品、民间工艺方面的传说。如《火莽的来历》《裕固人为什么结婚戴头面》《安生的由来》等。

三、裕固族民间故事

这里所说的故事是指神话、传说之外娱乐性较强的虚构故事。这些故事不以特定的人、地、事、物为对象，它们讲的内容大多不具有确定性，经常泛泛地说故事发生在“很久以前，某地方，有这么一家子”等。其中的人物或没有名字，或虚拟一个裕固族人常用的名字。在讲述过程中也常流露出故事的虚构和不真实性。

裕固族民间故事按题材、风格等特点可分为幻想故事、动物故事和生活故事。

（一）幻想故事

这类故事又称神奇故事、魔法故事或民间童话。它们将神奇的幻想成分同现实生活交织在一起，表现出主人公的冒险经历和生活奇遇等。裕固族民间故事中此类题材数量不少。

裕固族幻想故事中经常出现诸如妖魔、仙女、奇异动物及其他神奇形象。其中，蟒古斯是裕固族人人皆知的形象，无论是大人还是小孩，只要一提起蟒古斯，脑海中立刻闪现出其特有的形象——外形丑陋而怪异、心底奸险而凶残、妖术高强的怪物。蟒古斯形象历史古老，传播广泛，不仅在裕固族幻想故事中普遍存在，而且也出现在北方各游牧民族的民间故事和英雄史诗中。从裕固族幻想故事的内容、情节分析，蟒古斯形象最早属于萨满教神灵系统的精灵范畴。

蟒古斯既有人性，又有兽性，是对自然灾害和社会祸患的高度概括和反映。人、神与蟒古斯的斗争实际上是原始先民在天灾人祸的自然环境中既无能为力又苦苦挣扎的一种反映。如《三头妖与勇敢的青年》反映了人们在求火、保存火种的漫长过程中的坎坷与艰辛。故事讲述道：很早以前，有一对裕固族新婚夫妇，男的出去打猎时，女的在家不小心把火弄灭了，她只好外出去找火。深夜，她找到一家有火的帐篷，把来意告诉帐篷里的老奶奶，老奶奶满口答应，她在新媳妇的袍襟里先放一层灰，然后把火放在上面。这样新媳妇在回家的路上洒下了一道灰线。这老奶奶是一个三头蟒古斯，她沿着灰线找到了新媳妇的家，天天喝她的血。新郎回来得知情况后，与蟒古斯决一死战，但最后两败俱伤。在此，蟒古斯象征的是先民发现火但尚未掌握火的时代的火神形象。在早期的萨满世界里，火神属神力之首，人们对火的敬畏尤为突出，失去火就意味着降临灾难。蟒古斯和灾难相联系正是精灵巫术的重要特征。

《狠心的老头》也是一篇蟒古斯型故事。被老头遗弃的五个女儿投靠穴居在山洞中的老奶奶后，不仅重获生命，而且与善良的老奶奶合作，烧死了专吃人肉的老奶奶的儿子——蟒古斯，从此母女六人重新过上了好日子。山洞中产生的这些看似荒诞的事情和奇异的亲属关系，实际体现了裕固族先民早期的一种矛盾的生活经验和心理状态。

裕固族幻想故事中的蟒古斯，除了是各种精灵的载体外，还反映着重大的社会内容。当萨满教在裕固族先民的游牧生活中处于全盛时期时，从事萨满职业的人也获得了很大的支配力量，他们将日趋错综复杂的社会关系引入神秘的萨满世界里。由此，由萨满教作用而形成的传统思想意识潜入人们心底。蟒古斯型故事也将现实英雄与幻想神、客观世界与虚幻灵界交融在一起，而且这类故事和“难题”与法术故事相结合。故事经常从主人公遇到某种异乎寻常的“难题”开始。如《可敦的礼物》：可汗一直没有儿子，出征前问三个可敦准备什么礼物欢迎他征战归来，前两个可敦许诺用金丝、银丝绣成的花袍欢迎，第三个可敦许诺可汗归来时迎接他的将是漂亮的儿子。可是当第三个可敦将要分娩时，前两个可敦使用法术变成两个接生婆，把儿子弄死，抱来一只小花狗放在可敦怀中。可汗回来得知第三个可敦给他生了一只小花狗，恼羞成怒，把她赶出了家门。被弄死的孩子埋在门后，长成一株白刺，总是把进进出出的两个可敦的袍子划破。她们把白刺挖出来扔进牛圈，牛羊又受惊不进圈……最后可汗在海子边弄清真相，原来前两个可敦是可恶的蟒古斯变来的。

这个故事和汉族民间广为流传的《狸猫换太子》属同一类型，但是所讲述的内容具有浓郁的草原游牧文化色彩。

《金银姐妹与木头姑娘》也属蟒古斯型故事。木头姑娘用种种魔法和金银姐妹同时成为可汗的妻子。木头姑娘将金姐推入湖水中，银妹每次到湖边偷偷呼唤金姐三次，金姐就从湖中出来，给银妹很多食物。有一天，食物被木头姑娘发现，银妹说出实情，金姐脑袋又被木头姑娘砍破……最后可汗得知金姐的真实遭遇后，除掉了由蟒古斯装扮而成的木头姑娘，救出了金姐。

（二）动物故事

这类作品中与人生死攸关的动物，主要是一些野生动物。野生动物虽然不像家畜那样与人产生密切关系，可是其神力往往决定着一个人的命运。这类作品情节跌宕起伏，内容离奇传神，具有很强的感染力。《珍珠鹿》和《狐皮帽子》中的动物分别是鹿和狐狸。前者讲述猎人萨卡为其怀孕的妻子出门打黄羊，在追赶打伤的黄羊时进入沙漠，忽然天气发生变化，黑风卷来，萨卡迷失方向，找不到家。由此他度过了十年的乞讨生活，在走投无路、准备自尽时，一头美丽的花鹿出现在他面前。花鹿带他到有吃有喝的地方，最后在花鹿的帮助下萨卡找到了自己的家。这个善良的花鹿就是被一头母鹿救活的萨卡妻子生的孩子。后者则讲神箭手射死两只小狐狸后黑风大起，一只红毛大狐狸把神箭手引到大沙漠中，让其未婚妻也险些误入死地，最后又留一线生还希望，以此惩罚杀幼小生命的人。从此，这两张狐皮成为裕固族新娘的帽子，结婚前三天就要戴上，以表示怀念、感激、警世。

《猴媳妇的故事》中既有人与超自然动物形象的关系，也有难题求婚情节和“魔遁”情节。“魔遁”即青年男女逃走时，利用一种法术向身后抛出梳子（变成森林）、镜子（变成湖泊）一类物件，以阻止父亲等人追赶。此故事讲述说，兄弟三人通过射箭方式向两个姑娘求婚。老三的箭落在一只猴子旁边，他只好和猴子成婚。有一天，父亲给三个儿媳妇每人一碗面，要求做出一个塔一样的蛋糕。猴媳妇在锅里放了一点面和水，很快就做出了塔一样的蛋糕，而两个嫂子什么也没有做出来。父亲又给每人一尺绸子，要求各做出一件漂亮的袍子。猴媳妇又做出来了。又过了几天，父亲要请客，让每人做一顿好茶饭，猴媳妇做好了茶饭后，把猴皮脱在屋里，出来给大家跳舞。这时两个嫂子嫉妒她能干，偷偷把她的猴皮烧掉了。猴媳妇回到家里一看猴皮不见了，等第二天老三一觉醒来，媳妇也不见了。老三只好外出找猴媳妇，却被一怪物抓住关在一间屋里。原来这怪物有四个女儿，其中三女儿是老三的猴媳妇。猴媳妇见自己丈夫被父亲关起来，就求三个姐妹帮忙。姐妹们变成四只麻雀，把另一件麻雀皮披在三姑娘的丈夫身上一起飞。她们的父亲发现后变成一只鹞子跟着追。她把丈夫变成拾牛粪的人，自己变成筐里的牛粪。一会儿父亲又追上来，她让丈夫变成一个卖瓜的，自己变成西瓜。一会儿父亲又追来，她们把三姑娘的丈夫变成一座房子，姐妹们变成谷穗子挂在门头上。父亲马上变成个大公鸡啄谷穗，谷穗掉下来被公鸡吃完飞走了。这时只剩一粒掉在门槛里的谷子，这就是三姑娘。公鸡一走，他们又到原来的地方，夫妻恩爱，生儿育女，又过上幸福生活。

裕固族动物故事以现实生活中的动物为主角，这些动物没有神奇的能力，但却可以讲话，并具有一定的性格特征，而且性格相对稳定，如狐狸狡猾、兔子聪明、虎狼凶残等。动物故事往往表现人与动物或动物与动物之间的纠葛，这种纠葛对人民生活有一定的象征和暗示意义，其中有些教训意义明显的故事与寓言十分接近，二者不易区分。

《白母羊、兔子和狼》《山羊太木》等属于“野兽和鱼鸟型”故事，它主要表现了弱小动物战胜强大凶猛动物，或弱小动物巧妙脱险等内容。前者叙述道：有一只白母羊带两只小羊羔去远方朝拜，途中遇到狼，狼要吃它们。白母羊说：“现在是春季，我们还瘦弱，等秋天我们肥了，你再来吃。”这样狼把它们放了。到了秋天，狼要来吃白母羊，这时兔子为白母羊想办法，它捡了一片包茶纸，把白母羊送到狼跟前说：“狼大哥，白母羊带来了一封天格尔汗的圣旨，圣旨上说，天格尔汗要一张狼皮、一张兔皮、一张羊皮，还有一张狐狸皮。眼下你、我和羊的皮都有了，就少一张狐狸皮，不知这家伙在哪儿?”狼一听要剥它的皮，吓得魂飞魄散，借口去找狐狸，转眼跑了。白母羊母子三个得救了。分手时，兔子说今后你们要是见了鹰扑打兔子，一定把兔子围在中间。后者叙述说，一只小白兔发现老鹰在空中盘旋，它想了许多办法来躲藏也不行。这时一只名叫太木的山羊从这里走过，兔子说：“让我藏在你的身下吧。”这样，兔子躲过了老鹰的扑打。从此，老鹰一来，兔子就往羊肚子底下钻，而羊也愿意保护兔子。

关于人和动物的故事有《牧人、兔子和狐狸》《盗贼的下场》等。《牧人、兔子和狐狸》讲述一位裕固族妇女救下一只正被狐狸追扑的兔子，孩子、羊羔却被狐狸吃掉了。这位裕固族妇女在兔子的帮助下，用巧妙的手段把狐狸杀死。《盗贼的下场》是流传广泛的《怕漏》或《锅漏》的变体，主要反映了人与动物一起活动的情节，具有较强的讽刺幽默性。

裕固族有些动物故事还常常围绕对动物的形体特征或某种习性进行解释展开。如《野兔为啥是灰色的》《兔子的嘴为啥是豁的》《骆驼为什么没有角》《老鼠为啥是十二属相中的第一位》等。

（三）生活故事

裕固族生活故事主要依据现实生活虚构而成。生活故事中一般没有幻想故事中那些神奇的成分，情节多用巧合、误会、夸张、对比等手法。

《喇嘛和班弟》是一篇关于机智人物的故事，它借喇嘛和班弟的斗智来嘲弄压迫者弄巧成拙、搬起石头砸自己脚的愚蠢行为，同时歌颂了普通劳动人民的聪明才智和机智勇敢。主要情节是：

从前，有一位老奶奶和她的小儿子生活，奶奶每天给小孩炒麦子吃。有个喇嘛对老奶奶说："告诉你孩子，记住每天吃多少颗炒麦子，明天我要来问。"老奶奶觉得这个问题很难回答，可儿子听后说："明天我来告诉他。"第二天，喇嘛骑着一头土黄骡子来了。进门就问："你今天吃了多少颗炒麦子?"这孩子说："请问你的土黄骡子今天走了多少步路?"喇嘛被问住了。喇嘛收这个孩子为班弟，带着他走了。

他们来到一条河边，喇嘛要在这里过夜，他把经褡裢放在头上方，让班弟睡在河沿上。到半夜，喇嘛把脚一蹬说："班弟、班弟，水上漂。"班弟坐在他上方说："喇嘛、喇嘛，你的经褡裢水上漂。"原来班弟早有提防，趁喇嘛睡着时和经褡裢换了个位。

回到家后喇嘛对班弟说："把骡子拴在槽上喂好，你睡在草垛上。"半夜里，喇嘛一把火把草垛点着后说："班弟、班弟，火里面烧。"班弟站在马槽边说："喇嘛、喇嘛，你的土黄骡子火里面烧。"喇嘛看着骡子被烧死，气得说不出话来。

过了几天喇嘛说："我要到别人家念经去，你好好看家，别让鸡在屋里拉屎!"喇嘛走后，班弟撒了一地鸡屎，然后又把喇嘛的蜂蜜罐拿来，在鸡屎上面抹了一层蜜。他把剩下的蜂蜜吃掉后。装满了一罐子蜜蜂。喇嘛回来一看满屋都是鸡屎，一把拧住班弟的耳朵，让他趴在地上把鸡屎舔掉。班弟舔了一会儿说，这鸡屎特别好吃。喇嘛也舔了一口，果然特别甜，他又猛吃了一口，结果吃了一嘴鸡屎。喇嘛叫班弟拿来蜂蜜罐子，罐子一打开，一罐子蜜蜂全爬到他头上。他被蜇得大叫："快拿笤帚给我扫!"班弟轻轻扫了两下，蜜蜂蜇得更凶了。"快拿扫帚给我使劲扫!"班弟又扫了两下。“快拿榔头给我砸!”班弟拿起榔头狠狠地砸在喇嘛头上，把他砸死了……

机智的小班弟就这样一次又一次地战胜愚蠢的喇嘛，直至他死。故事到此还没结束，接着小班弟连续五次战胜前来捉拿他的差役，保住了性命。

四、裕固族民歌

裕固族是一个擅长歌唱的民族，喜好唱歌，不仅是裕固人的天生禀赋，也是他们的审美情趣和生活理想。裕固族有句俗话：“如果我忘记了故乡，故乡的语言我不会忘；即使忘记了故乡的语言，故乡的歌曲我再也不会忘。”可见民歌给裕固人留下了多么深刻的印象，民歌在他们的生活中又有多么重要的地位。裕固族很多优美的民间传说、故事都可以演唱，不少重要的历史内容也保留在民歌中。按内容和作用，裕固族民歌可分叙事歌、仪式歌、劳动生活歌、情歌和新民歌五类。

（一）叙事歌

叙事歌是裕固族民间文学中最富有传统、流传最广、最具魅力和代表性的艺术形式。裕固族的叙事歌都有一定的故事情节，其演唱方式既有边唱边说的，也有先讲故事后唱歌或先唱歌后讲故事的。《西至哈至》是其中的代表作：

哎！
我们是从西至哈至走来的，
尧呼尔人用骆驼驮着老年人，
走到千佛洞那个地方。
从千佛洞又走到八字墩顶上眺望，
八字墩下有条横路通向远方。
沿着横路走见到了人烟，
到了汉话地区才没有饿死在路上。
从那里又走到了肃州城，
又从肃州城走到有黄土的地方，
走过了长着红柳的地方，
经过了长着西河柳的地方，
从那里走到了一片黄色的草原上。
在那里驻扎以后，
又出发走过了一片黄色的沙丘。

到了长着一棵树的地方，
种牛刨土刨出了一眼清泉。
在有水的地方，
先辈们才没有渴死。
这是什么地方啊？
问了之后汉人说是盐池河。
于是有十八家人，
就在盐池河这地方住下了。

这首歌叙述的是裕固族先民——撒里畏兀儿人从原居住地西至哈至①向东迁徙的一段历史。据研究，明洪武年间朝廷在嘉峪关外的撒里畏兀儿等地区设置了安定、阿端、曲先三卫，封元宗室宁王卜烟帖木儿为安定王，统领那里的撒里畏兀儿人。永乐年间在敦煌、安西、玉门一带设置罕东、沙州、赤斤卫。成化年间又设置了罕东左卫，统领河西走廊西部的蒙古人。以上七卫，合称“关西七卫”，后来由于西域伊斯兰教势力不断侵袭撒里畏兀儿地区，加之关外诸卫统治者之间相互攻杀，又有连年的风、沙、干旱等自然灾害，使深受其害的各卫人民纷纷要求内徙。于是，明廷为安抚诸部及便于控制，遂将关外诸卫先后东迁入关，安置在肃州（今酒泉）附近及甘州南山（今祁连山一带）等。这首民歌用非常简朴的语言生动地描述了裕固族先民在这次迁徙中经历的各种磨难，同时，也热情歌颂了裕固族先民在困难面前表现出来的聪明才智和坚强毅力。这首歌不仅是裕固族传统民歌的代表作，也是关于裕固族历史的活资料，裕固人民代代通过这首歌来了解历史，认识自己。这首歌在裕固族民间广为流传，而且有多种变体，从各种角度叙述东迁的经历。

《沙热玛克》是一首脍炙人口的裕固族民歌。在内容上，这首歌主要反映了裕固族牧民在旧社会所遭受的残酷剥削和沉重压迫；在艺术特色上，它既有写实的内容又富有幻想色彩。在演唱这首歌时，先要讲述一段故事：

从前有一个女人名叫沙热玛克，她有一个婴儿，名叫勒道尔吉。在她毡房的灶边有一只黑肯圈的小羊羔，槽头有一匹走得快的白额马，土墩上有一只小狗，她家的日子过得很艰难。

一天，沙热玛克捡了黑伯克②地里的几粒青稞，鸽子看见了就告诉黑伯克说：“沙

① 西至哈至：裕固族传说中的故地名称。
② 黑伯克：旧时裕固族头目。

热玛克在拾你的青稞。”黑伯克就去把沙热玛克捆起来。沙热玛克向四周一看，她看见汗的可敦在打酥油，一面摇一面睡着了。于是沙热玛克唱道：

出名的沙热玛克是有名的啊！
打酥油的老奶奶你醒醒吧！
毛线团似的酥油好像已经打出来了啊！
深紫色的酽茶好像已经滚开了啊！
打酥油的老奶奶你醒醒吧！
……

身陷囹圄的沙热玛克想用哀求的歌声博得可敦的同情，可是老妇人“没有醒来”。沙热玛克又把希望寄托在黑伯克身上，她唱道：

愤怒的黑伯克，请息怒吧！
你把黑绳子的疙瘩松一松吧！
愿你的马群挤满马厩！
愿你的牛群遍布牧场！
愿你的羊群满棚满圈！
……

沙热玛克想用美好的祝愿得到黑伯克的饶恕，可正好相反，黑伯克不仅没有饶过她，反而把她打得遍体鳞伤。沙热玛克满腔愤怒，面对狰狞的黑伯克，凛然不惧，她唱道：

愤怒的黑伯克，你息怒吧！
你把黑绳子的疙瘩收紧吧！
愿你的儿女都变成畜生，
愿你的牲口都死光。
……
看见的鸽子眼睛是红的，
让我苦难的头发变成湖草，
让那些饿乏了的牲口来吃。

让我的双眼变成一对佛灯，
让各地的人来献佛灯。
让我满腔的热血变成湖水，
让那些饿乏了的牲口来痛饮。
让我的白骨变成鄂博，
让各地的人来祭祀。

据民间传说，沙热玛克死后，可敦的酥油再也打不出来，锅里的酽茶整日往外溢。黑伯克的牛羊一天天减少，而穷苦人的草场则变得日益丰美，牛羊成群。这虽然是一种脱离现实的幻想，但从中可见，裕固族穷苦牧民在旧社会所遭受的深重压迫，以及他们所向往的美好新生活。

中华人民共和国成立前，裕固族地区普遍存在包办婚姻。包办婚姻往往和彩礼连在一起。经两个媒人说亲，女方家许亲后，媒人和男方家庭中的一二十人前去女方家磋商彩礼；大多数女方家往往不顾男方的家庭经济条件，向男方索要很多彩礼。据介绍，按照裕固族古老的规矩，各种彩礼多达120种。叙事民歌《黄黛琛》控诉的就是这种包办婚姻的罪恶。

黄黛琛是个出名的漂亮姑娘。利欲熏心的家人为了一些白洋钱、花骏马、花乳牛等彩礼，把她嫁到了远方。黄黛琛在异乡过牛马不如的生活。有一天，她看见一只黄鸭飞过，就对着黄鸭唱道：

黄鸭黄鸭你别忙啊！
请你给我娘家带个信吧！
……
我爸问起我的话，你就说；
她过不下去了，她活不下去了啊！
我妈问起我的话，你就说：
她过得还不错，过得还不错啊！
黎明一顿青柳条，
一对对地抽啊，一对对地抽。
黄昏一顿青马鞭，
一打遍体是伤啊，一打遍体是伤。
香甜的糖葡萄，

在家时经常吃;
牛奶和酸奶,
我还嫌酸不爱喝。
如今花狗吃剩的泔水,
是我的好酒席。
一庹长的线轴,
捻线总也捻不满;
叉开角的杂毛羊,
吃草总也吃不饱;
一庹宽的黑口袋,
拾粪总也拾不满。

黄鸭子飞到黄黛琛的娘家后，把她唱的内容又复述了一遍。娘家人商量后决定去看看自己的女儿，当他们走了三个月的路到达婆家时，婆家人已经把她打死了。

这首民歌以说唱相结合的方式，把买卖婚姻制度下的牺牲者惟妙惟肖地刻画出来了。整首民歌既对摧残美好事物的封建家长制进行了猛烈抨击，又对善良、美丽、无辜的黄黛琛悲惨命运寄予了深深的同情。同时这首民歌还从侧面反映了裕固人的部分生产生活习俗。

《赛赛成》叙说的是一位传说中的英雄，他身经百战，为裕固族人立过许多战功。在一次战斗中，他不幸受重伤，他妻子闻讯赶来，并带来了他平时最喜欢用的银边木碗，但他已无力再享用这些物品了。这首民歌以上述内容为吟咏对象，用夫妻对唱的形式歌唱。语言简朴，曲调悲怆，从中透露出一种生死离别之情。

裕固族其他叙事歌有《赛维力》《雅当姑娘》《台木杨》等，这些民歌都是通过吟唱讲述一个个动人的传说故事。

（二）仪式歌

裕固族仪式歌是裕固族先民在漫长的历史活动中创作并一直流传至今的一种传统民歌。这类民歌主要和裕固族人独特的生产生活方式、礼仪习惯以及宗教信仰密切联系在一起。仪式歌主要在新年节庆、贺喜禳灾、婚丧嫁娶、祭祖吊丧等礼仪活动中吟唱。随着社会的发展进步，各民族之间的频繁接触，有些仪式活动已经渐渐消亡了，但是与其相关的一些仪式歌却通过一代代民间歌手的传唱被保留了下来。

裕固族仪式歌内容丰富，风格多样，从吟唱方式区分，可分为赞词和歌曲两种形式。

赞词。赞词是在喜庆仪式上，由被邀请的宾客或能说会道的民间歌手根据仪式内容即席吟诵的祝福语。赞词虽然有点即兴表演的味道，但其格式是固定的，咏调也是早已有之的，民间歌手只是根据当时的环境在个别词句上做些变动，整体风格不变。赞词主要有人生仪礼赞词、生活仪式赞词，以及其他一些仪式上的赞词。

剪头是裕固族人生的第一个仪礼，非常受重视。过去由于裕固族人生活条件恶劣，婴儿存活率低。举行剪头仪式，就是祝福婴幼儿健康成长、长命百岁。一般幼儿三周岁时，孩子的父母亲要宰羊摆酒席，请来亲戚、朋友及左邻右舍，为孩子举行剪头仪式。在剪头仪式上孩子的舅舅是最重要的客人，非到不可，并有丰厚的礼物送给外甥。仪式开始时，舅舅要动第一剪，然后按来客地位、辈分、年龄依次动剪，每人一剪刀，直到剪完。赞词即在动剪前诵说。持剪者说一句，众人和之。赞词多为颂扬祝福之语，主要内容有：

年好！月好！日子好！时辰好！
左半个头为什么用铁剪刀剪！
那是说他将来像铁一样坚硬顽强！
（众人和）吉祥如意啊！
右半个头为什么用银剪刀剪？
那是说他以后铺的路是用银子铺成的！
家里的用具是用银子做成的！
（众人和）吉祥如意啊！
面前为什么放着六样子粮食？
它象征着六字真言：
啊吗呢叭咪哄！
（众人和）吉祥如意啊！

成人礼是裕固族的另一主要人生仪礼，它在裕固族人一生中有着重要作用和地位。成人礼的举行，不仅标志着此人已进入生理的成熟期，而且也标志着更广泛的社会生活的开始。成人身份的确立，是人生一个阶段的结束和另一个阶段的开始。从此，他（她）将享有社会所赋予成人的社交、婚恋、生产等权利和义务。女子戴头面仪式是裕固族的成人礼。

戴头面仪式，简言之，就是过去姑娘长到十五或十七岁（一定要奇数）时，在大帐篷旁边扎一顶小帐篷，择吉日请来亲戚、喇嘛、头人、邻居等，在隆重的仪式中给姑娘戴上用珍珠、玛瑙、金银、水晶等装饰的头面。在戴头面的同时要诵说赞词：

年好！月好！日子好！时辰好！
用铁梳子梳头，
你的命运就像铁一样牢固、坚硬；
用银梳子梳头，
你走的路就像银子铺成的一样；
你的志向像天空一样高远，阔大，
一万个人中你也是拔尖的！
头面上为什么压着八层子绿布？
它象征着八辈子人的幸福。
……

姑娘戴头面后，就有了社交自由，即使未婚而生儿育女也不受非议。过去把这一仪式称为毡房戴头婚。现在毡房戴头婚虽然不复存在，但戴头仪式和赞词仍被保留。

与毡房戴头婚相对的是裕固族传统的所谓正式婚礼。正式婚礼要持续好几天。在婚礼上，歌手们朗诵多种赞词，这是裕固族婚礼的重要特色。其中比较典型的赞词有“尧达曲格尔”“阿斯哈斯”等几种。

“尧达曲格尔”，意译是“献羊腿贺词”，即在新郎家举行婚礼时，新郎要换上女方家送来的新衣服，称“冠戴新郎”，与此同时，歌手要给新郎赠羊小腿，并高声朗诵“献羊腿贺词”：

噢，选日子要选吉日，
噢，选月要选满月。
噢，很久以前的时候，
噢，释迦佛开天辟地时，
噢，后藏出现了经典，
噢，花神创造了众佛，
噢，胎神创造了众人，
噢，草和花繁衍了牲畜。
……

有些歌手把献羊腿贺词和“阿斯哈斯”合在一起朗诵。“阿斯哈斯”本义即“共同赞颂之词”，主要用韵文形式讲述裕固族婚姻习俗的由来。而“献羊腿贺词”主要讲述赠羊小腿的含义：

……
噢，现在该献羊小腿了。
噢，这羊腿的筋为何是黄色的呢？
噢，因为这是戴门汗价值一千两黄金的道行渗透了的羊腿！
噢，这羊腿的血管为何是青色的呢？
噢，因为这是成吉思汗价值一千两白银的道行渗透了的羊腿！
噢，这羊腿下端的髓油为何是冷的呢？
噢，这象征着新娘将要跟娘家日渐疏远！
噢，这羊腿上端的髓油为何是热的呢？
噢，这象征着新娘将要与婆家日渐亲近！
噢，这羊腿上的腱子肉为何是一层层的呢？
噢，这象征着两家今后亲上加亲！
噢，这羊腿上为何要缠着羊毛呢？
噢，这象征着两家今后亲密无间！
噢，这碗里为何要放上鲜奶呢？
噢，这象征着新人的命运比森海子还要平稳！
噢，这碗里为何要放上一疙瘩酥油呢？
噢，这象征着新人的命运比须弥山还要崇高！
噢，这碗的四边为何也要放酥油呢？
噢，这象征着新人对双亲更加孝顺！
噢，说起这羊腿，
噢，说起这贺词，
噢，这也不仅是我们的贺词。
噢，这是从佛陀那里祈求来的贺词；
噢，这是从活佛、众僧那里祈求来的贺词；
噢，这是从父母、头目那里祈求来的贺词；
噢，这是从众财东那里祈求来的贺词。
……

裕固人为小马驹举行剪鬃仪式，并献上优美的赞词。

裕固人一般选择农历的四月间给马驹剪鬃毛。因为四月二十七和五月初四是牧人的好时节。这时，春风吹醒了大地，青草长出来了，牛羊壮实了，牧人吃上了鲜奶和酥油。夏初等于一年的开始，也是剪马鬃的好时候。剪马鬃时，主人要请一位家庭中的长者，或请一位德高望重的人操持剪刀。主人经过严格挑选，把一匹最中意的四岁骟马披红挂绿打扮起来，拉到毡房门口。家人要给剪鬃人端来一个盘子，盘中放一只盛有鲜奶和酥油的龙碗和一把系有哈达的剪刀。剪鬃人一边把鲜奶和酥油抹在马的前额和鬃毛上开始动剪子，一边朗诵优美的祝词：

噢，给你抹上这金黄的酥油和洁白的鲜奶；
愿主人对你的祝愿是圣洁美好的吧！

众人合：

噗特噢①！
噢，苏柨山肥美的青草使你膘肥体壮；
愿那千泉万河的滋润使你更加矫健吧！

众人合：

噗特噢！
噢，你的双耳尖似芦叶；
愿你听清百里以外的声响吧！

众人合：

噗特噢！
噢，你那饱满的天庭上有一对龙眼；
愿你看到千里之外的一切吧！
……

① 噗特噢：西部裕固语，“实现”“祝愿吧”之意。

剪马鬃赞词主要赞美骏马的刚劲剽悍，美誉之词遍及骏马的每一个部位，从双耳到双眼，从前胸到后背，从长尾到四蹄……聆听赞词，你仿佛看到一匹生龙活虎的骏马正奔驰在辽阔的草原上。

就艺术特色而言，无论是人生礼仪赞词还是生活礼仪赞词，多采用比喻、象征、夸张等手法，颂扬或祝愿主人生活蒸蒸日上、幸福美满。这与中国传统的艺术手法赋、比、兴有某种暗合之处。如歌颂主人公，则先从主人公的饰物，如腰带、头面的装饰物起兴，来比喻主人公的勇敢、幸福；从仪式上所用工具来起兴，象征主人公如同工具的质料一样坚硬、贵重；在歌颂或祝愿主人公富有时，则往往采用铺陈、夸张的手法，从其用具、走的路、食品的花样多或稀有、朋友多等方面来说明，达到很好的艺术效果。这也与裕固族人的生产、生活方式和喜庆仪式上的气氛相适应。形式上采用问问题、众人应合的方式，同样也增强了仪式的热烈气氛。赞词虽不完全是韵文，但语言简练、生动，表现力丰富，是一种诗化的语言。

歌曲。与赞词相对的仪式歌是可以歌唱的，而且在每一喜庆仪式中赞词和歌曲相互铺垫，相互交织，此起彼伏，掀起一次次喜庆仪式的高潮。裕固族仪式歌内容丰富，形式多样，而且数量也不少，仅裕固族婚礼歌就有《梳妆歌》《戴头面歌》《哭嫁歌》《惜别歌》《父母唱送亲歌》《众人唱送亲歌》《迎亲歌》等。这些歌不仅有多种变体，而且用东、西部裕固语演唱的婚礼歌又有差别。可以说丰富多彩，不拘一格。下面是“婚礼歌”的几段：

《新娘戴头面歌》：

啊啰！啊啰！
啊啰！黎明时的启明星呀！
啊啰！慢慢地升起时呀！
啊啰！东方已破晓了呀！
啊啰！也到了要走的时辰了呀！
啊啰！黎明时光亮闪闪的首饰呀！
啊啰！为何叮当作响呀！
啊啰！啊啰！
啊啰！我们不会让人家说呀！
啊啰！怎么送亲的只来五六个人呀！
啊啰！我们要让人家吃惊呀！
啊啰！送亲的将有五六十人呀！

啊啰！啊啰！
啊啰！七只肥嫩的山羊呀！
啊啰！我们将让他们散完呀！
啊啰！七眼清澈的泉水呀！
啊啰！我们将喝个精光呀！

《哭嫁歌》：

生我养我的父母呀！
今天要给我戴头面出嫁，
你们要把我常常挂念。
不是我对你们无情，
是生活在向我召唤。
我亲爱的爸爸妈妈呀！
我虽离开了你们，
但父母的养育之恩永记心间，
爸爸妈妈要多保重，
你们的女儿要出嫁了。
女儿骑着枣红马，
挥着鞭儿离去了。

《婆家门前的歌》：

喜事临门，大吉大利呀！
嫁出去骨肉的亲家，
来到门前了呀！
寻求子嗣的亲家，
实心诚意的呀！
即使只有一盅酒，
我也要跪下敬献呀！
这是我年轻的斟酒人，
对贵宾的敬意呀！

尽管只有三句头的歌，
我也要叩首敬献啊！

与婚礼歌相比，裕固族的丧葬歌比较简单，丧歌由专人演唱，这些唱丧歌者既即景编词，也套用一些传统格式，连哭带唱，替死者家属表达一种哀思，同时也烘托丧事气氛。

众僧哪，活佛哪，即将到来了哇！
吉祥的哪，海螺号哪，即将呜呜响了哇！
从今天哪，这日起哪，再也见不着哇！
泪珠儿哪，如暴雨哪，倾盆倒下来了哇！
从今天哪，这日起哪，再也见不着哇！
流着泪哪，到院里哪，迎接吊唁的人哇！
从今天哪，这日起哪，再也见不着了哇！
蓝蓝的哪，布圈子哪，圈起来了哇！
……

（三）劳动生活歌

裕固族人民世世代代以游牧为生，辽阔无垠的草原是他们生活的舞台，牛羊是他们的财富。在漫长的岁月里，他们用自己勤劳的双手创造了美好的生活，同时也积累了丰富的经验。劳动生活歌真实地反映了他们在蓝天白云下，在茫茫原野中辛勤劳作的情景。

牧歌是裕固族牧民在放牧时唱的一种抒情歌曲，主要流行于地势平坦辽阔的明花区。牧民在放牧时，视野开阔，触景生情，一边放牧一边歌唱，而且牧歌音调悠扬，音域宽广。其中《裕固族姑娘就是我》是一首家喻户晓、颇受人们喜爱的歌：

裕固族姑娘就是我，
姑娘心中歌儿多。
闪光的珠宝头上戴，
漂亮的头面我绣过。
羊毛细线我捻过，
美丽的褐子我织过。

你干的活儿我干过，
不信咱们比着说。

这首歌用简练朴素的音乐语言，栩栩如生地刻画了一位善良、美丽而又能干的裕固族姑娘的形象。

流行于大河、康乐等山区的牧歌，又叫山歌，音调高吭嘹亮，明快婉转，具有粗犷、奔放的气质。

这类歌还有放羊歌、放牛歌、放驼歌等。

奶幼畜歌是从事游牧生活的裕固族牧民一种很有特点的劳动歌。裕固族奶幼畜歌数量不少，有奶羊羔歌、奶牛犊歌、奶驼羔歌等。奶幼畜歌主要是唱给母畜听的，唱词多为虚词，同时也插入一些规劝和责骂的话。用于不同畜种的歌的歌词不同，曲调各异。如《奶绵羊羔》：

托、托、托哝……
你不看那小羊羔，你的眼睛瞎了吗？
你为何不反刍，你的下巴骨折了吗？
你用角抵羊羔，你难道是牛吗？
你用蹄子踢羊羔，你难道是骡子吗？
你不反刍，奶水怎么能下来呢？
你只有反刍，奶汁才能流下来呀！

奶幼畜歌深情甜美，凄切委婉，母畜听后即由躁动转为安静。

催眠歌。这是哄拍幼儿入睡时唱的歌，是常见的一类生活歌。这类歌节奏明显，但不强烈，有专门衬词。如：

呗，呗，呗哩尕呀，呗哩高，
我的孩子快睡觉。
呗，呗，呗哩尕呀，呗哩高，
我的孩子快睡觉。

奶幼畜歌和催眠歌，曲调往往和一定的有律动性的身体动作相配合着演唱，所以，吟唱时具有曲调流畅、节奏规整、律动感强、结构均衡等特点。

割草是每年夏天生活在明花区的裕固族家家户户都要从事的一项繁重的体力劳动。该地区草场面积小，不能实行四季轮牧。因此，牧民们为了使牲畜安全过冬，每年七八月份就割草贮草，以备牲畜过冬。《垛草歌》就是在割草劳动中唱的歌：

草儿青青多丰茂，
我们大伙来割草，
快来快来来割草。
草儿割好捆成捆，
大家动手都来捆。
快把捆儿往回驮，
草捆垛成大方垛，
垛子垛得高又高。

《垛草歌》既有在炎炎烈日下调剂劳动情绪的功能，也有在集体劳动中统一动作、增强效率的作用。

《擀毡歌》具有劳动号子的味道。它是一种与擀毡动作相配合的具有强烈声音节奏的艺术形式，其目的是协调众人动作一致，加快擀毡速度，提高毡子质量。如：

大伙擀毡，
擀哟一下，
擀哟两下，
擀哟三下，
……

领诵：

选中的年份，好的月份，
选中这吉日吉祥的时刻，
我们用那洁白的羊毛，
擀成了漂亮的软毡。

众和：

噢呀！

领诵：

擀下的新毡叠成八层，
谁若能铺上这毡，
定能活到八十八岁，
定能长寿健康。

众和：

永远健康！

《驼户歌》。居住在明花区的裕固族曾受周围汉族生产文化的影响，组织驼队从事骆驼运输生意。驼队有一系列的规矩和制度，人们用民歌形式将它加以形象地概括，并代代传诵下来。歌中对“驼队歇站”是这样描述的：

走到那水草前，骑马的踩场子。
场子那踩就矣，
各把各的骆驼安，各把各的行行霸。
驮子嘛卸完了，
再收拾那帐篷。
帐篷嘛捡起来了，
饭锅在入柱儿前。
抓锅的去和面，
收拾着哈面吃。
哥儿弟兄们面条儿嚼。
……
驼户人儿嘛难，自做自吃自个缝。
若是（那）鞋儿烂，还得自个儿连。

若是（那）身子懒，头盖儿锈成了毡片片。
站大了四更天，站小了二更天。
吃的是（那）人饭，学的却是（那）鬼叫。

驼队长途跋涉，风餐露宿，在茫茫戈壁滴洒着汗水和鲜血。《驼户歌》真实地反映了驼户人家旅途中的情景和生活的艰辛。

（四）情　歌

情歌是民间歌谣中更加脍炙人口的一种。广袤的草原，苍莽的群山，流离转徙的游牧生活，铸就了裕固族豪放、爽朗、剽悍、质朴的民族性格。这一切表现在情歌的创作上，便体现出一种情感炽烈、语言粗犷的草原民族特有的美学追求。裕固族情歌，无论表现的是爱还是恨，是情还是怨，都是直抒胸臆，将情感一泻无余、淋漓酣畅地倾吐出来，给人一种震撼心灵的艺术享受。

裕固族情歌在民歌中所占比重不大，主要反映了裕固族人民渴望恋爱自由，追求幸福生活的强烈愿望，表现了裕固人真挚热烈的爱情和高尚纯洁的道德情操。裕固族情歌除独唱外，多为对唱，曲调丰富，旋律委婉，结构较为自由。如《要吃酸奶莫作声》：

女：初次见面时，你为什么脸红？
要骑马驹莫要跑，
初次见面时，你为什么低头笑？
男：牛羊赶到沙柳坡，
沙柳坡里骆驼多。
我唱山歌羊吃草，
姑娘你为啥偷看我？

这首歌用凝练、朴素的语言，刻画出了一对互诉爱慕之情的青年男女。歌曲风趣、活泼，富于幽默感。

裕固族情歌的一个重要特点是运用了大量十分贴切的比喻，如雄鹰、百灵鸟、杨柳、骏马、山崖、草原等。初看起来，似乎是信手拈来，但仔细品赏，便会发现正是在这些特殊的草原人文景观陪衬下所抒发的感情，才能准确而细致地表现出裕固族牧民的情怀，才能使这些情歌听起来更加亲切、更加动人。如《骏马奔放在草场上》：

男：你的俊美像杨柳一样，
能否让百灵鸟在枝头歌唱？
你的秀丽像山崖一样，
能否让雄鹰在崖尖飞翔？
你的胸怀像草场一样宽广，
能否让骏马在上面奔放？
女：这里的杨柳多如林，
不知愿在哪个枝头上歌唱？
这里的山崖真不少，
不知愿在哪个崖尖上飞翔？
这里的草原很宽广，
不知愿在哪块草场上奔放？
男：杨柳虽多我不爱，
但愿落在你的枝头上。
山崖不少我不去，
但愿飞翔在你的崖尖上。
草场虽广没心思跑，
但愿奔放在你的草场上。
女：你的歌喉如百灵，
我愿和你一起歌唱。
你的胆略如雄鹰，
我愿和你一起飞翔。
你的身体如骏马，
我愿和你一起奔放。

（五）新民歌

新民歌是和旧民歌相对而言的，所谓旧民歌，就是上述世代传唱、流传至今的各类传统民歌。所谓“新民歌”，是指中华人民共和国成立后创作并流传，反映裕固族人民新生活的民歌。从内容而言，新民歌主要歌唱裕固族人民的幸福生活和伟大的社会主义祖国，歌颂中国共产党和毛主席，表达裕固族人对党和毛主席的感激之情，其思想内容健康深刻。如：

那热爱天空的是太阳和月亮，
那热爱孩子的是父亲和母亲；
那热爱各族人民的
是伟大领袖毛主席。（《父亲和母亲》）

毛主席共产党比太阳还亮哩，
裕固族自治区成立了。
太阳照不到的地方照到了，
裕固牧民翻身当家了。（《毛主席共产党比太阳还亮》）

南沟寺上驼铃响，
是谁背着星星踏着霜？
裕固族人民送羊毛，
支援国家建设心意长。（《送山货》）

新民歌继承和发展了传统民歌的风格和形式，把新内容和传统形式紧密结合起来。另外，还有一些裕固族民歌是由其他民族的民歌演变而来的，这类民歌有山歌、小调、花儿和划拳曲等。山歌曲调高亢、清丽，表现了山区人民豪放、爽朗的性格和他们对高原生活的深切感受。山歌，裕固语又称“啦哩啦毛”，该词源自藏语，意为野曲。小调又称小曲子，是在汉族小调影响下形成的。它像叙事歌那样，大多有一个美丽动人的故事。如《于林秀才》《黄莺妈妈》等。花儿又称“少年”，裕固族花儿是在吸收回、东乡等民族花儿基础上形成的。划拳曲是裕固族驼户人在蒙古族地区拉骆驼搞运输时从蒙古族人那儿学来的，其唱法和曲调与阿拉善蒙古族划拳曲基本一致。裕固族演唱的《十二属相歌》也和蒙古族的非常相似。

五、裕固族民间谚语、谜语

（一）谚　语

谚语被人们誉为“智慧的花朵”“人生经验的总结”。裕固族及其祖先在长期的游牧生活中运用口头创作总结经验，阐述思想，抒发感情，由此产生了许多形式短小、语言精练的谚语作品。这些作品包含深刻的哲理，具有警诫、训导、教诲的意义，同时也蕴藏丰富的文化内涵，这些文化内容又与裕固族的历史发展有密切关系。

裕固族谚语内容广泛，形式多样，有反映爱情、伦理、理想的，也有反映人生经验及真理的。如：

人在危难之中，
友谊比黄金更珍贵。

火心要空，人心要实。

沙子里能澄出黄金，
人群里能造就英雄。

朋友用酒待，
豺狼用枪打。

打断骨头筋连着筋，
天下穷人心连着心。

裕固族作为一个马背上的民族，游牧生活和畜牧业生产是他们生产、生活和社会经验的主要来源。因此，裕固族谚语中关于畜牧业生产经验的内容十分丰富。裕固人对他们饲养的每一种动物的习性、特征都了如指掌。用各种动物取喻运用自如，比喻贴切，无论喻事喻理都恰如其分。例如：

乌嘴头山羊出奶多，
闷嘴头汉子出话精。

好马丑似狗，
能干人不出头。

懒牲口的屎尿多，
懒汉子的毛病多。

头马不慌，
马群不乱。

没有不失蹄的骏马，
没有无过错的好汉。

好牛不站，
好马不卧。

由于裕固人长期以游牧为生，他们深深懂得赖以生存的各类牲畜是可以创造财富的，因此他们在训诫、忠告年轻人勤奋劳动时往往以牲畜为取喻对象。

围绕裕固族人的道德观念和审美情操，也涌现出很多脍炙人口的谚语。如：

蛇的纹纹在外面，
人的曲曲在里面。

羊瘦不瘦头，
人穷志不穷。

爱吹牛的人成不了大事。

待客如敬神。

锋利的刀剑能砍下人头，
带刺的语言会刺破人心。

毛绳没娘，越蹬越长；
闲话无根，越传越远。

随着社会的发展，族际间的交往日益频繁，裕固族社会文化的各个方面都受到周边民族，尤其是汉族的深刻影响。所以，用汉语创作或吸收汉族谚语是裕固族谚语的一大特点。

精勾子撵狼，
胆大不害羞。

泡牛抖威风，
全凭头上的功夫。

羯羖的皮毛不怕石崖上刷，
死驴躺在冰滩上不怕狼啃。

骚胡退毛里外发烧，
烧酒过量掏钱买痛。

这些谚语中的很多词是典型的西北汉语方言词，这些词已成为裕固语中的固定词。这类谚语夹杂在裕固语中，在日常生活中经常使用。因此，这部分谚语已成为裕固族谚语的重要组成部分。

（二）谜　语

谜语，裕固族称之为“塔孜玛克”，“使人猜的”或“供人猜的”之意。裕固族谜语主要以某一事物或某一动物，或人体某一器官为谜底；用隐喻、形似、暗示或描写其特征等方法作面，供人猜测。裕固族谜语结构自由，长短不拘，既有对仗体，也有散体，而且用语平易近人，琅琅上口，使人易记易说。如：

两列羊羔。（牙齿）
有一头黑山羊，它什么都吃。（用锅烧柴禾煮饭）
抓起来一大把，声音震天，响起来，地面容不下。（海螺号）
三头公山羊顶架。（架锅石）
一只鸽子，在蓝池中喝水，在白池中涮嘴。（笔）
兄弟两个，一个在山这边，一个在山那边。（耳朵）
屋顶上撒着炒麦仁。（星星）
十个人抬一根大梁。（擀面杖）
一个光头老汉，围着刺丛在叩头。（锄头刨刺草）

民间传说

黑牦牛

居住在祁连山区的裕固族群众，特别崇尚黑牦牛。为啥？它是找水的神牛。明花区的东、西海子便是黑牦牛在东迁中找到的。

相传，裕固族原在嘉峪关外游牧。当时，各个部落之间矛盾尖锐，互相侵扰，战事频繁，生活很不安宁。后来，眼看在故地难以生存下去，部落首领召集大家商量，决定东迁进关。于是，便拆下毡房，准备口粮，带上水袋，赶着牛羊，风餐露宿，朝着嘉峪关的方向走去。路上拖儿带女，扶老携幼，翻山越岭，一直来到平坦无垠的戈壁滩上，牲畜松了一口气儿，人们的心情稍稍舒展一些，放慢速度，边牧边走，向东移动。

一天中午，火红的太阳，给千姿百态的祁连山镀上一层金光，千里雪峰，分外壮观；几朵棉絮般的白云，挂在深湛的蓝天上，互相映衬，格外艳丽。无垠的大漠，十分安静，远远看去，像宁静的黄色海洋，水波连天；奇形怪状的沙丘，犹如海上孤岛，披着沙波花纹般的外衣，一动不动，悠然自在。

能歌善舞的少男少女们，唱起了歌，跳起了舞。他们自从离开故乡，第一次苦中作乐，驱走沉闷。

“安千赞吉，停止你的歌唱!”走在前头的安巴特尔转身向儿子警告，“快让大家做好准备，对付即将来临的风暴。”

大家抬头一看，太阳红艳艳，戈壁宁静静，天上的白云纹丝不动，地上的小草又很安详。少男少女们，仍在尽情地唱着东行曲，跳着行走舞。

“孩子们，你们向西北天边仔细看看，那儿是什么情景?”有经验的安巴特尔，耐心地提醒年轻人，抬起沉重的右手，向西北方向指去。

大家的目光随着他的手势看去，西北天边的山头，黑色怪物，探头探脑，转眼之间，黑物爬上了山头。无经验的年轻人，一看不过是几块黑云罢了，仍然流露出满不在乎的样子。

老年人都知道这是不祥之兆，午后的风暴是异常凶残的，况且，他们对这儿的风暴不摸底儿，偌大的戈壁滩上又无处躲藏。所以无不惊恐万状，连有经验的牲畜，也如惊弓之鸟，神情不安地跳动着。

当发现黑色云雾飞快移动、吞没夕阳的时候，所有的人们都急速收拢牲畜，寻找躲避之地。可是这一带既无一棵大树，又无一座可依托的沙丘。大家只好手拉着手，臂挽着臂，先把载着粮、水的牲畜围起来。他们知道，要是面袋、水具被暴风刮跑，整个部落就有覆没的危险。

黑色风暴以万马奔腾之势，犹如洪峰波涛，齐天而来，将包围圈冲开，人畜刮得五零四散，有的被抛向天空，有的被风浪带走。一夜之间，风声犹如鬼哭狼嚎，从没间断。直到天色拂晓，黑风才息怒下来，大地稍稍平静了些。整个部落，人畜伤亡惨重。

在牲畜中，羊群马匹损失最大。马匹顺风而去，羊只被卷上天空，落在地上的，伤的伤，死的死。唯有黑牦牛，一头不少，它们紧紧围在一起，屁股朝里，头角朝外，像对付恶狼暴虎那样，跟黑风妖对抗。由于它们团结一致，奋力拼搏，黑风妖对它们也没办法。传说黑风妖跟黑牦牛，很早就是冤家对头。那时，黑风妖看准了又肥又胖的黑牦牛，想拿它们做盛宴，可黑牦牛用它们锐利的犄角，跟黑风妖展开你死我活的拼搏，在关键时刻，它们聚集在一起，屁股朝里，头角朝外，互相紧挨在一起，不给黑风妖可乘之隙，使黑风妖难以下手，只得败回。昨夜，它们又打了一个胜仗，不仅保存了自己，而且还保护了主人。

这个部落，都养黑牦牛，安巴特尔一家养的既多又好。在这次黑风暴中，马主人随马而去，养羊的主人，伤势也很惨重，尤其老人伤亡最重，六十岁以上的老人，活下来的只有安巴特尔，他成了整个部落东迁中唯一的领头人。

儿子安千赞吉想：家中有一宝，不如有一老。这位唯一的老人，不仅成了他家中的宝贝，而且也是整个部落的宝贝。只有保住了老人的生命，才能保证部落顺利到达目的地。于是他想了一个办法，硬是把阿爸装在土布拉（毛线织成的口袋）里，让他骑着黑牦牛继续赶路。

闯过了戈壁，又进入大沙漠，时值盛夏，太阳喷射着火龙，烤得大地烫脚，人、畜像架在火盆上，两头受蒸，需水量越来越大，可随身带的水经过黑风吹失，所剩不多，眼前的大漠里，又连一滴水也找不到。

在漫长的奔波中，特别是经过黑风的折磨，又受到炎热的熬煎，身体虚弱的人日益增多，他们急需得到水的补养，可是眼下偏偏又缺水，黑牦牛知道缺水，从黑风暴过后，好几天没有饮水。

安千赞吉怕把驮着阿爸的大黑牛渴坏，几次给它饮水，它只是摇摇头，滴水不进。他便按下牛角，硬是要它喝。

大黑牛嘴对着水具，不但不饮水，反而“哞——哞”地叫了起来。

安巴特尔对儿子说："安千赞吉，牛不吃水，不要硬给它灌嘛！"

"阿爸，大黑牛几天没吃水了，它……"安千赞吉看着牛背上骑着的阿爸，心里在说：大黑牛背负太重了，宁可人节省一点水，也不能让大黑牛渴着呀，若是把它渴坏了，阿爸骑什么呀！

通牛情的安巴特尔对儿子说："你仔细听听，大黑牛对你说：哞——不喝！意思是要把水节省下来，让最需要水的人喝。你就把水袋提去，分给体弱多病的人喝吧！"

安千赞吉只好按老人的吩咐，把水分给最需要水的人喝了。

整个部落断水好几天了，不仅人难以支持，就连耐旱的黑牦牛也难以忍受了。它们忍饥挨饿，驮着病人和行李，赶了几天路，即使是神牛，也不能不吃水呀！

安千赞吉想：缺水的事，再不能瞒着安巴特尔了，只有阿爸才能为大伙想出办法。他听阿爸说过，有一次大风把他和大黑牛刮到大漠中，断水几天，几乎要断命了，大黑牛驮着他，终于找到了一眼泉。今天若是能在这茫茫大漠中找到一眼泉水，该多好呀。盼水心切，儿子只好对阿爸如实说道："这几天来，因缺水吃，好些人染上重病，有的丧生了。"

"好孩子，快把我从土布拉里放出来，好让我跟着大黑牛为大伙去找水！"安巴特尔要求着。

儿子看阿爸经过这些天在牛背上歇息，身体好多了，只好把他放下牛背。安巴特尔从毛线口袋里钻出来，对大伙说："你们都把牦牛放开，跟着它们寻水喝。"说着，他让儿子解开大黑牛的缰绳。大黑牛挣扎着，向祁连山跑去，边走边闻，一直来到离山不远的沙崖下，用前蹄轮换刨起来。刨了一会儿，出现了湿漉漉的沙土。从后赶来的主人，双膝跪到地上。继续往下刨去，很快就冒出一股清泉，发出潺潺声响，把坑中的沙子冲走，底上露出一块青石板，泉水就聚集在石板池中。

安巴特尔把两手卷成喇叭，对在嘴上，大声喊道："这儿找到水了，快来喝水呀！"声音在祁连山里回荡着。

"阿爸，这儿也找到水了！"从不远处传来儿子嘶哑的声音。安千赞吉跟着一头黑牦牛，来到另一座沙崖下，也刨出了一眼泉，汩汩清水，向着东沙崖流来。

听到找到水的呼唤后，人们随着黑牦牛向沙崖拥来。大家聚集在东、西沙崖的泉边，喝过清凉甘甜的泉水，赏心悦目，面对祁连山，唱起了歌，跳起了舞。

这儿是浅山区，岭上有树，坡上有草，又有东、西两眼泉水。安巴特尔跟大伙商量后，留下一部分人畜，在这里定居下来，其余的人继续赶路找水。走了一天一夜，又找到一块水草丰盛的地方，又留下千些人畜，其余的人畜，接着向深山走去。走了三天三夜，又找到一块山清水秀的地方，所剩的人马，全部在这一带定居下来。

从此，这个部落便分三处散居在祁连山区。中华人民共和国成立后，在共产党和人民政府的亲切关怀下，自称“尧呼尔”“西拉玉固尔”的群众，经过民主协商，一致同意“裕固”作为本民族的名称，寓“富裕巩固”之意。1954 年，经国务院批准，正式成立了肃南裕固族自治县。

【搜集整理】潘竞万

骆驼城来历

“悬羊打鼓，饿马摇铃”，这是流传在高台骆驼城的一个故事。这座古城虽早已荒废，但关于它的故事却至今广为流传。

古时候，高台县西南七八十里的地方，有一块金色的沙滩，土地平坦，却很荒凉，只有在雨水丰盛的时节，附近的牧人才偶尔赶着牲畜闯进滩来，寻找骆驼草吃。

传说，一天中午，一位老牧人正赶着一群骆驼进入滩头，驼群就被突然而至的黑风吹走了，牧驼老人也昏死在沙滩上。

这时，从祁连山上走下一只银色骆驼，昂首阔步，向山下沙滩而来。它不时打着响鼻，喷出钻进鼻孔的黑尘，闪动着稠密的睫毛，并轻声嗷嗷着，伸长龙脖探寻什么。银色驼不偏不倚，一直来到驼把式跟前，用鼻子吹去埋在他身上的黄尘，用长长的舌头舔去他脸上的黑尘。一看老人嘴唇干裂，银驼便用圆厚的蹄子拼命刨起来，刨着刨着，地下冒出一股清清的泉水，一会儿就冲开一个大大的沙坑。银色驼含了一口水，吐到老人嘴里，又用舌头给老人洗了脸。

老人缓缓地睁开眼皮，一看身旁站着一峰银色骆驼，骨骼高大，体格健壮，通身发亮，龙脖放光，一双大眼，转动着黑亮的眸子。

“哦！银色骆驼！”老牧人顿时精神百倍，一骨碌翻起身来，想把这救人的精灵看个够，可它突然不见了。直到这时，他才焦急起来，全村各家都把骆驼全部托付给他放牧，进滩后不到一顿饭工夫，影踪全无，咋有脸去见乡邻？今后乡亲们的生活又用什么维持？他边走边想，两腿发软，眼冒金星，又“扑通”一声栽倒在沙滩上。

银色的骆驼离开老牧人，一直来到黑风袭击过的村子，从村头到村尾，挨家挨户，细细查访，遇到死者，嘴对着嘴使劲吹一吹，便起死回生；遇到伤者，用舌头在伤处舔一舔，便康复如初。村民们开始修房搭棚，渡过难关。

银驼来到村外，放眼一看，沙丘连绵，不见耕地。嘴便对黄沙，鼓起双腮，用劲一吹，把干沙吹出地外，压倒的禾苗便慢慢直起腰来；它又引来沙泉，逐块地浇上水，让农民自己耕种。

银驼来到泉边，找到了昏倒在沙滩上的老牧人。老牧人迷迷茫茫中见一只银驼走到他跟前说："老主人，你不要再寻找驼群了，它们被黑风吹到祁连山下给收拾了，山神得知这里人失去骆驼无法生存下去，就派我来拯救你们，给你们带来了山泉——这是祁连山老母的乳汁，只要有了它，你们就可以安心耕种田地，不再愁吃愁穿了。"

老牧人多半辈子养驼，他知道只有骆驼才是他们唯一的靠山。这一带缺水少雨，黑风作怪，黄沙逞凶，土地是靠不住的。

银驼看出了老人的心思，便对老人说："我从祁连山带来的山泉，就是一把青龙宝剑，专为百姓降服黑风黄龙用的，我刚才就用它降服了黑风妖，驱逐走了农田里的黄龙，引来了山泉水。不信，你快去看吧！"

银驼看老牧人睁开眼，从沙地上坐起来，便离开他，向祁连山走去。

老牧人坐在沙地上思忖：我的驼群，是不是变成了白色驼神，来为我托梦啊！他一颠一跛地向村里走去，回到村里一看，果然跟梦中银驼说的一样：一溪清水绕村流淌，地里庄稼一片葱绿；村里有些人忙着修屋盖房，有些人忙着务弄庄稼。

村上人一看老牧人进了村，都过来问长道短，老人把黑风中出现的一切情景都一一向他们说了。

大家给他宽心说：因祸得福，遭黑风妖毒手的驼群，都变成了白色驼神，给我们送来了山泉，这是个无价之宝，我们就靠它建家立业吧！

在老牧人的提议下，大家齐心合力，在山泉边建起了一座庙，请村里的石匠，根据老牧人的描述，锻刻了一只银骆驼。以后村里人过上幸福日子，大家凑了很多银两，让老银匠铸造了一只真正的银色驼，代替了石头驼。

这消息传到了部落王国的国王那里，便来巡视。一看这里土地平坦，水草丰美，绿树成荫，知道这一切都是银驼赐予的，便决定动员全国力量，在这里修筑一座骆驼城，把这眼山泉和立在泉边的银骆驼放在城的最中央。

当时，河西一带有几个部落，听说这个王国筑起了骆驼城，城里有一眼无价之宝——山泉，又有一只银骆驼，于是便调集重兵，向骆驼城发动了进攻。

骆驼城里兵力很少，但举城上下军民联合，齐心应战，敌人攻打了三天三夜也没有攻下。后来他们又联合附近其他几个小国，一起攻打。当大部队来到城下，城内顿时战鼓齐鸣，铃声不绝，似有千军万马出动迎战，敌军一听阵势不小，便逃之夭夭了。

事后才知道，原来是“悬羊打鼓，饿马摇铃”——连羊只和饥饿的马匹也投入了战斗。

后来，几个小国的国王都争着想霸占山泉和银骆驼，山泉突然变干，金石朝天。当他们扑向银驼时，银驼顿时发起威来，四蹄飞扬，奔驰而去。这些贪心的国王还不甘心，又调集大军，向银驼追去，一直追到祁连山下，看到它钻进山洞，便硬着头皮追进洞去。忽听轰隆一声巨响，门闭洞塌，国王和官兵被埋在里面。银驼立在山头，变成一座银光闪闪的冰峰，人们就叫它骆驼岭。从骆驼岭上流下来的水，一直流向骆驼城。

【搜集整理】潘竞万

骆驼城趣事

高台县宣化乡有一条河，叫山水河；河岸上有座古城，叫骆驼城。风蚀沙蛀，这座当年声震一时的丝路古城，只剩一圈光秃秃的城墙了。可是，在当地老百姓眼里，它却充满了神秘的色彩，因为城里有个神秘的地洞，关于这个洞还有个神奇的传说。

很久很久以前，山水河畔有个小王国，它的都城就是骆驼城。那时，山水河水量充足，冬夏长流，小国家人畜两旺，百姓平安度日。

有一年，山水河解冻不久，一支外族大兵突然来犯，兵临城下。侵略者看骆驼城不过一座小土城，围起来就打，大有一日倾吞之势。及至连连进攻都败退下来，才知道碰上了一颗硬钉子，这颗钉子就是山水河。

原来山水河的两大支流，恰巧从东、西城边流过，绕过墙角，又在北门上会合。河水刚出山，本来就像野马，偏又在挨城一边挖了又宽又深的河道，这下，就好比一群赶拢的野马从同一条山谷冲下来一样，势不可挡。水深流急，吊桥高悬，有山水河敌人就很难接近城池。

夜晚，敌酋在帐下闷坐，忽报有人偷水回城。敌酋眼睛“咯吧”一挤，心里一阵窃喜，猛拍大腿高声叫道：“妙哉！妙哉！坐等五日，宫娥彩女，黄金美玉，又可为一乐矣！”说毕哈哈大笑。随即命令移营到河滩，看死河水，不使城内守军取一滴河水回城。次日，又命众士卒在环城的河滩上筑起许多大圆形土墩，前后左右散布，互为照应，以备涨水时在上面堆粮驻兵，仍能看守河水（这些土墩叫作“放粮堆”，至今还在，有丈余高）。

这边切断了水源，抢水的人给敌人截杀了；挖井又挖不出水来，骆驼城不战自乱。无可奈何，只有求助上苍来解除危机。这时，国王取出祖传的两件宝物：一把分土刀和一柄拨土剑。据说，此宝物乃上天所赐，除非万不得已不能使用。他择定了皇城西北角的一块地方，率众祭天，然后用拨土剑划出一个井口大的圈儿来，把分土刀对准，念动咒语。刀尖所指，但见一道白光，土地轰然洞开，不论顽石、胶泥都让出一道缺来。真是奇怪，说话间，骆驼城便出现了一眼甘美的水井。

自此，再没有人出城取水啦！敌酋自知夸下海口，眼一瞪，牙一咬，心一横，恼羞成怒，困水不成又要困粮。可怜一座孤城，内无力，外无援，被里三层外三层围在当中。

终于，骆驼城粮草紧张起来。国王深知，孤城难守，趁眼下粮草还没断绝，提分土刀，仗拨土剑，私下开个洞就可一走了之。但善良的国王实在下不了这样的决心，要是倾城跟自己去吧，敌人准会发现跟进城来，到时反而引火烧身，一个也休想走脱。怎么办？真是进退两难啊！

毕竟骆驼城人杰地灵，几天以后城外敌人突然发现一个奇怪的现象：城里好像在完成什么战略部署，城头旌旗飘飘，士兵紧张地走动，号令声声。敌军急忙增兵设卒，加紧防备。

这天夜晚，敌人被一阵如雷的战鼓声惊起，仔细一听，鼓声中还夹杂着疾风骤雨般密响的马铃声，骆驼城简直有千军万马，突然从天而降。

鼓声响了一夜，铃声响了一夜，直到天亮不曾间歇。这时，敌人看清了那高高的城头上旌旗林立，哗啦啦随风兀自翻卷，却没有一兵一卒。他们弄不清是什么名堂，一个个大眼瞪小眼，又怕又惊又疑，越疑越惊越怕。敌酋下令，没有命令不许轻举妄动。

过了一天又一天，山水河“哗哗”地流，城头的旗“哗哗”地飘，那一直不曾间歇的鼓鸣铃响之声渐渐平息了，最后城里变得死一般沉寂。

然而，敌人还是不敢攻城。山水河哗哗的水流声，使他们感到不安；城头翻卷的旗帜，更增添了他们的恐惧。

后来敌酋下了决心，号令三军使劲儿猛攻。云梯架上去了，士兵们冲上去了。啊——他们大吃一惊，只见无数只羊倒吊着，前蹄下放置着大鼓；无数的马笼头高挂，前蹄悬空，颈上拴着串串响铃。羊、马早已饿死，搜遍全城不见半个人影。最后，敌人在城东南角发现了一个黑幽幽的洞口，但谁也不敢斗胆进洞。

据说，此洞正是分土刀和拨土剑所开。羊打鼓、马摇铃的那晚，骆驼城国王率领全城百姓，破地开洞，从此潜去，向西经高台罗城乡红寺坡，向上开了一个哨眼，探头到地面辨认方向继续潜行，不知去向……

【搜集整理】多红斌、王青山

礌　山

肃南县城西，有一座气势雄伟的大山，山峰直插云端。北面的山坡上，云杉苍翠，灌木茂密。山脚下草原宽阔平坦，涓涓山泉清冽甘甜。每到夏季，山花烂漫，草原肥美。就在这块美丽的草原上，流传着一个动人的故事。

相传在很早以前，这片草原上居住着一户裕固族牧民，一家四口人，男的叫曲毛什加，女的叫斯尕尔玛，还有一男一女两个孩子，男孩叫才楞扎什，女孩叫四度尔旦。全家只有八只羊、两头牛，住在山坡上的土窑洞里，过着十分贫困的生活。曲毛什加冬天出外狩猎，夏季上山采药；斯尕尔玛放着大小十个牲畜，采些野果、歇节草籽、蘑菇。他们夫妇苦挣苦扎，累死累活，也难以养活四口之家。

窑洞里，三块石头支着一口铜锣锅，炕上铺着兽皮，一家人吃着歇节草籽磨的炒面和兽肉，他们把一种阔叶草采来熬茶喝，把一种带麻味的蒿草采来当花椒，把带白色的碱土背来用水沉淀后当盐用。夫妇俩为生活熬煎，脸上经常罩着阴云，不时长吁短叹。曲毛什加想多猎获鹿茸、麝香、熊胆、豹皮，换来粮食衣物，可天不遂人愿，往往是十日上山九日空。斯尕尔玛想使牛羊快快繁衍成群，换得一家温饱，可温饱却迟迟不来。

这一家人虽然贫困，但心地善良。家里来了过往穷人，宁可自己不吃不喝，也要让别人吃喝、住宿，和附近牧民也都相处得很和睦。

一天黄昏，他家可怜的几只牛羊刚刚上圈，从山上跑来了一头大公牛，毛色红黄，体大膘肥，两只犄角足有碗口粗，吼声如雷，样子十分怕人。这头牛来了以后，就在曲毛什加的圈滩里转来转去，白天和他家的牛羊在一起吃草，晚上和他家的牛羊在一起过夜。一天夜里，一家人刚刚入睡，忽听羊跑牛叫声，夫妇二人立即起来挡羊，却见月光下大公牛追着一只狼，在山坡上转圈跑，转着转着，公牛一头砸过去，把狼砸倒在地，用前蹄刨了几下，就把狼刨死了。夫妇二人见此情景，简直看呆了，他们从未见过这样厉害的牛。

自从这头牛来到曲毛什加的圈滩，牛羊再未得病，也没遇害。第二年春季，羊产羔，牛下犊，六只母羊产了十二只羊羔，两头母牛下了四头牛犊，只只活蹦乱跳，好不喜人。这一年，他家有羊二十只，有牛六头。五年后，曲毛什加已是牛羊成群，骡马满圈。

曲毛什加一家的日子，就像发面一样发了起来，七十幅的毛帐篷，高大宽畅，就扎在山脚的松林边；大大的红铜锅里煮着肥肥的羊肉，炕上铺着白毛毡、栽绒毯，叠着花花绿绿的绸被子、缎褥子。帐篷门外的松树下，拴着高头大马，马上备着桦木雕鞍，鞍上垂着二龙戏珠的银镫。曲毛什加吃着羊肉，端着银制酒杯喝着烧酒。他的两个孩子吃着羊肉、油饼，嫌肉塞疼了牙，油饼烫了手，把肉和油饼扔到了地上。斯尕尔玛立即哄着孩子，把地上的肉和油饼扔出门外，打开箱子给才楞扎什和四度尔旦捧出了大块冰糖和上好的葡萄干。才楞扎什和四度尔旦才跑出门外，一边吃着葡萄干，一边脚踢着油饼和羊肉玩。

曲毛什加雇用了八个长工：三个放羊，两个放马，两个放牛，一个专门烧茶做饭。五条牧狗，一只比一只高大，一只比一只凶猛，喂牛奶都不吃了。可他家的长工却顿顿喝着看得见碗底的清米汤，吃着歇节草籽炒面，每隔七八天才给吃一顿面条。俗语说：母鸡越肥，尻门子越紧。曲毛什加的羊肉都放臭了，宁可喂狗，也不给长工吃。曲毛什加经常手提三环皮鞭，骑着高头大马到各畜群巡视，哪个长工要是丢了马、少了羊，不问青红皂白，劈头盖脸用鞭抽。对向他借债的邻居，三天两头上门催债还款，对无力偿还者，就把人家可怜的几只牛羊赶走。

一天，一个沿门乞讨的老太婆向他家走来，五只牧狗一下就扑了上去，老太婆抡起讨饭棍向狗打去，曲毛什加站在门口不管不理。俗语讲：一人难挡二狗。只听老太婆发出一声惨叫，腿上已被狗撕去了一块肉。做饭的长工忍无可忍，拾起一条木棒把狗撵掉，刚想扶起老太婆，只听曲毛什加一声怒吼：你们这些穷鬼，打狗也不看看主人吗？说着，又抡起皮鞭向长工抽打去。

就在这天夜里，那头公牛围着曲毛什加的帐篷狂奔怒吼，一会儿用犄角顶帐篷，一会儿用蹄子刨房子扛绳，搞得他家不得安宁。曲毛什加正在兴致勃勃地喝酒，受到牛的惊扰，怒从心起，顺手拿起猎枪，装好子弹，走出帐篷，朝正在狂奔的公牛瞄准。枪声响了，只见公牛浑身金光闪闪，一声怒吼，朝最高的山峰奔去。一会儿金光不见了，却听见山崩地裂的一声巨响，最高的这座山峰半边塌了下来，转眼之间，从山上冲下的飞沙走石把曲毛什加的帐篷、牛、马、羊全部压在了山下，使他的全家、全部财产从此绝迹了。以后，人们把这座山起名叫大礌山。

时至今日，礌山还经常砂石隆隆滚下来，好似在告诫人们：不可贪心不足，不可财迷心窍，不可作恶多端。

【搜集整理】田自成

不老松

山灵水秀的昌灵山万木丛中，有一座平顶岭，旁立一峭壁，无缝的崖上长出一棵松树，像是一位老人似的，俯视着崖下的一块长方形条石。此石表面光亮，像副棋盘，线条依稀可辨。它不是人工雕刻，而是天生的，人们把这块棋石称为“不老石”，松树称为“不老松”。

早年间，甘州有一对夫妇，家境贫苦，连生几个孩子都夭折了，最后在大岁数上生了一个男孩，人们都为他们抱了一个“秋瓜”而高兴。这老夫妇却十分担心，于是他们就把孩子许给了昌灵山的送子娘娘。还真灵验，这孩子自此就健康壮实，从没生过病、吃过药。到孩子刚懂事的时候，甘州遇上了荒年，天上不落雨，黑河水断流，石头上生火，土地里冒烟，不论财主的大田，还是穷人的小田，都颗粒无收。有一位财主，见这对夫妇家长久没有纳租，便亲自上门讨债。他看见地里庄稼歉收，仓里颗粒无存。正无奈时，一个水灵灵的孩子跑到了他的文明棍前，这可把他的目光一下牵引了过去。原来这财主虽然财气旺，人丁却很短缺，眼看半截子入土了，还没个接香火的，这成了他一生中最大的一块心病。这孩子的出现，使他空虚的心里一下子踏实了许多。他灵机一动，放开笑脸，露出一副慈善心肠，对苦苦哀求的老夫妇说：“你既然交不起地租，又无粮糊口，我干脆好事做到底，把这娃交给我抚养吧！”

儿是爹娘心头肉，再苦再穷也不能拿亲生骨肉去顶债啊，老夫妇异口同声地说：“我们想办法交租，你千万不能在娃娃身上打主意。再说龙生龙，凤生凤，我们穷人的孩子命里穷，会把老爷的财神冲走的。”

旁边有人敲边鼓说：“硬摘的果子不甜，财主老爷就算了吧。”

老财主没法，只好暂且作罢，另想他法。

老财主走后，老夫妇忙打点行李，带着宝贝儿子连夜逃走。途中，他们打听到祁连山的东头有一座神山，能保穷人性命。再说自己的儿子在刚生下不久，就许愿给昌灵山的送子娘娘，如今，孩子六七岁了，也该到还愿的时候了。主意一定，他们一家沿着祁连山向昌灵山走来。从秋走到冬，从冬走到春，顶风冒雪，跋山涉水，忍饥挨冻，经过一年零两个月的时间，终于走到了昌灵山，来到山下，他们已筋疲力尽，连走带爬，好不容易才攀上了山顶。

这日，正是六月六昌灵祖师的诞辰。山上人山人海，有磕头求子的，有烧香还愿的，有演大戏的，有唱小曲儿的，个个顶礼膜拜，场场热闹非凡。老夫妇带着儿子来到娘娘殿的送子娘娘像前，献上讨要来的斋供，披挂上红绫，虔心祷告，感谢送子娘娘的大恩大德。歇息一会儿，带着孩子到各殿堂转了一转，看过大戏，采集祖师麻给孩子编了一顶花帽戴在头上，他们便来到一陡崖上的松树下歇脚。连日赶路，疲惫不堪，老夫妇搂着孩子刚刚坐下就进入了梦乡。老头子梦见的是老财主逼债，逼到宝贝儿子头上，他们要把宝贝儿子抢去，他却死命地把儿子搂着；老伴梦见的是送子娘娘慈善地对她说：“你放心，我会保佑你的娃子，既不让阎王爷抢去，也不给老财主霸占。”老妇人拉着送子娘娘的手说：“请问娘娘，有何妙法？”送子娘娘说：“有两位法师能保佑你儿子度过三关——天关、地关、人关。”老妇人高兴地说：“那太好了，感谢娘娘指点。”说罢梦醒，连忙叫醒老伴：“老头子，老头子，快醒醒！快醒醒！”老头子从梦中惊醒，一骨碌翻身坐起，这才发觉怀中空空，宝贝儿子不知哪去了。夫妇俩一时傻了眼，互道情况后，便分头寻找。老头子钻进树林，一边大声喊着儿子的名字，一边在林中察看；老妇人跑到白天进过的各殿堂，一边张望，一边呼唤。

转眼间，这事一传十，十传百，不仅各庙道士，连各地逛庙会的香客也都知晓了。大家都怀着一颗关切的心，协助这对可怜的老夫妇寻找失踪的孩子。可是偌大的昌灵山都找遍了，哪里也没有发现孩子的踪影。

眼看天色又近黄昏，若在白天找不到，到了晚间就更加难办了。于是演戏的不演戏了，唱曲的不唱曲了，最后甚至连摆摊设点的、拜神求子的，都钻进了山林，大声呼唤，四处寻找，可就是不见孩子的踪影。夫妻俩喊天天不应，叫地地不灵，相对失声痛哭。

这时，甘州那位财主也来了。他这次来昌灵山不是专程追赶逃债人，而是另有打算。那天他离开老夫妇家后，改变了主意，打算另娶一位小老婆。为了让小老婆替他生子，便特意前来拜见送子娘娘，没想在山上遇上了老夫妇丢失孩子的事。回想那天扑到自己跟前的那个活泼可爱的孩子，也深深为之惋惜。他想，自己虽娶了小老婆，但究竟能不能给他生孩子，还难以料定，所以一路上他仍在孩子身上打着主意。上得山来，见大家都在为老夫妇寻找儿子，心里很不是滋味。

一连数天，孩子仍寻不见，老夫妇只好悲悲切切地返回家去了。两间茅草房，犹如风雨飘摇的古庙。老两口昼思夜念，呼唤不停。怨天怨地，又怨送子娘娘将活灵灵的娃儿送来，如今却收了回去。

老头子和老伴念子心切，生了重病，吃不下，睡不香，一闭眼就呼唤孩子的名字。一晃三年过去了，老夫妇身体稍稍有了些好转，又双双来到昌灵山。拜过送子娘娘，便在山上各处游转，转了一天一夜，孩子还是没有下落。慢慢又转到丢失孩子的松树崖前，两人坐下，刚一合跟，便听到孩子呼唤爹娘的声音。老夫妇睁眼一看，宝贝儿子竟已站在面前！那孩子见到父母，原以为是梦，但一连数次擦去泪水，细细端详，水灵灵的眼睛转了几转，认准眼前确是自己的爹娘后，便一头栽到娘的怀里，转身又拉起父亲的手，亲亲热热地叫起爸爸来。老两口将孩儿搂得紧紧的，生怕再次丢失。因为他们的心里还不实落，究竟怀中搂的是不是自己的宝贝儿子？老人让孩子端端正正站在面前，从上到下，从下到上，反复打量，从他的衣着身段到长相、音容、胖瘦、高矮，跟三年前上山时一模一样。做娘的也很吃惊，世上哪有三年不长不变的人儿？

当父亲认定眼前站着的果真是自己的儿子时，便开始问道："孩儿，你这几年到什么地方去了？"

宝贝儿子指指划划地回答说："你看，这崖下不是有一棋盘吗！那时，有两位白胡子爷爷正在下棋，孩儿看着、看着，不觉就……"

妈妈猛然记起什么，忙从怀中掏出一个包子塞进孩子手里："你只顾讲话，快吃包子吧，别饿坏肚子。"

孩子说："我刚吃过下棋爷爷给的山果儿了，酸甜酸甜的，可好吃了。"说着，从衣兜里掏出湿漉漉的杏核，"我们把它带回去，种在咱家的院子里。"

老夫妇刚站起身，准备告别送子娘娘回家，却被众道士拦住。问明情况后，一起来到孩子说的那个地方。两位老人不见了，但确实有一块长方形的条石，条石上棋盘线路尚能分辨，棋石旁还有下棋人坐的痕迹。

接着，孩子指指陡崖上生长的一棵松树说："天热了，这棵树便给老人投个影儿，遮着太阳。"

大家把目光投向崖上的松树，不禁感到奇怪，石上无缝，咋会生出树来？

孩子又说："我看见两位爷爷，从这树上给我摘下几个红果儿，递给我吃，酸酸的，甜甜的，可好吃哩。"

大家凑上去仔细观看，可咋也找不到孩子说的果儿。

孩子又指着崖下悬吊的几棵翠绿翠绿的小草说："那两位下棋的老爷爷还对我说，这种草的名字叫益母草，要我带回去熬上给妈妈喝，说是喝上它，妈妈的病就好了。"

当妈妈的觉得奇怪："这两位爷爷真是神仙，他们在昌灵山，咋知道我想儿想病了？"

大家听了这话，都认为这确是神仙下凡，保佑了老夫妇的孩子，便纷纷动手在悬崖下的平石上修起了一座庙，庙内棋石旁又塑了两位老人：一位红脸红须，身着红袍；一位白脸白须，身着白袍，相对而坐；旁边站一小童，正聚精会神地看着他们下棋哩。

从此，人们就把这块条石叫"不老石"，崖上的松树称"不老松"，崖下悬吊的草叫"益寿草"。

【搜集整理】潘竞万

萨娜玛草原

很久很久以前，草原上有一位裕固族阿妮尕，名叫萨娜玛。她的丈夫和儿子相继死去，只有一个叫道尔吉的小孙子和她相依为命。她家只有一顶破破烂烂的毛帐篷，有一峰小骆驼、一只小山羊羔和一头小牛犊。

有一年秋天，草原变成了金黄色，地里的青稞成熟了。牧主黑老爷家开始收割青稞。萨娜玛看到地里的麦捆已拉走了，就到地里捡了几穗青稞，恰巧被出来觅食的白鸽子看见了，白鸽子向黑老爷告了密。黑老爷人面兽心，立即派了白胡子、黑胡子两个打手，把萨娜玛抓了起来，捆绑在黑老爷家的房檐柱子上。骨瘦如柴的萨娜玛被绳子捆得骨肉疼痛，她苦苦恳求把她放了，她哀求道：

大老爷大头人别再逞凶，
求求你把绳索放松。
让菩萨保佑你牲畜兴旺，
你的院中骡马成群。

黑老爷哪能原谅穷苦人，命令白胡子和黑胡子把捆绑的牛毛绳紧了又紧。萨娜玛唱道：

大老爷大头人，
你把捆我的绳索紧了又紧。
你家的马群全死光，
你家的骡子会断根。

萨娜玛痛苦难忍，又求白胡子、黑胡子道：

白胡子、黑胡子把绳子松一松，
菩萨保佑你家的羊群像白云。

但是白胡子、黑胡子两个打手，是黑老爷豢养的两条走狗，哪能放萨娜玛，只有恶狠狠地打骂。萨娜玛悲愤地诅咒那些黑心肠：

凶恶的大胡子你心太狠，
你把绳索捆得更紧，
让你的牛羊骡马全死尽。
白鸽子你帮助黑老爷，
上天会叫你患眼病，
眼睛永远看不清。

白胡子、黑胡子听到萨娜玛的诅咒，气得发疯发狂，他们拿起皮鞭毒打萨娜玛，萨娜玛被打得鲜血淋漓、皮开肉绽，眼看就要被打死了，她挣扎着唱道：

我死后愿我的头发变成湖滩上的青草，
让穷苦人的牲畜吃个饱。
我死后愿我的双眼变成佛灯，
让世人来祭祀、崇敬。
我死后愿我的鲜血变成清泉，
让贫苦人的牲口喝个欢。
我死后愿我的骨头变成鄂博，
化成神仙斗恶魔。

萨娜玛死后，白鸽子果然患了眼病，眼睛变得血一般通红，永远看不清。黑老爷家的骡马牛羊，也真的在两年之内死了个净光。白胡子、黑胡子在黑老爷败落之后，无势可仗，只好在草原上沿门乞讨，到处流浪。

从此，草原长满了茂盛的青草，你见过“萨娜玛”草原吗？那就是萨娜玛妮尕的头发变成的；明海草原上被称为“沙漠明珠”的东、西两个海子，听说就是她的鲜血变成的啊！

【搜集整理】田自成

火焰驹传说

民国年间，山丹马场的一个马群里出过一匹火焰驹，就在现在的马场四队。

听人说，这驹子刚生下来皮包骨头，干瘦如柴，咋也不上膘。当时牧工们觉得这驹子活不成，但它没有死，一天天长大了，就是满身皮痂不长毛。这么个怪物，谁也没留意它。

有一天晚上，一个牧工发现马群里有火光，走到跟前又不见了。他把这件事告诉了其他牧人，大家都说他眼花了或是遇上鬼火了，谁都没在意。后来有一个山东籍牧工把这匹驹子盯上了。有一次，他赶着马群正在南山（今祁连山）跟里放牧，天阴拉了雾，对面啥也看不见。突然一声雷响，那匹干驹子也跟着嘶叫了一声，嘴里喷出一股火光，连续几次，把周围的马都吓惊了。这山东人连续观察了几回，发现每当马群走进山跟里，只要遇上雾天雷电，这驹子就要嘶叫喷火。他认定这大概就是古人传说的“火焰驹”。

不久，这个山东牧工突然提出不干了，要回家，他来马营滩放马已经四十多年了。临走时，他和场家结算最后一年的工资，提出别的啥也不要，就要这匹瘦驹子，说要骑上回家。场家同意了，就把这匹瘦驹子给了他。他把驹子牵到羊生庙（今八字墩滩），拿出早已备好的中草药熬上，涂在马驹身上，很快脱了皮痂，不久变得滚瓜溜圆，活脱可爱，火焰驹显身了，嘴里喷着火光，他一溜烟骑走了。这山东人走后，人们才知道他骑走的正是千年难遇的火焰驹。

听老人说，火焰驹是地上母马与天上火龙交配所生。因此，以后牧工们每遇上天气拉雾打雷时，肯把马群赶到山根里去，希望能遇上火龙，生出火焰驹。这只是传说。

中华人民共和国成立后，听说军马三场的阎关英师傅真的遇见过火焰驹，他半夜听见马叫声，看见马群里喷火光，但没盯下是哪匹马。后来有一匹儿马死了，先说是病死的，后头说是火焰驹没机会脱痂显身被内火烧死了。

【搜集整理】陈希儒

圣洁的婚礼

很早以前，释迦牟尼按照拉依尔昂迦神的旨意盖天铺地，分了混沌世界，形成了山川河流。从此，有了天地，有了人，有了火，人创造了世间万物。

那时候，尧呼尔（今裕固族）有两个尊敬的皇上，一个叫鲍黛尔可罕，一个叫祯格尔恩可罕。鲍黛尔可罕有一个英俊的儿子，祯格尔恩可罕有一个漂亮的女儿。鲍黛尔可罕的儿子看上了祯格尔恩可罕的女儿，提出要向祯格尔恩可罕求婚。

鲍黛尔可罕看到长大了的儿子，就同意了儿子的请求，立即派人拿着求婚的哈达，去向祯格尔恩可罕的女儿求婚。可是求婚的哈达早晨送去，下午就被退回，再次派人送去，头天送，第二天又被退回。鲍黛尔可罕万般无奈，只好去求告拉依尔昂迦神，神说："要使这门婚事结成，一百户人家要有姓，千千万万个人要有名，山上的垭乎上要垒起祭天的鄂博，家家户户都要形成办婚事的规矩。"鲍黛尔可罕临行时，拉依尔昂迦神又说："天上无云不下雨，世上没媒不成婚。你们要办成这门亲事，还必须请四位媒人。"

鲍黛尔可罕回来后，先给手下的四位宰桑（大臣）安了姓，起了名。一个姓柯家拉，起名柯尔克库尔艾；一个姓亚尔拉格尔，起名叫杨乃登曾；一个姓陶代乃，起名叫索讨好买里盖；一个姓哈尔拉，起名叫考鲁布里加。然后请四个宰桑为媒，拿上求婚的哈达，又一次上祯格尔恩可罕家去求婚。这一次，祯格尔恩可罕愉快地收下了哈达。

婚事已定，鲍黛尔可罕和祯格尔恩可罕就商议着如何举行婚礼仪式。一个说：婚礼仪式越庄严越好。一个说：婚礼仪式越隆重越好。到底怎么才算隆重和庄严呢？两个可罕想来想去，想出了一个主意：要把世界上所有的奇珍异宝都找来；用蓝天般的蓝绸子请天上的青龙，用白天鹅般的白绸子请天上的白龙，请青龙向儿子祝贺，请白龙向女儿祝贺！然后请青龙拿上青绸子，驮儿子到天上，请白龙拿上白绸子，驮女儿到天上，让儿女们庄严的婚礼，在最富丽堂皇的天堂隆重举行。两个可罕主意已定，立即吩咐四个宰桑马上去筹办。

有胆量又有智慧的柯尔克库尔艾宰桑想：皇上的国库里有金山银山、奇珍异宝，请天上的龙也能办得到，可结婚成亲的事，家家门上都要过，尧呼尔民族的第一个婚礼，要是办得太过分太隆重，能不能形成规矩？能不能在尧呼尔民族中世世代代流传下去？

善良多谋的杨乃登曾宰桑想：两个皇上的儿女的婚礼，是尧呼尔民族的第一个婚礼，理应办得隆重庄严，但也得想想百姓，有穷有富，不论穷富家家都要办婚姻大事，形成的结婚规矩要能使尧呼尔民族家家都仿照去办。四位宰桑经过商量，就向两个皇上奏道：按照皇上的吩咐，小臣认为王子和公主的婚礼仪式是完全可以办得到，理应在天堂隆重举行，可这是尧呼尔民族开天辟地的第一个婚礼，老百姓办婚事又该在哪里举行呢？皇上要为民族的子孙后代订出一个规矩，全民族都能做到办到的事，老百姓一定会照着办。俗语讲，山不一定高了就长树，河不一定宽了就水深，鸟儿不一定小了就飞不高，花儿不一定开迟了就不好看。

两个皇上听完之后，都觉得四个宰桑说得道理深刻，具有远见卓识。两个皇上经过磋商，认为四个宰桑言之有理，要他们按照世间实际，去筹办王子和公主的婚礼。

索讨好买里盖和考鲁布里加二位宰桑仔细走访了民间，他们发现了一个奇迹：人世间有驼、马、牛、羊四种牲畜，是宝贝。他们去禀告可罕：我们走遍了尧呼尔居住的地方，看到白绵羊、马、牛是三个宝贝，这些宝贝各有用场。马，皇上可乘，军队打仗可骑，庶民百姓可使役。牛是皇上最好的肉食畜，牛奶可熬奶茶，酥油可在佛像面前点灯，曲拉是牧民可口的奶食品，牛皮还可做皇上的行军大帐。羊，大户小户、富人穷人都可养，羊毛能精纺衣料，也可织成氆氇、褐子做衣服，褐衣泥里水里、春夏秋冬都能穿。我们可用这三样宝贝来庆贺婚礼。

经过四个宰桑的反复商讨，决定用青马代替青龙，用白马代替白龙，蓝绸子用蓝布代替，白绸子用白布代替，新郎骑青马成亲，新娘骑白马成亲，新郎用十六尺蓝布请客，新娘用十六尺白布请客，蓝布表示无边无际的蓝天和前程，白布表示纯洁的天鹅与爱情。

四位宰桑走访时，在尧呼尔牧人保尔吉布的羊群里发现了一只灰红色头羊，他们马上要保尔吉布把这只羊驮到骆驼背上，连夜把羊献到皇宫。两位可罕一见这只灰红色头羊，高兴得连连夸奖。他们看看羊头，认为它是给大官人送的最厚诚的礼物。他们看看羊脖子，它的六个锁骨，好比亲密相连的六兄弟。看了看羊胸叉，一层一层又白又厚的油和肥美的肉，是送给最亲的亲戚的好礼品。对羊肋骨端详了一阵说：这十二根肋条骨往一个方向顺着，是一年十二个月的标志。又指着羊的四条腿说：这正是拉依尔昂迦神说的四根通天柱。看看羊的干巴骨，大头金黄发亮，大家说它是千两黄金渗透的；小头闪着青光，大家说它是万两白银渗透的，这是新郎送给新娘最好的礼品。羊干巴骨缠上雪白的羊毛，表示给新郎系上了腰带；在羊干巴骨沾上金黄的酥油，意味着新婚夫妻恩爱相亲。羊身上皮肉丰厚，好似新郎穿上层层摞摞绸缎衣服。羊腿上那样厚的肉，肉一层层紧密相结，表示两亲家永远相好。

两位皇上和四个宰桑又把全羊浑身上下分成了十二背子礼物：后墩肉味道最美，定为头背子肉份，送给宾客中的大官；羊头定为二背子肉份，送给有威望的老人；羊胸杈定为三背子肉份；前胸的四根肋条定为四背子；中间的六根肋条定为五背子；软腰的三根肋条定为六背子；右胯骨定为七背子；左胯骨定为八背子；左大腿定为九背子；右大腿定为十背子；左前腿胡郎板定为十一背子；右前腿胡郎板定为十二背子。凡参加婚礼的宾客，每人都送一份，每一份肉背子都包含着主人的深情厚谊。

两位皇上同意了四个宰桑的意见，举行了隆重而朴素的婚礼。选了一匹青马，身上披青绸子，代替了青龙，是新郎的乘骑；选了一匹白马，身上披白绸子，代替了白龙，是新娘的乘骑。杀羊宰牛，大宴宾客，把每只羊分成十二份肉背子，送给客人。把羊干巴骨一头沾酥油，一头缠白羊毛，由新郎送给新娘，新娘又插到新郎的腰带上作为结婚的凭证。

从此以后，尧呼尔婚礼就形成了不变的规矩。请媒人、求婚、说亲、订婚、选人、请客、戴头、送亲、打尖、踏房、猜情、阿斯哈拉、阿斯哈斯、尧达曲珠尔、格伊尔拉等仪式，成了尧呼尔婚礼的不可少的内容，一直延续至今。尤其是阿斯哈拉仪式，就是尧呼尔婚礼怎么形成的回忆，更为婚礼增添了民族传统的特色和风采。

【搜集整理】田自成

颠倒墩和无节芨芨

在酒泉市苏州区黄泥堡裕固族乡与肃南裕固族自治县的交界处，有一片广阔无垠的草原，叫前滩。这里长满芨芨、芦芽、白刺、黄茅头等野生植物，地面被坚硬的碱皮包裹着。滩的中央，矗立着一座高高的烽燧，人们叫它碱滩墩。这里生长的芨芨都是有节的。但有人说，它们中间唯独有一株芨芨是无节的，专门找是找不到的，只有运气好的人才能碰上。碱滩墩远远望去好像是上大下小颠倒着的，因此，人们又叫它颠倒墩。

关于颠倒墩和无节芨芨，有这么一段传说：

很久很久以前，这里经常遭受来自北山峡口洪水的侵袭。老百姓流离失所，无家可归，发出惊天动地的哭嚎声。太上老君听得不过意，决定亲自下去察看一番。他化成一个白发老道，亲手用山石将北山峡口堵住，使这一带的老百姓免受洪水侵害，过上了安安稳稳的好日子。却说这一天，太上老君赶着九只羊从南山往北山走，走到碱滩墩时，坚硬的碱皮把他的鞋磨烂了，他就随手拔下几根芨芨来缝补。因芨芨都是有节的，缝到节处就折断了，老君爷气得大喝一声："去节!"霎时，那芨芨就成了光溜溜的一根。缝好了鞋，老君爷想试试结实不结实，抬脚朝墩踢去，一下把墩踢倒了，他又用脚尖儿轻轻一勾，那墩就底座朝上倒立了起来。

现在这颠倒墩仍完好无损。仔细看去，当时筑土的锄头印还是向下的。遗憾的是，那株无节芨芨直到如今还没有一个人碰到过。

【搜集整理】吴天成

格萨尔的传说

裕固族把格萨尔称为盖赛尔。这位惩治邪恶、战天斗地的藏族英雄，在裕固族地区广为流传。

裕固族在过春节时，要请人讲格萨尔的故事。据说春节象征着春天的到来，那时冰雪消融，万物生长，一切都欣欣向荣，讲说格萨尔的故事，将会给人们带来吉祥如意。裕固族生下的小孩，自出生到满三岁时才第一次剃头。在举行给孩子剃头仪式时，亲戚朋友要前来祝贺，要请说唱艺人说唱格萨尔的故事。据说孩子听了越长越聪明，以后会像格萨尔那样勤劳勇敢、智勇双全。到了每年的农历四月十一日，裕固族牧民要给马驹第一次剪鬃毛，要举行剪鬃毛仪式，裕固族谚语说："马驹剪鬃才算马，娃娃剃头才成人。"在剪鬃仪式、首次备鞍驯骑时，也请老人说唱格萨尔，赞祝小马长大以后，像格萨尔的枣骝马那样矫健善走。据传说，这一天曾是格萨尔给自己的枣骝马剪鬃毛的日子。

在雪泉乡白泉门有一石柱，据说是当年格萨尔从山顶上丢下来拴赤兔马的石柱。东流沟南山崖有一石槽子，传说是格萨尔休息时立宝剑留下的痕迹。在萨隆掌垭口甘青交界地有个石台，据说是格萨尔在征途中煨过桑的煨桑台。普光寺又名马蹄寺，初建于北魏，距今已有一千六百多年历史，在明永乐十四年（1416 年）赐名普光寺。在马蹄寺围绕着格萨尔留下了许多美妙传说，马蹄寺石窟雅则库玛尔城的传说把格萨尔神话的同时，也把他进一步历史化了。相传，格萨尔当年反击霍尔国时，身跨赤兔神马，亲临霍尔国都城雅则库玛尔，因神马所踏，在岩石上留下了神骏足迹，故后人在这个马蹄印上筑起佛寺，故名马蹄寺（该蹄印今保存在第八号窟马蹄殿内，保存完整，清晰可见）。又传说，格萨尔在攻打雅则库玛尔城之前，将一间平房般大的巨石捎在赤兔马后，在去雅则库玛尔城的马莲滩（今名兰花坪）盘道上扔下来，当众一剑劈成两半，取出巨石中间的宝石，以此施威教诲前来阻击的霍尔国官兵（这把宝剑，被后人视为珍宝，珍藏在普光寺三十三天石窟的第三窟内的宝塔中）。1958 年，宝塔被毁，宝剑被盗，今原物找回；那块被劈的巨石仍然竖立在兰花坪半山坡，成为马蹄寺风光旅游区的一大景观——格萨尔王剑劈石。

格萨尔王攻打霍尔国，霍尔国的王宫建在悬崖峭壁之上，易守难攻。为了攻下王宫，格萨尔在雅则库玛尔城墙上（刀削似的峭壁上）钉上铁橛子，挂上铁链子，让士兵依附铁链爬上了悬崖峭壁，攻下了霍尔国的主宫。至今铁橛、铁链还遗留在马蹄寺石崖上。

在马蹄寺三十三天石窟的最上端，另凿有两窟，内供有白度母和绿度母的塑像，传说这是僧姜珠毛和格萨绷吉跟格萨尔大王一同返回天界时，留在人间的化身。三十三天石窟崖下端，距地约两人多高的地方，凿有一个石窟，窟内有一悬棺，传说是霍尔国大臣辛巴梅乳孜的坟。他归服岭国后，跟随格萨尔王南征北战，在与突厥国作战中阵亡，葬于此地。在东部裕固语说唱的《辛丹和好》故事中，讲说通过甲擦夏嘎尔复活作证，重新塑造了霍尔王和辛巴梅乳孜的形象。在马蹄寺石窟中有甲擦和辛巴梅乳孜的塑像，过去每逢节日，藏族、裕固族群众还去朝拜。

雅则库玛尔城抵达西水连绵百里，西水乡有座高山叫拉吾加日。据说格萨尔大王的爱妃珠毛被霍尔白帐王劫去，曾在这座山上煨过桑，并借此遥望家乡。以后，当岭国降服侵略者霍尔国后，格萨尔大王领着自己的爱妃珠毛从雅则库玛尔城到西水正南沟，越过草大坂，走向青海湖返回久别的家乡。

在裕固族流传的格萨尔的传说中，格萨尔神变的一群叫花子，捕住霍尔三王的寄魂物——白色神鱼、黄色神鱼和黑色神鱼之后，摔死在珠毛胸口，迫使珠毛无地自容，返回王宫，在白帐王面前羞得难述真情，只好以谎言掩盖，为后来消灭霍尔王作了铺垫。

在裕固族流传的格萨尔王的故事中，霍尔国打了胜仗，霍尔军割下岭国十八英雄和三十勇士的头颅，带去挂在霍尔国九层山顶的鄂博上，以示祭祀。

【搜集整理】田自成

毛野人的传说

据老一辈传说，在很早以前，祁连山里有过野人，因浑身长毛又叫毛野人。

有一年，一个裕固族猎人到深山打猎，由于当时的火药枪射程短，猎人不到十分把握时一般都不开枪，他跟踪着一群马鹿，已跟踪了好几天。这天，终于得到了好机会，地形风向都十分有利，他瞄准了一头十二岔鹿茸的鹿，随着枪声响鹿倒了下去。

猎人跟踪马鹿几天来，翻山越岭，鹿走他就走，鹿停他也停，跟得他疲惫交加，饥渴难忍。今日猎物到手，立即上前，拔出腰刀，割下带鹿茸的鹿头，拾来柴禾烧起一堆火，割下几块肥嫩的鹿肉在火上边烧边吃。肚子吃饱了，困倦就来了，猎人在火边倒身便睡，真是天塌到头上他也不管了，睡得就像死了的一般。在梦中，他把干好的一支鹿茸献给了头人，头人免去他的官税。他把另一支鹿茸交给了阿娜①，阿娜双手捧着鹿茸满脸堆笑地走了，外面黑得伸手不见五指，他着急地喊着："阿娜你慢些走，外面天黑，别碰坏了鹿茸，这可是咱全家人一年的口粮。"阿娜不见了，他喊着，追着，却什么也看不见，就在这时他急醒了。

他睁开双眼，却黑得什么也看不见，只闻见一股刺鼻的腥臭味，有一束刺眼的亮光。他爬起来，向四周扫视了一眼，这才看清是一个山洞，洞内堆有野果皮壳和兽骨、兽毛、骨头。他一摸身下铺着厚厚一层干草。这时，听见洞门口一阵轰响，洞门口上堵着的一块巨石被移开，一个浑身是毛的人走了进来，双手捧着野果，笑嘻嘻地朝他走来。猎人惊魂未定，也不知道自己怎么来到山洞，听老一辈的猎人讲起过野人，他怎样落入野人之手，他一点都不知道。野人三番五次地给他送野果，可他没有一点心

① 阿娜：裕固语"母亲"。

思吃食物。

野人经常外出觅食。每次出去之前都要朝猎人点头笑笑，并非常仔细地用巨石把洞门口堵住，每次回来都背回野羊肉、野兔肉和野果子。几天后，猎人饿得无法忍受了，就把洞里的柴草拾拢来，解下腰里的引火工具火镰，打出火花烧起了一堆火，他用腰刀把野羊肉切成薄片，穿在木棍上放火里烧烤，烤熟的羊肉片发出喷鼻的香味。正在他吃得津津有味时，野人回来了，野人很怕火，躲得远远地不敢近前。猎人把烤好的一串羊肉递给野人，野人犹豫了一阵接过去吃了起来，好似好吃，又伸手来要。野人胸前吊着两个大乳房是个女性，烤肉吃饱了，野人与猎人关系也亲近了，野人笑着走近猎人，拉着他的手，把猎人搂在赤裸的怀里。猎人看见山洞在距地面十几丈深的悬崖上，洞门又被几千斤重的一块巨石堵住，真是插翅难逃，只好先在洞里住下来，等待机会吧。思想安定了，就有了在洞里住下的想法。他开始清理山洞，把骨头、烂肉、皮毛都清理出洞，铺好了睡觉的地铺，用石块圈好了烧水的火塘。从此他和野人一起吃烤肉，在烧红石板上烙肉干，在一块睡地铺，盖兽皮，野人的体温和柔情竟使二十出头的猎人产生了冲动，和野人做了夫妻。

两年后，野人妻子给猎人生下了一个毛茸茸的小孩，孩子都会走路了，猎人却始终没机会逃跑，他一天除了吃、喝，逗孩子玩外，再没事可干。吃的食物，烧火的柴禾和喝的水都由野人妻子去背来，但始终不放松他逃走的警惕，洞门口的那块巨石他根本无法挪动。一天机会终于来了，野人妻子背回来了野牛肉，又背来了一张毛茸茸的牛皮。他趁野人妻子不在时把腰刀磨利，把牛皮转圈割成了一根长长的皮条，他趁洞口没封堵时，把皮条一头拴在洞门口的大石头上，把另一头扔下了悬崖，然后他拖住皮条溜了下去，根据他长时间选择的路线逃走了。

猎人逃出不远，他野人妻子回来了，她发疯了，把皮条扽成了碎片，对天嚎叫着，双手拍打着洞口的巨石。

猎人逃回了家，家人亲友都以为他不是被野兽吃了，就是摔死或病死了，不然三年哪能不回家呢？他的突然回来，又给亲人增添了不小的惊喜，他与野人结为夫妻，生下孩子的惊险遭遇被人传说得非常神奇。

有人就根据这一神奇的故事，编演了一个社火节目，用黑山羊皮缝成了毛野人的外衣，用红布镶上红眼睛、红舌头。表演时，摸爬滚打、翻跟头、拿大顶，博得观众阵阵掌声。你若不相信，春节之后闹“社火”，肃南邻县高台新坝红崖子社火队就有耍毛野人的社火节目，去一看就知道。

【搜集整理】田自成

淘金宝地的传说

黄金，人人称颂为宝中之宝，它不但是国际通用的货币，也是当今工业不可少的稀有金属。位于祖国西北祁连山北麓的肃南裕固族自治县境内，隆畅河、金昌河、白鼻梁河沿岸，是世世代代淘金者的宝地，挖掘的金洞子遍布河畔，堆得丘陵似的沙堆就是见证。

据老人们传说，隆畅河沿岸有七十二块金砖，世世代代被挖出了两块，那么还有七十块至今还沉睡在沙中。据好多淘金者说，这里的沙金，小的称为麸片金，中的称为豆金，大的块金有七八斤。从古至今，来这里淘金者络绎不绝，淘金者中流传着许多美妙的传说。

相传在唐朝贞观年间，白庄子一带的隆畅河沿岸，沟金者遍地都是。一个叫王小三的外地人，和别人搭伙淘金。他每天把挖好的沙子用背篓背到淘金的水边，秋去冬来，日日如此，别人都叫他沙娃，是淘金者中最苦的苦力。

王小三是个心地诚实、少言寡语，干活从不偷懒抹滑，老老实实的小伙子。一年过去了，小三背出的沙子堆积如山，究竟淘了多少金子，他无从知晓，年终工头七折八扣，小三才分得三钱沙金。小三把三钱沙金用布包了一层又一层，白天装到衣兜里，晚上枕到头下边，整天就知道埋头背沙，从不多言多语。一起干活的人经常背后挤眉弄眼，说小三是个大大的愣头。这一切被心地善良的张老伯看在眼里，时时为工头待人不平而愤恨。

一天夜里，王小三顶着小油灯，背着筐沉重的沙子，顺着洞子台阶往外爬。沙子里的泥水顺着小三的屁股往下淌着，劳累使小三感到头重脚轻，他把背篓靠到一块石头上，喘着粗气歇一歇，不一会儿小三就背着背篓进入梦乡。

在梦中，小三还背着背篓走着，迎面走来一位银须飘洒的老爷爷，对他说："诚实的青年人，我带你去找金子，那里金子遍地都是，只要你们诚实虔心，你们是会得到好处的。你们得到好处之后，定要重重答谢于我，切记，切记。"就在这时，小三感到头上、脸上火辣辣地疼，睁眼一看，是工头挥舞着皮鞭，劈头盖脸地在抽打他，张老伯在一旁护挡解劝。小三怀着满腔怒火背沙出洞。当天夜里，小三从头至尾把做的梦告诉了张老伯，张老伯对憨厚的小三说："今天这话你不要给任何人讲，等待时机我们自己干。”小三点点头。

时隔不久，小三背出了一筐沙，倒到张老伯淘金的水沟边，又去背沙时，洞子已经崩塌，贪心的工头和其他人均被埋葬沙底。他们一伙淘金者就这样散伙了。

王小三和张老伯背起了铺盖卷，向小三梦境中老爷爷指点的地方走去。他们走啊走啊，来到了西北像三座狼牙一样尖而光滑的石山脚下，有一块平平的掌台，掌台的下面有一个大河湾，河湾前面就是滚滚的大河。张老伯四周观望，凭着他多年淘金的经验，确认白须老爷爷指点的这块地方是淘金的宝地，小三和张老伯就在这里住了下来。

他们拿出分红分得的一点金子，换来了小米和面粉，置办了一些工具，又招揽了几个穷困的淘金者，搭伙淘金。刚挖了三天，就淘了一两金子，张老伯当着众人面过了戥子，并提议买全牛全羊敬奉老君，全牛全羊就在那掌台上敬献。每天挖金之前，他们一行就去掌台上磕头，求老君保佑平安。自此之后，他们淘出的金子一天比一天多，他们的光景一天比一天好，和他们搭伙的也越来越多。这时的王小三和张老伯就想起了梦中白须老人的话。

“小三啊，我越想越觉得你做的梦不同寻常，白须老爷爷一定是太上老君，来拯救我们穷苦人的。”

“是啊，老君给我们这么多好处，我们千万要重重答谢。”

“我挖金子挖了大半辈子，挖这么多的金子还是第一次，我想这一定是神仙在保佑。”

大家伙商量，就在这掌台之上修起了一座老君庙，天天上香，年节敬奉。

老君庙坐西北，向东南，底部全用石条砌起，台基之上四廊八柱，彩绘艳丽，庙内塑太上老君。据传，到了金子挖得正红的时候，唐朝派能征善战的护驾大将军到此督军淘金，并在老君庙前树起了一块石碑。碑上刻“日出斗金”四个大字，碑文记载了当时淘金盛况：“淘金者日食八十三石黄米。”据此，可推算出当时在此淘金者不下千人。

老君庙在中华人民共和国成立前夕被拆毁，今仅存一个土墩，石碑也在“农业上山，牧业下山”的极“左”年代被垦荒者砸烂，今日仅存残片。当地人称此地为地台墩。

【整理】田自成

裕固人与十二生肖的传说

十二生肖是一种传统纪年法，以十二种动物代表其中年份，民间多以形象的生肖来代表自己的出生年代，作为年龄的属相。裕固人的生活中离不开十二相，十二生肖的传说文化也很丰富，在民间风俗中保留有其他民族所共有的文化特征。裕固人对动物的崇拜和神化表现在使用十二生肖，在裕固人的历史上，广泛用十二相纪年，推理年代和出生时间，现在的裕固老人都会用手指按十二相推算。

裕固人的民间故事中有很多关于十二相的传说，对十二相顺序的排列是这样传说的：很久以前，当十二种动物被作为生肖时，谁排名第一争论不下，于是请来骆驼评判，骆驼当众宣布：谁第一个看见东方升起的太阳，谁就是第一相。十二种动物选择早晨等待太阳出来，太阳从地平线出来时，兔子跑到土堆上喊叫先看见太阳了。牛说：我比你大，我怎么没看见太阳？这时老鼠明知自己最小，无法抗争，急中生智，从骆驼尾巴爬到骆驼头顶上，大喊：看见太阳了，看见太阳了！最后骆驼作证说：我看见太阳了，老鼠可以作第一，猪来得迟，占最后一相。所以裕固人都认为骆驼全身占有十二种动物的特征，它们是：鼠耳朵、牛蹄子、虎牙齿、兔子嘴、龙脖子、蛇眼睛、马明鬃、羊绒毛、猴子头、鸡大腿、狗肚子、猪尾巴。

还传说：很久很久以前，在裕固先民居住的地方有一条河，名叫母亲河，人们在那里繁衍生息，一年又一年，无法纪年，也无法纪生肖。于是可汗提出用动物排列，如何排名顺序，确定哪些动物做属相，人们争论不休。可汗说：我们自己知道附近有哪些动物，就确定它们为属相。人们最后确定了十二种动物，但是排名次就难办了。可汗说：把十二种动物赶到河里，谁先到对岸，谁就可以当第一，按先后顺序排列。人们赶着牲畜、赶着动物到了母亲河。过河时，老鼠怕被淹死，急忙爬到牛背上，到对岸老鼠先跳下来说：是我第一个到岸上的。人们就按过河先后顺序排名十二相，从此有了纪年的属相。

裕固人的文字失传，口头文学很丰富，在民间歌曲中对十二种动物作了很形象的描述和比喻，唱起来歌调优美动听，歌词大意是：

“格鸟格鸟”，小老鼠，它在草原上吃草，十二相中第一相哟；牛呀遍地走，世上人们都饲养，宝贵的牛属第二相；住在悬崖下面时，身上长着黄花纹，离开悬崖下面时，变成黑花纹，十二相中第三相是老虎；卧在草窝里，睁着灰色大眼睛，跳出草窝跑，竖起灰色长耳朵，十二相中第四相是兔子；飞到天空去，黑云弥漫，离开天空后，天上变蓝天，十二相中第五相是龙；它很像松软的皮绳，又像细长的花毛绳，人们常把它叫“小龙”，十二相中第六相是蛇；马长到两岁就奔跑，长到三岁很肥壮，马是人爱骑的牲畜，十二相中占第七相；母羊长到三岁就生小羊羔，羊羔一岁后长膘肥壮，羊是十二相中的第八相；摇着那带梢的尾巴，长着一对机灵的眼睛，领着一群小猴娃，家在森林里，十二相中第九相是猴子了；黎明时叫鸣，叫人们起床，赶上牛羊上草场，身上花羽毛，鸡是十二相中的第十相；“呀呀呀”它是这样啃骨头，“汪汪汪”它是那样地叫，它为我们看羊群，守毡房，狗是十二相中的第十一相；被捉住前它直哼哼，捉住后乱喊乱叫，第十二相就是猪，我把十二相唱全了。

裕固人崇拜十二相还表现在生活习俗中。如过去头目大型毡房杆子多用十二根，十二根杆子雕有十二种动物。很多裕固人的毡房也用十二根杆子立起来，杆子上头雕有十二相头像，象征一年十二个月消灾避邪、吉祥平安。裕固人信奉十二相纪年法从什么世纪开始，史书中记载很少，但和汉族等其他民族纪年法一样，流传很广，历史悠久。裕固人的族源是古代回鹘民族，9 世纪中叶游牧在大漠南北的回鹘部落先后进入河西走廊，古代回鹘民族已经使用十二相纪年了。从吐鲁番出土的回鹘文木杵铭文（汉译文）中就有这样的记载：“在幸福的土猴年这一年中，在一个选定的吉时良辰的”“幸福的火羊年二月初三”等。按汉历干支纪年推算，那就是戊申年和丁未年的公元 948 年和 947 年，说明裕固人的先民在 9 世纪前就有了十二相纪年法了。从此以后，一代传一代，一年又一年，裕固人就用十二相做生肖，用十二相纪年，一直延续到今天。

【搜集整理】白文信

夏日巴颜的传说

夏日巴颜是尧呼尔语，即“金黄”“富裕”，也含有雄伟美好之意。在这雄伟壮丽、气势磅礴的高峰上屹立着板达①部落雄伟的鄂博。据说：

四百年前的一天，一阵黑风呼啸，两个妖魔化作庞大的蟒蛇，围困住了甘州城。从此彤云密布、阴风不息，白天黑夜不分，百姓遭受着灾殃。当时，西王母听后非常愤怒，亲自派遣拉毛（吉祥天佛）化作白色孔雀降临。那只神威的孔雀栖息在道尔吉恢大峡谷，一只巨爪踏着黑河西岸的卡拉木达板，一只巨爪踏着黑河东岸的阿尔斯愣山，七天七夜后吞噬了两条蟒蛇。这时黑风散去，红日当空，甘州城恢复了往日的神采。从此，这只神威无比的孔雀，安落在道尔吉恢大峡谷，化作这座高大的夏日巴颜，也就是人们今天叫的大孤山。你要登高远望，就发现大孤山恰似一只昂首开屏的孔雀。

【搜集整理】达隆东智

“鸡心疙瘩”的传说

在肃南县大河区韭菜沟乡大滩村境内，有一座酷似鸡心的小山，当地牧民称之为“鸡心疙瘩”，这名字里面包含着一个美丽的传说：

很久很久以前，裕固族从西至哈至迁徙到祁连山北麓，继续过着游牧生活。有一个给牧主家放牧的小伙子和牧主的女儿相爱了，但由于家庭贫穷，家中又有年迈的老母亲需要小伙子来抚养，牧主家不同意这门亲事，严禁小伙子和姑娘接触。有一天天刚亮，牧主家的一只公鸡叫起鸣来，惊醒了小伙子，于是小伙子起来去干活。路过姑娘的帐篷时，看见姑娘也起来了，这时牧主家的人还没有起来，小伙子趁机走进了姑娘的帐篷，和姑娘说起了知心话。分别时两人约定以鸡鸣为信号，每隔两天约会一次。久而久之，牧主发现了这个秘密，为了彻底拆散这两个人的爱情，牧主限期让小伙子离开他家，为了解恨把这只公鸡也杀了。小伙子抱着死去的公鸡痛哭着走出了牧主家，走着走着，不知不觉又来到了他们初次约会的那块草地上，坐在草地上回忆着那些温馨的日子。天越来越黑，小伙子由于白天的劳累，就躺在草地上睡着了。睡着睡着，他梦见公鸡对他说：“我的心代表着你们纯洁的爱情，让我的心做你们爱情的永远见证吧！”小伙子醒来后把公鸡埋在了这块草地上，慢慢地，公鸡的坟变成了一座小山。

① 板达：今西水乡芭蕉湾、楼庄子一带。

人们为了纪念这忠贞的爱情，给这座小山起了此名，也不再食用鸡肉了，裕固族禁食“尖嘴圆蹄子”中的“尖嘴”就包括鸡肉。

【搜集整理】贺德锋

兄妹峰的传说

很久很久以前，祁连山下曾经是茂密的原始森林，珍禽异兽布满整个草原。在这块圣洁的乐土上居住着尧呼尔敬慕的博格达汗。他拥有辽阔的疆域，还有十几万的臣民和誓死捍卫他的八千名勇士。博格达汗有超人的勇气和无比的胆量，他曾跨上追风的红马，独自闯过七个国家；他以他的勇力，震动了一百个国家；他以他的胆量，震撼了六方的国家。即使遭到一百年的苦难，他决不说一个“苦”字；即使遭到六年的鞭打，他决不吐出一个“降”字。他的性命不在他身上，他是刀枪不入的英雄。他凭他的智慧和胆量，征服了九十九个国家。

在博格达汗的帐下还有三个被他在茂密的森林里捡来的孤儿，他给他们取了响亮的名字，大哥屈赛岗尔勒，二哥鹏肖尔加，妹妹迪切莱。博格达汗视他们如亲生儿女，精心养育，并亲自教授他们各种本事。大哥屈赛岗尔勒，双臂力大无穷，聪明过人。他用一副金虎弓箭，箭胸上刻着一对鹞蛇在相斗，箭背上刻着一对男女孩童在玩耍，箭扣上刻着一对雌雄岩羊在角斗。他把神箭搭在弓上，用力拉得恰到好处，让箭头闪出一股火花，让箭扣冒出一股黑烟，“唰”的一下射出后，就能射中雀儿的右眼，就能射断白草的节儿，就能射穿狐狸的胯骨。然后箭往前飞，一直飞到高山的那面，燃起七股熊熊的烈火，又不停地往前飞去。这时，屈赛岗尔勒会大吼一声，地震山摇，他的箭又会飞回他的手中。他在博格达汗国中从没有遇到过对手，他是汗国的骄傲，他是尧呼尔人心目中的英雄。

二哥鹏肖尔加，双臂灵巧，他的威名震撼六方。他用一副从九百九十九头牦牛身上精选的牛毛和耀眼的金丝线织成的浩雷①和从九百九十九匹雄鹿身上精选的鹿皮制成的浩雷柄，他把五彩石子装入浩雷，举手往天空轻轻一挥，发出“嗖”的一声，五

① 浩雷：裕固语“撂抱子”，牧民用于投掷石块驱赶牛羊。

彩石子变成九万九千九百九十九个巨石，飞也似的向前驰骋，划过蔚蓝如水的天空，掠过树木稠密的树梢，飞过高耸云霄的山峰，落在宝马也要跑九十九个昼夜的地方，击起一团浓浓的烟尘，将半个天空也遮蔽了。他的五彩石能杀伤九千九百九十九个敌人。然后，鹏肖尔加大吼一声，地动山摇，他的五彩石又飞回他的手中。他在博格达汗国从没有遇到过对手，他是汗国的骄傲，他是尧呼尔人心目中的英雄。

妹妹迪切莱，长得貌美如花。她举目向左边看去，能数得清草丛里的蚂蚱，她回眸向右边看去，能数得清草原上的花朵。她的面颊比晚霞还要红，油黑的发辫在红润的脸颊衬映下闪着光彩。她戴的“格尧则依捏”[①]在雪白的额头上飘拂。她戴的银质耳坠，熠熠生辉。她拨动九十一根弦的天鹅琴[②]，发出十二种声音，好比草丛中孵卵的天鹅正在悦耳地鸣叫，好比落在树梢上的喜鹊动听地啼叫。善良正直的人听到她的琴声，定能愉快健康；邪恶狠毒的敌人听到她的琴声，定能丧失斗志，连人带马昏倒在土丘。迪切莱常常坐在高岗上用纤纤玉指弹奏美妙动听的歌声，百鸟汇集在她的周围，和声鸣唱，尧呼尔人感谢她带来了和平安康。她是汗国的珍宝，她是尧呼尔人心中的女神。

一天，博格达汗闲暇无事，便上山打猎。路上他遇到一位满头白发、面容慈祥的老阿娜[③]。博格达汗是一位特别注重礼节的人，他立即下马向阿娜致意问候，老阿娜对他说：“尊敬的博格达汗啊，你的江山如此和平安宁，是因为你拥有神仙赐给你的三个好帮手。但是，不久你会有一场灾难，要想逢凶化吉，那么，屈赛岗尔勒、鹏肖尔加、迪切莱终身不能娶妻出嫁，否则，他们会变成凡人，没有任何法力和神力。我给你三样宝物，你交给他们，一切都会平安无事。”说完，她给了博格达汗三样宝物：一个是净瓶插着柏树枝，它可以荡尽心魔；一个是宝瓶中充满芬芳气味的药水，它可以使荒原变成绿洲，驱除瘟疫治百病；一个是一块绣满鲜花的锦帕，用它在迷失本性的人的双眼上一抹即可让他清醒。博格达汗接过三件宝物，刚要开口致谢，迎面一股清风吹来，老阿娜变成了占奇桑布[④]升向天空，隐隐传来她的话语：“记住我的话，做个英明的君主，千万不要轻信他人……”

博格达汗立即回到他的金帐，召来三兄妹，郑重地将净瓶交给屈赛岗尔勒，将药瓶交给鹏肖尔加，将锦帕交给迪切莱，并升他们为帐前最大的诺彦[⑤]。

---

① 格尧则依捏：裕固族妇女头饰的一种。

② 天鹅琴：古代裕固族特有的一种乐器，现已失传。

③ 阿娜：裕固语“母亲”。

④ 占奇桑布：裕固语“菩萨”。

⑤ 诺彦：裕固语“大臣”。

博格达汗国的和平安宁和富饶美丽引起了另一个邻近的汗国哈拉·蟒古斯汗的仇视。他集一切邪恶与残忍于一身，发誓要占据博格达汗的江山和美女迪切莱。一天，他派一名善念黑经①的法师去博格达汗国。法师来到汗国，对博格达汗说："我念七七四十九天的经，可以保佑你江山永固。"博格达汗轻信了法师的话，专为他修造了十层高的祭坛。法师上坛作法念了七七四十九天的黑经，博格达汗在第五十天心神大乱，用利剑砍了一千只羊的脑袋，用双掌劈断了一千棵牛腰粗的大树。最后，他看见迪切莱，惊叹："点格汗②啊，这么美丽动人的女子为什么不是我至高无上的博格达汗的老婆？我要娶她为妻。"屈赛岗尔勒知道汗王中了魔法，他用净瓶里的柏树枝向汗王的脸上一洒，博格达汗清醒了，他并不知道发生了什么事。屈赛岗尔勒揭露了法师的阴谋，汗王十分震怒，连连说："把他抓来，快，把那邪恶的魔鬼抓来。"但法师早已逃之夭夭。

哈拉·蟒古斯汗一计不成，又生一计。他另派一名念黑经的法师深夜潜入博格达汗国，在熟睡的汗王枕边念了四十九遍黑经，并给汗王喂进了邪恶无比的毒药。第二天，博格达汗一起床，就发疯似的用利剑砍了一千头牛的脑袋，用双掌劈断了一千棵熊腰粗的大树。最后，他看见迪切莱，惊叹："这是我美丽的妻子啊！"说完他就扑过去抓迪切莱。鹏肖尔加知道汗王又一次中了魔法，他把药瓶里的药水硬灌进汗王的嘴里，博格达汗清醒了，他并不知道发生了什么事。鹏肖尔加告诉汗王肯定又是哈拉·蟒古斯汗的法师搞的鬼，可哪儿也找不到法师，他早已逃之夭夭。

哈拉·蟒古斯汗一看阴谋又一次失败，他不甘心，另派一名法师深夜潜入博格达汗国，在熟睡的汗王头上剪下一撮头发，然后找了一个僻静的地方，一边焚烧汗王的头发一边念着黑经。第二天，博格达汗一起床，就发疯似的用利剑砍了一千匹马的脑袋，用双掌劈断了一千棵马腰粗的大树，最后，他看见迪切莱，惊叹："我美丽的妻子啊！"说完，抓起迪切莱冲入他的金帐。他把迪切莱扔在床上就扑了过去，这时迪切莱拿出锦帕在博格达汗的双眼上一抹，汗王立时清醒了，他并不知道发生了什么事。迪切莱告诉汗王，他肯定又一次中了哈拉·蟒古斯汗国法师的魔法。哪儿也找不到法师，他早已逃之夭夭。

哈拉·蟒古斯汗一看毒计不行，就开始派兵攻打。他把九万九千九百九十九头犍牛身体两侧绑上长矛，在牛尾上扎上火把，浩浩荡荡向博格达汗国出发。博格达汗王得到兵报，立即召集众大臣商议对策，屈赛岗尔勒奏道："尊敬的汗王，不必担忧，

① 黑经：裕固族早先流传的一种经文，用于诅咒别人生病或死亡。

② 点格汗：裕固语"天神"。

由我前去迎敌。”说完，跨上追风的骏马，向敌营驰去。哈拉·蟒古斯汗看见一神武非凡的勇士向他们奔来，立即下令，点燃牛尾上的火把，九万九千九百九十九头犍牛尾巴被烧疼，带着身上的长矛向屈赛岗尔勒冲来。屈赛岗尔勒立马一看，一团火海和闪光的长矛疾驰而来，尘土滚滚。英勇的屈赛岗尔勒不慌不忙，拿出他的金虎弓箭，他把神箭搭在弓上，“唰”的一声射出后，九万九千九百九十九头犍牛全部倒在地上。这时，屈赛岗尔勒大吼一声，地震山摇，他的箭又飞回他的手中。哈拉·蟒古斯汗一看全军覆没，胆战心惊，忙下令收兵。屈赛岗尔勒大获全胜。

哈拉·蟒古斯汗不甘心失败，他给九万九千九百九十九只乌鸦施了魔法，每只乌鸦爪子上都带着九十九斤重的石头，铺天盖地向博格达汗国出发。博格达汗王得到兵报，立即召集众大臣商议对策。鹏肖尔加奏道：“尊敬的汗王，不必担忧，由我前去迎敌。”说完，跨上追风的骏马，向敌营驰去。哈拉·蟒古斯汗看见一神武非凡的勇士向他们冲来，立即下令九万九千九百九十九只乌鸦把巨石向鹏肖尔加抛下。英勇的鹏肖尔加不慌不忙，把五彩石子装入浩雷，举手往天空轻轻一挥，“嗖”的一声，五彩石子变成九万九千九百九十九个巨石，飞向乌鸦，九万九千九百九十九只乌鸦全被打落尘埃，击起一团浓浓的烟尘，将半个天空也遮蔽了。这时，鹏肖尔加大吼一声，地动山摇，他的五彩石又飞回他的手中。哈拉·蟒古斯汗一看全军覆没，胆战心惊，忙下令收兵。鹏肖尔加大获全胜。

哈拉·蟒古斯汗不甘心失败，他动用了九万九千九百九十九个穿皂衣被施了魔法的勇士。他们手拿利箭，双脚尖绑着利刃，满山遍野地向博格达汗国出发。博格达汗王得到兵报，立即召集众大臣商议对策。迪切莱奏道：“尊敬的汗王，不必担忧，由我前去迎敌。”说完，跨上追风的骏马，向敌营驰去。哈拉·蟒古斯汗看见宛如天仙般的一位美女骑马向他们奔来，他和他的九万九千九百九十九个勇士被迪切莱的美貌惊得目瞪口呆。美丽的迪切莱微微一笑，不慌不忙，缓缓拿出她的九十一根弦的天鹅琴，用纤纤玉指拨动她的琴弦，发出十二种声音。哈拉·蟒古斯汗和他的勇士们一听美妙悦耳的声音，顿时丧失斗志，连人带马昏倒在尘埃中。迪切莱大获全胜。

哈拉·蟒古斯汗气急败坏，他从远方请来一名大法师，教给他一种法术，叫“套扇木磊特”，念动咒语，他可以变成山一样高大，他的手掌可以变成湖泊一样大。这样，他就可以把任何反对他的人轻轻松松地放入他的嘴里，吞进他的肚子里。哈拉·蟒古斯汗报仇心切，他大踏步地冲到博格达汗的金帐前，吼道：“你们全部来受死吧，我是你们永远打不败的哈拉·蟒古斯汗！”说过，哈——哈——地大笑起来。他的声音如同惊雷，在博格达汗国的草原上掠过，在博格达汗的金帐顶上滚过，在博格达汗国的所有人的耳朵里穿过。此刻，博格达汗正在召集众大臣议事，听到恐怖的笑声从天空传来，他们一起冲出金帐外，惊奇地发现一双像小山一样的双脚立在帐外。他们顺着脚向上看去，天哪！哈拉·蟒古斯汗的上半身在云端里摇来晃去，他的如牦牛般大的眼睛射出可怕的蓝光，正向下注视着站在他脚下如同蚂蚁般小的博格达汗和众大臣们。哈拉·蟒古斯汗用大手将迪切莱抓在天空中，用打雷一样的声音吼道："你答应做我的妻子，我就饶了你。"迪切莱骂道："你这个妖怪，我宁愿死也不会顺从你。"正在这时，屈赛岗尔勒拿出他的金虎弓箭，射瞎了恶魔的双眼。哈拉·蟒古斯汗痛得大叫起来，他扔了抓在手里的迪切莱，用双手护住了双眼。鹏肖尔加用浩雷将恶魔的双膝打断，恶魔跪在了地上，但他高大的身躯没有倒下。迪切莱被扔在地上受伤不轻，她忍着痛对两位哥哥说："两位高高①，我们斗不过他，但是我们三人可以变成大山永远镇压住他，永葆博格达汗的臣民和汗王平安富强。"她的两位哥哥非常赞同妹妹的意见，他们三人挽起手像旋风一样转起来，这时从巨大的旋风中传出大哥屈赛岗尔勒的声音："我要变成金山，永远镇压邪恶，给博格达汗国带来美满富裕的生活。"迪切莱甜美的声音像歌儿一样从旋风中传出："我要变成银山，永远镇压磨难，给博格达汗国带来健康欢乐。"鹏肖尔加粗犷宏厚的声音也从旋风中传出："我要变成铜山，永远镇压胆怯，给博格达汗国带来勇气和毅力。"刹那间，旋风围住了恶魔，变成了三座紧紧依偎在一起的大山，恶魔被压在了山底下，永世也翻不了身。

博格达汗国胜利了，但永远失去了优秀的三兄妹。不，博格达汗国没有失去他们，三兄妹永远活在尧呼尔人的心里。

【搜集整理】董潇红

富贵泉的传说

在肃南县城东南方向有个东流沟，这里风景秀丽，景色宜人，已辟为风景旅游区。这里有一眼富贵泉，这泉水一年四季都不会干枯，水质清澈，水味略甜。关于这一汪泉水，还有一个美妙的传说：

相传很久以前，有一家四口，老两口和他们的两个儿子。老两口一个放羊，一个

① 高高：裕固语"哥哥"。

打奶，大儿子每天上山打猎、砍柴，只有小儿子整日里无所事事，游手好闲。有一天大儿子砍柴回家时，在路边救回一个姑娘，姑娘虽然穿着褴褛，面黄肌瘦，但却掩饰不了她那惊世骇俗的美貌，细问她的来历，却不肯讲。这老妈妈一直就想有个女儿，今天从天上掉下来一个，也就不再追问她的来历，从此母女相称，留在了他们家里料理家务。再说这小儿子游手好闲，一次出去赌博输了钱，被部落头人的儿子绑了起来，由几个人押着来家里要钱。老两口一听就傻眼了，家里的日子过得十分艰难，哪来那么多钱呢？可是看到儿子被一伙歹人挟持，又于心不忍，只好答应拿东西抵债，可那几只羊怎么能够抵债呢？就在这时，只听得那姑娘说："你们先把人放了，明天来取钱。"那头人的儿子说："说得好听，明天人跑了怎么办？"那姑娘道："若是人跑了就把我抓去抵债。"头人的儿子用贪婪的目光望着美丽的姑娘，给下人打了个手势，放了小儿子，打马走了。

原来，这小儿子与头人儿子是串通好了的，本来这小儿子想把这美丽的姑娘占为己有，可是全家人都反对，认为不能乘人之危。小儿子和头人的儿子一起喝酒时，小儿子满腹牢骚地说起这件事，并极力说姑娘有多漂亮。头人的儿子听后动了邪心，于是和小儿子密谋，谎称小儿子欠头人儿子赌债，老两口肯定没办法拿出这些钱，到时候就抓那姑娘抵债。事成之后，头人的儿子给小儿子良马三匹、牦牛十头。没想那姑娘却主动说没钱就抓她自己，这真是想睡觉就遇着个绵枕头的好事，求之不得啊。这边可急坏了老两口和大儿子，怎么也不能为了我们家的事害了人家姑娘啊！更揪心的人是大儿子，在这一段时间的接触中，大儿子和姑娘已彼此深爱，互相离不开了，在这种情形之下发生了这样的事，叫他怎能不为心上人的安全担忧呢？当务之急是找钱，可是把全部的家产卖了也抵不了赌债的一半呀。然而姑娘却胸有成竹，不慌不忙地对大儿子说："大哥，附近有泉吗？"老大说有，不过水是苦的，喝不成。于是姑娘烦请老大打来一桶泉水。姑娘将水放在火上熬，等水沸腾的时候，只见姑娘咬破了自己的中指，往沸水中滴了一滴鲜血。说来奇怪，这水猛烈翻腾开了，沸水跌落在地上，全部变成了金灿灿的金块，全家人看得呆了。第二天，头人的儿子自然没有抢走美丽的姑娘，可是头人的儿子还不死心，又听说姑娘能点水成金，更是垂涎欲滴。于是在一个傍晚，姑娘被头人的儿子抢走了。任凭头人的儿子怎么劝，怎样恫吓，姑娘也不答应为这恶少点水成金。后来恶少见一计不成，又生一计，说要强行占有美丽姑娘的身体。姑娘知道这个恶少什么坏事都能做出来，于是答应恶少为他点水成金，不过要去泉水边，还要和她心爱的大哥见一面。恶少无奈，只得答应。姑娘到了泉水边，看见了心爱的哥哥，唱道：

"心爱的哥哥哟，你要知道，妹妹心里装着的是哥哥，妹妹要是走了啊，哥哥你不要太难过，泉水里头照一照啊，妹妹就在里面想哥哥；妹妹本是神泉国的公主啊，违了父命来人间遭难磨，泉水那边就是我的家啊，我俩从此梦里头见。”

姑娘唱完，咬破了中指，往泉水中滴入了几滴血，整个泉都沸腾了，翻滚出满地的金块。姑娘乘着那些歹人们抢拾金块的当儿，深情地望了一眼心爱的大哥，跃入了翻滚着的泉水中，顿时不见了，泉水也平静了下来。那些抢拾金块的人在抓到金块时，都“哎哟”地叫了起来，仔细一看，原来金币全变成了一种带刺开黄花的植物了。后来当地人就叫这花为“金露梅”，这泉水从此就甜了。因泉水中能涌出金块，就把这泉水叫作“富贵泉”了。

【搜集整理】董潇红、铁彬

北山与南山的传说

据老一辈人说，从前北山和南山像亲兄弟一样，非常要好。天长日久，北山渐渐地变得盲动、急躁，更是骄气凌人，而南山变得更加老沉稳重。北山觉得南山太老实厚道，以为自己比它长得聪明好几倍，经常出些难题刁难南山，来显示自己的本领。慢慢地，相互争吵得越来越厉害，相持不下。

一天，北山嘲笑着对南山说：“咱俩有本事比着看，看谁长得快，看谁长得慢，比着看，究竟谁长得高！”南山答应了。

从此，北山和南山争着长起来了。北山开始白天猛猛地长，晚上又趁南山熟睡的机会，偷偷地长；而南山呢，它只是白天长，晚上就照常休息。不久，北山越长越高了，像乌云一样盖过了蓝天。突然，“嘎吱”一声，接着又是“轰隆”一声，北山起火爆炸了，终究化为一片废墟。而这时候的南山，却越长越威武、英俊。

后来，人们才知道，这北山，因为就在我们现在的明花草原以北，所以管它叫北山，直到它化作一片荒芜的矮凸不平的山，人们才叫它瘪山。不信，你到北山里看一看，不仅那里的山石是红的，就连那里的沙土也像红灰一样通红。而那南山，因为就在我们现在的明花草原以南，所以，这里的人们管叫它南山，也就是举世闻名的祁连山。

【搜集整理】贺丰山、贺万山、贺西仁、钟进红

阿木兰汗的传说

大约在元朝前期，忽必烈第七子西平王奥鲁赤之子镇西武靖王铁木尔不花及其后裔搠思班等人，都曾带兵镇守过柴达木盆地及迤西之地，相传当时裕固族的可汗叫阿木兰汗。

铁木尔不花想灭掉阿木兰汗的汗国，所以连年发动战争，掠夺侵扰频繁。虽是不分胜负，但由于战事太频，双方都损失惨重，人畜不宁。

阿木兰汗没有铁木尔汗强大，但他帐下有一名宰桑（大臣），足智多谋，精明强干，忠实地辅佐阿木兰汗。他料事如神，带兵出奇制胜，在牛皮军帐的地上画上作战图，上面布上羊粪蛋调兵遣将，指挥千里以外的军队打仗。铁木尔汗的军队善用弓箭，而阿木兰汗的军队善用“乎里什”①，战斗中乎里什打得远，威力很大，兵多势众的铁木尔汗难灭阿木兰汗。

这年，阿木兰汗得一子。小可汗出生不久，铁木尔汗也得一女，这是他的第七个公主。铁木尔汗想出一计，提出和阿木兰汗结亲，瞅个合适的机会，杀死阿木兰汗父子，灭掉阿木兰的汗国。

为这门亲事，双方派使者来往了十来年，双方的子女到了成婚的年龄，阿木兰汗想带王子前往铁木尔汗国相亲。

这时，博学多才的宰桑对阿木兰汗说：“可汗，此去铁木尔汗国凶多吉少，铁木尔汗并不是真心结亲，而是早有预谋，想利用相亲之机害死可汗和王子，一举灭我汗国。以我之见，此行可汗和王子千万不可一同都去，臣愿陪王子前往，但要求可汗答应一件事。”阿木兰汗问道：“臣有何事相求？”宰桑说：“求可汗将您的七星佩剑②暂授予我，我以可汗的七星佩剑为凭，代表可汗前去相亲。这样，一可不失我汗国的礼节；二可保证可汗和王子的安全；三可促成这门亲事，迫使铁木尔暂时放弃亡我汗国之心，以求天下太平。”阿木兰汗听了感到讲得很有理，就将佩剑授给了宰桑，决定派他陪太子到铁木尔汗国相亲。

---

① 乎里什：裕固语，用毛绳制成的抛石用具。

② 七星佩剑：可汗象征权力的宝剑，柄上有七颗宝珠，所以称“七星佩剑”。

为了使这次出使万无一失，阿木兰汗和宰桑又作了一番周密的计划。他们将强壮男女和少量的兵士编成了很多队，每队都赶上一定数量的牲畜冒充兵力以壮声势，每天夜里出发几个队，趁着夜色一队接一队地向前进发。在路上，每五十里设一小站，每一百里设一大站。为了给对方造成错觉，白天把牲畜圈起来派兵在周围巡逻，日落后有的放牧，虚张声势地向下一站出发。这样一来，既保证了后方有足够的兵力不空虚，又给对方造成了军事压力，同时又使出征人员有了足够的食物。

铁木尔汗接到王子要来相亲的信后，马上派出了探子刺探军情，探子们回来说阿木兰汗派出了重兵，一路都设了兵站护送王子到来，后方的兵力也很充足，并且防守十分严密。铁木尔汗一看阿木兰汗已经有了充分的准备，也只好以礼迎接太子一行。

铁木尔汗见阿木兰汗没有来，就想长期拖住王子，迫使阿木兰汗日久自动退兵或戒备松懈后伺机行事，所以一开始就答应将公主婚配给阿木兰汗的王子，而且每天以酒宴款待，无休止地吃喝玩乐，同时又以种种理由拖延送亲日期。

有一天，宰桑得知铁木尔汗的公主要出城打猎，他也借口到城外散心，领着王子尾随公主出了城。路上，宰桑对王子说："那就是你未来的妻子，今天，你要看我的眼色行事。"说完他们催马紧跟着公主而去。

这时节正值秋高气爽，一群大雁从他们头上飞过，公主弯弓搭箭，射下了最后一只雁。这时，宰桑给太子使了一个眼色，王子抡起乎里什一石打落了领头的大雁。公主一见这人如此大胆，不由分说拔剑向王子杀来，王子也催马相迎。二人刀来剑往，互不相让，打得难分难解。激战中，王子发现公主不但武艺高强，而且美貌无双，爱慕之情油然而生。此时的公主见面前这位英俊少年不仅武艺超群，而且气质风采也不同一般人，真是男子中的一条龙，她暗暗想：阿木兰汗的王子若是这样一位美少年，也不枉远嫁他乡。二人正在心猿意马的时候，宰桑一马横在二人中间说道："公主、王子请住手，你二人本是未来的夫妻……"公主一听眼前正是阿木兰汗的王子，又喜又羞，马上收剑拨马回城去了。

有一天，铁木尔汗对宰桑说："我有七个女儿，明天王子能认出哪个是七公主，就将公主婚配王子选吉日送亲。若认错了，这婚事以后不许再提。"

第二天，在大厅中挂起了一道珍珠帐帘，铁木尔汗的文武大臣们都在那里恭候。铁木尔汗对王子说："公主们从帐后走过时，你认准哪个是七公主就把三支箭一次射在她的袍摆上。"随后七个公主人人穿戴一样，在侍女的搀扶下慢慢地走过。为了不让人看清她们的眼睛，每个人的头上戴了一条压发带①，而且还遮着脸。这一下人们

① 压发带：裕固族少女的一种头饰。

都为王子捏了一把汗。可是，王子一点也不慌。只见他的三支箭一字飞去，射在一个公主的袍边上。当揭去遮纱时，果然是七公主，人们无不感到惊奇。

其实，自上次公主和王子在城外见过一面之后，公主日夜思虑不安，时时想念王子，她已经深深地爱上了王子。昨日，听父汗说要当众认公主，心里十分着急。后来她心生一计，派一名贴身使女给宰桑带了话，她说明日从帐前走过时，会用左手提起袍摆边轻轻抖一下，望王子万万留心。

铁木尔汗此时再无办法了，也只好答应婚配送亲。但他又提出两汗结亲是大事，必须拿一样稀罕之物作为婚娶的定信之物，他要拿一个金“尧达”①，阿木兰汗能不能拿一个银“尧达”？这分明又在找借口想废掉婚约。宰桑说道：“二位可汗攀亲的确是史无先例的，只要这次这样做，今后就会成为咱们两国人民的习俗和传统。繁衍部族是一件浩繁的大业，浩繁的大业怎么只靠一二件稀罕之物呢？二位可汗论定要这样攀亲，一个拿出金尧达，一个拿出银尧达并不难，而众多的两国百姓找这些东西谈何容易？以我之见，咱们另选一物来代替金、银尧达如何？”

这一番话得到了铁木尔汗的默认，既不损铁木尔汗的体面，又不失阿木兰汗的国体，同时又一次保住了婚约。

宰桑虽然暂时过了一关，但这尧达定信之物也使他一直很费脑子。

一天，宰桑和王子骑着马来到一个海子边，海子边的风光十分秀丽，牧草茂盛，一群羊慢慢地从海子边走过，他们完全被这迷人的景色陶醉了。忽然，宰桑的心里一亮，他说：“有了，尧达有了，咱们回城吧！”

第二天，宰桑和王子去见铁木尔汗。见到可汗后他们说：“现在正是草原上风和日丽的季节，可汗如果愿意，我们很乐意陪您到城外各处看看美丽的景色。”铁木尔汗听了很高兴，当时就一同出了城。出城不久，宰桑有意识地把铁木尔汗引到了风光秀丽的海子边。那一大群羊照样又到海子边来了，碧蓝的海子水中映着雪白的羊群和翠绿的芦苇，水鸭的叫声伴着牛羊叫声，景色更是迷人。一会儿，羊群又尾随着一只驼色的领头羊缓缓地远去了，宰桑指着羊群对铁木尔汗说：“可汗，这羊里有只驼色领头羊，它向那边走，这上千只羊就跟着向那边走，这像不像我们两国的可汗？你们指向哪面，众百姓就走向哪面？”“像，就是这样嘛。”宰桑又说道：“那我们为什么不把尧达就定在这领头羊的身上呢？”铁木尔汗听了拍了一下巴掌说道：“妙，太妙啦！”原来，铁木尔汗完全陶醉在这美丽的景色中，又听了这样一番动人的话后，冲口说出了上面几句话，但到现在金口玉言不好再改了。

① 尧达：裕固语，指羊后腿第二节骨。

在回来的路上，铁木尔汗又说道："尧达定在领头羊的身上自然好，但驼色领头羊也不多呀？而尧达定在羊身上究竟有多少含义呢？"宰桑想了想说："可汗，把尧达定在羊的身上有五个'奕尔得尼'①：第一，它的羊粪我们可以生火烧茶，煮肉取暖，而且它走到哪里都带给我们；第二，羊毛捻成线，皮子做成衣裳，它给我们带来了足够的温暖；第三，肥美的羊背胸叉②是敬献王公贵族、头人喇嘛的上等茶点，羊肉就是我们生存的食物；第四，羊奶是我们每日不可少的食物，给神佛点灯也少不了酥油；第五，我们现在取下它的尧达做一份吉礼，款待幸福的王子和公主，其含义也太深了。"

宰桑又说："尧达就在羊后腿的第二节骨头上，意思是上支身体，下带动蹄子，新婚人要以这尧达为铭，相依相爱，勤劳度日；尧达一头的黄筋，可以象征渗透了您铁木尔汗的千两黄金；另一头的骨头稍带蓝色，可以象征渗透了阿木兰汗的千两白银；尧达上面的肉是一层又一层的，可以象征亲上加亲，子孙一代又一代……为了两个部族的繁荣昌盛，把这个吉祥的礼品就定在一只普通的绵羊身上，其意义同样无限深远，可汗你看怎样？"铁木尔汗听了再没有什么可说的了。

时光似箭，转眼已经过了三年。

铁木尔汗想解除婚约已经不可能了，只有想办法在送亲的路途中杀死王子抢回公主，然后找借口攻打阿木兰汗，但这些都被宰桑在几年前就预料到了，沿途的各站上都已经作好了充分的准备。

铁木尔汗终于决定送亲了。王子一行小心地护卫着公主上路了，为防途中遭伏击，每走一站都要住下来，把人员分成几部分，白天黑夜地轮换饮酒吃肉，唱歌取乐。有时在一个站上欢宴好多天，有时刚刚到一个站扎下寨又起身了，使对方根本无法掌握他们的出发时间和经过的路线。

就这样，一路走走停停，停停走走，整整走了一年，就要到阿木兰汗的国界时，铁木尔汗派出了追兵，打算一过阿木兰汗的国界就抢回公主。王子一行也发现后面有一队兵马紧紧地追来，接迎王子的兵马还来不及赶到，眼看着一场恶战就要爆发了。就在这时，宰桑命令迎亲队伍立即停下来，除王子、公主和几个护卫外，其他人马就地安营扎寨，并派出一部分人马，带上大块牛羊肉和酒食，呼唤着向追兵迎去。他们把酒肉摆在路的一侧，毕恭毕敬地说道："有劳将军远道护送公主，我们王子派我们前来为将军接风洗尘，请先在此打个尖吧，等我们扎好营寨后，定设宴慰劳全体将

---

① 奕尔得尼：裕固语"宝物"。

② 羊背胸叉：裕固族在待客时把胸叉和羊背敬给最贵重的客人或德高望重的长者。

士。”追兵将领一看王子一行已经在扎寨，也想利用晚上赴宴时再动手，又一看有那么多的酒肉，将士们也饿了一天，就下令就地安营扎寨。就在他们吃喝的时候，接迎王子的兵马忽然出现在王子的营地，王子和公主安然地离去，一场恶战也避免了。

宰桑和王子一行，来去五年，娶回公主，阿木兰汗也为国事和他们的安全操尽了心，五年前的黑发黑胡子也成了银发白须。

在完婚典礼上，宰桑把这次出使、相亲的经过编成了一段非常生动的诵词——《尧达曲格尔》①，通过冠戴新郎的方法，诵说给阿木兰汗和所有的人听。从此这个优美的诵词一直流传到今天。据说裕固族婚俗中的迎亲路上打尖、婚礼上的欢饮高歌、新郎给新娘射箭、冠戴新郎等，都是从那时候传下来的。

由于二位可汗结了亲，以后的很多年里没有发生过战争，裕固族人又强盛起来了。据说北山中的“尕登城”② 就是阿木兰汗为公主建造的，虽然已近千年，但古城的遗址还没有完全被沙漠吞没，至今还留给我们许多美丽的遐想。

【搜集整理】杨进禄

黑河和八宝河的传说

相传，黑河和八宝河是女神西王母仙居的小昆仑地区，是诸圣仙聚集的风水宝地。那时，祁连山是一片汪洋大海，大海中有一座金蛙砌成的岛屿，西王母就雄踞在这个岛上。有一对患难的情侣，居住在海边一片美丽的草原上，男的是牧人的儿子，名叫木仁，女的是西王母的外孙女，名叫阿拉坦坡顿，即金星。不久，他们成了一对恩爱的夫妻，开始在海边放牧生活，成了那片金色草原的主人。

后来，女神西王母将他们俩遥隔天边，只有在每年农历六月六相见一次。但阿拉坦坡顿没有听命于西王母的警告，又偷偷来到人间与木仁生活在一起。西王母知道后盛怒不已，将火扇扔下宝座。一瞬间，天地昏暗，山震雷鸣，差点把岛屿焚毁。幸好天宫助力，西王母这才镇住了岛屿。百年后，这一带地壳变动，火山爆发，这片汪洋

① 《尧达曲格尔》：裕固族举行婚礼仪式时主婚人冠戴新郎的说词。

② 尕登城：裕固语“公主城”。

大海一时成了茫茫戈壁。那时，这一带寸草不生，没有水和植物。突然，黑夜空中的那颗金星陨落，此时，西王母将阿拉坦坡顿贬下人间。后来，在西部的戈壁滩上升起了一座高大的山脉，这山就是阿拉坦坡顿的化身。

那个名叫木仁的牧人为失去妻子哭瞎了双眼，几年后丧身在茫茫戈壁，后来，在东部的戈壁滩上又升起了一座雄伟的山脉，那山就是木仁的化身。

几千年后，戈壁上慢慢长出森林，生出了花草，西部的那座大山却奇迹般地涌出了七条小溪，由此，这座山得名为苏日托莱山，那七条小溪汇成了滔滔不绝的八斯墩（八字墩）河，苏日托莱山成了八斯墩河的发祥地。那里迄今还有一个酷似兔子的白色巨石，尧呼尔人把它叫作苏日托莱，意为威风的兔子，那汇聚成的黑河就是阿拉坦坡顿痛恨的眼泪。东边的那座山峰周围长出了八个小山峰，每座小山峰间涌出一股泉水，流泻出八条小河，此山叫作乃曼额尔德尼（八宝山），那八条溪流汇合成了川流不息的乃曼额尔德尼河（八宝河），汇流的八宝河是木仁思念情人的泪水。据说几千年后，木仁和阿拉坦坡顿的灵魂化作彩云，在云雾缭绕的乃曼额尔德尼和八斯墩草原上空飘舞汇合，后人说木仁和阿拉坦坡顿历尽波折又结为夫妻。黑河和八宝河流淌了几百里，绕过千沟万壑汇聚在八斯墩和乃曼额尔德尼的绵延青山下，形成了汹涌澎湃的黑河。

【搜集整理】达隆东智

关于月亮的传说

相传月亮上住着一位慈祥的蟒柯斯奶奶，长着很多很多的枣树，那月亮上的黑影就是枣树林。蟒柯斯奶奶每天要吃枣树上的枣子，永远长生不老，她的周围有很多的羊群布满天空，那就是星星。蟒柯斯奶奶每月睡一次觉，睡觉时，天空就要逐渐变暗变黑，月亮也失去了光亮。当醒来时，黑夜逐渐变亮，月亮就又大又亮。每月的十五日，蟒柯斯奶奶要看一遍天底下的人们和天上的星星，我们天底下的人们就是蟒柯斯奶奶守护着，让我们生活，代代相传。我们每月十五日，要祭太阳和月亮，祝愿月亮上的蟒柯斯奶奶永世平安，给我们带来光明日月。我们裕固人崇拜太阳和月亮，就是崇拜蟒柯斯奶奶，所以在家家户户的大门顶上，中间一个圆月，两头是半个月牙形标志，成为一种纪念性的民间风俗。

【搜集整理】白文信

马蹄寺

这是西汉时候的事。一天，被武帝发配敦煌屯田的朝廷命官暴利长到月牙泉游玩，竟意外发现了一匹天马。这天马和自己在朝中时听说的一模一样，眼如铜铃，喷鼻似雷，嘶鸣入云霄，举足势腾空，来如疾风，去如闪电，真正是个宝马良驹。暴利长一见大喜：当今圣上酷爱骏马，到了如痴如醉的地步，但是总没有称心如意的。为此，还专门占了一卦，卦辞说："神马当从西北来。"看来，神马已出，就看自己运气如何了。为了防止别人也发现这一神马奇驹，来个捷足先登，抢去这一大功劳。暴利长装作和平日一样，一丝不露，也没有对任何人谈起自己的发现，但是心里却作开了文章。

天马神驹，只可智擒，很难力取。这智擒只能在水上打主意。月牙泉是天马必到之处，还到哪里去寻找？多少天，暴利长守候在月牙泉边，远远地看见了天马的影子，但天马却绝不近前，偶尔走近一点，只要稍有动静，天马便飞也似的逃之夭夭。暴利长心急如焚，一筹莫展。

有一天，暴利长到所屯之田去转悠，眉头一皱，计上心来。田间稻草人本是吓雀的，刚立上确实也管用，时间一长就不灵了，鸟雀不但不怕，反倒在稻草人上跳跃嬉戏开了。暴利长为自己的发现惊喜万分，活捉天马有望了。

回去后，暴利长速速动手，绑扎了一个穿衣戴帽的假人，立在了月牙泉边，他蹲在隐蔽处了望着、等待着。三天过去了，根本不见天马的影子。又三天过去了，天马站在远远的地方警惕地观察。九天以后，天马一步步接近，走上几步，就撒开四蹄溜得无影无踪。过不多久，又转了回来，再往前走上几步，又一声响鼻，撂了蹶子。半个月头上，天马终于一步一望、一步一停地来到了月牙泉边，颤颤抖抖地喝起了水。喝几口抬起头看看假人，再喝几口，又打几个响鼻，就像向假人示威一样。等确认假人毫无危险后，才心安神定地喝起了水。水饱心静，竟然走到假人跟前蹭起了痒痒，就好像这假人是专为它立的一样。

暴利长心花怒放，庆幸自己的得意之计："天马你再是神物，还是不如万物之灵啊。”又过了半个月，天马对假人已经完全适应，来不疑，去不惊，丝毫没有对假人抱以警戒。一个月头上，暴利长趁黑去掉假人，自己换上了假人的一身衣裳，静静地站在了假人站立的地方。

早上，天马又来喝水，半点没有察觉假人已变成了真人，仍然慢悠悠地向跟前走来，还友好地望了望暴利长。等天马一靠近，暴利长一下跃起，死死抱住天马脖子，任凭你飞跑狂奔，只是不松手。也不知跑了多少路，天马渐渐地没有了气力，只好俯首就擒。

暴利长抓获了天马，一时间传遍街头巷尾，左邻右舍的人们纷纷前来，看看天马究竟是什么样子。暴利长害怕夜长梦多，不敢耽搁，配上金缰银鞍，赶早上路进贡皇上。天马腾空而起，向东飞去。

天马穿越茫茫大戈壁，勇闯巍巍嘉峪关，一路上跟风怪斗，与旱魔拼，踏碎黄沙妖，又遇火龙精，体内水分消耗殆尽。即使是天马，也不能不饮水，不能不食草料。这一天，已到中午时分，骄阳中天，长空碧蓝，暴利长渐渐打起了瞌睡。这时，忽然传来一阵汩汩声，天马低头一看，已到临松薤谷上空。只见苍山叠翠，玉脉生烟，流水潺潺，白雪皑皑，到处呈现千姿万状，不是像腾飞的苍龙，就是如正在起飞的鸟群，不是松柏青翠葱茏，就是冰峰直插云霄，好一处人间仙境。天马来到雪线与松柏交界处，发现一座奇特的悬崖，透着一种逸脱的神气，就在此崖边，吊着一株鲜嫩奇特的绿草。天马被这株小草吸引，顿时欣喜万分，它断定这是一棵灵芝草。于是轻轻向下俯冲下来，临近悬崖，一只蹄踩青石板，仰头衔住这棵小草。忽然，暴利长惊醒，一看怎么是深山峡谷，使劲一勒缰绳，天马又腾空而起，继续向东奔去。

马去蹄印在，一蹬就把一只蹄印落在了人间。这就是传说中马蹄寺马蹄印迹的来历。

【搜集整理】多红斌

文殊寺

开凿于北魏时期的文殊山石窟位于肃南裕固族自治县祁丰区文殊山中。

相传，从前尼泊尔有个叫拉撒尔的人，他生在肃州，后到印度修行，修得正果后称为圣尊（曼珠宝利主贝），密号为勒拉多杰。这位圣尊遵循上师的授记，去汉蒙地方，曾做蒙古火落赤供养的喇嘛。当时的嘉峪山是内地的边界，长城要塞，重兵防守之地。这位圣尊在七十四岁的四月初一，在嘉峪山上的一个佛殿里说道："我要闭关八昼夜，在此期间任何人不得进来。"初八日期限已满，他的弟子们进去一看喇嘛不在了，座上只留下法衣，中间有高约一尺的红、黄文殊菩萨像一尊，仔细一看，这尊文殊菩萨，右手握莲花，上面有玉股金刚杵，左手莲花上有函卷，于是弟子们明白，这是圣尊留下的化身圣像。

有一年，三世达赖喇嘛索南嘉措来到此处时，亲眼看见了彩虹拥绕着骑狮的文殊菩萨，他的随从人员也看到了有人牵着白狗。索南嘉措见此情景，在此住了三个月，重新建造了文殊菩萨像，把这尊自然形成的文殊菩萨像装了进去，又建造了以他自用的金刚杵装藏的金刚手菩萨像，最后又建造了以佛陀舍利，他自己的念珠、头饰等装藏的观世音菩萨像。这一年的四月初一到初八，索南嘉措和他的弟子三百多人做了隆重的开光安神仪式，从此以后，这座庙就起名叫文殊寺，山也遂叫文殊山。每年农历四月初一到初八，就成了文殊寺一年一度的盛大庙会节，每到这时，钟磬之声不绝于耳。

千百年来，在佛道合流的圣地、丝绸之路的咽喉要道文殊寺，香客游人，数以万千，来自四面八方的游客人山人海，有朝山拜佛的，有烧香还愿的，还有戏剧杂耍、商业贸易的各界人士也都云集于此，自然形成了盛大的物资交流市场和传统的民间文娱集会。

【搜集整理】田自成

祁连山

祁连山原来是一片蓝色的湖水。在这片湖水的东岸有一块镇水宝石，据说要是哪个人搬开这块宝石，将会给这里带来巨大的灾难。湖中有一个小岛，岛上住着一户人家，老两口晚年得子，取名牛儿。牛儿生得粗眉大眼，力大无比，常常一个人在小岛边撒网捕鱼。

有一天，天气晴朗，湖面上微波泛起，像鱼鳞般好看，牛儿照例去小岛边撒网捕鱼。突然，湖面上腾起一股水柱，一个庞大的动物向他游来，它长着双脚和长长的胡须，浑身鳞甲在阳光下闪闪发光。牛儿从来没有见过这么大的动物，当即吓得昏了过去。

也不知过了多长时间，牛儿像舒舒服服地睡了一觉似的醒了过来。睁眼一看，眼前是一座巨大的宫殿。庭柱是玳瑁的，屋檐是珊瑚的，瓦是琉璃的，桌椅是玉石的，床是琥珀的，华丽极了。原来这里是湖中龙王的宫殿，龙王坐在高高的水晶椅上，正在沉思着什么，见牛儿醒来，高兴地说："小儿莽撞，让你受惊了，请用茶。"接着他慢慢地说："我在这里居住了多年，生下一男十女，特别是那女儿，非常喜爱世上勤劳勇敢的人，发誓要嫁给像你这样的人，今天请你来，就是要了结这一桩心愿。"牛儿一连在这里住了几天，龙爹爹请了虾公鳖婆、螺哥蚌妹等众亲水族，为女儿女婿举行了婚礼，大大地庆贺了一番，并送给女儿女婿好多金银财宝，让老鳖小鳖抬上花轿儿，分开水路，把女儿连同女婿送回了小岛上。

牛儿和龙妹妹来到岛上，可喜坏了老爹爹，乐得整天忙这忙那，由于媳妇样样活儿都拿得起放得下，把很多事情料理得不容老爹动手。邻近几个小岛上的人们见了这一对恩爱夫妻，羡慕极了。

无腿的话能传千里。湖岸边的渔村里有个心狠手辣的财主，听说牛儿娶了个漂亮媳妇，就坐上大船来了。他一见龙妹，早已神魂颠倒，两眼直勾勾地在龙妹妹身上乱转。

回到家里，大财主就打起坏主意来了："这么漂亮的美人儿，我一定要得到她。"他打发家人去抢龙妹妹。龙妹妹有一个绣花针，谁见了谁怕。得不到龙妹妹，大财主整天愁得疯疯癫癫。后来，他突然想出了一个毒计，暗暗派人搬开了湖东岸的那块镇水宝石。

温顺的湖水激怒了，它像一头吃人的猛兽一样，给人们带来了巨大的灾难，湖水波浪滔天，淹没了岸边的农田，吞噬了无数的村庄和百姓，大财主也给淹死了，大水势不可挡地向东涌去。

龙妹妹为了不使牛儿让大水冲走而现出了真身，让牛儿骑到她的背上。湖水流干了，龙妹妹巨大的身躯躺在湖底，她再也变不成美丽的龙妹妹了。牛儿跪在她身边悲哀极了，伤心的眼泪流也流不完，结果就流成了黑河。人们说他们俩太可怜太凄凉了。后来，他们的身子渐渐长大了，成了一座连绵的山峰。他们俩昂首而立，一个望着一个，后来便变成了两块人似的石头。经过很长很长的时间，这个故事代代相传，"凄凉"也变成了它的谐音"祁连"，人们把那两块人样的石头叫作人头山，把这一片连绵的群山叫作祁连山。

【搜集整理】任龙

嘛呕子的故事

从前，有一个无儿无女的老奶奶，孤孤单单地一个人生活。有一天晚上，灶火里的火灭了，老奶奶忘了取下火种。周围没有人家，老奶奶很是着急。到哪里去找个火种呢？

第二天早晨，老奶奶往南山根子里一望，看见南山根子里冒着一股股烟。老奶奶就来到了南山根子底下冒烟的地方。冒烟的地方只住着一个老爷爷。老奶奶对老爷爷说："老爷爷，我家灶火里的火灭掉了，我到你这里来取个火种。"老爷爷问了老奶奶的底细，知道她是个无儿无女的老人，就说："你一个人，还活啥呢？今天晚上我去吃你，行不行？"老奶奶没有地方去取火种，只好答应老爷爷："行，今天晚上你来吃我吧。"老奶奶这时才明白，老爷爷原来是个嘛呕子①。

"今天晚上嘛呕子要来吃我，这可咋办呢？"老奶奶在回家的路上，越想越伤心，越想越害怕，就边走边哭起来了。走着走着，听见有个东西掉在地上了，弯腰一看，是一盒洋火②。老奶奶心里想："唉呀，要是过来的路上，看见这盒洋火该有多好，我就不到嘛呕子那里取火种了，嘛呕子也就不会来吃我了。"老奶奶把洋火拾起来，洋火竟然说起话来了。洋火说："老奶奶，你为啥这么伤心，为啥哭呢？"老奶奶说："洋火哥，我家灶火里的火灭掉了，没有取下火种，我到南山根子底下去取了个火种，那里有个嘛呕子，今天晚上要来吃我。"洋火说："老奶奶，你不要害怕，你把我拿上，今天晚上我救你。"老奶奶把洋火装上上路了。

走着走着，老奶奶叫啥东西绊了一下，弯腰一看，是一把切刀。老奶奶把切刀拾起来，切刀也说起话来了。切刀说："老奶奶，你为啥这么伤心，为啥哭呢？"老奶奶就把事情的经过给切刀说了一遍。切刀说："老奶奶，你不要害怕，你把我拿上，今天晚上我救你。"老奶奶把切刀拿上上路了。

一路上，老奶奶又碰上了一把剪子和一副铡刀。它们都是来救老奶奶的，老奶奶把它们都拿上回家了。

---

① 嘛呕子：当地方言，对妖魔鬼怪的统称。
② 洋火：当地方言，老一辈人对火柴的称呼。

晚上，老奶奶早早就睡下了。洋火蹲在炕桌子上，切刀藏在老奶奶的头底下，剪子藏在老奶奶的脚底下，铡刀藏在老奶奶家的门上面。

嘛呕子果然来吃老奶奶了。嘛呕子进门后问："老奶奶，从哪里开始吃呢?"老奶奶说："从头上开始吃。"嘛呕子刚要下口，叫藏在老奶奶头底下的切刀砍了一下，疼得它叫唤起来："嗷——啕啕啕……"嘛呕子不甘心，又问："老奶奶，再从哪里吃呢?"老奶奶说："从脚上吃。"嘛呕子刚要下口，叫藏在老奶奶脚底下的剪子铰了一下，疼得它又叫唤起来："嗷——啕啕啕……"老奶奶一骨碌翻身坐起来，擦着了一根洋火，嘛呕子吓得夺门而逃。刚跑到门口，叫藏在门上的铡刀铡了一下，把嘛呕子的头铡掉了，嘛呕子就死掉了。

洋火、切刀、剪子、铡刀都显身了，他们说："老妈妈，你不是无儿无女，我们就是你的儿女，我们来养活你，让你长命百岁。"从此，老奶奶过上了好日子。

【搜集整理】巴战龙

白宝宝和黑宝宝的故事

从前，有一对同父异母的兄弟，哥哥叫白宝宝，弟弟叫黑宝宝。白宝宝的妈妈死得早，家里有什么脏活累活都让白宝宝干，受尽了后娘的虐待。黑宝宝是后娘亲生的，后娘经常袒护他，黑宝宝就养成了好吃懒做、游手好闲的毛病。父亲是个窝囊废，从来不敢在白宝宝的后娘面前说句公道话，甚至连个大气都不敢出。

一天，白宝宝终于受不了后娘的虐待，就逃出了家，跑到了很远很远的一个汉人地方。这里的人吃水很困难，肩挑背驮，所有的人都在一个离得很远的井上打水。白宝宝又饿又累，就下到井的偏腰子里避寒。晚上，白宝宝听到两个老人的声音，仔细一听，是山神爷和土地爷在喧慌[①]。土地爷对山神爷说："山神爷，我们这里的人生活得可真困难啊！人没有水吃啊！"山神爷说："土地爷，你别发愁，王员外家的房子旁边有一个三间房子大的刺墩，要是有人把刺墩挖了，底下的泉水就冒出来了。"

第二天，白宝宝就到王员外家里去扛长工，放牧牲口。白宝宝人老实，又肯干活，

① 喧慌：当地方言"聊天"。

很快就和这里的人混熟了。一天，白宝宝就壮了壮胆，说要给王员外讲一个故事。王员外平日里看着白宝宝踏实肯干，就让白宝宝讲。白宝宝就把他听到的山神爷和土地爷喧慌的事说了一遍。

刚开始，王员外半信半疑，但是看着乡亲们吃水很困难，就把乡亲们都召集来打刺墩。费了很大的工夫，才把刺墩挖掉。结果刺墩底下果然有一个泉，清凌凌的水冒出来了，乡亲们十分高兴。王员外看着泉水就在自家房子旁边，也非常高兴，从此就很看得起白宝宝，后来，还推举白宝宝当了这个地方的一个小官。

白宝宝当了官以后，有些想家了。他害怕父亲被后娘虐待死，就决定回家去看一看。白宝宝穿着官服，带着官差回到家。后娘一看白宝宝当了官，违心地转变了态度，赶紧把好衣服让白宝宝的父亲穿上，装作把自己的丈夫伺候得很好，而且好好地招待了白宝宝一通。

但是，后娘贼心不死，问白宝宝是怎样当上官的，白宝宝就把事情的经过告诉了后娘。后娘听完后，心下想让黑宝宝像白宝宝一样去做官，就打发黑宝宝也去蹲在井的偏腰子里听神仙喧慌。黑宝宝一听很高兴，觉得这是个升官发财的好机会，就想背着白宝宝出发偷偷去找那眼井。后娘给黑宝宝用褡裢装了好多好吃的，催着黑宝宝上路了。

黑宝宝好不容易找到了那眼井，高高兴兴地下到井的偏腰子里等着天黑下来。果然，土地爷和山神爷又喧起慌来了。土地爷说："山神爷，自从乡亲们把刺墩下面的泉水挖出来后，这眼井就没用了。"山神爷说："土地爷你说得对，这眼井没什么用了，你老人家把它填掉吧，免得人和牲口不小心掉进去了。"黑宝宝听了这话，本来准备大喊一声"井里面有人"，但是，他吓得连一句话也说不出来了。土地爷身子动了动，井坑就瀼掉了，他又抓了几把土把井坑填平了。黑宝宝就埋在井坑里面死掉了。

白宝宝得知黑宝宝的死讯后，想把父亲和后娘接到官府里养老。后娘觉得没有颜面见白宝宝，又害怕白宝宝跟她算害死黑宝宝的账，就上吊了。白宝宝把父亲接到官府，从此以后过上了好日子。

【搜集整理】巴战龙

人养活狗的来历

从前，人刚到这个世界来的时候，和现在不一样。老天爷是这样安排的：粮食留须根，草要每年种，叫狗来看家，人就是拿着一面镜子，到了季节朝地上照一照，草就吓跑了，粮食就长出来了。

一开始的时候，人的日子过得特别好。可是，慢慢的时间长了，人变得懒惰起来了。后来，人干脆躺在家里，拿着镜子往地上照，根本没有亲自到水多地肥的地方去照。

老天爷发现了这个事情，就决定重新安排这个世界：粮食要每年种，草要留须根。可是叫谁来当这个世界上的主人呢？老天爷想叫狗和人赛跑抢馒头，看谁抢上馒头，谁就是这个世界上的主人。

虽然说，狗是趴下用四条腿跑，人是站起来用两条腿跑，可是人好吃懒做，根本跑不动，结果人没有跑过狗。

人都说，狗聪明得很，这是真的。狗先跑到了馒头跟前，想了想，没有吃馒头。狗想着，我要是吃了馒头，还得养活好吃懒做的人，再说了，人会说话，我不会说话，我要使唤其他东西也使唤不动。这样狗把馒头让给人了。人满头大汗地跑到馒头跟前，原来水灵灵的两个眼睛饿得都快干掉了，急急忙忙把馒头拾起来就吃掉了。

从此，人就开始养活狗了，这是老天爷的安排。因为狗有恩于人，所以人不能吃狗肉。狗看着人能有错就改，辛辛苦苦地劳动，对人也就特别忠诚。

【搜集整理】巴战龙

树大石二马三哥

很久以前，有一对老夫妻，一直没有生孩子。有一年夏天，他们家怀胎的马在地上乱滚，怎么也生不下来。老夫妻凭一辈子放牧的经验，给马身子下面铺上崭新的羊毛毡，过一会儿马生下来了。可生出来的是一个又圆又大的肉球，老头用刀把肉球切开，忽地从肉球里面蹦出一个小男孩。老太婆欣喜万分，逢人就说自己生了个孩子。

孩子很快长大了，既能挑水又能拾柴，但是孩子出门，别的孩子都冲着他说："马（生）下的，马下的。"有一天，这孩子回到家问母亲："我是谁生的?"老太婆故意作出惊讶的样子说："孩子，你怎么问这样的话，你是我生的，我是你母亲呀。"孩子没有作声。又过一段时间，他同样受欺侮。有一天下午，他趁母亲推磨把手放在磨盘下面的时候，把磨盘压住，又问母亲："妈妈，你实话告诉我，我到底是谁生的?"母亲手压在大磨盘下面，忍不住疼，赶忙说："你不是我生的，你是我们家的白马生的。"

他这才明白别人欺侮他的原因，伤心地说："我不能在这地方生活了，我要离开你们，到很远很远的地方过打猎生活去。"第二天，他离开老夫妻，背着猎枪走了。

他一个人走着走着，忽然听到树林里有人的声音，他对准一棵大树开了一枪，从树中蹦出一个人，这人长相和他相似。两人就结为兄弟，一起继续向前走。走了几天，有天傍晚，又听见一块大石头里有人的声音，他对准石头又开了一枪，从石头里蹦出一个人，长相又和他俩有点像，就三人结为兄弟。马生的小伙子说："树最大，所以树生的孩子应当是老大，石头生的当老二，我是马生的，就当老三。""树大石二马三哥"兄弟就这样产生了。

三个人又往前走了几天，仍看不到一只野兽，只好到一间破屋前停下来，开始以打柴为生。兄弟三人早出晚归，辛苦劳动，但还是经常有饿肚子的时候。有一天中午，三人饥肠辘辘，拖着疲累的身子回到破屋里，忽然看见屋里锅台上放着三大碗又香又白的拉面，三人不管三七二十一，端起来就吃。他们一气吃完，才琢磨饭的来历：屋子里没有任何做饭的痕迹，好像是天上飞来的。第二天中午回来，又是三碗拉面。他们三人吃完后，商量决定明天留一人看个清楚，到底饭是从哪儿来的。

第二天，树大哥先留家。他一早就起来，端坐在炕头，等送饭的来。可等到中午仍不见一丝动静，肚子饿了，人也困了，就躺下睡着了。一觉醒来，三碗拉面又放在锅台上。石二马三哥回来问树大哥："送饭的是谁啊?"树大哥摸着脑后门说："我等到中午不见影子，就躺了一会儿，一醒来，就看见三碗面又摆在老地方，什么也没看见。"

第三天，石二哥留家了。他也一大早就起来，端坐在炕头等。等到中午同样不见人影，又饿又困，但硬撑着没躺下。眼看中午都过去了，仍不见送饭的来。他想今天中午可能不来了，一躺又睡过了。树大马三哥回来，三碗面有了。可石二却睡得死死的，推醒一问，又是摇头。

第四天，马三哥留家了。他一早起来，躲在门背后，躲了半天也不见人影。一会儿瞌睡上来了，他使劲拔自己的头发；一会儿肚子又咕噜咕噜响了，他用凉水充饥。一直等到大中午，忽然从破屋的天窗飞来三只白鸽子。它们一进来，把鸽皮一脱，变成三个姑娘。三个姑娘干净利落，有人生火烧水，有人和面，一会儿功夫，三碗拉面做成了。正要准备走，看见有人烧她们的鸽皮。三个姑娘流着眼泪对马三哥说："聪明的小伙子，你把我们的鸽皮烧得太早了一点，还有灾难要降临。"说完三个姑娘一齐答应做他们的媳妇。

马三哥发现三个姑娘中有一个长得特别俊俏、漂亮。可树大石二是兄长，自己不能和他们相争。最后他想了个妙计，用锅底下的黑泥把最漂亮姑娘的脸糊脏，等树大石二回来，马三哥让他们俩先挑，果然他们把脸最脏的一个留下了。他端来一盆水，把她糊脏的脸一洗，现出原貌，十分好看。树大石二这时才转过弯来，知道自己上当了，又后悔又嫉妒。

兄弟三人都娶上媳妇后，继续以打柴为生。白天兄弟三人去打柴，三个媳妇在家做饭。没过几天，兄弟三人发现，自己心爱的媳妇一天比一天瘦。树大石二几次问，她们都不开口。有一天，马三哥的媳妇说了真话，她说："自从烧掉鸽皮以后，每天来一个骑母狗的三头老太婆，她用锥子在我们的脖子上扎一下，接半碗血自己喝，在我们的脚后跟扎一下，接半碗血让母狗喝一半，一半洒在地上。她不许我们告诉任何人，说一旦说出去，就要我们三人的命。就这样，我们一直瞒着你们。"马三哥知道自己遇上蟒古斯①了，决心兄弟三人齐心协力除掉它。

第二天，三人都没有出去打柴，躲在家门背后等蟒古斯。马三哥对树大石二说："蟒古斯有三颗头，我们三人一齐发箭，每人射下一颗头，就可以打死蟒古斯。"树大石二连连点头。过一会，蟒古斯骑着母狗来了，他们三人都听说蟒古斯可怕，可谁也没有亲眼见过，这一见三人都吓呆了：那家伙门牙有三尺长，两颗眼珠长在眼眶外面，龇牙咧嘴，直冲三个姑娘。马三哥一着急，大喊一声放箭。"嗖"，箭出去了。可奇怪的是蟒古斯只有一颗头落地，其他两颗头动都没有动。一看，原来树大石二吓得在那儿直哆嗦，根本就没有放箭。蟒古斯抱着剩下的两颗头，挟起三个姑娘逃走了。

马三哥一看三个媳妇抢走了，立刻跟踪追击，可蟒古斯一阵青烟不见了。马三哥和树大石二向着青烟消失的方向走啊走，不知走了多少路，忽然看见前面有一个大黑洞。

马三哥说下洞里看看，树大石二都不敢下去。马三哥找来一截又长又粗的大麻绳，让树大石二把他吊下去。马三哥下去一看，洞里是大片辽阔的牧场，有牛群、羊群、

---

① 蟒古斯：当地方言，一种妖精。

马群、驼群，非常阔气。马三哥碰到一个牧羊人，问他看见三个姑娘没有，牧羊人说："前两天，我们的汗（指蟒古斯）带回来三个姑娘，现在她们在院里干重活。"马三哥又向牧羊人问这问那，一会儿两人就熟悉了，马三哥看牧羊人穿得又脏又烂，满脸污垢，就对他说："伙计，我给你抓骚。"牧羊人一听抓骚，高兴地说："好，好，我头正痒得难受着呢。"刚蹲下又说："你抓骚时可千万别挤烂我那颗红骚，那是我的替身服。"马三哥满口答应，一边抓骚一边聊天，牧羊人舒服极了。

马三哥在牧羊人放松身子的时候，趁机挤烂了那颗红骚，顿时只剩下一张人皮，其他什么都没有了。马三哥把牧羊人皮套在自己身上，充当牧羊娃，赶着羊群往回走。但他不知道怎样管理羊群，太阳落山了，羊还没有进圈。蟒古斯唠唠叨叨说："今天我们的放羊娃怎么了，天黑也不把羊群赶进羊圈，可能是肚子饿了，快把饭盆端过来，让他吃饱了把羊群赶进圈里。"吃饭时，三个姑娘认出了马三哥，马三哥把自己入洞的经过讲给三个姑娘。三个姑娘非常害怕，对马三哥说："蟒古斯谁也打不过，她有一副宝剑，普通人拿都拿不起来，要想把蟒古斯打败，必须要把她的宝剑拿到手。要想把宝剑拿到手，又必须吃了蟒古斯精心饲养的大绵羊和花公牛的肉才能办到。"马三哥决心打败蟒古斯，救出三个姑娘。三个姑娘很感动，决心全力相助。

三个姑娘当天晚上把马三哥藏在一口大缸中。第二天，三个姑娘趁蟒古斯的宝贝儿子熟睡时，用锥子扎了一下他的屁股，宝贝儿子一下号啕大哭起来。蟒古斯赶紧起来问三个姑娘："我的宝贝儿子怎么了？"姑娘说："你的宝贝儿子说要吃大绵羊的肉。"蟒古斯说："我的宝贝儿子什么不能吃？就把大绵羊杀了给他吃吧。"三个姑娘把大绵羊杀掉煮熟，多一半给马三哥吃，留一小部分给蟒古斯宝贝儿子吃。马三哥吃完大绵羊的肉，试着拿了一下宝剑，刚刚能拿起来，但不能来回摆动。三个姑娘说："还需要吃花公牛的肉。"用同样办法，马三哥又吃了花公牛的肉。这下马三哥自己也感到力大无比了，拿起宝剑能自由挥舞，开始寻找机会和蟒古斯战一场。

一天中午，马三哥看见蟒古斯正在睡觉，知道机会来了。他提着宝剑到蟒古斯身边，挥剑连砍数刀。可蟒古斯怎么也不死。蟒古斯看见马三哥拿的是自己的宝剑，知道自己命已握在马三哥手中了，就对马三哥说："你要想打败我，必须先拔下我的长腋毛。"蟒古斯被打败了，尸体一下变成一堆灰，这堆灰很快又变成一群蚊子飞走了。

马三哥胜了，洞里的一切都成了马三哥的了。马三哥把牛羊马都赶到洞口，让树大石二在上面用绳子往上吊，牛羊牲畜全部吊上去了。三个姑娘也吊上去了，最后马三哥自己才往上吊。可刚上到半截，狠心的树大石二把绳子砍断了，马三哥只好一个人在洞里过日子。

有一天，马三哥看见一群大雁从头顶向南飞过，就脱下上衣，使劲挥着上衣，大喊救命。排成人字形的大雁群飞走了，最后一只单独飞行的大雁落在他身旁了，大雁问马三哥："你怎么一个人在这儿?"马三哥伤心地把自己的遭遇倾诉给大雁。大雁说："我可以带你出洞，但有一个要求，不知你能否做到?"马三哥说："只要你能救我出去，我什么条件都答应。"大雁说："你能射下一百只鸟吗？我每飞行一百里要吃一只鸟。"马三哥满口答应。

第二天，马三哥做了一副弹弓，开始打鸟。花了十天时间，一百只鸟打齐了。大雁驮着马三哥开始向洞口飞，大雁每飞一百里要马三哥给嘴里喂一只鸟，就这样一直往前飞，快到洞口时，马三哥自己也饿得忍不住了，偷偷吃了一只鸟。离洞口有一百里时，大雁又张开嘴了，马三哥知道最后一只鸟是自己吃掉的，赶忙把自己胳膊肉揪下一块扔进大雁的嘴里。就这样，大雁吃了一百只鸟，把马三哥从蟒古斯的洞里救出来了。出洞大雁一看，马三哥的胳膊上流着血，大雁一问才知道是自己吃掉了那块肉，惭愧地把那块肉吐出来，贴在伤口上。从此，每个人的胳膊上都有一块又圆又软的肉，人们称它为"鸟儿肉"。

马三哥一出洞，就去找树大石二，凭着吃了蟒古斯大绵羊和花公牛肉的力气，同树大石二比武，很快打败了树大石二。最后牛羊都归马三哥，马三哥和三个姑娘生活在一起，日子越过越美满，人人都夸马三哥是个聪明人。

【搜集整理】钟进文

南山北山

据老人说，爷爷的爷爷们说黄泥堡这个地方在很久很久以前是个海洋。有一天海洋中长出了两座光溜榴的山，一山为南山为阳为兄为阿哥，一山称北山为阴为妹为阿妹，两山相隔百里，不知过了多少年多少代，两山都快乐地走过他们的童年，进入少年。他们长得雄姿英发，俊俏挺拔高接云端。山上郁郁葱葱，苍松翠柏成林，珍禽异兽成群，矿藏资源极其丰富。十八年后，南山、北山都进入了十八岁的花季少年期，他们含情脉脉，南山日显阳刚之气，北山日渐妩媚内秀。天长日久，他们相互产生爱慕之情。

一日，天际神仙来到这块海洋，告诉南山北山，说你们要丰满体魄，恩泽人间，待来日功德圆满后，你们可私订终身。南北二山各自暗下决心，要丰满体魄。他们夜以继日，昼夜都在拼命往高里长。天长日久，他们非常疲惫。于是南山和北山就通过协商，订下了“白天长，夜间不长”的盟约。南山信守诺言，白天长，夜间不长。而北山呢，为了显赫自己，不分昼夜地往上长。不到一年时间，北山就比南山高出了一半。玉帝知道了这件事，认为不守信用者应该受到惩罚，于是就派火德真君放出三味真火，把北山点着了。那火着了九九八十一年，直烧得山石爆裂，草木成灰，北山从此成了死山。多亏南山向玉帝求情，讨来冰沟里的雪水才把火浇灭。“讨来河”由此而名。后来人们将南山称之为天山，北山称为火烧山，匈奴统治河西时将天山改为祁连山。

南山为了尽到情谊，终年头顶白雪，表示对北山的永远怀念。

【搜集整理】萨里延羽

全羊打鼓　饿马摇铃

裕固族的先民（撒里畏吾尔）东迁入关后，一部分散落的民众生活在黄泥草原，终年以放牧为生。黄泥草原水美草丰，因而牛羊成群，人民安居乐业。

前山有个叫陀罗王的首领，对牧民管理十分苛刻，经常率众抢掠，无恶不作。他羡慕黄泥寨游牧民众成群的牛羊，顿起歪心，率众将黄泥寨团团围住。黄泥寨民众终因寡不敌众，准备撤退。他们挖好了地洞，然后趁夜色把一只羊绑到木架上，又把鼓吊在羊蹄下面，羊蹄乱蹬把鼓打响，这叫作“全羊打鼓”；又把马拴到桩上，把草放在马吃不着的地方，马想吃草就在地上不停地乱转，把脖子上的铃一直摇响，这叫“饿马摇铃”。围城的歹徒等到铃鼓不响进寨时，已人去楼空。

为了纪念羊、马救人的故事，至今逢年过节，裕固人民还有击鼓跳舞、摇铃欢歌的习惯。

【搜集整理】贺吉军

瞎子的故事

从前，草原上有一户人家，生有两个儿子，大儿子从小是个瞎子。后来，家里父母亲去世后，老大就和弟弟、弟媳一块儿过。老大从小两眼看不见，不能上山放牧牛羊，只能在家里摸摸索索地干些家务活，一家人日子过得不算富裕，但却和睦。后来老大上了年岁，腿脚害了风寒病，行走不便，不能帮家里干活，只能坐着吃闲饭了。这样日子一长，弟媳就有了怨言，有天，弟媳对丈夫说：“你这个哥哥吃闲饭干不了一点活，养活到啥时候是个头，还不如早些死掉算了。”

丈夫听得心惊肉跳：“一个大活人，他自个大限不到不死，有啥办法。”

“他这号人活着也是家里的累赘，迟死不如早死，早些死掉自个也少受些病疼。他不死，就不能想个法子叫他死。”

“这号伤天害理的话，你也说得出口。”

言来语去，两口子就吵起来。从此后两口子常为这事吵架，丈夫被吵得不耐烦，只好狠狠心，依了妻子。两口子一商量，说定要把瞎子送到深山去喂野兽吃。

这天，兄弟狠着心哄哥说要和他一道去走亲戚。把老大驮上马，驮进山深处，扔在了一个山洞里，瞎子坐在山洞里等了半天，听不见兄弟的声息，就大声喊叫，喊了半天没人应声，瞎子吓得哭起来，哭了一阵，就摸摸索索地在洞里乱摸索，知道这是个山洞里，瞎子惊出一身冷汗，他眼瞎心里却明镜似的，早就知道家里人很嫌弃他，当下心里清楚了许多，知道兄弟今天把他扔在这洞里不管了，他很伤心地又哭了一阵，心一横，抹着泪水在洞里等死。

这个山洞是山里的一个野兽窝，洞里常住着一只狼、一头熊和一只狐狸。这天天黑的时候，狼、熊和狐狸又先后来到洞里过夜。三个野兽凑到一起，狐狸没话找话地先问熊说：“熊大哥你今天找到吃的没有？”

熊说：“我今天找到了一大片野果，吃了个饱，今天吃了明天还有吃的。”

狐狸又问狼说：“狼大哥你呢？”

狼说：“我今天逮住了一头小牛，吃了半个剩下半个明天吃。”

狐狸说：“我今天也逮住了好几只肥老鼠，吃了个饱。今天我们都吃饱了，我们好好喧一阵。”

熊和狼都说好。狼先开口说："这座山后面的泉早干了，河里没了水，今天来了好多牧人，在沟里挖泉，我去找吃的，不小心碰上他们，拿着铁锨撵了我一阵，可把我吓坏了，他们当中说不定有猎户，我们以后可得小心点。"

熊说："怕他个球哩，那些人在那里挖也是白挖，他们要是送给我几头牛吃，我就能帮他们找到了一股很大的泉水。"

狐狸说："熊大哥又吹牛了，你又不是山神爷，你咋就知道哪里有眼泉。"

熊说："我不是山神爷，可我记得有天夜里，山神在梦里给我说过，这山后面的沟脑里，有一片松林，在那林子里，挖一丈多深，就能挖出一眼常年不断的大泉水来。"

狼和狐狸却不信熊的话。

狐狸说："这山神咋在梦里光给你说，不给我们说？你哪些长得叫神仙那么心疼，我长得这么漂亮，这山神咋就不心疼心疼我，也给我说些贴心话。"

狼说："狐狸兄弟说得对，要说长相，我和狐狸都长得不赖，熊大哥是长得难看了些，这山神咋就喜欢长得难看些的，不喜欢长得好看些的呢？"熊有些生气："这事不论长相，只要老实忠厚山神爷就喜欢，我一贯老实，不像你们两个一直鬼头鬼脑的。和你们这两个鬼东西没个说头，睡觉。"

熊动了气，躺下闭了眼不再说话，狼和狐狸见熊不高兴，也没了话说，只好早早睡觉。

这边几个野兽说得话不投机，可吓坏了在洞里面趴着的瞎子，他眼睛看不见，耳朵很灵醒，起先听得几个野兽在洞口处说话，吓了个半死，硬撑着趴在洞里，大气也不敢出一口。听得野兽呼呼噜噜地睡了觉，才松了口气，野兽们说的话，他可听在耳里，记在了心里。听了野兽的话，他知道附近有人烟，他想，只要能活到明天，不被野兽吃了，就去找有人烟处。他一遍遍乞求佛爷，保佑他这一晚，他一夜没合上眼。天一亮，野兽们又喊又叫地去觅食，没动他一根汗毛。瞎子听得野兽们走了，赶紧爬出洞，摸索着找了截柴棍，又摸摸索索地往山上爬，他费了好大劲，才爬上山顶。上到山顶，他就一个劲地喊救命。

后山沟里挖泉水的人们，听得山上有人喊救命，不知发生了什么事，都跑了过来，见了瞎子，都问他这么惊惊咋咋地遇到了什么事，瞎子不好意思把被家人丢弃的事说出来，就说我是来给你们找水的，我知道哪里有水。众人都不信，说你一个瞎子，啥也看不见，咋知道哪里有水？

瞎子说，这沟脑里那片松林下有一股水。这事是山神梦里说给狗熊，狗熊又说给他的。众人听他说得神神道道的，都半信半疑去那片松林下挖起来，挖了一天，果然有一股很粗的水冒了出来，哗啦啦地顺着山沟往下淌。众人狂欢不已，他们把瞎子驮上马，去头人家报喜。头人也很高兴，他把瞎子当成功臣，给了瞎子一身绸缎衣裳，又给了几十只羊，用高头大马把他送回了家。

瞎子的兄弟和弟媳看到瞎子不但没死掉，反而穿着绸缎，赶着牛羊，骑着高头大马回到了家，都惊呆了。他们问瞎子这是怎么回事，瞎子把事情的经过一五一十地告诉了兄弟和弟媳。兄弟和弟媳一听，两人又动了心思，也很想和瞎子一样碰运气再得一份财产。两人私下商量妥当，第二天就到那个山洞藏起来，想偷听野兽们的谈话，再捞个什么便宜。这天天气很冷，傍晚时分，三个野兽又先后回到了洞里，见了面又互相问询都吃饱了没有？三个野兽都说今天没找到吃的，都喊饿得慌。狗熊鼻子灵，他在洞口闻了闻，说这洞里有股人肉味。三个野兽就在洞里乱挖腾，不一会儿就把瞎子的兄弟和弟媳拖出来，享受了一顿大餐。

【搜集整理】杜生贵

神　水

很早以前，裕固族部落里有位牧人，失去了年轻的妻子，他忍着痛苦离开了自己的家园，领着妻子留下的儿子苏克，到另一个部落去流浪。

他们走啊，走啊，整整流浪了一年多，父子二人非常可怜。有一天，他俩来到一家豪华的毡房门前，可怜巴巴地伸出了破木碗乞食，谁知，还没有说句乞讨的话，破木碗就被一根木棒打落在地上。父亲抬头一看，见是一位穿戴非常讲究的妇女，手里拄着刚才用来打落木碗的木棍，望着这一老一少傻笑呢！父亲忍气吞声地低下头，什么也不敢说，小苏克也被吓得哭了起来。

“到屋里去吧!”年轻妇女终于先说了话。

“不敢啊，请你积善给我孩子一口吃的，我们就走……”父亲颤抖着声音求道。

“我叫你们进去就进去!”她说完自己先进了毡房。父亲只好胆战心惊地领着苏克，跟妇人走进毡房。

年轻妇女见他们父子俩进了屋，就热情地端来奶茶和炒面让他们吃喝。吃饱喝足以后，妇女就问起了苏克父子俩的身世。妇女听苏克父亲说他妻子已经病死了之后，非常同情地安慰他们，并用商量的口气说："我丈夫也死了，正愁没个当家的，老佛爷有眼，把你们送到我家，你们如果不嫌弃的话就永远住在这儿别走了吧！"苏克父亲一听，愣了半天，好像做了一场梦似的一下清醒过来。他想：妇人的请求好是好，可这孩子今后怎么办呢？于是他犹豫地回答："可这孩子……"

妇人猜出了他的心思，说道："你放心吧！孩子我会把他当成亲儿子一样看待，对你我就像第一个丈夫一样恩爱。"听了这些话，苏克父亲就把心放宽了。从此，他俩便结为夫妻，生活在一起了。妻子对丈夫和孩子确实很好，苏克父子俩非常感激她，一家人过得很满意。丈夫去放牧，妻子在家领孩子、做饭，有时还织褐子。

过了一年多之后，妻子也生了个男孩，取名叫才克，小兄弟俩在母亲的怀抱里慢慢长大了，两人相亲相爱，形影不离。

母亲表面上对两个孩子虽然都一样看待，私下却对亲生的才克起了偏心眼儿：给小儿子吃好的、穿好的，也不让才克去放牧干活，相反对苏克却越来越疏远了。可怜的苏克春夏秋冬都去放羊、赶牛，衣服烂了也没人补，肚子饿了也只能吃个半饱。父亲虽然知道苏克的苦衷，但怕惹怒了妻子，也就不敢吱声，只能在暗地里抱住苏克痛哭，安慰儿子。

才克却和母亲不一样，母亲给他的肥肉、酥油，他都要留给哥哥一半，到了傍晚便悄悄送给苏克。后来他实在看不惯母亲虐待哥哥，就苦苦思索，终于想出了一条计策：和哥哥出门学本领。才克知道，公开提出和哥哥出门，母亲决不会答应的。于是，他先对母亲提出自己出门学本领的请求。母亲一听小儿子很有志气，果然满口答应，并连夜收拾行装，准备银钱，烧馍煮肉地忙活起来。准备停当以后，母亲就对才克说："孩子你去吧！要学一身本领，要驮来金银，还要给阿妈领来一个美丽的媳妇，家里有你父亲和苏克，你放心去吧！"

第二天，才克就告别了父母和苏克，依依不舍地上了路。走了三天以后，他便在一大片松树林里生起篝火住了下来，好像在等待谁一样，一直在顾前盼后地四处张望。

果真如此，不一会儿工夫，突然见一位骑马的年轻人朝才克奔来，才克兴奋地迎了上去，来人正是苏克。

原来，才克和哥哥商量好一起逃走，因为两人不能同时出发，只好让弟弟先走。傍晚趁父母不注意时，苏克连夜骑马来到两人约好的松林里。然后，兄弟俩高高兴兴地吃了一点东西便离开了家乡。

他俩走啊走啊，整整走了六个月，来到了一个非常荒凉而干旱的陌生部落。这里遍地是死牛死羊，还有很多死人，就是活着的人，也都痛哭流涕，求天拜地，烧香磕头。兄弟俩觉得很奇怪，想问问他们究竟遇上了什么大灾大难。可问谁谁都不说话，只是望着兄弟俩一个劲地哭啊、哭啊。苏克还想问，才克却很不耐烦地提醒苏克："我们过路人，还是少管闲事为好，赶紧上路吧!"苏克也只好顾走自己的路了。

突然，面前过来了一位很美丽而面带悲伤的姑娘，见了兄弟俩便连忙低下头擦泪。这时，才克却先问道："姑娘，你快告诉我们，这里究竟发生了什么天大的灾难和不幸?"

姑娘一听这话，便又哭了起来。哭了一阵，她才抽搭着回答："我们这里连着三年没有下过一滴雨水，泉水已经枯竭，河水都钻了地，雪山被太阳烧化，树木成了干柴，牛羊驼马也都快要死完，人也渴死了一半。我们天天求神降雨，求了整整三年还是滴雨不见……"

"噢!原来是这么回事，那我们也得赶快赶路了。"才克边说边催哥哥扬鞭急驰，离开这块可怕的地方。

一路上，哥哥总是唉声叹气，越走越慢。不管弟弟怎么催他，苏克还是跟不上。

又走了几天以后，弟弟就问苏克："哥哥，你究竟在想些什么呢?"

苏克回答说："弟弟，我们俩出门是为了学点本事的，如果有本事能叫那些快要死亡的人们和牛羊喝上水，能叫荒凉的地上重新长草开花，我看也算是本事啊……"

"嘿!那算什么本事?水哪儿没有，可他们非要守住部落等死，你有什么法子!那金银财宝和美丽的媳妇并不像水那么多，没有本事就什么也别想得到啊!我还是劝你别胡思乱想了，学一点正经本事倒是你我应该去做的事啊!"弟弟说完，就替哥哥催马，两人又在大路上急驰起来。哥哥听了弟弟刚才的那些话，心里老觉着不是滋味，就边走边说："谁没有家乡啊……我们尧呼尔有句俗话：'再大的松树也死在自己扎根的土壤里。'他们不愿意离开生养了自己的部落，也不是没有道理啊……"

弟弟听了这话，有些生气地说："既然你三番五次地提出要去救人，那我们可以就此分手好了!各走各的路，冻死、饿死，狗咬、狼吃，谁也别管谁!"说完在自己马后抽了一鞭，赶着两头牦牛扬长而去了，他连哥哥看都没有看一眼。苏克见弟弟就这样走了，内心有些激动，毫不犹豫地调转了马头，急驰在刚才走来的路上。

不知走了多少时辰，天就黑了下来，苏克不怕什么，继续往前走去。突然，他发现远处有一点灯火在微微闪光，就急忙朝火光奔了过去。来到火光近处，他才发现是一位白发老大爷正蹲在篝火边盘腿喝茶呢。老人见苏克走来，也没有起身，只是微笑着招呼苏克到篝火边坐下，取出一只木碗为年轻人倒了一碗烫热的奶茶，递给苏克。苏克连忙磕了个头接住茶碗，喝了起来。他觉得茶味非常浓香，心想：自己一生还没有喝过这样香的奶茶呢。突然老人问道："你叫什么名字?"

"我叫苏克。"

“你打算到哪儿去？”老人又问。

“我？……”苏克迟疑了一下，就把自己的身世、来路和打算全讲给了老人。老人听完以后，哈哈大笑说：“我看你还是听弟弟的话吧！要去找水，真不容易啊……我找了快一百年的水，至今还没有找见一滴水的影子呢！”

“不！老大爷，我要走遍那个部落的每条山沟，踏遍那里的每块土地，即使我渴死了，也心甘情愿呐。再见吧老人家！我要走了。”说着他就要上马，却被老人叫住了：“我说年轻人呀，你还是回来吧！心急的人会被烈马摔死的。今晚你先睡在我身边，明天我一定会教给你如何去找水的办法好吗？哈哈……”苏克一听，高兴极了，心想：只要老人能指教办法，我就是再住上一夜也心甘啊！于是，他便睡在了老人身边，不一会儿工夫就进入了梦乡……

他梦见老人说道：“这个部落，本来非常美丽、富饶，家家牛羊成群、驼马不缺。后来，满滩的驼马牛羊整天无人去管，人们愈变愈懒，连天神都不愿去敬，一下子惹怒了神仙。神仙就收去他们部落里的山泉，锁住了河水，停止了雪雨，惩罚了他们的懒惰，这样已经整整三年了。现在，他们已经有所省悟。但要真正得到水源，还得靠自己的双手和血汗。他们部落里有一株参天的大松树，只要连根挖起树根，下面就有一股清泉；他们部落里有一块屋大的白石头，上面刻满了经文，只要能挪动那尊大白石，下面就有一股汹涌的河流；他们部落里有一处沙泉，已经被黄沙埋住，只要四面八方挖开沙丘寻找，露出马莲花，花丛下就珍藏着一股雪水，它将会喷洒出来。去吧！年轻人，就要看你的勇气和智慧如何。这个部落的讲究很多：松树不能动土，神石不能乱摸，沙泉不能践踏。就看你能拿出什么好的主意和办法……”

小伙子一觉醒来，天已大亮。往四周一看，哪里还有老人，只有昨夜烧的一堆木炭。苏克也顾不得再想什么，骑上快马向缺水的部落奔去。

当苏克重新回到这个部落以后，情景更加悲惨了：孩子们已经哭不出声音，妇女们躺在地上等死，老人们早已昏了过去，只有几个健壮些的男子还在那里没完没了地祈祷。苏克策马在整个部落里来回奔跑，最后他终于找见了那棵最大的松树。他走近一看，松树的枝丫上挂满了经幡和牛头、羊头。他明白，这是部落里用来敬神祭祀的神树。他连忙跳下马，拨开磕头烧香的人群靠近树下，磕了三个响头，脱去衣服动手挖起树根。他的举动吓呆了祈祷的人们。他们一下怒吼着扑上来拉住苏克讲理。苏克只好把松树根下藏水的原委告诉了人们。大伙儿哪里肯信，不由分说地围上来要拉他去见部落长。正在闹得不可开交的时候，有人已经报给了部落长。部落长一听竟有如此胆大的疯子，便怒气冲冲地领着唯一的女儿来到松树前。大伙儿一见部落长，就松手放开了苏克。部落长怒视着苏克，一步步逼近了年轻人。突然，部落长的长刀猛地向苏克砍去，苏克眼明手快，忽地闪在一边，长刀扎在树干上，部落长大怒，又拔出他女儿的长刀要砍，却被女儿拉住了。她走向苏克细细打量了一番，觉得很面熟。苏克猜出了姑娘的心思，便说道："姑娘你忘了，是你告诉我，部落里没有一滴水了，我就是为这事而来的……"

"可你为什么要挖我们的神树呢?"姑娘知道了他的来历后就问。

苏克答道："我算计过，你们这棵大树下有股泉水。"

"你是哪来的疯子? 竟敢冒充神仙!"部落长怒吼道。

"我不是神仙，但我确实知道你们部落哪块地方有水。"苏克平静地说。

"要是松树下没有水呢?"姑娘望着苏克一副诚实的脸又问道。苏克很利索地抽出自己腰里的小刀，递给姑娘说："如果没水，你用它杀了我，喝我的鲜血吧!"

姑娘一下子被感动了，众人也低下了头，部落长收回了长刀。人们默不作声，周围显得非常沉静。停了一会儿，姑娘终于上前向苏克拜了三拜，送还了小刀，点头同意了。这一下苏克高兴得不知说什么才好，使出全身力气挖了起来。姑娘也动手帮助他。众人一见部落长不说什么了，也都和苏克一样使出了自己最后的一点力气，在松树周围挖了起来。

挖了一天一夜之后，终于挖到了树根深处，可是连一滴水影都不见，就连挖出的土也没有多少湿气。苏克心里非常焦急，部落长的女儿也为苏克暗暗捏了一把汗。大伙儿力气全都使完了，一个个躺在高高的土堆上叹气。苏克却一点儿也不灰心，继续向下挖去。

苏克独自又挖了整整一天，树根全部露出来了，还是不见泉水出来。这阵儿，苏克自己也有些怀疑：是不是上了白发老人的当呢? 想着想着，他的思绪被"咣"的一声响动打断了。这是部落长扔过来的长刀，要苏克自尽。姑娘一见此情，心都快要撕碎了，猛地抱头痛哭起来。苏克慢慢拾起锋利的长刀，思索着……突然，他"啊"的一声，异常激愤地向一根最粗的树根砍去。刀落根断，大树摇摇晃晃地倒向一边。在这一刹那间，异乎寻常的情景发生了：从所有拔起来的树根孔中哗哗地喷出了清凉的泉水，人们一下子惊呆了。苏克高兴地将长刀吻了吻，跪在地上还给了部落长。部落长内疚地连忙扶起苏克。众人喜出望外，奔走相告。大伙儿舀起清清的泉水，扶老携幼地前来痛饮。部落长的女儿早被这喜人的景象陶醉了。她悄悄擦去了激动的泪水，舀了两碗比金银还要珍贵的泉水，分别敬献给父亲和苏克。这时候，泉水已喷满了树坑，漫过了草地，牛羊驼马猛扑上来，饮了个痛快。

接着，苏克对部落长说："供人们饮用，神树下的这股泉水就足够了。要使牛羊兴旺，还要挖出神石下的河流。要让草原开花，非得找见沙泉海子不可。"部落长见苏克看得长远，说得有理，就一一答应了他的要求。于是苏克领着众人，不分昼夜地挖出了河流，找见了海子。没过多久，草绿了，花开了，牛羊肥了，人们也有了笑脸。同样，苏克也像神水一样，既然救活了人们和牛羊、鲜花，又要准备启程走了。

众人听见苏克将要离开部落的消息以后，都失声痛哭起来。特别是部落长的女儿，听到这个消息后，悲痛欲绝。她万万没想到世上竟会有苏克这样不讲情理的人！自从她和苏克在大松树下见面以后，她就打算将自己的爱情和一切献给这位善良、机智而诚实的人。因此，她毫不犹豫地从父亲的长刀下保护了这位勇敢的年轻人。同时又是她做主让苏克挖掉神树，找出泉水来解救人们，也还是她每天为苏克送饭，甚至把最后的一点水也全给了苏克，而她却连着三天挨渴……这一切难道苏克还不明白吗？一个姑娘的心意还要怎么去表达呢？她愈想愈伤心。最后，她只好在苏克快要出发的时候，独自站在和苏克第一次见面的路上等候着……

当苏克来到姑娘跟前以后，她忍不住哭了，双手捧起父亲的长刀，赠给了她心上的人。苏克接过长刀抑制住内心的感情，冷冷说道："我不是为你才来这里找水的！"说完头也不回地跨马走了。

不知走了多长时间，苏克确实感到人困马乏了，就躺在地上睡了一觉。当他刚刚闭上眼睛睡着以后，白发老人又出现在他的梦里。老人微笑着向他说道："孩子，你做得很对。人的良心需要用苦难去磨炼；人的感情要用理智去抑制……前面还有一个部落也同样遭到了缺水的不幸，你也要为他们尽力找水。他们部落里有一座宏伟的寺院，寺院中间有一块门大的石板。揭开石板向下挖三丈三尺，就会喷出水来。他们部落长的门前有个灰堆，灰堆下珍藏着一股清泉。他们部落里有座出名的红石山，山根下奔流着一条河水。只要这三处水源全能寻见，你就会得到一生最好的报应。可你要知道：那座寺院里的石板又大又重，你需要拼命才能搬开；那个部落的部落长非常凶残，你需要处处提防；那个部落的红石山上，虎豹成群，使你无法靠近。你要十分小心，就看你有无智慧和耐心。去吧！孩子……"

苏克惊醒一看，除了骏马之外就是荒漠，哪儿也没有白发老人的影子。他忙翻身起来，马不停蹄地奔向远方。

他走着走着，突然发现迎面来了一个蓬头垢面、衣服破烂的乞丐。走近仔细一看，把苏克惊呆了：原来是他可怜的弟弟才克。兄弟俩相认之后便抱在一起大哭了一场。最后，哥哥对弟弟说："才克，别难过了！跟我走吧，我们将来一定会得到幸福的。"才克现在只好百依百顺了。长年的乞食生活，使他完全失去了所有的胆量和信念。好心的哥哥把弟弟扶上马背，共同来到另外一个可怕的部落。

这儿除了骨头和枯树以外，连个鸟儿也很难见到。哥哥心里明白：可怜的人们已经离开家乡逃散了。怎么办呢？是走还是下决心寻水？最后，苏克拿定主意：自己独自寻水，让弟弟骑马去寻找逃散的人们。

弟弟走了以后，苏克先来到空无人影的大寺院内。佛殿里的神像上积满了灰尘。苏克转了一圈没有发现什么，就动手找那块石板。他找呀找呀，终于在一层厚厚的积沙中找见了一块很大很厚的石板。他用尽浑身的力气立起了石板，然后挖了下去。他双手都挖破了，流出了鲜血，两眼直冒金星，还是不停手地向下挖了一尺又一尺。快到黄昏时，突然刮起了弥天的风沙。大石板在狂风的吹动下，“呼”的一声蒙在井口上。苏克这才怨自己疏忽大意，没有放稳石板。怎么办呢？他想用头顶起来是根本不可能了。时间一长，井内透不过气来，苏克越来越觉得头昏眼花，时间不长他便昏倒在井中。

突然，苏克又醒了过来，往上一看：真奇怪，石板不知被谁挪到井口边了。他连忙爬上来大喊了几声，却听不到一丝回音。于是，他在高兴之下又跳下去继续挖了起来。井越来越深了，他就用衣服往外背出井土。挖了三天三夜之后，从井底往上看，井口只剩锅口那么大了。到了第四天早上，泉水已经喷到了他的腰上，一会儿工夫他就被井水浮出井口。他兴奋地喝了几口清凉的井水，就连忙把井水引出了寺院大门，流向干枯的草滩。

他又走到部落长住过的大院门口，谁知他刚一进门，不小心踏翻了一块木板，接着“嗖”的一声，不知从哪儿飞来一支暗箭，恰好射中苏克的大腿。在疼痛中他明白了：凶残的部落长生怕有人来抢占他的家园，设下了暗箭机关想射死进门的人。苏克非常后悔不应该进院，他想拔出箭头，刚一动手就疼得昏了过去。

当他醒来时，却发现腿上的箭头不见了，伤口也被包扎得很好，连一点血迹也没有。他觉得非常奇怪：难道是白发老人吗？他忙爬起来试走了几步，腿也不觉得怎么疼了。他低头仔细一看包扎伤口的褐巾，觉着很眼熟，可就是一下子想不出来在哪儿见过。苏克也顾不上仔细思想了，赶忙动手挖开灰堆去寻找泉水。他挖呀挖呀，两手麻木了，就换一口气，饿了吃一口带在身边的野沙米。一直挖到第六天中午时，突然一股泉水从他眼前喷出地面，流向茫茫的大地。

苏克高兴地尽情痛饮着泉水，他想起弟弟快要来了，泉水也已经找见了两处。剩下的第三处源头，他也要下决心找见它。于是，苏克连夜奔向红石山根，仔细地寻找着潜河源头。找了一天一夜以后，终于在第二天上午发现了一条干枯不久的深山沟。便顺着山沟一直往里走去，突然听见脚下发出轰轰隆隆的流水声，他停下脚步一听，果然是一条潜河在他脚下流动。他高兴极了，奋不顾身地举刀刚要动手挖河时，突然从身边的草丛里冲出一只凶猛异常的斑斓大豹，张开血口向他扑来。苏克还没有来得及举刀还手，就被大豹死死压在利爪之下。忽听“嗡”的一声，接着又是“啪嚓”一响，豹子头被一粒飞石击中了，凶猛的豹子倒在血泊之中，苏克又一次得救了。究竟是谁在保护他呢？他惊奇地向四周大喊，没一点回音。他虔诚地向四面八方磕了头，向神仙表示了他内心真诚的谢意。然后，他就鼓劲挖起了潜流。挖了整整九天九夜之后，河水声音愈来愈大，愈来愈近了，可就是老挖不到水边。

到了第十天早上，突然山下草滩上人欢马叫，金锣、皮鼓、螺号齐鸣。苦难的人们又回到了自己的家乡，看见了奔流的泉水，他们哪能不高兴呢！突然，苏克身后发出“轰隆”一声巨响，一大块沙石塌了下来，沙石落处露出了一个大洞，从洞口里迎面冲出一股强风，一瞬间，一股洪流破洞而出。苏克忙闪在岸上，他盼望已久的潜流终于挖出来了，从他身边奔流，一直流向千里原野和森林、戈壁……

这时候，苏克才觉得疲劳极了，休息了一会儿以后，他想到弟弟可能要来找他。为了弟弟的幸福，苏克翻起身子，背起沙米和水皮袋又踏上了更遥远的征途……

当他快要离开这个部落时，突然身后飞来一匹骏马，他以为是才克呢。谁知到了跟前一看，倒使苏克惊呆了：天哪，这不是前一个部落长的女儿吗！她送的长刀还背在苏克身上呢。姑娘下了马，什么也没说，只是向苏克递过一支带血的箭头。苏克定神一看便愣住了：这正是射中自己大腿的那支箭。苏克这一下全明白了：是这位姑娘挪开了大石板，又是这位姑娘拔掉了箭头，用自己的褐巾包扎了苏克的伤口，怪不得褐巾他非常眼熟，还是这位勇敢的姑娘用神妙的飞石击中了凶恶的豹子头……

“看来，你一直在跟着我?”苏克带着无限感激的心情和内疚的神态问道。

“自从你离开我以后，我并没有离开过你，但我不是为了你……”姑娘回答了苏克。

“那你为了谁?”苏克激动地问道。

“你为了谁，我也同样为了谁。”姑娘毫不犹豫地回答。

苏克再也按捺不住内心的感情了，猛扑上来抱住了这位善良、勇敢而美丽的姑娘……

从此，裕固族家乡水草丰茂，牛羊肥壮，鲜花盛开，百鸟欢唱了。据说，这都是苏克和他妻子的功劳呢。

【搜集整理】才让丹珍

神奇的皮袋

据说，在很久很久以前，尧呼尔生活在西州哈卓一带。西州哈卓究竟在什么地方？现在在世的老人也只能猜出个大概：在新疆吐鲁番至哈密一带。古时候的人把那儿叫西州，后来又叫哈拉火卓，老人们现在则干脆叫西州哈卓。

那时候，尧呼尔人可多啦，据说是一个国家，有几十万人呢！除了尧呼尔国以外，四周围还有三十五个邻国，加上尧呼尔国正好三十六国。

当时在尧呼尔国的国土上，有非常丰美的水草和辽阔的牧场。草地上开满了鲜花，洒满了珍珠般的牛羊和驼马。满滩的红柳树长得一望无际，开着红红的花儿，像一块红色的绒毯，连上了天上的彩霞。草滩尽头屹立着高高的雪山，山上长满了青松翠柏。春天一到，太阳把冰雪晒化了，雪水在草原和戈壁上奔流，最后流进了绿色的海子湖中。海子湖像沙漠中的明镜一样又大又亮。白天鹅在湖面上展开翅膀，银雀鸟在彩云中飞来飞去，自由翱翔。离海子湖不远的地方，有一座喇嘛寺院。寺院里有大活佛、大喇嘛、小喇嘛，数以千计。这些喇嘛有穿红袍、红袈裟的，也有穿黄袍、黄袈裟的。每年正月十五、四月十五、六月十五和十月十五日，寺院里都要召开规模盛大的寺院大会，全部落的人都来朝圣。男人们从左门进寺，女人从右门进寺，人人都赤着双脚、低着头，双手捧着酥油、牛羊肉之类的供品，虔诚地磕头烧香，去接受大活佛、大喇嘛的洗礼。每逢这种庄严的场合，大活佛都要出来念经。他闭上眼睛，双手合掌，念念有词。整个草原上经幡飘扬，人们都祈求上苍保佑民族的吉祥。

寺院旁边是金碧辉煌的王宫大殿。时而王宫里金鼓齐鸣、螺号齐奏，一派威严。那是国王在迎接国外来的朋友和贵宾。整个西州哈卓呈现出一派生机勃勃的景象。

海子湖滩上虽然有成千上万的牛羊和驼马，却不属于穷人和奴隶们，而是国王和贵族们的享用品。穷人们日夜为国王和贵族们劳动，祖祖辈辈为他们充当奴隶。男人们天天去打猎、打仗或是到国外去驮运东西。女人们放牧、捻线、打酥油。老人们用葡萄和野沙米儿酿酒，供那些贵人们享受。就这样，奴隶们虽然为国家带来了富强，可他们自己却剩下了贫穷。

随着日月的流逝，老王去世了，他儿子继承了王位。新王年轻，脾性异常暴躁，动不动就打人杀人。他杀了本民族的奴隶还无所谓，又杀了邻国人和人家的牲畜，邻国人就很生气。邻国国王曾多次提出警告，可新王却执迷不悟，不予理睬，继续见邻国人就杀，并借此来作为对邻国的回答和炫耀自己的强大。新王的行为，自然引起了好多邻国国王和奴隶的强烈不满，由不满变成民族之间的仇恨。突然有一天，好多邻国联合起来，集合了几十万人马向尧呼尔国杀来，顿时西州哈卓草原腥风四起，血肉滚滚。新王立即号召人们反抗，却已经来不及了。整个民族被邻国的军队团团围住了。幸好西州哈卓长满了茂密的红柳树丛，被打败的尧呼尔民族全藏在红柳丛里，幸免全遭对方军队的杀害。

可是，红柳树丛里没吃没喝的，怎么能藏得长久呢？加上对方一直不肯收兵，要是再不尽快想办法冲出去，不是被对方杀死，也得饿死、渴死，民族绝灭的大难将会落在尧呼尔人民头上。

老人们祈求天神，妇女们悲痛哀嚎，男人们做好决战的准备。新国王呢？他这阵儿才感到后悔莫及了。他非常怨恨自己，在树丛中踱来踱去，也没有个好法子。他手下的一群大臣，早一个个吓得面如土色，谁敢吱声？大活佛的经文现在也失灵了，他们用一把牛犊大的黑铁锁锁住了寺院，跑到红柳树丛中避难。

怎么办呢？整个尧呼尔民族都沉浸在悲泣声中。突然，一个叫托什卡的白发老人沉着而镇静地来到国王面前跪膝说道："陛下，尧呼尔民族虽然已经到了绝灭的边缘，但是老佛爷还在尽力保佑我们。"

"你说什么？老佛爷哪点在保佑我们？看如今这满目惨相，哎……"国王说到这里已经泪流满面，泣不成声了。

"不！尊敬的国王陛下，"托什卡镇定自若地说："死亡中幸存的人，永远不会怕死，更不会悲伤，眼泪会淹没民族坚强的意志。既然老天降下了这弥天的黑风，扬起了茫茫的黄沙，它又赋予我们脚下、身边这一望无际的红柳树丛，难道这一切不正是拯救我们尧呼尔民族的希望吗？"

"依你看该怎么办好呢？"国王听完托什卡的这一席话，自觉惭愧，也产生了拯救民族的希望和勇气。

"您是我们民族的主人。您的一笑给人民带来快乐；相反您的悲伤是人民丧失力量的根源。因此您首先要鼓起勇气，才能振奋起全民族生存的斗志。老天既然不愿让您的子孙绝灭，为何不趁这黑风、黄沙、红柳屏障远走高飞呢！再说，用一千年的风雪雷电，铸炼出子孙们的翅膀，到了那时让他们再飞回西州哈卓的大地，建造起父辈们的陵场，又有何不可呢！请陛下决定我们民族生存与死亡的主张吧！"说完，托什卡深深鞠了一躬，便起身走了。

刚才立在国王周围呆若木鸡似的大臣们，听完托什卡的主意后，一个个才像从一场噩梦中惊醒了一样，跪在国王面前磕头如捣蒜似的哀求道：“大王做主快逃吧！大王英明，快拿主意吧——”

“一群混蛋！还不如一个奴隶有用！给我统统滚远一点！”国王见他这群无用的大臣们竟都是一群胆小鬼，怒发冲冠，火冒三丈！大臣们一见国王发怒了，个个吓得屁滚尿流，一把鼻涕、一把眼泪地溜进了红柳丛中。

国王听了托什卡的话后，觉得很有道理。冲出对方的包围看来是上策，而且事不宜迟。可是，面对百倍的对方，要是稍有疏忽，则可能因小失大，将会导致全民族迅速灭亡的严重后果。因此，他翻来覆去地踱步沉思，前后左右想了又想。突然，他大叫一声：“来人！”一个侍臣急忙走来。

“传我的命令：尧呼尔民族绝不会灭亡！现在需要神速冲出绝境，因此必须轻装。命令各家，不分贵贱将五十岁以上的老人和十岁以下的孩童全部杀掉，并将老牲畜也杀掉，留下青壮年和口轻的牲畜，准备突围！违者全家斩首！”

国王的命令一传下去，像一场冰雹打在了红柳丛里。顿时，哭声、喊声连成一片。有几个年老的大臣前来求命，却被国王抽出利剑，当场杀头示众。奴隶们一见这悲惨的情景，吓得丢魂落魄。由于国王这一道丧尽天良的决定和命令，奴隶们闭上眼睛杀掉了自己的父母和亲生的儿女。一阵阵哀嚎声伴随着冤屈的血浆被埋入了西州哈卓大地。从那以后尧呼尔人民再也不会唱歌跳舞了。

再说托什卡老人，只有一个独生女儿，名叫蒂娜。她长得非常美丽而聪明，从小就失去了阿妈，靠年老的父亲抚养成人。她听到国王这道命令，简直不敢相信自己的耳朵了。蒂娜觉着这种灭绝人性的做法实在有点过分和不近情理，但又有什么办法呢？她望着年老的父亲，悲痛欲绝！怎么能忍心杀掉抚育自己的父亲呢?！正好，蒂娜的未婚夫卡龙泪痕满面地前来看望托什卡老人和蒂娜。

托什卡见两个孩子谁也不敢动手，就说：“国王的命令，谁敢违抗！他也是出于无奈呀！为了拯救尧呼尔民族，你们一定要活下去，将来一定要让子孙后代记住我们民族这次不幸的遭遇，让他们重新回到这里，重建起家园吧！我反正老了，也没有用了，你们别再伤心了……把刀给我吧！”

“不！”蒂娜哭喊着扑在父亲怀里，大声号啕起来。

“大王有令，准备突围——！”国王的侍臣在红柳丛里来回奔走传令。

“阿爸呀——！”蒂娜一听到这个命令，便昏死了过去。

“来不及了，卡龙，实在不行就这么办吧……”老人向卡龙耳语了一番，卡龙点头称是，急忙走了。

又过了半个时辰，尧呼尔民族的青壮年开始悄悄从红柳丛中突围了。战驼摘掉了驼铃，牛嘴套上了绳罩，人们止住了哭声，从国王面前一队队通过。国王一见奴隶们个个都是能跑、能打、能英勇杀敌的青壮年，也就放心了。他们趁着黑风暴，顺着红柳丛永远离开了这块冤屈的大地。

黑风暴刮了整整三天三夜，终于过去了。太阳放射出灿烂的光芒，照得大地一片明亮。逃难的尧呼尔民族在国王的率领下，还在红柳丛中悄然行进。

突然，在行进队伍中的一峰骆驼上，传来了极轻微的小铃铛声。依着这峰骆驼旁边行走的一位姑娘听见了耳边的小铃声以后，急忙把耳朵贴在驼驮上，驼驮的一边驮着十条戳了无数小洞的皮口袋，铃声就是由皮袋里传出来的。姑娘边走边将耳朵紧贴在皮口袋上，悄声说了几句什么，连忙离开骆驼向后边跑去。姑娘找见一位青年男子，他正是卡龙。对他嘀咕了一阵，卡龙就赶忙跑到最前面，跪在国王的骑驼面前禀报道："尊敬的国王陛下，老人生前再三嘱咐我们：尧呼尔要想真正生存下去，就只能迎着太阳走。在太阳神居住的地方有许多宝地，它会供给我们民族生存的。要是跟着太阳向西逃难，越走越荒凉，越走越困难，那将会凶多吉少、苦海无边呐！俗话说，'老人是智慧的源泉'。恳请陛下改变方向，从您尊贵的脚下，由西向东，拯救我们这些幸存者吧！恕我大胆冒昧，请大王做主！"

年轻的国王一听卡龙的这些话，并没有去指责他，反而认真想了一会儿。国王身边也没有年长者指点，他自己经历有限，所以一开始究竟往哪里逃难，他也没有主意，只是盲目前行，想侥幸获得民族生存的机会。现在卡龙说向东走是老人生前留下的遗言，国王也不敢固执。尤为沉痛的是他过去没有听从老人的指教，导致了这一场差点灭族的灾难，使他不敢回想往事，一想起来就浑身打颤。于是就听了卡龙的忠告，立即下令改变了方向，避开来路，由西向东奔走了。

原来，找卡龙的姑娘正是蒂娜。在出发前，蒂娜不忍心杀掉老父亲，哭得昏死了过去。在这紧急关头，老人突然想起一件很重要的事情：就是青壮年们要是碰上其他困难就将无法对付了，虽说有国王带领，但国王毕竟年轻，遇到大难也会为难的。于是，托什卡就想了一个巧妙的办法：用戳了无数小眼的皮口袋把自己装在里面驮上骆驼，如果大伙儿遇到什么难以克服的困难他好指点。就这样，蒂娜和卡龙冒着杀身的危险，将老人悄悄地驮上走了。国王和其他人根本不知道尧呼尔民族在不幸中竟会留下最后一位老人托什卡呢！

聪明伶俐的蒂娜，每天夜里把驮老人的骆驼拉到红柳深处和僻静的地方，让父亲出来吃喝、活动，并细心听取老人的指教，白天则形影不离驮父亲的骆驼。蒂娜交给父亲一串项铃，一旦父亲要说什么，就在皮口袋里摇动项铃。别人即使听见了也还以为是蒂娜的项铃装在驮上作响呢。

当黑风刮过以后，托什卡从皮口袋的小洞里看见了阳光，知道大队人马正在西进，他急忙摇动了项铃，叫来女儿说了卡龙给国王禀报的那些话，因为尧呼尔奴隶的女子是不能直接对国王讲话的。

队伍向东大约行进了三个多月以后，突然他们发现后面极远处烟雾滚滚，不多时就隐隐约约看见无数刀剑在阳光下闪亮。国王料定是敌方的军队追上来了，急得他六神无主、满头大汗。眼看民族又要面临灭绝的境地，奴隶们只好准备作最后的决战。

在这危急的关头，蒂娜把敌兵追来的事悄悄告诉了父亲，并泣声说："如果阿爸想不出办法来，那我们就要彻底灭亡了……"托什卡听完之后，思谋了一会儿对女儿说："孩子，黑夜中不要怕火光，胆怯时要记住力量。你快告诉卡龙，让他去向国王奏明：乏弱的牛马骆驼可以不要，在这些牲畜的大腿上各插上一把短刀，让它们在这荒漠野滩上四处奔走。骑的马赶紧连夜倒挂铁掌，人们也要把靴底拆下来倒绑在脚上行走。只要这样做了，就会安然无恙，万事大吉，我们就可以连夜奔向东方。国王要问这是谁的主意，就说是你们自己想的办法。去吧，孩子！尧呼尔民族是不会灭亡的。"

女儿听完父亲的忠告，忙找来卡龙，细细向他说了一遍。卡龙听明白以后连忙跑到国王面前照父亲的嘱咐报告了一番。国王听完后转忧为喜，立即下令将一千多牛马骆驼插上短刀，让它们向四面八方自由惊散，然后将剩下坐骑的马都倒挂了铁掌，人们也撕下靴底倒绑在脚上，连夜向东急进而去了。

敌兵追到这里一看，只有向四面八方走散的牲畜蹄踪，却不见一个人影，只好悻悻而归了。

尧呼尔幸免了这一场灾难以后，走了不多时间，却又落到了旱魔手里。千里戈壁，茫茫无际。太阳像个火球一样快要把沙漠都给烧焦了。他们驮上的水桶和水皮袋一只只空了。没有水喝，人们渴急了就杀掉牲畜来喝血。骆驼蹄板被磨成了纸片，牛马的肚皮干瘪得可以用针穿过。来一阵风就可以把妇女们吹倒，男人们唉声叹气，不少人一个接一个地倒下了……国王看到眼前的惨景，绝望地叫来卡龙，要他再想个办法。卡龙也正好来找国王，于是便说："陛下，您若能答应放掉唯一的黑泡牛（黑公牛），它自然会找到水源的。"一句话提醒了国王。他忙下命令放走了黑泡牛，让它在荒漠上随心奔走，人马全都紧紧跟在它后面。黑泡牛早已经渴急了，一放了它，便在旷野上哞叫着向前冲去。它冲了不到十几里远，突然在一丛嫩绿的马莲花丛前停下了步。当人们赶上前一看，它正用锋利的犄角在挑挖马莲花丛。卡龙等人急忙抽出长刀将马莲花挖掉，又向下掏了一会儿，突然一股清泉涌出了沙坑。国王和人们一见大喜，个个都取出了木碗痛饮起来，人畜整整喝了三天三夜。

戈壁滩上的清泉使尧呼尔人马恢复了精神，鼓起了信心。驮桶和皮袋又重新装满了泉水。国王将黑泡牛正式奉为“神牛”。其实，让放走黑泡牛找水的办法，还是来自皮口袋里的智慧。于是人马又精神抖擞地启程了。

当人们起劲地向东行进时，突然老天又黑了脸，刮起了罕见的风暴。戈壁滩上的沙丘被刮得无影无踪，红柳丛和许多树木在空中飞舞。尧呼尔人马来不及躲避，被可怕的旋风卷走了许多，不知被甩到什么地方了。狂风越刮越猛，天色越来越黑，戈呼尔幸存的人马只好随风奔波。

当黑风暴过去之后，尧呼尔的人马早就迷失了方向，丢了大路，也不知道来到了什么地方。

正在人们左右为难的时候，蒂娜按照父亲的吩咐，昂首在空中寻觅着什么。突然，她发现一只银雀鸟儿在空中“叽里叽里”地唱歌，就连忙告诉了皮口袋中的父亲。老人听了高兴地说道：“有救了，孩子！银雀鸟是神鸟，跟上它走吧，它会把我们带到吉祥的地方去的。”于是，蒂娜告诉了卡龙，让大伙儿跟着银雀鸟前进，国王也只好跟上走了。渴了，银雀鸟把他们领到有泉水的地方；饿了，银雀鸟又把他们领到有沙米儿的地方。后来，尧呼尔就把银雀鸟奉为神鸟，谁也不去伤害它。

在银雀鸟的带领下，尧呼尔终于走出了茫茫的黑石滩，过了万佛峡，来到了千佛洞。到了那儿，国王和人们全都跪在庄严的佛像面前，做了虔诚的祈祷，拜求神仙保佑，然后又继续赶路了。

不知又走了多少天，突然望见了远远的绿树和房屋。他们高兴极了，第一次露出了笑脸。蒂娜把这好消息告诉了父亲，父亲在皮口袋中暗暗落泪了。他激动地对女儿说：“求佛爷保佑，大难终于过去了。尧呼尔终于有了生存的希望。”说完他问女儿：“这儿的道路是个啥样子？”女儿细看了一会儿便回答：“是三道印子的大路。”“啊，对了，孩子！我们已经到了传说中汉人居住的地方了。三道印子的路就是车路。这里的汉人穿着短帮子鞋，他们家乡有吃、有穿，会帮助我们的。”

果然不出老人所料，当尧呼尔来到绿树土屋门前时，汉人们非常可怜和同情这些遇难的民族，为他们送来了干粮、小米、油盐。

尧呼尔国王和人民非常感谢汉人的热情帮助，就在这里歇息了一段时间，他们和汉人们相处得真像兄弟姐妹一样亲热。

后来，一位汉族老人突然跑来对国王说：“真是老天有眼，洪武皇帝广施恩德，下了诏书，让关外游牧民族进关定居。这正是你们奏报朝廷，封给你们安居乐业之地的大好机会，请大王切莫错过。”国王虽然听不懂汉人的语言，却从这位老人的比划中已经知道和明白了他的意思，就连夜赶到“砖包城”（今酒泉，当时叫肃州），准备向肃州官奏明来意。

肃州官向城下骑马的尧呼尔国王他们一看，知道是从关外来的异族人，就问他们姓什么氏族，叫什么部落。可是双方语言不同，两下为难。就在这当儿里，那位汉族老人急忙赶来，向肃州官说明了尧呼尔是个遇难的民族，要求朝廷给予安居的地方。

肃州官听完之后，不敢自作主张，立即向洪武皇帝奏章，星夜差人送去。奏章上称尧呼尔为“安氏部落入关求居”。为啥称尧呼尔为“安氏”？因为肃州官问国王姓什么氏族时，尧呼尔国王听不懂他问什么，急得直拍身下的马鞍子，肃州官误认为尧呼尔姓安，所以尧呼尔以后就姓了安氏部落。

过了数日，洪武皇帝下了圣旨，叫尧呼尔通过肃州城，在城东的巴依雨奥斯湖（今双海子湖）和南山（今祁连山）一带游牧生活。圣旨传来后，肃州官才开了西门放尧呼尔过路。肃州官听到尧呼尔民族的自称，就以为是从西部伊吾来的，所以在肃州城的西门上挂上了“西达伊吾”的门匾。

那时候，关内汉人还不会吸烟。他们看见尧呼尔人吸烟，就称尧呼尔为“会吃火的人”。至于吸鼻烟，竟使汉人们百思不解。

从此，尧呼尔就在双海湖畔和祁连山北麓安居了下来。为了感谢朝廷，尧呼尔每年给朝廷交送许多战马，朝廷又为尧呼尔还回许多茶叶、盐巴、绸缎作为战马的代价，并正式定尧呼尔为“安家茶马户”。

后来，居住在祁连山里的吐蕃（今藏族）又送给尧呼尔很多羊只，使勤劳的尧呼尔民族在新的家乡又慢慢富裕起来了。

过了一年多以后，蒂娜和卡龙要结婚了，托什卡老人这才露了面。前来主持尧呼尔东迁以后第一个婚礼的国王，发现了这位白发苍苍的老人，不觉大吃一惊。当他问清老人的前后来由以后，国王悔恨而惭愧地低下了头，内疚地什么也说不出来。最后他再三请这位民族唯一的长者主持了这个庄严而隆重的婚礼。这次婚礼将表示着尧呼尔民族的再生。所以人们才第一次唱起了婚礼歌，表示庆贺。

从此，国王便宣布：不论是谁家的老人，不分男女、不分贵贱，对他们要十分尊敬。无论是寺院大会或是婚丧嫁娶，都要请老人参加，就是如何治理家乡也要听取老人们的意见。

不知过了多少年，国王和托什卡老人相继去世了，但他们却与先辈们共同为尧呼尔的子孙后代建造了九座寺院，让世世代代居住在九个部落里，繁衍生息、安居乐业到了现在。

【搜集整理】才让丹珍

盖赛尔的故事

从前，有一对夫妻多年没生子女，这年妻子怀孕了。有一天，男人下田犁地去了，女人正在做饭的时候，突然听见腹中说起话来了，一个问道："你从哪儿出去？"一个回答说："我要从耳朵里出去，那你呢？""我也从耳朵里出去。"一个也回答说。这两个又问另一个："老三你从哪儿出去？"老三回答说："我就从该出的地方出去。"

过了一会儿，有两个孩子一下子叽里呱啦地从那女人的耳朵里钻出来飞到天上去了，女人非常惊奇，可又感觉到从下身掉下一个东西。那女人见是一个青蛙在地上爬，就要用脚踩，青蛙说起话来了，说："阿娜、阿娜①，你不要踩我，我是你的儿子，我替你给阿扎②送饭去吧。"女子说："你是青蛙，能送饭吗？"青蛙说："你把饭盛在罐子里我就能送去。"青蛙把阿娜盛好饭的罐子顶在头上蹦蹦跳跳地走了。

青蛙到地边上喊道："阿扎，快来吃饭！"父亲一听心里想，我没有儿子，是谁在叫我阿扎？到地边见饭罐旁趴着一只青蛙就说："谁送来的饭？"青蛙说："是我送来的饭，我是你的儿子，你吃饭吧，这地我替你犁。"父亲说："你一只青蛙能犁地吗？"青蛙说："我能犁。"说着就跳到犁把上犁起地来，本来犁三天的地还没有用一天的时间就犁完了。

夫妻俩本来没儿没女，见青蛙儿子很能干也很高兴，就给起名叫盖赛尔。

到了晚上，盖赛尔说："阿扎，今晚我们到有钱人家的布店里偷些布来吧。"父亲说："你是只青蛙能偷到东西吗？"盖赛尔说："我们去吧，我偷你背，保证能行。"到了地方，盖赛尔让父亲在外等候，自己进去把各种布卷了一卷，卷好后在里面大声问道："阿扎，要花布还是要平布？"父亲在外面一听吓坏了，撒腿就跑到家里来了，店里的人听见了追出来喊"抓贼"，找了半天不见人，只见一卷布连滚带跳地去了，店里见抓不住也就不追了，说："这卷布可能不该归我，让它去吧。"

第二天下午，盖赛尔又说："阿扎，今晚我们到有钱人家去偷匹骡马来吧。""你昨晚大喊大叫地把我吓坏了，今天我不去了。""我们还是去吧，我偷你骑，一块儿回

① 阿娜：裕固语"母亲"。
② 阿扎：裕固语"父亲"。

来。”父亲又跟着去了。

到了有钱人家，父亲在外等候，盖赛尔偷骡马去了。盖赛尔把一匹骡子链在一匹马上拉出来又大喊大叫起来：“阿扎，你骑马还是骑骡子?”父亲一听吓得撒腿跑回家去了，里面的人也追出来了，有钱人家的人追了一程不见一个人，只见两匹骡马鬼使神差地去了，就说：“这骡马很可能不该归我，让它们自己去吧。”

第三天，盖赛尔又说：“阿扎，我要娶个媳妇。”父亲说：“谁家的姑娘会给青蛙做媳妇?”盖赛尔说：“我能娶回来。”“那你去吧。”父亲说。

黑头人有三个姑娘，盖赛尔来到他家蹲在门槛上等她们出来，大姑娘走到门口说：“哪来这么个青蛙蹲在门槛上，快让开。”盖赛尔说：“你如果答应做我的媳妇我就让路。”大姑娘说：“去你的吧，谁会给青蛙做媳妇。”青蛙说：“那你就跨过去吧。”大姑娘跨过去了。二姑娘走到门口也说：“哪来这么个青蛙蹲在门槛上，快让开。”盖赛尔说：“你如果答应做我的媳妇我就给你让路。”二姑娘说：“去你的吧，谁会给青蛙做媳妇。”青蛙说：“那你就跨过去吧。”二姑娘跨过去了。三姑娘走到门口一看说：“哪来这么个青蛙蹲在门槛上，快让开让我过去吧。”盖赛尔说：“只要你答应做我的媳妇我就给你让路。”三姑娘说：“谁会给青蛙做媳妇。”盖赛尔说：“那你就跨过去吧。”三姑娘说：“我连一根草也没有跨过，答应就答应吧，你把路让开。”盖赛尔让路给三姑娘，两位姐姐一听三姑娘答应做青蛙的媳妇就喊起来了：“阿扎，三妹要做青蛙的媳妇了。”黑头人一听气坏了，跑出来就要打三姑娘和盖赛尔，盖赛尔张着大嘴巴大哭起来，这一哭不要紧，天下起大雨来，不一会儿就把黑头人的房屋泡得东倒西歪。黑头人急了就说：“给你吧，给你吧，你别再哭了。”盖赛尔高兴得哈哈大笑起来，天马上就晴了。

黑头人把三姑娘嫁给了盖赛尔，让他们一人骑一匹马走了，临走时黑头人把一块锤浆石揣到女儿怀里说：“到半路上你把马缰绳丢下去让他拾，趁他拾缰绳的时候砸死了就回来。”走到半路，三女儿故意把马缰绳丢到地下说：“我上下不方便，你下去把缰绳拾起来。”盖赛尔一蹦子跳下去拾缰绳时，三姑娘丢下锤浆石砸盖赛尔，眼看就砸着了，盖赛尔“蹦”地从锤浆石的石眼里跳出来了，三姑娘没办法，只好跟着盖赛尔去了。

有天早上，盖赛尔对三姑娘说：“今天寺院那里有集会，你不想去看看吗?”三姑娘听说有集会高兴得不得了，一大早就走了。三姑娘一走盖赛尔的两个哥哥穿着黑衣骑着黑马从天而降，还给盖赛尔拉了一匹马，盖赛尔脱去青蛙皮套在山羊角上，现出了原形，和两位哥哥也朝着集会的方向飞马扬鞭地去了。

下午，还没等三姑娘回来，盖赛尔又变成青蛙在家等她。三姑娘回来后盖赛尔问道："你今天看到了些什么人?"三姑娘说："从南面来了三个穿黑衣骑黑马的男子，个个马骏人漂亮，他们给了我不少好吃的东西，也一直没有离开过我。"盖赛尔听了只说了声："噢。"

过了几天，有个人家要办喜事。盖赛尔又问三姑娘去不去，三姑娘说还是要去，盖赛尔又让她去了。三姑娘一走三兄弟又和上次一样尾随着三姑娘去了，下午回来，盖赛尔又和上次一样问三姑娘："今天你看到了些什么人?"三姑娘说："别的也没有什么，还是上次见到的那三个男子，那儿有那么多的人，他们只跟着我一个形影不离。"盖赛尔听了只是说了声："噢。"

又过了几天，盖赛尔对三姑娘说："今天又在唱戏，你不去看一下吗?"三姑娘听了又高兴地去了。走到半路上想起前两次的事情有点纳闷，忽然灵机一动就在路上藏起来了，等三兄弟骑着马走过，她又返回家里了。三姑娘回家一看不见盖赛尔，只见青蛙皮套在山羊角上，就把青蛙皮取下来放在火里烧了。

盖赛尔弟兄去了一看不见三姑娘，也觉着有点不对头，急忙赶回家一看，青蛙皮不见了。盖赛尔问三姑娘，三姑娘说已经烧掉了，盖赛尔说了句"可惜，可惜，你把我见得太早了"，说完和弟兄们就上马走了。

三姑娘心里非常难过，决心要去找丈夫，婆婆告诉她，要想找到丈夫除非穿上铁鞋拄着铁棍去找，铁鞋磨不破，铁棍磨不成细针是找不到的。三姑娘穿着铁鞋，拄着铁棍不知走了多远，铁鞋破了，铁棍也磨成针一样细了，还是没有找到盖赛尔，三姑娘却遇上了一个恶魔，恶魔霸占了她，而且生了一个孩子。

有一天，魔鬼说："不远处有座寺院，寺院里住着弟兄三个，整天吃肉、喝酒、唱歌，他们时时都想着盘算我。"三姑娘一想一定是她丈夫和弟兄们，就对恶魔说："我去看看他们行不行?"恶魔说："去是可以，但这样去不行，你得披上那张灰母狗的皮，装扮成狗拾着啃骨头的样子去看看倒还可以。"三姑娘照恶魔的说法进了寺院，一看果然是自己的丈夫和弟兄们在吃肉喝酒，趁他们不备，三姑娘一把抓住了盖赛尔。

盖赛尔一看是自己的妻子就说："你把我见得还是早了，黄老鼠剩下了母子一对，今后土墙的根子不得安然；枣骝马剩下了母子一对，今后天下战火不断；大灰狼剩下母子一对，各部落的牛羊不得安宁。不过你能帮助我除掉那个恶魔，我就跟你回家。"三姑娘答应帮盖赛尔除掉恶魔，把盖赛尔带去藏在魔窟附近一个山洞里。

那恶魔预感到了一点不祥，对三姑娘说："你把我算卦的绳子拿去在火上面燎一燎，小心不要挨着锅叉石，好像有什么厄运近了，我要算算卦。"三姑娘应了声："呀!"拿着绳子在三个锅叉石上打了三下，又在两腿缝里绕了一下，交给了恶魔，恶魔算了半天也没算出什么，也就罢了。

三姑娘看恶魔没算出什么来，就在孩子的屁股上刺了一针，孩子大声一哭，魔鬼问道："噢，吃生葱啃人头的在哭什么？"三姑娘说："噢，吃生葱啃人头的哭，是要吃你三年没产羔的白母羊。"恶魔说："噢，不给他吃还要留给谁吃，就让他吃吧。"三姑娘把羊肉偷偷送给盖赛尔吃了后又把孩子刺哭了，恶魔又问："噢，吃生葱啃人头的又在哭什么？"三姑娘说："噢，吃生葱啃人头的哭着要吃你三年不下驹的母马呢。"恶魔说："噢，不给他吃还要留给谁吃，就让他吃吧。"三姑娘把马肉偷偷送给盖赛尔吃了后又把孩子刺哭了，恶魔问道："噢，吃生葱啃人头的又在哭什么？"三姑娘说："噢，吃生葱啃人头的哭着要吃你三年没下犊的花乳牛呢。"恶魔说："噢，不给他吃还要留给谁吃，就让他吃吧。"三姑娘把牛肉偷偷送给盖赛尔吃了后又把孩子刺哭了，恶魔又问道："噢，吃生葱啃人头的又在哭什么？"三姑娘说："噢，吃生葱啃人头的哭着要看你的长明灯呢。"恶魔说："噢，不给他看给谁看，抱去让他看吧。"三姑娘趁机把长明灯扑灭后又把孩子刺哭了。恶魔又问道："吃生葱啃人头的怎么又在哭？"三姑娘说："噢，吃生葱啃人头的哭着还要玩玩你的宝剑呢。"恶魔说："噢，不给他玩给谁玩，就拿去给他玩玩吧。"三姑娘趁魔鬼不注意把宝剑送给了盖赛尔，盖赛尔冲出山洞去找恶魔。那恶魔非常凶狠，两人打得天昏地暗，难分难解，盖赛尔的一个哥哥帮他把恶魔打到天上，一个又帮他把恶魔打到地下，打到最后恶魔有点招架不住了就对三姑娘喊道："给我的靴子下铺上麸皮，给他的靴子下铺上豌豆。"三姑娘给盖赛尔的靴子底下铺上了麸皮，给恶魔的靴子下铺上了豌豆，恶魔脚下一滑，被盖赛尔打翻在地，用剑剁成碎末子扔到水里了，碎末子后来就变成了水蚊子。

盖赛尔杀恶魔后，就要杀恶魔的孩子，三姑娘劝阻说："他才是个一岁的孩子，我们走了他吃不上喝不上自己会饿死，你就别杀了。"盖赛尔当时没杀，带着妻子回家去了，走了一程，盖赛尔说忘了件东西回去取一趟。盖赛尔早打算斩草除根，杀掉恶魔的儿子。一进魔窟就见那娃娃躺在炕上手拿着算卦绳子，一边绕一边说："曲木①、曲木，我什么时候能杀掉盖赛尔？"盖赛尔一剑把他剁成了肉泥，除了最后一害。

盖赛尔回来后就和妻子生活在一起，他力大无比，他的饭碗别人挪也挪不动。有一天，来了一个过路人把他的碗挪了一下，盖赛尔看来者不善就跟踪追去，那人吓得钻到一个石匠的座子下了，正好石匠也回来打石，盖赛尔见石匠能把石头都一块一块地打掉，就误认为是动碗人给了他一脚，结果把动碗人和石匠都踢成肉泥了。

据说马蹄寺就是那个打石磨的地方，现在还有盖赛尔的脚印，不过从那以后那儿

① 曲木：算卦时念的咒语。

的石头不再打石磨了，盖赛尔本来要把老鼠、马、狼除掉后再现原形，因为三姑娘心急，烧掉了青蛙皮山羊角没有变成宝物，老鼠繁殖起来，挖墙根成了祸害，马繁殖起来后人们骑马打仗灾难更深了，狼繁殖起来后成了牛羊的天敌。

【搜集整理】杨进禄

野兔为啥是灰色的

在很早以前，野兔是白色的，它和狼、狐狸、乌鸦是好朋友，经常在一起游游荡荡，也跟着干了不少坏事。

有一天，它们在山坡上晒太阳聊天，这时候一个喇嘛鼓鼓囊囊背着一些东西，很费劲地从山路上走来了，兔子说："你们看，那喇嘛背的什么东西?"乌鸦说："是装经褡裢吧。"狼说："能看看就好了。"兔子马上说："那有什么难，我有的是办法。"它对着狐狸的耳朵悄悄地说了些什么，狐狸一溜烟就跑了。

狐狸跑到路边草丛中藏起来，等喇嘛走近时，装作有病的样子一瘸一拐地跑起来。那喇嘛一见这一身红色的狐狸就眼馋了，他就拼命地追起来。可是身上背着东西，跑起来很费劲，他把褡裢放下了又去追。追了一程，又嫌靴子太笨，干脆就把靴子也脱了，这次差点抓住。那狐狸一会儿快，一会儿慢，引着喇嘛越追越远了。当追到一道山梁后，那狐狸再不拐了，一会儿就跑得无影无踪，那喇嘛扫兴地回到原地，靴子和褡裢可早都不见了。

这时，狐狸他们正在分赃，兔子说："啊！这喇嘛的东西可真不少呀，我来给大家分好啦。"

"啊！这双靴子最好，给狼大哥最好，大雪天穿上偷羊吃，人们一定不会认为是你而且不冻脚，再合适不过了。""太好了！"狼说。

兔子又说："这'嗒日'① 可是个好东西啊，给乌鸦大嫂好极了，你的孩子们一闹起来，你拿这个一摇，准不会再闹了。"乌鸦拿起来摇了几下也说："实在不错。"

① 嗒日：喇嘛念经时用的拨郎鼓。

“啊，狐狸大嫂功劳最大，这‘支乌’① 和‘岗都’② 给你好了，你的孩子们爱哭，你可以一边摇‘支乌’一边吹‘岗都’，孩子们一定不会再哭了。”

最后还剩一块酥油，兔子说：“这块东西怪难闻的，不知是干啥用的，就归我算啦。”

乌鸦拿着“嗒日”飞回窝里，孩子们闹起来了，它拿着“嗒日”使劲地摇起来，孩子们吓得从窝里跳出去，掉在地上摔死了。

狐狸回到家里一看，孩子们正在又哭又闹。它就一边吹“岗都”，一边使劲摇“支乌”，孩子们马上不哭了，过了一会儿一看全被吓死了。

晚上，狼大哥穿上了靴子去偷羊，一跳进羊圈就被狗发现了，几条狗拼命地咬它，可是狼穿着靴子怎么也上不去墙，尾巴也被狗咬去了一截，好不容易甩掉了靴子才逃了命。

只有兔子，每天吃点香喷喷的酥油，高兴极了。

狼、狐狸、乌鸦到了一块儿个个叫苦，又气又伤心，都说兔子这家伙没有分一样好东西给自己，非把它撕碎吃了不可。

兔子一听它们要找它算账，马上跑到水边把身上的毛弄湿，又在灰堆上打了个滚，爬在草窝里“哎哟、哎哟”地叫起来。狼、狐狸、乌鸦找到它，一看它成了这个样子就问它怎么了，兔子说：“哎哟，痛死我了，那该死的喇嘛没有一样好东西，我吃了点他的东西，全身都长瘙啦。”

从此，野兔身上的灰再也褪不掉了，所以野兔都是灰色的。

【搜集整理】杨进禄

兔子的嘴为啥是豁的

从前，兔子的耳朵没有那么长，嘴也不是豁的。

有一天早上，兔子蹲在一个树墩上，一边晒太阳，一边吃葡萄。忽然，一只老虎

① 支乌：铜铃。
② 岗都：骨号。

从树林中跳出来直向兔子扑去。兔子一看逃不掉了，吓得闭上眼睛不敢动了，老虎刚想一口吃掉，可一看这兔子胆子真大，竟敢还蹲在这儿吃东西，就大声问道：

“喂，大胆的兔子，看我一口把你吃了。”

“是谁这么大声吵吵，你不看我正在吃东西吗？”兔子装成瞎子说。

老虎说：“我是虎大王，你在吃什么东西？”

兔子说：“呀，是虎大王啊，我在吃自己的眼珠呢。”

老虎问：“吃自己的眼珠啊？”

兔子说：“世界上最好吃的就是自己的眼睛啦，你还没有吃过吗？”

老虎说：“给我一个尝尝。”

兔子说：“我的眼珠刚吃完，您不会吃自己的吗？”

老虎半信半疑地问：

“把自己的眼珠吃了，变成瞎子怎么行呢？”

“那怎么会呢，自己吃自己的眼珠，过一会儿还会长出新的眼珠来。”兔子说。

老虎听信了兔子的话，说：

“你替我取下一只来，我先尝尝。”

“您可不能说痛呀！我不敢取。”兔子说。

“我堂堂山中大王还怕痛吗？你给我取下来！”

兔子一爪子挖下老虎的一只眼珠说：

“张开嘴！”

老虎一张口，兔子把一个葡萄丢到老虎的嘴里，老虎为了充好汉忍着痛吃起来，说：

“啊，真好吃，又酸又甜，再来一个。”

兔子一听老虎还要吃，就把另一只眼珠也挖下来丢到老虎的嘴里，老虎一嚼说：

“哎呀，这么难吃，这么难吃。”

兔子赶紧说：

“那只眼睛大概是坏了，所以就难吃。”

老虎吃了自己的眼珠等了半天也长不出新眼珠就发起怒来了，兔子说：

“您不要着急，我的眼珠现在已经长出来了，我给您一根棍子，您咬住一头，我拉着您到树林里走走，眼珠准会长出来。”

就这样，兔子拉着老虎来到一个山崖顶上，看见有一堆火，让老虎背对着山崖边蹲在火旁说：

“这里有一堆火，我们用柏香熏熏您的眼睛，您的眼睛就再不会痛了。”

老虎说：“行，熏熏也好。”

兔子在一旁使劲往老虎前面煨火，老虎被火烧烟熏地叫起来了，兔子趁机说：

“您怕热就往后退一退嘛。”

老虎向后一退就从山崖上掉下去了，老虎掉到半山崖咬住了一根树枝吊在半空中，兔子在上面喊：

“喂，你若是软汉子就喊一声‘唔’，你若是硬汉子就喊一声‘啊’。”

老虎听了还想充好汉就喊了一声“啊”，刚一喊“啊”，嘴一张，松开了树枝掉在山崖底下摔死了。

兔子见把老虎摔死了高兴得不得了，越想自己的本事越大，手舞足蹈地下了山。路上遇见了一个放羊人，它对放羊的人说：

“有一只老虎，我把它从山崖上摔死了，你快去剥它的皮吧。”

放羊人不相信，兔子就把摔死老虎的经过说了一遍，那放羊人说：

“好是好，我的羊没人看，狼来了把羊吃了怎么办？”

“那不要紧，我给你看羊，如果狼来了我就叫你！”兔子说。

放羊的人剥虎皮去了，兔子马上跑到狼那儿说：

“快去吃羊呀，那儿有一群羊没人放。”

狼说：“好是好，我的孩子们小，猎人来了把我的孩子掏走怎么办？”

兔子说：“那有什么，我在这儿守着，若有人来我马上叫你。”

狼放心地吃羊去了，兔子又跑到一个猎人的家里说：

“快去呀，那儿有一窝狼娃子，你快去把它们掏了。”

原来这个猎人是个胆小鬼，说：

“我一个人不敢去呀。”

兔子说：“和你的老婆一起去嘛。”

猎人说：“老婆还要看孩子。”

兔子说：“孩子有我看着，你们快去吧！”

猎人领着老婆掏狼娃子去了，兔子见锅里有一锅水在开，就把猎人的小孩子丢进锅里跑了。

牧羊人高兴地剥了虎皮回来一看，羊被狼吃的吃了，咬死的咬死了；狼吃了羊回来一看，狼崽子被人掏走了；猎人掏了狼崽子进门一看，小孩被烫死了。他们都气得不得了，猎人想活抓兔子跟它算账，可是怎么也抓不住。

有一天，猎人的老婆出了个主意说：

“那兔子每天早上都蹲在那个树墩上晒太阳，明天你早早起来熬一罐子胶，在它来以前倒在树墩上，就能抓住它。”

猎人按老婆的说法做了，幸灾乐祸的兔子这天早上照样跑来了，刚一跳上树墩就被胶粘住了，猎人举着棍子说：

“你这个坏家伙，我今天非把你砸成肉泥。”

兔子喊起来：“慢来慢来，你听我说，我把你的孩子弄得好惨呀，你这样一棍子就把我打死太便宜我了，一点也不解恨。”猎人说：“那我怎么弄死你才解恨？”

兔子说：“这样吧，你让我嘴里含着刀子，再把我装进火皮袋里打火，用烟火慢慢熏死才解恨呢。”

猎人听了好像有道理，就抓住兔子的耳朵使劲往上提，结果就把兔子的耳朵提了那么长。猎人又照兔子的说法让它嘴里含着刀子装进火皮袋里打火，狡猾的兔子从火皮袋里面用刀子割开了一个口子钻出去跑了。因为在钻口子时不小心，被刀子划豁了嘴，从此就变成豁嘴了。

【搜集整理】杨进禄

贡尔尖和央格萨

从前，有一对兄妹，哥哥叫央格萨，妹妹叫贡尔尖。贡尔尖在家做家务，央格萨每天上山打猎，靠狩猎维持生活。贡尔尖养着一条小花狗，只要有一点吃的东西，都要分给小花狗一半，自己吃一半。

有一天，贡尔尖拾到一些麦子，她忘了分给小花狗一半，自己全吃了。结果小花狗跑回家去在水里泡湿尾巴，把火打灭了。贡尔尖回来一看火被花狗打灭了，没办法给哥哥做饭，就急着四处找火。她向南望去，望见南山坡上冒着一股烟，就朝着那股烟跑去。不知跑了多远才来到一户人家，门口坐着一位很老的老太婆，旁边还卧着一条高大的黑狗。贡尔尖说：

“阿尼尕①、阿尼尕，请挡住您的狗吧。”

老太婆说：“噢，我坐下起不来，起来坐不下，你自己过来吧。”

① 阿尼尕：裕固语“老奶奶”。

贡尔尖走过去，老太婆问她说：

“噢，你来这儿有什么事吗?”

贡尔尖说：“我是来讨火种的，请您给我一点火吧!”

老太婆说：“把你长袍的大襟拿过来。”

贡尔尖把大襟给了老太婆，那老太婆拿锥子在大襟上戳了很多窟窿，又在上面撒了一层灰，然后把火种放在上面说：

“噢，现在好了，你去吧。”

贡尔尖兜着火种往家里跑，无意中灰撒了一路。

第二天上午，忽然刮起了一阵黑风，黑风中那老太婆骑着黑狗、驮着狗食槽跑来了。原来她是个三头魔鬼，是跟着灰迹来的。魔鬼在贡尔尖的额头上戳了两针放血，接了一碗血喝下去了，又在脚后跟上戳了一针，接了一碗血喂给狗，然后骑着狗走了。就这样过了好多天，贡尔尖变得又瘦又黄。央格萨发现贡尔尖的脸色一天比一天难看，就问她怎么了。贡尔尖起初不敢说，因为央格萨一再追问，就把魔鬼喝血的前前后后告诉了哥哥。

第二天，央格萨拿着火枪藏起来等魔鬼到来。果然，一阵黑风那魔鬼又来了，她照样放血喝血的时候，央格萨一火枪打掉了魔鬼中间的头，那魔鬼一阵黑烟不见了。

过了一天，魔鬼的儿子提着刀来找央格萨，它找不见央格萨就逼问贡尔尖说：“央格萨上哪儿去啦?”

贡尔尖说：“我不知道他上哪儿去了。”

魔鬼的儿子说：“说不说？不说我就杀死你。”

贡尔尖只好说哥哥上山去了。

那魔鬼的儿子在山上找到了央格萨，把他杀了后又剁成碎片走了。贡尔尖在山上找到了碎尸万段的哥哥，痛不欲生，她一边哭一边用针线把碎尸一块块地对起来缝在一起，缝好后背到家里又给穿了一套新衣服，放在炕上盖好被子后对一群喜鹊说：

“喜鹊哥、喜鹊哥，我求求你们，夏天不要让我哥哥腐烂掉，冬天不要冻住行不行?”

喜鹊们答应了，她又对一群乌鸦说：

“乌鸦哥、乌鸦哥，夏天你们不要让我的哥哥烂掉，冬天不要冻住行不行?”

乌鸦也答应了。喜鹊和乌鸦们夏天用翅膀煽风，冬天用翅膀盖住防寒保暖，尽心地护着央格萨的尸体，贡尔尖女扮男装出走了，她要想办法救活哥哥。

贡尔尖自称是央格萨来到黑头人家里，见黑头人有一个美貌的女儿就向黑头人求亲。黑头人看贡尔尖面目清秀、英俊豪爽，就答应了这门亲事。正在下聘礼的时候，进来了一个老太婆说：

“哎，袖根子是窄的，牙根子又是黄的，她不是央格萨是贡尔尖哟！”

贡尔尖一听气坏了，骂了声“克欧格①”，拿起聘礼就往那老太婆的头上砸下去，那老太婆起来一溜烟跑了。

贡尔尖又来到白头人家里，白头人也有一个美貌的女儿，她又向白头人求亲。白头人看贡尔尖人才出众也答应了这门亲事。同样，也是正在下聘礼的时候，那老太婆又进来说：

“哎，袖根子是窄的，牙根子又是黄的，她不是央格萨，是贡尔尖哟！”

贡尔尖一听又气坏了，骂了声“克欧格”，拿起聘礼就往那老太婆的头上砸下去，那老太婆又起来一溜烟跑了。

白头人和黑头人的女儿都嫁给了贡尔尖，贡尔尖带着她们回家，快到家的时候，贡尔尖对两个姑娘说：

“前面就是咱们的家，我家里还有一个妹妹叫贡尔尖，我得先回去给她说一声，你们随后慢慢来。”

两位姑娘答应了，贡尔尖先到家后，马上把自己身上的衣服换给哥哥穿好，自己穿上姑娘的衣服在门口迎接两位嫂嫂。两位嫂嫂问央格萨为啥不出来迎接她们，贡尔尖说她哥哥进门就说头痛，在里面躺着呢。两位嫂嫂一听气坏了，都说：

“怪坏了，刚才都好好地，甩下我们进门他就躺下了。”

两人冲进去一把揭掉被子，一个先上去抓住一条胳膊使劲一拉，央格萨坐起来了。另一个又上去抓住另一条胳膊也使劲一拉，央格萨站起来活了。央格萨做了她们的丈夫以后，又和从前一样，每日上山打猎，贡尔尖和两位嫂嫂就在家里做家务。

有一天，央格萨对贡尔尖说：

“我走后你不要和两个嫂子玩耍。”贡尔尖答应了。

果然，央格萨上山后两个嫂子就要和贡尔尖玩吞酥油团。贡尔尖说：

“哥哥不让我和你们玩耍，还是你俩玩吧。”

两位嫂嫂说：“他不会知道，咱们玩酥油团，每人一个酥油团同时往自己嘴里扔，看谁先咽下去。”

贡尔尖缠不过她们，就把一个酥油团扔进嘴里往下咽，结果一个东西卡在喉头里取不出来，既不能说话，又不能吃东西，只能喝水。央格萨回来发现妹妹只流泪不说话，也不吃东西，就知道上了嫂嫂的当，急也没用，只得安慰一番。

① 克欧格：裕固语中骂人的语气词，常用于回敬对方说的话。

过了几天，贡尔尖要出走，央格萨留不住就给她拉来一匹最好的马，备上最漂亮的鞍具，又拿出最好的头面和衣服给贡尔尖穿戴起来才让她走了。

贡尔尖走了好多天，来到一个海子边住下了。从此，她每天都骑着马到海子边取水、饮马。离海子不远住着一个黑头人，黑头人家里有一个放羊的小孩每天也赶着羊到海子边饮水。接连三天，他看见一位美丽的姑娘总是在那个时间来海子边取水、饮马，而且每次来都要在海子边坐很久很久。小孩想把这件事告诉黑头人，可是一到家就忘记了。过了几天，小孩在芨芨秆上戳了个羊粪蛋插在头上回家去了。小孩刚进门，头人就大骂起来：

"老爷我当头人戴金顶都戴不顺当，你头插上个羊粪蛋想欺负我吗?"骂着提起鞭子就要打小孩，小孩急忙叫起来：

"头人不要打，头人您先不要打，我有一件事要告诉您，可一进门就忘了，今天我头插羊粪蛋就是怕再忘掉告诉您。"

黑头人说："什么事情快说给我听。"

小孩说："这几天海子边来了一个骑马的姑娘，穿得又好看长得又漂亮，每天都到海子里取水饮马，就是不说话。"

黑头人说："嗯，如果真是那样，明天就带我去看看。"

第二天，黑头人来到海子边，果然看见一个非常漂亮的姑娘牵着马坐在海子边，黑头人见姑娘不说一句话，就把她领到自己家里住下了。贡尔尖在黑头人家里也是只喝茶水不说话，黑头人心里很纳闷。有一天，贡尔尖坐在黑头人身边做针线活，从门里进来了一个陌生人，贡尔尖一看见那人就微微笑了一下，黑头人一见气坏了，骂道：

"你到我家这么多天，对我没笑过一次，没说过一句话，今天进来个陌生人见面就笑？……"骂着就在贡尔尖的背后蹬了一脚。这一脚蹬得贡尔尖"哇"地一声吐出只圆铜铃，"当啷啷"地掉在地下，原来，两个嫂嫂给贡尔尖的酥油团中包了一只圆铜铃。吐出了铜铃，贡尔尖也能说话了，进来的陌生人正是央格萨，因贡尔尖出走后他放心不下才找到这里来了。

【搜集整理】杨进禄

萨尔木拉[1]

传说在很早以前，有一对狠心的老人，他们养着一头牛，每天挤两碗奶子。养着两只鸡，每天各下一个蛋。他们有两个孩子，大孩子每天去放牛，小孩子每天在家喂鸡。

有一天，老太婆对老头子说："我们每天只有两碗奶子两个蛋，如果我们没有这两个孩子正好一人一碗奶子一个蛋。我看还是把孩子们弄死算了。"这话让小孩子听到了，他马上告诉了哥哥，让他逃走了。他自己年纪小跑不动，就赶着牛回到家里了，老太婆和老头子一看大孩子跑了，就把小孩子从山崖上扔了下去。

这山崖非常深，上面是万丈陡崖，下面是大河。这孩子从石崖上一直掉了下去，掉在半山崖一个很大的鹰窝里。老山鹰回来看见这个摔得半死的孩子，就收留了他。它每天飞出去找吃的东西，给自己的鹰娃喂死肉，给小孩子找来新鲜的羔羊肉或野兔肉吃，渴了用口含着水来喂他。慢慢地孩子学会了鹰的语言，他把自己的遭遇告诉了老山鹰，老山鹰听了很同情他，就给他取了个名字叫"萨尔木拉"。

老山鹰的孩子们很快就长大了，而且学会飞了，可是萨尔木拉不会飞，他难过地哭了，老山鹰对他说："孩子，你能搬动窝边的那块白石头，我就有办法救你出去。"从此，萨尔木拉每天搬这块大石头，不管风吹日晒、雨淋雪飘，一天也不停地搬那块大石头。转眼三年过去了，他长成了一个大小伙子，上千斤重的大石头一下子就能举起来。

这天，老山鹰很高兴地对他说："你把这块石头放在我的背上，如果我能把这块石头背过下面的大河，就能把你背下去。"萨尔木拉把那块石头轻轻地放在老山鹰的背上，那老山鹰力大无比背着石头飞过了河。老山鹰飞回来，让萨尔木拉骑在背上，又让萨尔木拉闭上眼睛。萨尔木拉只听得耳边呼呼的风响，一会儿轻轻地落在了地上。老山鹰叫他睁开眼睛，他睁眼一看，到了一个陌生的地方。这时老山鹰说："现在你已经长大了，可以自由地生活啦，你向着太阳升起的方向走，幸福在等待着你。"说罢吐出一颗金色的珠子又说："你把它咽下去，你就能听懂各种鸟兽的语言。"说完就

① 萨尔：裕固语"鹰"；木拉：裕固语"孩子"。

飞上了蓝天。

萨尔木拉咽下珠子，哭别了山鹰妈妈，就向东方走去。

萨尔木拉不知走了多少天，来到一个地方，这个地方非常干旱，这里所有的河水、山泉、井水全干枯了，树木花草一片焦黄，人们用牛血解渴，鸟兽也快渴死了。萨尔木拉渴得要死，但他一看到那么多的人都面临着死亡，心里更着急。他决心为大家找水，他走遍了每个山沟，滴水不见，最后昏倒在一棵大树下。忽然他听到什么人在说话，睁眼一看，树上有一只乌鸦在对它的孩子们说话："呱呱！快去看看，外面有没有人。"

小乌鸦探头向外看了一眼："什么也没有。"

乌鸦说："来，我告诉你们一个好消息。这里的人和牛羊快要渴死了，到那时我们就有吃不完的肉啦。"

"哎呀，那太好啰。"小乌鸦们说。

乌鸦又说："其实人们根本不知道，那座寺院前面的大树压住了水泉，只要把大树挖掉，水就会像河水一样流出来。"

萨尔木拉一听有水，马上来到寺院前挖那棵大树。可是人们非常害怕，喇嘛们也坚决不让挖，说寺前的神树是挖不得的，挖了会招来更大的灾难。萨尔木拉非常痛苦地说："如果挖不出水，招来灾难，我甘愿就地一死，用我的血和头来祭神。"他挖了三天三夜，手指挖出了血，挖烂了肉，露出了骨头。忽然，一阵大风将树连根刮起，一股股泉水从每一条树根眼上喷射出来，流向每一条山沟，泉水流到哪里，哪里一片葱绿。人们奔向水边，牛羊鸟兽也奔向水边拼命地喝水解渴，万物得救了。人们要拥戴萨尔木拉为王，用最好的食物款待他，用最美的语言赞颂他。

萨尔木拉没有留下来，他又向东方走去。

萨尔木拉不知走了多少天又来到一个地方，这里的人们虽然生活很好，但每个人的脸上都很忧愁。问他们为什么忧愁，他们不说一句话，只是摇摇头就走了。从此，萨尔木拉也非常忧愁，他为不能解除人们的忧愁而不安。

一天，他来到一棵树下迷迷糊糊地睡着了。忽然，他听到什么在说话："喳喳喳！"原来喜鹊在说话。

"喳喳，孩子们快过来，我告诉你们一件事情。"大喜鹊说道。

小喜鹊们叫起来："什么事情，妈妈快说。"

"这个地方最有名的歌手姬斯姑娘的耳朵里钻进去了一条虫子，如果取不出虫子，姬斯姑娘再过三天就要死去，她的死会使这里的人们由于过分的悲伤和忧愁，变得麻木、嫉妒、仇恨、蛮横、残忍。"

“喳喳、喳喳，那太可怕了。”小喜鹊们惊慌地叫起来。

“办法倒是有一个，可是人们不知道，那寺院大门两边的石狮下面，各有一只蚂蚁。左边的白，右边的黑，白的用白糖喂，黑的用黑糖喂。喂上三天，白蚂蚁放进姬斯姑娘左耳里，黑蚂蚁放进右耳里，蚂蚁就会把她耳朵里的虫子拉出来，姬斯就会得救。”

萨尔木拉一听，一口气跑到姬斯的家里，当他说明来意时，人们用怀疑的目光看着他，他用喜鹊所说的办法，在第四天终于救活了姬斯姑娘。

姬斯得救，人们心中的忧愁烟消云散了，草原又飞出了欢笑和歌声。因为姬斯父母有言，救活姬斯者可为女婿。能歌善舞、美丽善良的姬斯对萨尔木拉一见钟情，终于成了一对美满的夫妻。

有一天，一只苍老的鹰无力地落在了他们的毡房上，萨尔木拉一眼就认出了它就是救自己的山鹰妈妈。萨尔木拉和姬斯姑娘就像对亲生父母一样看待苍鹰，一直到它死去。

【搜集整理】杨进禄

爱吃糊锅饭的采买里

以前，有个爱吃糊锅饭的人，名字叫采买里。因为茶饭不合他的口味，改娶了几个老婆。最后娶了个老婆能干又漂亮，她做的茶饭香，远近闻名，可是采买里吃了怎么也不合口味。采买里每吃一顿饭就要大发雷霆，经常又打又骂，有时还要用毛绳把她倒吊起来用鞭子抽打，骂她不会做饭，只会煮狗食，还往她嘴里喂狗食，百般虐待。

采买里的老婆一天天地变了，美丽的面容被伤疤和泪水淹没了，瀑布一样的长发已乱蓬蓬的了，手腕和脚腕也全是伤疤，头面①被撕得残缺不全，长袍破的露肩见肘。她每天到很远的地方放羊，在采买里的眼里，她还不如一条狗，在这个家里对她忠实的只有那条牧羊狗。她想死死不了，想活活不成，想逃回娘家也不能。

有一天，她看见了一支队伍，有男有女，好像是穷人组织的一支军队，他们举着

① 头面：裕固族妇女头上和胸前戴的装饰品。

红旗向西走了。她远远地目送着他们，好像他们在召唤自己。下午，她回到家里一看，采买里不在家，就想趁机逃走。刚一出门，牧羊狗摇着尾巴跑到她跟前来了。她一看饿了一天的狗怪可怜，就又急急忙忙地回来取出一碗青稞珍子给狗煮食，因为怕丈夫回来，她不等水开就把珍子下到锅里，又给灶膛里加满了柴，盖上锅盖就跑了。

太阳快落山时采买里才回来，他一到家门口就闻到一股糊焦的饭香，进门看见烧糊的珍子糊糊喷着热气从锅盖下直往外溢。“好香的饭啊！”他大叫着连锅端起来就吃，好像一辈子都没吃过饭，连溢到锅台上的狗食也舔了个干净。他没有想到老婆还会做这样香的饭，喊着老婆再做一锅，可是哪儿也找不到老婆了。

第二天一早，采买里发现老婆的脚印向西走了，他跟着脚印急忙去找。到了上午，他遇上了一位放羊的人，他就唱着问道：

噢啄，
牧羊哥，牧羊哥，
头发乱蓬蓬，
两腿伤鳞鳞，
是否见到一个这样的女人？

牧羊人唱着：

噢啄，
采买里，采买里，
头发乱蓬蓬，
两腿伤鳞鳞，
那样的一个女人已经走远了。

采买里一听，就急忙追起来。到了中午，遇上了个放牛的人，他又唱着：

噢啄，
放牛哥，放牛哥，
头发乱蓬蓬，
两腿伤鳞鳞，
是否见到这样的一个女人？

放牛人唱道：

噢哝，
采买里，采买里，
头发乱蓬蓬，
两腿伤鳞鳞，
那样的一个女人走过一大会儿了。

采买里听了又追起来，追到太阳快落山的时候，他遇上了一个放骆驼的人，他唱道：

噢哝，
驼户哥，驼户哥，
头发乱蓬蓬，
两腿伤鳞鳞，
是否见到这样的一个女人？

放骆驼的人回答道：

噢哝，
采买里，采买里，
请你不要再追了，
头发乱蓬蓬，
两腿伤鳞鳞，
那样的一个女人，
跟着一支军队刚走过，
她叫你放好你的七只母山羊，
你还是回去过你的日子吧！

采买里一听急了，拼命地追起来，没跑多远，看见了一棵沙枣树，他马上爬到树上瞭望。他看见不远的地方，有队人马，他老婆也跟在他们后面。采买里急忙从树上往下溜，不小心被树杈子划破了肚皮，鲜血顺着树干流，肠子也倒了出来。他顾不得痛，用裹腿带子把肚子裹起来，又去追老婆。当他追上的时候，只剩下一口气，他悔恨地望着老婆，一句话也没说出来就死了。

据说采买里的血染红了沙枣树，从此沙枣树的皮就变成了棕红色。

【搜集整理】杨进禄

狠心的老头子

从前，有老两口，生了五个姑娘。有一天，老头子捡了六个野鸭蛋，交给老太婆说："明天你给我打六张饼子，不要让丫头们看见。"

第二天，老太婆就把五个姑娘支到房顶上晒粮食，做针线活，自己关起门来打饼子。大姑娘的线用完了，下房来喊门要取线，老太婆不开门，在屋里说："线在哪儿？我给你拿。"大姑娘说："你找不到，把门打开我自己找。"老太婆没法子只好开门让姑娘找线。大姑娘拿了线说："阿娜、阿娜，灶里面火那么大，锅里面有油香，你在做什么好吃的？"老太婆只好把刚打好的一个饼子给大姑娘说："快吃，吃了可不要告诉她们四个。"大姑娘回去悄悄对二姑娘说："阿娜正在做好吃的东西，你不去吃一点吗？"二姑娘说："我怎么去好？"大姑娘说："你就说针断了。"二姑娘下房去叫门："阿娜、阿娜，开门来！"老太婆问她要干什么，二姑娘说要找一根针。二姑娘进门也说："阿娜、阿娜，灶里面的火那么大，锅里面有油香，你在做什么好吃的东西？"老太婆没办法也给了二姑娘一个饼说："快吃，吃了再不要告诉她们三个。"就这样，五个姑娘一个告诉一个，有的说捻线杆子的眼豁了，有的说捻线的毛用完了，一个一个地下去，吃掉了五张饼子。

下午，老太婆把剩下的一个饼子给老头子，老头子问怎么只做了一个饼子，老太婆只好把实话说了。老头子一听就骂道："讨厌，明天把她们送走算了。"又对五个姑娘说："明天你们五个都跟我去打沙枣子。"

第二天，老头子拿了条大口袋和一张山羊皮领着五个姑娘去打沙枣。他把姑娘们领到很远的沙枣树林里说："我上树打沙枣，谁也不许向上看，谁要是抬头往上看，沙枣掉下来会塞到眼睛里去。"五个姑娘谁也不敢抬头向上看，一个劲地捡沙枣，拾到太阳快落山时口袋也捡满了，姑娘们不见父亲下树就说："阿扎，口袋捡满了，我们回家吧。”喊了半天不见父亲下来，有一个姑娘跑到远处转过来一看，哪来的父亲？原来老头子打了一阵子后把山羊皮挂到树上悄悄下树跑了。姑娘们一想，这分明是昨天把父亲的饼子吃完了，父亲发怒要把她们送走，现在有家也不能回，只好饿着肚子到别处去了。

她们走着走着看见了五块白色的牛粪，捡起牛粪看见下面有五个白馍馍，她们每人吃了一个又往前走。天黑时来到一个老太婆的家里，她们说：“阿尼尕[①]、阿尼尕，让我们住在你的家里吧。”老太婆说：“住倒也可以住，就是我儿子爱吃人，你们得藏起来。”老太婆把大姑娘藏在枣箱里，把二姑娘藏在葡萄箱里，把三姑娘藏在桃子箱里，把四姑娘藏在梨子箱里，把五姑娘藏在沙枣箱里。刚藏好，老太婆的儿子就回来了，进门后说道：“这屋里哪来的生人味？”老太婆忙说：“咳，哪里会有生人味？不知道你又在哪里吃了不生不熟、不干净的东西，要有也在你自己身上。”儿子听了也觉得对，坐了一会说：“噢，还是吃个枣吧。”说着把手伸进枣箱里抓枣，大姑娘在里面用针把他的手刺了一下，老太婆的儿子急忙把手缩回来说：“阿得道[②]，这枣长刺了，吃个葡萄吧。”说着把手伸进葡萄箱里抓葡萄，二姑娘也刺了一针，老太婆的儿子急忙把手缩回来说：“阿得道，这葡萄也长刺了，还是吃个桃子吧。”说着又把手伸进桃箱里抓桃，三姑娘也刺了一针，老太婆的儿子又把手缩回来说：“阿得道，这桃怎么也长刺了，还是吃个梨吧。”说着把手伸进梨箱里抓梨，四姑娘也刺了一针，老太婆的儿子又把手缩回来说：“阿得道，这梨也长刺了，我就吃几个沙枣吧。”说着把手伸进沙枣箱里抓沙枣，五姑娘也刺了一针，老太婆的儿子又急忙把手缩回来说：“阿得道，这怎么全长刺了，老婆头，快去看看，是晴天我要睡土炕，是阴天我就睡铁床。”老太婆到门口看了一下说：“是阴天，睡铁床吧。”那儿子进到一口支起来的铁锅里盖上锅盖睡着了。这时老太婆把五个姑娘叫出来，拾了些大石头压在锅盖上，在锅底下生起火来。过了一会儿听见说：“哈扑盖[③]、哈扑盖，烫得不得了，老婆头快把你头上的毡毛套[④]拿来给我垫个屁股。”过了一会儿又喊道：“哈扑盖、哈扑盖，烫得不得了，老婆头你快把端锅的垫子给我垫上。”五个姑娘烧了一夜，第二天揭开一看，变成了一锅水，她们把水抬到离家远一点的地方倒了。过了一天，倒了水的地方长出了一大堆珍珠玛瑙，姑娘们拾了整整一箱子抬回来放在家里。

过了几天来了两个骑马的货郎要借宿，赶着两头骡子，驮的全是贵重货物。老太

① 阿尼尕：裕固语“老奶奶”。
② 阿得道：裕固语“痛”的语气词，类似“哎哟”。
③ 哈扑盖：裕固语“烫”的语气词。
④ 毡毛套：裕固族妇女的尖顶毡帽子。

婆说："住宿倒也可以，我有一箱珍珠玛瑙你们偷走怎么办？"两个货郎说："我们驮着那么多贵重货物，干什么要偷你们的东西？"老太婆让他们住下了。

两个货郎见这一箱珍珠玛瑙比他们的全部家当都贵重好几倍，就起了歹心。到了半夜，趁大家熟睡的时候，扔下了全部家当和骡马，悄悄地抬着箱子跑了。他们翻了四个山头才换了口气，一个说："打开看一看吧。"另一个说："快走吧，别让人追上来了。"两人抬着又翻了一座山，一个又说："现在打开看一看吧。"另一个又说："急什么，迟早是我们的，快走吧，让人追上就完了。"两人抬着越走越重，一个说歇一会儿再走，一个说再坚持一会儿，正在争吵的时候，箱子里有个人嗡声嗡声地说："货郎哥，货郎哥，抬不动了歇一歇。"两个货郎一听吓得扔下箱子就跑了，也没敢再到老太婆家要骡马和贵重货物。

五个姑娘得了货郎的东西，一下子变得有钱起来了。这天，她们准备了不少礼品骑着骡马去看望母亲。她们到家后先从天窗里往下看了看，只见母亲蹲在灶门口吃灰，父亲坐在炕上抓虱子吃，姑娘们给母亲扔下去了一个白馍馍，老太婆拾起来说："哎，这是我的五个姑娘送来的礼品呢，还是老天爷赐给的礼品？"老头子说："你的五个丫头可能连骨头也没剩下，肯定是老天爷的礼品。"姑娘们扔了五次，老头子都这么说，姑娘们听了很生气，进门就每人唾了父亲一口，老头子又气又羞当场断了气。

从此，五个姑娘领着母亲到老太婆家里去了，在那里过着很好的日子。

【搜集整理】杨进禄

喇嘛和班弟的故事

很早以前，有一个裕固族阿尼尕，她有一个孩子，孩子每天放学回来，阿尼尕就给他一把炒麦子吃。

有一天，来了个喇嘛对阿尼尕说："告诉你的孩子，把每天吃了多少颗炒麦子的数字记住，我下次来要问他。"孩子放学回来见阿尼尕闷闷不乐就问道："阿娜，你今天怎么了？"阿尼尕说："来了个喇嘛要你把每天吃了的炒麦子数字记下来，说下次来要问你。"孩子说："这有什么难，他来我告诉他就是了。"

过了一天，那喇嘛骑着一头土黄骡子来了，进门就对孩子说："今天你吃了多少炒麦子?”孩子说:“喇嘛,请问你的土黄骡子今天走了多少步路?”喇嘛被问住了,坐了一会儿对阿尼尕说:“我要收这孩子当班弟①。”无论阿尼尕怎么说都不行,喇嘛非收不可。这时,没想到孩子说道:“还是让我去给他当班弟吧。”阿尼尕没办法就让他跟着喇嘛走了。

天黑时他们来到一条河边,喇嘛说要在这里过夜。他把经包袱放在头上方,让班弟靠着河沿睡在脚头里,睡到半夜喇嘛一脚把班弟蹬到水里说:“班弟、班弟,水上漂。”班弟坐在他上方说:“喇嘛、喇嘛,你的经包袱水上漂。”原来班弟早有提防,趁喇嘛刚睡着就把经包袱换了个位。

第二天喇嘛到家后说:“把骡子拴到槽上喂好,你睡在草垛子上面。”半夜里,喇嘛来到马槽跟前听着有骡子吃草的响声,就一把火把草垛点着说:“班弟、班弟,火里面烧。”班弟站在马槽边说:“喇嘛、喇嘛,你的土黄骡子火里面烧。”喇嘛眼看着骡子烧死了,可有气说不出来。

过了几天喇嘛说:“我要到人家里念经,你好好看家,把鸡圈好,鸡要在屋里拉屎,我回来饶不了你。”喇嘛走后,班弟把鸡圈在屋里拉了一地屎,又把喇嘛的蜂蜜罐拿来在鸡屎滩边一点一点倒了些,剩下的蜂蜜他吃完后抓了一罐子蜜蜂放在原处。

喇嘛回来一看满屋都是鸡屎,一把拧住班弟的耳朵要他把地上的鸡屎舔掉,班弟爬下就舔,舔了一会儿说:“喇嘛、喇嘛,你也来舔一口吧,这鸡屎甜极了。”喇嘛看班弟舔得那样美,也半信半疑地舔了一口。喇嘛舔了一口果然很甜,也就趴在地下猛吃起来,结果吃了一嘴鸡屎。喇嘛吐掉鸡屎叫起来:“赶快、赶快,太恶心,把我的蜂蜜罐子拿来。”班弟把蜂蜜罐给了喇嘛,喇嘛一开罐子,蜜蜂出来都爬到喇嘛的光头上,喇嘛被蜇急了喊道:“赶快、赶快,快拿扫帚把蜜蜂扫掉。”班弟拿扫帚扫了两下,蜜蜂蜇得更凶了。喇嘛又喊道:“赶快、赶快,拿扫帚扫。”班弟装模作样地扫了两下,喇嘛急了叫道:“赶快、赶快,拿榔头给我砸。”班弟拿起榔头狠狠地砸在喇嘛的头上,结果喇嘛被砸死了。

过了几天,班弟算卦得知,喇嘛的上司派了一个留长辫子的差役要来捉拿他,就熬了一罐子胶水,那差役一来班弟就问他:“你来干什么?”差役说:“我是来请你的。”班弟说:“来得正好,我正准备梳头呢,你是不是也要梳头?梳好了咱们一起走。”差役也想梳头,班弟把胶水抹在拴马桩上说:“过来把你的头发浆一下。”说着就把差役的头发绕在桩上,等头发在桩上粘牢后就把他狠狠地揍了一顿,差役被打急

① 班弟:贫苦僧人,寺院最下层。

了拔断头发逃走了。跑去对上司说："哎呀，那班弟太凶，把我绑在拴马桩上狠狠地打了一顿，把我的辫子也给拔断了。"

第二天，班弟一算得知，又要来一个长乌鸦嘴的差役捉拿他。乌鸦嘴一来班弟问他："你来干什么?"乌鸦嘴说："我是来请你的。"班弟说："来得正好，我也正准备去，可是我的钥匙锁在门里面了，你把头伸进去取出来我们就走。"乌鸦嘴刚把头伸到门缝里，班弟就把他的头夹在门缝里狠狠地打了一顿，乌鸦嘴回去对上司说："哎呀，那班弟太凶了，把我的头夹在门缝里，差点没把我打死。"

第三天，班弟又一算得知，要来一个赤脚差役捉拿他，就在院子和门外面撒了一地骆驼刺等他到来。赤脚差役一来班弟问他："你来干什么?"赤脚差役说："我是来请你的。"班弟说："你来得太好，你快点帮我把院子打扫完咱们就走。"说着给了一把扫帚让他扫院子，还没有扫几下班弟就把他圈在院子里美美地打了一顿，赤脚差役扎了两脚刺逃回去说："哎呀，那班弟太凶了，他家满院子都是刺，把我圈在院子里好好地揍了一顿，好不容易才逃出来。"

第四天，喇嘛的上司派了个穿大皮靴子的差役去了，哪里知道班弟撒了一地豌豆等他到来。差役一进门就摔倒了，走一步跌一跤，班弟趁机砸了一顿棍子，那差役连滚带爬地逃回去说："哎呀，那班弟太凶了，一进他的院子我就滑倒了，逃得不快早没命了。"

第五天，上司派了一个骑马的差役来了。班弟知道后准备了一头猪，装出一副就要骑着猪走的样子等他到来，差役一到来班弟就问他："你是来请我的吧?"班弟又指着猪说："我这千里驹刺一锥到一个地方，砸一榔头又到一个地方，你骑着马怎么能跟上我呢?"差役心里想，这家伙想逃走，我得和他换坐骑，说："那咱们换着骑，等你快到的时候我赶上你也不晚。"班弟说："行倒是行，可我的坐骑认人，咱们换穿衣服才行。"就这样，他们换了坐骑又换衣服，班弟骑着马先走了。那差役估计班弟快到了就去骑猪，刚一骑，猪就乱叫起来，刺了一锥，又叫又咬，砸了一榔头，猪躺在地上死了。

班弟在路上乔装一番，装成骑马差役回去对上司说："那狡猾的班弟来了，你千万不能让他多说话，他要说'我说，我说'，就把他的舌头割掉，他要跪下就把他的两只脚剁掉，他要是磕头就把他的头剁掉，要不然就会上他的当。"上司听信了，觉着很有理。过了一会儿，那差役穿着班弟的衣裳来了，上司问："怎么这时才来?"差役说："我说，我说。"两面的行刑刽子手上去就把他的舌头割了，那差役急忙跪下想求饶，两只脚被剁断了，差役刚要磕头，头又被剁掉了。

那喇嘛和他的上司原来都是恶鬼，他认为已把班弟杀死了，可是，没过几天班弟又悄悄跑回到自己家里去了。

【搜集整理】杨进禄

白母羊、兔子和狼

很久以前的一个春天，有一只白母羊，领着它的两只羊羔，去一个非常遥远的地方朝拜。母子三个，天天吃着路旁刚返青的嫩草，喝着路上清清山泉水，一路欢欢喜喜地走了好久。有天，突然遇见了一只狼，狼疯狂地扑上前，龇牙咧嘴地说它已好久没吃到羊肉，都快要忘了羊肉是啥味道，今天非要把这大小三个羊都吃了不可。

白母羊又惊又怕，可怜巴巴地向狼讨饶："求求您饶饶我们吧，这季节刚开春，我们都还很瘦弱，等秋天我们回来时，您再吃我们，我们的肉一定又肥又多又香。"

狼听了母羊的话，觉得也很有道理，便放了它们。

白母羊母子三个从狼嘴里讨得了命，又翻山越岭，不停地走。

几个月过去了，转眼夏去秋来，白母羊母子三个，终于走到了要去的地方。这几个月来，它们吃了不少平时从未吃过的肥美花草，喝了很多难得一尝的清冽山泉水，一个个都肥胖起来，滚瓜溜圆的，变得和以前大不一样。

白母羊在目的地歇了几日，做完佛事，见天气一日日变凉，又往回走，快要走到来时遇见狼的地方，一想起狼还等在那里吃它母子三个，白母羊心里非常悲伤，一边走一边哭。一只兔子看见它伤心落泪的模样，便问它为啥这般忧伤。

羊把狼等着吃它的事，从头至尾，一五一十地告诉了兔子。

兔子听后，大咧咧地劝母羊说："羊大姐千万别这么害怕，又这么伤心，您跟我走，我来救你们一命。"

白母羊不相信小小的兔子能斗过比它又大又凶恶的狼，搭救它母子三个，但又不好意思直说，只好半信半疑地跟着兔子走。

它们走啊走，路过一个旧圈滩时，兔子拾了块旧毡片，再路过一个旧圈滩时，又捡了片包茶纸。兔子拿着这两样东西，领着母羊走到了那地方。狼果然还等着，见了白母羊，蛮横地问它为啥来得这么迟，叫它好等，说着就张牙舞爪地要在白母羊身上下嘴。

"狼大哥，你先别忙着吃它，它还带来了一件要紧的公事，你听我说说，听完了你再吃也不迟。"兔子一本正经地拦住狼，把旧毡片垫在屁股下，大模大样地坐稳后，又捧着那片包茶纸，嘴里叽里咕噜地胡诌了几句，又问狼道：

"你听懂了吗？"

狼连连摇头。

"好吧，那我就再说给你听听。"兔子又煞有介事地说："这是一张汗点格尔[①]托母羊捎来的圣旨。这圣旨上说，汗点格尔要一张狼皮、一张兔皮、一张羊皮，又一张狐狸皮。眼下我的皮有了，你的皮有了，羊的皮也有了，就少一张狐狸皮，不知道这家伙这会儿在哪里，你说咋办？"

狼一听说汗点格尔传旨要它的皮，吓得魂飞魄散，一心只想快快地逃走，只是找不到一个好借口。听得兔子问狐狸，忙支支吾吾地说："狐狸的事，你就交给我去办吧……"说着，一溜风地逃了去。白母羊母子三个得救了，它们自然很感谢兔子。和兔子分手时，白母羊千恩万谢地说：

"我不知道怎样报答你的救命之恩才好？"

"你别忙，那自有报答的时候。"兔子叮嘱白母羊道："你这一去，再不会遇到啥灾难，会有好日子过，出不了三年，你儿儿孙孙会有一大群，那时候，你要是见了老鹰扑打兔子，千万别忘了把兔子围在你们中间。"

兔子的话果然很灵验，从此后白母羊日子过得很平安，三年后真的儿孙成了群。它至死未忘记兔子的叮嘱，从鹰嘴里搭救了不少兔子的性命。直到如今，据说兔子被扑打时，还爱往羊群里钻。

【搜集整理】杜生贵

智破天

很久以前，有一年天气特别干旱，烈日暴晒，尘土飞扬，大地像一个火盆，草原寸草不生，庄稼颗粒无收。当地有个头人却粮满仓、草满棚、畜满圈，宁肯粮发霉、

① 汗点格尔：裕固语"天老爷"。

草腐烂、畜暴亡，也不愿借给穷人一根草、一粒粮、一头畜，人们恨透了他。饥饿使人们更加愤怒，想和头人斗一场，却又不知如何去和头人斗，人们就去找智破天。这智破天也是个穷人，他机警善变、足智多谋，经常帮助穷人，为穷人打抱不平，由于他智慧过人，人们就叫他“智破天”。

他看到部落的穷苦人个个饿得面黄肌瘦，人人瘦得皮包骨头，怨声载道，叫苦不迭，他安慰大家，别急，先想个办法试一试，大伙找来一匹马再说。

人们回去不久就找来了一匹马，第二天一大早，智破天拉着这匹又乏又瘦的马来到头人家门前来回溜达。头人一见，大发雷霆：“呔，你这个穷汉，快把那乏毛团拉走，丢人现眼的也不害臊，竟敢在老爷门前卖弄。”智破天俯首躬身，谦恭地向头人连连点头说：“老爷你别看这匹乏马，这可是龙王爷赐给我的宝马，能拉银尿金，叫‘金银马’。”头人一听，根本不信：“胡说，哪有拉银尿金的马，你想骗人，我倒要看看怎么个拉银尿金。”智破天拉着马，不慌不忙地停在头人面前，那马“叭”放了个响屁，随之“当当当”落下十多枚银元，又前腿一伸，腰一躬，从尿眼里尿出的碎金随尿而落。

头人一看，喜得眉开颜笑，心里想：我要是得了这匹马，库里的金银天天增，再也不愁钱和财，方圆百里，有谁能比上我富哪。想到这里甜滋滋的，决心买下这马，顿时满面笑容地说：“智破天，这马就卖给我吧。”智破天恭敬而委婉地拒绝：“老爷，这马，龙王爷嘱咐不能给任何人，再说我们全凭这马来过活。”头人嬉皮笑脸，苦苦纠缠：“你要钱，要粮，要绸缎都行。”智破天装出十分为难而又无可奈何的神情：“哎，要是别人，我说啥也不能换，你老爷要，我也没办法，也是你福大命好运气红啊。”

头人得了宝马，欣喜异常，忙吩咐管家，给智破天装了三十车粮、一车绸缎和金银，穷人们浩浩荡荡地运走了粮物，智破天把这些财物全分给了大伙。

头人把马拉到了铺有地毯供佛的堂屋里，他先在佛像前燃香烛，点油灯，祈祷神佛，保佑宝马多拉出金银。他抖开缎袍大襟，双膝跪地，两眼向上，跪在马的胯后。这马十分瘦弱，头人拉来后喂了一大兜小豆料，满满添了一槽铡得很细的苜蓿草，马饥肚饱喂，左右摇摆，站立不稳，头人立即叫来几个长工扶马。老婆和孩子几次叫他歇一会，吃过饭再看，头人不耐烦地把手一挥：“去去去！”他怕在这当儿几个长工把金银偷掉。从一大早一直守候到了大后晌（下午），还不见马拉银尿金，他东看西瞅，左思右想，莫不是我喂的草好料足水饱，等的时间越长，得到的金银越多。

忽然，这马全身颤抖，肚内“咕噜噜”的直响，一听见这声音，头人顿时精神振作，高兴地双眼眯成了细缝，眼珠儿一动不动地盯着马肛门。“哧哧”一股暗绿色的稀屎，劈头盖脸泼了下来，那绸缎袍里已粪花朵朵，却不见一丝金银。

其实，上次这马拉银尿金，是大伙凑了点碎金、银元塞进它的肛门和尿道，又喂了点草，饮了点水，拉着不停地走动，弊着不让排便排尿，只要一站立即就排出。到了头人家，这马由于以前过度饥饿，暴食暴饮，肠胃不适，泻痢后就死了。

头人受了愚弄，方知上当，十分生气，命令手下抓来了智破天，智破天到了头人私设的公堂上，头不低，腰不勾，穿一件旧褐衫，满不在乎地挺立在那儿。头人一看，越发生气，指着智破天鼻尖破口大骂："你这个贱骨头，用快死的乏马骗我的财物，故意坑害老爷我，你知罪不知罪？"

智破天从容地答道："怎么是我骗你？那天是你亲眼见的，又是你自己硬缠着要买，如果不行，把我的宝马还我，我还给你的财物。"头人一听，两只火红的眼睛就要迸出，几根山羊胡子都立起来了："你那乏毛团死了，来人把这贱骨头拖下去，狠狠地打，打死这贱骨头。"手下人就要拉出去打，头人想一下打死他，太便宜了，叫手下人在磨面房里泼上水，冻成冰，慢慢地冻死他。

第二天清晨，头人派人去收尸，打开磨房门一看，愣住了，只见房内热气腾腾，智破天头上大汗淋漓："啊，热死我了，快开开门，让我凉快凉快。"几个人你看我，我看你，疑心自己遇了鬼，个个目瞪口呆，快去报告头人。头人一听，也觉惊奇，这三九寒天，滴水成冰，他在家里睡热炕，穿皮袄，还觉得冷，智破天穿一件褐衫会出汗，他要亲自看看。

那几个人走后，智破天立即端起一片石磨盘，在磨房里来回急跑，转一阵，停一阵，不断运动，全身发热而出汗。这时外面传来脚步声，他赶快放下磨盘，盘腿而坐。头人头戴狐皮风帽，身穿大领皮袄，大摇大摆地来到磨房门前，打开房门一看，智破天满脸笑盈盈地坐在磨盘上。头人一见，不由一惊，但故作镇静，强打精神问智破天："你怎么没有冻死啊？"智破天扬起头，神气地说："老爷你有所不知，事到如今我不瞒你了，我穿的这件褐衫叫'凉热衣'，是龙王爷赐给的第二件宝，穿上它冬不冷，夏不热。"

头人一听，心里又发了痒，满脸堆笑地说："智破天啊，走，请到屋里坐。"

"多谢老爷，我们下贱人哪敢玷污你的宝地，老爷不杀，放我回去，大恩大德我终生难忘。"智破天说着点了一下头就要迈步出门，头人着了慌，也忘了自己尊贵的身份，上前拉住了他的衣袖，十分殷勤地说："别急嘛！喝了茶再走也不迟嘛，你这衣服……确实不错，就换给我吧，啊……"

"哎，这可使不得，上次给了你宝马，不知你得了多少金银，发了大财，还说我马不好，要杀我，这衣服我要是给了你，如果你不会用，你又说我骗了你，那个罪我可担当不起，这衣服说啥也不能换。”智破天说着就走，头人拉着衣袖说啥也不让走，并连连赔不是：“上次那马是真死了，这次抓你是我的不对，事情已经过去，我们就不提了，换了这衣服，以后我决不怪你，你就放心吧。”

智破天打了个哈欠，伸了一下懒腰，神秘而严肃地对头人说：“这衣服本来是绝对不能换的，龙王爷怪罪下来，我可就没命了，但老爷是尊贵的人，一定要换，我也没有办法，只是以后不要找我麻烦就行了。”

“这个绝对不会，请放心好了。”头人喜眉笑眼，双手接过衣服，酒肉招待了一番，又送了智破天一匹快马、一顶狐皮风帽、一件羊皮长袍。智破天又反复向头人交代，这“凉热衣”不能接近草木，不然会起火。说完后骑上快马，扬长而去。

头人得了这件宝衣，左看看，右瞅瞅，爱不释手，平时舍不得穿，用绸缎一包，放在了佛像供桌上。

转眼又过数月，正月初二，头人要去给老岳父拜年，他想：岳父是个有名的大富豪，给他拜年的人，年年络绎不绝，来者虽都是上流客人，但我这样的宝衣他们别说见，听都没听过哩。现在穿上它，到岳父家让客人们见识见识，也给岳父增光添彩。

初二清早起来，头人上身只穿一件衬衣，然后就套上了“宝衣”。老婆唠叨着他再穿一件皮袄，头人不耐烦地瞪了一眼：“少啰嗦，你懂个啥。”骑着马匆匆赶路了，走了一阵，身上发冷，越走越冻，寒风呼呼，像无数钢针扎来，头人冷得浑身像筛糠般颤抖。这儿前不着村，后不见店，是一个辽阔平坦的大河滩，天冷得滴水成冰，哈气成霜，无处避风取暖。走了一阵，见河床中有一棵遭雷电烧焦的枯树桩，他赶快钻进树洞中避风，不一会儿就冻死了。

头人老婆在家，觉得自己男人有了这件宝衣，多么光彩，多么显赫，到了娘家，那么多客人争着要看，父亲为有了这样高贵的女婿而高兴。想着想着也觉得自己也身价百倍，十分荣耀，有谁能比过自己呢？她想入非非，得意洋洋。

历年拜年，头人是初二去，初三回，可今年到了初六还不见人影，头人老婆派人去娘家打探，吩咐手下人说：“若是父亲缠着要宝衣，让头人暂时把宝衣留下，也让父亲沾沾光，不要为此纠缠，来家里拜年的人也不少，让头人早点回来。”

这几个手下人到了头人的岳父家，启奏道：“老大人，你贤婿家里有许多要事，急需办理，让他先回去，至于那件宝衣可以暂借，待后……”老丈人一听火冒三丈：“哪里有他？别的女婿都来拜年，他至今不见人影，眼里就没有我这个老丈人，我不问你们也罢了，你们反倒问起我来了。”几个手下人面面相觑，只好将事情的原委告诉了老丈人。

头人老婆一听男人未到娘家拜年，料到这是个可怕的预兆，立即派人沿路寻找。

找来尸体后，头人老婆嚎天哭地，大骂智破天是骗子，害人精，她要报仇，派人抓来了智破天。智破天知道那衣服可以致头人于死地，自己也逃不出厄运，就找了一根铁棒，用花纹纸缠卷好交给了老婆，叫她如何如何，万不可忘记。

智破天被五花大绑押到头人家，头人老婆两眼血红，似两盏红灯笼，咬牙切齿，破口大骂："你这骗子，没良心的东西，骗我的钱财，又害死我老爷，我把你千刀万剐也不解心头之恨。"

智破天昂首挺胸，坦然地问："我怎么害死你老爷了？我要问他是怎么死的呢。"

"怎么死的？就是穿了你那件又脏又臭的烂褐衫冻死的。"

"在什么地方？怎么冻死的？"

"就在一根烧焦的枯树洞里冻死的。"

"噢，你看我原先就对他说过，大家也听到了这衣不能挨近木头和草，看老爷就是没有按我的话去做，他根本不是冻死，而是烧死了。"

"怎么没见烧伤的地方啊？"

"这衣烧内不烧外，树都烧焦了，体外由宝衣护体，内脏肯定是烧坏了，不信你们打开肚子看一看。"

头人老婆一听这更是火上浇油："你害死了我家老爷，连他的尸体也不让囫囵吗？这个贼骨头，坏透了，给我狠狠地往死里打。"

手下人七手八脚，一阵乱棍乱棒，智破天躺在那儿一动不动，口中鲜血直涌，头人老婆一看智破天断了气，叫手下人将尸体扔到荒山野沟，让狐、狼、狗去啃。

过了几天，管家出外路过智破天家门时，看见智破天好端端地从门里出来，笑嘻嘻地问候管家。管家一见，慌得手足无措，颤颤抖抖、结结巴巴地问："你，你不，不是死了吗？"

那天，智破天只是皮肤稍有打伤，他咬破了舌头装死，骗过了头人老婆及手下人，智破天幽默地笑着说：

"不错，是死了，不过又活了，告诉你，龙王爷给了我三件宝，两件叫头人拿去了，他不会用，还说我骗他们，这第三件才是最宝贵的哪。"

"又是啥宝贝啊？"

"这宝叫'救活棒'，那天我死后是老婆用这棒把我救活的，老婆子，快把宝贝拿来，让管家看看。"

智破天老婆拿来了救活棒，双手递给了管家，管家左看右瞅看不出什么特别的地方，但前两次的事他是亲眼见的，智破天那天死时他也亲眼见了，没有宝贝他怎么能活呢？要是救活了头人，头人自然会感激不尽，用金银财宝重谢我，这样我就会发大财。管家思来想去，立刻回去告诉头人老婆。头人老婆一听有救活棒，心头也动了，可还有点半信半疑，但管家说的很实在，而且又亲眼见了那宝物，只要得到这宝，就可以救活自己男人。

头人老婆派人请来了智破天，又满面笑容上前赔礼道歉：“前几次是我们的不是，有了宝不会用，也得罪了你，请你原谅，这次无论如何把你的那宝棒换给我吧！”

智破天面带愠色，很不痛快地冷冷答道：“上几次你们得了宝，发了财，还说我骗你们，险些要了我的命，这件宝我说啥也不换。”

头人老婆、管家苦苦哀求说：“要钱、要粮、要牲畜都可以。”智破天提出：“要换也可以，必须有县官作证。”头人老婆很快就找来了县官，空口无凭，他们双方立字据为证，各执一份，县官作证。

智破天又用宝棒换来了三垛子金银、绸缎（一头畜驮的叫一垛），骑着快马，回到了部落，分给了穷人。

头人老婆得了这“救活棒”，欢天喜地，手舞足蹈，把头人的尸体抬出来，放在了堂屋门前。附近的人听说死人能救活，纷纷赶来观看。只见这头人老婆喜滋滋地望着大伙，得意地向大家展示了一下宝棒，念念有词：“老头、老头，老天有救，快快醒来，共度春秋。”说着用宝棒重三下、轻三下敲在死尸上，不见动静，结果又在头上重重敲了三下。围观者踮着脚尖，屏声息气地观望，头人仍然一丝不动。头人老婆想，莫非死得久了，还打得不够，又重一阵、轻一阵地敲，直敲得皮开肉绽、脑浆外流，头人老婆一见，大喊一声“天哪”就昏死过去了。

【搜集整理】杨永贤

兽心兽食

从前，有一户裕固族人家，老两口有两个儿子，夫妻十几年没过上一天舒心的日子。这老两口是半路夫妻，老头的儿子大一岁，叫“老大”，老婆带来的儿子小一岁，叫“老二”。老大秉性敦厚，心地善良，心灵手巧，能吃苦耐劳，会听兽言兽语，但后娘对老大横竖看不顺眼，不是打就是骂，百般虐待。俗话说：“三九的寒风，暑天的日头，后娘的冷心。”这话一点不假，老大自小跟着父亲出外狩猎，风里来雨里去，练就了一副好身板，长年累月吃苦受累，穿得却是破褐烂毯，吃的是残茶剩饭。老二有他娘护着，什么活也不干，游手好闲，一肚子坏水，吃的是奶子肥肉，穿的是绫罗绸缎。老头对此看在眼里，气在心上，可又拗不过老婆，只好忍气吞声，凑合着过日子。

一天，老婆又大吵大闹："呔，你这老没出息的，你那小痫化（喻懒汉）都十八九了，不撵出去让自己成家立业，还叫娘老子养到啥年辰。"

老头子为大儿子的事伤透了脑筋，常想儿子跟着自己受罪，不如让他自己去闯，或许比现在好点，但想到他年小处事少，又怕生活不能自理，这次经老婆这样一闹，就下了决心，对老婆说："男儿的本事是闯出来的，好走马的走势是压出来的，给他们兄弟俩各一百两银子，让他们自己去闯，回来看谁挣得钱多，就证明谁有本事，到时候我们就靠谁。"

老婆子也同意这么办，连夜给他们准备了上路的盘缠。小儿子的褡裢里酥油、曲拉、麦子炒面等装得鼓鼓囊囊，又装了二百两银子。大儿子褡裢里只装一小袋青稞炒面，银子分毫未装，临行前老婆子又在老二的耳边嘀咕了一阵。

第二天，弟兄二人骑马上路，翻山越岭，不停前进了八九天，来到了荒无人烟的戈壁滩。这儿前不靠村，后不着店，老大的褡裢两头空空，没有一点吃的了，只好向老二乞求讨食："好弟弟，给一点吃的吧，往后我有了银子，我一定分一半给你。"老二那狡黠的眼睛在老大身上滴溜溜一转，从马上取下褡裢，掏出油饼，夹着奶皮大口大口吃了起来，吃饱了肚子，用袍袖擦去了嘴唇和手上的油，伸了伸懒腰，打了个哈欠，扭头斜视，幸灾乐祸地说："空话是吃不饱肚子的，等你有了金银我一定给你吃头。"老大一听气得发抖，但猎人倔强的个性是不会向困难低头。

第二天，太阳西斜时，他们穿过了一条深邃的峡谷，到了一处避风向阳的山湾里，摘下了马鞍，拴好了马，准备在此过夜。老大一天水米未曾入口，加上马背的颠沛，劳累、困乏、饥饿一齐向他袭来，躺在草滩上一合眼就睡着了。老二吃饱了肚子，一看老大睡得一堆泥似的，心中暗喜，照母亲出的主意，悄悄拔出了小腰刀，猛然扑上去，挖去了老大的双眼珠。想到心腹之患已除，全部家财归他，兴高采烈地唱着山歌，骑马扬长而去。

老大被挖去了双眼，疼得万箭钻心，两眼鲜血外涌，汗珠合着血水顺颊而流，他慢慢地在地上匍匐行进，爬呀爬呀，爬入了一个石洞。这洞里怪石嶙峋，手被三棱石尖扎得血肉模糊，衣服被荆棘撕扯得破破烂烂，他实在爬不动了，就靠在一块磐石上歇息。

忽然，洞外传来一阵刺耳的、阴森可怕的怪叫，同时扑入一股令人发呕的腥臭味，老大吓得缩成一团。

进来的是三个野兽，它们长吁短叹，各诉苦衷。狼十分懊丧地说："咱们的日子确实不好过了，我几天没碰上一顿饱食，昨晚刚扑到羊群里，还没抓住一只羊，倒叫两条狗扑上来，把肩甲皮都撕烂了。”

“咋不是哩，今天我刚用尾巴打下了一只青羊，肉未到口，只听一声枪响，子弹擦着毛梢而过，差一点送了命。”豹子也十分哀伤和沮丧地倾诉着一肚子的苦水。

狐狸倒是不然，得意洋洋，有点幸灾乐祸：“我今天抓兔子时，有条狗想捕我，但我眼疾手快，左躲右闪，挣得那狗上气不接下气，又放了几个救命屁熏得它头晕目眩，看我却毫丝未伤，那兔子肉还真香。”说着打了个饱嗝，狼和豹子不满地瞪了一眼，狐狸再不敢做声了。

豹子又说：“听说离这不远有处地方叫北台，那个地方没水，驮水饮畜得走长路，放羊的人走累了在路上容易打盹，再说那地方的人瞎眼的多，我们可以到那儿饱餐几顿。”狐狸听着觉得新奇，忙问：“那地方就没有一点水吗？瞎子难道也治不好吗？”狼对狐狸那种遇事爱问、顺事好吹的习性很看不惯，但为了卖弄一下自己的学问，显示个人威风，仰头顺口溜了一首小诗：“头人门前两棵榆，刨树挖根见青石，撬开青石水流出。”狐狸又问：“那治瞎子的办法有吗？”狼摇头晃脑又答：“珍贵药草窝中藏，药到病除见明光。”

瞎老大听到野兽们的议论，又惊又喜，忘记了疼痛和危险，情不自禁地用手乱摸。这时狐狸大叫起来了：“有人味，有人味！”狼和豹子一听回头四顾，左右巡视，瞎老大吓得心惊肉跳，缩腿俯身，屏声息气，身子像筛糠似的发抖，狼用凶狠的眼斜着狐狸，骂道：“哪儿有人？少见多怪。”狐狸也不敢再叫唤了。

瞎老大在洞里跪着不敢动弹，东方浮出鱼肚白的时候，三个野兽鱼贯而出，他高悬的心才落下。赶忙在兽窝里到处乱摸，摸出一把药草，往脸上一擦眼睛就亮了，背起一捆草，出洞去寻找那叫北台的地方。一路上登山下沟，跨河渡涧，脸上的皮脱了一层又一层，风餐露宿，沿路乞讨。一天来到了一片牧草干枯、黄土弥漫的干旱草原，荒山秃岭，满目凄凉、萧条荒芜景象，更增强了他为这里的裕固族牧民找水源、送光明的决心。走了一阵，来到了布满乱石的山湾里，远远看见了顶破烂的帐篷，门前站着一位两鬓染霜、满脸皱纹的阿娜尕[1]，手拿嘛呢珠，口中不停地念道“唵、嘛、呢、叭、比、哞”[2]，两眼凝视蓝天，呆呆地站在那儿。他走上前亲切地问：“阿娜尕呀什貌[3]！”那老人闻声回头，惊喜地拉着老大的手说：“我们这儿鸟不垫窝，兽不立足，

---

① 阿娜尕：裕固语，指老年妇女。

② 唵、嘛、呢、叭、吡、哞：同“阿弥陀佛”。

③ 呀什貌：裕固语“你好”。

勇敢的年轻人你一定来自远方，请拯救我们这些苦难的人吧!”经打问，这儿就是北台，这老人只有一个儿子，得了眼疾，失去了光明，母子俩只能靠拾蘑菇、采歇节草籽度日。老大用药草在瞎儿子的脸上一抹，双眼重明，他高兴得活蹦乱跳，立刻把这消息传给大伙。一传十，十传百，人们扶老携幼，纷纷求治。时间不长，北台的所有瞎子都见到了光明，人们十分感激，有的送羊，有的送牛，还有的送金银。对于穷苦人的礼物，他婉言谢绝，一概不收。

他忽然问人们：“你们头人门前是不是有两棵榆树?”

“有啊!”人们异口同声地回答。

“要是挖掉这两棵榆树你们同意么?”

“挖树干啥?”头人也在人群中不解地问。

“榆树下面有水。”

一听有水，人们顿时哗然，高兴得欢呼雀跃，都等着头人的回答。头人的瞎老婆也让老大治好了，他当然十分相信，大声对大伙说：“只要有水，就是拆房子也行。”

人们拿铣的、抢锄的、抬筐的，把头人门前围得水泄不通。人们连挖了三天，掘了十几膀子（伸开双臂为五尺）深的井，还不见水。又挖了三天，才出现一块青石板，打开了石板，一股清水卷着浪花涌出地表，越流越大。人们在井旁杀牛宰羊，欢天喜地，热烈庆贺。

头人也很感激，为了报答老大，送了八匹骡马，并全部驮上了金银，对于富人的馈赠老大可就不客气了。

临行他又站在井旁告诫大伙：“乡亲们，这水是神水，是神赐给大家的，人人有份，谁若在水上做出不公道的事来，泉水要自干，眼睛会重瞎。”大伙一听，都急着说：“我们决不干这样的缺德事，谁若这样干，我们就不叫他好死。”老大说完骑上马，赶着骡，告别大家，上路回家。大伙流着感激的泪水，送了一程又一程。老大被乡亲们的深情厚谊感动得热泪盈眶，在他的一再劝阻之下，众人才止步，老大依依不舍地离开了北台。

老大骑马赶骡往回走，一天来到了十字路口，迎面走来了一个蓬头垢面、衣服褴褛、身背二胡的叫花子。他一看是个穷苦人很同情，让他骑着马一同赶路，并送给吃的和穿的，一起结伴前行。老二自从剜瞎了哥哥的眼以后，骑着马到处乱逛，将拿的钱吃喝嫖赌，花了个精光，连他的坐骑和抢回的老大的那匹马及行李衣物也都因赌输光了。他吃苦受累的活儿又不会干，只好背个二胡，拉几首曲子讨个饭钱。

两人结伴前行，老二起初也未在意，走了一阵认出是老大，不由得大吃一惊，心里纳闷：他怎么又长了眼睛？哪来的这么多骡马呢？想着心里也有点怕，于是装出十分懊丧而又非常难过的样子，跪在地上号啕大哭："高哥[1]，我对不起你啊，全是听了娘的话，我不是人啊，我连牲口都不如。"老大这时才听出了弟弟的声音，老大一看老二哭得那样伤心，心早就软了，上前扶起了弟弟："不要说了，没有不失蹄的骏马，没有无过错的好汉。过去的事就让它过去，就别提了。回家后，就说这些东西是咱们俩挣的。"兄弟俩又各自谈了几年的经历，老二感激地说："高哥，我一辈子也忘不了你，永远不做对不起你的事了，将来一定好好报答你。"

兄弟俩骑马赶骡，日夜兼程，归心似箭。一天他们来到了离家不远的地方，这里山峰陡峭，道路狭窄，仅容一畜通过，道下边是万丈深崖。走在前面的老二，忽然回头大声呼喊："高哥，你快来看，那崖下是啥东西？"老大急忙跑来，到崖边还未站稳脚跟，就被老二一把推下崖去了。

老二抢夺了老大的骡马，钱财满垛，得意洋洋。回到家中，他编了一套谎话，吹嘘自己如何做生意，如何能干，挣了骡马钱财。母亲越听越喜，父亲越听越气，父亲问道："你哥呢？"老二扭头一笑说："分手以后，再未见面，可能是发了大财，忘了父母，不愿回来了吧。"

老大被推下悬崖后，挂在了半崖的一棵松树枝上，这儿上不着天下不接地，他绝望地等待着死神的降临。就在这时，一根牛毛长绳顺崖而落，他惊喜地抓住绳头，在腰上打了个大结，一拉绳徐徐上升了。原来他落崖的情景早被几个牧羊人看得一清二楚了，他们拿来了毛绳将他救起。几位牧羊人又扶着将他送回了家。

老大到家后，向父母磕头问安之后，诉说了一路遭遇，几个牧羊人也听得泪流满面，讲了老大落崖的经过。老二一看事情全部败露，吓得面无血色、手足无措，父亲听完了老大和牧人的叙述，勃然大怒，一气之下把老二撵出了家门。老婆一看儿子受了欺负，打滚撒泼，又哭又闹："要撵一块儿撵，谁稀罕你们那点银钱财物，瞅着我们母子俩以后如何发大财。"说完拉起儿子去寻找那有药草的宝洞，准备发大财。这贪心的娘俩日夜兼程，不停地扬鞭催马，终于找到了宝洞。进宝洞后母子俩跌跌撞撞，摸到了野兽的窝里，饥饿难忍的狼、豹子、狐狸，得到了送到口边的肥肉，美美地饱餐了一顿。

【搜集整理】杨永贤

① 高哥：裕固语"哥哥"。

狗吃谷糠

据说，很久很久以前，人和狗都吃白面粉。一次，一条狗对一位裕固族男子说："咱俩赛跑，谁先能跑到前面，谁就从此吃白面；谁要是落在后头，谁就从此吃谷糠。"这位男子很有志气，就满口答应了。

比赛刚开始，人和狗都跑得一般齐，过了一会儿，眼看狗就要超过人的时候，忽听"扑通"一声，只见那条狗绊倒在一墩芨芨草上。霎时，人已经到达了终点。从此，人就吃白面，狗就开始吃谷糠。打这以后，狗对芨芨草怀恨在心，一吃饱就往芨芨草上拉屎尿尿。

这就是狗至今吃谷糠和往芨芨草上拉屎尿尿的缘故。

【搜集整理】贺继新

从天上下面粉

很早很早以前，祁连山下海子湖边住着一位裕固族妇女。这位妇女一年到头在滩上挖野菜、到农区讨谷糠来充饥。一次，她见在蓝天上吊着一根很长很长的噢喂①，饿了，便割下一截吃。天天如此，天长日久，还是觉得吃不饱，她就干脆把噢喂连根拔了下来。

不久，凛冽的寒风刮起来了，呼呼地刮了一下午。傍晚，雪白雪白的面粉，从昏暗的天空中纷纷扬扬地飘落下来。霎时间，山峰、草滩、帐篷，全都笼罩在白蒙蒙的面粉之中。打那以后，这位妇女以为再也饿不着肚子了。于是，她就把白面当柴烧锅，做成面棒后晒干代替木棒顶门，用白面饼子擦娃娃屁股上的大便，真是挥面如土，不

① 噢喂：裕固语，像一根面丝一样的软物，能解饥。

计其数。她本来就很懒，有了面吃，更是啥活也不干了。当别人指责她时，她却置之不理。久而久之，天上却再也不下面粉了。从此，大地又恢复了一片荒芜。这时，她才惋惜地说："我过去实指望着老天不断接济，免受饥饿，唉！谁能料到好景不长，看来好日子还得靠自己的勤劳啊……"

【搜集整理】贺继新

小偷和老虎

从前，草原上有一家穷人，只有母女两人，养着一头青母牛和几只羊维持生活。当时传说，祁连山下裕固族住的这个地方，老虎经常出没，吃人、吃牛羊的事经常发生。

一天晚上，这家穷困的母女二人，坐在帐篷里，边喧着边喝着茶。不知过了多久，丫头从帐篷探出头，望着伸手不见五指的天空，胆怯地对母亲说："今晚老虎不会来吧?"母亲一把将女儿拉进帐篷内，连唬带安慰地说："老虎来了不要紧，阿娃可不要来。"女儿听了母亲的话，坐在一边，再也没有吭气。

就在母女二人在帐篷说话的当儿，早就打算偷青母牛的小偷和伺机吃人的老虎同时来到了帐篷外，埋伏在帐篷左右。

夜黑得出奇。

小偷爬在帐篷旁边，心里盘算着如何偷青母牛，耐心地等待着熄灯睡觉的母女二人。

老虎也爬在帐篷旁，听着母女二人的对话，心想："阿娃"是什么呀，那么厉害，她们不怕我兽中之王，而怕"阿娃"，可见"阿娃"比我还厉害。哎，还是不要急于进帐篷吃人，等"阿娃"来了，看一下他是什么样的。想到这儿，老虎忽然看见帐篷里的灯灭了，就准备起身在帐篷周围仔细观察。这时，不知是啥猛地跑到老虎背上，老虎吓了一跳，倏地爬起来拔腿就跑。

跑到老虎背上的是小偷。

小偷看着灯熄了，就摸黑到了老虎跟前，摸着了老虎身上的毛，以为是青母牛，翻身骑到了老虎背上。

老虎一口气跑进了松树林，在茂密的松树林中狂奔，骑在老虎背上的小偷，被粗壮的树枝挂在上面。老虎只顾往前逃命，跑了一段路，碰上了在林中觅食的狼。狼见到老虎忙截住问："老虎大哥，你咋了？"老虎上气不接下气地说："半夜里，我出去找吃的，听帐篷里的人说有'阿娃'，我正担心着呢，'阿娃'却突然跳到我的背上来了，我拼命逃跑，才逃到这儿来了。"狼问："'阿娃'呢？"老虎说："跑到树上了。"狼有点胆怯地说："'阿娃'那么厉害？"老虎接着说："就是，我想我胆子就够大了，'阿娃'比我还大。"这时狐狸不知从哪里冒出来，好奇地问："虎大哥，什么'阿娃'，你咋了？"老虎诉苦似的叹了口气："唉，真倒霉，碰上了'阿娃'。"狐狸问："'阿娃'什么样子？"老虎说："我也不知道是什么样子。"狐狸又问："'阿娃'现在在哪里？"老虎说："就在身后的树林子里呢。"狐狸歪着脑袋想了一会儿说："还有那么厉害的东西吗？咱们看一下。"

老虎、狼、狐狸商量好了，于是便小心翼翼地来到了挂着小偷的松树下，仰起头看着满身是血、狼狈不堪的小偷，狐狸壮着胆说："我们爬着上去看一下，要紧了我们就逃命，如果不要紧，我们就把'阿娃'拉下来吃掉。我先上，狼大哥你咬着我的尾巴跟着上，虎大哥你咬着狼大哥的尾巴也跟着上。你们看着，我如果挤眼睛，咱们就逃命。"

说完，狐狸、狼、老虎就开始向树上爬去。

挂在树上的小偷，被树干摇醒，朝下一看，只见狐狸、狼和老虎正向上爬，顿时唬得尿溺了一裤子，有几点尿正滴到了狐狸的眼睛里，狐狸连忙甩头挤眼睛，老虎一看狐狸挤眼睛了，拉着狼和狐狸掉头就跑。

老虎跑了一阵之后，回头见狼和狐狸都龇着牙，咧着嘴，还以为狼和狐狸都被'阿娃'吓哭了，就又继续往前跑，结果把狐狸和狼都拉死了。老虎望着死去的狼和狐狸，难过地流了几滴眼泪，孤零零地跑进了森林深处，不敢出来。

【搜集整理】龚红生

奇怪的仙洞

从前，有一个莫拉[1]出了远门。

这天，他走到一片戈壁滩上，只觉得又累又饿，浑身发抖，实在走不动了，他就躺在一个小沙堆上睡了一阵。

一觉醒来后，他的眼前出现了一个又宽又长的大沙堆，沙堆下边还敞开着一个洞口。洞口刚好容得下一个人。莫拉惊奇地踱到跟前，躬身进洞。洞里黑乎乎的，伸手不见五指。于是，他就顺着洞口摸索着向前走去。走着，走着，忽然见前方有一丝亮光，愈往前走，光线愈亮，莫拉终于走到了洞底。这洞底有一间房子那么大小，是一个正方形的，四周墙壁光溜溜的，顶端点着一盏酥油灯，正中有一张小方桌，靠墙北面有一个大土炉，土炉上放着一个大锅，大锅上还放着一个三层屉的大蒸笼，上面正冒着徐徐的热气。当莫拉把蒸笼掀开一看，哟，热气腾腾的白面馒头。顿时，莫拉乐得两眼眯成一条线，嘴也合不上了。他伸手拿出两个馒头美美地吃了一顿，觉得吃饱了，他就往自己怀里揣了两个便往回走。刚走到洞口，一转念，觉得馒头拿得不足。当莫拉转身去又拿了两个馒头时，只听“轰隆”一声，洞口被封起来了，莫拉感到十分惊异，正在呆思呆想时，怀里馒头渐渐觉得沉重了。猛然间，莫拉才明白仙洞里的奥妙，心想，这可能是因为自己利欲熏心、贪心不足、多拿馒头的缘故。于是，当他把第二次拿的馒头放进蒸笼时，洞口却自动敞开了。这时，莫拉才高高兴兴地走出了洞口。

【搜集整理】贺维新

① 莫拉：裕固语“孩儿”。

自食其果的妖魔

从前，在祁连山北麓的明花草原上，有一户裕固族人家，只有小姐妹三个，从小死了爹和娘，全凭这位名叫牙什的老奶奶拉扯成人。那老大叫亚鹅吉，老二叫马尔建，老三叫吕亚口。有一天，牙什奶奶要去很远很远的地方拾柴，临走时，她一再吩咐三个孙女在屋里把门闩好；除了自己，不论任何人来都不能开门，说完了，她就赶上毛驴走了。

这时，牙什奶奶走到一片沙堆旁砍柴，忽然，刮来一阵黑旋风，旋风过后，前边红柳丛里有人在“哎哟哟”地叫喊。她顾不得腰酸腿痛，操起镢头就奔了过去，吭哧哧地跑出不远，就看见前面一簇红柳旁，一位又矮又胖的老奶奶躺在沙窝里，像是被刚才的旋风埋住了双腿，走不动。牙什奶奶赶忙跑过去把那人从沙坑里拉出来，笑呵呵地说：“呀，多险呐！”那胖人把牙什奶奶从头到腿地端详一番，看清了眼前站的是一位平平常常的老奶奶，这才定下心来，又千恩万谢地作了一个揖。牙什奶奶从地上捡起刚扔掉的镢头，把她领到砍柴的地方，两人一面吃着烧馍，一面唠起了家常。牙什奶奶见她心地诚实，就一五一十地将自己家住在哪里，家里有几个孙女和她们的名字都说了出来。说也怪，当牙什奶奶刚要起身时，那胖奶奶却恶狠狠地拽住了她的身子，牙什奶奶顿时十分惊讶，那胖奶奶究竟是什么人？突然又长出了两个头，共变成三个头。牙什奶奶恍然大悟了，原来这胖奶奶是一个人面兽心的妖魔。瞬间，那妖魔伸出爪牙，最终把这善良、可怜的牙什奶奶给吞噬了。吃完，她又朝牙什奶奶家的方向狂奔而去。

转眼之间，她就来到了牙什奶奶的门前大喊大叫：“亚鹅吉、亚鹅吉，开门来！”亚鹅吉一听，不像牙什奶奶的口音，便立刻回答：“我奶奶的嗓音细，你的嗓音粗，我不开门！”那妖魔一听，便又喊老二说：“马尔建、马尔建，开门来！”马尔建一听，便随声回答：“你的嗓音又变得太细了，我不开门！”妖魔接着又喊老三说：“吕亚口、吕亚口，开门来！”老三因年纪小不懂事，因此她信以为真，就把门打开了。妖魔变得和牙什奶奶一模一样，笑眯眯地走进了屋，便和这姐妹三个说说笑笑，只是她的声音与牙什奶奶不同，有点阴阳怪气，便引起老大和老二的猜疑、忧虑。

天，渐渐地黑了。这时，妖魔就抱着老三睡下了，让老大和老二睡在自己的脚后。

夜，渐渐地深了，可亚鹅吉和马尔建怎么也睡不着，只是默默地盼着天明。忽然，从耳边传来“咔咔”“喳喳”吃东西的声音，亚鹅吉和马尔建立刻交头接耳地一合计，便齐声向那妖魔问道：“奶奶、奶奶，你吃的啥好东西？给咱俩一点！”妖魔一听，便立刻递来两个小玩意儿。她俩拿过来仔细一摸，才知道是吕亚口小妹的手指头。果然不出她俩所料，这哪里是牙什奶奶，原来是凶恶、贪心的妖魔！咋办？姐妹俩一合计，设法逃走。于是，她俩齐声对妖魔问道：“奶奶、奶奶，咱们尿激得不成咋办？”妖魔随声说：“快到院子里尿！”姐妹俩又说：“咱们院子里有神，不能尿！”妖魔说：“去到羊圈里尿！”她俩又说：“羊圈里也有神，咱俩不敢尿！”妖魔一听，实在没法，就问她们说：“那你们说究竟到哪儿尿好？”她俩又交头接耳地一商量，说：“门前的灰堆旁有棵大榆树，那大树下尿最合适。”妖魔答应了，可又一再吩咐：“快去，快尿，快回！”

门外，天黑得伸手不见五指，转眼，姐妹俩摸着爬上了门前的大榆树。妖魔在屋里等她们不回来，就立即起身朝门外跑去。抬头一瞧，见她俩在大树顶上，于是，她又一变，变成了三个头，开始啃起这棵又粗又高的大榆树。她约摸啃了半个时辰，已是满头大汗、筋疲力尽。她想躺下歇息时，一只狼摇头摆尾地走过来，对妖魔说：“奶奶、奶奶，我帮你啃一会，你先睡一觉。”妖魔一听，满口答应，高高兴兴地睡了。当她从酣睡中一觉醒来，却见老榆树和原来一样粗壮了。原来，狼趁妖魔睡觉的机会给老树拉屎尿尿，厚厚地补上一层就溜了。妖魔气得“哼”了一声，只好又一口一口地啃起来。一会儿，又来了一只老狐狸说：“奶奶、奶奶，我帮你啃一会，你先睡一觉。”妖魔一听，便气呼呼地说：“哼，刚才来了一只狼，欺骗我，这回你也想骗我吗？”老狐狸随声回答道：“奶奶、奶奶，我不会和狼一样骗人，请你相信我。”妖魔一听，觉得老狐狸说得有理，这才安下心来又睡觉了。妖魔一觉醒来一看，老榆树比刚才粗多了，又让老狐狸涂一层屎后溜走了。这下，妖魔像只红了眼的饿狼，转身就扑到大树下，气急败坏地啃起了榆树。树根越啃越细了，只剩下两个手指头细了。正在这个节骨眼上，亚鹅吉和马尔建在树顶上向天求救说：“老天爷呀——快救救命啊——”话音将落，只听“叮铃铃”一阵脆铃响，从天上落下一节闪光的金梯，一头还在天上，一头正巧落在亚鹅吉和马尔建的脚边。立时，姐妹俩踏上金梯飘飘然地升向天空。

这时候，妖魔也眼红了，便学着她们的语音向天求叫：“老天爷呀——快救救命啊——”霎时，只听得“咔嚓”一声巨响，接着便是一道闪光，从天上掉下一串铁链套在妖魔的脖子上，妖魔吓得灵魂出窍，瘫在地上，铁链把她拽上了高高的天空。接着电闪雷鸣，击碎了铁链，妖魔从天空掉了下来，三个脑瓜子终于开花了。

【搜集整理】贺继新

半吊子[1]莫拉[2]

据老人讲，从前在咱们明花草原上，有一户裕固族人家，这家里有个莫拉，绰号叫“半吊子”。因为，他从小呆在屋里的炕头旮旯里，总是不愿出门玩耍或干活，傻乎乎地耷拉着脑袋，就连拉屎尿尿，都让父母和姐姐来端送、擦拭，所以人们才管他叫“半吊子”莫拉。

一天，他的父亲和姐姐去滩里拾柴禾，到中午还没有回来吃饭。于是，他母亲让他拿上一小袋小米，送到滩上，让他父亲和姐姐在滩上做米饭吃，顺便还给他姐姐带了几根新买的红头绳，让他姐姐高兴高兴。半吊子莫拉背上小米袋要走，却又磨磨蹭蹭地不愿挪动脚步，因为，他这是第一次出门，所以他不敢独自行动。这时，母亲找着茬儿，说：“你要是老呆在家里，一辈子也成不了好汉！快去吧，啊！到滩上见见世面也好。”半吊子莫拉吭吭哧哧老半天，脸膛红得像初升的太阳一样。最后，他还是走了。

可谁知，他走了一阵又一阵，还是不见父亲和姐姐。突然，他扭头一看，正巧海子湖边有个小洞，圆圆的像一口小锅，里面还有清亮亮的水。他急忙蹑手蹑脚地走过去，就以为这是他父亲和姐姐放好的锅，里面的水白花花地冒着汽，像是水开了，只等下米。于是，他就把那一袋小米“唰”的一声，全部倒进这“锅”里了，可他哪知，这不是锅，而是一眼清泉。

他刚要走，又发现眼前有一簇绿油油的芦苇，怪好看的，在一阵微风中还叽里咕噜地作响，像是一群天真活泼的小姑娘，穿上绿色的衣裳，正手足舞蹈地嬉笑和玩耍着呢。因此，他又径直过去，把那几根红头绳扎在它们的枝头上。其实，他哪知这是一簇簇芦苇，却以为是一群天真活泼的小姑娘。扎完头绳，他向芦苇招手再见，然后又得意洋洋地往家走去。

回到家里，他把刚才的事情一一告诉了母亲，母亲听完他的话，便立刻明白了，怒冲冲地大声骂道：“你真是个半吊子莫拉！”

---

① 半吊子：方言“无知”。

② 莫拉：裕固语“男孩”。

这时，半吊子莫拉才抬起头来，委屈地说道："母亲啊，你尽管骂我、打我都行，我以后要到人世间闯一闯，再也不做半吊子的事！"

【搜集整理】贺继新

"狼舅舅"掉进火坑

据说，从前在咱们明花草原上有只大灰狼，凶恶、贪心又愚蠢。他经常偷吃牧人的羊羔，还自称是"羊羔的舅舅"，害得牧民们有苦难言，因此，人们只好管它叫"狼舅舅"。

一天，有一家孤寡老奶奶要去滩上放牧，她把一只小羊羔放进锅里，然后又取锅盖盖好，临走时，她对这羊羔说："我走了，你可不能随便出来，不论谁来咱家，除了我，你都不能吱声，啊！"羊羔"咩"地答应了。

老奶奶刚走后，却来了一只老灰狼，它在屋里屋外找了半天，也没找到一点吃的，于是，它就只好灰心丧气地蹲在那口大锅上休息。过了一会，狼不由自主地放了一个大屁，顿时臭得锅里的羊羔禁不住骂了两句："呸！谁在那里放屁？快给我滚开！"

狼一听是羊羔在锅里骂自己，"哼"了一声，便恶狠狠地骂道："噢？是羊羔外甥在骂我呐，今天，我让你好好尝尝我这个舅舅的厉害吧！"说完，它就立刻掀开锅盖，"噢"的一声，便嘎吱嘎吱地吃起了羊羔。吃饱了，它又留下羊羔的一双耳朵、四只蹄子和一个脑袋，便摇摇晃晃地走了。

傍晚，老奶奶赶着牛羊回来了，她一进门就看见锅盖掀倒在地上，心里直纳闷，这是怎么回事？她忙走过去，朝锅里一看，却不见羊羔，于是，她又急忙"得尔嘎""得尔嘎"地唤了一阵，可还是不见羊羔。唤着，唤着，她又走到屋后的炕灰堆上四处一看，不见有别的东西。这时她明白了，想必是那个"狼舅舅"趁自己不在家里，把羊羔吃了。想着，想着，她转身走进屋里，朝门背后仔细一瞧，可真傻了眼，只见羊羔的一双耳朵、四只蹄子和一个脑袋，再仔细一看，四周果然落满了狼爪印和几撮灰色的狼毛。顿时，老奶奶"扑通"一声，跪倒在地上大哭起来。哭了一阵，她觉得光哭解决不了问题，现在的问题是，如何除掉那个凶恶的"狼舅舅"。蓦地，她眼睛骨碌一转，便有了心计。

第二天清早，老奶奶装作高兴的样子，去邀请那只大灰狼。她一见狼，就满面堆笑地说："哟，羊羔它舅舅！好久没见，你好啊！"

狼随声摇头摆尾地答复道："好！好！"

老奶奶听见狼在应声，便又亲热地说："狼舅，你也常不来我家坐坐，我想请你今天下午来我家做客，好吗？"

狼一听做客，顿时喜出望外，差点跳起来，忙答应："行，行。"老奶奶接着又说："我先回去，给你准备好吃的，请你到下午按时来。"狼连连点头答应了。

老奶奶回到家，便拿铁锹吭哧吭哧老半天，终于在炕中间挖成了一个深坑，又往里面倒了三大筐羊粪，立刻拿火点燃，然后又去拿来一块薄布，铺盖在火坑上面。

一切安排妥当后，老奶奶盘腿坐在炕桌旁正思忖着，只听门"吱扭"地一声，大灰狼龇牙咧嘴地走进来了。老奶奶见狼来了，忙从炕上跳下来，让狼坐在炕沿上。尔后，她就端来刚煮好的羊羔耳朵、脑袋和蹄子，放在炕下的火盆旁边。她一边伸手取羊羔耳朵，一边又对狼说："狼舅舅，狼舅舅，请稍往里坐，我给你一双羊耳朵。"狼一听，馋得嘴里咽唾沫，忙挪动了一下屁股，便接过羊羔耳朵，大嘴一张，得意忘形地吃起来了。接着，老奶奶又说："狼舅舅，狼舅舅，请稍往里坐，我给你四只羊蹄子。"狼刚挪过屁股正吃着，老奶奶又说话了："狼舅舅，狼舅舅，请再稍往里坐，我给你一副羊脑勺。"狼一听是羊脑勺，高兴得猛一挪屁股，只听"扑通"地一声，掉下火坑。立时，把狼烧得屁滚尿流，大叫大喊："快救命啊！快救命啊！"它想往上跳，可是火越烧越旺，简直像火海一般，跳不上来。终于，"狼舅舅"在火坑中咬紧牙关断气了。

从此，狼一见裕固族牧民就胆战心惊，像见了熊熊燃烧的火焰一般，便夹着尾巴逃跑了。

【搜集整理】贺继新

古吉玛

草原上有一句话：再放彩的天空，总有乌云遮挡；再吉祥的日子，总有祸根降临。

美丽、善良、贤惠的裕固族姑娘古吉玛，今年刚满十六岁，生性活泼的她总是领着一帮小姊妹帮帮东家、帮帮西家。部落里年轻力壮的后生们都争着往古吉玛家的帐篷里钻，媒人都快要踏烂古吉玛家的门槛了。可阿扎总嫌他们都太穷了，不能给他们成群的牲畜和上等人家才喝的用酥油打制的奶茶，古吉玛也不去恨阿扎阿娜，仍然开心地放羊去了。

一次，富人家的老婆阿姆骑着白马从湖滩上走过，看见一群姑娘在洗澡，她看见漂亮的古吉玛就问："你是谁家的丫头？有多大了？"古吉玛看见是阿姆，气就不打一处来，狠狠地说道："你走你的路，问啥？"阿姆生气的表情像一个巫婆，她想从来没有人如此大胆地向她说话，从鼻子里哼了一句："穷鬼家的丫头走着瞧。"骑着白马走了。

两年后，富人家的老婆阿姆用一百二十种彩礼，换回了古吉玛给儿子做媳妇。古吉玛没有掉一滴眼泪，看着阿扎阿娜、哥哥说："用这一百二十种彩礼给我娶来一个嫂子吧。"说完跟着阿姆走了。娶进门的第三天，丈夫贡达要去很远很远的地方，临行前贡达告诉古吉玛："我早就知道你是部落里的一个好姑娘，当好家里的主人吧。"丈夫贡达刚一走，婆婆扯着尖尖的嗓子吼道："古吉玛，用三天的时间到二十里外去拉水，要拉满家里那二十口大水缸。要不然我的二十根木棍可不会饶你。"古吉玛拉起了勒勒车，没白天没黑夜地拉呀拉，终于在第三天拉满了那二十口大水缸。婆婆又吼道："古吉玛，用两天的时间拾满大圈的羊粪，要不我那二十根木棍不会饶你。"古吉玛两脚一跺，背起粪筐寻过了半个部落的草场，终于在第二天夜里拾满了大圈的羊粪。婆婆又吼道："古吉玛，用一天的时间织出十匹彩褐来。"古吉玛明知是婆婆在千方百计折磨她，但她没出声就进了帐篷，织呀织，累得实在不行了，一打盹弄倒了点燃的油灯，褐布上烧出了一个小洞来。凶残的婆婆终于报上两年前古吉玛顶撞她的一句话之仇，她用二十根木棍打晕了古吉玛，不给她饭吃。奄奄一息的古吉玛请百灵鸟带信给丈夫贡达："告诉他我是一个好儿媳、好妻子。"丈夫连夜奔回了家乡，可怜的妻子古吉玛早死了，部落里的人们告诉贡达阿姆的所作所为，激怒了的贡达，抓起阿姆将她装进一个袋子，抓回一只野猫放了进去，他要让万物生灵去整治阿姆的罪恶。阿姆死后，他将野猫埋在最下，阿姆埋在猫上，古吉玛在最上，将她们合葬在一起。他将所有的财产分给了部落里的穷人，自己远远地离开了家乡。

【搜集整理】钟雪琴

金姑娘和银姑娘的故事

从前有个裕固族头目姓贺，家里有着万贯钱财、珍珠玛瑙，可就是没有一儿半女。后来收养了一个姑娘叫金子，没过多久妻子却又生下了一个姑娘叫银子。从此金姑娘就成了头目家陪着银姑娘玩耍的一个伙伴了。

十多年后两个姑娘都到了成婚年龄，用毡房杆戴头婚俗成了婚，后来两姐妹同时生下两个孩子。可惜的是金姑娘生了一个肉球，愤愤不平的金姑娘转着眼睛想了一个坏主意，她将两个孩子偷了出来，扔到了湖水里，另找了一只猫与狗塞在包袱里。可惜的是她不知道，肉球里包着一个健壮的男孩。头目认为两个姑娘都是“不祥之物”，将她们赶出了家门。

金姑娘扔在湖水里的两个孩子被水神救了起来。一天，头目家的一个下人去湖边饮马，看见两个光着身子的孩子在湖边玩耍，一个说我有一个金妈妈，一个说我有一个银妈妈。下人回来后告诉了头目这奇怪的事，头目决定亲自去看看。他想如果是我家的孙子，会坐在我的右胳膊上，一路上想着就到了湖边。两个孩子见了头目都坐在了他的右胳膊上，还告诉他，他们是被金姑娘扔在湖水里，是水神救了他们。头目听后什么也没说，回去后，他派人找回了两个姑娘，并且给她们装上了礼品送她们回婆家。并且再三嘱咐，褡裢里的礼品要在翻过大坂后才能打开。金姑娘骑上马刚上了大坂，就迫不及待地打开了褡裢，褡裢里飞出了成群的鸽子，马受惊后金姑娘被马蹬套住了脚，翻过大坂后金姑娘就被马拖地断气了，而心地善良的银姑娘却平平安安地回到了婆家。

【搜集整理】钟雪琴

聪明机智的“尧呼尔格斯”①

很古老的时候，有一个管辖很多部落的汗王，他有一个漂亮的女儿，女儿已到了婚配年龄，汗王为了统治地位和更有效地管辖各部落，汗王传下话来，愿意和各部落头目做亲家，许配女儿下嫁给部落头目。各部落的头目听到这个消息后，不少人欢天喜地，都想要是和汗王做亲家和成为汗的女婿那可是一件十分荣耀的事。所以，各部落的头目为此忙了起来，聘请说媒使者，准备金银细软、绫罗绸缎，选良马，挑壮牛肥羊，一切准备停当就等待着求亲时间。当汗王定下说媒相亲时间后，各部落说媒使者，骑着马驮着礼品，赶着牛羊，身穿足以炫耀富有的华丽盛装，赶往汗王都城。尧呼尔部落也派使者为大头目儿子雅克尔求亲。各部落使者赶到汗王宫排列在大殿等待汗王的接见，并随时准备献上所带礼品和牛羊。在大殿中唯有尧呼尔部落使者穿着最为俭朴，身着羊毛褐子长袍，腰系羊毛褐子系腰，脚穿皮窝子，头戴毡帽，在众使者面前显得格外寒酸。其他部落使者身穿鲜艳的绫罗绸缎，戴着各色珍珠玛瑙，以鄙视的目光歪头看尧呼尔使者。他们在想，这样的媒人也想把汗王的漂亮女儿娶到手？真是，癞蛤蟆想吃天鹅肉——妄想。尧呼尔使者不为别人的鄙视所自卑，不为其他部落的华丽盛装和丰厚礼品所尴尬，挺胸立于大殿之上，等待汗王的接见。当汗王走入大殿入座后，各部落使者纷纷跪拜，汗王让各部落使者入座互致问候之后，各部落呈上了各自的聘礼、礼单和金银珠宝，都为各自的丰厚礼品而洋洋得意。当尧呼尔使者呈上自己并不丰厚的礼物时，其他部落使者交头接耳，扑哧一声笑出声来，汗王见此便说：“大家不必笑，礼的轻重并不重要，更重要的是一颗赤诚的金子般的心。今天你们各部落派人做媒，将要娶我心爱漂亮的女儿做新娘，我不求所有，但求有一个聪明、机智、勇敢的人做我的女婿，我现在给各部落使者两件事要去做，明天早上太阳出来前两件事都按我的要求完成者，便是我的女婿。今天将你们各部落安排在不同的地方扎帐住宿，我为每个部落赏羊一只，也是今晚我对你们的款待，赶明天早上羊肉要吃完，羊皮熟制好后缝成衣服送上殿来。第二件事是给每个部落送海螺一枚，明天太阳出来前海螺嘴穿过线绳子交上殿来。”各部落使者致谢之后，按汗王的旨意，拉羊，

① 尧呼尔格斯：裕固语“裕固族人”。

领了海螺回到各自指定的住地。尧呼尔使者领着大头目的儿子，回到住地扎起帐篷住了下来。大家都在想，一只羊肉一晚上可以吃完，可一张羊皮怎么能一夜熟制好并做成衣服呢？平常生羊皮在硝缸中翻搅近一个月时间才能熟透，经过揉制、铲削才能缝制衣服，时间这么短怎么办？最后还是爱动脑子、平时点子多的尧呼尔使者佤什出了个点子：我们不妨一边吃肉，一边把羊油烤在火上，烤烫的羊油抹在羊板皮上，边烫边揉搓板皮，果然生皮越搓越软，天亮前不但熟出了软绵绵的羊皮，而且裁剪缝成衣服。海螺穿线更是一道难题，海螺中间有一条曲里拐弯的缝，要把线从这头穿到那头是非常难的事。大家冥思苦想地想办法，用嘴吹线头，用芨芨草穿线，一切办法都没能穿成，大家都快愁死了。快天亮时，有人叫起来了，火堆边有窝蚂蚁，火烤热了都出窝乱窜。大头目的儿子雅克尔看到蚂蚁在洞中进进出出受到启发，大叫起来，不妨在蚂蚁身上拴好丝线从海螺嘴放进去，果然蚂蚁拉着丝线终于从另一头出来了。天亮前，尧呼尔使者和大头目的儿子雅克尔都梳洗打扮一番，吃饱喝足，太阳一出山，他们便双手端着熟好的羊皮袄，手提穿好线的海螺赶到汗王宫殿等候。各部落使者也前后都在汗王宫到齐，但各个垂头丧气，一晚上的烟熏火燎的折腾，绫罗绸缎衣服处处是火烧的窟窿眼，使者们脸上是锅灰，披头散发。羊皮不但没有熟制出来，火还烧了不少窟窿，有的羊皮收缩得皱皱巴巴，有的羊皮烧成蒙鼓的硬板皮，海螺各个还抱在怀里没穿上线。汗王一看，全明白了，当着众部落使者宣布：我漂亮美丽的女儿雅姬嫁给尧呼尔格斯部落大头目的儿子雅克尔为妻。即选良辰吉日隆重举行婚礼，宴请各部落头目和亲朋好友，并由尧呼尔部落按尧呼尔习俗隆重迎亲成嫁。尧呼尔格斯部落上下欢腾，大摆尧呼尔酒宴，宴请汗王家族皇亲国戚，宴请各部落头目，婚礼隆重热闹。从此尧呼尔格斯人的聪明机智在众部落中留下深刻的影响，尧呼尔格斯的聪明才智在草原上世代传为佳话。

【搜集整理】郭正贤

哈么·嘎阿亚的故事

相传很久很久以前，有一个叫哈么·嘎阿亚①的悬崖陡壁下，住着一家穷得可怜的老奶奶和她的一个养子，奶奶名叫曲拉尔其，是大杜曼的祖母，养子名叫尔藏。这个叫哈么·嘎阿亚的悬崖非同一般，四周不靠边，像一个红木梳子倒立，神奇壮观，四周水草丰盛，四季鸟语花香，彩蝶飞舞，气候宜人。因这里美丽富饶，许多恶人不知多少次掠夺过此地，但后来他们都让令人毛骨悚然的天灾赶走。每当夜幕降临时，天空一阵风云，晴天霹雳，山动地摇，牛大的红石头从悬崖上滚落而下，砸得人畜血肉四溅，无法生存，只好离去。后来因曲拉尔其的帐篷有顶无裙，正好斜挂在悬崖陡壁上遮风避雨，奇怪的是曲拉尔其母子住在这里，就安然无事。有一天清晨，阳光散射在血红的悬崖顶上，一丝银线莹莹发光。曲拉尔其定神一看，一股泉水从悬崖顶上铺散在壁石上银光闪烁，一束绚丽的彩虹搭悬在她的帐篷顶上，给她带来了吉祥。又是一个春天，人们随着季节的变换，游牧到了雪山下清凉的草场上，曲拉尔其母子无力搬迁，只好仍在哈么·嘎阿亚度暑热的夏天。一个阳光明媚的早晨，曲拉尔其像往常一样早早起来喝完早茶，准备出门挤羊奶，当她掀起门帘，走出帐篷时，奇迹出现了：在她那几个可怜的羊群旁卧着一头奶牛和牛犊。曲拉尔其使劲揉揉眼仔细看时，奶牛起身向她吼叫，那奶牛毛如长穗，红棕如金，那小牛犊同样美丽神奇。曲拉尔其高兴得热血沸腾，转身踉踉跄跄往帐篷跑去，一头扎进帐篷，眼前金光四射，一副金箍圈奶盆摆放在她的眼前。这一切使她感到忐忑不安，她用颤抖的双手捧起金箍圈奶盆，走出帐篷，双膝跪在神奶牛的右侧下，把奶盆挟在膝间，双手祈祷一样伸向奶牛腹下，灵活的拇指、食指催促着酥软的奶头，那两股圣洁如雪的奶汁飞流直下，眨眼的工夫，奶盆已满满当当。曲拉尔其放下奶盆，把自己白发苍苍的额头轻轻地叩在奶牛腹下，这是牧人对牲畜养人的感激之情。当她扶地而起时，顿时天旋地转，全身颤抖无法自制，牛在颤，血红色的悬崖在颤，曲拉尔其看到自己的儿子时，就招手让他把她扶进帐篷，在慌乱中，曲拉尔其把奶盆错放在左上方，叩头祈祷说："你若是神在附体，就让我儿子接受，因我苍老无力；你若是妖魔，快走你的路。"当她叩完头

① 哈么：西裕固语"颤抖"；嘎阿亚：西裕固语"悬崖"。

时，看见在她的帐篷横杆上落下一只美丽无比的红眼蓝鸟，显得十分疲惫不堪，老人用微弱沙哑的声音问道："你是神吗？"红眼蓝鸟抖抖羽毛提提神说："我是天神派来给尧呼尔人送神的，因为你们在东迁的路上，历尽千辛万苦，吃尽了苦头，你们的神随着无数东迁中死亡的人而远去了。"神鸟又说："我从八字墩落地，一路风尘仆仆、千里迢迢赶到这里，我从山顶上取得乐勺子①，从香炉台、鸡心疙瘩取信物，从亚子边取得枕头，从榆木山石河过的夜，从神山顶上取得的神水，一切萨满教用的东西我已给你备齐。"老人听完神的话把胸前的头面取下来挂在儿子的脖子上，神鸟说："智瓦得艾"②，就从横杆上一头栽了下来，曲拉尔其和儿子哭喊着："汗迭恩尔③，汗迭恩尔！"但鸟魂已去，曲拉尔其双手托起美丽的神鸟，儿子端着圣洁的牛奶，用右手沾上一滴鲜奶朝天洒去，送着神鸟魂，一步一步地把鸟送上横悬崖顶。从此，杜曼的后裔就成了世袭的艾迟④，而哈么·嘎阿亚和格艾迟从此而得名，也就从这时起被遗忘多年的萨满教又回到了尧呼尔人的部落中。

【搜集整理】安玉玲

马嚼子

尧呼尔人刚从西至哈至迁移到祁连山的时候，这里居住的汉族兄弟便和尧呼尔人一起劳动，共同生活，但双方的语言给他们之间的交流带来了极大不便。有一天，一位伶俐的尧呼尔小伙子的马嚼子⑤坏了，想到铁匠师傅那里再打一副新的用。到铁匠铺一看，难啦，那位尧呼尔铁匠师傅不在，是另一位汉族匠人。小伙子不会汉语，怎么办？也没带坏了的马嚼子，也没有牵马，怎么比喻？小伙子正为这事头痛的时候，突然在他的上空盘旋着一只鹰，小伙子烦心地看着鹰，但鹰突然鸣啼擦身而过，那优美动听圆润的声音，简直就是一匹刚出生的马驹在撒欢。小伙子心一亮，心想：我有

① 乐勺子：萨满教诵经时用的工具。
② 智瓦得艾：西裕固语"感谢"。
③ 汗迭恩尔：西裕固语"天神"。
④ 艾迟：西裕固语，对萨满教主的称呼。
⑤ 马嚼子：骑马时勒马用的工具。

办法说明我要用的东西了，他扭头就往铁匠铺跑。汉族铁匠师傅一看满头大汗的尧呼尔小伙子就问："你要打什么？"小伙子上气不接下气地用袖头擦着额头上的汗，很不自在地比比划划，就说："这么打，那么打，产白巴什①，哎哈哈②，两个格爱③，哎哈哈。"说完伸了一下舌头，再用袖头擦去了头上的汗珠，转身飞快跑去。汉族铁匠师傅望着小伙子羞怯的表情，憨厚地笑了笑，明白了他要打的是马嚼子。

【搜集整理】安玉玲

三输一赢

在很久很久以前，尧呼尔的两个部落里各有一个聪明、机智、英俊无比的年轻可汗，一个叫阿可汗，一个叫格孜可汗，在阿可汗的部落里有一位婀娜多姿的姑娘，名叫玉达瓦尔，是几个部落的美神。有一天，阿可汗请格孜可汗到他的部落里做客，格孜可汗带上丰厚的礼物就来到了阿可汗的部落。招待格孜可汗的宴席散了之后，两个可汗就到树林草地上比武，随同的阿可汗长辈们也去观看。因玉达瓦尔的父亲年迈，玉达瓦尔扶着父亲观看两个可汗的比武，可不料格孜可汗一见钟情地看上了玉达瓦尔。格孜可汗心不在焉的表情，使阿可汗发问："你怎么了？"格孜可汗用婉转的语气答道："好吃的足以吃饱了，好喝的足以喝饱了，好看的东西足以看够了，但眼睛还是没有饱。"阿可汗立即明白了他的意思，但玉达瓦尔是他的心上人，怎么办？为了部落的面子，让给他，心如刀割；不让吧，他和格孜可汗的脸往哪儿搁！阿可汗抬头看看天空的白云说："天上退云雨淋淋，身上割肉血淋淋。"格孜可汗顿时羞愧难言，阿可汗为了让格孜可汗有个台阶下，就想摔跤比胜，谁赢就把玉达瓦尔娶为妻。但他没有直截了当地说，他指着草丛中一朵美丽的花说："尊敬的可汗，我们摔跤比武，三次为赢，谁赢了，谁就把美丽的花朵摘去。"格孜可汗也当然明白阿可汗的意思，说："好。"两人就摔了起来。谁知阿可汗三次都输给了格孜可汗，站在人群里的玉达

① 产白巴什：裕固语"白鼻梁马"。

② 哎哈哈：学马的叫声。

③ 格爱：裕固语，马嚼子双侧的圆环。

瓦尔早从格孜可汗偷情的眼神里看出了他的心机，也懂得阿可汗内心的痛苦和无奈。为了自己不被别人从心爱的人身边夺走，她就大胆地上前对两个可汗说："摔三次也是对的，第四次算输赢吧。"为了征得姑娘的同意，阿可汗和格孜可汗就又摔了一次，但这次真的是阿可汗赢了。因为美丽聪慧的玉达瓦尔为了使自己属于阿可汗，悄悄地将一堆湿牛粪踢到格孜可汗的脚下，格孜可汗脚下一滑，阿可汗随之倒压在格孜可汗的身体上，就这样格孜可汗、阿可汗都有了脸面，也未伤着和气。

【搜集整理】安玉玲

舌　战

古时候，在亚乐格部落里，有两个人同属一个生肖，一样英俊、才气横溢、口齿伶俐的小伙子，一个叫扎阿斯格日烈，一个叫阿依格日烈。远近的其他部落里的人们，见了这两个如兄弟一样的小伙子，都会伸出拇指夸几句，时间长了，他们双方都产生了超越对方的想法。有一天，两个人在闲聊的当中，无意争了起来，扎阿斯格日烈越说越起劲。

阿依格日烈就用讽刺的口气问道："你说的话怎么那么漂亮？"

扎阿斯格日烈说："漂亮的话在我这里，漂亮的花儿在山上。"

阿依格日烈又说："你怎么说得那么好听？"

扎阿斯格日烈说："好听的话在我这里，好听的铃铛在我手里。"

阿依格日烈又说："你说的话怎么那么怪？"

扎阿斯格日烈说："怪话在我这里，拐棍在瘸子手里。"

就这样无止无尽地争论不休，最后还是不分上下。一位长者怕两个年轻人伤了和气，就说：

天上的星星数不清，
地上的泉水流不尽。
人间的才华比不尽，
口中的话说不尽。

两个小伙子听了长者的话，就互敬互让地道别离去。

【搜集整理】安玉玲

四个秃嘴姑娘

古时候，一个尧呼尔富裕人家里，有四个姑娘，大的名叫吉艾斯，老二名叫玛尔简，老三名叫胡瓦尔，老四名叫尔德念。四个姑娘长得都很漂亮，年岁也都不小。在家里放羊、捻线、织褐子、挤奶、打酥油，个个都是无可挑剔的能手，可总是找不上如意郎君，父母亲都很着急。一天，父亲就托远方的亲戚给自己的姑娘介绍对象，说好要来见面。这一天终于等到了，远方的老妈妈领来了一个她们部落里的小伙子来相亲。这天忙得全家人不亦乐乎。快到中午了，父母亲估计远方的客人快到了，就叮咛姑娘一些注意事项，因为这四个姑娘都有同一个毛病：说话咬字不清，因此部落里知道底细的小伙子们都不愿娶她们为妻。这天四个姑娘早早起床，就去干自己分内的活，干完了自己的活后，就去梳洗打扮。因为是富裕人家的姑娘，穿戴梳妆的东西都很富有，一个个打扮得花枝招展。约在下午时辰，远方的老妈妈领着相亲的小伙子就到了家门口，两位老人热情地迎上前去，接住马缰绳，让客人们进帐篷，热情招待。四个姑娘，一个倒茶，一个递碗，一个端肉，一个敬酒，谁也没有说一句话。小伙子用试探的口气问道："你们叫什么名字？"而姑娘们只是嫣然一笑，什么也不说。小伙子心想：该不都是哑巴吧？小伙子端着茶碗，正在纳闷时，从帐篷裙外边钻进一只草老鼠，直直冲向吉艾斯姑娘的衣裙下，玛尔简姑娘一眼看见惊叫起来："老鼠去了！老鼠去了！"吉艾斯姑娘慌忙问道："哪里去了？哪里去了？"胡瓦尔姑娘一看大姐、二姐慌乱之中，忘了父母的叮咛，就提醒说："母亲给你说的啥？"尔德念姑娘见三个失态的姐姐就若无其事地说："受惊失态，不为过。"小伙子听完四个姑娘的对话，心想：好家伙，全是秃嘴鸟。放下手里端的茶碗，起身出门，翻身上马，扬长而去。

【搜集整理】安玉玲

四十九天的来历

关于裕固族的丧事活动要过七七四十九天的来历，这里面还有一个古老的传说：

相传很久很久以前，当时我们裕固族人的生产方式都还很落后，只进行简单的放牧是很难维持生活的，于是各家中的男人们在从事放牧的同时，也要进行打猎，得以获得肉食、毛皮，好让家人们美餐一顿或等山外的商人们来换点盐巴、茶叶。男人们都以射得一手好箭、甩得准飞石为荣，谁进山后打得的猎物越多，谁的威信就越高。在裕固人大头目部落里，有个叫普齐阿瓦的人就是这样一个有威信的人。他虽年近六旬，但身体健壮，性格幽默豪爽，为人正直，经常将猎物送给孤寡老人和人口多的家庭，在部落里数他最有人缘了。

起初，部落里的人在东牦牛山和西牦牛山就能够获得猎物，随着天长地久地狩猎，以前成群成群的青羊、黄羊的数量越来越少了。康隆寺的活佛为了保护这里的野牲，下佛旨：东牦牛山与西牦牛山禁猎五年。裕固人最信仰的就是藏传佛教，所以人人都十分自觉地遵守着这一道禁令。但是去新的狩猎场要经过一段十分危险的山路，这段山路依悬崖而走，往上看是峭壁，往下看是深渊，山路窄得只能容得下一个人侧身过去，这样一来，好多胆小的猎人只好绕很远的路去新的猎场。可是等他们走到了新的猎场，常常是错过了打猎的最好时机，有时空手而回，有时只能打到一些小动物或体乏无膘的野牲。这样经过了一段时间后，大多数猎人放弃了打猎，将全部精力都用在了畜牧业生产上，只有少数猎人到新的狩猎区去打猎，普齐阿瓦就是其中之一。并且他是唯一将青羊等野牲动物不卸成小块就能扛过悬崖的人，他的本领令部落里的每个人都仰慕，并且他们隔几天总会收到一些普齐阿瓦送来的肥美野牲肉。

一天，普齐阿瓦打到猎物后往回转，路经山边的小河时，看到了一只黑色的鹤正在和一条白蛇搏斗，那黑鹤用尖利的嘴、铁钩似的爪子，对那条白蛇进行着猛烈的攻击。眼看白蛇处于劣势就要惨遭灭顶之灾了，普齐阿瓦眼疾手快地甩出了一块飞石，正中黑鹤的眼睛，黑鹤惨叫一声后，凌空飞起扑向普齐阿瓦，用它尖利的爪子抓破了普齐阿瓦的肩膀后逃走了。普齐阿瓦顾不上自己的伤势，他关心的是那条有着白色吉祥颜色的蛇的安危。到了近前，看到那白蛇遍体鳞伤后十分心疼，用了他所有治伤的药粉给那白蛇敷伤口，然后小心翼翼地把它放在了一块被太阳晒暖的石头上。回到了家中，第二天，普齐阿瓦的邻居波罗发现一向早起的普齐阿瓦迟迟没有起床，就准备叫醒他，来到毡房里发现普齐阿瓦已经断了气。原来，普齐阿瓦被黑鹤抓伤后没有把一点小伤当回事，没有用药，也没有包扎，那黑鹤爪子上的毒要了普齐阿瓦的命。于是，波罗就慌慌张张跑到寺里去向活佛报信，活佛听了后并不惊奇，他说："我已经知道了，昨夜地藏王菩萨托梦给我，说普齐阿瓦是为救他的使者而死，他要报答这个善良的人，你们回去后，好好保护他的身体，三天后自然会见分晓。"波罗回来后约了几个人看护着普齐阿瓦的身体，到第三天，普齐阿瓦突然笑着坐了起来，波罗他们欣喜若狂，普齐阿瓦死而复生的消息传遍了整个部落，人们都来询问普齐阿瓦的神奇经历，普齐阿瓦就原原本本地讲给了他们。他死后不久就遇到了他救的那个使者——白蛇，那白蛇谢过他的救命之恩后就化作一座桥，桥的一端是一个十分清幽的花园。他慢慢地走过桥，来到了花园中，忽然，仙乐飘起，霞光四射，地藏王菩萨现身了。普齐阿瓦慌忙拜倒，菩萨现身后对他说："你救了我的使者，我要报答你，我加你十年阳寿，但你这次打伤了黑暗之神的眼睛，他为了报复，在你通往西天极乐世界的路上铺满了黑暗，使你迷失方向后坠入他的地府，成为他的奴隶而得不到超度，从人间到西天极乐世界有七七四十九天的路程，在这四十九天里，一定要点起吉祥的酥油灯为你的灵魂照亮路程，你才能平安到达我这里。还有，眼泪是水的灵魂，你死去后你的亲人们不能流太多的泪，否则黑暗之神会利用水的灵魂制造出大海、大江，阻拦你，让你永远也到不了西天极乐世界，切记。"普齐阿瓦说完，邻居们都唏嘘不已，波罗满脸疑惑，问普齐阿瓦："你说从人间到西天极乐世界要走四十九天，可你为何三天就走了个来回呢?"普齐阿瓦回答："我走的是白蛇化作的桥，当然三天就足够了。"果然，十年后，普齐阿瓦安详地闭上了眼睛，去了西天极乐世界。邻居和亲友们照着他曾经说过的话安排了他的后事，点起了一百零八盏酥油灯，长明灯一直点了七七四十九天。尽管亲友和邻居们都很悲痛，但都没有流眼泪。到了第五十天的晚上，所有的人都梦到了红光满面的普齐阿瓦向他们拱手说谢，说他已平安到达。这事儿像风一样传遍了草原，为了使死去的亲人能够平安进入西天极乐世界，免受黑暗之神的报复，于是，草原的人们都按照这种方法操办丧事，这种方法渐渐地流传了下来，成为一种习俗。直到今天，裕固人仍然以这种方法操办丧事，点七七四十九天长明灯，尽量不哭，不给黑暗之神以可乘之机，以使灵魂得到超度。

【搜集整理】铁永刚

阿克萨哈勒

相传，阿克萨哈勒[①]有四个儿子、一百匹花马，每天要从草场上赶着马群去饮水。一天，阿克萨哈勒赶着马去饮水，马群受惊后赶不到河边。阿克萨哈勒非常奇怪，他走上前看河水中什么也看不见，他又低头喝水时，蟒古斯·考格西[②]变做一块漂在水上的马粪沾在了阿克萨哈勒的长胡子上。蟒古斯·考格西现出原形对阿克萨哈勒说，她需要阿克萨哈勒的一个儿子。阿克萨哈勒说把长子给她，她说长子是猎手，满身火药味难闻，不要。阿克萨哈勒说把次子送给她，她说次子是牧羊人，满身的羊粪味太难闻，不要。阿克萨哈勒又说把三子给她，她说三子是裁缝，整天拿针线，满身的铁锈味太难闻，不要。她说就要阿克萨哈勒的小儿子。

阿克萨哈勒想了想便说："小儿子可以给你，但是他一哭闹，我会很难过。这样吧，三天后我搬帐篷迁往另一个牧场，我把小儿子的羊拐骨玩具埋到加格斯[③]后面，当走到半路时我提醒他忘了拿玩具，他就会去取，到那时你再把他抓住。"

三天后，阿克萨哈勒驮起帐篷赶着马群迁徙了。走到途中，小儿子果然哭闹着要回去取羊拐骨玩具。阿克萨哈勒从马群中牵来了八条腿的乃热勒合马[④]，让小儿子骑上去旧营盘上取羊拐骨玩具。阿克萨哈勒知道只有八条腿的乃热勒合马才能救他的小儿子。

再说当小儿子到旧营盘时，蟒古斯·考格西正在那里织自己的帐篷。小儿子请求道："奶奶，你给我挖一下埋在加格斯后面的羊拐骨玩具吧。"蟒古斯·考格西说："孩子，奶奶我低下头直不起腰，直起腰低不下头啊。"小儿子只好下马自己去取。这时，蟒古斯·考格西一把抓住了小儿子，说："你父亲已经答应把你给我了，哈哈。"

蟒古斯·考格西把小儿子和八条腿的乃热勒合马都关在一个草棚子里，用千斤重的黑石顶在草棚门上。这时，小儿子伤心地哭了，八条腿的乃热勒合马安慰他说："不要哭，我们马上就可以跑掉。"小儿子骑着八条腿的乃热勒合马从草棚中跃出跑

---

① 阿克萨哈勒：突厥语"白胡子"，专指部落中的长老和老者等。

② 蟒古斯·考格西：蒙古语"老魔鬼"。

③ 加格斯：裕固语，帐篷里或野外用来烧茶煮肉的三块支锅石。

④ 八条腿的乃热勒合马：传说中的神马。

了。蟒古斯·考格西紧紧跟在后面追赶，八条腿的乃热勒合马飞跃一个山谷时，蟒古斯·考格西就打折它的一条腿，飞跃八个山谷时，八条腿全部被打折了，乃热勒合神马死了。蟒古斯·考格西又把小儿子抓回去关在草棚中了。

八条腿的乃热勒合神马死后变成了一头青色黄牛。这头黄牛每天每夜都来到草棚边磨草棚和帐篷的缆绳。蟒古斯·考格西让小儿子把黄牛赶到远处的山谷中去。小儿子赶着黄牛走到路上时，黄牛就对小儿子说："你赶着我今天翻越一个山谷，明天翻越两个山谷，后天翻越三个山谷后你就骑着我跑吧。"

小儿子把黄牛赶着翻越一个山谷后就回来了。黄牛一会就又回来，又磨草棚又磨帐篷的缆绳。第二天，蟒古斯·考格西对小儿子说："今天你把黄牛赶得比昨天远一点。"小儿子把黄牛赶着翻越了两个山后回来了。黄牛又早早回来，又磨帐篷的缆绳又磨草棚子。第三天，蟒古斯·考格西对小儿子说："这头黄牛真讨厌，你今天把它赶得比昨天和前天都要远。"

小儿子赶着黄牛翻越三个山谷后，骑上黄牛跑了。路上遇到了冰块，黄牛让小儿子拿上，在一个旧营盘上黄牛又让小儿子拾了一把梳子、一块磨刀石和一把牛粪灰。他们继续走着，蟒古斯·考格西追上来了，小儿子把冰块扔到了后面，冰块顿时变成一股汹涌的洪水冲走了蟒古斯·考格西。蟒古斯·考格西脱下裤子装满了沙子才没有让洪水冲走，她从洪水中挣扎出来后又追上来了。小儿子又把木制梳子向后扔去，梳子顿时变成一片密密的大森林把蟒古斯·考格西阻挡住了。蟒古斯·考格西从密林中挣扎出来又追上来了，小儿子又把磨刀石扔了过去，磨刀石顿时变成一座悬崖峭壁挡住了蟒古斯·考格西。蟒古斯·考格西翻越悬崖峭壁后又追上来了，小儿子把牛粪灰撒向她，牛粪灰顿时成为迷茫的云雾遮住了蟒古斯·考格西的视线。

这时，青色黄牛驮着小儿子逃到了一个水草丰美、鸟语花香的好地方，黄牛对小儿子说："你杀了我才能救你，我的青牛皮将变成一座帐篷，双角将变成一对赞旦树，双肾将变成兄妹两个，心将变成帐篷中的加格斯，四条腿将变成四只老虎般的黄狗，我肚子里的五脏六腑将变成一群群的牲畜。你可以用这些来生活。"

小儿子哭着不杀牛，黄牛说："我的头上有虱子，你给我抓了。"小儿子看见牛头上有一青一红两只虱子。小儿子问黄牛，要杀死哪一只？黄牛说哪一个都可以。小儿子就杀死了红虱子。黄牛说："你已经使我流了血，现在必须杀我。"小儿子照黄牛说的杀了黄牛。

这时，蟒古斯·考格西追上来要吃小儿子。小儿子迅速爬上了黄牛角变的赞旦树上。蟒古斯·考格西用斧子砍赞旦树，这时从天上飞来了一只喜鹊。喜鹊对蟒古斯·考格西说："奶奶，奶奶，金达美郭勒正在举办喜事，你去吃席，我来帮你砍吧。"蟒古斯·考格西把斧子交给喜鹊去吃席了。等她返回时，喜鹊早已背着斧子跑了。蟒古斯·考格西又抽出刀子砍树，这时一只乌鸦飞来了，乌鸦说："奶奶，你老了砍不动，我来帮你砍，你去金达美郭勒吃席吧。"蟒古斯·考格西说："昨天我让喜鹊骗了，我不相信你。"乌鸦说："啊呀！你不知道，喜鹊的外表花俏内心黑暗，我们乌鸦外表黑内心洁白。你就放心吧。"蟒古斯·考格西把刀子交给乌鸦去吃席了。她返回时，乌鸦早已背着刀子飞远了。蟒古斯·考格西只好取下右边的獠牙砍挖赞旦树，这时一只狐狸走过来对她说："你老人家去金达美郭勒吃席，我来帮你砍树吧。"蟒古斯·考格西说："乌鸦和喜鹊都骗了我，我不相信你。"狐狸说："我外表金黄内心也金黄，像喇嘛一样诚实，你放心去吧！"蟒古斯·考格西返回时，狐狸早背着她的獠牙跑了，赞旦树下尽是狐狸拉下的粪便和尿。蟒古斯·考格西只好又取下左边的一颗獠牙来砍挖赞旦树，这时天空飞来了一只秃鹫，秃鹫对她说："今天是金达美郭勒的最后一天宴席，你老人家去吧，我来帮你。"蟒古斯·考格西说："我已被骗了好几次，再也不相信你们了。"秃鹫说："我是笃信宗教的，不会骗人，你放心去吧。"蟒古斯·考格西想了想，就把獠牙交给秃鹫去吃席了。等她返回时，秃鹫早已背着她的獠牙跑了。她无奈，只好用没有牙的嘴啃赞旦树。蟒古斯·考格西又气又饿，没有牙的嘴啃不动坚硬的赞旦树，几天后她死了。

小儿子从赞旦树上下来后，挖了一个九丈深的洞，把蟒古斯·考格西解肢后埋掉了。

从此以后，小儿子在青黄牛变的帐篷里娶妻生子，牧养牲畜，过着幸福生活。

【搜集整理】铁木尔

兔子和羊成为朋友的故事

有一只作为"神羊"[1] 的白色母羊要去拉萨朝圣。它独自翻山越岭。有一天在路上遇到了一只青鬃狼。狼要吃这只母羊，母羊一边流着眼泪给狼磕头一边说："我朝圣回来时就会生下两只羊羔，到时候你三只羊一起吃不是更好吗？"青鬃狼一听也觉

① 神羊：牧民在羊群中做了记号，用以献给神的羊，叫作"神羊"，一般不宰杀。

得有道理，就放了羊。

母羊从拉萨朝圣返回时，一边走着一边悲伤地流着泪。途中它遇到了一只兔子，兔子问它：“你为什么流泪为什么悲伤?”母羊就把事情的原委告诉了兔子。聪明的兔子想了想如此这般地说了一番。

接着，兔子就骑着母羊前行。途中在一个营盘上拾了一只炒青稞的勺子，又走到一个营盘上拾了一只锅垫子，又走到一个营盘上拾了一个砖茶的纸皮。这样，它们走到一处草原上时，青鬃狼在那里等待。

兔子把锅垫子戴在头上，把勺子背在身上，掏出砖茶的纸皮，大声说：“大可汗发布的诏书，由我给你们宣布：四方的人民，需要进贡一百张狐皮、一百张狼皮……今天才遇到这一只狼，也正好剥下它的皮。”然后，兔子取下背在身上的勺子时，青鬃狼惊恐不已地磕头求饶，发誓永远不吃羊群中的神羊。从此以后，羊群中的“神羊”从不被狼吃。

后来，兔子和羊成为最好的朋友。兔子常骑着羊走路，羊毛染白了兔子尾巴，所以兔子的尾巴也是白的。

【搜集整理】铁木尔

狼和狐狸的故事

很久以前，有年春天的一个早上，一只狼和一只狐狸，结伴去一片树林里寻找食物。

狼和狐狸在树林里跑来跑去，碰上了一只死兔子。狼一看见死兔子就馋得口水直流。

“哈哈……今天的运气真不错，正想吃兔子肉，瞧，兔子就来了。这可是我先看见的，刚够我吃个半饱。”狼高兴地说。

狐狸一听这话，气不打一处来。狐狸知道，自个和狼争吃这只兔子，占不到什么便宜。但狐狸是有名的机灵鬼，除此之外，狐狸身上有二十四个狐臭。这狐臭一个个臊臭难闻，平时狐狸把它藏在身上，不到关键时候不派上用场。于是眼下狐狸也不和狼争辩，眉头一皱，计上心来，狐狸说：

“狼大哥，你先别急着吃，我咋闻着这兔子的味道不对。”狐狸说着走上前去，装模作样地闻了闻死兔子，趁势放了一个狐臭，尔后捂着鼻子嚷嚷说：

“哎呀，这个兔子死掉日子长了，臭得吃不成了。”

“胡说，看着都好端端的，咋就臭得吃不成了？”狼半信半疑地走近死兔子，一股难闻的臭味熏得狼直恶心。狼捂着鼻子跳到一边说：

“这兔子臭得确实吃不成了，咱俩还是赶紧去找些新鲜好吃的。”

狼和狐狸又在树林里到处乱跑。跑着跑着，狐狸假装一个跟头栽倒在地，爬起来搓着一条前腿，哎呀哎呀地直叫唤。

“妹子你怎么啦，喊喊叫叫的？”狼说。

“哎哟，我的腿拐坏了，痛得走不动了。”狐狸说。

“啥吃的也没找到，你的腿又拐坏了，这可咋办？”狼信以为真。

“狼大哥，我可走不动了，就请你背着我走吧。”狐狸说。

“我的肚子饿得走不动，要再背上你就更走不动了，我们还能找到啥吃头？”狼说。

“那可咋办呢？”狐狸挤出些眼泪说。

“妹子你可别掉眼泪，老哥我不会不管你。不行就这么着，你在这里躺着等着，我去找吃的。找来吃的，我俩吃饱了，我背你回家。”狼说。

“这么麻烦你，多不好意思。”狐狸说。

“妹子这话可就见外了，有老哥我吃的，就有妹子你吃的，你好好歇着等着吧。老哥肯定会找来吃的。”狼说着就去找食物。狐狸见狼走远了，便转身去吃死兔子。

狼在树林里转来转去也没找到食物。林子长得又很茂密，狼钻来钻去，就转了向，昏头昏脑，分不清东南西北，便在林子里乱蹿。蹿着蹿着，便闻到了一股肉香味。狼闻着这味道，找来找去，碰见狐狸正在吃那只死兔子。

“你刚才说腿痛得走不动了，咋又跑来吃这死兔子？这兔子那么臭，还能吃？”狼说。

“哎呀，我肚子饿得实在受不了，就忍着痛先来吃一点。臭是臭，先吃饱了再说。”狐狸说。

“我也饿得走不动了，臭是臭，也先吃点再说。”狼说着便把狐狸吃剩的兔肉，连皮带毛吞下肚去，又咂吧着舌头说：

“这兔子刚才闻着那么臭，可吃起来味道怪好的，早知道这样，刚才我俩分着吃多好。眼下你吃饱了，我才尝了一点点，我吃了大亏了。”

“兔子肉我已经吃到肚子里去了，你吃了亏，我也没办法。”狐狸说。

“今天的这个亏吃得不小，妹子你看这样行不行，我俩亲热亲热吧，这么一来，你占了便宜，我也不太吃亏，事情就算扯平了。”狼说。

狐狸从来没跟狼亲热过，一听心里很害怕，可又不好推辞。狐狸眉头又一皱，又计上心来。“这事有啥不行的！你想亲热，我俩就亲热亲热。”狐狸说。

狼高兴地来拥抱狐狸，狐狸便又释放一个狐臭，狼被臭得跳到了一边。狐狸心里窃笑着，嘴上却说：“狼大哥，你别羞羞答答的不好意思。”

“不是我害羞，我肚子饿得实在不行，这事就改日再说吧。”狼说。

【搜集整理】杜生贵

机智人物故事二则

（一）

从前，有一年冬天，一位牧人上山去寻找走散的牛群，找了一天没找到牛群。傍晚时分下山来，走到山脚下河边时，遇上了一群饿急了的豺狼。狼群看见牧人，疯狂似的追了上来。牧人拖着一条木棍，急忙跑到早已冻冰的河面上，爬上立在冰面中的一块大石块。狼群扑了上来，把石块团团围住。牧人一见晒了一天日头的冰面，淌着一层漫水，随着太阳落山，天冷起来，漫水又在慢慢结冰，牧人心里便不再慌乱，立刻有了主意。他慢条斯理地坐在石块上，一袋接一袋地抽旱烟，狼群看着旱烟袋的火星一闪一闪，一直也不敢爬上前，围在石块前等待机会。

天渐渐黑暗下来，刺骨的冷风不停地在河面上刮过。牧人坐在石块上，仍不停地抽着烟，也耐心等待。等了好久，牧人觉得时候到了，收拾好烟袋，拿起木棍立起身。狼群龇牙咧嘴地嘶叫着要扑上前去，可晚了，一只只狼的尾巴早已结结实实地冻在了冰面上，狼怎么挣扎也挣不开身。牧人见此光景，跳下石块，挥舞着木棍，把狼一只只打死，收获了不少狼皮。

（二）

从前，有位牧人上山放羊，走到一棵大松树边，不幸和一只正在树下睡觉的狗熊遭遇了。狗熊惊醒后，张牙舞爪地朝牧人扑来。手无寸铁的牧人，急中生智，把披在身上避雨用的毡衣，扔过去蒙在了狗熊头上。狗熊惊恐地大叫一声，便又撕又咬，一个劲儿地跟毡衣较劲。牧人趁机撒开双腿，溜进树林，逃脱了危险。

【搜集整理】杜生贵

多尔吉汗的故事

相传，四百多年前，裕固族在历经千辛万苦、饱受种种磨难之后，从遥远的西至哈至①东迁到了祁连山中，在九个大坂腹地一个名叫道吉贝的地方扎寨。若干年之后，一个名叫多尔吉的人登上了汗位，他下令部落的强壮男子一律在放牧之余练兵习武，还将五六岁的公牛捆住以后背在身上行走以增强力量。他还发明了一种武器，在油亮的牛皮绳梢装上月牙形利刀，冲锋陷阵时，甩动它，一束刀光之后，敌人的脑袋就滚落草地，鲜血染红马背。

多尔吉汗长得高大、魁梧，身材特别壮实，在骑马走路时经常要带上两匹马轮流着骑，才能使马不至于被压垮。

多尔吉汗只有一个儿子，名字叫阿尔斯郎，年幼的时候是一个活泼可爱、聪敏伶俐的小男孩。有一次跟随父亲打猎的途中，他的坐骑突然失蹄，将他摔下马，脑袋重重地撞在了石头上，血流如注。后来经过部落里的巫医救治，总算保住了性命。脑袋的创伤使他丧失了以往的聪慧，但由于他心地善良，族人们都很尊重他。阿尔斯郎长大以后，多尔吉汗在部落内看中了一个名叫诺昂的漂亮姑娘，就娶她做了阿尔斯郎的妻子，并且在离道吉贝不远的地方为他们重建了宫室。随着岁月的流逝，多尔吉汗看着自己一天天苍老，不禁感慨万分，虽然他英勇无比，驰骋草原，但毕竟老了，自己

① 西至哈至：具体地址不详，估计大约在新疆南部至青海北部的广大地区。

的儿子究竟有没有继承汗位的能力呢？他决定考验一下阿尔斯郎。

有一天，阿尔斯郎打猎归来后邀请父亲前去品尝野味，多尔吉汗对儿子说：“如果你能用草木灰给我搓一段绳子，我就去。”

阿尔斯郎回到家中找了一堆草木灰就搓了起来，可是搓了半天无法搓到一块，这时诺昂过来问他要干什么，阿尔斯郎说出了父亲的意思。诺昂说：“这事情好办，你在一个木盘中放一段草绳，在他的门口点燃后再进去给他。”

多尔吉汗看着已经燃烧成灰的草绳，知道第一个问题难不倒儿子，于是他又说：“如果你能同时骑两匹马来请我，那我就去。”

阿尔斯郎回来后在马群中抓了两匹最稳健的马，让马并排站好，他一条腿搭一匹马，骑在了两匹马上，可是马一起步就把他摔了下来，这样骑了好几次也没能成功。这时诺昂走来从马群中抓了一匹怀驹的母马，让阿尔斯郎骑上去见他父亲。

多尔吉汗见阿尔斯郎骑着一匹马，就问道：

“你怎的只骑了一匹马来见我？”

“我身子下面骑一匹，马的腹中还有一匹马驹，这样一里一外我骑的就是两匹马。”阿尔斯郎回答说。

听到这话多尔吉汗开始犯疑了，他想凭他儿子的智力是不容易解决这两个问题的，那么是谁在帮助他呢？于是他又提出了第三个问题：

“我这一生中还没有吃过公牛的奶做成的酸奶，你如果能够满足我的这一要求，我就去你那儿。”

阿尔斯郎回来以后，就将牛群中的公牛都拴在草地上开始挤奶，可是公牛没有乳房，怎么能挤出扔呢？正在阿尔斯郎愁容满面的时候，诺昂来到了，她对阿尔斯郎交代了一番之后，就骑马来到了王宫，风风火火地对多尔吉汗说：“尊贵的父王，请您赶快去一下吧，你的儿子得了急病。”

“我的儿子得了什么病？”多尔吉汗问道。

“您去了以后就知道了。”

随后他们策马来到了阿尔斯郎的住所，远远地就听到了他的呻吟声，走进宫室，只见阿尔斯郎正爬在地毯上，双手紧抓一个牛鞍子，做出女人正在分娩的样子大声叫唤。多尔吉汗上前问道：“我的孩子，你怎么了？”

“我要生小孩，哎哟——”阿尔斯郎故意装作痛苦地说。

“什么？你要生小孩，一个男人怎么能够生小孩呢？简直太可笑了。”

“既然男人不能生孩子，那么从公牛身上又怎么挤奶呢？”阿尔斯郎反问道，一句话问得多尔吉汗瞠目结舌，他看看儿子，又看了看儿媳，终于明白了一切，就非常恼怒地转过身，骑上马就走了。

从这以后，多尔吉汗仿佛一下子又苍老了许多，他的自尊心不允许一个女人在智慧上能够超过他。他清楚地意识到，如果让阿尔斯郎继承汗位，权力最终将落入这个女人手中。虽然诺昂是一个非常聪明的女人，但是多尔吉汗决不容许一个非可汗家族血统的女人在他死后成为新的统治者。

这一年祭祀天神的时候又到了。在祭典仪式举行的前一天晚上，多尔吉汗召集各部落首领，向他们讲述了诺昂这个聪明女人所带来的困惑，同时做出了一项重大决定：杀掉诺昂，祭奠神明。

第二天诺昂早早起来精心打扮自己，身上穿上了五层色彩鲜艳的长袍，腰里系了六条飘逸的彩色腰带，伴随阿尔斯郎来到了祭坛。当第一道霞光冲出一片庄严的气氛，这时诺昂走到前面平静地说：“我尊敬的天神、地神、保护神！您的女儿在这儿已经无法存在，在您的昭示下，我将和青烟远走高飞，离开这片美丽的故土。”这时所有的人才明白，眼前的王妃——美丽聪明的诺昂原来是神的女儿，于是他们纷纷叩首恳求诺昂留下来，但是诺昂仿佛什么也没有听见，她牵着阿尔斯郎的手轻轻走进了祭坛上那燃烧的烟火之中。这时一股青烟冲天而上，从烟中飞出两只青色的鸽子，他们在草原上空盘旋了一周后就越过千年积雪的冰川，消逝在人们的目光之中。

多尔吉汗——这个昔日在疆场上威武驰骋的勇士从此就沉默了。他有时几天躲在帐篷中不出门，显得十分苍老而又冷漠。几年后一个秋末冬初的早晨，他似乎预感到了一切，就坐在一棵柏树下，仰望着远处的雪山，永远睡着了，裕固族的最后一位可汗就这样消失了。

今天如果你要去道吉贝，那里的人就会指着一棵像坐着的人一样的柏树说：“这棵树就是我们的多尔吉汗变的，眼前的那条河就叫多尔吉河。”

【搜集整理】兰永武

诺昂与阿尔斯郎重逢

传说多尔吉汗聚众在夏日哨拉鄂博祭奠神明烧死儿媳诺昂，当青烟袅袅升起，她却变成了青色的鸽子飞向远方，飞到一个叫库库道恢的地方。几天几夜没有吃东西，诺昂独自走进深邃的峡谷，这峡谷里渺无人烟，树木翠绿，草叶茂盛。蓦地，一个三头妖（蟒古斯）向她逼近，这可吓坏了诺昂，她没命地往后跑，跑到哪里三头妖追到哪里。三头妖狂笑着说："你就是躲到天涯海角我都会找到你，因为你是神的女儿，这辈子老天把你赐给了我，你乖乖地做我的老婆吧。"诺昂迫于无奈就与三头妖做了夫妻。

有一天，她背着羊皮缝成的皮袋去河边背水，眺望对峙的大山，气势磅礴，雄伟壮丽，这不是察汗部落的青山吗？顺着青山往下看那不是川流不息的黑河吗？她心驰神往地想起了故乡，也想起了日夜思念的阿尔斯郎，望着这层层群山，她不禁潸然泪下。

却说，多尔吉汗死后，他的儿子阿尔斯郎日益消瘦，无依无靠，过着漂流草原的生活，以打铁补锅为生，在黑河岸边搭起了破帐篷，整天与一群牧人聊天、补锅。有个女人天天来河边背水，日久天长，阿尔斯郎与她相互熟识了，她几乎每天从阿尔斯郎的帐篷前走过。

有一天，那女人照例来背水，阿尔斯郎偷偷地将鹅蛋大的石头投进了盛水的羊皮袋。她回到了三头妖的洞中，顺便把水倒入锅中，不知为何那鹅蛋大的石头变成了龙碗大，石头砸破了锅底。三头妖见锅底破了，就知道大事不妙，预示将大祸临头。于是他破口大骂，毒打诺昂，恶狠狠地对诺昂说："你一天之内把锅底补好，不然我吸尽你的血，吃掉你的肉。"诺昂哆嗦着，吓得她不知所措。

第二天，她背着铁锅去向阿尔斯郎求教，阿尔斯郎一会儿工夫补好锅底，也没有向她要一分工钱，反而为她煮了一锅肉。肉熟时，他从系腰上取下宝刀让她削肉吃，她感激地接过宝刀仔细打量着，她很惊讶这刀与她以前的王子阿尔斯郎的宝刀很相似，刀把上镶着珍珠、玛瑙七颗宝珠，闪闪发光，耀眼夺目。

"这刀是哪来的？"她疑惑地问道。阿尔斯郎很自信地说："咳！这刀就是我的。"

"我丈夫以前的刀也和这刀一模一样。"诺昂含泪说道。阿尔斯郎觉得颇奇怪，他和她见面一年多来，都从来没提起她的身世。

"你丈夫是谁？你是哪个部落人？"她原来是察汗部落人氏，是尧呼尔多尔吉汗的儿媳。二十年前，她被多尔吉汗祭烧时，她变成青色鸽子飞出来的，尔后她流浪到黑河东岸一带。阿尔斯郎终于明白了一切，眼前这位体态丰满、双眼乌黑的妇女真是他多年思念的妻子。他激动地说："我就是多尔吉汗的太子阿尔斯郎。"于是，他不禁讲起父亲考验他三次，是诺昂替她渡过了三道难关，最后却迎来一场大祸。

岁月如流，日月如梭，他们夫妇已分离二十年，他们拥抱着号啕大哭，各自倾诉着自己的历险遭遇。阿尔斯郎得知诺昂做了三头妖的老婆，受尽了折磨，决心为她报仇。他们约定天黑后动手，阿尔斯郎趁天黑后来到三头妖魔洞的附近。诺昂临走时再三嘱咐他，千万要谨慎，当听见三头妖说“醒着、醒着”，那他就睡熟了，这时他就能睡七天七夜；如果听见他说“睡着了、睡着了”，那他就醒着。阿尔斯郎走近洞口，只听那家伙怪声怪气地呼喊“醒着、醒着”，他知道三头妖睡着了，一个头已被诺昂砍掉了，他照着诺昂的吩咐走近三头妖，用利刀砍掉了第二个头，尔后两人配合砍掉了最后一个头。就这样杀死了三头妖，报了血海深仇。从此他们夫妻团圆，带着无比兴奋向故乡道吉贝奔去，走了整整一年零六个月，翻过一百零八个山岭，到达了道吉贝，就在他父王扎寨的营盘用柏树枝搭起了窝棚，过着平静而甜美的日子，一直到白头偕老。

【搜集整理】达隆东智

乎尔玛其西拉的故事

很久以前，尧呼尔草原上有个流浪汉叫乎尔玛其西拉，经常卜卦骗人。有一天，他来到一家母女家，见女儿长得十分秀美，不由得起了歹心。他向母亲问道：“这么大的一个姑娘还没出嫁吗?”母亲很难为情地说：“唉，好长辈，咱家庭贫寒，谁要我们穷人的丫头呢，你行个好，就算个卦吧。”乎尔玛其西拉眼珠子一转，心生邪念，以为发财的机会来了，便转了转念珠，很有把握地说：“明天一大早，有个骑着黑骡子，搭着黑褡裢，右肩上纷飞着花蜜蜂的青年汉子从你门前路过，他就是上天赐给你的女婿，你就把女儿嫁给他吧。女儿一辈子吃不尽的美味，享不完的富贵，你可千万别错过这样的好机会。”说毕，乎尔玛其西拉转身走了。

母亲信以为真，第二天凌晨给女儿收拾、打扮，准备好嫁妆，等待着为女儿送行。女儿看着母亲又惊又喜的样子，心里十分纳闷，怕的是她要嫁给一个从来没见过面的陌生男人，喜的是她终于嫁出去了，但她很担忧将来的处境，又不敢违抗母命。

第二天凌晨，果然有个小伙子骑着黑骡子，搭着黑褡裢，右肩上纷飞着花蜜蜂，向家走来。母亲收拾好行装，含泪送别女儿，女儿骑在那小伙子的骡子背上匆匆在晨风中消失了。原来这个小伙子就是乔装打扮的乎尔玛其西拉。

乎尔玛其西拉把姑娘带到荒无人烟的戈壁滩上，装进木箱埋在沙丘里，骑着黑骡子得意地向部落头人家里奔去。天黑前到达了部落头人家。这时，天色暗淡，乎尔玛其西拉对部落头人说："尊贵的头人，您这一带风水不好，在附近有一个恶鬼，您可千万小心，将来必有大祸降临。"部落头人是个心地善良的人，他以为真的有恶鬼，于是，他向乎尔玛其西拉求祷一定替他除掉这个恶鬼，并给了他一笔钱，乎尔玛其西拉拿着钱满口答应。

部落头人有个儿子，长得聪明伶俐，二十出头，从小酷爱射箭。第二天，他骑着马去戈壁打猎、游乐，发现了一只黄羊，他拉弓搭箭向前射去，那箭飞似的插入沙丘一丝不动。他费了好大劲才拔出箭，觉得十分奇怪，就顺着箭头刨开沙粒，一个红色木箱从沙子里显了出来。打开木箱，见一个姑娘坐在里面，他惊奇地问姑娘："你是谁家的姑娘?"姑娘一一将自己的遭遇经历告诉了小伙子，小伙子很怜悯姑娘，于是把她带到家向父亲说明了事情的真相。他父亲很痛恨乎尔玛其西拉骗钱害人的罪行。

第三天，乎尔玛其西拉依然骑着黑骡子来到部落头人家，对部落头人说："今天，我一定替你除掉那个恶鬼，你们等着，我去去就除掉它。我如果说：'杀死了，割掉了'，你们千万不要过来；如果是无声无息，你们就过来，那时证明我已经除掉了恶鬼。"他说完就满怀信心走了。不一会，乎尔玛其西拉喊天震地："杀死了，割掉了。"天一声、地一声，一阵阵无声无息了。当部落头人领着儿子向沙丘走近时，没想到木箱里装的是小老虎，乎尔玛其西拉不但没有驱鬼，反而被小老虎吞噬。部落头人感到很奇怪，问儿子是怎么回事，儿子笑着没有回答，原来木箱里的小老虎是儿子放进去惩罚害人精的。

后来，那姑娘嫁给了部落头人的儿子，母亲也被接到家中，母女俩过着幸福安宁的日子。

【整理】达隆东智

格格首纹

格格首纹是尧呼尔传说中的一种鸟，它鸣叫的声音似人们吆喝牛的语音，这种鸟夜间常在森林里活动。

传说很久很久以前，有一个美丽善良的尧呼尔姑娘，她赶着牛群走在无边无际的大森林里。天色渐渐暗下来，走着走着迷失了方向，后来牛群也不见了，林子里越走越没有尽头，她嘴里不断打着口哨“格格、格格”。忽然一群野狼嚎叫着包围了她，她拼命地抗争着，可是她寡不敌众被野狼吞噬了，后来她的灵魂变成了一只鸟，即格格首纹。每当夜色降临，那只鸟吆喝着牛群在黑暗中呜咽，不停地寻觅丢失的牛群。

【搜集整理】达隆东智

卧龙达坂

很久很久以前，尧呼尔信奉萨满教，把萨满称为额勒其。有个尧呼尔大头目曾与萨满教主库库洞额勒其打赌，大头目听说库库洞额勒其法力无边、神通广大，要库库洞额勒其用法力请下天上的神龙，以借此机会考验他的法力。若请不下来神龙，要将他逐出部落，取消他额勒其资格。库库洞额勒其向大头目发誓一定要请下神龙，并要求大头目保证神龙起飞。于是，约定七天七夜内请下神龙。

额勒其临走时，嘱咐大头目，让千家万户管好家中牲畜，拴好狗，千万不要惊动神龙。

额勒其回到家中，开始向“汗腾格尔”诵经叩拜，祈祷上天降下大雪。从额勒其祈祷的那天起，天空彤云密布、大雪纷飞，七天七夜后云飞雾散，神龙降到了腾格里达坂。神龙横卧腾格里达坂的消息，像长了翅膀似的传遍了整个尧呼尔各个部落。大头目为此请来了康隆寺的三百多名喇嘛僧人汇聚在腾格里达坂，急速在卧龙周围生起了一百零八个火堆，支起了一百零八个大锅，融化了一锅又一锅的雪水，喇嘛高僧不住地向天神祈祷。这时，尧呼尔人不停地高呼：“汗腾格尔，保佑神龙。”唐古特人也向部落里的神祭祀默告：“唵嘛呢叭咪吽。”捧经吟咏三天三夜，那雪水蒸气像云层一样飘拽天际，火像烈日的曙光融化了卧龙身边的积雪。但神龙依然横卧不起，口里不住吐着唾液，似有气无力。大头目心里非常着急，神龙横卧不起，若出了差错，真是天大的罪过。

于是，大头目亲自去请库库洞额勒其，向他求教，要他想办法将神龙飞起。额勒其答应了大头目的请求，又吩咐千家万户管好牲畜，拴好狗。他又一次向天神祈祷，天又下了七天七夜大雪。蓦地，神龙抖擞着躯体，遥望蓝天长啸一声，闪着银色的巨大的身躯腾空而起。善良的人们为神龙默默地呼唤：“汗腾格尔，保佑神龙飞向蓝天。”从此腾格里达坂也称“兀鲁盖泰埋德宛”，即卧龙达坂之意。

【搜集整理】达隆东智

英雄出世

很久很久以前，有一家兄妹三人，哥哥叫阿克乔顿，弟弟叫阿克沙刚，妹妹叫莽格合泽。莽格合泽贤淑而又勤劳，长年累月放牛放羊，可是，两个哥哥一直另眼相待她，视她为肉中刺、眼中钉。

有天，莽格合泽拎着羊皮袋去背水，她匆匆赶到河边舀了一勺子，见水中一块阿拉坦意格托爱（金纺锤）沉了下去，一瞬间，她顺手从水里捡出阿拉坦意格托爱噙在嘴里，兴高采烈地背着水回到家中，对哥哥们说：“哥哥，我们不再受穷了，我找到一块阿拉坦意格托爱。”阿克乔顿和弟弟又兴奋又疑惑地问道：“拿出来看看。”“在我嘴里。”莽格合泽兴奋地回答。但她万万没想到，阿拉坦意格托爱在莽格合泽一张嘴时却溜进腹中，两个哥哥谩骂她是骗子。

那天晚上，莽格合泽做了一场奇怪的梦，梦见太阳和月亮都被她吞进肚里。醒来后把梦见的经过一一告诉两个哥哥，两个哥哥却谩骂她是邪恶的蟒古斯（妖精）。第二天，阿克乔顿和阿克沙刚决定，将蟒古斯妹妹逐出家门，永远不要她回来。

出于兄妹情分，阿克乔顿赶她走时，分给了一头花乳牛、一匹黑玉顶母马、一只花山羊、一顶褴褛的帐篷。于是，他们驮着帐篷把她送到了渺无人烟的雪域深处。

阿克乔顿念了七天七夜的黑经，直念得天昏地暗，大雪封山。七天后，大雾散去，大雪也停了。阿克乔顿心里暗想：这时的莽格合泽和她的牲畜早已冻死在雪域高原，我要用火将身体化为灰烬，让她在世上绝迹。于是，他派看门狗小黄狗去察看动静。当小黄狗走近雪山时，雪域变成了青山，冬天变成了夏天，绿草成茵、鸟语花香，莽格合泽的破帐篷变成了崭新的四方四正的牛毛黑帐篷，天窗里冒着缕缕青烟，在晨风中缓缓上升。那花乳牛产下的白头牛犊深深吮吸着母乳，那黑玉顶骒马产下的枣红马驹不断在山腰上奔驰。小黄狗靠近帐篷，只见地铺上熟睡着眼睛像北斗星、脸庞似月亮的白皙幼儿，这是莽格合泽生的男孩。小黄狗回来后把事情的真相一一告诉了阿克乔顿，他不信，要亲自去看个究竟。于是，他和弟弟骑着长腿黑马走近雪山，眼前却果真如此。他俩进门后假惺惺地对莽格合泽说："我的好妹妹，你真有福气，今天，我们是专程来看你的。"莽格合泽还以为两个哥哥一直惦念着她，还感激哥哥看望她。阿克乔顿假情假意把事先准备好的一丈哈达、一块羊背递给了妹妹，结果莽格合泽的男孩拿起一丈哈达还不够缠食指，一块羊背还不够他塞个牙缝。阿克乔顿看着男孩感到十分惊奇：天啊，这可太可怕了。这真是蟒古斯。在回家的途中阿克乔顿对弟弟说："这蟒古斯的儿子，留下他终究是我们的祸根，不如早日杀了他。"

第二天，阿克乔顿就派遣蟒古斯哈日客累（黑乌鸦）去吃掉莽格合泽的男孩。清晨，男孩对母亲说："盖盖[①]、盖盖，今天'好心'的舅舅派蟒古斯哈日客累来吃我，把我的弓箭放在枕头下。"莽格合泽按照儿子的嘱咐把弓箭放在他的枕头下，就赶着牛羊去远山放牧。不一会，蟒古斯哈日客累"哇哇"地叫着，男孩嘲笑着说："从门口来的哈日客累是吃粪的客累，从天窗来的哈日客累才是吃人的客累，你有胆量就落到房杆上'哇哇哇'地叫三声。"那哈日客累得意地落到房杆上果然"哇哇哇"地叫了三声，男孩趁哈日客累不备，一箭射中了胸腔，合日客累"哇"地一声从房杆上掉到支锅石旁。中午时刻，莽格合泽赶着牛羊忧心忡忡地回到家中，男孩嘱咐母亲，把这只死乌鸦背到垭弧的鄂博，插在祭杆上，莽格合泽照儿子的嘱咐去做了。第二天天不亮，阿克乔顿放心不下，就派他的小黄狗探听情况。这时太阳冉冉升起，小黄狗匆匆回来说："您派的蟒古斯哈日客累吃掉了莽格合泽的男孩，吃饱了肚子在鄂博上晒太阳呢。"阿克乔顿得意地走出了毡房，一眼望见蟒古斯哈日客累落在鄂博上，心里乐滋滋的。然而，他等了三天，仍不见哈日客累回来。于是，他骑着长腿黑马走近鄂博，没想到哈日客累早已断气身亡。阿克乔顿不甘心失败，又一次派遣蟒古斯乌兰诺海（红狗）去吃掉莽格合泽的男孩。第二天凌晨，莽格合泽依旧去远山放羊，临行前男孩对母亲说："盖盖、盖盖，今天'好心'的舅舅又派蟒古斯乌兰诺海来吃我，你把铁锤放在我的怀里。"母亲依照儿子的话去做。不一会，蟒古斯的乌兰诺海果然大步大步地向毡房逼近，"汪汪汪"地嚎叫着。男孩故意嘲讽道："从毡房背后来的乌兰诺海是吃食的诺海，从门口进来舔食的诺海才是真正吃人的诺海。"乌兰诺海"汪汪汪"地嚎叫着，翘着尾巴从门口舔了舔食，男孩趁乌兰诺海舔食之机一铁锤将它打翻在地上，它只叹了一口长气终于不动了。下午，莽格合泽照例背到鄂博前似卧睡的姿势安放好尸体。早已惊慌失措的阿克乔顿派他的小黄狗又去探视情况，半天小黄狗回来："您派的蟒古斯乌兰诺海吃掉了莽格合泽的男孩，吃饱了肚子在鄂博上晒太阳

① 盖盖：裕固语"母亲"。

呢!”阿克乔顿真的以为他的乌兰诺海吞掉了莽格合泽的男孩，为他除了害。可是，又等了三天，仍不见乌兰诺海回来。他又骑着长腿黑马去察看情况，没料到蟒古斯乌兰诺海早已死得浑身僵硬。他气冲冲地回到家中，又派遣蟒古斯九十九丈高的哈日库（黑妖魔）去吞噬莽格合泽的男孩。凌晨，男孩对母亲说：“盖盖、盖盖，今天‘好心’的舅舅又派蟒古斯哈日库来吞掉我，你可千万别离开，你给我找一个木盘。”莽格合泽照儿子的嘱咐端来了木盘，可是那男孩已变成了一颗透明的蛋壳。不一会，蟒古斯九十九丈哈日库果真来了，笑着走进家。这时，伤透了心的莽格合泽泣不成声，满目泪痕，她向哈日库苦苦哀求道：“你是有名的蟒古斯九十九丈哈日库，你走遍天下，征服四方，吞阳吸阴，我这一点小小的蛋壳，吞的时候千万别碰到门牙上。”哈日库狂笑着说：“你放心，我闯遍天下，吞阳吸阴，小小蛋壳又算得什么！别说碰门牙，能囫囵吞下都不够呢。”说罢又大笑起来，那声音好似风云叱咤。那蟒古斯哈日库笑着抢过木盘一口吞噬了透明的蛋壳，但蛋壳卡在哈日库的喉咙里怎么也吞不下去。不一会，那蛋壳说话了：“我躺在你的喉咙里，你不舒服，站在你的喉咙里你舒服吗?”那蛋壳说着立在哈日库的喉咙里，哈日库疼得真要命，怪声惨叫着一命呜呼。这时蛋壳从哈日库的嘴里飞出来变成了男孩。

母亲照例按儿子的嘱咐去背哈日库，但她走近尸体后很难为情地说：“孩儿，这么高的哈日库我能背得动吗?”“盖盖、盖盖，背上后你说轻点、轻点，它会轻得像风一样。”母亲听罢，照儿子的话背着哈日库向鄂博走去。当背不动时，她照儿子的话说了声“轻点、轻点”，那哈日库愈背愈轻，轻得像风一样。

等了一整天的阿克乔顿以为蟒古斯哈日库真的吞噬了莽格合泽的男孩，吃饱了肚子，在鄂博上晒太阳。他又骑着长腿黑马走近鄂博，然而，他万万没想到，如此有魔力的九十九丈哈日库却被莽格合泽小小的男孩轻而易举地征服了。这可真气死阿克乔顿，于是，他怀恨在心，一计未成又施毒计。

过了三天，他请来附近山洞里的蟒古斯决心除掉这个祸害。他领着蟒古斯闯进莽格合泽的帐篷，从襁褓里夺去男孩，用粗大的毛绳捆住四肢，用松木橛子钉住了男孩的四肢，头用黑毛毡毯裹着，然后阿克乔顿请蟒古斯用千斤黑石压住了男孩的胸口。阿克乔顿一行放放心心地大摇大摆地走出了山冈。不一会，阿克乔顿听到男孩在狂笑着揶揄他们，只听男孩唱道：

“好心”的舅舅，
你可真是“好心人”。
天底下像你这么好心肠的有几个?

你用黑毯子包住我的头，
预示我一辈子离不开黑毡房；
你用毛绳捆住我，
用松木橛子钉住我的四肢，
预示我长大后走遍天下，
征服四邻八方；
你用千斤黑石压住我的心，
预示我有黑石一样坚强的心闯天下，
征服所有的妖魔鬼怪。

唱罢向天空发出呼喊，那声音如雷电般地传透宇宙。一声巨响，那千斤黑石炸得粉碎，牛毛绳断成了截截，松木橛子劈成了块块。从此“好心”的舅舅阿克乔顿再也无法征服他的外甥，整天待在家里说胡话。

那莽格合泽的男孩就是尧呼尔传说中闻名天下的盖赛尔王，是人人敬仰的英雄。

【搜集整理】达隆东智

盖赛尔大战霍尔王

相传很久以前，有悠久历史的游牧民族尧呼尔从遥远的阿尔泰山迁徙到祁连山腹地。他们兵分三路从柴达木盆地、阿尔金山、库库努尔（今青海湖）出发，一支是由霍尔古尔拿合（黑帐王）率领，举着黑色大旗的人马，是哈日尧呼尔，在沙州一带驻扎；一支是由霍尔古尔柯尔（白帐王）率领，举着白色大旗的人马，是察汗尧呼尔，在夏日巴颜（今马蹄大孤山）驻扎；一支是由霍尔古尔赛尔（黄帐王）率领，举着黄色大旗的人马，在苏日托莱一带驻扎，是西拉尧呼尔，是尧呼尔的主要部分，也是阿拉坦兀日格，即黄金家族。

霍尔古尔柯尔部下有一个大元帅，他就是与盖赛尔王交战千里的霍尔善巴，他有一身好剑法，赢得霍尔古尔柯尔大王的信赖和尧呼尔人的尊敬。盖赛尔王在外地汉乡的妻室叫阿尔特拉毛，他经常去汉乡探亲。在一个草木翠绿、鸟语花香的季节里，他独自骑着银色白马向甘州城奔发，一去几年不复返。

两年后，霍尔大王趁盖赛尔王不在府中的机会，发动了一场惊心动魄的战争，与霍尔善巴率三十万大军向唐古特邻国发起猛烈的攻击。盖赛尔府中只有十万兵马，由盖赛尔王后才迁珍吾统一指挥。连续三天三夜的激战，霍尔善巴大军击溃了盖赛尔王的十万兵马，他们将众多牛羊、金银财宝带走。临行前，霍尔古尔柯尔一心想把才貌双全的才迁珍吾带走，霍尔善巴再三劝阻："大王，千万不能把才迁珍吾带走，盖赛尔的十万兵马被我们消灭，牛羊、金银宝珠我们样样得到，若带走她很容易，但她将来是我们的祸根，她将给我们的兀鲁斯[①]带来灾难。"但霍尔古尔柯尔不听劝告，执意带走才迁珍吾。霍尔王带着她，率大军回到了尧呼尔王府毛日英托仁（今马蹄）后，封她为第二个王后，两年后生了太子。

自从盖赛尔骑马来到甘州城后，阿尔特拉毛怕再失去他的宠爱，整天给盖赛尔灌麻醉药，日久天长，盖赛尔终日麻醉不省、萎靡不振，整天与阿尔特拉毛吃喝玩乐，却遗忘了心驰神往的故乡，就这样糊糊涂涂过了三年。有一天凌晨，他突然感到心情不安、闷闷不乐，只好背弓箭去野外打猎。一瞬间，天空彤云密布，风雨交加，他站在倾盆大雨中沐浴着，感到心中清爽多了。他本是玉帝的七子，下凡后成了唐古特邻国的国王，这一场大雨就是他的姐姐天神赞布拉有意为他降的。在风云飞舞的瞬间他的姐姐向他呼唤："愚蠢的盖赛尔，你作为一国之君，还不知道你的王国遭遇了什么样的灾难，你的王国被霍尔国消灭了，你的王后被霍尔王抢走了，你快清醒、清醒吧！"

盖赛尔听到大姐赞布拉的一番话，如梦方醒，好似恢复了原来的理智和思维，不禁想起了青山绿水的故乡和强盛的王国。于是他匆匆来到马棚看他的马，只见他的银色白马被阿尔特拉毛用铁钉钉住了身体的各个骨节无法动弹。他万分焦急，又束手无策。这时，只见大风吹来，随风传来他姐姐赞布拉的高声呼喊："听着，愚蠢的东西，在山顶上有松香，用松香的芳馨熏你和你的马。"随后大风呼啸，赞布拉飞入云霄。盖赛尔照姐姐的话，取来松香，用芳馨的松香味熏醒他和他的马。熏得他神志清爽、眼明心亮；熏得马解除了铁钉，恢复了原状。这时，他急速收拾好马，尘土飞扬，驰骋在茫茫戈壁。走了很久，他勒住马苦苦向银色白马问道："我们追霍尔好，还是用箭射好？"白马回敬道："还是用箭射好。"盖赛尔按白马吩咐的方向拉弓搭箭向黑云团射去，那箭是盖赛尔九十九支白雄箭之一，是独一无二的箭。那箭顺云团飞去，射中了霍尔大王的右腿。这时，一堵白色墙壁围住了霍尔大军的去路，霍尔王见事不妙，

① 兀鲁斯：裕固语"国家"。

就请才迁珍吾过来问话。她来后果然明白了一切，那箭是她国王的白雄箭。她笑着拿出一条白哈达轻轻将箭头拭去便取出了箭，随后那白色墙壁也消失，白雄箭被扔进黑河里。

此时此刻，盖赛尔已猜到，时候已晚，追霍尔大军已不是时机。于是，他骑着银色白马向故土飞奔。回到阔别已久的故乡后，他那珍珠般的牛羊不见了，气势雄壮的几十万大军不见了，丰盈的财宝不见了，美丽的王后不见了，只剩下一片荒凉萧索，他不禁黯然泪下。走进母后的旧舍后，他的母后早已与世长辞，安详地睡着，满地绿草覆盖了她遗体。他深深向母后祈祷，决心与霍尔决一雌雄。他策马向残破不全的府中走去，只见在宫门上用唐古特语写着："尊贵的盖赛尔王，您的王后将要走了，您来后将品尝这泪水搅拌的糌粑，若它变味了，预示我不能活着，若没有变味，预示我还活着。我在羊圈里撒下一百零八颗玛呢珠，若不缺一颗找到，预示我还活着，若缺一颗您千万别找我。"这是才迁珍吾临行时写下的。于是，盖赛尔去品尝了泪水搅拌的糌粑，那糌粑依旧没有变味，他又去羊圈里寻找玛呢珠，一百零八颗一颗不缺，他证实他的王后一定活着。

第四年，盖赛尔王装扮成银匠在黑河沿岸地带以做金银首饰为名，探察尧呼尔兀鲁斯内情和寻找王后才迁珍吾的下落。他在千佛洞附近探听到曾与邻国为敌的霍尔王府，就驻扎在卓玛让校（今三十三天）的宫殿里。有一天，盖赛尔在黑河边卖首饰，没料到遇上了两位尊贵的女人，在晨风中飘然起舞，其中一个好似他的王后。他和蔼地说道："你们看个首饰吧。"那王后似的女人止步回头看了看首饰，对另一个女人说："这首饰挺好看的，我以前的王子也很喜欢首饰，他的手很巧，能做首饰。"一句话刺疼了盖赛尔的心，他不禁一笑，那颗金牙露出唇外。那女人正是才迁珍吾，她惊讶地说："喂，你是不是我家国王？"盖赛尔放低声音说："别急，你记住，千万别让你家主人霍尔知道。"他们约定在当天晚上与霍尔王交锋。趁天黑后，盖赛尔来到卓玛让校附近，准备与霍尔王殊死搏斗。但宫廷内一股如潮水般的蓝光忽隐忽现，无法接近宫殿。这是霍尔王胸中的护身宝，是保护王府的法宝。当黑夜降临，霍尔王熟睡时，他的全身时而有一蓝光闪闪发亮，敌人就无法接近。忽然，才迁珍吾取下金耳环从宫殿的窗棂里扔下，这时盖赛尔感到蓝光消失，只听到金耳环"当啷、当啷"的声音打在悬崖上，眼前一条白光直奔他而来。他顺白光飞到宫廷，但霍尔王闪身起步，他好似早有防备，纵身向盖赛尔王迎战。两人从天上打到地下，打得难分难解。由于才迁珍吾辨不清方向，一时疏忽，把黑豆撒到盖赛尔王脚下，把白面铺到霍尔王身下，由于黑豆和白面错位，盖赛尔被霍尔王压在身下。

才迁珍吾对霍尔王说："你们都是天下唯一的两个帐王，以武艺高强而闻名天下。

俗话说：好汉打仗来三遍。”霍尔王信以为真，便放开盖赛尔王狂笑着说：“王后，你说得很对，我们打三遍，谁赢谁就是天下的第一帐王。”说毕与盖赛尔急速交战，他们从腾格里古加特（天边）打到格加德方布置（大地的四面八方）。这时，才迁珍吾迅速将白面铺到盖赛尔王身下，黑豆撒在霍尔王脚下，他们又从天上打斗到地上，霍尔王脚下一滑摔倒在地上，被盖赛尔王压在身下。

霍尔王很沮丧，后悔他当初不听霍尔善巴的劝告，想不到这才迁珍吾竟成了最后的灾祸。不一会，盖赛尔用九十九丈长的筋骨绳捆住了霍尔王，取下宝剑杀死了他。

恶战结束后，盖赛尔王带着王后向故乡出发。半途中盖赛尔说：“王后，刚才走时匆忙，把我的宝剑忘在宫廷中，我去去就来。”当盖赛尔来到宫廷时，那出世不久的霍尔太子瞪大眼睛、放开喉咙说话了：“今天盖赛尔杀害了我的父王，明天我将盖赛尔的头颅挂在宫门上。”盖赛尔觉得不除祸根是后患无穷，便随手拔出剑结束了他的生命。

一个时辰后盖赛尔回来了，但才迁珍吾感到眼跳心慌，便犹豫着说：“国王，您是不是杀死了我的孩子?”“不，亲爱的王后，您的孩子就是我的孩子，我若杀了你的骨肉，老天就惩罚我瞎了眼。”没想到盖赛尔失言杀死了才迁珍吾的儿子，他的双眼真的瞎了。他们越过千山万壑，来到一个没有人烟的峡谷。盖赛尔问王后：有没有吃的？王后说：“只有六节骨头。”于是，他吩咐她把六节骨头全煮了，但细心的才迁珍吾因路途遥远怕挨饿只煮了两节。第二天他们上路了，六头雄鹿从他们眼前闪过，王后提醒他，盖赛尔拉开了弓箭一连射了六次，但只射中两头，其余全跑了。他问王后射中了几头，她说：“射中了两头。”盖赛尔很惊奇地说：“你是不是把六节骨只煮了两节?”王后回答道：“是的。”盖赛尔王低着头感到非常的悲愤，慢慢消失在天边。

霍尔古尔柯尔大王被杀后，尧呼尔先后被盖赛尔王的军队征服，致使东迁后旺盛强大的尧呼尔兀鲁斯彻底崩溃。后来尧呼尔人把霍尔王的坟茔放在卓玛让校的草坪上，并种下三棵幼松，以示纪念这不幸的历史。

【搜集整理】达隆东智

英勇善战的巴特尔

尧呼尔从遥远的阿尔泰山迁徙到八斯墩后，涌现出很多英雄豪杰。鲁布曾巴特尔就是尧呼尔杰出的英雄。

鲁布曾巴特尔是尧呼尔杨哥部落增贡巴喇嘛的儿子，他曾受乌兰大头目的委托保卫尧呼尔与邻国的边疆。那时，他一年四季居住在八斯墩，他武艺超群，精通剑法、射猎，以超人的智慧和勇敢赢得乌兰大头目的信赖和尧呼尔人的尊敬。他还精通佛法，身经百战，用法力征服各邻国的兵马。

在一个秋风呼啸的夜晚，邻国的一支兵马路过杨哥部落。那时，尧呼尔大部分兵马在八斯墩草原驻扎，孤弱无助的人们一时没有防备，无法阻挡强大的邻国兵马。那一支兵马将杨哥部落的马群抢劫一空。在黑暗的草甸上马群被追赶嘶鸣着奔向远方，部落里有一个骑白马的勇士趁着黑夜逃出了虎口，翻过千山万壑去八斯墩通风报信。

鲁布曾巴特尔得知这一消息后，立即组织兵马，在八斯墩的各个险要路口堵截邻国的兵马。但守了三天三夜仍不见邻国兵马的影子，他又派遣人马打听邻国兵马的去向，结果是他们绕过大路从小路向西逃去。鲁布曾巴特尔下令去追赶邻国兵马。第二天邻国兵马迷失了方向，又从崇山峻岭中转回到八斯墩。他们在平坦的八斯墩草原上无处藏身，只好带着人马向帖木儿欧拉峡谷逃去。鲁布曾巴特尔下令人马停止追击，他嘱咐天黑后，绕道堵住他们的去路，然后，把马群夺回来。

一轮皓月慢慢升上天空，鲁布曾巴特尔一声令下，等候在草地上的兵马集结出发。他们绕过帖木儿欧拉峡谷顺山岭往下走去，接近沟壑时，皓月下跳动着被邻国兵马劫夺的马群，偶尔听见他们的喊杂声，可是他们在暗处，鲁布曾巴特尔在明处，地形对他们十分不利。

鲁布曾巴特尔把兵马带到山岭避风处，等待摸清情况后准备交战。鲁布曾巴特尔又暗暗派了三个士兵，偷偷地想赶回晃动的群马。三个士兵沿沟壑摸索到马群边，突然，一阵密集的枪声在对面月光下的黑坳山谷里响起，想不到那群人马在月光下看见了那三个黑影。枪声惊跑了马群，群马嘶鸣、奔跑，山谷回声四起。鲁布曾巴特尔这边也开始向枪声隆起的对面扫射，三个士兵谨慎地躲藏在灌木林中。

连续几个小时的交战，双方仍不见胜败。双方的火力很猛，加上黑夜视线不清，相互无法接近，只是在黑暗中摸索着乱打。

天蒙蒙亮，双方人困弹尽，枪声慢慢稀疏下来。

由于双方交战时间长，弹药已所剩无几，只好刀剑相搏。双方在一个较大的平滩上开始厮杀。在厮杀中鲁布曾巴特尔英勇无敌，骑着银色白马与邻国首领交锋，他们斗智斗勇，刀来剑往，那首领被鲁布曾巴特尔用剑刺伤。

与邻国首领几个回合后，那个首领只有招架之功，没有还手之力，狼狈地逃到兵马中，挑选了几十个精兵强将又一次和鲁布曾巴特尔交战。几个小时的激战，鲁布曾巴特尔因孤身一人，多处受刀伤，体力渐渐不支。他一时疏忽，白马失蹄，邻国首领借机施法力，一个士兵趁他没有防备时从背后开枪射中了鲁布曾巴特尔。当子弹穿出胸腔时，邻国兵马也一败涂地，速速地向东逃去。此时，鲁布曾巴特尔咬紧牙关忍着疼痛坐在满是鲜血的草地上，对尧呼尔勇士们呻吟着说："我的兄弟们，我不行了，从今后，我们尧呼尔人将失去故乡八斯墩，尧呼尔将有大的动荡。"说毕，他坚强地站起来牵着银色白马向帖木儿欧拉峡谷走去，留下的战士默默地目送着他。鲁布曾巴特尔将银色白马拴在一棵哈日娜树上，躺在草丛中，圆睁着一双遗恨无穷的眼睛离开了他的青山和部落……

秋风轻轻吹拂着黑河，一队队悲壮的大雁唱着哀婉的歌向八斯墩的南边飞去，战士们在落满黄叶的山谷中，火化了鲁布曾巴特尔的遗体。尧呼尔人英勇善战的巴特尔在晓风和硝烟弥漫的空中消失了。

【搜集整理】达隆东智

祁连山中的乌兰玛勒海人

相传，很久的远古，有一部分叫乌兰玛勒海的游牧人聚居在祁连山中。他们常戴着缀满红缨的红帽子，也被称为红帽人。他们对佛教很虔诚，在祁连山各个群山峡谷中布满了他们用石块砌成的玛尼石堆，多半是用藏文雕刻而成。他们热衷于巫术和作法。与其他北方游牧人不相同的一处是，他们的经文是黑底白字，在杨哥部落的草原上有他们的古城遗迹。据说，尧呼尔人漂流四方，翻越千山万壑，历尽千辛万苦来到积雪封河的祁连山腹地，开始寻找安身居地。一小部分尧呼尔人先来到乌兰玛勒海的部落中，在一个叫迦库尔的地方扎寨。乌兰玛勒海人对尧呼尔人很友好，亲如兄弟姐妹。那时，乌兰玛勒海人养殖的牲畜不多，在山间平地上到处都有他们耕种的块块田地，主要是种植小麦和青稞。他们用石磨把小麦磨成面粉分给尧呼尔人，把青稞面做成干粮送给尧呼尔人，干粮中放着依布愣（胶），意思是像依布愣一样黏合，团结起来。尧呼尔人却在干粮中放着石头，意思是像黑石一样的铁心肠，分离分裂。后来，他们看见一群尧呼尔人先后来到他们的家乡，异乡人的不断到来，使乌兰玛勒海人大为震惊。那时乌兰玛勒海人不会抽烟，尧呼尔人迁徙时从中亚地带带来了烟，他们在黑夜远远看见尧呼尔人抽烟时火光闪烁，认为这些人口喷烈火，是吃火的人。时间长了，尧呼尔人和乌兰玛勒海人为了生存和民族利益不断发生冲突，双方的斗争非常激烈，都死了不少人。

尧呼尔人从遥远的阿尔泰山来到祁连山中，漂泊千里，经过多少次逃亡和战火的洗礼，积累了丰富的战争经验，也是一个习惯于迁徙、热衷于战火的民族。

尧呼尔人通过几年的谋划，准备与乌兰玛勒海人决一死战，于是选择良辰吉日开始交战。他们趁天黑后在牛羊的角和尾巴上捆扎火药线，然后赶着成群的牛羊向乌兰玛勒海人发起进攻。在离乌兰玛勒海人很近时，点燃了所有的火药线，黑夜中乌兰玛勒海人只见火光冲天，杀声四起，震撼大地，十分震惊，以为火神来了，若再不走，大难难逃，慌乱中四处逃命，一败涂地。

几天后，乌兰玛勒海人与尧呼尔人在八斯墩察汗乌苏草原上决一胜负，各选一名勇士进行摔跤、射箭和赛马比赛，胜者留居祁连山，败者远走他乡。比赛中乌兰玛勒海的王子死于摔跤。乌兰玛拉勒海人失败后陆续迁徙远方，离开了祁连山。从此这群不为人知的游牧人永远消失在北方的广阔草原中。

几个世纪以来，尧呼尔人一直在说：祁连山曾是乌兰玛勒海人的故乡……

【搜集整理】达隆东智

曼拉的故事

这是真实的故事，一直在夏日塔拉草原上传颂着。故事的主人是一位干练利索、富有机智、胆识过人的裕固族汉子，名叫曼拉。

活獐取麝救大灾

1946年，裕固族曼台部落发生了一场罕见的瘟疫，很多家庭人畜染病，连连死亡，看天乌云密布，望地死气沉沉，悲惨之情户户可见。部落里的富户请佛上香，以求上天施恩早日结束这灭顶之灾；一些穷苦的牧人四处寻药求医，用尽各种方法营救自己的亲人。

一天，曼拉的阿妈听人讲道：要是有活麝香的话就可以立即祛病救人。天啊，这事比上天还难！部落里的人们被病魔折磨得连狩猎取麝的事都无力去做，哪还有去抓活獐取麝的能力呢？人们都在发出唏嘘的哀叹声。可老阿妈一直盼着在外求生的儿子早点回来。心想事成，正在阿妈焦虑之时，曼拉回来了。阿妈把事由说明后，曼拉急匆匆地就上了山。麝香是雄獐的一种分泌物，雄獐有灵敏的嗅觉，一般天敌都难靠近，何况是人。

曼拉的机灵就在于平时爱用心计观察野生动物的习性，对雄獐的活动规律更是了如指掌。真是世上无难事，只怕有心人。曼拉采集了很多柏叶、柳叶、皂角叶混合在窝窝石上砸，成糊状后又一遍遍地擦在自己身上，然后带着他平时揉制好的两岁牛皮袋，到了地点他钻进皮袋，伪装成一头牛卧在雄獐常来的“擦桩”附近。等呀等，一只母獐跳出密林，在他周围满不在乎地啃着草苗。他也把牛头弯过做着舔痒的姿势，舔舔停停，还仿牛声呼着阵阵粗气。母獐吃了一会草，在他的斜上方卧下，不时地发出呼唤同伴的叫声，在母獐叫声的催促下，先出现的是一对小獐羔，小獐羔嬉戏奔跳着，有时还从“牛”的身上越过。在这种平和安详的气氛下，老奸巨猾的雄獐出现了。它先跳出灌木丛，然后是几声嘶叫，这是发出联系同伙的信号。两只獐羔也发出了尖细的叫声。几声对叫之后雄獐像兔子一样地跳到了同伙的跟前，刚一停稳就向“牛”端详着，鼻中发出呼声。这时的“牛”也惊恐万状，害怕“牛”相败露。雄獐虎视眈眈地盯着“牛”，片刻，又转眼望望自己的伙伴后吃了几口青草朝“擦桩”走去。雄獐先嗅了嗅“擦桩”，然后将屁股靠在“擦桩”上使劲摩擦。此时的雄獐已失去警惕，完全沉浸在挠痒的舒服之中。这时的曼拉抓住机会，两眼瞅准獐子的后腿，“噌”地一把牢牢抓住獐子，经过一阵摔搏，“活獐取麝”的愿望实现了。

部落的病魔被祛除，乡邻们都感激曼拉营救了他们。

拒当壮丁脱虎口

曼拉的精干、利索被国民党甘州军韩起功知道后，四处搜寻，要捉拿他当丁。部落里的男女老幼都为此事担心，唯恐救命恩人被国民党抓走。就在人们担心之时，曼拉一直在深山老林活动，对于韩起功要抓他为丁的事丝毫未知，更没提防。一天黄昏，曼拉收拾起近期的猎物往家赶，路经八宝山刚过青达坂，在一块石头上坐下休息，发现身后走来的两人也蹲到他身边，说是去青海做生意的。交谈中对方让他吸烟，吸着吸着失去记忆，醒来时已在韩起功的兵营里被捆绑着。曼拉从同室被抓的汉族人口中得知，国民党要把他们送到很远的地方进行训练，然后再让他们打仗，欺压平民百姓。不能，佛爷不容。曼拉在想着如何摆脱看管、逃出虎口的计策。

一个漆黑的晚上，被抓的伙伴们刚睡下，突然，一阵急促的脚步声和敲门声传了进来，随后两个持枪的兵提着马灯进门就训斥：日奶奶的还不快起来，收拾东西准备上车。伙伴们匆匆穿戴收拾行装，可曼拉光是“哎哟、哎哟”迟迟不起。这下惹怒了持枪的胖子，“狗杂种，你敢不起?”说着一枪托打在了曼拉的屁股上。曼拉没管枪托之疼，央求道：“长官，我老病犯了，实在起不来，求你给点酥油让我吃上就好了。”“妈妈日的，哪有酥油给你！这你喝不喝?”胖子兵说着边指着马灯的油嘴。曼拉急切地说：“快，快，也行，我实在受不了了。”曼拉慢慢地爬到马灯前，胖子兵把油嘴盖打开讥笑地说：“喝死我不管。”曼拉接过马灯高高扬起张大嘴巴，“叭”地一声将灯砸在胖子兵的眼窝上，屋内顿时漆黑，乱成一片。这时的曼拉早已出门，顺着平时观察好的路线，运用自己飞檐走壁的功夫，翻墙越门，逃之夭夭。

一夜时间，他又回到了生他养他的祁连山腹地。

智取匪机枪

1949年，随着人民解放军解放大西北的炮声作响，国民党在河西的堡垒被摧垮，一部分败逃的顽匪离开城市，窜到深山老林负隅顽抗。

这年晚秋，曼拉的家乡也时常遭到散匪的侵扰，今日抢走了家产，明日赶走了牛羊……国民党反动派的所作所为他早已耳闻目睹，桩桩事都激起了曼拉的愤怒。他怀恨在心，像寻找猎物一样，不时地打探着散匪的行动踪迹。

一个天气连阴几天后的中午，曼拉从青达坂顶上狩猎回归时，见远方有二十多名骑马的人在向他的方向走来，是搬家的吧？怎么不见牦牛和羊群。是做买卖的？也没见过这个阵式。他思索着，分析着，藏在隐蔽处细心地观察。啊，这就是土匪。随着马队的走近越看越清楚，几头骡子驮着毡包，马背上的人都背着长枪，有一个人骑在马上，怀里还搂着比其他枪更长更笨的家伙。曼拉忽地想起了在甘州时见到的机枪，他知道这枪的厉害。他紧紧盯着，一直看到土匪卸了驮子扎起帐篷生起炊烟……复仇的火焰在曼拉的胸中燃烧着，收拾这帮恶棍的计划在心中盘算着。夜深了，天下着细雨，曼拉绕了一个几里路的圈子，摸到了散匪的宿营地，溜到散匪的马队中间。土匪的马都戴着响铃，当啷、当啷地给匪兵传递着平安无事的信号。铃声如果急促地响起，那就知有情况，会立即引起匪首的警觉。曼拉心生一计，从自己的棉袄衣角处撕出羊毛，然后把铃铛一个一个塞住，这样响声没了，匪兵的心也平静了。

曼拉先是拉马，心想：把马拉走，这伙家伙就走不了了，明天好收拾。狡猾的匪兵把马用铁绳链两匹一连、两匹一连地锁着，怎么也往前拉不动一步。马拉不动，曼拉并不甘心。他抬抬骡背上的毡包，个个都很沉，心想：这里面肯定是弹药一类的东西。于是他卸了一个驮子，用尽浑身力气分两次把毡包藏在了灌木丛中。刚想再卸一驮时听见了匪兵的咳嗽声，接着又听到对话：“你看马去没有？铃铛咋不响了？”另一个疲惫的声音回答：“我刚看过，骡子、马都吃饱已睡下，铃铛子当然就不响了。”曼拉静静地又听了一会儿，再没什么动静，这时他又慢慢地往匪兵的帐篷前摸。三顶帐篷呈三角形摆在草滩上，中间有一堆马上卸下的东西不知是啥，他想看个究竟。还未靠近，却被帐篷里的扯鼾声改变了主意：这帮杂种瞌睡成这个样，先进帐篷去看看。他顺着鼾声最大的地方溜去，黑暗中发现帐篷门口的匪兵怀抱着白天在马上抱着的机枪打呼噜，又听了听里面，估计都已熟睡。这时的曼拉恨不得分成三份占领整个帐篷，同时活擒匪兵。现在身处此景，怎样下手？这时容不得半点迟疑，否则后果不堪设想。曼拉瞅准的是那挺机枪，因为他知道那家伙不同于火枪快枪。现在只能豁出来，把生死置之度外。自己壮了壮胆，先靠近门口，恰巧手下有一顶帽子就顺手扣在自己头上。这时对面睡的一个匪兵哼呀着起来，黑灯瞎火地摸揣着往外走，一只手摸到了曼拉的头上，然后又钻出去撒尿。情况很紧急，曼拉却很坦然，他翻了身脸朝里睡下也打着呼噜，那个撒尿的匪兵进来不久同样呼呼噜噜地睡了。

已是午夜时分，曼拉决定要下手了。他先看了看对面，什么也看不清清楚，他又去摸索，那枪口的环圈碰在手中，再顺着枪管往下摸，才发现枪是背在匪兵的身上。这时曼拉勇气十足，双手攥紧枪口，心中想好退路，“忽拉”一鼓劲连匪带枪拉出了门口，又一使劲，背带拉断，一个坐股蹲，机枪跟着曼拉滚在了门旁深沟。黑暗中土匪乱作一团，枪声和骂声延续到了天明。

曼拉跌入的山沟是他平日就观察好很熟悉的地方，土匪枪响时他早已钻进灌木丛中，后来机枪连同那两包弹药都上交人民政府，县上还为曼拉召开了庆功大会。

【搜集整理】王政德

戏弄老人的丫头们

一天，有一个老人要出门，走时给三个丫头作了交代，要蒸下两个鸡蛋。三个丫头蒸了两个鸡蛋等老人回来，但左等右等不见回来，就把两个鸡蛋分吃了。如果老人回来怎么办呢？于是她们想出了一个主意：往锅里蒸下了三个鞋帮子。老人回来想吃鸡蛋，就把锅盖揭开，一看蒸着鞋帮子很生气，就想：你们丫头们想戏弄我，我也要把你们耍一耍。有一天，老人带上丫头们去打沙枣子，就说："我到树上头打沙枣子，你们只管拾沙枣子，不要抬头。"老人打了一阵子后，就把木棒挂在树枝上回去了。丫头们拾了一阵又一阵，一直拾到晚上了，抬头一看树上不见老人，只见木棒随风摆动，打到树枝上发出响声。丫头们不敢回家去，跑到附近一户老奶奶家，求老奶奶借宿一晚上。老奶奶说："你们住不成呀，我家有一只吃人的老虎。"丫头你看我，我看你，想不出办法来。老奶奶一看丫头们可怜，就说："这样吧，你们既然来了，我也不便打发你们走，那只吃人的老虎出去还没有回来，你们先蹲到我家的吊筐里吧。"过了一会儿，老虎回来了，在屋里转了转，便闻到了一股人肉味，不停地转来转去，丫头们在吊筐里看见了老虎，吓得把尿撒到筐子里。尿水滴到老虎身上，老虎问奶奶："什么东西湿叽叽的？我身上冷得很。"老奶奶说："如果你身上冷，就蹲到铁锅里吧。"老虎很快蹲到锅里，老奶奶马上把锅盖盖上了，压上了一块石头就生火。火越烧越旺，老虎便被烧死在锅里。这时候，老奶奶喊丫头们："老虎烧死了，你们下来吧。"丫头们下来后，跪下给老奶奶叩头，感谢救命之恩，老奶奶说："现在你们可以走啦，我也不留你们，但要记住：要老老实实做人。"丫头们便出门走了。

【搜集整理】白文信

兔子与牛赌输赢

有一年冬天，天气特别寒冷，天上下着大雪，冰雪天里，很多野兽冻死在雪地里。兔子想，如果不想办法找一个安身的地方，也会冻死的。想了半天，想出了一个主意，就喊老牛："喂，老牛哥，你过来，咱们打个输赢，看谁在这大雪地里走，熬到明天，谁就是赢了，就算是有本事。"老牛想：小兔子在雪地里想和我比试，真是不自量力，它肯定熬不到明天就会在雪地里冻死的，就对兔子说："好吧，咱们试一试，看谁有本事，我在前边走，你必须紧紧跟着，不能离开，到晚上也要守着我。"兔子跟着老牛在雪地里转，老牛前边走时在雪地里留下了很深的蹄印窝，兔子就在牛蹄印窝里跳着走着。到晚上，老牛停下来站着，兔子就蹲到老牛走过的蹄印坑里睡大觉。第二天，兔子醒来一看，老牛已冻僵了，便忍不住大笑起来。谁知，不笑不要紧，一笑嘴边绷开了豁子。兔子的嘴虽然裂开了个豁，但总算把命保住了，从此，兔子就成了豁嘴子。

【搜集整理】白文信

独角牛

相传在很早以前，有一位孤独的裕固族阿妮尕（老奶奶），帐篷里四壁空空，非常贫困，唯一的家产是一头独角乳牛。

阿妮尕，从早到晚一心一意照管着独角牛。夏天的中午，她怕牛受热，就把牛牵到阴凉通风处乘凉。严冬的夜晚，她怕牛挨冻，就用牛粪饼给牛砌了一个暖和的小牛圈。春天枯草期，她怕牛吃不饱，每年都给牛割贮好多青干草。每当水草肥美的夏秋季节，她把牛牵去喝清冽的泉水，吃带露珠的牧草。独角牛一年四季膘肥体壮，肚子上吊着大大的乳房，阿妮尕每天清早挤完奶，就把牛赶到水草最好的地方去让牛吃草。

每天夕阳西下时，独角牛就撒着欢儿跑回家来，阿妮尕再挤一次奶，独角牛就卧倒在地，有滋有味地咀嚼着反刍上来的草。天长日久，阿妮尕和独角牛相依为命，建立了深厚的感情，阿妮尕把牛奶做成营养丰富、舒适可口的酸奶，做成金黄的酥油，做成香甜的曲拉。每年，她用吃不完的奶制品，换来粮食、食盐和砖茶。独角牛离不开阿妮尕的精心饲养，阿妮尕也离不开独角牛的奶乳，彼此之间相依相亲。阿妮尕经常给牛添草加料，每当这时，独角牛都卷起舌头舔着阿妮尕的手背，亲昵地用脖颈擦抚阿妮尕的腿。

一天清晨，阿妮尕挤完牛奶，把牛赶到水草好的地方，就返回家中打酥油。天黑了，不见牛回来，就连夜去找，一连找了好几天都没找着。这天，阿妮尕茶饭不思，一边哭着，一边去找牛。走到天近中午，遇到了一只凶恶的狼，狼抬头看了看阿妮尕说："你边走边哭，到哪里去呢？""我的一头独角奶乳牛，几天都没回来，我正在找牛，要是找不到，我也无法活了。"

"你别找了，你的独角牛，已被我吃掉了，我不但吃了你的牛，明天晚上我还要吃你。"

阿妮尕听后，又怕又气，转回身往家走去。走了一阵，在路上拾了一个锥子，就揣进怀里，又走了一会，又拾了一把剪刀，又揣进怀里。

走啊走，又拾了一枚鸡蛋，也揣进怀里。刚要往前走，又见路上盘了一条蛇，就用袍子前襟兜着。

第二天晚上，阿妮尕强忍着失去独角牛的悲痛，在炕上的火盆里生了一盆火，烤了一阵火，就铺炕睡觉。临睡前，为防狼害，就把拾到的锥子放在枕头下边，把剪刀放在脚边，把鸡蛋放到火盆边上，把那盘蛇放在门口外边。夜深人静时，阿妮尕因连续几天奔波，劳累使她朦胧入睡。忽然感到一个大大的黑影扑上炕来，猛然吓醒，透着火光看见恶狼的两只眼睛射出两束绿光，张着血盆大口，准备先从阿妮尕的头上下口。就在这时，枕头下的锥子蹦了起来，扎到了狼的脑门上，恶狼无法啃头，又窜到脚边准备吃脚，刚要下口，剪刀飞了起来，剪豁了狼的嘴唇。狼吃了两次亏，不敢轻举妄动，就爬到火盆边，瞪着双眼，想着计谋。就在这时火盆边上的鸡蛋咕噜一下滚进了火里，只听砰的一声，鸡蛋爆炸了，火星烟灰炸了起来，炸瞎了狼的双眼。恶狼跳下炕想负痛逃走，刚走到门外边，那盘蛇一下子缠住了狼的脖子，越缠越紧，蛇箭刺进了狼的咽喉，狼在重重打击之下倒地死去。

原来是独角奶乳牛遭狼吃之后，剩下的那只犄角变成了一把锥子，刺准了狼的脑门；吃剩的牛蹄子变成了一把剪刀，剪豁了狼的嘴唇；吃剩的一个牛眼珠变成了一枚鸡蛋，炸瞎了狼的双眼；吃剩的牛尾巴变成了一盘蛇，缠住了狼的咽喉。作恶多端、贪得无厌的恶狼，得到了应得的惩罚和报应，想害别人，却反而害了自家卿卿性命。

【搜集整理】田自成

玛哈木王子狩猎记

相传在明朝初年的时候，裕固族的祖先被称为撒里畏吾儿，居住在今甘肃、新疆、青海相邻的部分地区，明朝为了边境的稳定，在撒里畏吾儿地区设置具有军事性质的行政治所：安定卫、阿端卫、曲先卫，加上敦煌东南的罕东卫，合称为“远番四卫”。

一天，曲先卫已备齐了给明朝朝廷的贡礼，有珊瑚、玛瑙、羚羊角、眼镜、玉石、镔铁腰刀，还有阿鲁骨马、骟马、小骆驼等。玛黑麻王一一过目进贡的贡品，吩咐长子玛哈木王子和使臣敏哈秃率领兵将护送贡礼，进京奉献，并吩咐了乞赐封赏的要求。

玛哈木王子和敏哈秃立即点兵点将，收拾启程。一路上风餐露宿，夜住晓行，跋山涉水，安全到了京都金陵，献上贡礼，玛哈木王子禀告了父王乞赐封赏的要求。明太祖御赐给曲先卫王各色织金缎子、金银汤瓶、胸背，并给王妃御赐金黄花缎子、锁金幔子、虎儿斑绢、瓷碗瓷碟等物，玛哈木王子和敏哈秃叩谢龙恩后，启程离京，数月以后安全归来。

玛黑麻王率众臣叩拜御赐物品和升赏敕文，喜不自禁，立即吩咐摆宴为玛哈木和敏哈秃洗尘。酒席间，玛黑麻王谈笑风生，对王子进京上贡顺利而归非常满意，并要王子和使臣敏哈秃去尽情地狩猎玩乐。

年轻英俊、血气方刚的玛哈木王子听到父王的吩咐，高兴得跳了起来，宴席未散就奔出牙帐去作准备。三日后，王子带领一行人马，带着帐篷、猎具、行李、粮食、灶具出发了，玛哈木腰挂宝剑，身背弓箭，白色的骏马配金鞍银镫，王子端坐马上更显得英俊威武，八月的马正是膘肥体壮、浑身是劲的时候，王子一行几十人扬鞭催马，转眼即逝。

王子狩猎暂且不提，却说有一对藏族夫妇，男的名叫华洛藏，女的名叫依喜木草，两人年近六十，膝下无子，只生一女，今年已经十七岁了，取名尼玛卓玛。尼玛卓玛虽出生在贫困之家，但出脱得却像草原上一朵水灵灵的鲜花，天上的飞鸟、林间的小鹿也会多情地看上她几眼。姑娘一天天长大了，老两口的心上却添了一块心病，老两口平时就把卓玛视为掌上明珠，昼思夜想要给卓玛找一个好女婿，要她一辈子不受穷、不受气。可要找到这样的好女婿真是比上天摘星星还难，长得好、心肠好的小伙子，家里太穷，有钱人家的小伙子多是黑心肠。老两口左挑右选，总不能称心如意，愁得他们吃不香、睡不宁。一天夜里，待卓玛睡熟之后，老两口又商量起了这件事，最后只好去寺院求佛。

第二天，天刚发亮，老两口就起来了，提来了清纯的泉水洗了脸，换上了干净衣服，就朝寺院走去。就在这时，一个黑影子，看见迎面两人走来，惊慌失措地朝寺院钻了进去。依喜木草给佛灯添满了酥油，转了玛尼，老两口虔诚地跪在佛像面前，求佛爷保佑卓玛并赐给一个称心如意的好女婿。

钻进寺院的这个黑影，不是鬼也不是神，原来是草原上专靠偷人过日子的豺狼扎什。这天夜里，他刚刚偷了人家的一副马鞍子，正胆战心惊，却碰上了华洛藏老两口，随即溜进了寺院，藏到了佛像背后。豺狼扎什听到华洛藏老两口的祷告，心里暗暗作喜，一对鼠眼滴溜一转，立即想出了一个鬼点点。他从佛像背后一看，华洛藏老两口又是叩头又是作揖，双目紧闭，口中不停祷告。豺狼扎什藏好身，粗门大嗓地说："虔诚的弟子听着，佛爷念你们虔诚善良，三日后清晨，从太阳升起的地方，会走来一个男子汉，这就是佛爷赐给你们的女婿，千万不能错过。你们要重重陪嫁姑娘，让女儿跟着女婿向东方去吧，佛爷会保佑你女儿得到幸福的。虔诚的弟子去吧！"华洛藏夫妇惊呆了，半晌才醒过神来，两人抬头看看端坐的佛像，佛爷好似在向他们微笑，依喜木草拉了华洛藏一把说："佛爷显灵了，还不快磕头。"两人磕头如捣蒜，然后欢天喜地回去了。

回到家里，卓玛早已熬好了奶茶，老两口茶都顾不得喝就开始准备了，依喜木草给女儿做嫁妆、缝新衣，华洛藏又是劈柴，又是磨刀宰羊，卓玛瞪着惊奇的眼睛，追问阿妈："这样张罗着要干什么？"

"傻丫头，你别问，三天后你就知道了。"

一家人不分昼夜忙了三天，第四天早上，依喜木草找出了她结婚时的银首饰、头面给卓玛戴上，把新衣给穿上，忙忙碌碌地打扮着新娘，华洛藏熬好奶茶，煮好手抓羊肉，就到门外迎着太阳升起的地方等着。

清茶都熬成牛血般酽了，羊肉煮得都快化了，还不见女婿到来，老两口好焦心，日上三竿的时候，由东向西走来了一个人，华洛藏老远就迎了上去，把来人拉进了家。依喜木草又是倒茶，又是捞肉，华洛藏又斟酒，又递鼻烟。吃喝完了，客人起身要走，华洛藏拉住客人死活不放。这时客人说：

“老阿米，我有一件终身大事要去办，今天千万不敢错过。”

“我们今天办的也是大事，你可千万走不得。”

“老阿米，实话对你说，三天前，我做了一个梦，佛爷对我说，三天后要我由东向西走去，佛爷赐给我年轻美貌的妻子，要我千万不可错过今天的时辰。”

“我也实话对你说了吧，三天前，我们老两口去寺院，求佛爷给我们的卓玛赐给称心如意的女婿。佛爷显灵了，佛爷说，今天清晨由东向西走来的就是我的女婿。”

“这么说来，你们二位就是我的阿扎、阿娜①。”说着，豺狼扎什趴倒就给华洛藏老两口磕头，一家人吃喝完毕，依喜木草扶着羞羞答答的卓玛，让他们两人见了面。卓玛不看则罢，一看，顿时感到透心的冰凉，只见佛爷赐给她的女婿獐头鼠目，黑干瘦小，两只豆豆眼里射出两束贼光，满脸皱纹，像晒干了的牛肉条，年龄少说也四十多，说起话来阴阳怪气。卓玛越看越恶心，越看越伤心，眼泪就像断了线的珠子，她双手捂住了脸，哭着出了毡房。

卓玛抖动着双肩，哭得伤心透了，依喜木草和华洛藏轮流劝说：

“孩子，这是天意，这是佛爷的恩赐，千万不敢违背，违背了佛爷的话是有罪的。去吧，跟着他去吧，佛爷说，跟着他会得到幸福的。”

“不，我不离开你们。”

“傻孩子，嫁鸡随鸡，嫁狗随狗，这是开天辟地以来的规矩，不要光看人家长得不好，只要心肠好，能好好在一起过日子，我们的一桩心事也就了了。”

“午时之前，新娘必须离开娘家。”这是藏族的规矩。经过一番料理，豺狼扎什领着尼玛卓玛上路了，卓玛悲悲切切，一步三回头，慢慢走远了。走啊，走啊，走到太阳西下的时候，卓玛他们走进了一条深山峡谷，来到了一个山洞门口，豺狼扎什乜斜着一双小眼，对卓玛说：“你先进洞歇一会，我回家把房子收拾收拾。”

卓玛虽然从小受父母宠爱，比较任性，到了这般时候，也只好听从，她走进山洞，坐在一块石头上又伤心地哭了起来。

“你在洞里坐，千万不要出来，这里狼虫虎豹多，我把洞口堵好。”豺狼扎什说着，就动手抱来了几大捆柳棍把洞口堵上，又抱来了大石头把柳棍压住，才离洞而去。

卓玛感到洞里越来越黑，又害怕，又伤心，不觉又放声大哭了起来。就在这时，玛哈木王子在半山腰看见了一只老虎，只见他弯弓搭箭，嗖的一声，箭插到了老虎的屁股上，老虎带着箭负痛朝山谷窜去，王子和随从立即把山谷围了起来。这时他们听

① 阿扎、阿娜：裕固语“父亲”“母亲”。

见山谷里有人号啕大哭，哭声非常悲伤。王子立即让随从寻找，随从找到山洞口，才知道哭声自山洞内传出。王子立即让随从搬开石头和柳棍，点起了火把，进洞一看，看见了卓玛姑娘，王子立即上前问道：

“姑娘，你为何一人在这里啼哭？”

卓玛抬起头，一看面前站满了人，打着火把，事到如今也只好实话实说了。卓玛将她父母上寺院等事，一五一十、从头至尾说了一遍，说完又伤心地哭了起来。

玛哈木王子听了姑娘的遭遇，非常同情，就说：“你说的那个人，我知道，他是这一带草原上的穷贼，你今天落入他手，怎么可能有好结果！你不如跟我们走吧。”

卓玛听了王子的话，也只好点点头站了起来。一行人都出了山洞，王子让随从牵过一匹马来，让卓玛骑上，由随从陪伴顺山谷先走，然后他让随从把负伤的老虎赶进了山洞，又用柳棍、石头把洞堵好，才顺山谷而去。

豺狼扎什到了家，刚进家门，就遭到了他老婆的一顿臭骂：

“你这个挨刀鬼，出门六七天，到哪里鬼混去了？家里没有粮食吃，是想把我们娘儿们饿死？你这个狼不吃狗不扒的野汉子……”

“我说你别发火好不好？财神送到门上了，你急什么？”说着就将小脑袋凑了过去，悄声细气把如何上寺院、如何假装佛爷、如何把卓玛骗到山洞的事，详详细细地给老婆说了一遍。

豺狼扎什知道他老婆既爱财又爱吃醋，忙说：“那个丫头的金银首饰，少说也能值两匹骟马钱，还有几套新衣服，等会我到山洞把那丫头一刀宰了，把那些东西全拿来。”说完找出了他的腰刀，在石头上磨了起来。

“你真是个鬼精灵，小心，不要把衣服糊上血，衣服剥回来我还要穿呢。”

“放心吧，我不会先剥光了再杀她？”说完，用大拇指试了试锋利的刀刃，得意地走了。

豺狼扎什摸黑来到了山谷，在洞门口仔细察看一番，才悄声喊：“卓玛、卓玛！”连喊几声，洞里没人答应，他立即动手搬开石头、柳棍，摸进了山洞。他听到“呼、呼”的声音，还以为是卓玛太劳累了，在洞里睡觉打呼噜呢。就想趁她睡熟之机正好下手，先尽情玩乐一番，再杀不迟，就慢慢摸了过去。负伤的老虎正舔着伤口，感到有东西扑到它身上，老虎立即发起威来，又扑又咬，一会儿就将豺狼扎什吃了个精光。

卓玛跟随玛哈木王子到了宿营地，王子吩咐随从给卓玛收拾了一顶帐篷住，又端来奶茶、肉和饭。这时，王子才发现卓玛非常漂亮，卓玛也看清王子英俊剽悍，两人顿生爱慕之情，老臣敏哈秃看到两人情投意合，就从中撮合，一撮即成。翌日，王子一行驮着猎物满载而归。回卫后，征得玛黑麻王的同意，玛哈木王子和尼玛卓玛即日完婚，结成百年之好。

【搜集整理】田自成

陀螺王与骆驼城

在丝绸之路上，有座雄伟的古城遗址——骆驼城。它坐落在河西走廊中部，兰新铁路和312国道北边，与肃南裕固族自治县明海乡相距不远，1981年被甘肃省人民政府列为省级文物单位。

该文物遗址现虽属高台县管辖，却在肃南县明海草原上的裕固族牧民中流传着一段关于陀螺王和骆驼城的动人故事。

相传很早很早的时候，骆驼城就是一国之都。据史书载，骆驼城曾是公元397年，后凉建康太守段业自立为王所建北凉国的都城。骆驼城的西面有许三湾城、草沟井城，西北面有明海城、三角城，据说这四座城都是骆驼城的附属城。当时的国王陀螺王就统治着这片王国。

这个国家方圆百里，地势平坦，水源丰富，牧草茂盛，胡杨参天。连续几年无战事、无灾荒，风调雨顺，国泰民安，城池坚固，兵精粮足。一天，陀螺王闲居无聊，动了游兴，将国家大事委托给一位德高望重的大臣之后，他便沿丝绸古道漫游西域。他们出塞乘马漫游直达盐泽（今新疆罗布泊）、渠梨（今新疆轮台东南）、天竺等地。

光阴荏苒，岁月如梭，陀螺王西游已整整九个春秋。他离国的第六年，执政大臣年迈病死，国家群龙无首，朝政大乱，匈奴白可罕趁机带着千军万马，攻占了骆驼城，并霸占了陀螺王聪明貌美的妻子。

漫游西域的陀螺王回来时，只剩他一人一骑，进入国境才知道他的国家已被别人征服，他的王位也被别人抢占。他想进城探探虚实，怎奈城门口刀枪林立，戒备森严，难以进城。陀螺王更换便服，绕城察看良久，无隙可乘。

一天，陀螺王满怀心事地漫步在城外密林中，看见一位女人面带愁容、唉声叹气地坐在一棵胡杨树下。陀螺王仔细一看，大吃一惊，忙走上前去问道：

“大嫂，为何事在此长吁短叹？”

女人长长叹息一声说："我丈夫外出，今天已是整整九年，还不见他归来。为盼他早日归来，我每天捻一根毛线，今天已捻了三千二百九十五杆线，表示我对夫君的怀念。"妇人抬头看了看衣衫褴褛、满脸胡须、化了妆的陀螺王，问道："你是什么人，竟敢大胆闯入这片御林？"

"我乃远游僧人，到此点化迷途之人。"

"你既是僧人，为可我卜个卦，求问夫君何日归来？"

"卜卦何难？但有个条件：你比着城墙里面的高度，给我搓一根里绳；比着城墙外面的高度搓一根外绳。只要你心诚，绳搓好后，我卜的卦一定很灵。"

妇人听后点点头，就急忙进城去了。陀螺王看着妇人远去的背影愣在那里，原来陀螺王早已认出这妇人正是他的妻子，分离九年，不知是否变心，所以不敢贸然相认，想出个搓绳的办法来借以考验一番。

妇人入城后，拿出九年来捻的毛线，抽出一根，在线头上拴上一支箭射上城垛，即量好了城墙高度，按高度连夜用毛线合成两根毛绳。

第二天，他们又在树林相见，陀螺王见毛绳搓得即均匀又结实，可见妇人思君心诚；妇人见昨天僧人的满脸胡须，今天已剃光。陀螺王对发愣的妇人说："我就是你丈夫陀螺王，西游九年，今天回来了，你回城后耐心等待，我一定救你出城，也一定要报仇雪恨。这里不是说话的地方，速速回城去吧。"

当天夜里，陀螺王将毛绳扣扔上城墙，绳扣不偏不斜恰好套上垛墙。陀螺王趁夜深人静攀绳进入城内。入城后，他潜入熟人之家，才得知大臣大部分被杀，他妻子也被白可罕霸占，他要夺回王位是不可能的了，但他发誓要夺回妻子。

第二天，陀螺王披挂上马，找白可罕决斗，并约定了决斗条件：决斗三次，谁最后取得胜利，王后属于谁。白可罕慨然允诺。

第一战，马上交锋。陀螺王挥舞长柄大刀，白可罕抡着狼牙棒，一来一去，大战五十回合。陀螺王毕竟年岁已高，体力不济，败下阵来。

第二战，平地步战。陀螺王仗着分土宝剑，白可罕舞着偃月宝刀，寒光闪烁，火星四溅，大战三十余合，陀螺王又败了下来。

第三战，徒手对打。陀螺王使出浑身解数，仍不能取胜，眼看得只有招架之功，没有回手之力。一旁观战的王后可急坏了，她和陀螺王毕竟是结发夫妻，眼见夫君战不过白可罕，她急中生智，回房拿来一升黑豌豆撒到地上，陀螺王脚穿软底云靴，白可罕足登硬底皮靴，皮靴踩在豆子上，哧溜一下几乎滑倒，陀螺王乘势一个扫堂腿，回手一个铁沙掌，将白可罕打倒在地。

陀螺王胜了白可罕，赢回了妻子，就在王后收拾衣物时，陀螺王才知道她被白可罕霸占后，他们的孩子已被白可罕杀死，妻子还给白可罕生了一个男孩，陀螺王当即决定将孩子留给白可罕，妻子自有一番母子离别之情。后来陀螺王见孩子长得浓眉大眼，声音洪亮，留在世间将是他一条祸根，为了使妻子无牵无挂跟他走，他眉头一皱，计上心来。临离城时，有意把马鞭、帽子挂在房门后面，匆匆领着妻子离城而去。

走到半路，陀螺王似有所悟地说：因走得匆忙，把马鞭和帽子遗忘了，得回去取，要妻子在路上等候。

王后不知是计，还劝道："马鞭、帽子何足为惜，这时候再进城是十分危险的。"

"你不必担心，我自有进城的办法。"说完乘马飞驰而去，行至僻静之处，将马拴在胡杨树下，抽出了分土宝剑，持剑向地上插去，即见地上开一洞穴。原来这把剑乃稀世之宝，钻入地下，只要双手持剑在胸前，剑锋前面的土就迎刃分开，成为地道。陀螺王西游时，怕被人盗去，就将剑秘密暗藏，无人知晓。昨晚潜入城中，知道大势已去，首先将剑取出挂在腰间。这时，他仗剑自管朝前走去，地道随剑而开，约摸到了城中，剑锋朝上一刺，道口自开，听见人声喧哗，陀螺王持剑出洞，恰好就是王后的住房，小孩正在奶妈怀中嚎哭，陀螺王上前一把揪过孩子，劈成两段，顺手拿上马鞭、帽子，钻入洞中匆匆出走。

就在陀螺王杀死孩子的同时，王后猛地感到眼跳心慌，乳房疼痛难忍，顿时恍然大悟，知道中了计，只见她柳眉双竖，杏眼圆睁，怒从心中起，恶向胆边生。且说陀螺王走出洞穴，来到胡杨树下，解开马缰，正要翻身上马，忽听马说道："主人快快乘我过河，王后要用箭射您。"陀螺王知道王后的箭法，即跨马朝河边奔去。正走到河中心，就听王后喊道："负心贼听着，我们既为夫妻，我不负你，你为何负我？为何杀我亲生儿子？"说完，从箭筒里抽箭一枝，朝陀螺王射去，这一箭正射中马屁股，这匹神马负疼从水中跳起，驮着主人腾空而去。

王后眼看夫君出走，孩儿被杀，留在世间毫无意思，即投河而死。三年后的一天，一位童颜鹤发的云游道人，背插分土宝剑，来到骆驼城的水系源头天井坡，用地块石碑将水封住。从此泉水断流，白可罕只好弃城而去。陀螺王报了国恨家仇，向北留恋地望了望骆驼城，叹一口气，扬长而去。从此，骆驼城水源干涸，草木干枯，大片盛产米粮的沃土，变成了黄沙滚滚的荒漠戈壁。这个云游道人，就是陀螺王，他还在民间留下遗言：谁能找着水源泉，猪狗不吃粗米饭。时隔千年，人们还在为开发这片沃土，寻找骆驼城的水系源头而奔波劳碌着。

【搜集整理】田自成

翰海明珠

肃南裕固族自治县的明海乡和莲花乡地处巴丹吉林沙漠的边缘，相传在很早以前，这里是非常平坦的草原，牧草茂盛，胡杨遍地，百花盛开，水草丰美，气候宜人，确实是一派“天苍苍，野茫茫，风吹草低见牛羊”的景象。裕固族的祖先很早就在这里从事着畜牧业生产。

一天，一条黄龙遨游太空，行至这块美丽的草原上空，顿时被这里的美景所吸引，它游来游去，总舍不得离开，后来就落在明海和莲花中间的草原上，沉睡不醒。不知过了多少年，它的长长的躯体变成了黄沙，也就是现在的回鹘沙窝，要穿过沙窝，得走七十里。黄沙被风吹拂之后，形成一层一层的波纹，就像龙身上的鳞甲。两只眼睛，变成了两个湖泊，现在一个在明海乡，叫东海子，一个在莲花乡，叫西海子。海子水清澈见底，四季不干，两个海子的南边，生长着茂密的芦苇，就似龙眼的睫毛。多少年来，有时狂风大作，沙浪滚滚，可总也淹没不了这两个海子，海子四周堆起高高的沙山，就像龙眼的眼眶，保护着明亮的眼珠。

东、西海子被誉为沙漠里的两颗明珠。现在，它造福于这里的人们，两颗明珠闪耀着更加灿烂的光彩。

【搜集整理】田自成

东海神牛

相传在很早以前，东海子里出了一头神牛，体格高大雄壮，毛色青中透蓝，吼声如雷，远传几十里路外，每年立夏后就听到吼叫声，到冬至吼声方才消失。

自从这头神牛出现之后，神牛吼叫声少的这一年，是风调雨顺，牧草茂盛，牧业发达，如果是神牛吼叫声多的这一年，整年都干旱缺雨。干旱的年份，神牛昼夜吼叫，是告诫这里的人们，天旱人更勤，人勤不怕旱。可是居住在这里的人们，并没有理解神牛的这番苦心，遇到旱年，就责怪是神牛的吼声造成的。

一年，立夏以后神牛就昼夜吼叫，仔细听来，叫声中带着哀鸣。这一年是罕见的旱年，冬天不落雪，夏天不降雨，胡杨晒得卷了叶，牧草晒得拧了绳，瓦蓝的天上不见一点云丝，偶尔飘来一点云，也被一阵狂风吹跑了。这里的裕固族牧人，愁得吃不下饭，睡不着觉，个个脸上愁眉不展。年轻的裕固族猎人苏斯克尔的家，就在离东海子不远的地方，他从小跟着他阿瓦[①]学狩猎，如今已是远近闻名的猎手。这些天，由于天旱给草原上的牧人带来了灾难，牧人都忧愁成疾。苏斯克尔暗下决心，一定要除掉这头神牛，给牧人解除苦难。可这头神牛，听到吼叫声的人不少，真正见到神牛的人却不多。苏斯克尔昼夜在海子边转悠，有时听到吼叫声自海子水中发出，有时却又从桑尔湖里传来，他两处奔走，已跑得筋疲力尽，可神牛是什么样他还没见。猎人的决心是不会轻易动摇的，他把猎枪擦得锃亮，带足弹药藏在海子的芦苇之中，昼夜等待。他等啊等，一天，天刚麻麻亮的时候，海子水掀起了大波，一头大牛从水中冲波而出，走到离芦苇不远的草滩上，昂头冲天发出了震耳欲聋的吼叫声。苏斯克尔拿出了从小夜练打香火头的功夫，瞄准了牛的前胸，一枪打去，只见牛浑身颤抖了一下，一声哀鸣，冲入海水之中，海水被掀起丈余高的大浪，海子水溢出了海子四周的沙丘，清澈的海水变得鲜红如血。东海子的水变成了血水之后，就在当天，相距七十多里的西海子的水也变成了血水。东、西海子水过了三月有余，才由红变清，至今海子水都带有咸味和腥味。

自此后，神牛的吼叫声终了了，可年复一年的旱情却没有减弱。直到后来，这里的牧人才意识到神牛的好处和吼叫的苦心。现在，一遇到旱年，上了年纪的老人还常常想念东海神牛。

【搜集整理】田自成

① 阿瓦：裕固语“爷爷”。

明海古城

东海子地处明海乡境内，在海子北边有一座正方形的古城，相传是骆驼城的陀螺王所建，现在是省级文物单位。这座古城和东海子一样，在民间流传着不少带有神奇色彩的故事。

这座古城成正方形，坐北向南，城门遥望白雪皑皑的祁连雪峰，城的四角都有城堡，据说四个城角的城墙中都埋有缸缸白银。一天，一个贪心的流浪汉想去挖银子，他扛着镢头和铁锨，悄悄来到城墙脚下，选中方位挖了起来。这个流浪汉平时好吃懒做，从没出过这么大力气。可想到要是挖出一缸白银，那就够坐享其成一辈子，他拼命地挖呀挖，不顾汗流浃背，不顾手起血泡。从头天下午挖到了第二天早晨，还是不见缸的影子。他急于得到银子的贪心又鼓起了他的信心，他又挖又刨。一镢头砍下去，突然挖了一个洞，洞越挖越大，他钻进洞里，透着亮光看见了一口大缸。刚要伸手揭缸盖，却发现磨盘大一个蜘蛛爬在缸上，两只眼睛有木碗口大，闪着红光，张着血盆大口。流浪汉吓得一下摔倒在地，看着蜘蛛往前扑来，立即爬出了洞口，用土把洞口封了起来。

贪心的流浪汉惊吓成疾，时隔不久就死了。从此，再也没人敢到城角下挖银子了。这座古城能保存到今天，也许和这神奇的传说有着一定的联系，若不信你可到城西北角去看看，那里确有挖过的迹象，还缺了一大块呢。

【搜集整理】田自成

三墩的来历

中华人民共和国成立初期，在高台县的天城和肃南县的明海的交界线上，两县群众夯土打起了三个界线墩，一个叫团结墩，一个叫和睦墩，一个叫友爱墩。自此后，两县群众以墩为界，和睦相处，友好往来。

要说起分界线，自古至今却也有几桩动人的传说。相传在很早以前，是明朝还是清朝已无从查证，高台天城的汉族和肃南明海的裕固族就为草原边界常发生纠纷，天城人要以明海的中沙井的沙井子为界，并运来一块界碑石，就要立在沙井子，明海人不同意，双方发生争执，争得难分难解。就在这时，天城一位老者出面说话了：

“不论是天城人，还是明海人，谁要能背动这块石碑，背到哪就以哪里为界。”

他这一说，众人立刻傻了眼，这块石碑少说也有六百斤，一个人挪不动，就是两个人抬也很勉强。众人围着石碑看了半天，谁都不敢动，就在这时，明海的巴特尔分开人群上前说道：“我来试试。”

众人一看，巴特尔银须飘洒，童颜鹤发，体魄健壮，步履稳健。众人闻声先是一惊，然后议论纷纷：

“这个老汉，年过花甲，何必逞这个能?”

“年纪虽大，可神采非同一般，既然说试试，总有把握吧?”

明海人知道巴特尔的底细，他一顿能吃一升小米的干饭；一次和别人打赌，一顿吃了十五斤羊肉；他能把一头三岁牛抱起，也能把一匹烈马摔倒在地。但那毕竟是年轻时的事，现在年过花甲，能不减当年勇吗？众人都在为他捏着一把汗。

巴特尔双手叉腰往石碑前一站，发话道：“你们说话算数吗?”

天城的那位老者看了看巴特尔说：“君子一言，驷马难追。”

巴特尔弯腰在地，叫几个人把那块碑石抬上了他的背，并往上颠了颠，迈开大步朝着天城方向走去。巴特尔前面走，其余人后面跟。三里路走过去了，巴特尔的汗水顺着银白的胡须流着，有人给他擦汗，有人给他选路，跟随的人越来越多。他一刻不停地走啊走，四里走过去了，他还在走。这时，只见他越走越慢，刚走到五里处，实在走不动了，只见他把石碑往地上一放，重重跌倒在地，口吐鲜血，喘着粗气说：“我死不足惜，我为裕固族子孙争得了一块草场。”说完气绝身亡。

跟随巴特尔助威的人群，为巴特尔老人的献身精神默默志哀，火葬了巴特尔，就在他倒下的地方，竖起了界碑。从此，明海人把这块碑称为巴特尔碑，把这块草滩称为巴特尔草滩。

自巴特尔石碑竖起后，双方以此为界，和睦相处，随着岁月的流逝，几十年间双方相安无事。有一天，天城有一个血气方刚的年轻后生，名叫李郎，仗着家庭富有和权势，带领几个长工，赶了两辆牛车，越界进入巴特尔草滩，装了两车干牛粪，抢去了一头黄牛，并把两个放牛的小伙子用草绳捆住，拴到车后拉走了。

被捆走的那两个裕固族小伙子，一个叫苏弟克尔，一个叫长杆巴特尔。苏弟克尔胆小怕事，但是长于心计，遇事很有主意。晚上趁着黑沉沉的夜色，苏弟克尔冒着艰险，好不容易跑回巴特尔草滩。苏弟克尔逃回后，立即向明海寺院报告此事。

当时的明海寺院有个郭罗汉，此人胆识过人，能说会道，一听此事，气愤填膺，第二天，就动身前往高台县府衙门。他一路走，一路想，要打赢这场官司，必须报抢劫人命案，否则衙门不予受理，就是授理了也被拖得有年没月。主意已定，即头顶状纸，到衙门击鼓喊冤。县太爷一听是抢劫人命案，立即升堂问案。当时的佛教，人人信仰，至高无上。县太爷一看，大堂上是一个身披袈裟、双手合十的僧官，问清案情，即派衙役捉拿天城乡总和要犯李郎到案。

天城乡总一听李郎闯了祸，立即吩咐李郎家好好款待长杆巴特尔，切切不可妄为，自乡总和李郎上县里打官司，李郎家天天好酒好肉款待巴特尔。

人证到齐，县官判案：李郎无故肇事，重打五十板，并要重重赔偿受害之人，抢劫之物物归原主。郭罗汉妄报人命案，打四十手板。此块草滩早有界碑，从此双方不得侵犯。

郭罗汉得知李郎上下使钱，行刑刽子手早已受贿，就对县官说："小僧愿领四十手板，但必须重重责打要犯，如从中作假，小僧使咒，大人和三班衙役三天之内将有大祸临头。"说完之后，口中念念有词，县官、衙役怕祸及自己，只好重打李郎，五十大板打得李郎血肉横飞。为郭罗汉打手板的刽子手，看着他双目紧闭，口中念咒，更怕祸及自己一家，只好将板子高抬轻打，敷衍了事。

结案之后，天城乡总把郭罗汉请到李郎家，天天把郭罗汉、长杆巴特尔待为上宾，桌桌酒宴都有乡总作陪，款待十日后，给郭罗汉、长杆巴特尔送了衣物银两，还给了黄牛。

明海和天城的界线直到中华人民共和国成立后，两县人民都一致公认，共产党和两县政府为了促进民族间的团结友爱，20 世纪 50 年代初，在原界线处打了三个墩，土墩今日还在，成了民族间和睦团结的象征。

【搜集整理】田自成

长毛喇嘛

祁连山有一支脉，东起临泽县的梨园，西尽高台县的暖泉，绵延百余里。因山上多榆树，故名榆木山。在榆木山的西端，潺潺景耀河绕山脚而过，山上有好多天然石窟，清朝顺治年间，有裕固族父子俩住在石窟内艰难度日，相依为命。

相传，这父子俩以狩猎为生，山穴而居。后来父亲上了年纪，又患病在身，已卧床两年多，生活的重担都压到了儿子身上，儿子既要外出狩猎，又要烧茶做饭伺奉老父。儿子看到他的阿扎（父亲）身体一天不如一天，想到阿扎一旦故去，留下他孤单一人，无依无靠，如何生活呢？他一想到这些，就忧心忡忡，愁眉不展。

这年冬天，天没降雪，由于上年秋雨好，牧草长得很密很高，羚羊、黄羊、青羊和大头盘羊这些野生动物，都在金黄的草丛中奔来窜去。野羊吃饱了，就跑到一个泉边去饮水，慢慢已成为它们的生活规律。这天，接过阿扎猎枪的小猎人在泉边找好了隐蔽地，架好了枪，耐心等待着来饮水的猎物。一只大头盘羊在草丛中出现了，小猎人立即瞄准扣动了扳机，一声震耳的枪声过后，大头盘羊挣扎奔跑了几步，终于倒了下去。一旦有猎物倒在猎人的枪口下，猎人的胜利喜悦心情是难以形容的。小猎人提着枪几个蹦子就跳到了盘羊身边，立即取下腰刀想开膛破肚，就在这时，却看见一只小盘羊傻乎乎地爬在死去的盘羊乳房上吮吸着奶汁。小猎人看到这一悲惨情景，联想到他自己的今后，将像这只小羊羔一样生活。他越思越想越悲伤，扑上去抱起小盘羊羔，放声大哭了一场。太阳西下时，小猎人的双眼哭得像山桃一样地回到山洞。阿扎追问原因，儿子叙述了狩猎情景，说着说着，一头扑进阿扎的怀抱：

“阿扎，从今后这杀生害命、伤天害理的事我再不干了，就是吃草根咽树皮我也心甘情愿。”

时隔不久，老人去世了，儿子料理完丧事之后，就将一个山洞打扫得干干净净，从山上采来柏树枝，烧起了香烟；又捡来了别人遗弃的一个木制水桶，蒙上羊皮做成了鼓，用两个做饭的铜锅盖当钹，在山洞里念起经来。从此后，山洞里香烟缭绕，鼓响钹鸣，原来的小猎人现在的小和尚，晨钟暮鼓，青灯黄卷，修身养性，孜孜不倦，整日里诚心修炼。他不剃头，不刮脸，久而久之，头发长得够到了腰部，披散背后，牧民都叫他长毛喇嘛。

长毛喇嘛念经拜佛，开化人们与人为善，取得了牧民的信任，牧民给他送来酥油、奶子、炒面，也有人请他到家里念经。长毛喇嘛的佛事活动得到了亚乐格部落的支持，修起了景耀寺。景耀寺是裕固族地区建立较早的寺院之一，老少僧众四十余人。

亚乐格部落的冬季草场在榆木山，夏季草场在满淌河、白石头一带。每到夏季，牧民都赶着牛羊、驮着帐篷迁往夏场。景耀寺除了本院僧人喇嘛，周围没有牧民。宗教要有人信仰、要有人支持才能生存，众多僧人也才能生存。到了清朝雍正十一年（1733 年），长毛喇嘛率领景耀寺七八个僧众，驮着经包、苹、钹等法器，离开榆木山，朝着满淌河走去。

天黑得伸手不见五指，一行人来到了一条大河边，河西北岸是一片平坦的草滩，草长得很高很密。长毛喇嘛想：现在天黑路难行，不如在此过夜。他心里想着，便寻找木桩把驮东西的毛驴拴住。他往草丛中伸手一摸，就摸到了一根钉在地上的木桩，立即把驴拴住卸下了东西。一行人走了一天，都已走得筋疲力尽，腹内空空，长毛喇嘛想：如果有一堆干柴禾，烧一堆火，熬一锅茶喝该多好。想到这里，就让弟子分头去找。弟子刚走不远，就碰上了一大堆干柴和干牛粪，这真是天遂人愿。他们一行一觉醒来，已是太阳东升，起来一看，这里林壑崎岖，草木茂盛，山花争艳，河对面山上松柏苍翠，似一座天然秀丽的屏风，山脚下清澈的河水弯弯曲曲泻玉喷银，鸟语花香，幽雅清静，登高远眺，他们要去的夏季牧场就在跟前。长毛喇嘛环视四周，不由感慨地说："好一块清静极乐之地啊！"僧众一行越看越舍不得离开这里，就扎帐篷住了下来。他们四处奔走，化缘筹资，要在这里修一座寺院。第一次化得黄金一百六十两，白银一千二百五十两，建起了经堂八十一间，塑佛造像。乾隆五十一年（1786 年），又募化白银一千三百多两，增建佛化堂十一间，广度茶房十间，门楼三间。经多次扩建，寺院规模宏观，造形巍峨，佛像精美，彩绘鲜丽，众僧云集，奉佛终身。此地名叫长沟，故取名为长沟寺。

从此，长毛喇嘛既主持景耀寺，又主持长沟寺，他为两寺的创建付出了艰辛的努力，成了裕固族地区宗教界受尊敬的前辈之一。

【搜集整理】田自成

斩龙记

古郡甘州城南百里，是景色秀丽的祁连山的支脉临松山。山上高峰突兀，白雪皑皑；山下沟壑起伏，苍松翠柏滴翠凝脂，奇花异草点缀芳林。山崖峭壁似削，白练似的瀑布飞挂碧峰。山泉澄澈甘洌，云衣迷径，岚气袭人。这里景色神奇，薤谷石室乃名贤遗迹，柳谷涌石，列马牛麟凤之奇，巨石纵横，相传旧有石字，尽汉晋间石瑞图。岩石间有神骏足迹，又名青松丹峡，由此把山称为马蹄山。

相传马蹄山在很早以前，是一国王宫阙。正面有座冲霄牌楼，霞光四射，上书四个大金字，写的是“国泰民安”。穿过牌楼，走过天水石拱桥，又是一金门。进了金门，远远就望见千秋殿。那殿约有二余丈高，红墙碧瓦，金碧辉煌，四面都有亭台楼阁，将千秋殿环抱居中，各处烟雾缭绕，香气氤氲。一对青鸾立在殿外，身高六尺，尾长一丈，其形如凤，浑身青翠，鸣叫声悠扬婉转，就如五音齐奏。对这人间壮丽的景色有诗为证：

岭岩高耸白云端，
顿觉天低世界宽。
怪石峥嵘青丹峡，
巧峰崒嵂似龙盘。
烟霞百丈笼中顶，
亭殿楼阁锁半峦。
风雨每从山下起，
令人欲作蓬莱观。

这里山清水秀，清静幽雅，国王每日早朝登殿理事，退朝后即和王后嫔妃饱享人间之欢乐。王后肌肤微丰，腮凝新荔，鼻腻鹅脂，温柔贤淑，年轻貌美，深博国王喜爱。一天，王后正陪国王在御园赏花，忽然一阵狂风大作，一团雾云蔽日，雷鸣电闪，国王和王后在众嫔妃宫娥护拥之下返回后宫。自此后，王后日觉困倦，整日昏昏欲睡。每到夜间，宫内冷风阵阵，阴雾漫漫。几天后，国王不知去向，满朝文武、太监、嫔妃、宫女四处寻找，踪影全无。就在群龙无首、满朝上下人心惶惶的时候，几个大臣又失踪了。从此，大臣、太监、宫女天天减少，宫内入住者有些相继逃走了，有些失踪了，所剩人员，也是整日提心吊胆。整个官阙内销声匿迹，死气沉沉，阴森可怖。人们都怀疑有孽妖作祟，但都不知究竟是什么妖魔。

马蹄山东南方有座山，在苍松密布的山巅上，有上观音洞、中观音洞和下观音洞，三个观音洞内各有一位大喇嘛修行，他们晨钟暮鼓，青灯黄卷，朝咏暮读，孜孜不倦，真心修炼，都得到正果。

这时，大慈大悲的观音菩萨投胎转生，投身到中原的帝王之家，为王太子。王太子头上戴着金丝八宝攒珠髻，绾着朝阳五凤挂珠钗，项上带着赤金盘螭璎珞圈，裙边系着豆绿宫绦，身穿镂金百蝶穿花大红洋缎紧身衫。他年仅十五岁，身量苗条，体格风骚，粉面含春威不露，丹唇未启笑先闻。父王和母后对太子视为掌上明珠。父王驾崩，传位于王太子，王太子无心安享人间的荣华富贵，一心想皈依佛门，就将一国之王的极尊之位让给他的弟弟。他对弟弟说：西北有座马蹄山，马蹄山上有三个观音洞，三个观音洞的大喇嘛，是我的师父，我定前往参谒。自此，和兄弟分手，历尽万水千山，来到了马蹄山。先登上马蹄山南面山巅的上观音洞参谒了上观音洞的大喇嘛，又到中观音洞参谒了中观音洞的大喇嘛，最后来到下观音洞内，参谒了下观音洞的大喇嘛。大喇嘛们早知王太子乃观音菩萨转世，就授给宝剑一口。

王太子拜谢授剑之恩后，背负宝剑慢慢走下山，极目远眺，看到祁连山千峰积雪，冬夏不消，倚天则玉笥嶙峋，映日则琼光璀璨，万里一色，照耀华夷，疑是蓬瀛三岛飘来，恍如太华五峰峻处。王太子边走边饱尝祁连秀色，不觉已走过二三十里路程。半道上见一戎装打扮的少年，有多人阻拦饯行，个个悲痛凄惨，几位老者泣不成声。太子感到疑惑不解，上前问其原因，才知道戎装少年接到朝廷的旨意，要他入朝为王后当值，大家怕他入朝后被妖怪所食，不去又怕违抗朝廷，一家老小、亲戚朋友只好悲泣惨切地为少年送行。

太子本是菩萨心，听完众人的一席话，早生恻隐之心，决心代替少年进宫当值。太子朝马蹄山行进，穿过万绿丛中，早已看见亭台楼阁。太子入宫之后，来到王后居住的长寿宫，在宫中设一宝座，从背上抽出宝剑，把宝剑端供宝座之上。太子四处观察并无怪异之迹。就在当天黄昏掌灯时，太子点亮宫灯，见王后卧于龙床之上，昏昏欲睡。突然看见王后鼻孔中钻出一条小蛇，眨眼之间，小蛇变得粗大如椽，太子悄悄看了一眼供着的宝剑，宝剑也自动出鞘三四寸，光芒四射，气势逼人，蛇看到宝剑光气逼射，惊惧万分，立即缩入王后鼻孔之中。太子回头看宝剑，剑也自动入鞘。王太子观望蛇身，早已知其来历，但缩入王后鼻孔不出来，何时才能为民除害，太子想到此，心生一计，不如用语激它一激。

太子说："这条小蛇，能变大，也能缩小，看来它还有些本事，可一见到我一个肉胎凡人，就吓得缩入一个妇人鼻孔，如果真有本事，何必以一个妇道人家作遮掩，我现在年方十五岁，长得白皮嫩肉，正好是你的一顿美餐，可惜是你胆儿太小不敢出来吃。"

蛇被太子一激，早已气得七窍生烟，跃出王后鼻孔，忽然变成几丈长的一条巨龙，在宫内上下腾飞，张开血盆大口，恨不得把太子一口吞入腹中。王太子端坐供剑宝座之上，双掌合十，念动箴言。宝剑也飞腾出鞘，利刃挥舞，把龙斩为数段。龙回头把斩断残体舔过之后，龙体立愈如初，向太子更凶猛地扑去。再斩断之处立即又旋合。太子急忙走下座位，用衣襟兜来红沙，用手扬洒于斩断之处，龙身断处才不得复粘，太子一数这条孽龙被斩为三十三段。

随后太子呼喊其他人入殿，把祸害宫中的孽龙残体抬出掩埋。这时，王后才如梦初醒，方才发生的一场恶战及孽龙作祟以来的事王后概不知晓，现在听太子和众人述说，才知道这条孽龙吃掉了国王和不少大臣、太监、宫女，还祸及了不少庶民百姓。王后立即沐浴更衣，诚心拜谢太子为国为民除害，救护生灵。王后提出要让出部分国土作为谢礼，王太子拒绝不受，王后又提出要把太子留在本国供养。王子是救苦救难的观音菩萨的化身，有多少苦难等他去救，只好婉言谢绝，离宫而去。

斩断孽龙之后，逃难之人陆续归来。王后传下懿旨曰：凡在宫廷居住之人，限期全部迁出，改宫阙为禅堂。王后命人采来洁白的玉石，自己动手精雕细琢，仿太子形象雕成一尊白玉菩萨像，供在大殿之中，为本国臣民救度恩人。后人为长期保存白玉菩萨像，把白玉菩萨像塑入佛像腹中，即被称为救护菩萨，后大西天秘密无垢二祖师来到马蹄寺，言明当时的王太子就是观世音菩萨。

后来，马蹄山形变一巨掌，颜色金黄，山花点缀芳林毓，岈深云瑷鸟音奇，无数种名花，相继开放，天然石崖，别开洞天，峰回路转，人人赞美。四周围有小乘塔一百，声闻缘觉塔一百，上乘塔一百，菩萨塔二百，朱惟均有诗云：

古刹层层出上方，
云梯石磴步回长。
金身宝相莲开座，
玉梵清音月近床。
茶沸烟腾禅出定，
花飞泉落水流香。

逢僧共说无生活，
回首尘劳意白忙。

自此后，每逢良辰佳节，诸佛菩萨云中聚会，雨雪随之，即马蹄寺也。马蹄寺之所以规模宏大、栋梁巍焕、金壁流辉，是由宫阙改为佛教圣地的缘故。

【搜集整理】田自成

苏克尔与奇纪

很早以前，在莲花草原上的西海子边，住着一户裕固族牧人：老两口和独生女儿。老两口上了年纪，只生了一个女儿，那真是两个老人的心肝宝贝，视为掌上明珠，给姑娘取名叫奇纪，即草原上的蒲公英，意为能飞的花。奇纪在草原上的花丛中长大，那真是一年一个样，真成了含苞带露一朵水灵灵的花。奇纪从草原上走过，她那苗条的身材，银杏似的眼睛，长长的睫毛，白中透红的脸膛，银铃般的歌喉，处处显得妩媚动人。小伙子见了她，都想美美地多看上几眼，就是姑娘们见了她，也无不投来羡慕的目光，奇纪的阿扎和阿娜更是越看越喜欢。他们就怕姑娘有个三长两短，从不让奇纪出远门，也不让她一个人走亲访友，所以奇纪虽已长到十七岁，可她没去过他乡。

大千世界有多少美好的传闻在吸引着她，天地间有多少新鲜事在诱惑着她，奇纪多次要父母带她出去看看花花世界，可总也没有得到满意的答复。一天，奇纪听同伴们说，一个很远的地方在举行赛马盛会，非常热闹。奇纪多么想去看看，可想到阿扎、阿娜每次都不让她出远门，就想悄悄去看赛马。这天，趁阿扎到沙窝去驮柴，阿娜去放牛不在家时，奇纪穿上艳丽的新衣，戴上新做的头饰沙日达什戈，戴上了她最心爱的手镯、戒指、耳环，打扮得花枝招展，就离家上路了。她走了一阵，想到阿扎、阿娜找不见她会急坏的，就给在草滩上放羊的邻舍留下了几句话，才踏上了去远方的道路。

奇纪已离家很远了，她正顺着一条路往前行。突然狂风大作，越刮越猛，一会儿工夫就刮得天昏地暗，伸手不见五指。风沙迷得奇纪睁不开眼，只好用双臂护住眼，风刮得她双脚站立不住，只好借风力走。就这样风推人走，不知走了多久，风停沙住后，奇纪睁大双眼，抬眼望去，才发现被风吹到了一个陌生的海子边。她已辨不清东南西北，也不知来到什么地方，这时打心里暗暗后悔不该背着父母离家出走。可事到如今，后悔也没用，先找人问明路径才是。她想到这里，就在海子边洗了脸，刚要朝前走去，忽听到一个人的喊声：

"哎……姑娘你等一等。"

奇纪抬头看去，却见一个陌生的中年汉子，手里拉着一根红柳棍子，正朝她走来。奇纪刚要找人问路，正好来了人。中年汉子走到奇纪跟前，上下把奇纪打量了一番后说：

"姑娘你从哪里来，要到哪里去？"

奇纪听来人说的是裕固族话，穿戴的是裕固族服饰，一颗紧张的心一下子放了下来，就说：

"我从西海子来，要去看草原上的赛马盛会，中途一场大风刮得我迷了路，不知这是什么地方？"

"这里是东海子，姑娘你已走了七十多里路，你叫什么名字？"

"我叫奇纪。"

"啊！多好听的名字，草原上能飞的花，从莲花随风飞到了明海，你不是要看赛马，我也正是往那儿去的，正好带你一同前往。"

天真无邪的奇纪听了这番话，真是喜上眉梢，带着感激的心情说：

"达嘎①，我真得谢谢您老人家。"

"唉，嘎字达尔②，我们都是一路人，一路人不说两路话。谢什么呢，快走吧。"

奇纪随着中年汉子沿海子边走去。奇纪想：平时阿扎总把世间说得多么可怕，其实世上都是好人。中年汉子边走边在暗打算盘，这丫头的头饰是用珍珠穿成的，手镯、戒指是银子打成的，就是这身衣服也能值几个钱，要是得到手，起码三个月的酒肉不发愁。想到这里，两只眼睛咕噜向四周观察了一番，见四处无人，就立刻下手，趁奇纪毫不注意，抡起红柳棍朝奇纪的后脑勺打去，奇纪猛然受到这沉重的一击，立即昏倒在地。中年汉子马上动手，把奇纪从头到脚的衣物洗劫一空，昏死的奇纪浑身一丝不挂。中年汉子怕露出蛛丝马迹，又把奇纪拖到海子边一块大石头旁，掀起石头，刨了一个坑，把奇纪拖进坑，压上了大石头，带着奇纪的衣物逃之夭夭。

这天，住在东海子边的裕固族青年猎人苏克尔，来到海子边打猎。转悠了一阵不

① 达嘎：裕固语"舅舅"，也是对上年纪人的尊称，也写作"达尕"。

② 嘎字达尔：裕固语"丫头"。

见猎物，就在水边蹲下想洗洗脸、喝口水。刚蹲下，就隐隐约约听见呼喊救命声，抬头四处观望，不见人影，刚洗了一把脸，又听见呼喊声。苏克尔立即循声找去，来到海子边的大石头旁，听见声音从石头下发出。苏克尔把猎枪放下，把大石头掀了起来，他一看，却是一个披头散发、浑身精光的女人。苏克尔一个蹦子跳过来，双手紧紧端起了猎枪，他疑心石头下压着的不是妖魔就是鬼怪，两眼虎视眈眈盯着对方，双手熟练地给猎枪装上了引火炮。

除去重压换过一口气的奇纪，挣扎着爬起来说："我是好人，千万不要开枪。"

苏克尔并没放松警惕，双手端枪厉声问："你一定是妖魔鬼怪，好人为什么这般模样？"

"我真是好人，家住西海子边，我叫奇纪，要去看赛马，走到半路一阵狂风刮得我迷了路，才来到这里。遇到了一个中年汉子，他说要带我去看赛马，走到这里趁我不备，用棍子打昏了我，抢走了我的衣服首饰，把我压在这块大石头下，请你发发慈悲救救我吧。"

苏克尔看到奇纪哭得悲伤万分，顿生怜惜之情，就脱下身上的长袍扔了过去，他自己光着膀子提着猎枪朝着沙丘后面走去。奇纪带着万分感激之情，穿上了衣服。苏克尔领着奇纪朝他的家走去。

苏克尔家只有他的阿娜和他两口人，母子俩相依为命，靠苏克尔打猎为生。苏克尔的阿娜病倒在炕上，烧茶做饭全靠苏克尔一人。苏克尔领着奇纪回到家，向阿娜叙述了救姑娘的经过。奇纪思前想后，又羞又怕，就哭了起来。苏克尔的阿娜看姑娘穿着苏克尔宽大的袍子，又看姑娘长得眉清目秀，顿生爱怜之心。她拉着奇纪的手说：

"嘎字达尔别哭，到了我家你就放心，先在我家住几天，苏克尔去借骆驼，过几天就把你送到家。"一边说着，一边从炕上爬了起来，翻箱倒柜，找出了衣服说：

"孩子，这些衣服是我为苏克尔找媳妇准备的，我一针一线刺绣缝制了好几年。衣服缝好了，由于我家穷，至今还没给苏克尔找到媳妇。我也病得快死了，这套衣服就送给你穿吧。"

苏克尔出去打水烧茶，老阿娜就帮奇纪穿戴起来。奇纪洗去了脸上的泪痕，穿上了非常合体的新衣，老阿娜帮她梳理了披散的头发。老阿娜看着打扮起来的奇纪，真是漂亮极了，越看心里越喜欢。万分惊恐羞愧的奇纪，在苏克尔母子的热情帮助之下，感动得不知说什么好。她扑通一下跪倒在老阿娜面前又是痛哭又是磕头，却连一句话也说不出来。老阿娜拉起奇纪坐在自己身边说：

"嘎字达尔别这样，天下穷人惜穷人，一人有难，众人相帮。"

奇纪在苏克尔家，为了报答他母子救命之恩，一会儿给老阿娜做饭，一会儿给苏克尔缝补衣裳，忙里忙外，把苏克尔的家收拾得面貌一新。几天后，苏克尔借来了一峰骆驼，送奇纪回家。临走之前，奇纪和老阿娜好似母女一般，抱头痛哭，真挚的感情真是撕不开扯不断。奇纪哽咽着说：

“从此您就是我的好阿娜，我会常来看您的，您老人家多保重，女儿要走了。”

苏克尔拉着骆驼，奇纪骑到驼背上，恋恋不舍地走了。穿过七十里的沙漠，来到了黄土坡的大湖滩，看到两匹小马驹在交颈啃痒。来到西海子边，看到一对对黄鸭子、白天鹅形影不离，交颈相亲。豆蔻年华的奇纪联想到自己的遭遇，对苏克尔母子诚心相救感激万分。几天来，还别有一番情思阵阵涌动，她发现苏克尔体魄健壮、英姿勃勃、善良勇敢，心里已悄悄产生了爱慕之情。这时看到眼前的情景，触景生情，脱口唱道：

哎！阿岗①请你抬头望，
哎！湖滩上的马驹为什么交颈欢狂？
海子里的黄鸭为什么对对成双？
白色的天鹅为什么相伴翱翔？
花蝴蝶为什么要落在鲜花上？

苏克尔听完奇纪的歌唱，已是心领神会，从救了奇纪到家，几天短短的相处，从心眼里喜欢奇纪。可他绝不乘人之危。他寡言内秀，又不知奇纪的心思，只是把对奇纪的爱埋在心底，他对唱道：

哎！森喏②请你仔细看，
哎！马驹交颈啃痒是互相帮忙，
黄鸭对对是在闲情游荡，
白天鹅结伴是要回家乡，
花蝴蝶飞来飞去采花忙。

哎！阿岗我和你看的不一样，
哎！马驹交颈在相亲，

① 阿岗：裕固语“哥哥”。
② 森喏：裕固语“妹妹”。

黄鸭成双表衷情，
天鹅对对结伴侣，
蝴蝶采花不分离。

哎！森喏啊！
这曲歌子输给你，
唱曲新歌提件事。
不知森喏可愿意，
再合一首作答复。

哎！阿岗啊！
要唱新歌尽管唱，
海水扬波我合声。
不知阿岗问啥事，
森喏我都愿作答复。

哎！森喏啊！
你的俊美像杨柳一样，
能否让百灵在枝头歌唱？
你的秀丽像山崖一样，
能否让雄鹰在崖尖飞翔？
你的胸怀像牧场般宽广，
能否让骏马在上面奔跑？

哎！阿岗啊！
这里的杨柳多如林，
不知愿在哪个枝头上歌唱？
这里的山崖真不少，
不知愿在哪个崖尖上飞翔？
这里的草原很宽广，
不知愿在哪块草场上奔跑？

哎！森喏啊！
杨柳虽多我不爱，
但愿落在你的枝头上。
山崖不少我不去，
但愿飞翔在你的崖尖上。
草场虽广没心思跑，
但愿奔驰在你的草场上。

哎！阿岗啊！
你的歌喉如百灵，
我愿和你一起歌唱。
你的胆量如雄鹰，
我愿和你展翅飞翔。
你的身体如骏马，
我愿和你一起奔放。

奇纪和苏克尔爱情的表白、忠贞的倾诉，唱得太阳藏进了彩云，唱得小鸟停止了飞翔，唱得羊儿忘记了吃草，唱得海子水悄声敛气不敢扬波。奇纪一下扑进了苏克尔宽大的怀抱，听着那犹如山呼海啸、万马奔腾的心声，苏克尔望着奇纪的眼睛犹如海子水清澈见底。不知不觉，已走到了西海子边缘，奇纪的家快到了，奇纪对苏克尔说：

“你在此等候，我先回去见阿扎、阿娜，说明情况再来接你。”

就在奇纪回来的前一天，那个中年汉子来到奇纪家，想报信骗偿，对奇纪的阿扎、阿娜说：“你们的姑娘被狂风刮到了很远的地方，她已经死了。”

两位老人听到噩耗，顿觉天旋地转，哭得死去活来。这天正在为独生女痛哭流涕，奇纪突然出现在二老面前，惊喜万分的二老紧紧将奇纪搂在怀里，唯恐她又飞了。奇纪诉说了自己的遭遇，诉说了被救、被送和相爱的经过，两位老人满怀万分感激之情，亲自把苏克尔迎进家门。两位老人看苏克尔是个既英俊又心地善良的青年，当晚就把奇纪许给苏克尔为妻。

几天后，奇纪的父母经过一番筹备，给奇纪举行了戴头仪式，穿上婆婆送给她的新衣，戴上阿娜为她绣制的凯门拜什①。苏克尔骑一匹枣红马，奇纪骑一匹白马，两

① 凯门拜什：裕固语，即头饰，也叫头面，戴上表示已成婚。

位老人和亲友骑上骆驼，送亲上了路，走到黄土坡的大湖滩，奇纪的阿扎唱起了祝福歌：

我可爱的奇纪啊！
你要当只六叉鹿，
把你的新家治起来。
你要当只八叉鹿，
把七十副的帐篷支起来。

奇纪的阿娜也唱道：

我可爱的奇纪啊！
孝敬婆婆是美德，
尊敬丈夫是根本，
这样远处的亲戚好听，
远处的朋友好见，
名副其实地把家当起来。

送亲送到东海子，为苏克尔和奇纪举行了婚礼。从此，夫妇尊敬长辈，相敬如宾。自从苏克尔的阿娜去世后，夫妇俩又带着家产来到了岳父家，侍候两位老人。苏克尔和奇纪尊敬老人，夫妇恩恩爱爱的佳话，传遍四方，成为草原上的美谈。

【搜集整理】田自成

黄鞑子峡

据宋史记载，公元1081年时，裕固族的祖先被称为“黄头回鹘”。到了清朝康熙年间，清廷将裕固族划分为“七族”，并分封部落头目，大头目被封为“七族黄番总管”。

当时，裕固族居住在甘州和肃州南山，即祁连山北麓，经常遭受外族的抢劫，牛羊财产往往被掠夺一空，流血事件屡有发生。裕固族人民为保财产、生命安全，东藏西躲，颠沛流离，不得安宁。

七族黄番大头目为了防御外来侵略，召开各部落头目会议，决定在红湾寺通往白泉门的深山峡谷里修建一关卡，也叫扎子，同时在水关河石灰关也修一扎子。这一决定立即得到各部落的支持，各部落都派人在两处修筑关卡。他们用石灰、石头在峡谷中间浆砌高大的石墙，平时派人看守，上设滚木、礌石、刀枪弓箭，一遇土匪抢劫，部落就派青壮年上关卡昼夜防守。这里除设关卡的地方是一条通道，别处都是悬崖峭壁，人马无法攀越，守住关卡，真是一夫当关，万夫莫开。这两个关卡守住了通往八字墩草原的通道，十二年不受外部侵犯。

这一峡谷原来不知何名，自从七族黄番大头目带领裕固族人民在这里修筑了关卡，就被人们叫为黄鞑子峡，这一名称一直沿袭至今，现在残存的关卡石墙，便是历史的见证。

【搜集整理】田自成

红湾寺的由来

肃南裕固族自治县首府所在地，就建在红湾寺。讲起红湾寺的由来，还有一段神奇的传说。

从元朝起，藏传佛教传入裕固族地区，到了明、清时期藏传佛教成为裕固族的主要信仰。从清代顺治年起，裕固族地区相继建起了藏传佛教寺院。

八格家部落最早想把寺院建到松木滩东沟，经过一番筹备，选定吉日破土动工。就在这天，阴云密布，黑雾弥天，电闪雷鸣，一阵紧似一阵的暴雨就像天上开了窟窿一样朝下泼来。念经的僧官浇成了落汤鸡，修建的工匠无处避雨、无处躲藏。暴雨之后，又是一阵冰雹，冰雹大得有鸡蛋那么大，真是罕见又怕人，乒哩梆啷砸下来。脚下洪水流，头上冰雹打，把一行人撵下山来。雨过天晴，修寺院备的料，一些被洪水冲走，一些被冰雹砸坏，平整后的地基被冲毁，挖的墙基沟被淤塞，前功尽弃。这真是天怒人怨，僧官只好重新选择建寺地址。

经过重新勘测，把寺址选到了西柳沟坐北向南的青色楼儿山脚下，重新破土动工，建起了寺院。寺院建起之后，连续几年，八格家部落牛羊不产羔，妇女不生子，疾病漫延，瘟疫流行，百业凋零，草原上充满着悲凉，天空布满着乌云，部落头人请来活佛念经颂神，也无济于事。

对草原上的灾难，活佛也是一筹莫展。一天清晨，活佛骑了一匹枣红色的高头大马，出了西柳沟，朝着隆畅河边的红湾走去。走着走着，看见一条花蛇追着一只白兔，白兔跑跑停停，忽左忽右，一直在马前窜来窜去。活佛骑马跟了过去，走到红湾山根的一块平地上，白兔和花蛇突然消逝。活佛在白兔消逝处下马，极目远眺，红湾四周高山起伏，形成一块盆地，红山湾处，坐西北向东南，东南方山峰白雪银光闪闪，山下松柏常青，波涛滚滚的隆畅河从盆地中间穿过。活佛就势坐在兔、蛇消失处，仔细一想：玉兔前面引，小龙（蛇也称小龙）冬暖夏凉，将来必是藏龙卧虎的风水宝地。活佛看好地方，作出决定，把寺院迁到了红湾，因地名叫红湾，寺院建起后就定名为红湾寺。

寺院分上下两层，飞檐高翘，砖墙瓦顶，虽然规模不大，却也精巧。有经堂，有广度茶房。僧众二十八人。自此后，香火旺盛，将一尊三尺多高的铜佛，埋到山上，作为镇山佛，驱妖避邪。随着时间的推移，八格家部落逐步发达，民间流传着：“五格家的羊毛杨哥家的马，八格家的姑娘赛棉花。”赞美八格家的姑娘皮肤白嫩俊美。

1954 年，肃南裕固族自治县成立，把红湾寺这块景色秀丽、地居全县中心的地方，选为自治县首府所在地。经过四十多年的建设，如今已是楼房林立、马路平坦、松柏常青、景色秀丽的山城，成为全县各族人民政治、经济、文化中心。

【搜集整理】田自成

宗王的花翎顶带

相传，明朝崇祯元年（1628 年），明廷曾给裕固族大头目颁发了裕固族管辖游牧八字墩草原的执照。到了清朝，清廷把裕固族划分为“七族”，即七个部落，设大头目统管七族。

清朝康熙年间，清廷为了进一步加强对裕固族地区的统治，康熙皇帝亲自召见了裕固族各部落的头目，加以安抚，分封部落头目，把裕固族大头目封为宗王（也叫总王），官居三品，御赐了红顶蓝翎官帽，九蟒五爪龙袍，补服外鼇为锦鸡图案，还有腰带和坐褥。

裕固族大头目受封之后，身价大涨，连甘州（张掖）府的太守、巡抚都御史、镇守总兵都不得不刮目相看。清代官分九品，每品又有正、从之分，即九品十八级，居官不能入九品的叫“未入流”。清朝官员的官职大小、品位高低，都可从官服中区分。一、二品官员的帽顶是红珊瑚制成，三、四品官员的顶带是蓝玛瑙制成，五、六品官员的顶带是白玉制成，七品以下为金色，而同色之中各品又有区别，红色有纯红与杂红之别，蓝色中有亮蓝与暗蓝之分。裕固族大头目受封为宗王，在张掖地方官里，那真是鹤立鸡群，高出了一大截子。

宗王每次要到张掖郡府办事，张掖太守、巡抚都御史、张掖郡都尉、镇守总兵、甘肃行太仆寺卿以及文武杂属官员、屯兵同知、监收通判、行都司经历都要出城三里，跪拜迎接。宗王官居三品，太守官居五品，封建社会品级严明，常有官大一品压死人之说。宗王每到张掖，张掖从太守到文武官员都小心迎候，佳肴相待。宗王爱贪杯中之物，常常喝得酩酊大醉，酒醉之后又免不了胡说八道，久而久之，宗王的底子露了馅，大字不识一个，文韬武略一概不通。张掖郡府衙门的官员，私下悄悄议论：宗王大，不就是大了个红顶子吗？这一议论恰好传进了路过窗下的太守耳朵中，太守一想：属下说得对啊，不就是红顶子蓝翎子比我的品级高，除此之外还有什么呢？太守越想越觉得不是味道，突然看见了丫环摆到桌上的一桌酒菜，不由计上心头。

第二天一大早，太守派人传来了驿承官，询问了宗王一行的情况，立即吩咐家人在后堂摆宴。午时过后，太守派总管带领家人抬着八抬大轿，朝驿馆而去。宗王一行在头天晚上饮酒过量，一直睡到正午方才起床用膳。这时听驿承官禀报太守有请，只好将官服官帽穿戴停当，坐上太守的八抬大轿，晃晃悠悠朝太守府衙走去。

太守早已在府门恭候，大轿落地，连忙上前撩起轿帘，迎清宗王入府，经过一番寒暄，众人入席，太守和属下轮流把盏，给宗王敬酒。宗王自小在草原上长大，自当上大头目后，常常是用龙碗喝酒，大块吃肉。太守早已耳闻宗王酒量过人，今天趁早请到了几位拳高肚子大的酒家，在后堂等候。太守见轮番敬酒已罢，就对宗王说：“王爷，在下常听人讲，王爷酒量如海，饮酒时猜拳取乐，今天请王爷赏光，和属下同欢同乐，方显出王爷爱民如子，在下将不胜荣幸。”

宗王听太守一席文绉绉的话，似懂非懂，连说：“呀、呀、呀。”

太守一声传呼，扇后藏兵纷拥而至，顿时猜拳行令，“魁首五、六高升、九快财、十满堂……”猜拳声、高笑声、高谈阔论声时高时低，向宗王轮番进攻，有紧有松。

宗王一心想在众人面前露露威风，放开海量痛饮，一时喝得快活，不想把太守请来的酒家都灌醉了，太守只好重新组织力量应战，一直喝到下半夜。宗王喝得舌根硬了，眼发直了，不一会已鼾声如雷，太守立即吩咐家人把宗王抬入客房。太守府内为这餐酒席忙了一天一夜，家人送走客人，收拾完备都睡了。太守见夜深人静，步入客房，见宗王已醉得人事不省，即刻动手把宗王的蓝玛瑙帽顶和蓝色翎带取了下来，换到了自己帽子上，而将自己五品官的白玉帽顶和翎带换到了宗王帽子上。

自此后，宗王去张掖理事，再无人迎送，太守也不宴请。宗王搞不清楚是什么缘故，等他清楚原因之后，已是事隔两年，原任太守早已调外地为官，宗王无奈，只好作罢。从此，在张掖、肃南就流传着一场酒喝掉了三品官的笑话。

【搜集整理】田自成

裕固族最后一个大头目

裕固族的祖先早年把他们的最高统治者称为酋长，后来完全承袭了突厥汗朝的统治制度，把最高统治者称为可汗。到了唐代，唐朝廷册封首领为“王”“可汗”；到了明代，在裕固族祖先居住地设置军事性的卫，最高统治者称为指挥。明崇祯元年（1628 年），明廷将裕固族最高统治者封为大头目；清康熙三十七年（1698 年），清廷将裕固族划分为“七族”（七个部落），又将大头目封为“七族黄番总管”。据传说，康熙皇帝召见过裕固族各头目，予以了安抚，大头目被封为宗王，御赐了黄袍马褂、花翎顶戴。

从明朝崇祯元年至中华人民共和国成立，裕固族都是由大头目统辖各部落，大头目为世袭制。据民间传说，裕固族在东迁时，遇到了千难万险，就在这个民族濒临生死存亡的关头，老人安巴特尔以超人的智慧，为全民族排愁解难，使大家化险为夷，安巴特尔为民族立下了丰功伟绩，大家就推举他为部落总头目。从此，裕固族的大头目必须是姓安的才能担任。

1910 年正是清朝宣统年间，年仅十七岁的裕固族青年安贯布什嘉被推上了裕固族大头目的宝座。中华人民共和国成立，废除了封建部落制，1954 年在成立肃南裕固族自治区时，由全区各民族代表选举，安贯布什嘉光荣地当选为自治区第一任主席。

讲究礼貌

安贯布什嘉刚被确定为大头目身份，部落老一辈懂礼节的人，就给安贯布什嘉教大头目礼节，拜见上司，面见属下百姓，不同场合都有不同的礼节。安贯布什嘉原也是谈笑风生的活泼青年，自任大头目后，各种礼节的约束，要求在各种场合不失身份，不失尊严，使他变得谨慎小心，不轻举妄动。他年轻时，好胜自负，随着年岁的增长、生活的磨炼，他变得老练豁达，非常重视讲究礼貌。裕固族的礼节要求，不论男女老幼，如骑马路遇大头目等部落首领和年长者，必须下马站立路旁恭候问安。安贯布什嘉虽是大头目，他骑马上路，途中不论遇到男女长者，都下马问候。平时对他的长辈、老人都很尊敬，到各部落巡视时，还去拜望一些德高望重的老人。对子女教育要求很严格，子女待人礼貌不周要挨打挨骂。外甥常生荣七岁时，看见大人吸烟，他就用死羊羔的腿骨做了一个烟袋，学抽烟，平时把烟袋揣在怀里。一天晚上被大头目发现，当场就打了一顿。由于他尊重别人，讲究礼貌，他家的大人小孩也都礼貌待人，贫苦牧民上门向大头目有事相求或禀告，他家都留吃留住。

由于他敬重别人，也得到别人的敬重。贺朗格家部落对大头目印象很好，就把一匹少见的菊花白马送给大头目。这匹马体格高大俊美，安贯布什嘉非常喜爱这匹马，骑着它为裕固族人民的事业奔忙，并给马起名叫“谢金马”，就是对这个部落的感念。

严肃法度

为了维护裕固族的封建部落统治，制定了不少法规。如：凡部落派的公务劳动，不去者受罚，轻者处以重劳动，重者罚款或用柳条鞭打。对欠债不还者，经向圈头告发，处以加倍利息或罚款。对偷盗者，情节轻者除偿还原物外，加以柳条鞭笞、砸脚踝骨；情节重者，如偷一匹马，要赔三匹，打背花（用柳条打脊背），用木棒砸脚踝骨。对妇女除打背花外，还用泡湿的鞋底子打嘴巴。柳条少则几根，多则几十根，不打得出血不罢休。对于屡教不改者，吊上三叉杆进行拷打。如果本家户族确认为是害群之马且屡教不改者，向本部落禀报，本部落再禀报大头目，大头目派人下去核实，情况属实者，经大头目批准枪杀。部落还规定同户族人不能通婚，辈分不同的不能通婚，违者受到谴责，重者逐出部落。对抢占别家妇女的，根据情节吊打，并赔偿牛羊。草原可租佃，通过头目三方协议，立字据签名盖章，就可生效。

安贯布什嘉大头目执法较严，对败坏部落名誉的绝不宽容。东八格家部落有个牧民叫孟居尔，经常偷牛盗马，不但在本乡本地偷盗，而且偷到了藏族牧民居住的青海岗萨草原。一次偷盗中被藏族牧民抓获，岗萨部落的藏族牧民以部落名义来兴师问罪。来的藏族牧民深受孟居尔偷盗之苦，个个气势汹汹，东八格家部落决定给岗萨牧民赔偿损失。可孟居尔现偷现卖现吃，家贫如洗。迫于无奈，只好由东八格家部落赔偿，家家分担。经严刑吊打孟居尔，这才将群情激愤的岗萨牧民安定住，不然他们要血洗东八格家部落。部落赔偿了岗萨的损失，可是因孟居尔继续偷盗，本部落家家受害，最后只好决定将孟居尔逐出部落。

孟居尔流浪到石窝一带，恶习不改，重操旧业，又干起了伤天害理的偷盗营生。石窝的裕固族牧民又向东八格家部落问罪。东八格家部落深受其害，家家苦不堪言。孟居尔本家户族只好向部落报了案，部落又向大头目报了案。大头目派人进行了调查，核实孟居尔偷盗成性且屡教不改，部落和人民深受其害，给裕固民族造成了奇耻大辱。大头目决定，准予立即枪杀孟居尔，要东八格家部落召集全体牧民到场，以明法纪。

大头目不但对各部落严以法度，就是对他的亲生子女也是一样。他的三儿子安立才七岁时，看到康隆寺的经堂供桌上有一尊小铜佛，造型美观，工艺精巧，非常好看，就想得到手好好地玩一玩。他趁经堂无人时，悄悄溜进里面，把小铜佛揣进怀里，回到家里把此事忘了。晚上睡觉时，安立才一解腰带，铜佛掉了出来。当时被大头目发现，立即审问，知道是偷寺院的，就将儿子打了一顿，当时就骂儿子："偷大件的是贼，偷小件的也是贼。"并把儿子逐出门外，直到儿子把小铜佛送归原处，大头目方才作罢。

春节拜年

和汉族人民一样，裕固族也把春节作为主要的传统佳节，节前也有祭祖守岁活动。节日期间要做酥油花，互送哈达、礼品，互相拜年，以示祝福。裕固族各部落每年给大头目拜年，可是一桩较隆重的大事。

正月初一早晨，太阳刚刚出山时，大头目家部落家家户户都去一个代表给大头目拜年。其余各部落由正副头目带领本部落三五个代表给大头目拜年。如果去者是不精通礼节的年轻人，家里老人要提前教给拜年礼节。凡是去拜年者都要学得礼貌周到，要收拾得衣冠整洁。来到距大头目帐篷一里处，全部下马候齐，步行到大头目的帐篷前。帐篷很大，扎在一个地势较高的平台上。去拜年者在平台坡下边，趴倒磕第一个头。然后上坡，走到帐篷门前。这时大头目头戴花翎项戴，身穿御赐的黄袍马褂，迈着四方步走出来。走到门外，双手背后，目视远方，显得威风凛凛地站在门前，拜年者立即趴倒磕第二个头。磕完后，大头目伸出一只手一摆，辅助立即高喊："候客！"

大头目首先进门，端坐在房子正上方当中的坐垫上，拜年者在扎马①的候请之下，进入帐篷，立即趴倒磕第三个头。磕完之后，部落头目代表部落给大头目敬献一条哈达，另外有四人抬献一只宰好的全羊，献两包砖茶。扎马收礼之后，去的拜年者都从怀里掏出两条哈达、一瓶酒，按照辈分、年龄为顺序，双手捧着礼品躬献给大头目。礼毕之后，扎马立即按客人身份、辈分、年龄以及男左女右的规矩让客人候坐在帐篷左右两侧。所有客人只能半蹲半跪，不许盘腿大坐。扎马给客人每人递一碗酥油奶茶，端上油饼。客人吃喝之后，稍停片刻，又端上手抓羊肉、馓子、油饼、油馃、烧壳子等食品，摆在客人面前一长溜餐巾上。待客人吃肉之后，大头目离开座位，往龙碗里斟半碗酒，让家里人给每位客人敬酒。酒敬到每人面前，都要很客气地推让给其他人，推让一圈之后，将这半碗酒回敬给大头目，大头目端起龙碗尝两口，扎马就用另备的龙碗给每个客人敬两碗酒。轮流敬酒之后，正头目、副头目、老者几个头面人物双膝跪倒在大头目面前，平托双手，连喊三声："大老爷赏光！"意思是请求大头目赏脸和他的部下百姓一起猜拳吃酒，大头目从头上摘下花翎顶戴的官帽，换上一顶礼帽，意思是把身份降下来。王爷是不能和百姓平起平坐的。大头目同意与民同乐之后，大头目的女歌手就站在帐篷门内右侧，放开歌喉唱祝酒歌。扎马给每个客人再敬一次酒，然后几个头面人物平举一只手，手背朝下，手掌朝上，手不能甩动，每出一拳都要带上大拇指，意思是尊敬对方，如果屈回大拇指就不礼貌。四格马家部落的一个代表在出拳时曾偶尔失手，屈回了大拇指，大头目顺手就给了他一记耳光。

每年正月初一到十五，这半月内是给大头目拜年的时间，各部落和牧民都可以轮着去。在这半月内，大头目放松法规尺度，一般越轨犯法的他可原谅，不予追究，半月之后法度正常。

生活轶闻

安贯布什嘉在办公事的场所里，显得严肃认真，言出法随，给人一种威严之感。一回到家里，爱说爱笑，好动不好静。他从小爱打猎，对骑马打枪颇感兴趣。他有好马也有快枪，枪法很准。平时如没什么公务，他就一人悄悄上山打猎，到景色秀丽处游玩，玩得尽兴而归。由于他枪法好，家里人常吃到猎来的野羊、野牛、马鹿等野味。有时也避开别人给家里干些家务，但绝不能让外人知道。因为打猎干家务，有失大头

① 扎马：逢年过节各部落派两人到大头目家供使役，名叫"扎马"。

目身份，是部落规矩不能允许的，为此他多次受到部落长辈的斥责。可他一旦想打猎，这种心情和欲望是按捺不住的。

安贯布什嘉早已成婚，妻子很诚实，能劳动，一般场所寡言少语，操持家务是把好手，是个典型的家庭主妇。安贯布什嘉当上大头目之后，妻子已远远不能应酬官场上的接人待客等事务。因她从小没有这方面的教养，往往在这种陌生人众多的场合束手无策，嘴笨腮拙，无所适从。在这种场所，容易引起外来客人或权贵的耻笑，大头目为此感到难堪和苦恼。他是一个好胜心很强的人，不能由于这一点而让别人小看他及他的民族。他不能怪他的妻子，妻子只能是一个裕固族牧人的好妻子，而不能做一个称职的大头目的妻子。

有一次在寺院的庙会上，大头目发现了一个裕固族女子眉清目秀、一表人才、好说爱笑，银铃般的歌声，一次又一次拂动着大头目的心，经打问才知此女叫尕里昂。后来他们彼此相爱，大头目将尕里昂纳为他的小老婆。

自此后，有一些官场里就由尕里昂出面应酬。大头目要到甘州城办理公务，也带着小老婆前往。尕里昂生性聪明、活泼大方、能言善语，饮酒歌唱更是拿手好戏，确实在很多场合表现了裕固族豪放的性格和民族特点，平时又是大头目的好助手和参谋。

尕里昂被大头目纳为小老婆之后，看到国民党政府和马步芳驻张掖的韩起功一师人马歧视、欺辱裕固族，多如牛毛的苛捐杂税，使裕固族百姓灾难重重、朝不保夕、家无宁日，感到无比痛心。当时大头目正在病中，尕里昂和大头目商量，决心要状告韩起功。经过一番筹划，尕里昂带了几个助手，骑了一匹枣骝骒马，从康乐的古城坡出发，跋山涉水，翻越祁连山，涉过黑河，到了青海西宁。经多方打听，终于找到了西北最高长官马步芳。当时马步芳正在检阅操练他的兵马，听到哨兵的报告，马步芳接待了尕里昂。

尕里昂状告了马部师长韩起功对裕固族地区的烧杀抢掠，对裕固族人民百般压榨的一桩桩、一件件血泪事实。尕里昂凭着她能言善辩的才能和豁出性命的决心，毫不胆怯和气馁。马步芳听了尕里昂的一番陈述，就给写了一纸公文，盖上马步芳的大印，交尕里昂带回。

尕里昂拿回马步芳的手谕后，国民政府才给裕固族大头目颁发了委任状，颁发了管理草原的执照。

大头目有了小老婆，并没忘记大老婆，有时也回到大老婆那里住一段，两方照顾，两个老婆都给他生儿育女。

安贯布什嘉虽是七族黄番大头目，但也能知错必改。一次，他要到其他部落处理一桩大案。正值秋季，他的坐骑膘肥体圆，小头目牵着马，大头目上马时，马突然受惊狂奔，把大头目摔了下来，栽绒被包、栽绒马鞍全被踏坏撕烂。大头目在众人面前丢人出丑，十分气恼，就要小头目给他赔马鞍、被包。小头目赔不起，就将他的一片草场划给大头目。过了些时日，大头目感到此事做得不妥，当时为了顾自己的面子和威风而给小头目造成了生活困难，他把部落的长辈请到家，把小头目也请到家，由长辈出面说和，大头目把那片草原的字据退还给小头目。为了补偿小头目因割让草原造成的经济损失，大头目又把他家的一匹青马赔给了小头目。

权力地位

安贯布什嘉的前任大头目是他本家户族的哥哥，叫博老大头目。按照世袭制，应是他哥哥的儿子继任大头目，可他哥哥没有子女，只好从他们本家户族的兄弟中挑选，在挑选时大家都认为安贯布什嘉聪明，口齿伶俐，气度不凡，办事果断，就成为大头目的继承人选。裕固族大头目的承袭也有一套制度。明朝末年清朝初期，藏传佛教格鲁教派势力已深入到裕固族地区，各部落在草原上兴建了十座寺院，寺院成为全部落宗教活动的中心。这十个寺院中除康隆寺、红湾寺外其余几个寺院均属青海互助县的佑宁寺管辖，这几个寺院所属部落头目的世袭须得到青海佑宁寺大活佛土观呼图克图的批准。若部落头目有负众望或不堪任事，也须由土观活佛改派，再由清朝地方衙门加以委任。康隆寺直接受青海塔尔寺管辖。裕固族寺院又统受青海大通县果芒寺管辖，所以安贯布什嘉继任裕固族大头目，是经青海大通县果芒寺活佛批准的。1915 年，安贯布什嘉继任不久，民国政府给安贯布什嘉大头目换发执照，从此裕固族人民置于民国政府统治之下。

在青海大通县果芒寺内设有安贯布什嘉大头目的行宫，有会客室、卧室、办公室，室内铺有地毯，设有王位专座，陈设华丽，用具齐备。青海把安贯布什嘉大头目尊称为裕固族王爷，所以果芒寺设了行宫，衣食住行均以王爷级别相待。他的行宫平时有专人管理，他去时有专人伺候，给他准备的专骑平时有人饲养。

裕固族地区的康隆寺，建寺较早，规模最大，权力最高，康隆寺院内给安贯布什嘉大头目建了衙门。每逢寺院的正月大会、四月大会、十月大会都要请大头目光临。康隆寺院的正月大会要做酥油花，六月大会要跳“护法”。每逢寺院的大会时，大头目都带领随从一行住到他们的衙门。大头目出面时，晚上有两个年轻小伙各提一盏灯笼走在前面，后跟两人以长号开路，大头目头戴花翎顶戴，身穿龙袍马褂在后缓行。走进寺院的一个高台上，和寺院喇嘛在高台的专座上就坐，以示他们的威严。去看跳“护法”的观众，不论妇女老幼都要穿上新衣跪在两旁。

每当部落里发生了重大问题，部落头目处理不了，就要禀报大头目。大头目带领他的辅帮、圈头等随行人员，带着大头目的专用帐篷和使用器具，前往这个部落安营扎寨，调查处理。通过处理问题，对这个部落和邻近部落进行巡视，受理部落中发生的重大偷盗、打架、草原纠纷和家庭诉讼等一切案件。当时的裕固族部落有一套完整的封建统治制度，对违犯部落法令者审讯处理，动用刑法。一般的问题和案件，大头目都授权各部落处理。对一些确属罪大恶极者，大头目批准动用大刑甚至枪杀。对违犯部落法规的正头目、副头目，大头目出面处罚，直至改换。

安贯布什嘉在四十岁以前，少年气盛，血气方刚，时时处处在维护着大头目的尊严，在公共场所说话处事严肃认真，一言一行都很谨慎。

民族利益

民间相传，安贯布什嘉任大头目四十余年，在这期间，他对裕固族的草原处处力争，寸土不让，为维护本民族的利益尽了很大的努力，做了不少实事，至今还为人们称颂。

在国民党马步芳部队统治裕固族的时候，马部一个叶团长率领他的部下，来到裕固族放牧的胡司台、八字墩草原，要在这里办一个马场、一个羊场、一个牛场，这样就把大片的草原抢占了去。在这里驻牧的裕固族牧民无地立足、无法生存，安贯布什嘉大头目经过一番筹划，派他能言善辩的辅帮扎华和几个人，拿了八百块银元，穿着破衣烂衫，去西宁见马步芳。八百银元作为见面礼，要向马步芳报告叶团长新办三个牧场，使得裕固族牧民无法生存的境况。扎华一行按大头目的旨意，打通不少关节，面见了马步芳，送上见面礼，报告了占草场的事。过了一个多月，马部叶团长宣布：牧场停办，牛马羊全部撤出。马部的牛马羊全部撤走后，为了保住草原，大头目发令，凡是胡司台、八字墩的裕固族牧民，有牲畜者放牧，无牲畜者要就地种粮，劳力多者边耕边牧，不得放弃一寸草原。自此后，这里的牧民开始种地，大多数人边耕边牧，终年占住草原，保住了地盘。

1929 年以后，裕固族地区置于国民党马步芳统治之下，为了采取分而治之的统治手段，他们把这一完整的地区划归酒泉、高台、张掖管辖。康乐的几个部落交纳的“官毛官皮”，要交纳给马步芳派驻张掖的师长韩起功。有一年交纳地点定在张掖的沿河墩，为把手续交纳清楚，大头目派一辅帮亚拉格前去监交。当时的运输工具只有牦牛，各部落距点较远，没按时把皮毛交齐。韩部的一个副官把辅帮打了一顿，打得三天不能动。大头目得知消息后，立即赶到张掖，理直气壮向韩师长进行了控告。韩师长答应免去部分未交齐的“官毛官皮”，并答应查办那个副官。

1947 年的一天，临泽县伪县长带着衙役，前呼后拥，来到大头目安贯布什嘉的家，向大头目宣布：从今起康乐的各裕固族部落归临泽县管辖，临泽县衙有权处理裕固族的民事纠纷和刑事案件。大头目深知多一层管家，裕固族人民就多一份苦难。国民党、马步芳统治以来，统治之残酷，剥削之深重，达到了无以复加的地步，裕固族人民处于衣不遮体、食不果腹的赤贫境地，整个民族人口不足三千，濒临灭绝的边缘。当时，大头目不愿意接受临泽县衙的管辖，就对县长说：“这是一件大事，我一个人说了不能算，要召集各部落头目会议，大家一起商量。”县长急于推行“分而治之”的强权统治，就把大头目带走了。到了康隆寺，在县长的胁迫之下，大头目发令各部落，要各部落正副头目到罗儿格家转轮寺集结议事。

召集头目议事的通知送到各部落时，临泽县长抓走大头目的消息也传到了各部落，这一消息激怒了深受压迫的裕固族人民。他们对国民党政府推行的“分而治之”的反动政策早就产生了抵触对抗情绪，马匪部队的烧杀抢掠、苛捐杂税，已使裕固族人民到了忍无可忍的地步。不少裕固族热血男儿怒吼出了“七族黄番不分家”的口号，裕固族人民自发起来斗争。就在各部落首领来转轮寺开会时，各部落的裕固族牧民也从四面八方向转轮寺围来。县长和衙役都荷枪实弹，想露露威风。一会儿，亚拉格家部落、五格家部落的头目领着骑马的牧民赶来，说要给大头目说件事。大头目走近牧民时，牧民牵过早已准备好的快马，把大头目扶上马，在众人围护之下，一齐向海亚沟飞驰而去。临泽县长“分而治之”的目的未能得逞，从而大长了裕固族人民的志气，灭了反动统治者的威风。

1949 年，解放大军到达张掖时，大头目向部落下令，各部落正副头目到张掖迎接解放大军，并要各部落赶上活牛活羊，送到张掖慰问解放军。大头目安贯布什嘉头戴清朝皇帝御赐的花翎顶戴，身穿龙袍，带领各部落正副头目，双手捧着哈达，在张掖城门前迎接解放军，给解放军首长敬献了哈达和青稞酒，各部落给解放军送去了活牛活羊，以示慰问大军。同时，大头目接受了共产党的政策宣传。

【搜集整理】田自成

害人终害己

一年初秋季节，周喜、赵财和李观音保三人结伴到祁连山里挖药材。三人虽不同姓，但居住同村，家境都很贫寒。三个小伙子听人说挖药能赚钱，又听老人们常说：只有穷滩，没有穷山，祁连山上到处是宝，山上有獐豹鹿兔，有金银铜铁，有羌活大黄，有常青松柏。三个小伙子一起商量，要到祁连山里挖药找宝。主意一定，就备好口粮行李、锅碗工具，背背搭搭出发了。

俗语说："听风跑死马。"三个小伙子初进祁连山，哪里长药材，哪里有宝藏，他们一概不知，在深山里游荡了半个月，一无所获。这时，粮食吃完了，人也跑乏了，三个人只好高兴而来、败兴而归，三个人都耷拉着脑袋，连话都懒得说一句，没精打采地走啊走啊。走着走着，李观音保突然喊了起来：

"快来看呐，这个口袋里装的什么?"

周喜和赵财听到喊声，都一齐朝李观音保奔去。三个人围着一条大口袋，周喜先蹲了下去说："解开口看看，里面装的什么?"袋口解开了，原来是一口袋面粉，三人顿时喜出望外。

"啊，这真是天无绝人之路嘛。"赵财舔了舔干裂的嘴唇说。

"这是我们时来运转，干脆今天就住在这里。"周喜也眉开眼笑地说。

三人都不想再走了，就在一条小河边的窖洞里住了下来。三个人端水的端水，拾牛粪的拾牛粪，打算埋锅造饭，饱餐一顿。

一顿拉面条吃饱后，三个人钻进窖洞倒头便睡。第二天，日上三竿了，三个人才爬起来。赵财爬上一个小山包，沿小河下游远望，看见好多人来来往往、忙忙碌碌，他便叫上周喜和李观音保一同前去看看。他们一看，才知道这些人在挖金子，这条小河就叫金昌河。周喜他们一边走，一边商量，现在有了一百多斤面粉，也在这里挖金子吧。

赵财的主意立即得到周喜的赞同，李观音保年纪最小，也就同意了。他们回到窖洞，打好了行李，向淘金的地方走去。安顿好住处，又该做饭了，周喜让观音保去抱三块石头来垒灶，观音保顺从地去了。不一会儿，两块已经支好，一块放不稳，又叫观音保另找一块。观音保去了好大一阵，还不回来，周喜高声喊骂：

“这么大的小伙子，找块石头都找不来，又不是让你找金子，这么不准用，真窝囊。”

李观音保听到这不三不四的话，空手走了回来说：“有一块石头，我怎么也抱不动，不信你们去看看嘛。”

赵财乜斜着一对小眼说：“该不是一块金子吧？走，咱们去看看。”

说着三人去抱那块石头，走近一看，一块个儿不大的石头，沾满了红胶泥。赵财走过去搬了一下，却抱不起来，周喜气得瞪眼，一把推过赵财，用力去抱，也没抱动，都感到奇怪。

赵财蹲在地上看了看说：“听我爷爷说过，金子最重，方圆一寸就是一斤，这块石头这么重，会不会是一块金子？”

赵财这么一说，确实提醒了他们，他们三人把这块泥巴蛋蛋的石头滚到水边，用水洗掉了泥巴，却见金光闪闪，三人立时像傻了一样。李观音保提议，我们就此把金子分了，各自背着回家。周喜和赵财各自在心里打着“好”主意，都按住心头的喜悦不吭气。经常打惯小九九的赵财开腔了：

“看先原用红胶泥把金子泥上，三个人谁都不许声张，把金子滚回窖洞再商量。”三个人照此办理，费了好大劲才把金子滚回窖洞。李观音保又主张分，可是这块金子打不烂，砸不开，周喜说：

“李观音保在这里看着金子，我和赵财回家找个牲口，只要把金子驮回家，我们就有办法分了。”赵财喜形于色地同意了，李观音保见他们同意，他也只好同意留下，周喜、赵财连饭都顾不得吃，立即出发。

周喜、赵财走后，李观音保在窖洞里挖了坑，想把金子埋起来，但又想到，听人说过金子会走路，万一走掉怎么办呢？他左思右想，想不出好主意，不埋掉万一被人发现怎么办呢？想来想去，想出一条主意，他把金子滚到一个挖过金子的深洞里，用他的被子包住，然后用绳子把被子拴在一块石头上，又把被子和石头用沙埋住。

周喜和赵财脚下生风，走到天黑还没到家，肚子早饿得前心贴到后背，周喜感到肚子一阵阵绞痛，痛得他连腰都直不起了，赵财无奈就扶着他走，走不多远，周喜坐到地上怎么也站不起来了，对赵财说：“我有个病，叫绞肠阴，今天这样疼，肯定是老病犯了。”

赵财只好背着周喜，走啊走啊，天越来越黑，就要过百浪大河了。赵财卷起裤子涉水而过，想到他的目的就要达到了，走到河中心，有意打了个趔趄，一下把周喜扔进了河里，波涛滚滚的河水，转眼就把周喜吞没了。

赵财摸黑到家，将事情经过一五一十地告诉了他老婆，唯独对周喜的事只字不提。

第二天，天还不亮赵财老婆就去她姐夫家借骡子，说要给丈夫送粮，天近中午骡子借来了。赵财跑到观音保家，对观音保的妈说是来取粮，晚上就走，贫寒之家哪有多余的粮食，就给带了几个麸皮馍馍，赵财连夜骑着骡子出发了。走到半路，天已将明，赵财把早已准备好的一包砒霜洒进观音保的馍馍里边。

太阳升起的时候，赵财已骑着骡子赶到了金昌河，找到了急不可待的观音保。

“周喜怎么没来？”

“他肚子疼来不了啦，这是你妈给你带的馍馍，你赶紧吃，吃完了我们好驮着金子回家，金子你放在什么地方？”

“金子我放在金洞里，你放心，丢不了。”

观音保边说，边吃馍馍，一会儿两个馍馍进肚，就觉得肚子隐隐作疼，过了一会儿，越疼越厉害，疼得观音保在地上翻滚。赵财却急急逼问藏金的地方，观音保已觉察到上当受骗，就是不说地方，过了一阵，观音保七窍流血，怒目而死。

赵财匆匆背起死尸，扔进了一个金洞子，就摸黑到数不清的金洞里找金子，找了一个又一个，却找不见。他看见一个洞有脚印，就钻了进去，用手到处搬，到处刨，刨着刨着，只听轰隆一声响，洞顶塌下了一大块，沙石泥土把赵财埋得只有头露在外面。赵财拼命呼救，不知喊了多久，一个找牲口的人，远远看到一头骡子，就找到了这里，忽听有人呼喊，顺声找进了金洞子，把赵财刨了出来，背到了洞外。经过询问，赵财把事情经过讲了出来，时隔不久，赵财口吐鲜血，感到即将离开人世时，才自语说：“害人终害己，这就是应该得的下场。”说完就一命呜呼。

【搜集整理】田自成

傻瓜赛维力

很久以前，草原上有个裕固族傻小子，名叫赛维力。别看他个头挺高，可脑袋里像装了一盆糨糊，整天糊里糊涂，傻里傻气，大事不懂，小事不会。别人认为是件好事，他偏偏以为是坏事。别人认为是坏东西，他却当成了宝贝。赛维力就这样傻乎乎地长大了，成年之后，仗着家里有钱，他娶了一位美丽贤惠的姑娘做妻子。

婚后头一天，赛维力去放羊，妻子煮了一锅羊肉，等着丈夫回来吃。傍晚，赛维力回来了，妻子对丈夫说：

“一天放羊辛苦了，咱们吃饭吧。”说着就把一大盘手抓羊肉端上来。

赛维力一见就火冒三丈，破口大骂：

“混蛋，这是什么烂饭，我不吃，你自己去吃!”说完就把妻子毒打了一顿。妻子越想越是气，心想：这真是狗咬吕洞宾，不识好人心。既然不识抬举，看我怎样报复你。

妻子气了一夜，也想了一夜。第二天，就在一盆狗食里掺上了羊粪蛋儿，端给赛维力吃。谁知赛维力一见就馋得口水直淌，他大声笑着说：“哈哈！这饭美味可口，太好了，以后每天做这样的饭就对了。”说着就狼吞虎咽地把一盆狗食吃完了。妻子看到如此情景心里真是既生气又难过，心想：一辈子和一个十足的大傻瓜生活在一起，那真是白来人世。半夜里趁赛维力鼾声震天时，妻子悄悄起来逃走了。正好有一支上千人的队伍路过草原，于是赛维力的妻子就随着队伍一起走了。

第二天，日上三竿，赛维力一觉醒来，不见了妻子，家里家外找遍了人影都不见，赶忙沿路去找。路上赛维力碰见了一个放羊的青年人，他勒住马缰问道：

“牧羊哥，牧羊哥，有没有一个丑婆娘从这里走过去？披头散发腿又粗。”

“赛维力，赛维力，有一位贵妇人从这里走过去。头梳得光光的，眼睛圆圆的，一千人带着她，从这里走过去。她让我告诉你，沙丘上不要去呀，暗箭会伤害你。”

“那就是我的老婆，她还对你说什么来着?”

“她对我说，等会赛维力若是来追我，你告诉他不必追了，她要到遥远的地方，永远也不回来。家里有七只山羊，可以用来挤奶喝，叫他回家好好过日子。”

“不，我还是要去找她，要她跟我回家去。”

赛维力说着又朝东追去。赛维力在路又碰见了放牛的人，他勒住马缰问道：

“牧牛哥，牧牛哥，有没有一个丑婆姨从这里走过去？她披头散发腿又粗。”

“赛维力，赛维力，有一位贵妇人从这里走过去。头梳得光光的，眼睛圆圆的，一千人带着她，从这里走过去。她让我告诉你，红柳和西河柳树下不要去，暗箭会伤害你。”

“不，我还是要去找她，要她回家做饭去。”

赛维力说着又朝东追去。赛维力在路上又碰见放骆驼的人，他勒住马缰问道：

“放驼哥，放驼哥，有没有一个丑婆姨从这里走过去？她披头散发腿又粗。”

“赛维力，赛维力，有一位贵妇人从这里过去。头梳得光光的，眼睛圆圆的，一千人带着她从这里走过去。她让我告诉你，歪脖杨树上不要去，暗箭会伤害你。”

“不，我还是要去找她。要她当我的丑婆姨。”

赛维力继续向东追去。

赛维力追呀，追呀，最后来到一棵金枝玉叶的神树下面，他忘记了妻子的忠告，爬上这棵歪脖的神树，向远处张望，看见他的妻子骑着马，和一千人一块儿向天边奔驰。赛维力看见妻子，竟忘了自己是站在树杈上，他大喊一声“我的丑婆姨”，双手前伸想抓住妻子，不料失去平衡，掉下神树摔死了。

那金枝玉叶的神树的仙姿被赛维力破坏了，变成了普普通通的胡杨树，当地人称梧桐。梧桐树一树长两种叶子，上部叶子似榆，下部叶子似柳，如今还长在明花草原上。

【搜集整理】田自成

王子护法

康隆寺在肃南裕固族的寺院中，规模宏大，建寺也早，大经堂可容五百僧众诵经。还有护法楼、藏经楼、玛尼转轮、广普茶房，有主持喇嘛伍嘉措堪布的衙门，有艾罗千户的办事处，有僧房数百间。

一天夜里，突然大火冲天而起，寺院着火，恰巧狂风又起，风助火威，烧得劈啪作响，火光照得满天通红。由于火势太猛，三百多僧众撒土泼水，根本无济于事。一夜间，雄伟壮丽的康隆寺化为灰烬，夷为平地，而唯独护法堂完好无损。

寺僧说，护法堂因护法神显灵，险获保全。康隆寺所供护法和其他黄教寺院一样，不同的是还另供有王子护法，特别受人尊重。

相传在很早以前，有一个裕固族王子，是一个虔诚的佛教信徒，对众生功德无量，死后就地为神，就供在康隆寺护法堂内，寺内供的不是王子的偶像，而是把一块丝巾系在一根长矛之上作为象征供奉。如果遇到难以解决的大事，或难以推测决断的事，就从护法堂请出长矛，一人双手执矛，其余僧众坐地诵经，执矛者讲清所求之事，长矛就会自己跳动，矛尖在地上写出字来。所写的字就是所求之事的答案，能卜算，甚为灵验。

长矛是王子的化身，被当地人奉为护法神，也称王子护法。

康隆寺寺院被烧，只剩护法堂，都传说是王子护法的功德。

【搜集整理】田自成

裕固族头目都姓安

相传，在清朝康熙年间，清廷发令，要全国各族男子都要留长辫子，这一强制性的皇命，遭到了裕固族人民的强烈反抗。因裕固族男子从古到今不留发辫，只穿长袍，不穿马褂，多少年来一直是按照他们民族自己的生活习惯，今天连发型这样一点自由都要更改，他们认为这是一种屈辱，就在裕固族人民中爆发了一场反清斗争。

在封建统治的年代，违抗皇命，被视为大逆不道，犯上作乱，更会招来灭顶之灾。清廷立即派遣太子太保大将军年羹尧率领三军前来镇压。

年羹尧屠杀了很多人，想把裕固族斩尽杀绝，彻底消灭。当时，甘州的巡抚都御史孙思克、总兵窝合，都不同意年羹尧的做法，多次规劝，年羹尧一点听不进。年羹尧为清廷屡建战功，官居西北兵马总督，居功自傲，仗匹夫之勇，全不把孙思克和窝合的劝说放在眼中，为此，孙思克和窝合联名上疏，奏请皇帝以宽大仁慈为怀，不可泛杀无辜。

康熙皇帝见疏，立即传旨，要裕固族的头人进京晋见。接到皇帝圣旨，不少头人都感到此次进京，凶多吉少，不敢前往，若无人进京，又要问抗旨之罪，更是大难临头。正在众人为难之际，有姓安的裕固族七兄弟听到这一消息，他们有胆有识，都愿挺身前往。

这天，安氏七兄弟来到裕固族汗王的牛皮牙帐，长兄安巴特尔对汗王说："为了民族的安危，我七兄弟愿往京城见驾，到了京城要被皇帝杀了，为了我们这个民族而死，也就罢了，如果我七兄弟能活着回来，就要当裕固族的掌柜的（首领）。"众人商议后，答应了七兄弟的条件，并交代了各项事宜。

七兄弟选了七匹好马，每人一骑，晓行夜宿，和官兵同行，不日到了京城，被安顿在驿馆候旨。一日早朝，要安氏七兄弟进宫见驾，兄长安巴特尔对众兄弟说："今日见驾非同小可，我们兄弟务必小心在意，不可胡说乱动，并要见机行事。"七人把事先准备好的黑牦牛尾假发套戴上，把辫子缠到头上，到了皇宫齐刷刷跪倒在宝座之下。康熙皇帝问："小小黎民胆敢造反吗？"安氏兄弟指指头上的辫子，又摇摇头。值殿官大声喝问："皇帝问你们话，为什么不回答？"这时安巴特尔用裕固族话说了一通，在场者除安氏兄弟外，没一人能听得懂。恰好有京中的喇嘛在场，安巴特尔向喇嘛磕头作揖，喇嘛一看安巴特尔磕头，早知是佛门弟子，顿生恻隐之心。喇嘛就对皇帝说："裕固族是安分良民，佛门信徒，朝廷不必妄加杀戮，应宽大为怀，慈悲为善。"康熙皇帝听从喇嘛劝谏，又经多方调查，拟旨要年羹尧立即罢兵，不可泛杀裕固族。康熙皇帝两次召见了安氏七弟兄，封七兄弟为裕固族七个头目，将裕固族（当时称为撒里畏吾）划分为七个部落，称为"七族"，即大头目家、杨嘎家、八格家、五格家、罗尔家、亚拉格家、贺郎格家，并敕封大头目为"七族黄番总管"，御赐黄袍马褂和花翎顶戴。康熙皇帝要裕固族每年朝贡纳马，年年纳多少匹马，恰好他手中拿了一串楠木朝珠，一串朝珠是一百零八颗，就按朝珠的数字，定了裕固族每年向朝廷纳贡马一百零八匹。到了康熙三十七年（1698年），向裕固族大头目颁发了住牧插帐地方执照。

由于裕固族安氏七兄弟冒死保护了民族利益，并为裕固族争得了住牧插帐合法的地方，加之皇帝敕封，裕固族头目成为世袭制。从此，裕固族头目都姓安，其他姓氏都不能担当此任。

【搜集整理】田自成

山羊太市

草原上有只小白兔，白白的绒毛，红红的眼睛，长长的耳朵，长得非常好看。小白兔特别喜欢唱歌，有一次它唱道：

草原上的小白兔，
身上觉得不暖和。
趴在了那白刺下，
根子吃起不香甜。
爬在了那草蓬下，
身上觉得不温暖。

天上有只恶老鹰，总想追捕小白兔，在天上高高盘旋，时时在观察小白兔的行踪，一旦发现它就箭一般俯冲而下，总想抓小白兔。活泼可爱的小白兔想了好多好办法来躲避恶老鹰的追捕，它趴在芨芨草下面，被老鹰发现了，趴在白刺枝下面也不行。这天，老鹰又来抓它，小白兔东躲西藏，正好有一只名叫太木的山羊从这里路过，小白兔便气喘吁吁地对山羊太木说："太木哟，请你行行好，让我藏在你的身下吧！"

山羊太木问小白兔："草原上能藏身的地方多着呢，你为什么偏要在我身下藏身呢？"小白兔唱道：

太太太太木哟，
我在芨芨草下面藏，
天上老鹰能看见。
太太太太木哟，
我在白刺枝下面藏，
老鹰还是能发现。
天上闪着那青光，
老鹰已经飞来了，
它正在天上盘旋。

山羊太木听了小白兔唱的歌，觉得小白兔太可怜了，就让它藏在自己的肚子底下，老鹰俯冲而下，果然没有发现小白兔。从那以后，老鹰一来，野兔就往羊肚子底下钻，山羊和野兔成了好朋友。

【搜集整理】田自成

黄莺妈妈

很久很久以前，草原上长出了一棵榆树。它长呀，长呀，越长越高，最后长成一棵枝叶茂盛的大树。

不知什么时候，远方飞来了一只美丽的黄莺鸟，就在这有九个枝杈的树上筑了一个窝，安家落户了。后来，这只美丽的黄莺生了三个蛋，它像爱护自己的生命一样，小心翼翼孵了七七四十九天，孵出了三只毛茸茸十分可爱的小黄莺。黄莺妈妈从早忙到晚，在草原上抓虫子给小黄莺吃。三只小黄莺长大了，可黄莺妈妈累出病，腰痛得不能动。

三只小黄莺焦急万分，立即请来了鸟大夫，鸟大夫看了说："这种病吃了桃子就会好的。"草原上哪有桃子呢？三只小黄莺为治好妈妈的病，商量一定要想方设法给妈妈找到蜜桃。

三只小莺飞到东，飞到西，飞到南，飞到北，飞过了草原，飞过了祁连山，飞到了农区，飞到了张家老汉的桃园中。三只小黄莺看到满树都是一面红一面黄的个儿大大、嘴儿尖尖的桃子，它们真是大喜过望，就不停地摘呀，摘呀，大桃摘了十八双，小桃多得数不清。三只小黄莺一起抬，抬不动；它们一起背，可怎么也背不动。在它们想办法的时候，张老汉来了，看到小黄莺偷摘了他的蜜桃，把三只小黄莺抓了起来，关进了笼子。

三只小黄莺含着眼泪，苦苦恳求张老汉把它们放了，唱道：

张家老汉放生吧，
盖的房子庙一般美，
生下的儿子当秀才，
养下的丫头当裁缝。

张家老汉看看三只小黄莺，见它们长得十分美丽又可爱，听它们唱歌，声音又非常婉转动听，决定把它们拿去卖掉，所以对小黄莺的哀求不但不理，反而把笼子关得更紧了。

三只小黄莺为了给妈妈治病，摘了桃子还没拿回家，现在自己反而被关进了笼子，看样子恳求是没有用了，就诅咒道：

张家老汉你不放，
修下的房子烧成灰，
生下的娃子拉长工，
养下的丫头瞎眼睛。

人们非常同情小黄莺的遭遇，就跟着这首小曲唱了起来。

草原上有各种各样的小鸟，它们有爸爸也有妈妈，有儿子也有女儿，你若把它们抓了，就应当把它们放掉，要不然它们会想念自己的爸爸、妈妈的。

【搜集整理】田自成

蜜蜂姑娘

很久很久以前，相传在东方的红枣山下，生活着一只蜜蜂。有一次，它偶然飞到裕固族草原上来，看见裕固族姑娘头上都戴着一顶火红的狐皮帽子，裕固族妇女胸前都挂着用珍珠、玛瑙、海贝镶嵌绣制而成的头面，觉得十分美丽好看，心里羡慕极了。它想："我要是能变成一个人该多好哇，我也要戴一顶火红的狐皮帽子，带着精美的头面，那该是多么的漂亮啊！"于是它就飞呀飞呀，飞到很遥远的地方去找仙人。

"仙人啊仙人，我怎样才能变成人呢？想什么主意才能戴狐皮帽、头面呢？"蜜蜂姑娘向仙人求教。

仙人说："你头上触角太长了，你若要有勇气，去到悬崖石壁上碰掉它，你就可以变成人了，然后嫁给一个裕固族小伙子，你就可以戴狐皮帽子和头面了。可是你要三思而行，一旦变成人之后，就再也变不成自由自在的蜜蜂了，那时候后悔也就没用了。"

蜜蜂姑娘说："我不会后悔的。"它离开了仙人，飞到了一座山岩下面，鼓起勇气，忍住疼痛，撞掉了触角，果然变成一个天仙一般美丽的姑娘。她来到了裕固族草原上，给一个裕固族小伙当了媳妇，头上戴上了火红的狐皮帽子，胸前戴上了图案美丽、做工精细的头面，愿望得到了实现。

可是蜜蜂姑娘在草原上生活了一段时间，就发现草原上的生活是艰苦的，这时才真正感到百花盛开的红枣山是多么的美丽，那真是花的海洋、蜜蜂的王国。当然也想起仙人说过的话，她后悔极了。她说："家乡的枣儿红又红，这里连一个也没有，那满滩的骆驼粪、羊粪蛋儿就是这里的红枣吧！家里的挂面一把又一把，这里连见都没见过，只有一捆捆芨芨草卖钱，芨芨草就是这里的挂面吧！"于是她编了一首歌唱道：

蜜蜂呀蜜蜂呀，
我是苦命的蜜蜂呀，

我是苦命的蜜蜂呀。
成把的挂面我吃过，
黄芨芨垛成的垛谁卖过？
成堆的红枣我吃过，
成堆的骆驼粪蛋儿谁卖过？
成堆的沙枣我吃过，
成堆的羊粪蛋儿谁卖过？

也有人说：蜜蜂姑娘不是蜜蜂变的，而是榆木山区一个富人的丫头取名蜜蜂。她从富饶的山区，嫁到了贫困的裕固族草原，在草原上唱她编的歌。不管哪种说法，给草原上留下了动人的故事，也留下了这首歌，祖祖辈辈在草原上流传。

【搜集整理】田自成

雅当姑娘

很久以前，在莲花草原上有位叫雅当的姑娘，从小由于父母早逝，和哥哥、嫂嫂生活在一起。雅当的嫂子为人尖刻，常常打雅当，要她边放羊边捻毛线，晚上回来时顺路还要背上一捆柴火或干牛粪。如果是羊吃不饱，柴火拾不够，毛线杆捻不满，就不准回家吃饭。雅当幼小的年纪，却干着繁重的活计。嫂子给她吃的却是残茶剩饭，穿的是破衣烂衫。雅当幼小的心灵感到十分痛苦，于是就编了一首歌，每当感到痛苦时就唱道：

雅当姑娘呀，
你为何这样笨？
长角的绵羊呀，
它为何吃不饱？
长角的犛牛呀，
它为何吃不饱？

我的线杆呀，
它为何捻不满？
黄昏的太阳呀，
它为何不落山？

有一次，嫂子听雅当唱歌，她就想听听究竟唱些什么，于是就悄悄跟在雅当后面。雅当姑娘一边放羊，一边捻线，含着眼泪唱歌。她嫂子被凄惨的歌声所感动，决心改正自己的错误，看待好小姑。这天晚上，雅当放牧归来，嫂子亲自出来笑脸相迎，并对雅当说："妹妹风吹日晒辛苦了，羊我来圈，茶壶里有奶茶，锅里有羊肉，你快去吃吧。"雅当姑娘走进帐篷，揭锅一看，锅里正煮着香喷喷的羊肉。她心想：嫂子又要要什么新花招，寻找什么毛病来治我。想来想去，心里感到恐惧，于是就自寻短见，离开了人间。

等嫂子圈好羊回来，雅当姑娘早已断气，嫂子非常懊悔，非常难过，就请来了喇嘛为姑娘念经超度，以弥补过失。从那时候起，裕固族人才开始有了为死者念经超度的习惯，这一习惯一直延续到今天。

【搜集整理】田自成

赛赛成

赛赛成是一位身经百战的英雄，相传他为裕固族人民立下了许多功劳。在一次战争中，赛赛成不幸身负重伤，他的妻子闻讯后，马不停蹄，人不离鞍，赶到了军营，并带来了赛赛成平日最喜欢用的银边木碗、最喜爱穿的绸缎长袍和最心爱的牛皮高腰靴。赛赛成见到他的这些心爱之物，但已无力端木碗，也无力穿袍子和靴子了。于是在弥留之际，赛赛成和妻子对唱道：

妻：喂、喂、喂
　　赛赛成那赛赛成
　　银边木碗盛满饭，

多少请你吃一点。
赛：一点我也不想吃，
请把木碗放枕边，
死后给我作纪念。

妻：赛赛成那赛赛成，
绸缎袍子拿来啦，
请你现在穿上吧！
赛：我已无力把它穿，
请你把它放头边，
死后给我作纪念。

妻：赛赛成那赛赛成，
牛皮靴子拿来啦，
请你把它穿上吧！
赛：我已无力穿上它，
请你把它放脚边，
死后给我作纪念。

【搜集整理】田自成

卡拉莫台吉的女儿

很久以前，在裕固族草原上有个名叫卡拉莫台吉的人，他和妻子相依为命，妻子生了个儿子，取名叫吉尔根·墨尔根。后来又生了一个女儿，妻子就染病死去，卡拉莫台吉既当爹又当妈，为了孩子和一家人的生活，就又娶了一个妻子。

不料，新娶的妻子心术不正，脾气很坏，经常背着卡拉莫台吉百般虐待前妻留的一对儿女，尤其是对小女儿更是狠毒，不是打就是骂，不给饭吃，不给衣穿。一次小女儿把自己的遭遇向阿扎哭诉了一番，父女俩抱头痛哭一场。父女俩的痛哭更激起了继母的忌妒之心，想更狠毒地惩罚小女儿。一天，趁丈夫和吉尔根·墨尔根不在家，逼迫小女儿吞下了一颗铜质的铃铛。铜铃铛鲠在喉咙，上不来也下不去，从此小女儿变成了哑巴，真是哑巴吃黄连，有苦难言。小女儿变成了哑巴，并没有解掉继母的心头之恨，她又设陷阱活捉住了一头马鹿，把小女儿用毛绳捆在鹿背上，然后把马鹿放掉，就这样小女儿被马鹿驮在背上飞一样地窜进了密密的森林。卡拉莫台吉追问女儿的下落，妻子说已离家出走。卡拉莫台吉以为女儿丢了，十分悲伤，到处问讯打听，杳无音讯。

马鹿背上驮了个人，惊恐万分，拼命地狂跑乱跳，千方百计想把背上的姑娘扔掉。鹿背上的姑娘也非常紧张害怕，加之剧烈地颠簸，就昏了过去，任马鹿驮着奔跑。这天，一个年轻的裕固族猎人走进了这片森林，打死了这头马鹿，从马鹿背上救下了这个姑娘。因为剧烈颠簸，鲠在姑娘喉咙中的铜铃也吐出来了，姑娘向猎人倾诉了她的不幸遭遇。年轻的猎人非常同情姑娘处境，就把姑娘背回了他的帐篷。姑娘已被山石、树枝挂得遍体鳞伤，浑身流血，猎人用他猎取的鹿香和草药为姑娘治伤。在他的精心调理之下，姑娘伤势痊愈，在以后相处中，猎人和姑娘产生了爱慕之情，猎人拿出珍藏多年的阿娜的遗物：一串珍珠项链，向姑娘求婚。姑娘被一颗真诚的心感动了，他们俩结成了夫妻。从此，夫妻俩互相体贴，互相关心，相亲相爱地过日子。日子虽不富裕，但都感到生活的甜美。她生了一个胖小子，更给他们的生活增添了乐趣。她在哄孩子入睡时，就编了一首催眠曲，她唱道：

吉尔根·墨尔根的外甥，
呗呗；
卡拉莫台吉的外孙，
呗呗。
阿娜曾被后娘迫害，
呗呗；
吞下去一颗铜铃，
呗呗。
马鹿背上险些丧生，
呗呗；
善良的猎人救了性命，
呗呗。
戴过珍珠项链呀，

呗呗；
生下心肝小宝贝，
真亲。

草原上的人们很喜欢这首歌，一传十，十传百，就在草原上传开了。卡拉莫台吉听到这首歌后，才知道他的小女儿还在人间。他立即打点行装，派他的儿子吉尔根·墨尔根去找妹妹。吉尔根·墨尔根翻过了九十九个达坂，涉过了九十九条河流，穿过了茫茫的林海，才找到了他的妹妹，见到了他的妹夫和外甥，兄妹相见，才真相大白。心狠手辣的后娘见自己的阴谋败露，害人之心也已传遍草原，罪孽深重，无地自容，只好跳下万丈深渊自杀了。卡拉莫台吉一家得到团圆，真正是悲喜交加。

【搜集整理】田自成

台木杨和达尕

裕固族把舅舅称为达尕，达尕虽不是本家族成员，但关系亲密，受到特殊的尊敬。俗有天下亲戚达尕为大之说，外甥家无论喜庆丧事，达尕是必到的贵客。外甥女戴头出嫁，舅舅必须前往，是座上宾，并唱戴头歌。第一个外甥出生，满月时舅母一定要送礼；外甥三岁剃头时，舅舅先动第一剪；舅舅有权决定外甥的财产继承及婚姻，在这方面就是外甥的父母也要尊重舅舅的意见。所以舅舅在外甥家处处受到尊重。可是很早以前，草原上却有一个心又黑又贪的坏舅舅。

坏舅舅的外甥叫台木杨，他虽年纪幼小，却很懂礼貌，每次舅舅来他家，他都要到帐篷外去迎接。舅舅看外甥台木杨非常尊敬他，并很听自己的话，向来是说一不二，言听计从，于是舅舅产生了一个坏念头，想把台木杨害死，好侵吞姐姐的全部家产。

有一天，坏舅舅又来了，台木杨又到帐篷外去迎接。舅舅说："走，今天我领你到山上去玩！"台木杨点点头，就跟着舅舅上山了。台木杨养了一条黄狗，十分机灵，和台木杨有深厚的感情。它看见舅舅领台木杨上山了，它也悄悄尾随其后。

到了山上，舅舅把台木杨领到了豺狼成群、狗熊出没的地方，就说："台木杨呀，你在这里等一等，舅舅去给你摘些野果子、山葡萄，还有那颜色红红、酸甜可口的泼蟠（草莓），这些东西可好吃了。”说完他就走了。台木杨一个人留在深山，等呀，等呀，等得太阳快落山了，深山里阴森可怖，松涛声哗哗作响，豺狼嗷嗷地狂叫，台木杨怕得浑身起了鸡皮疙瘩，左等右盼总不见舅舅回来。

舅舅是想把台木杨一个人弃之深山，让成群的豺狼吃掉。他一边往回走，一边美滋滋地想着好事。机灵的大黄狗藏在草丛中，发现舅舅把它的小主人丢掉不见了，他一个人往回走，就发了怒，从草丛中一个蹦子窜了出来，冲着舅舅追了上去。舅舅正想得得意，忽见一只黄色的大狗追了上来，顿时吓得六神无主，拼命逃跑，他越跑黄狗越是不出声地追，为了逃命，慌不择路，从一悬崖上掉了下去，摔得粉身碎骨，成了鹰雀鸟兽的美餐。

黄狗追到崖边，看见坏舅舅已经摔死，立即返回深山，找到了他的小主人，它在前边带路，把小主人领回了家。

台木杨回家后，把这段事编成了一首歌，直到现在草原上的人们还在传唱：

台木杨啰台木杨
仁义礼貌出了名。
舅舅来了啰，
台木杨赶快出去迎；
舅舅说了话，
台木杨赶紧听。
舅舅要上山，
台木杨后头跟。
谁知舅舅黑了心，
抢夺财产害外甥。
台木杨啰台木杨，
仁义礼貌一定讲，
好人坏人得分清。

【搜集整理】田自成

萨娜玛

传说很久很久以前，草原上有一位裕固族阿尼尕①，名叫萨娜玛，她的丈夫和儿子都相继死去，只有一个叫道尔吉的小孙子和她相依为命。她家只有一顶破破烂烂的毛帐篷，一峰小骆驼，一只小山羊羔和一头小牛犊。

有年秋天，草原变成了金黄色，地里的青稞成熟了，牧主黑老爷家开始收割青稞。萨娜玛看到地里的青稞捆拉走了，就到地里捡了几穗青稞。恰巧被出来觅食的白鸽子看见了，白鸽子向黑老爷告了密。黑老爷人面兽心，经常欺辱穷苦人，听白鸽子告密后立即派了白胡子、黑胡子两个打手，把萨娜玛阿妮尕抓了起来，捆绑在黑老爷家的房檐柱子上。

骨瘦如柴的萨娜玛被绳子捆得骨肉痛疼，苦苦恳求把她放了，她哀求道：

大老爷大头目别再逞凶，
求求你把那绳索放松。
让菩萨保佑你牲畜发展，
你的院中骡马成群。

黑老爷哪能心疼穷苦人，命令白胡子和黑胡子把捆绑的牛毛绳紧了又紧。

萨娜玛唱道：

大老爷大头目，
你把捆我的绳索紧了又紧。
你家的马群全死光，
你家的骡子会断根。

萨娜玛痛苦难忍，又求白胡子、黑胡子道：

---

① 阿尼尕：裕固语“老奶奶”。

白胡子黑胡子把绳子松一松，
菩萨保佑你家的羊群像白云。

但是白胡子、黑胡子两个打手，是黑老爷豢养的两条走狗，哪能放萨娜玛，只会恶狠狠地打骂。

这时候，有一个老奶奶在旁边打酥油，于是萨娜玛苦苦哀求这个老奶奶道：

打酥油的老奶奶你快醒醒，
你的酥油早已经打成。

昏昏欲睡的老奶奶，好像根本没听到萨娜玛的话，不理不睬。萨娜玛悲愤地诅咒那些黑心肠：

凶恶的大胡子你发狠，
你把绳索捆得更紧。
让你的牛羊、骡马全死净。
白鸽子你帮助黑老爷，
上天会叫你害眼病，
眼睛永远看不清。
打酥油的老奶奶你别醒，
让你的酥油化掉全淌完，
让锅里的浓茶不见影。

白胡子、黑胡子听到萨娜玛的诅咒，气得发疯发狂，他们拿起皮鞭毒打萨娜玛，萨娜玛被打得鲜血淋漓，皮开血绽，眼看就要被打死了，她唱道：

我死后愿我的头发变成湖滩上的青草，
让穷苦人的牲畜吃个饱。
我死后愿我的双眼变成佛灯，
让世人来祭祀，崇敬。
我死后愿我的鲜血变成清泉，
让贫苦人的牲口喝个欢。

我死后愿我的骨头变成鄂博，
化成神仙斗恶魔。

萨娜玛死后，白鸽子果然害了眼病，眼睛变得血一般通红，什么也看不清。黑老爷家的骡马牛羊，也真的在两年之内死了个精光。白胡子、黑胡子在黑老爷败落之后，无势可仗，只好在草原到处流浪，沿门乞讨。

从此，草原长满了茂盛的青草，你见过“萨娜玛”草原吗？那就是萨娜玛阿妮尕的头发变成的；明海草原上被称为沙漠明珠的东西两个海子，传说就是她的鲜血变成的啊！

【搜集整理】田自成

杨安续录的传说

相传在很早以前，草原上有一个僧家，名叫阿卡桥东。此人心术不正，经常放咒念黑经，念黑经念得上得罪三十六天，下惹怒七十二煞。上天为惩治邪恶，派天神转世投胎，拯救草原人民。

杨安续录出世

阿卡桥东的大儿媳，是牧人家出生的姑娘，贤淑而又勤劳。她在阿卡桥东家的地位很低，长年累月放牛放羊，不分春夏秋冬，不分白天黑夜，风里来，雨里去，披霜戴雪，而她却穿的是破衣烂衫，吃的是青稞面、歇节草。她长年放牧，伴随她的只有一匹白骡马和一只花母狗。一天，放牧时她的一个小姑子要跟随她去玩，到了草原上，小姑子想方设法欺辱她嫂子。正在玩闹时，她听见嫂子肚子里有小孩哭声，白骡马肚子里有马驹叫声，花母狗肚子里有小狗吠声，她感到十分奇怪。回家后，就向她阿扎①叙说了此事。阿卡桥东听了后，大吃一惊，心想这是不祥之兆，说不定于他不利。

① 阿扎：裕固语“父亲”，指阿卡桥东。

他立即对全家人说："大儿媳是个妖魔，必须尽快把她送到遥远的地方，以免全家人遭灾。"阿卡桥东带领他的儿子们，驮了一顶帐篷，把大儿媳、白骒马、花母狗送到了很远很远的双岔子，在两山交叉处扎起了帐篷，留下儿媳、白马和花狗就走了。

阿卡桥东回到家后，念了七天七夜的黑经，只念得天昏地暗，黑云密布，狂风怒吼，天降大雪，天冷得滴水成冰，哈气成霜，大地裂缝，泉水结冰，给草原带来一场大灾难。阿卡桥东想祭起奇冷大雪，让大雪把大儿媳压死，寒冷冻死。

七天之后，阿卡桥东派遣他的大儿子去察看动静。大儿子走到双岔子的山顶上往下看，看到其他地方是大雪封山，而双岔子这块地方，却是青草绿茵茵地长，河水哗啦啦地流，白骒马产的马驹在草滩撒欢奔跑，花母狗下的小狗在大狗身上跳来跳去玩耍，他妻子生下的孩子抱着一抱柴火向帐篷走去。大儿子回去向阿卡桥东讲说了看到的情况，阿卡桥东根本不相信，怀疑大儿子出于对媳妇的偏爱，用谎话在骗他，又派二儿子、三儿子再去打探。两个儿子回来也是一样说法，阿卡桥东听后，心生疑虑，但还不心甘，又派他的妻子去仔细观察。妻子回来也是一样说法，阿卡桥东这才感到事情已经严重了，必须亲自去看情况再作计较。

一计不成，再生毒计

阿卡桥东的大儿媳生的小孩，不愧是天神转世，虽然出生不久，还是个小孩，却有过人的谋略和胆识。一天对他的阿娜①说："今天，我那黑心的阿瓦②要来看我，他如果从我家帐篷的上方来，阿娜你一定把他拦住，就说上面的山垭弧上安有抓野兽的铁铗铙。他要从中间的山垭弧来，你就说，中间的山垭弧上有抓野鸡的扣子。你把他让到最下面的山路上来，这样我就可以以上压下。他来时送我们一个酥油肚子③，阿娜你先取一块酥油抹到狗的前爪子上，然后再取一块酥油抹到我家冲门的那块支锅石上，最后你把酥油给我，我把酥油吃掉。这些阿娜千万要记清楚。"

果不出所料，这天阿卡桥东背着一个酥油肚子，声称要去看望刚出世的孙子。走到双岔子左上方的山上，就看到双岔子这块地方，绿草如茵，人欢马叫。他刚要顺垭弧下去，就听远远喊着：

"阿扎不要下来，垭弧上有抓野兽的铁铗铙。"

① 阿娜：裕固语"妈妈"。

② 阿瓦：裕固语"爷爷"。

③ 酥油肚子：把酥油装入熏好的羊胃里，叫酥油肚子。

阿卡桥东听见儿媳妇的喊声，只好朝中间的垭弧走去，这时又听见喊声说：

“阿扎千万不要从那里走，垭弧上有抓野鸡的绳扣。”

阿卡桥东迫于无奈，只好朝最下边的山路走去。从最下边的路上来到了双岔子，在帐篷门口见到了他的孙子，见孙子长得浓眉大眼，天庭饱满，地格方圆，眉宇间透出勃勃正气，双眼中闪烁着智慧和力量。阿卡桥东看到孙子的勃勃英姿，知道来者不善，心里像吃了一把苍蝇，却堆下满脸笑容，拉着孙子的手说：“阿瓦今天来看你，先给你取个名字，就叫须叠僧那（意为祸根子）吧。”走进帐篷，把酥油肚子递给儿媳妇说：“今天听到你给我生了孙子，给我家添了大喜，匆忙之间，没准备别的礼品，只拿了些酥油，让须叠僧那吃吧。”

须叠僧那的阿娜接过酥油，按照儿子的吩咐，先抠了一块酥油，抹到了花母狗的前爪上，狗立即痛得在地上打滚，叫唤着逃出帐篷。她又抠了一块酥油，抹到了靠近帐篷门的那块支锅石上，支锅石立刻炸成碎片。

这时，须叠僧那伸手要酥油吃，阿娜把酥油递给儿子，须叠僧那抠下一块就大嚼大吃起来，吃过之后，前门牙发青色。孩子的阿娜说：“多谢阿扎的好心，送来的酥油，抹到狗爪子上，狗痛得满地滚，抹到锅墙石上，石头爆炸，孩子吃了门牙发青，从今后他将会成为钢筋铁骨的英雄好汉。”

步步紧逼　加深迫害

阿卡桥东是一个心怀邪恶、伪装善人的妖魔，须叠僧那的出生，他时时处处感到有一股正气在压制着邪恶。他一计不成，又生一计，步步紧逼，一心想除掉须叠僧那这条祸根。阿卡桥东邪恶作祟，不达目的，决不善罢甘休。他回到家后，又带着他的儿子到双岔子，把须叠僧那母子居住的帐篷搬走，扎到了很远的一座石崖下边。

须叠僧那的阿娜，背着幼小的须叠僧那，朝着石崖走去。走到半路上，须叠僧那发现路上有一个铁制的撂抛子①，他要阿娜拾上。又走了一阵，发现路上有一张弓和一壶箭，他也要阿娜给他拾上。走啊走，又走了很远的路，他又发现路上有一块磨面的上扇石磨，他又要阿娜背上。他阿娜看了看又大又重的上扇石磨，叹口气说：

“须叠僧那，我连你都背不动了，又怎能背动这扇石磨呢?”

“阿娜，你要不背那扇石磨，就将我也放在这里算了。”

阿娜迫于无奈，又将那扇石磨也背上。

① 撂抛子：抛石工具。

须叠僧那的阿娜，肉眼凡胎，她根本不知道石磨的重要。石磨在民间称为白虎，上扇磨的磨齿朝左开，下扇磨齿朝右开，上扇磨压住下扇磨，表示着正气压邪恶。

她们母子来到了石崖下，见帐篷早已扎好，帐篷门冲着石崖，高大陡峭的石崖中间，开着一个大洞，洞内有一条千年大蟒，经常吸食过往的行人和牲畜。这条大蟒受阿卡桥东的妖法指点，要在这里吃掉须叠僧那母子。这时，天近黄昏，大蟒早已等得不耐烦，张开血盆大口，蠢蠢欲动。须叠僧那听到洞中的响声，立即拿起撂抛子，在撂抛里装上那扇磨盘石，一只手摔了起来。只听忽忽生风，磨盘朝半山崖的洞口飞去，似山崩地裂一声巨响，磨盘石不偏不斜、天衣无缝地堵住了山崖洞口。

阿卡桥东回到家，心里暗暗高兴，这一下须叠僧那母子一定被大蟒吃了。第二天，天刚亮，阿卡桥东派他的小妖魔小黄狗去青石崖探听消息。这小黄狗原是阿卡桥东到处探听消息和来往送信的小妖魔，它来到青石崖下，这里闻一闻，那时嗅一嗅，发现须叠僧那正在呼呼鼾睡，山崖上的洞已堵得丝缝不见，小黄狗颠颠颠地跑了回去，向阿卡桥东报告了所见所闻。

阿卡桥东听完小黄狗的报告，就决定派他的另一个妖魔夏勒库①去降服。须叠僧那早有预知，就对他阿娜说："明天，我的阿瓦又派夏勒库来害我们，你明天一早，就用磨刀石来磨我，把我磨得像磨刀石一样大，夏勒库来了之后，你就把我扔给它。"

第二天一清早，须叠僧那的阿娜就用磨刀石磨儿子，磨得和磨刀石一般大小时，就听见"啊!""啊!"的叫唤声，听起来非常阴森凄凉，一只黑色而巨大的夏勒库飞来落到了帐篷杆上，阿娜顺手将磨小的须叠僧那扔了出去。夏勒库张开狼一般的大嘴，想把须叠僧那叼走，须叠僧那早已拉开弓搭上箭，一箭射出，箭从夏勒库的下喙穿过，穿透了上喙，夏勒库掉到地上。须叠僧那拉开夏勒库的一个翅膀铺到身下，拉开另一个翅膀盖到身上，睡得十分香甜。

夏勒库一去不归，阿卡桥东放心不下，又派小黄狗去打探，小黄狗回去说："夏勒库被须叠僧那一箭射死，上喙被箭钉到天上，下喙被箭钉到地下，须叠僧那铺着夏勒库的右翅膀，盖着左翅膀睡大觉呢。"

笑里藏刀　口蜜腹剑

阿卡桥东连施两计，不但未能制服须叠僧那，却使他的千年蟒和夏勒库连连丧生。阿卡桥东真是又气又恨，就想把须叠僧那收在身边，找机会收拾他。就在阿卡桥东动

① 夏勒库：形似乌鸦的一种鸟，裕固语叫"狼老哇"。

这一念头时，须叠僧那对阿娜说："明天我的阿瓦要来请我们去他家，阿娜你千万不能去，你不去他就要领我，我一个人走后你也不必担心。"

果然，在第二天中午，阿卡桥东来了，他装出一副十分仁慈的样子，进门就说："我以前听信了别人的挑唆，把你母子撵出门外，使你母子吃苦受累，今天想来我十分后悔，打断骨头筋连筋，家人还是一家人嘛。我今天来，特意请你们母子俩不要见外，随我回去吧。"

"阿扎，俗语说：出门时门槛低，进门时门槛高。我母子离家几年，日子倒也过得去，说出口的话，泼出门的水，是收不回来了，我就是饿死也决不进你家门的。"

"儿媳妇啊！人再老也会办错事，马再老也会失前蹄。你就原谅我这快离人世的人吧。"。

"不，裕固人常说：羯羯虽瘦，尾巴经常奓着；人虽穷，志气还有着。我们母子不会踏进你家门一步。"

"须叠僧那，你阿娜既然不肯回去，你跟我回家去吧？"

"不能带走我的孩子。"

"儿媳妇啊！你不回去，我也不勉强，可须叠僧那是我家的骨肉，爷爷领孙子回家，还是天经地义的，这是我家的事，由不得你做主。"阿卡桥东说完，气呼呼地站起来，强拉着须叠僧那的手出门而去。

走到半路，阿卡桥东趁须叠僧那毫无防备，就将须叠僧那摔倒在地，从怀里掏出一个铁橛子，钉进了须叠僧那的胸口，穿胸钉透在地上，又从怀里掏出四个锋利的黄柏刺木橛子，钉进了须叠僧那的四肢，平展展地钉到地上。阿卡桥东以为除去了心头大患，放心地朝前走去。走了不远，须叠僧那从地上蹦了起来，拔出胸口上的铁橛子，冲阿卡桥东说："你在我胸口上钉了铁橛子，我将有钢铁般的意志和决心；你在我的手脚四肢上钉了四个木橛子，我可以征服四邻八国；木橛于是黄柏刺木削成的，预示着我将来要当皇帝。"

牧牛童儿　计吃群牛

阿卡桥东没有钉死须叠僧那，只好连哄带骗，把他带回了家。阿卡桥东是家大业大，牛羊成群，骡马满圈。他把一大群牛交给须叠僧那去放牧，并要求须叠僧那每天要早出晚归，把牛要放好吃饱，不能丢失缺少。

自此以后，须叠僧那每天早上披着星星出牧，晚上戴着月亮回家。他每天把牛群赶到很远很远的深山老林放牧，等牛吃安稳时，就抓一头最大最肥的牛，将牛宰掉，把牛皮剥下来做成皮袋，拔来山上的野草填进皮袋，把皮袋装得又满又圆，在牛屁股上拍一巴掌，皮袋就像活牛一样可以走路，可以爬山。这时须叠僧那用肉喂饱花母狗，让狗守着牛群。他把牛肉搭到白骒马背上，牵着马去给他阿娜和附近穷苦牧人送肉，天黑时送肉回来，又赶着牛群回家。

阿卡桥东看着须叠僧那每天出牧很早，晚上回来得又很晚，数数牛，一头不少，就无话找话地问须叠僧那："牛吃饱了吗?"

"阿瓦，牛吃得很饱，不信你看。"须叠僧那指了指一个装草的牛皮袋说："牛肚子饱得和脊背一样平，草都从牛沟子里出来了。"阿卡桥东看不出任何破绽，挑不出什么毛病，他也就放心了。

光阴似箭，日月如梭，随着时光的流逝，一大群牛被须叠僧那宰杀光了，全部成了装草的皮袋。一天，他割下海头牛的尾巴，将尾巴背上雪山，把牛尾巴一个一个插进雪里，只露出尾巴梢。天黑时，须叠僧那回到家后，立即向阿卡桥东报告说："阿瓦，今天下午一个怪物吓惊了牛群，牛群惊上了雪山，全部陷入了厚厚的积雪之中，只露出尾巴梢梢，我扽了半天，连一个也扽不出来，你看怎么办呢？我是毫无办法了。"

阿卡桥东听后，直气得浑身打颤，半晌说不出话来，一夜翻来覆去，辗转难以入睡。第二天一早，就叫起须叠僧那带路，去雪山看牛。他们爬上终年积雪的大雪山，皑皑白雪那真似凝华结素，望之莹然，千峰堆玉，万壑撒盐。阿卡桥东看着积雪深处露出的一大片牛尾巴，那真似万箭钻心，痛彻心田。他快步走上去抓住一个牛尾巴，费尽气力扽了半天，一个也扽不出来。他要须叠僧那扽，须叠僧那朝两只手心里吐了两口唾沫，拽住一个大牛尾巴用尽全力扽，只扽得山摇地动，也未能扽出一头牛来。阿卡桥东忙喊："不能扽，不能扽。"他气得吹胡子瞪眼，破口大骂："你这个须叠僧那，真是个祸害根，把我好好一大群牛，放得一头都不剩了，你这个祸害根一日不除，我二日都不得安宁，你等着瞧吧。"

万般无奈　逐出家门

阿卡桥东回到家，思前想后，不甘心败在一个毛孩子手下，为了使须叠僧那失去意志，失去力量和智慧，就施咒法，并给须叠僧那更名为杨安续录，意为日益软弱无能，施咒更名之后，又从魔国请来了九个喇嘛念咒经。

九个喇嘛身披袈裟，盘腿而坐，每人面前都摆着黄色经包，敲鼓打钹，从早念到晚。一个喇嘛用炒面拌酥油，把炒面捏成早尔加[1]放在盘子里，在太阳夕下时，叫来了杨安续录说：“你去把早尔加倒到西方，倒出后就说：‘从今天起，杨安续录死亡，阿卡桥东兴旺发达。’”

杨安续录听了喇嘛一席话后，也不和喇嘛多说什么，他双手端着盘子，走向正西方，把早尔加泼了出去后说：“从今天起，阿卡桥东死亡，杨安续录兴旺发达。”

当天夜里，那个叫杨安续录倒早尔加的喇嘛，因杨安续录将咒语反念，不到天亮，就气绝身亡。

从此，九天来，每天有一个喇嘛让杨安续录去倒早尔加，杨安续录依旧反念咒语，每天都有一个喇嘛半夜身亡。九天以来，九个喇嘛都想各显神通，想咒死杨安续录，没想到引火烧身，反而咒死了自己。

九个喇嘛死完了，阿卡桥东并未死心，非要把杨安续录置于死地而后快。第十天，阿卡桥东要外出念经，并要杨安续录跟随前往。阿卡桥东骑上黑骡子，让杨安续录背上经包、人皮鼓、紫金钹。一天，他们行走在一条大河岸边，阿卡桥东决定在此露宿，他选定了河岸最高的地方，卸下行李，杨安续录朝下一看，河水细得像一根白线，扔了一块石头，半天落不到底。杨安续录最早知河边露宿的用心，但他佯装不知。晚上睡觉时，阿卡桥东要杨安续录头朝着崖边睡，一条被子两头睡，睡到半夜，杨安续录听阿卡桥东鼾声如雷，就悄悄爬起来，把经包、人皮鼓和紫金钹放到了阿卡桥东的脚边，用被子盖好，就到一片树林里去摘野果。阿卡桥东一觉醒来，看到东方已白，用脚蹬了一下，感到杨安续录还在睡，就用脚狠狠蹬去，只听咚咚哗哗地一阵声响，急忙翻身坐起一看，早把经包、人皮鼓、紫金钹蹬下了万丈悬崖。

这时，杨安续录抱了几枝长满野果的树枝走来说：“阿瓦睡醒了，我采了一些野果子，酸甜可口，阿瓦你快来尝尝，可好吃了。”

阿卡桥东看见杨安续录，气就不打一处来，接过树枝扔下悬崖后，气狠狠地说：“杨安续录，限你今天就离开我的地界，走得越远越好。”自此，就将杨安续录逐出了家门。

神弓显威力　续录娶公主

杨安续录被阿卡桥东逐出家门之后，他翻越万水千山，找到了他的阿娜。母子俩选择了一个风景十分秀丽的地方，在山坡上挖好了房基，搭盖了一个地窝棚。从此母

① 早尔加：三角形的塔形面团，也叫三棱子。

子俩在这里住了下来。杨安续录每天背上弓箭上山打猎，他阿娜操持家务，贫苦的生活倒也平静。

一天，杨安续录打猎归来，看到山花烂漫、绿草如茵的草原上，有两个女子在赛马，一个女子白如玉，骑着白马，一个女子黑如炭，骑着黑马。两马并驾驰骋，互不示弱，转眼即从杨安续录面前飞驰而过。杨安续录已看清，白者是白皇帝的女儿白公主，黑者是黑皇帝的女儿黑公主。杨安续录走进家门，取下背上的弓箭，对阿娜说："阿娜，我在回来的路上，看见白皇帝和黑皇帝的两位公主在赛马，你前去请她们来我家喝茶。"

"杨安续录，你真是个孩子，皇帝女儿是金枝玉叶，能来我们穷苦百姓家吗？"

"好阿娜，你去就说：两位公主骑马骑累了，请到我家的地窝棚里去喝碗茶吧。"

阿娜在杨安续录的苦苦哀求之下，只好前去请两位公主。两个公主听到邀请，黑公主气狠狠地说："你这个穷婆子，我们是皇帝的女儿，吃的是山珍海味，住的是皇宫后院，能去你家的地窝棚里喝茶吗？你真自不量力，快滚吧。"

阿娜感到自讨没趣，气狠狠走回家，向杨安续录述说了情况。杨安续录忙安慰阿娜说："阿娜不必在意，这些娇小姐不识好歹，不懂人情礼仪，看我怎么戏耍她们。"说完立即盘腿打坐，双掌合十，念经祈雨。不一会儿，晴朗的天就像木拉[①]的脸一样说变就变，天上乌云密布，电闪雷鸣，一阵大雨像瓢泼一般，转眼之间下得遍地流水。两个公主被雨水浇成了落汤鸡，浑身上下的水顺腿直流下来，她们看到山坡上一个窝棚里冒烟，也顾不上皇亲国戚的威严，也顾不上千金之躯的体面，急急忙忙奔窝棚去避雨。

杨安续录求下大雨之后，就横躺在门口而睡，两个公主慌不择路，急奔地窝棚而来。黑公主走在前，从杨安续录身上跨过进了门，白公主看到杨安续录横躺门口，立即止步，心想裕固族有个规矩：妇道人家，走路时一概连绳子都不能跨过，眼前明明睡着一个黑头人，怎能跨身而过呢？杨安续录看到白公主很懂礼貌，即让开路。两个公主被暴雨淋透衣衫，浑身冻得发抖。阿娜烧旺大火，端来热茶，公主一边烤衣，一边喝茶，浑身顿感温暖，茶后两个公主感到十分困倦，都坐在火边睡着了。

这时已雨过天晴，杨安续录走出门，看到黑公主骑的马是一匹怀胎骒马。他翻身骑上黑骒马在草滩上来回飞奔，跑了一阵，骒马因剧烈狂奔，将腹内小马流产了。杨安续录拿起流产的小马驹走进家门，看到两个熟睡的公主，就把小马驹塞在黑公主的袍襟之下，又将阿娜捻毛线用的纺线锤放进白公主的衣袖里。两个公主睡醒后，黑公

① 木拉：裕固语"小男孩"。

主刚站起身要走，突然从袍襟下掉出死马驹，白公主站起身要走，突然从袍袖里掉出纺线锤，杨安续录说："皇帝的女儿不知羞，一个在我家下马驹，一个在我家偷东西。"

黑公主恼羞成怒地说："谁偷你家的东西了，我们皇家的纺线锤都是金子做成的，你这烂石头做的纺线锤，谁稀罕，送给我都不要。"

杨安续录理直气壮地说："明明偷了东西，还不承认。我明天就将你们的丑事传遍草原，让草原上的人们知道皇帝的女儿是何等的不规矩，看你们怎样在草原上做人。"

白公主听了这一席话，忙求告杨安续录说："好大哥，请你千万不要将这些事传扬出去，只要你们不说，我们答应你们的一切要求。"

"不说出去可以，你们其中一个必须答应做我的妻子。"

黑公主已气得说不出话，白公主这时才看清杨安续录，虽穿着破衣烂衫，但掩盖不住他的英俊和剽悍，就下决心说："我答应做你的妻子。"

"好，既然答应，我不会传扬这件事，但你们皇家历来说话不算数，你必须留下许亲之物作为证据。"

白公车无奈，只好抹下右手中指一只镶有三颗红宝石的金戒指，递给了杨安续录，杨安续录接过戴在左手中指上。白公主说："这是我最心爱之物，是父王送给我的，今天作为定亲信物，你好生保存。今后你不论走到天涯海角，我们都是夫妻，但你一定在近期向父王提亲。"

过了几天，杨安续录又背着弓箭外出狩猎，走到一个山冈上，他看见蓝天上飞来一群大雁，排成一字长蛇阵，从他头顶上空飞过。杨安续录弯弓搭箭，嗖地一声射了出去，一只大雁刚张口鸣叫，箭射中雁嘴，一头栽了下来，他不慌不忙，又看准一只鸣叫的大雁，又一箭射了下来。

这天，天气晴朗，秋高气爽，白皇帝和黑皇帝的黑、白公主，又来山冈下的草滩游玩，正玩得高兴，忽从空中一先一后掉下两只大雁，两个公主拾起来看时，每只雁口中都穿着一枝箭，箭杆上还刻着"杨安续录"。两个公主正在细看时，杨安续录从山冈上走了下来，一手拿着弓，一手提着箭壶，走到公主面前，拿走了两只雁。俩公主认出是杨安续录，白公主羞得转身走了。回到皇宫，就对她父王白皇帝说："父王，孩儿今天到草原上去玩，看见个年轻人，两箭射下了两只大雁，两箭都是从雁嘴射入，这样的神奇箭法，孩儿是第一次见，拾起死雁看时，箭杆上刻着杨安续录四个字。"

"孩儿这是真的吗？"

"父王，是孩儿亲眼所见。"

“啊！我的庶民中有这样的神箭手，真乃我民族之骄傲，说不定他将会为我民族做一番大事业。”

杨安续录背着两只大雁回到家中，请求他阿娜去向白皇帝求亲。他阿娜一听，大吃一惊，就教训杨安续录说：“你这孩子，怎么说话越来越没有分寸，我家穷得上无片瓦，下无寸土，吃了上午没后晌，吃的是兽肉，穿的是兽皮，住的是窝棚，怎能向皇帝求亲。皇帝女儿是金枝玉叶，咋会下嫁穷民百姓。”杨安续录再次请求，他阿娜怎么也不答应。

第二天，杨安续录决定亲自去求亲，经过重兵守护的宫门，跪在白皇帝面前。

白皇帝见面前的年轻人，就问：“你叫什么名字？是哪方人氏？”

“我是皇上属下的百姓，叫杨安续录。”

“你既是我属下百姓，有什么本事求我女儿为妻？”

“我有超人的智慧和勇气，我有超人的毅力和决心，我有天不怕地不怕的胆识和力量，就是凭我背上的这张神弓，也可降服人间妖魔。”

“这么说，你就是能射天上张口雁的杨安续录？”

“正是我。”

正在这时，阿卡桥东也走进宫来，跪在白皇帝面前也要求娶皇帝女儿为妻。

白皇帝听完二人的恳求说：“你们二人都求我女儿为妻，但我有一个条件：谁要能取来金孔雀尾上的羽毛和野牛头上的宝珠，我就把女儿嫁给谁为妻。”

杨安续录有了几年的放牛生活，早已熟悉了孔雀和野牛生活的规律和地方，回到家后，就有条不紊地开始准备。

阿卡桥东回到家后，急得像热锅上的蚂蚁，不知道到哪里去找孔雀，也不知道到哪里去寻野牛，只好派他的小黄狗到杨安续录家去探听消息。小黄狗卧在杨安续录的地窝棚门前，杨安续录早已知其来历，他想不如将计就计，他放声唱道：

草原上的孔雀千千万，
金孔雀却只有一只。
往常它在清泉边喝水，
明天它在雪峰上歇脚。
我要换上最好的弓弦，
再备上最好的羽毛箭。
雪峰再高再险我敢攀。
孔雀再灵也难逃我的神箭。

杨安续录准备就绪，就早早上炕睡觉。小黄狗立即跑回家向阿卡桥东报告，阿卡桥东听完小黄狗探来的消息，也急忙准备弓箭，等不到天亮，就向大雪山走去。

杨安续录却在天亮时，隐藏在泉边一棵枯树洞里，耐心等着。一群白孔雀来了，一群蓝孔雀也来了，就是不见那只金孔雀。又等了一会，一群绿孔雀来了，金孔雀就混在中间，杨安续录准备好弓箭，可金孔雀就是不到泉边来喝水。这时蓝孔雀喝完水，退到了一边，白孔雀也退到了一边，绿孔雀围着金孔雀来到了泉边喝水，金孔雀喝完水，翘首四望。杨安续录悄声说："俗语说：自古孔雀爱英雄，今日英雄在此，何不开屏相迎。"刚刚说罢，金孔雀浑身抖搂，唰的一下，展开了金色的羽屏，朝着枯树洞转了三圈，顿时金光闪闪，大地生辉。杨安续录弯弓搭箭，一箭射中了金孔雀胸部，金孔雀虽已倒地，羽屏还没收回。杨安续录跳出树洞，割下羽屏，拔出羽箭，捧着金光耀眼的羽屏大步朝皇宫方向走去。

阿卡桥东爬上雪峰，东找西转，不见孔雀的影子，但他不甘罢休，继续朝另一个雪峰爬去。爬上峰顶，听见了杨安续录的射箭声，立即朝山下跑去，跑到清泉边，孔雀早已不见踪影，只有几根孔雀毛，急忙拾起，朝着皇宫飞奔而去。

杨家续录把金孔雀羽屏献给白皇帝，白皇帝真是赞不绝口，爱不释手，兴致勃勃地观赏着，就听宫门上当值官高喊："阿卡桥东前来献宝。"阿卡桥东走进宫，献上的却是几根短短的羽毛。阿卡桥东看见白皇帝面前的龙案上摆着金孔雀羽屏，就好似打翻了醋酱五味瓶，心里真不是滋味，只能恶狠狠地瞪了杨安续录几眼。

杨安续录献宝回家，走在半路上想：阿卡桥东决不会就此认输，野牛头上的宝珠，只能智取，今日阿卡桥东中计上当，明天我还需将计就计。

阿卡桥东走回家，那真是又羞又气又怕，但又判断不准野牛究竟在哪里。算了半天卦，也没算出准确的地理位置，只好又派小黄狗去探听。小黄狗又来到杨安续录的地窝棚墙根，翘耳细听，听见杨安续录一边磨刀，一边唱道：

山上的野牛遍山坡，
脑门上长宝珠的只有一头。
白天它在雪山上吃草，
晚上要来清泉把水喝。
我要把宝刀磨得锋利，
斗野牛还需百倍勇气。
泉边枯树洞里把身藏，
定把宝珠取下献皇上。

杨安续录准备就绪，熄灯就寝，小黄狗急忙跑回家去向主子报告。阿卡桥东听了小黄狗探来的消息，想到今天上当受骗，将信将疑，就决定连夜去泉边等候，天亮再去雪山寻找。主意已定，也动手磨起刀来。阿卡桥东磨好刀，摸黑来到清泉边，藏身枯树洞里，静静等候。

杨安续录安安稳稳睡了一夜，天亮前起身向大雪山阳面走去。他朝山下一块洼地一看，成群的野牛，有的在吃草，有的在角斗，有些小牛犊在吃奶，长宝珠的野牛是哪一头呢？杨安续录心里犯了难。就在这时，一头又高又大的野牛发起威来，杨安续录仔细一看，牛犄角中间的脑门上有个东西在闪闪发亮，立即弯弓搭箭射了出去，箭从牛前胛骨边穿进，野牛痛急生疯，朝着杨安续录冲了过来，他立即脱下身上穿的长袍，双手展开扔了过去，恰好挂在牛角上，像门帘一样遮住了牛头，挡住了牛的视线，杨安续录抽出宝刀冲上前去，一刀砍下了牛头，从脑门上剜出宝珠，朝皇宫飞奔而去。

阿卡桥东在清泉边等啊，等啊，一直等到太阳升上山尖，还不见野牛来吃水，只好朝雪山爬去。他在山顶上转来转去，也不见野牛，转到山的阳面，看见鹰雀鸟兽在山下盘旋扑食，立即扑下山去，一头死野牛已被啃成了干骨头，只好拾了一些牛骨头朝皇宫走去。

杨安续录两次献宝，白皇帝已深信他的智慧和力量，又见杨安续录相貌堂堂，眉宇间透出一股英气，健壮的体魄处处显示出力量，白皇帝非常满意，高兴地答应把白公主嫁给杨安续录为妻。可是阿卡桥东也要求把白公主嫁给他，双方争执不下。这时黑皇帝出面，答应把他的女儿黑公主嫁给阿卡桥东为妻，一场风波才算平息。

公主做噩梦　妖魔施毒计

杨安续录和白公主成了婚配，领着白公主回到家中。阿卡桥东和黑公主成婚之后，也领着黑公主回了家。白公主和黑公主，自幼在一起长大，以姐妹相称。新婚燕尔，夫妻恩爱，情意绵绵。但杨安续录并没被新婚所陶醉，选中了一个风景优美、安静清净之地，离开新婚的妻子去坐经①。就在杨安续录离家百日的夜晚，白公主做了一个噩梦，梦见来了一只大黑羝羊②，驮着她飞奔而去。天地间黑沉沉，雾蒙蒙，吓得她六神无主，要喊，喊不出，要下，又下不来，等吓醒已浑身是汗。

第二天，黑公主来看白公主，白公主就向黑公主述说了噩梦经过，白公主总感心

① 坐经：远离家，排除私心杂念，昼夜咏经打坐。

② 羝羊：没有阉的公羊。

神不安，不知是福是祸，决定亲自去找杨安续录述说。黑公主听了白公主一番话，就说："白姐不必惊慌，黑妹替你去问问杨安续录，等我回来再告诉你。"说完，黑公主就走了，她找到了杨安续录，述说了白公主夜间的噩梦。杨安续录卜卦一算，算出大事不妙，就对黑公主说："你回去告诉白公主，今天晚上她必须来到我身边，不然将有大祸临头。"

黑公主回去后，却对白公主说："白姐，我找到了杨安续录，述说了你的梦境，杨安续录说，深夜做梦是被子没盖严，他要你不必惊慌，什么事情都不会发生。"

当天夜里，黑雾弥漫，阴风怒吼，寒风透骨，天昏地暗。阿卡桥东率领着他的妖魔鬼怪，抢走了白公主，又施毒咒，把山川河流、地理地貌调换了方向。

迷途忘故乡　汉乡结良缘

杨安续录等了一夜，白公主没有来，他感到大事不妙，第二天一大早，就上路去找妻子。他到帐篷外一看，天昏地暗，走了一阵就找不到路了。不论往哪个方向走，都没有路，四周山地草原都感到非常陌生，辨不清东西南北，越走越感到糊涂，越想越想不清楚，神志不清，心灵不通。走啊走，发现前面隐隐约约有一条白路，就顺路走去，不知走了多久，他自己也不记得了。一天，已走出祁连山很远了，到了农区的什么地方，在一户汉族人家住了下来。这户汉族人家虽不十分富裕，小家日子却也过得舒心，待人热情大方，知书达理，对待杨安续录这个异族青年也不另眼相看。这家早年家底殷实，现在夫妻俩有两女一子，女为长，子为次。

杨安续录住到这家以后，他那英俊慓悍的形象，忧心忡忡的情绪，早已引起大姑娘的注意。大姑娘虽没有大家闺秀的风姿，却也有小家碧玉的娇美，生性贤淑，品格端庄，对杨安续录渐生爱慕之情。她为杨安续录缝补浆洗，烧茶做饭，百般体贴，百般温情。杨安续录也正是青春年华，并非铁石之人，也对大姑娘充满感激之情，后经人说合，两人结为夫妻。

俗语说：人逢喜事精神爽。然而新婚却没让杨安续录得到精神上的安慰，他越来越感到心情不安，成天闷闷不乐，只好牵着马、背着弓到野外去遛马、打猎，眼看着庄稼、树木青了绿，绿了黄，已有一十三次。一天，他又到野外去遛马，天上飞过三只乌鸦，哇哇地叫着，下午这三只乌鸦又叫着返回，哇哇的叫声，给他郁闷的心情更添烦恼。一连几天，三只乌鸦都是早上由南向北飞去，下午又由北向南飞回，吵得杨安续录不得安宁。一天，他活捉了三只乌鸦，审问乌鸦说："几天来，你们三个早上叫着由南向北，下午叫着由北向南，哇哇的叫声吵得我不得安宁，你们这样成天飞来飞去，究竟是为了什么?”

三只乌鸦哪个都不讲话，杨安续录就把它们一只压一只地摞起来，它们还是不说，杨安续录又一只手压住一只乌鸦，双膝压住一只乌鸦说：“今天若不说实话，我就把你们三个活活压死。”膝盖下的这只乌鸦实在受不了，就讲了实话说：“我们早上由南向北飞，是到远方觅食，晚上由北向南飞，是返回我们的故乡，我们的叫声是为了提醒你，不要遗忘自己的故乡。我们小小的飞禽，尚懂得思念故土，可你杨安续录一个大大的活人，却遗忘了故乡，至今一十三载还流浪在农区汉乡。”

杨安续录听到这里，如梦方醒，恢复了他的理智和思维，想起了他山清水秀的故乡，想起了他双鬓染霜的阿娜，也想起了他漂亮又贤淑的妻子。他谢过三只乌鸦，翻身上马，奔回他汉族妻子家，经过匆忙准备，决定带妻子返回故乡。

第二天一大早，杨安续录发现墙头上落了一只大鹰，他一箭射去，正射中鹰的嗉子，鹰嗉子掉了下来，拾起一看，却是他妹妹赞塔勒给他的一封信，信中说：你离家已整整一十三年了，白公主被妖魔抢去为妻，生下的孩子都已十三岁，见信尽快回到自己的故乡，完成自己的大业。杨安续录看完信，立即告别岳父岳母，带着他的汉妻，一人一骑朝着祁连山走去。

杨安续录一路走，一路想：多年来，阿卡桥东事事处处与他为敌，多少次都想置他于死地而后快，不择手段，施尽了花言巧语，用尽了阴谋诡计，十三年前又施迷咒，使他迷迷昏昏远走他乡，度过了十三个春秋。想到这里，就暗下决心定向阿卡桥东报仇雪恨，除去这一妖魔，为草原人民除害。他又想到，从今往后道路险恶而艰难，说不定回归故乡的路上处处藏着杀机。望着旁边并驾齐驱的妻子，十多年来，温顺而善良，俊美又贤淑，怎忍心让她担惊受怕，怎忍心让她遭受横祸，可是一夜夫妻百日恩，怎忍心将她抛弃，怎忍心将恩爱割舍。一路之上，他前思后想，给妻子讲清了利害，讲清了他的苦心，苦苦相劝汉妻返回农区汉乡。可作为一个妻子，丈夫就是她一生的依托和保护神，怎能轻易离别呢。她决定和丈夫同生死、共患难，决不离开他。

这天天色已晚，夫妻俩在一个山泉边扎下帐篷，放马、做饭，饭后杨安续录又苦苦相劝，可是怎么劝，妻子都要跟他前去，实在无法可想，就说：“那就听天由命吧。”夫妻俩睡到天快亮时，杨安续录悄悄爬起，走到两匹马吃草的地方，将他的马拉着头朝祁连山，将妻子的马拉着头朝平川农区。回来叫醒妻子说：“现在我们共同去看马，谁的马头朝着哪方，谁就朝哪方走。”夫妻俩走到拴马处，就见杨安续录的马头朝着祁连山，妻子的马头朝平川农区。妻子一见，又大哭了起来，杨安续录安慰妻子说：“我一路之上要降恶魔斗妖怪，你要还认定我们是夫妻，你就听我的话，赶快回娘家去，来日方长，咱们今后还会见面。”

妻子止住了哭声说："你走后，我无依无靠，叫我怎么生活呢？"

"你不必忧愁，你现身怀有孕，如果生出个儿子，你要好好抚养他长大成人，儿子就是你的依靠和希望，也是我的得力助手，儿子长大之日，就是我们夫妻重逢之时。"

夫妻俩抱头哭别，杨安续录将妻子扶上马，然后弯弓搭箭，朝平川方向射去，箭过之处，地上立即现出一条大路，妻子的马也像离弦的箭一样，沿大路飞驰而去。

返回故里　降妖除怪

夫妻分手之后，杨安续录真是归心似箭，立即动身，急忙赶路，天色近晚，已走得人困马乏，杨安续录扎起小白布帐篷，把马拴到水草丰美之处，烧火做饭，早早安歇。第二天清早起来，杨安续录发现自己一只眼睛看不见东西，一夜之间自己也变得很渺小，走出帐篷一看，一座一座的山峰连到了一起，他的马也小得只有兔子一般大。

阿卡桥东卜卦已知，杨安续录十三年劫数已满，命中一段姻缘已了，正在返回故乡的途中，就派遣他的小妖魔野泡牛①，用鼻中喷出的臭气，熏坏了杨安续录的眼睛，用带刺带毒的长舌头，舔小了杨安续录的马。

杨安续录想，这正不出他所料，阿卡桥东又开始作祟。现在怎么办呢？他感到束手无策，焦急万分。这时，只见天上有一朵彩云飘飘而下，云头上正站着他妹妹赞塔勒。赞塔勒对杨安续录说："兄长莫怕，山里有五种山花，你立即采来，用花的清香熏你和你的马，然后快快动身上路，走到前面的山垭弧②，你要尽快占领垭弧有利地形，如果行动迟缓，九头妖魔一旦占领垭弧，你将有杀身之祸，望兄珍重。"

赞塔勒天神说完这一席话，就随云飘上九天。杨安续录立即照妹妹的话，采来了五色山花，山花浓烈的清香味，沁人心脾，熏得杨安续录脑清神爽，眼明心亮，熏得他的马恢复原状。杨安续录匆忙收拾上马。马也似理解主人的心情，喷着响鼻，放开四蹄飞驰而去。杨安续录只觉耳旁风声呼呼，不一会儿就到了山垭弧，杨安续录立即下马，占据了有利地势。往垭弧那面的山坡一看，只见阿卡桥东请来了魔国的一个九头妖魔，纠集了一群魑魅魍魉，晃晃悠悠、浩浩荡荡向山垭弧爬来。杨安续录弯弓搭箭，瞄准走在最前面的九头妖魔，平心静气，一箭射去，正射中九头妖魔中间的头，九头妖魔顿觉疼痛难忍，就地打滚，其余小妖魔吓得失魂落魄，一窝蜂向山下败逃而

① 泡牛：公牛。

② 山垭弧：两座山峰交界的地处。

去。九头妖魔被射掉正中一头，只觉神志不清，趺趺撞撞，向原路跑去。

杨安续录看见妖魔鬼怪狼狈逃窜而去，立即上马抄近路，朝着阿卡桥东家奔去。进门见了白公主，夫妻相认，白公主自有一番离别之情、难言之苦要向郎君哭诉。杨安续录打断妻子的话说道："现在不是诉说儿女情长的时候，你立即在你三个支锅石的锅墙石下挖一个深坑，把我藏到坑里，盖一块石板，放上原支锅石。"

白公主和杨安续录毕竟是恩爱夫妻，虽分离一十三载，今日相逢两人都有一股说不出的心情，她听丈夫一番话，就立即帮丈夫忙了起来。不一会，坑挖好了，白公主从丈夫神色预料到事态的严重，为了丈夫的安全，在坑边上又掏了一个偏窖。把杨安续录藏好之后，她不露神色地点火烧茶。

阿卡桥东请来的九头妖魔，中箭后疼痛难忍，落荒而逃，阿卡桥东心有余悸，立即吩咐白公主："速速将卦具拿来，我要卜卦问问吉凶。"

白公主将卦具拿来递给了阿卡桥东。阿卡桥东连卜三卦，都算出他的仇人藏在三座石峰之下。阿卡桥东仔细搜寻，未找见杨安续录，忽然看见白公主在烧茶做饭，三个支锅石不正是三座石峰吗？他想到这里，立即抽出腰间的宝剑，用力朝着三个支锅石中间插去，只听咔嚓一声，剑锋碰到了石板上。

白公主早已知阿卡桥东的用意，她对阿卡桥东的所作所为，早已切齿痛恨，十三年来迫于无奈，只好忍气吞声，今天看到杨安续录归来，也变得胆壮气粗，她威严地问："你这是在干什么？"

"公主啊！你不知道，今天须叠僧那这个祸根子回来了，他一箭将我请来的九头妖魔射伤，刚才算卦我已知道他藏在三座石峰之下，所以我才……"

"须叠僧那早叫你迫害致死，十三年骨头都变黄了，你还在这里白日说胡话，你要累了就早点去睡觉，少在这里胡说八道。"

阿卡桥东在白公主面前讨了个没趣，只觉心烦意乱、精神恍惚，只好去卧室倒头便睡。白公主听到阿卡桥东鼾声如牛吼，就速将锅下火铲除，移开支锅石，掀起石板，放出了杨安续录。

杨安续录一天来滴水未进，早饿得腹内空空，饥肠辘辘，这时忽然计上心头，对白公主说："我要先吃阿卡桥东的神白羊，后吃他的神白牛①，吃了他的白的，就能压住他的黑的。"

白公主听丈夫的一席话，也心生一计。白公主被阿卡桥东抢来一十三载，也为阿卡桥东生下一子，现已十三岁，阿卡桥东视儿子为心肝宝贝。白公主用一把锥子，在

① 神牛、神羊：乃选留下祭天、祭神用的白羊、白牛。

孩子屁股上猛刺了一下，孩子因疼痛哇地一声大哭了起来。

阿卡桥东在梦中忽听到孩子的哭声，就迷迷糊糊地问："孩子哭是怎么了?"

白公主立即答道："孩子肚子饿了，想要吃你三年的神白羊，怎么哄也哄不住。"

"那你就杀上让他吃掉。"

白公主哄住孩子，就和杨安续录杀掉了神白羊，下锅煮肉，一会儿就喷出了羊肉香味，锅开肉熟，杨安续录和白公主美餐了一顿。杨安续录因饥饿过度，一只羊肉下肚，感到稍压饥寒，就对白公主说："现在该吃他的神白牛了。"

白公主又在孩子屁股上刺了一锥子，孩子哇地一声，又大哭了起来。阿卡桥东在梦中又听到孩子的哭声，哭得比刚才还厉害，就问道："孩子为什么还这样哭?"

"这个孩子不知足，刚吃了你的神白羊，时间不长，又要吃你的神白牛，说再过几天给他宰，他哭着不听。"

"那你就宰上让他吃去吧!"

白公主止住了孩子的哭声，又和杨安续录宰杀了神牛，把肉煮好吃饱。杨安续录顿觉精神大振，浑身是劲，就和阿卡桥东展开了一场生死决斗。

阿卡桥东是岭国精修的千年妖魔，杨安续录是转世的天神，天神斗妖魔，一心想为人间降妖除怪；妖魔战天神，还想继续为非作歹，搅得世界不得安宁。他们从屋里斗到屋外，从地上打到天上，斗得难分难解，不相上下，杀得天昏地暗，白月无光。

这时，上天派天神赞塔勒前来相助，赞塔勒按住云头，在天上对白公主说："白公主听着，速速将黑豆子撒到阿卡桥东脚下，把白面铺到杨安续录身下。"

白公主听到天神的吩咐，立即进屋拿出了黑豆子和白面，一时慌乱之下，把黑豆子撒到了杨安续录脚下，把白面铺到了阿卡桥东的身下。由于白公主的慌乱，黑豆子和白面错位，当杨安续录和阿卡桥东从天上打到地上时，杨安续录被脚下的黑豆子滑了一跤，被阿卡桥东压倒在身下。

杨安续录对阿卡桥东说："咱们今天是爷爷对孙子，好汉对好汉，裕固族的俗语说得好，'阿拉乃玛古录玩'①。"

阿卡桥东不知杨安续录是计，就放开对手，重新再斗。

赞塔勒天神厉声对白公主说："刚才由于你的失误，几乎铸成大错，现在你立即将黑豆子撒到阿卡桥东脚下，将白面铺到杨安续录身下，你一定要记清，万万不可再错。"

白公主按照天神嘱咐，撒好了黑豆子，铺好了白面。杨安续录和阿卡桥东从地上

① 阿拉乃玛古录玩：裕固语，意为好汉摔跤，三次见高低。

打到天上，又从天上斗到地下，阿卡桥东脚下一滑，一个狗吃屎摔倒在地，杨安续录立即以泰山压顶之势，将阿卡桥东骑在身下。

“杨安续录，你不是说‘阿拉乃玛古录玩’吗？那咱们再斗一次，以第三次的胜负定输赢吧。”

“不，我们不需要第三次，就以第二次定胜负，阿卡桥东你恶贯满盈，在人间、在天地罪孽深重，对你这个老妖魔真是天怒人怨，我今天要铲除你，为天地间除掉祸害。”

阿卡桥东方知中计，就破口大骂：“小冤家，你真是白日做梦，痴心妄想。”他还想爬起把杨安续录置于死地，挣扎了多次都已无济于事。

赞塔勒天神在天上说：“速速将阿卡桥东左手大拇指用刀割开，大拇指里藏有一盘用人皮拧成的皮绳，用这根人皮绳把阿卡桥东捆住，其余绳子是捆不住他的。”

杨安续录按照妹妹的关照，就从阿卡桥东的大拇指中取出一根金黄透亮的人皮绳，反剪双臂把阿卡桥东五花大绑，像老马攥蹄捆成了一疙瘩。杨安续录也已累得气喘吁吁，刚坐在一边歇口气，就听天神赞塔勒又嘱咐说：“从此后，凡是世间的动物都会千方百计地来看望阿卡桥东，千万不要让它们会面，切记。”

杨安续录牢记妹妹的话，日夜防守。自此后，果不出天神赞塔勒所料，狼虫虎豹、鹰雀鸟兽、蜱琶蛇蝎、蛆虫蚂蚁，都要来见阿卡桥东，都被杨安续录拦挡而去。眼见得阿卡桥东奄奄一息，这天，飞来了一只鸽子，杨安续录认为鸽子在动物之中没有多大能耐，所以没有严加防范，鸽子趁机把融化的铁水灌入了阿卡桥东的口中。

这时只听天神赞塔勒在天上说：“即将告成的大功，被小小的鸽子破坏了，鸽子把铁水灌入阿卡桥东嘴里，他的脖子变成了铁脖子，刀砍不入，无法从脖颈将他杀死，现在只有尽快把他的肚子割破。”

杨安续录抽出宝刀，把阿卡桥东的肚子割破，流出来的红血，变成了吃人的狼虫虎豹，流出来的黑血，变成了蜱琶蛇蝎、蛆虫蚂蚁，爬出来的一个黑人骑着黑马，变成了专叼人抢人的土匪强盗，冲出来的肚粪，变成了专叼牧人羊羔的骨碴鹰。阿卡桥东的满肚子坏水流完了，才气绝身亡。从此，阿卡桥东的满肚子坏水，给人间遗留下了祸根害虫，世世代代祸害着人类，威胁人、危害人，掠夺人间财富。这一切都来自阿卡桥东老妖魔。

【搜集整理】田自成

汗王的四个萨满

道尔吉汗不但有四个忠心耿耿保卫疆土的大将军，他还有四个预卜吉凶呼风唤雨的萨满。

根据史书记载，裕固族的先民在公元8世纪中叶以前信奉原始的萨满教，敬奉“天格尔汗”。“天格尔”，裕固语为“天”的意思，“汗”是“可汗”的意思，“天格尔汗”意即“天神”或“天可汗”。

敬奉“天格尔汗”（东部裕固语称“汗腾格尔”）的仪式由专门的神职人员担任，西部裕固语称“也赫哲”，东部裕固语称“额勒其”。

很久很久以前，传说西拉尧呼尔人相信万物有灵，灵魂不灭。人有三魂七魄，宇宙有上、中、下三界。“布尔汗”（神灵）居住于上界天堂，人类居住于中界地上，“屈得凯尔”“蟒古斯”（魔鬼）居住于下界地下。库克汗腾格尔是尧呼尔人最大的神，是主宰一切自然现象的先主。

萨满是“汗腾格尔”天神的代言人和使者，也是尧呼尔人的保护人，所以每个部落、氏族都有自己的萨满。额勒其（萨满），汉语称为“祀公子”，多由男性担任，有父子相传的，也有自发的。自发者原先并非额勒其，有朝一日突然全身颤抖，自称“天神”附体，则成为额勒其。据说群众对后者更为信任。尧呼尔的额勒其的职能，第一是在部落祭祀鄂博等宗教活动和节日，或者部落内有重大事件，或发生战争，额勒其必须为部落主持举办祭祀仪式，预卜吉凶；第二是为部落成员求儿求女，祈求人畜兴旺；三是担任“医生”和“巫师”，为部落跳神治病，消灾祈福，预卜灾祸等。

道尔吉汗有四个额勒其，一个叫哈日木登，一个叫拉卡，一个叫地雅尔，一个叫韭斯坑。这一年，道尔吉汗的部落里传来了瘟疫，伤寒蔓延，一条条山川谷地的帐篷里死人横七竖八地躺着，牛羊散游在漫山遍野，无人放牧，活着的人都惊恐地逃离那里。道尔吉汗在八斯墩川的远处，八斯墩河的源头胡苏尼·毛浩日举行驱魔治病仪式。一座大帐篷内的一个大铜锅里，煮着翠绿的柏树叶，在沸腾的锅里倒入了白花花的鲜牛奶，额勒其又把烈火烧红的九颗黑石子和九颗白石子放入锅内，锅里发出了嘶嘶的响声，锅内的柏枝叶汁更加猛烈地翻滚着。额勒其用铜勺舀出柏树叶和鲜奶汤，洒向四面八方，洒向天空大地，大声呼唤着神灵的名字：

阿拉伯拉汗
奥无义勒日汗
哈热义热丁汗
亚孜瓦期旦汗
……

帐篷外，一只白山羊用开水烫净皮毛供在石桌上，周围点燃了一盏盏酥油灯。接着额勒其把另一只山羊用刀刺破胸部，手伸进去揪断心脏的大血管，然后把肉和鲜血向四方抛撒，四个额勒其一边抛撒，一边念念有词。

在高呼声和咚咚的鼓声中，额勒其有的敲着扇子一样的手鼓，有的手舞刀剑，吟唱着萨满歌曲，他们引吭高歌犹如狼啸，进而又咆哮如熊吼如虎啸，时而又娓娓动听地念念有词仿佛喜鹊鸣声喳喳，接着又好似大虫巨蛇爬过草地的萧萧之声……他们歇斯底里、神魂颠倒地狂跳劲舞，身上穿着的粗糙的羊毛褐子长袍在旋转时发出呼呼声，腰带系着的铜镜、像棒槌一样的一长排腰铃脚铃铿锵有声，头上一条长辫子，上缠许多绿、白、蓝色布条，摔动着像四条金蛇在狂舞，像冲杀在战场上的古代武士。四个额勒其像狂风暴雨式的舞蹈，似与一切妖魔蟒古斯在厮杀拼搏，也仿佛与那多灾多难的岁月在挑战。

裕固人的先民把那些骑白马穿白衣的额勒其视为草原上有地位的贵族和草原骑士，在每三年举行一次的各部落头人在八斯墩的会盟大会上，额勒其都坐于上座和头人议政。

在邻近道尔吉汗冬营地多吉恢不远的西南面有个山垭弧名叫韭斯坑，下面山峰像两颗虎牙，裕固族称为巴尔斯索要，意为虎牙山。虎牙山直对过有座山在地斯库尔，叫哈尔巴斯，意为黑色山峰，山形极像趴在地上的刺猬。一个法力无边、神通广大的额勒其到此看了山形地貌后说：虎牙山要想镇住哈尔巴斯形似刺猬的黑色山峰，务必在韭斯坑山垭弧上建一个鄂博，才能镇住；如果镇不住，居住在九个达坂的乃曼部落族人就会离心离德。道尔吉汗接受了这一建议，就派哈日木登、拉卡、地雅尔、韭斯坑四个额勒其监造韭斯坑鄂博。鄂博造好后，道尔吉汗召集头人、部族举行了宏大的祭天仪式。

一年冬天，道尔吉汗经过很久的思考，经过多次考验，发现儿子阿尔斯郎因头部受伤，神情痴呆，失去了继承汗王位的能力，而儿媳妇诺昂非常聪明，智慧远远超过了他，他的自尊受到了莫大的伤害，他决不允许一个非可汗家族血统的女人在他死后成为尧呼尔人新的统治者。

长久的谋划，酿成了一个不可告人的阴谋，他派出身强力壮的小伙子，赶了三百头驮牛往部族祭祀神明的什拉哨尔山驮去了三百垛子柏木柴，柏木柴分垛成四个长方形柴垛，柴垛中间留有十字形的甬道，甬道中心栽上了一根很高的木柱。在祭典仪式举行的头天晚上，道尔吉汗召集部落首领，宣布了重大决定：杀掉诺昂，祭祀神明。

道尔吉汗冬营地有一座形似金字塔一样的小山，是汗王的煨桑台，名伯彦巴斯，意为富饶的山顶上冒起直冲云天的香烟。第二天清晨，四个额勒其先在煨桑台祭祀。当第一道霞光冲破山谷的黑暗映红雪山的时候，道尔吉汗和族人早已守候在祭祀的什拉哨尔山。柏树枝香烟袅袅升起，周围群山显得庄严肃穆。道尔吉汗下令把五花大绑的儿媳诺昂捆到了中心木柱上。四个额勒其在自己的歌声中旋转起舞，歌声是那么从容豪放，哀婉悲伤。他们忽而围绕中心柱跳，忽而又在十字甬道上舞，咚咚的手鼓点忽紧忽慢，腰铃声、脚铃声丁当相伴，四周围的人群默默跪拜，多么希望汗王大发慈悲，饶恕聪明美丽、贤淑忠厚的诺昂。但善良人们的良好愿望怎么能改变贪婪自私的汗王蓄谋已久的决断。

诺昂被捆在木柱上，聪慧的眼光向周围扫视了一周，向众乡亲告别。她没有眼泪，没有悲伤，双眼远望苍穹，默默祈祷上苍。

在四个额勒其疯舞狂跳声中，四垛柏木柴都被点燃。在柏木柴喷鼻香的香烟遮住天地时，从烟雾中飞出了一只青色的鸽子，在群山、松林、草原、河流上空盘旋了一周，越过千年积雪的祁连雪山冰川，冲向云天，飞向远方。

道尔吉汗在贫穷孤独中走完了风烛残年，他给后人们留下许多遐想和传说。他死后，四个额勒其回到了各自的家，在他们居住的地方，人们用他们名字代替了原来的地名，至今叫起这些地名的同时就会想起这四个萨满。阿卡额勒其就是今杨哥部落高姓氏族的先人，如果不信，你可去杨哥部落问问他的后裔。

【搜集整理】田自成

汗王的四个大将军

裕固族的道尔吉汗王有四个大将军，个个武艺高强，英勇善战，跟随汗王南征北战，从西域来到关内，在八斯墩草原上住了下来。

那时，从祁连山南麓的苏日托莱、八斯墩川、夏日告图到北麓山下的东海子、西海子、梨园口、黑河口，都遍布着裕固族的先民西拉尧呼尔人白色的帐幕。

东迁以前西拉尧呼尔有八个鄂托克（八个部落），后来，其中一个鄂托克被明朝廷俘虏后作为囚徒安置在山东，所以只剩下七个鄂托克。每个部落在东迁途中又受到前后追杀，不少人在逃难中死的死，散的散，每个部落仅剩十分之一左右的人活下来。道尔吉汗是西拉尧呼尔人最后一个汗王，实际仅是七个部落的大头目。道尔吉汗的冬营地和夏营地都在八斯墩川、八宝山（乃蛮额尔德尼）、察汗乌苏（今鄂博滩）一带。这里是尧呼人的大本营。

为了保卫这片草原，道尔吉汗有阿兀塔尔、盖日夏里、贡哇加兀、升盖布启四个大将军。他每年把各部落的青壮年男子召集到八斯墩川，编为几个和硕（军队编制），定期训练，由四个大将军指挥训练骑、射、摔跤、刀术、枪法等。这就是他保卫草原统治人民的一支军事力量，后来曾为草原与唐古特人、蒙古人发生战争，在战争中，为捍卫草原，四大将军和军队都非常勇敢。

几年后，各部落都派代表在八斯墩川举行会盟。在八斯墩旷野上，由四个萨满主持祭祀仪式。萨满浑身挂满铜铃、各色布条，敲起灵鼓，跳起祭祀舞，唱起祭祀曲，烧起冲天的香烟，祭祀天神汗腾格尔，感谢天神对流亡者的救命之恩。祭祀之后，他们恢复了旧日的联盟，规定每三年在八斯墩会盟一次，划定了各部落的放牧界限。最后组织人马举行骑、射、摔跤、刀术、打枪等军事项目的盛大比赛，道尔吉汗也披挂上阵，参加比赛。

平时如果没有战事发生，四个大将军就带领各自的部队在营地驻扎。大将军贡哇加兀，足智多谋，是道尔吉汗的军师，他据守在道尔吉汗冬营地道尔吉恢的北面巴颜郭勒一带，传说他的本事最大，能料事如神，并会施咒作法。巴颜郭勒一悬崖中间一年四季流淌着七股清纯的泉水，据说是贡哇加兀死后化作七股神泉水，象征他的智慧像七股神泉一样流淌，所以这里至今被人们称为鲁昂加兀，即是泉神的意思。

大将军阿兀塔尔据守在道尔吉汗冬营地道尔吉恢南面的哈拉目冬大峡谷，他死后，人们为了纪念他，把这里就叫为阿兀塔尔。

大将军盖日夏里是有名的神枪手，据守在道尔吉汗冬营地道尔吉恢的东南面，传说是今杨哥部落高氏家族的前辈。他不但在打仗时手中的枪使得神鬼莫测、变化多端，而且会呼风唤雨，施咒作法。一次，道尔吉汗要大宴宾客，要盖日夏里在七天之内给他猎获二十头牦牛够驮的肥美的野味。道尔吉汗派来了十多个精壮利落的小伙子赶着二十头驮牛，盖日夏里带领小伙子驮上帐篷、行李、锅碗出发了，他们走到一个水草丰美、景色如画的地方安营扎寨。小伙子都为二十垛子野味发愁，二十垛至少也有三四千斤哩，可盖日夏里却一点不发愁，每天和小伙子们吃肉喝酒，谈论武功枪术，或去游山玩水。到了第六天清晨，盖日夏里让小伙子给驮牛备好鞍子，准备好绳索、刀斧，吃饱喝足后出发了。他们来到一个清泉长流的山谷，盖日夏里爬上一座山顶开始作法，并发出各种动物的鸣叫声。一会儿，青羊、黄羊、野牛、马鹿闻声而来，成群结队涌进山谷，小伙子弯弓射箭，把一只只野牲猎杀，不上一个时辰，二十垛子野味已足够了，小伙子们捆好垛子，当天夜里二十垛子野味就如数交上。

大将军升盖布启，力大无比，他使的一根大枪，一般人拿它不动，平时有两个士兵给他抬着，人们称他为大枪手。据守在道尔吉汗冬营地道尔吉恢的西面的拉盖，大、小长杆。

道尔吉汗的冬营地，东有波涛翻滚的黑河天险，东、南、西、北各有一员大将把守，加之这里山峰高插云天，山势陡峭险峻，难以登攀，重要山口有重兵把守，高山之巅又有烽火台烟火联络，真有一夫当关，万夫莫开之势。道尔吉汗选择这块天险之地作为冬营地，真是煞费苦心。道尔吉恢山高谷低，山谷里清泉长流，冬暖夏凉，野韭菜、野葱、野草莓、山蘑菇遍地都长，春夏时节，牧草翠绿，山花烂漫，秋季红叶遍山，一年四季，苍松翠柏，鸟语花香，野鹿、野羊成群，真不愧是一个风水宝地。裕固族末代汗王选择这样一个地方作为他的归宿之地，应该说死而无憾。

【搜集整理】田自成

深山藏宝

道尔吉汗到了晚年，为自己聚敛了许多许多的金银财宝，因为他是草原最富有的人，人们称他为“赞布拉”，即藏传佛教中的财神之一。

道尔吉汗老了，却变得贪婪、自私，他不想把万贯家产留给儿子媳妇，也不想分给穷苦人。有一天，他在黑河上游的崇山峻岭中射猎，发现了几处悬崖峭壁上的岩洞，就想把财宝藏在山洞里。自此后，他秘密地往三个山洞里运送财宝。道尔吉白是他的冬营地，格刺哈达山的半山崖有一个大山洞，刀削般的山崖就是善于攀登的猴子也是望尘莫及。怎么才能把财宝运上山崖，却使道尔吉汗颇费了一番心思。一天清晨，他的一群大羯羊正要出圈去放牧，每只羊的大羊头上都长着长长两只犄角，他从中得到启迪，一下子有了办法。

到了三九寒天，滴水成冰、哈气成霜的日子，他命令属下大量宰杀羊只，把每只羊的肚子（羊胃）取出，把冒着热气的肚粪倒在山崖下，再割下羊头，放在肚粪上面，肚粪很快被冻住了，羊头被肚粪牢牢粘冻住。采用石头砌墙的办法，羊头代替石头，肚粪代替了泥浆。就这样一层肚粪，一层羊头，沿着悬崖峭壁砌了起来，一直砌到了山洞边缘，羊头上的两只犄角分左右两面，就像梯子一级一级的梯撑，做成了骨肉砌成的云梯。当天夜里，道尔吉汗指挥他的属下一个个背着财宝，顺着古今没见过的云梯爬了上去，把它们安放在石洞里，最后封好了洞口。背放财宝的人被道尔吉汗一个个秘密处死。

道尔吉汗自以为财宝藏得很秘密，财宝密藏之后，一颗悬着的心才放下了。他的非常聪明漂亮又能干的儿媳妇被他烧死了，从此，儿子也离家出走了。一部分属下被他杀了，就连他的贴身随从也一个个逃离了他。众叛亲离，道尔吉汗权威丧失殆尽，成了孤家寡人。从此，他就在道多尔吉白荒凉的山谷里住了下来，终日以狩猎、捕食旱獭度日，吃饱之后就背靠着谷底几棵粗大的白杨树忧伤度日，双眼盯着那藏宝的山洞，这成了他精神的唯一寄托。

道尔吉汗，这个尊贵的贵族后裔，当年在尧呼尔草原上是位叱咤风云的人物，骑烈马、率军打仗、射猎、摔跤都是难遇敌手的人物，就在尔吉白山谷的那棵大杨树下度过了他一生中最后的岁月。

后来传说，道尔吉汗藏宝的三处山洞，其中一处，被来自青海循化、贵德一带的唐古特惯匪洗劫一空，金银之类全被拿走，人们在山洞下看见许多被抛弃的铜器、铁器和瓷器器皿，某些铜器至今还被牧民收藏着。到了民国三十五年（1946 年），有一个姓毛的汉族移民，在道尔吉汗的冬营地挖出了七个木箱，里面装满了白银，后来他挖出的据说还有玛瑙鼻烟壶、玉石象棋等物品。

多尔吉白山谷底的一条水沟旁，至今还长着七八棵大叶杨树，其中一棵最大的，长得就像一个穿着铠甲的武士，两只胳膊朝下弯曲着，据说这棵杨树就是道尔吉汗的化身。非常可惜的是，在牧业学大寨的年月，为修棚搭圈，这棵树被民工砍伐了，就在被砍的当天夜里，多尔吉白的山谷里到处出现灯笼火把，并伴有人喊马叫声，整整叫喊了三个晚上才得以安宁。至今这棵大树的树根还在，旁边还残留着一条胳臂的弯肘。

【搜集整理】田自成

世间万物

在东部裕固族婚礼上，有一个非常隆重的仪式，就是请人说《沙特》，而在西部这一仪式叫“尧达曲珠尔”，用诗的语言诵说了天地、山川、河流、草木、人兽及世间万物产生的起源，从语言和内容都十分生动、曲折，妙趣横生。

很早很早以前，
世界却不是今天的样子。
天和地在像大海一样的宇宙中若隐若现，
混沌不清。
大地上没有草木，
只有光秃秃白茫茫的沙滩。
天上也没有日月星辰，
只是空空洞洞像一片汪洋。
在上不接天，下不沾地，
混混沌沌的空间，
浮现出了一个金癞蛤蟆。
金癞蛤蟆的身上，
长着八十八根柱子，
有八十四根已稳定下来了，
还有四根没有稳定下来，
在空中飘飘荡荡摇摆不定。

这究竟是为什么呢？人们只好请求上苍，去问神仙，经过好多曲折，才知道是因为“天上没有日月星辰，没有云彩，山上缺少松柏树木，山坡上没有灌木花草，天上没有雨水，地上没有河流”。这怎么办呢？只好又去问天上的达兰旦巴汗，达兰旦巴汗回答说：“天上有两只眼睛，地上也有两只眼睛，若要事情成，天地要做亲，天上汗王的月亮王子要娶地上汗王的太阳公主。”他们依据天神的意旨，经过派媒人说媒、索要彩礼、娶亲等过程，月亮王子和太阳公主成了婚，双方带来了他们的家产，这些丰富的家产就变成了世间的万物。

夜空里没有星星怎么办呢？
蓝天里没有云彩怎么办呢？
大地上没有江河流水怎么办呢？
山坡上没有花草树木怎么办呢？
黄黄的月亮王子来了，
他带来了所有家产，
有无数的金银财宝；
绿绿的太阳公主来了，
她带来了丰厚的家产，
有无数的珍珠玛瑙。
他们从天上撒下金银财宝，
他们从天上扔下七色的珍珠玛瑙，
变成了无数灿烂的星星，
变成了色彩斑斓的云彩，
变成了波涛滚滚的江河，
变成了林草茂盛的草原。

从此，王子就是月亮，公主就是太阳，给大地送来了光明和温暖，大地上有了森林、灌木、花草；天地间有了风云雨雪，有了山川河流，有了阴阳节气。此后大地上有了人，有了各种动物。自从这时候起，天上有了日月星辰，世间有了人和万物，那八十八根柱子全部稳定住了，最后四根柱子就是后来东、西、南、北的四根擎天柱，八十八根柱子上，生活着八十八个部落的人民。

【搜集整理】田自成

雄　鹰

雄鹰可以扶摇直上，穿云破雾，搏击长空，裕固族把它誉为神鸟，视为不畏艰险的英雄鸟。

相传，鹰在死之前是有预感的，在它预感到快要死时，就每天寻觅好食物吃饱，饮足水，减少飞翔，积蓄力量，养足精神，在它养精蓄锐，有了足够的力量时，就向蓝天飞去。它扶摇直上，不畏风霜雨雪，一直向上飞，七七四十九天，飞得精疲力竭，心脏停止跳动，尸体就从几千米，乃至万米高空往下坠落，在大气的压力摩擦下，鹰的羽毛和尸体完全被风化，融化在长空里。鹰如果不是病死，或是被打死，正常的鹰死后，是见不到它的尸体的，就连一片羽毛都很难见到。

【搜集整理】田自成

恰维道上天

在很早很早的远古时代，裕固族里出了一个天不怕、地不怕的小伙子，他的名字叫恰维道。这个小伙子不但体魄健壮，力大无穷，胆识过人，还有个遇事寻根究底的毛病，什么事都觉得新鲜，就要问一连串的为什么，他提出的不少怪问题，常常问得一些老者面红耳赤，理屈词穷，就给他起个外号叫“犟死牛”。

有一段时间，他想蓝蓝的天上有太阳，有月亮，还有星星，这些东西为什么不掉下来？为什么会发光发亮？天就像他家居住的圆形毡帐，也叫穹庐，中间隆起而四面下垂，听老人们讲，天上也有亭台楼阁，是神仙居住的地方，天堂要比地上好，大地人间都属上天的神仙管，这好多事他都想知道原因，但都得不到答案，他下定决心，立志要到天上去看看究竟。

恰维道是个生性倔强的人，他自己要想干的事，九头牦牛也拉不回头，人们送他外号“犟死牛”，一是说他倔强，二是说他有一种坚忍不拔的决心和毅力。他要上天的消息传开后，不少人认为这是不可能的，天边究竟有多远，谁也说不清，有些好心人相劝不要去冒这个险，但他却匆忙准备着远行的物品。

身背着弓箭、腰挂着宝刀的恰维道踏上了远征的征途。随着岁月的流逝，地上的草木绿了黄，黄了绿，不知道换了多少次，高山险峰不知翻越过多少座，江海河流不知涉过多少条，他说不完数不清，一门心思按瞅准的方向走去。饿了射猎，渴了饮水，困了歇息，不管酷暑严寒，不管刮风下雨，他走啊走啊，终于走到了天和地交界的地方。他仔细看，十分惊奇，发现天的边是红铜做成的，地的边是黄铜做成的，红铜发着紫红色的光，黄铜发着金黄色的光，天边和地边几乎连在一起。恰维道这时才知道，人们常说远在天边，天确实有边，地也有边，天边和地边还相连。恰维道上到了天边，天地忽然分开了，他便上了天。他到天上处处觉得不同于人间，桩桩都觉得十分新鲜，好奇心使得他目不暇接，东瞅瞅，西瞧瞧。亭台楼阁高大宏伟，精美无比，仙山美景优雅奇妙，天上神仙腾云驾雾，看见他们个个都系着彩色腰带，和人间不同的是腰带都系在腋下。神仙个个欢声笑语，无忧无虑，服饰华丽，互相礼貌和气。恰维道边走边看，边看边走，处处觉得赏心悦目，事事觉得新鲜奇特。他只顾走，不料来到了一座戒备森严的大门前，守门将士金铠金甲，刀枪剑戟紧握在手。看到恰维道东张西望的样子，以为他一定是个鬼，不知为何混到了天上。将士们将他擒拿，也不听他申辩，绑在一个用草编成的牛身上，从天上扔了下来。由于天和地距离很近，没有多高，所以恰维道没有被摔死。

恰维道历尽千难万险，终于回到了家乡，把他上天的经历告诉了乡亲们。由于他坚强勇敢，乡亲们都推举他做了裕固族人的头目。他姓安，是裕固族较早的安姓头目。

【搜集整理】田自成

俄郎盖赛

很早以前，地上有许多许多妖怪，经常兴风作浪，搅得天地不宁，人人不安。有裕固族弟兄两人，哥哥名叫阿克格里干，弟弟名叫阿卡桥东，兄弟俩共娶一个妻子。他们有一个妹妹，名叫蒙格阿扎。兄妹三人虽是一母所生，兄弟俩对妹妹却十分刻薄。

有一天，妹妹去河边背水，在河边拾到了一个指甲盖大的金钱小碗，十分小巧好看。她怕丢失，就含到嘴里。背水回到家后，将此事告诉了两个哥哥，哥哥让她拿出来看看，但嘴一张却不由自主地把金钱小碗咽进了肚子。自此之后，妹妹的肚子一天天大了起来，哥俩说这是妖怪在作祟。妹妹一天天长大了，哥俩思谋很久，为了不让妹妹多分走他们丰厚的家产，就以妹妹未嫁人肚子先大为理由，在滴水成冰的三九寒天提出与妹妹分家。哥俩的心眼一个比一个坏，他们分给妹妹的只有一匹老骒马、九只老山羊和一只花母狗。兄弟俩把妹妹送到了很远很冷的高山顶上，在一个山崖处草草搭了一个小窝棚就回去了。

哥俩回到家后，一起商量，一不做二不休，阿卡桥东就念经施咒，祭天求雪，要将妹妹冻死。鹅毛大雪在寒风呼啸中纷纷扬扬下了七天七夜，直下得天上飞鸟绝，地上行踪灭，下得地上积雪三尺深，冷得泉水冻结。弟兄俩寻思，这一下妹妹早该冻死了。但还不死心，就想到山上亲眼看看。

兄弟俩骑着高头大马，爬上一座高山朝下一看，顿时惊呆了，看见妹妹和生下的孩子站在窝棚门前；老马下了驹，母狗生了崽；小窝棚四周绿草如茵，鲜花盛开。哥俩回家后，宰了一只羊，拿了一匹布，又拿了一袋酥油去看外甥。外甥把一只全羊吃了下去，连牙缝还未塞满，一匹布拉开后，还不够缠外甥的手指头；一袋酥油连外甥的手心都遮不住。兄弟俩认定这个孩子不是妖魔就是鬼怪，留在世间，一定会与他们为敌，于是就派遣一只妖怪乌鸦来吃外甥。孩子让她阿娜为他制作了一张弓和几支箭，等待乌鸦来时，他连发三箭，将乌鸦射死。

他就是裕固族人世代传颂的英雄——俄郎盖赛。后来，俄郎盖赛南征北战，杀死了无数的妖魔和敌人，做了裕固族的汗王。

【搜集整理】田自成

杨安续录的故事

杨安续录把阿卡桥东的一群牛宰杀完后，阿卡桥东更是怀恨在心，蓄谋进行报复。

阿卡桥东经常对一棵大柏树施以魔法，大柏树就成精作怪，人不能动它，谁要动了这棵树，谁就要惹祸上身。一天，阿卡桥东要杨安续录把这棵树砍掉。杨安续录把一柄斧子磨得非常锋利，从天亮就开始砍树，不停地砍呀砍呀，砍得手上打起了血泡，砍得天近黄昏。由于树太大，没能被砍倒，想在第二天继续砍。第二天大清早，杨安续录把斧子磨好，又去砍树，可头天被砍掉的部分，原样长好了。杨安续录从来不信邪，他下了更大的决心，一定要砍掉阿卡桥东的魔法。他抡起大斧又砍了起来，他砍呀砍呀，砍得手上的血泡破了，每砍一下都血滴飞溅，砍得明月东升，树还是没有被砍倒。就这样一连砍了三天，树是边砍边长，杨安续录是边长边砍。到了第四天，他的妹妹天神赞塔勒在天上对他说："在已砍过的地方抹上狗屎，树就被砍倒了。"杨安续录按照妹妹的主意，把他家的花母狗牵来拴在树下，边砍边往树上抹狗屎，树果然被砍倒了。

树砍倒了，杨安续录没有惹上什么祸，也没招来什么灾，平安无事，使阿卡桥东害人的阴谋又一次破裂失败了。

【搜集整理】田自成

可罕比武

传说在很早以前，藏族的格萨尔大王来到了裕固族亚乐格家部落，要与裕固族的华尔加奴可罕比试武艺。他们比过了射箭、赛马，最后一项是抛石头比赛。格萨尔大王用手抛石，华尔加奴可罕用裕固人制作的抛石工具"好劳畏"① 抛石。抛小石子，华尔加奴可罕略胜格萨尔；在抛大石头时，华尔加奴可罕只抛到了半山腰，而格萨尔大王却把石头抛到了山顶。据老人们说，在今天的大河草原上，就遗留着当年可罕用过的石头。

【搜集整理】田自成

① 好劳畏：裕固语，又称"撂抛子"，也称"毛枪"。用皮子做成盛石子的兜，兜两端各有一根用牛毛搓成的绳相连，绳子一头有扣套在中指上，另一头捏在手中，皮兜里装上石子，然后一只手甩动绳子，要甩到转速最快时，瞅准目标，把石子抛出去，抛的同时，将手中捏的一端绳子松开，石子就会脱兜而出。裕固族牧民常用这种工具抛打猛兽和敌人，长期使用者，抛出的石头嗡嗡作响，威力很大，也能准确击中目标。

杨安续录母亲的故事

从前，在裕固族居住的草原上有一座寺院，旁边有一条河，一年四季淌着清清的河水，寺院里有一个老和尚，天天到河里背水。河边有一块石头，四边高，中间凹，像一个石盆，和尚经常在这块石头上洗袈裟和内衣。时间长了，和尚发现他洗过袈裟之后，常见一头母鹿在用舌头舔那块石头。几个月后，一天老和尚忽然听见居住的房子外有婴儿啼哭声，他立即出外观看，却见那头母鹿在用舌头舔一个刚刚出生的婴儿。孩子哭声洪亮，四肢乱动。母鹿见和尚来到近处，绕孩子转了一圈后，飞奔离去。

老和尚见孩子哭声不止，到作起难来，不救这个孩子，是一个活生生的人，时间不久就会冻饿而死；要救这个孩子，他是个出家人，佛教教规不许可，也会受社会非议和耻笑，何况一个大男人要抚养一个婴儿谈何容易。老和尚左右为难，束手无策。这时他想起师傅经常教诲他，出家人以慈悲为怀，要有好生之德，不可见死不救。他想到这里，就下定决心救下这个孩子，或许日后有主来寻，也或许可送给无儿女的施主赡养。他将孩子抱进屋，用一块旧袈裟包起来，又到附近人家讨来一些羊奶，熬好了喂孩子。老和尚自从抚养这个女孩，真是度日如年，尿一把屎一把，含辛茹苦，眼见得孩子一天天长大，又给老和尚增添了生活乐趣，两人已经无法分离，相依为命。

这个孩子却也奇怪，自抚养以来长得很健壮，无痛无病，十分乖巧聪明。自打她懂事起，从不惹老和尚生气，到了八九岁时，每天到河边去提水，再大一些，就经常上山背柴，给老和尚洗衣、烧茶做饭，称老和尚为爷爷。长到十七八岁时，真是女大十八变，懂得了梳洗打扮，懂得了人生的艰辛，越加体贴她爷爷。为了生活，她经常跋山涉水，提水背柴，担起了生活的重担。爷爷年纪一年比一年大，生活上越来越离不开姑娘的侍奉照料。

一天，有人家请老和尚去念经，临出门时，老和尚一再关照姑娘说："一定要看好火，如果火种熄灭，要讨火种是十分艰难的。"和尚走后，姑娘小心翼翼照看火种，把火种埋入灰池内。这时姑娘听到屋外有鹿的鸣叫声，出屋却见一头母鹿走走停停、停停走走，姑娘感到惊奇，就尾随而去。鹿一会儿狂奔如飞，一会儿鸣叫等待，健步如飞的姑娘不知为什么，一心想追上这头鹿，翻过了一座山又一座山，涉过了一条河又一条河，却总也到不了鹿的身边。眼见得红日西沉，姑娘感到离家很远了，才停止了追赶，顺路返回。到家时，不见爷爷回来，跑到火池边一看，火种早已熄灭。姑娘想到爷爷临走时的嘱咐，就想办法讨回火种。

第二天，天刚麻麻亮，姑娘就离家上路了，她走啊走啊，不知走了多少路，却走到了阿卡桥东的家，姑娘求情下话，要讨火种，阿卡桥东却不答应。姑娘好话说了千千万、万万千，终于讨得了火种。姑娘就在衣襟上垫了一层灰，把火种兜上，立即往回走。一路上，火烧着了衣襟，她顾不了许多，一心想把火种取回家。火种取回家后，爷爷也回来了，看到姑娘的衣襟烧了个大窟窿，问为什么烧了衣服，姑娘只说是埋火种时不小心被烧。

过了几天，阿卡桥东带领五六个人，来到老和尚家对老和尚说："老阿卡，你的姑娘前几天讨走了我家的火种，讲好的条件是姑娘嫁给我的大儿子为妻。"

老和尚才知道姑娘去阿卡桥东家讨了火种，不知姑娘是否讲了什么条件，却知道阿卡桥东是裕固草原上一大恶魔，他从来不讲理，为了达到他个人的罪恶目的，不择手段，经常放咒念黑经。阿卡桥东仗着人多势众，推推搡搡，把姑娘抢走了。临走时，老和尚依依不舍地对姑娘说：

"孩子，你走到前面山垭弧顶时，往后看看家，千万记住。"

姑娘难过地点点头，满脸挂着泪珠，被绑在马背上驮走了。走上垭弧顶姑娘往后看看家时，却被阿卡桥东挡住视线不让看。

"嫁出门的姑娘，泼出门的水，有什么好看！"阿卡桥东恶狠狠地说，催着赶快往前走。

老和尚远远瞭望，姑娘走到山垭弧顶时连头都没回，心中想：真是嫁出门的姑娘，泼出门的水。从今后，姑娘扎毡房会把头发缠到毡房杆上，钉毡房橛子会把衣襟定到地上。姑娘到了阿卡桥东家，与他大儿子成了亲，却成了阿卡桥东家一年四季放牧的苦力。

几年过去了，老和尚年老体衰，感到留在人世的时间不多了，他一生无牵无挂，只是十分想念他亲手抚养成人的姑娘，日思夜想，盼着见姑娘一面。姑娘也时刻思念着抚养她长大的爷爷。

"爷爷老了，又有病，我一定要回去看看他。"在姑娘一再请求之下，阿卡桥东才勉强同意姑娘前去。

姑娘立即动身去看爷爷，遥远的路程恨不得一步跨到，到家时爷爷已是气息奄奄，爷爷一见姑娘，老泪纵横，喘息了半天说：

"明天早上起来，这个房子一半完好，一半倒塌，桌子上有些准备好的食品，你吃了以后就回去吧，从今后扎房房杆不会缠头发，钉毡房橛子不会定住衣襟。从今后，就靠你自己，我知道你在受苦，你受尽磨难，就会有大富大贵……”第二天早上起来，姑娘看见果然如老和尚所言，房子一半完好，一半已倒塌，桌上放着一盘食品，她吃了后，见爷爷已去世，含着眼泪，把房子点着，将爷爷的遗体火化，待骨灰冷了，捡起来装入一个黄布袋中，在寺院西方挖了坑，把骨灰埋掉。从此，姑娘没有了亲人，没有了牵挂，她离开生她养她的地方去了。

她就是惩治邪恶、斩妖除怪、拯救草原人民的裕固族英雄杨安续录的母亲。她这次回去不久，杨安续录出世，就演绎出了一番轰轰烈烈的大业。

【搜集整理】田自成

油锅台子的故事

裕固族曼台部落，与青海省的阿里克部落为邻。有名的八宝山就坐落在这里，关于八宝山有很多美妙的传说，史书记载：“结盘起顶高插青霄，根派成莲花形，支支左右环抱，尊成岳体，故名八宝山。为西宁、凉州、甘州、肃州周围数郡之镇山。山生杉松、棉松，山之草木牲畜禽鸟无敢动者，动则立见灾祸，附近蒙古熟番以及牧场人等俱皆敬畏戒守，不敢妄行。”

裕固族曼台部落，有个裕固族小伙，名叫赛木道，是部落有名的大力士和神枪手。他长得身高体壮、膀大腰圆，浑身充满了勇气和力量，在每年部落祭鄂博仪式后的摔跤运动中，从未遇到过敌手，是姑娘们心目中青睐的巴特尔（好汉子）。藏族阿里克部落有个藏族小伙，名叫洛布藏，年轻力壮，也是一个摔跤好手。在有一年祭鄂博时，他约赛木道进行摔跤比赛。一对年轻人好胜斗勇，都想在众人面前一决胜负。

这天，两个部落的牧人们听到赛木道和洛布藏两人要进行摔跤比赛，这在两个部落间还是头一次，都想来看看胜负。比赛开始了，赛木道和洛布藏精神抖擞地上了场，讲定以三局两胜定输赢。按照裕固族摔跤的规矩，双方先侧身抱好对方的腰，双方都认为抱好后，主持人宣布开始，才能正式摔。第一局，双方正在抱腰，在没征得赛木道的同意时，洛布藏就突然用力，用腿把赛木道绊倒在地。赛木道对对方的这一很不道德的举动十分生气。第二局，赛木道用僵持的办法稳住自己的阵脚，打持久战来消耗对方体力，两人相持了很长时间，赛木道感到对方明显力气弱了，就用极低的姿势压住对方，对方在无力坚持时，赛木道猛一发力，把对方摔倒在地。经过第二局的较量，场上比分一比一平。洛布藏已深深感到自己体力不如对方，还想在第三局一开始就投机取巧。赛木道经过第二局较量已成竹在胸，他认为摔跤不但是双方实力的角逐，更重要的是毅力和智力的较量。第三局，赛木道收拢双臂勒紧对方胸部和腹部，洛布藏还想用腿绊对方，由于对方勒得太紧，呼吸困难，绊腿使出时对方早有准备，赛木道一发力，来了个旱地拔葱，把对方拔了个头朝地脚朝天，他用极快的速度拖着对方转了三圈，把对方转得头昏眼花时，把他重重地撂到在草地上。

赛木道最后一招是对对方不讲摔跤道德的一种报复，他虽然胜了，却毫不在乎地走了。而被摔倒在地的洛布藏，却在众人面前丢了脸，真是羞愧难当，无地自容，他在地上躺了一阵，爬起来说："好小子，咱们走着瞧，看谁笑到最后。"

谁也没有料到，这次摔跤比赛，却在洛布藏心里埋下了深深的仇恨，他时刻想对赛木道进行报复。

两个部落相隔不远，虽是不同的两个民族，打猎、找牛时两部落的人经常见面，双方都能听讲对方语言，有好多人做了亲戚，多年来都能和睦相处，友好往来。尤其是对八宝山这一镇地神山，人人敬畏，两部落的猎人从来不到八宝山去狩猎，牧人们也不到八宝山上去放牧砍柴。祖祖辈辈已形成了规矩，如有冒犯神山者部落要出面惩罚。

赛木道是出了名的神枪手，可这一年时运不佳，快临近立秋了，却没打上一架鹿茸，纳不了官税，又给全家生活造成很大困难。这天，赛木道天不亮就背着火枪上山了。他从早上走到晚上，从这座山走到那座山，整整跑了三天，工夫不负有心人，他终于在一斯门庆河上游的松林里打到了一头十二岔马鹿，他欣喜如狂，就在打到马鹿的地方，烧起了一堆火，先从马鹿腿上割下一块肉，在火上烤好了饱餐一顿，才动手割下马鹿头，抽出马鹿肾，浇灭了火堆，背起带鹿茸的鹿头往家走去。三天来他已离家很远了，要想走近路，必须经过八宝山。阿道想，身正不怕影子邪，鹿又不是八宝山猎获的，便毫不顾忌地从八宝山下走过，完全忘记了偷瓜摘梨之嫌。

俗语讲冤家路窄，赛木道正兴冲冲走在八宝山脚时，却遇上了骑马路过这儿的洛布藏。他看见赛木道背着血淋淋的马鹿头从八宝山下走，认定是赛木道在八宝山上猎取的，冒犯神山是要受到惩罚的。洛布藏想到这里，就勒转马头朝着阿里克部落头人家飞驰而去。

阿里克头人听信了洛布藏的诬告，立即带人到曼台部落头人家兴师问罪，赛木道在神山猎鹿，亵渎神灵的罪名在草原上传开了。天黄几时、人老几辈，这样敢惹神山神灵的事从未发生过，惹怒了神灵，降下罪来，就会祸及两个部落，不少人为此而动怒。

莫须有的罪名震怒了赛木道，这个天不怕地不怕的裕固族汉子，一再向部落头人说明情况，但外民族外部落有人亲眼所见，前来问罪，头人已十分恼怒，认为赛木道给民族丢了人，惹了祸招了灾。赛木道真是浑身是嘴也难以说清。

一件事情，一方说有，一方说没有，争持不下，无法确定。两部落头人商定，按部落古老习俗进行裁决。

这天，在八宝山脚下一片草原上架起了一个铜锅，锅里倒满了食用的清油，一块白石头、一块黑石头放在旁边。曼台部落、阿里克部落必须家家来人观看。两部落来了很多人，男女老幼都坐在山坡上，议论纷纷，有人为两个小伙子惋惜，也有人为亵渎神灵而动怒，有人说有这事，也有人说没有此事。这是天大的冤枉。

当事人赛木道也早早来到，正和他的几个好友们在说着什么，显得十分平静，他决心就是掉了一只手，也要为自己洗清不白之冤。赛木道的爷爷是智慧老人，他见多识广，听到用油锅里捞石子以辨真假来决断这件事，忧心如焚，孩子年纪轻轻，如果稍有不慎就会失去一只手，一个牧人失去一只手，一辈子将会给自己造成多大困难。老人为保住孙子的手，翻山越岭，采来了青杨叶子，用石块砸成浆，挤出叶汁，叶汁里又加上了黑醋，计划到时候抹到孙子下油锅的那只手和胳膊上，具有隔热、不沾油的功能。老人又给赛木道讲了，要把心血和气都用到那只手上，下手要快，石头要瞅准，老人千言万语叮咛了，又叮咛。

油锅烧开了，油在锅里翻滚，油面上浮起了小泡泡。两部落的头人和黄藏寺的僧官都坐在铺好的栽绒马褥子上，在人声鼎沸，人们心都提到嗓子眼时，黑白两块石头丢进了油锅，赛木道和洛布藏都站在锅前，听头人说："捞出白石头者就认定没有此事，捞石头现在开始。"

赛木道伸出双手做出了谦让的手势，让洛布藏先捞，心怀鬼胎的洛布藏，早就吓得浑身颤抖。众人催促，要他立即下手，越迟油温越高，洛布藏抖抖颤颤，把手伸进滚烫的油锅，还没摸着石头，就听"啊"地惨叫一声，甩着那只下油锅的手，用另一只手一抹那只油手，手上的皮已煺了下来。

赛木道没有被洛布藏的惨叫而惊慌，他伸手挽起里卷衣袖时，他的好友迅速给他手上和胳膊上抹上了青杨叶汁，他走到油锅前，用猎人鹰隼般的眼睛瞅着锅底忽隐忽现的白石头，他平心静气，把一切意念都用在最灵活的右手上，弯下腰憋足了一口气，用迅雷不及掩耳的速度，把手伸入油锅把白石头摸了出来，他的好友立即围上来，把一罐盐水从那胳膊上浇了下去，他手上本身抹了隔热不沾油的液汁，用盐水浇过一是立即降了温，二是冲下了带起的油，三是可以消毒，不起水泡。然后他用一块松树皮把捞起的白石头兜上送到了两个头人面前。曼台部落的头目跷起大拇指对赛木道说："好样的，你不但为自己洗清了不白之冤，也为咱民族洗清了耻辱。"

后来听说，洛布藏自那次下油锅烫了手，那只手骨肉分离，手也没有保住，从此在草原上消失了。赛木道的手上也脱了几层皮，手却安然无恙。从此那片支过油锅的草原，人们把它叫油锅台子，故事也一直流传至今。

【搜集整理】田自成

发亮光的石头

很早以前，甘州（今张掖）有爷孙两人，家庭贫寒，衣不蔽体，食不果腹，沿门乞讨。一天，翻山越岭，来到裕固族的罗尔格家部落，就在草原上流浪要饭。一天天色已晚，爷孙俩还行走在海牙沟河边上，还没找上个落脚之处，饥饿和疲惫已使他们步履艰难。正走着，孙子在河边上发现几块石头，像星星一样在闪闪发光，好奇心使孙子蹲下去捡起石头，石头很重，每一块都沉沉甸甸的，孩子把几块装入自己的衣袋，又捡了几块装进爷爷的衣袋。

"孩子，你十多岁的人了，现在黑天半夜，还没找到个吃的和住处，你还贪玩。这么重的石头，爷爷连走路的劲都没有了，哪里还拿得动这重腾腾的石头？"爷爷一边生气地说着，一边掏出口袋里的几块石头扔了。

孙子看到爷爷满头的白发，有气无力的样子，只好顺从爷爷，可装到他自己衣袋的石头，却一块都舍不得扔掉。

一天，爷孙俩讨饭讨到了罗尔格家头目的帐篷门前，恰值头目走出帐篷，他一双鹰隼似的眼睛，一眼就瞅见了孩子衣袋里露出尖的石头，头目要过一块仔细看了看，又用手掂掂分量，露出惊讶的目光说：

"老人家，把你的这块铜给我，我的满山的牛羊、满圈的骡马都给你，换不换？"

爷爷以为头目在拿他爷俩穷开心，没来得及多想就摇了摇头。

"我把我的全部家产跟你换怎么样？"

爷爷看着头目贪婪的眼神，又摇了摇头。

头目看着爷爷一次又一次地摇头，以为老人肯定是个行家，又一次狠了狠心，咽了一口唾液，好似下了最大决心说：

“如果还不行，就把我的家、老婆、孩子都给你，你看行不行？”

爷爷半信半疑地看了看头目急不可待的神色，又瞅了一眼孙子。孙子虽只有十二三岁，他察言观色，总以为头目不怀好意，一双机灵的眼睛里闪出机智的眼神，对着爷爷的眼神摇了摇头。

爷爷看看孙子的举动，又看了看头目躁动不安、垂涎欲滴的举动，就决然地说：“这块石头是我家的传家宝，就是穷死饿死，也绝不能给了别人。”

“老人家，你既然不愿把这块石头给我，那么把你们捡到石头的地方告诉我，我也会重重谢你的。”

“头目老爷，天这么大，地这么广，这块石头究竟来自什么地方，我也说不清楚。”

头目听了老人的话，显得十分可惜，又万般无奈。孙子立即拉着爷爷急匆匆走了。爷孙俩走到无人的僻静处，孙子机警地对爷爷说：

“爷爷，我捡到的发亮的石头，一定不是铜，要是一块铜，头目老爷决不会用满山的牛羊和全部家产换，这一定是个宝贝，我们赶快回家，免得别人抢，到了甘州，一定有人识宝。”

爷爷听了孙子的话，觉得说得有道理，爷孙俩就拣偏僻小道，连夜翻山越岭赶往甘州。

回到甘州，由于家贫如洗，一家饿得嗷嗷待哺，实在没有办法，爷孙俩捡了一块大的，藏好三块小一些的，就进了甘州城，到一大商号家去卖。爷爷把那块发亮的石头递给了账房先生，账房先生翻来覆去看了半天，拿不定主意，就叫爷孙俩稍候，进到后院过了一阵，才把大掌柜请了出来。

只见大掌柜身材不高，大腹便便，身上穿着一走三晃的镶色绸子裤褂，手里摇着一把描金黑扇，剃得锃光发亮的秃头，好似一个大葫芦上用剃头刀在上剜了两个小眼，割了一道小口，一双豆豆眼在叽里咕噜乱转。他拿起那块石头，用指甲扣一扣，又用牙齿咬一咬，再用戥子称一称，眼里脸上刚露出一丝笑意，立即又变得冷若冰霜。他嘴对着账房先生的耳朵嘀咕了半天，才转身对爷孙便说：

“这是一块古铜，值不了几个钱，既然你们要卖，看在你们爷孙老的老、小的小的份上，可多给你们几个钱，拿去度日吧。”

为了一家人活命，爷孙俩只好把那发亮的石头卖掉，买回来了好多米和面，一家吃饱了肚子，爷孙俩才慢慢体味商号家大掌柜的一番话。在那贫穷的年月，金银好似与穷人无缘，从没见过金子银子是什么样，真是面对金山不识宝，所以后来爷孙俩还在琢磨：大掌柜说是一块铜，却给的钱不少，爷孙俩越想越觉得事情蹊跷，按给钱的数量，那肯定不是一块铜，也许是一块金子，听说金子很重，方圆一寸就是一斤。后来爷孙俩通过多方打听，才知道那是块金子。

一大块金子卖掉了，孙子的衣袋装回来的还有三块小的，爷孙商量后，为了谋一个长久的生路，决定把其中的一块献给朝廷。爷孙俩用一块红绸子包着一块金子，来到甘州府献宝，甘州府的太守、巡抚都御史，看到那块自然金块，确也少见，形似一个金马驹，金纯形美。太守和都御史商定，一面表奏朝廷，一面安置爷孙一家的生活，决定供养全家，免征赋税，爷爷死后有官府厚葬，孙子成人由官府安置使用。

献金后，爷孙俩做向导，带领甘州府人役到当初捡到金块的地方，继续寻找，结果一无所获，爷爷顺手扔掉的那几块，找遍了山谷河畔，不见踪影。只好在孙子记忆捡金处插了一面青龙旗，以记其事。

后来就在插旗处修了一座寺院，用河水推动经轮，所以也叫转轮寺。寺院地处罗尔格家部落境内，由部落管辖。此处因寻金插下了一面青龙旗，后来寺院又改叫青龙寺，今寺院遗址尚存，寺院所在地的乡至今还叫青龙乡。

【搜集整理】田自成

莫 拉

很久很久以前，裕固族人赶着自己的牛、羊、骆驼，越过沙漠戈壁，穿过泥泞沼地，跟着水草，走呀，走呀，从遥远的新疆，直走到甘肃的祁连山下。

祁连山下好牧场，牲畜肥壮，牧人喜洋洋。可惜，山下有个大冰洞，冰洞里还住着大雪妖。它常常兴妖作怪，给草原带来灾害。

每当山下冰洞里冒出茫茫白雾的时候，那就是雪妖发脾气了。你瞧吧，不出一时三刻，狂暴的风雪就来了，一来就是十天半月。厚雪压盖了草原，人没有柴烧，牲畜吃不上草，小羊羔、小牛犊因为经不起严寒，也都被活活冻死了！

人们给雪妖烧过多少香，人们给雪妖磕过多少头，可是，雪妖一点不动心。

有个莫拉[1]，平日看着雪妖老是那么作恶行凶，心里气得不得了。有一次，莫拉问爷爷说："阿爷！雪妖这么凶恶为什么不把它除灭?"爷爷摇摇头说："孩子，雪妖神通广大，谁也不敢动它！"

"天地间，难道没有一个能降服雪妖的人吗?"

"只有太阳神能降服它。可是，太阳神住在东海里，山高路远，有谁能去向他学法讨宝呢?"

莫拉听了爷爷的话，立即拍拍胸脯，坚决地说："只要能降服雪妖，哪怕山高路远，我也要去拜太阳神学法讨宝！"

草原上的人们，一听到莫拉要去寻太阳神，大伙都来欢送他。东滩上的一位老牧人，送给莫拉一匹日行千里的宝马；西滩上的一位老阿奶，送给莫拉一件避水宝衣；南山里的一个猎人，送给莫拉一束百发百中的神箭；北山上的一个放羊姑娘，把她一条赶羊鞭儿也送给莫拉了。在万人的欢呼声里，莫拉小英雄穿上宝衣，背上神箭，跨上宝马，将手中鞭儿一挥，直向太阳升起的东方，飞一般地奔去了。

宝马驮着莫拉，跑过千里草原，越过万重雪山。跑着，跑着，忽然迎面出现一座峻峭的石崖，挡住了去路。这崖叫"刀刃崖"，崖底扎在地里，崖顶钻在云里。宝马浑身汗水流，绕着崖打转转，要想飞越，那真比登天还难！莫拉正急得没法，忽听头顶一只百灵鸟唱道：

莫拉哥呀莫拉哥！
宝马鼓劲能钻天，
为何不用你的赶羊鞭子?

莫拉果然用手中的牧羊鞭儿，狠狠甩了一下，只听"叭"的一声，像一声炸雷。鞭梢儿向天伸长，钻入云霄，连马带人，飞过了刀刃山崖。

莫拉骑着宝马，继续向东，不知又跑了几千几百里，前面出现一片大森林。这林名叫"黑虎林"，黑虎林里有个黑虎精。黑虎精见有生人从它林边走，便大吼一声，向莫拉扑来。宝马吃了一惊，转过头便向西方飞奔。黑虎精紧紧追来，眼看要赶上。正在这个当口上，又听那百灵鸟儿唱道：

莫拉哥呀莫拉哥！

① 莫拉：裕固语"孩子"。

黑虎精难伤英雄汉，
为何不用你的箭？

莫拉果然取下宝弓，搭上神箭，扭身瞄准黑虎精，只听见弦响时，黑虎精大吼一声，便跌倒在地上死了。

莫拉重新勒转马头，又向东方奔驰，不知又跑了几千几万里，终于来到了东海岸上，远远看见红光影里闪出太阳神的宫殿。可是，大海汪洋，浪高水阔，宝马长鸣，渡不过去。忽然又听到那只百灵鸟儿在头顶唱道：

莫拉哥呀莫拉哥！
英雄临危事紧，
为何不用你的避水衣！

莫拉果然穿上避水衣，挥鞭纵马，向海中冲去。只见海水分道，大浪退避，宝马踏过水面，一直奔到太阳神的宫殿门前。宫门口坐着一位守门神女，这是太阳神座前的女弟子，穿红戴绿，年轻貌美。这姑娘远远望见一个生人骑马踏波，直向宫门闯来，便大喝一声："呔！莫要乱闯，看法宝！"说着，放出一只神鹰，飞过来要抓莫拉。莫拉抽弓搭箭，一下射死了神鹰，宝马接着便冲到门口了。姑娘吃了一惊，闪身进门，"哗啦"一声，将大门关闭了。莫拉下马，用拳头"咚！咚！"地擂着金子铸镶的大门，高声喊道：

太阳神，请开门，
草原人民遭灾难，
请施法宝降妖精！

他这样擂着，喊着，一刻也不停。拳头擂肿了，拳头出血了；嗓子喊破了，声音喊哑了。他擂了三天三夜，喊了三天三夜，终于把太阳神感动了。太阳神叫守门女放莫拉进来。姑娘开了大门，领着莫拉到太阳神座前。太阳神穿着红袍，戴着金冠，摇着金扇，浑身上下金光闪闪，照得人眼睛都睁不开。他捋着长胡子，笑眯眯地说："勇敢的少年！你的来意我已经知道了。现在，我借给你一个神火宝葫芦，教给你放宝收宝的方法。你降服了雪妖之后，就把葫芦给我送来，我收你做个徒弟。"说罢，从腰里解下一个光华四射的红葫芦儿交给莫拉，又命令守门女给莫拉传授放宝收宝的方法。莫拉谢过太阳神，跟着姑娘来到大门口。一看他骑来的宝马毛色已经变白了，他大吃一惊，忙问这是什么原因。姑娘说："在这里一天，人间就是千年，你到这里已经四天了，所以，你的马已经变得老了。"莫拉听了，心里很着急，就赶快请姑娘传授方法。"放宝方法"学了几十遍，才记下来了。接着，姑娘又传授"收宝方法"。可是莫拉心慌意乱，想着自己离开家乡已经好几年了，不知这几年雪妖又在草原上兴起多少灾害。他恨不得立刻回去，除灭这个大害。这样，他学习"收宝方法"的时候，就更难记熟了。他学了四十遍，勉强记住了个大概，便匆匆忙忙辞别了那神女姑娘，跨马登上了归途。

家乡的父老乡亲自从莫拉走后，日日夜夜，盼望着他能早日取上法宝回来降妖除害。可是，一年一年过去了，还是不见莫拉回来。人们都叹着气说："唉，可怜的莫拉，大约他永远也回不来了!"

直到第八年的冬天，莫拉才满身风尘，迈着艰难的步子，徒步走回家乡。原来，他骑去的马已经衰老了，经过千山万水，终于在半路上累死了。勇敢的小莫拉，不怕山高路远，一直走了回来。

莫拉回到家乡的第二天，雪妖又在冰洞里喷出白雾，兴起了一场可怕的狂风暴雪。莫拉立即作法降妖。他手擎神火宝葫芦，顶风冒雪，向祁连山走去。乡亲们擂鼓鸣锣，远远跟着，替他助威。

好一个莫拉，他大步奔到山下，把神火宝葫芦向空中一丢，只见红光一闪，宝葫芦像一个火球，直向妖精住的冰洞里飞去。顿时，大冰洞里，燃起了熊熊烈火。那为害千百年的凶恶雪妖，便被活活烧死在洞中了。

雪妖烧死了，但那洞里的火光仍然燃烧不熄，莫拉想收回神火宝葫芦，可是收葫芦的方法却已经忘得一干二净了。那火一直烧着，烧了三天三夜，还是不灭。莫拉真着急，他怕大火蔓开，烧毁了森林草原，给家乡人民带来更大的灾难。于是，他下定决心，奋身跳进火光中，去拿回那神火宝葫芦。他的肉体扑到葫芦上，压住了喷火口，周围的火渐渐熄了。可是勇敢的莫拉，却被大火炼成为一座红石山，屹立在草原边上。这座石山永远热烘烘的，把方圆几里地面的冰雪全融化了。冰消雪化，白杨河的流水增多了，草原的牧草长得更茂盛了。牛羊肥壮，人畜两旺，裕固族人民过上了平安日子。每当猎人进山狩猎，牧人出圈放牧，远远望见那座挺拔矗立着的红石山的时候，都怀着虔诚的心意，向英勇的草原儿子——降服雪妖的莫拉致敬。

【搜集整理】乔维森、野枫

贵伊斯貂尔

很早很早以前，有一对年轻的裕固族夫妇，住在离部落很远很远的地方。虽然只有几只羊羔，日子却过得非常舒心和睦。

那时候，世上还没有火柴。小两口就在锅灶里添满牛羊粪和骆驼粪之类的燃料，长年煨上火，作为家里的火种。要是一旦火种熄灭，他俩就无法生活了，离住家户又很远，更是无法借来火种。因此，丈夫每天出门打猎，总是叮嘱妻子要煨好粪火，千万不能把火种熄灭。天长日久，妻子精心煨火，从来没有发生过什么意外。

谁知，有一天丈夫出门后，妻子在家突然得了急病，昏倒在地上整整躺了一天多时间。到了傍晚，她慢慢苏醒过来，突然记起了粪火的事。她急忙挣扎着爬起来一看：糟啦！羊粪全部烧完，拨开粪灰一看，连粪灰也凉了。一急之下，她大哭了起来。哭了一会以后，她下决心去远方的人家借火种。于是，她咬着牙关，带着浑身的疾病向野外跑去。

还没有走出十几里地，天色就全黑了下来，她也顾不上害怕什么了，一跌一倒地向前跑去。

突然，她发现在一座山上闪耀着一点火光，她喜出望外地迎着火光跑去。

跑呀、跑呀，跑得她四肢无力，腰腿酸疼，还是咬住牙一直跑到山下。她看见火光在半山腰，就奋力爬了上去。

当她爬到离火光不远的地方仔细一看，是一堆篝火燃烧在一个山洞门前。火堆边还拴着一条又大又白的狗，正用狰狞的神态在望着她呢。年轻的妻子非常害怕，就大声喊了起来。随着她的喊声，从洞中走出一位老奶奶，笑着对年轻媳妇说道："你过来吧！别害怕，这条白狗是不会咬你的。"

媳妇一见老奶奶这样说，就放心地走了过去。老奶奶仔细地打量着年轻媳妇，当她知道了媳妇的来由以后，便笑着满口答应了借火种的请求。

于是，老奶奶就在媳妇的衣襟里先铺了一层火灰，然后在上面放上了火种，火种上面又盖了一层厚厚的羊粪，就打发媳妇回家。媳妇非常感激地谢过了这位好心的老奶奶，便急急忙忙地向山下跑去。

谁知，火灰里还有火星，把下面的衣襟烧了个小洞，火灰撒了一路，媳妇却一点儿也没有发觉。回到家中，幸好还剩最后一星火种，她急忙兑上一点干牛粪吹呀吹呀，终于又燃起了大火。这时候已经深更半夜了，她才发现丈夫还没有归来，以为他打猎在外露宿了，只好只身而睡。

到了天亮时，丈夫回到家里，她一问才知道丈夫昨晚回来不见妻子，又见熄灭了火种，就连夜去找妻子。找来找去发现妻子的脚印又回来了，他也只好赶回了家。妻子将取火种的经过告诉了丈夫，小两口感到有些奇怪，打算选个好日子专门去看望那位好心的老奶奶。

过了一天之后，丈夫又出门打猎去了，妻子照样留在家里做家务活儿。突然刮来一阵旋风，妻子赶忙走进屋里把门关好。她刚要转身，忽然听见门外好像来了什么东西似的。她忙开门一看，原来正是给她赠送火种的老奶奶骑着那条大白狗来了，手里还端着狗槽。使媳妇感到惊奇而可怕的是，老奶奶今天竟长了三个一模一样的头，只是两边的小些，中间的最大，径直走进了媳妇的家门。

老奶奶进屋坐定以后，晃动三个头，命令媳妇跪下，声称要给媳妇看病。媳妇一见老奶奶今天这副凶煞模样，早就吓得神飞魄散了。一听老奶奶要她跪下，她就乖乖地闭上双眼跪在地上，连一动也不敢动。

老奶奶从自己头发里拔出一根锋利的骨针，在媳妇的额头上扎了一针，又在两条胳膊上扎了两针。接着，她三个头上的三张嘴都对住三个针眼，猛吸起媳妇的鲜血，吸得媳妇一点不省人事了。老奶奶吸足以后，又在媳妇的双脚上扎了两个针眼，鲜血一滴滴地流进了狗槽，大白狗也饱喝了一顿。然后老奶奶骑上大白狗提着狗槽走了。

傍晚丈夫一进家门，发现妻子躺在地上，身边流下了一摊鲜血，他吓坏了，还以为妻子被谁杀死了。忙上前一摸，觉着妻子的心脏还在微微跳动，只是昏迷不醒。他连忙将妻子抱到炕上。一直到天亮，妻子才慢慢苏醒过来，把自己的遭遇告诉了丈夫，说完又昏了过去。丈夫听完后大吃一惊，这时他才明白，送火种的老奶奶原来是个妖魔，它是顺媳妇撒下的灰路找上门的。想到这里，丈夫就决定不再出门，藏在自家的屋顶上，准备好弓箭，下决心射死三头妖魔。

快到上午时，天上又刮起了一阵强烈的黑风。接着，三头妖照样骑着白狗，端着狗槽来了。当它刚走到门口时，只听得“嗖”的一箭飞了过去，正好射中三头妖中间那颗大头。三头妖惨叫一声，仓皇逃走了。

又过了一会儿，只见一股黑风卷土重来，三头妖在黑风中手持利剑扑向屋顶。丈夫瞄准又射了一箭，把三头妖的左头也射得耷拉下来。正当他取箭时，妖婆猛扑上来，使尽全身的力气将丈夫一刀劈成了两半，可怜的丈夫倒在血泊中死了。妖婆立刻蹲下吃他的肉，喝他的血。

屋内的媳妇在昏迷中被丈夫的惨叫声吓得醒来，她急忙挣扎着爬到门缝里往外一看，只见妖婆正在吃喝着丈夫的血肉。在愤怒中她什么也不怕了，提起丈夫的长刀，悄悄上去一刀砍下了妖婆的最后一颗头，为死难的丈夫报了仇。刚要转身时，大白狗又向她扑了过来，媳妇愤怒地举起长刀，狠狠地刺向狗的胸脯，大白狗惨叫一声，污血四溅，倒在妖婆一旁断了气。

妻子见可怜的丈夫已经被妖婆吃得只剩下一堆白骨了，悲伤地从衣襟上撕下四尺蓝布，包起了丈夫的骨头，跑到妖婆住的洞子里取来火种，永远离开了家乡，到有乡亲们的地方去了。

到了乡亲们中间，她把丈夫遇难的事儿告诉了大家，并把带来的火种分送给了每家每户。从此，她就在那儿安了家。乡亲们非常同情她的遭遇和不幸，也非常钦佩她和丈夫的勇敢，大伙儿都为他俩用生命和鲜血换来永久的火种而感动，为她死去的丈夫举行了隆重的葬礼，并将妻子用四尺蓝布包藏丈夫尸骨的做法称之为“贵伊斯貂尔”，让子孙们继承下去，以示纪念这位舍身杀妖、取来火种的勇士。直到现在，裕固族死了人，还要用“贵伊斯貂尔”（四尺蓝布）先蒙上死者的面部，过上三天后，再举行葬礼。听说这个做法就是从杀妖勇士的葬礼开始的。

【搜集整理】才让丹珍

格萨尔的故事

很久很久以前，谁也说不清是什么时候，有一个老和尚，名叫阿格超东①。他有一个外甥女，可谁也不知道她叫什么名字。她的父母是一对穷牧民。她出生不久，父母相继去世了。父母去世时，除留给她一匹高大的白骒马和一只伶俐的小黑狗外，再也一无所有。白骒马和小黑狗是父母用心血喂养大的，它们让姑娘喜欢得发狂。她们一块吃饭，一块睡觉，一块出猎，一块遨游。那时她唯一的亲人便是这位当和尚的舅舅。而这位老和尚对外甥女却十分冷淡、吝啬，在他的“关照”下，外甥女也没有过

① 在藏族史诗《格萨尔王传》中，译为阿卡超同，即超同叔叔，系《格萨尔王传》中的反面人物，在蒙古族《格斯尔可汗传》中译为朝通，都指同一人物。

上一天温饱的日子。这样，外甥女只好把满腔的心血用在了白骒马和小黑狗的身上。

奇怪的事终于发生了：一天，白骒马刚尿完尿，在浸透了尿水的草地上便长出了一棵枝叶繁茂、碧绿青翠的小青松。就在小青松冒出草地的一刹那，姑娘觉得肚子里有个小东西在跳动。她难受得想吐，蹲在地上呕了半天，什么也没有吐出来。白骒马嘶叫着，小黑狗狂奔乱跳，姑娘惊恐万状。小青松一天天地高起来，姑娘的肚子也一天天地大起来了。三年过去了，青松长得老高老高，而姑娘的肚子也大得使人可怕。起初，姑娘以为是得了什么魔病，后来她才明白是怀孕了。她怕见人，老躲在自己的毡房里，但她怀孕的风声却刮遍了雪山和草原。

姑娘无缘无故地怀孕，本来就使老和尚惊骇不已，而各种风言风语更使老和尚恼羞成怒。他担心外甥女作孽生出个妖怪来，盘算了好几个夜晚，便决定送她到雪山后，趁她没生下孽种来，让暴风雪绞死她。

第二天，老和尚把外甥女凶狠地训斥了一顿，然后打发人送她上了路。姑娘离开老和尚三天三夜。老和尚念经念了三天三夜，狂风吼叫了三天三夜，大雪下了三天三夜。老和尚高兴极了，他狞笑着，喃喃不绝地念叨“阿弥陀佛”。送姑娘的人回来不几天，老和尚肯定外甥女已经死了，便打发人去找外甥女的尸体。去的人万没想到，姑娘住的那里没有落星点的雪，原来的雪丘冰河竟变得山清水秀，严寒的冬天却温暖如春。姑娘怀了三年的孩子出世了，是个男孩，长得虎头虎脑，面似红铜，鼻直耳方。去看的人惊呆了，赶忙跑回去告诉了老和尚。老和尚跪在佛爷面前卜了几次卦，认定这是个不祥的兆头。他拿定主意要给外甥女和小外孙下一次毒手。于是他准备了三尺红布、三斤浸透毒药的酥油亲自去为外甥女“祝贺”。

孩子长得飞快，几天就会说话，几天就像个大人。妈妈很高兴，给他起了个名字叫格萨尔。老和尚到来的前一天，格萨尔对妈妈说：“舅爷要来看我们，那时候你别说话，悄悄把他带的酥油拿出一些抹到炉墙上，剩下的全给我。”妈妈不知儿子的用意，问：“这是为什么？”格萨尔说：“到时候妈就知道了。”妈妈不知儿子的葫芦里装的什么药，苦笑着点头同意了。第二天，老和尚来了。他装出一副慈善的面孔，假惺惺地说了一番祝贺道喜的话。妈妈没吭气，格萨尔笑嘻嘻地望着老和尚。老和尚用红布去包格萨尔，三尺红布还包不住他的半个身子。格萨尔的妈妈趁机把一些酥油抹到炉墙上，炉墙发出了炸裂的响声。她突然明白了，把剩下的酥油给了格萨尔。格萨尔连忙煮了一壶奶茶捧给舅爷喝，老和尚吓得面如土色。他正要推辞，一股热气钻进口里，全嘴的牙齿变青了。老和尚露了马脚，慌张地回去了。

老和尚不死心，找来了三个大力士去杀格萨尔。三个力士临走前，老和尚又放出能吃人的大青狗和山鹰去帮他们。格萨尔早就料到老和尚还会杀他母子，便对妈妈说：

“今天，舅爷打发人来杀我们，他们来后，你也不要说话，他们就回去了。舅爷的大青狗和山鹰也要来吃我们，你看到后就说‘青狗啊，山鹰啊，快吃我儿子吧’，到时候我有收拾它们的办法。”妈妈点头同意了。格萨尔很快用木檩做了个“甩炮子”藏起来。不久三个大力士来了，一个拿着刀，一个握着枪，一个执着剑。他们把兵器对准格萨尔妈妈的脖子，她一句话没有说，站在那里，纹丝不动。这时三个力士猛然觉得有些惭愧，心想：猛虎怎能去斗弱小的兔子，力士为何欺负善良的妇女儿童。他们一个个悔恨自己鲁莽，不该干这等伤天害理的蠢事，三个力士闷闷不乐地回去了。过了一阵，大青狗来了，格萨尔的妈妈说：“我儿子在洞里睡觉，快吃他去吧。”大青狗撒腿跑进山洞去吃格萨尔。它一进去，格萨尔抡起甩炮子，一块像牛一样大的头飞过去，死死地堵住了洞口，大青狗嚎叫了两声死去了。一会儿山鹰又来了，格萨尔的妈妈说：“山鹰啊，快吃我儿子吧！”山鹰张嘴寻找格萨尔，格萨尔又抡起甩炮子，一块牛头般的石头飞入山鹰的嘴里，山鹰叫也没叫一声就从空中摔下来不动了。老和尚的法儿用完了，一切都失败了。

格萨尔长成了青年，力气大得没有边儿。他和一头大犍牛角斗，一头顶得大犍牛栽在地上翻不起来；他一拳就能砸断一抱粗的松树；他吼一声，满林的树叶如同雪片似的落下来。不幸的是他的妈妈死了，只剩下他一人孤单地生活。他没有牛羊，只靠打猎维持生活。年龄大起来，使他唯一痛苦的是寂寞。是啊，男大当婚，格萨尔是该有个媳妇的时候了。据说，当地有个皇上，他有三个金枝玉叶般的姑娘。特别是那个三姑娘，长得水灵灵红艳艳，更是惹人喜欢。格萨尔心想向三姑娘求婚，但总觉得家境贫困，说不出口来。他几次请三位姑娘做客吃野物，都被拒绝了。这样，格萨尔只好把求婚的事深深地埋藏在心里。人说千里姻缘一线牵。一天早晨，风和气爽，三个姑娘又来这一带采花捕蝶。到了中午时分，突然狂风骤起，乌云翻滚，拳头一样大的冰雹哗啦啦地砸下来。三个姑娘无处躲避，一个个钻进了格萨尔的毡房。格萨尔半躺在草铺上，故意冷言冷语地说：“我不曾请三位公主，不知你们来我寒舍有何指教？”大姑娘和二姑娘一看格萨尔的寒酸，没有理睬便从他身上跨过去了。三姑娘微笑着给格萨尔点点头，然后恭恭敬敬地从他身旁绕过去。一阵冰雹停了，三个姑娘走出毡房，说着笑着径直回家去了。一到家里，大姑娘和二姑娘突然满身出了脓疮，疼痛得在地上直打滚。皇上感到很奇怪，便问三姑娘出了什么事，三姑娘禀明了她们游玩的经过。皇上猜测这个格萨尔有法术，便命三姑娘去请格萨尔来治病。三姑娘满心欢喜，高高兴兴地去了。格萨尔见三姑娘来了，笑嘻嘻地把她迎到毡房里，问：“三姑娘有什么事吗？”三姑娘给格萨尔说明了事情的原委。格萨尔一听，故意慢悠悠地说：“这好办，不过得依我三个条件！”三姑娘迟疑地问：“哪三个条件？”格萨尔说：“一是你要经常到我的毡房里来；二是你要做我的妻子；三是一辈子不变心。”三姑娘看出格萨尔憨厚耿直，早就从心眼里爱上了。她一听格萨尔的三个条件，毫不推辞地一一答应了。这时，格萨尔说了一遍谁也听不懂的词儿。词毕，他对三姑娘说：“现在你回去，大姐和二姐的病就好了。”三姑娘半信半疑，说了些致谢的话告辞了。三姑娘回到家里把格萨尔的话告诉了皇上，不一会，大姐和二姐的病果真好了，皇上更加惊奇。

第二天，皇上准备了上等酒宴，叫三姑娘去请格萨尔。三姑娘见了格萨尔说明了来意，格萨尔对三姑娘说：“我是个穷寒酸，怎么敢到皇上家赴宴，你回去对皇上说，多谢皇上的恩典。”三姑娘拉也拉不动他，只好一个人回去了。

格萨尔谢绝了皇上的宴请，皇上自然很不高兴，三姑娘更是一肚子气恨。皇上把酒宴赐给他的大臣。在宴会上，皇上发现一个衣服褴褛的陌生人。这人身材魁梧，举止端庄，一派正气。皇上一眼看出他是个非凡人物，便想过去问个明白。在这时，三姑娘认出这个人来了。她高兴地喊起来：“格萨尔！格萨尔！”格萨尔头也没有回，大步流星般地走了。皇上一听是格萨尔，真有点喜出望外，手中的酒杯掉在地上都不知道，一直望着格萨尔的背影，心里一个劲地念叨：“神人呀，神人！”

几天后，皇上又备了一桌酒宴，叫三姑娘去请格萨尔。这次格萨尔毫不推辞，便同三姑娘来了。格萨尔穿了一身新衣服，显得英俊非凡。大姐和二姐见了，一个个含羞满面，悔不该当初小看了这个穷猎人。三姑娘却高兴得像只小鸟飞来舞去。宴后，三姑娘为了让格萨尔显示本领，再催促格萨尔为大家表演骑马射箭、使刀弄枪。格萨尔撑不住三姑娘的叫嚷，只好将十八般武艺一一搬弄了一番。格萨尔骑上马像流星，射起箭如飞蝗，使弄刀枪若闪电。老皇上看了，喜在眉梢，笑盈盈地答应了这门婚事，当即叫来老活佛为三姑娘和格萨尔祝福。

皇上有了这样一个女婿，心头的愁云一下飘走了。原来这个国家有一个海岛，岛上有个九头妖怪，经常出来残害生灵。皇上几次派人消灭它，但都被它吃掉了。这次他看了格萨尔的武艺，好像从天上掉下了一个救星。他把格萨尔叫到跟前，把九头妖怪的事情说了一遍，并让他去为民除害。格萨尔答应愿意马上去降妖除怪。皇上大喜，叫人立即为格萨尔准备行装兵器，然后又重新设宴，召集所有的大臣为格萨尔出征饯行。第二天，格萨尔告别了皇上和妻子，飞身上马，朝皇上指点的海岛奔去。

马不停蹄地奔驰了几天几夜，格萨尔终于来到了海岛对岸。眼前海水浩渺，岛屿隐约可见。格萨尔骑马在海岸上奔来驰去，总是找不到通往海岛的路。他在马上仰天长叹，忽然随风传来一阵哭泣声。他迎着哭声往前走，看见不远的地方有一棵大树，树下坐着一个牧羊姑娘。格萨尔有点奇怪，走到她跟前便问：“姑娘，有什么不顺心的事使你这样悲伤？”姑娘看出格萨尔不是一般人物，便一五一十地诉说道：“你有所不知，这海岛上有一个九头妖怪，他到处吃人伤人，一年还要抢来几十个年轻女子给他当老婆，凡不听从的，就连同她的全家人一起遭殃。”说到这里，她又哭泣起来。格萨尔安慰她几句，她又说：“我从小被他抢来，白天为他放羊，晚上为他洗身舔脚，一直要服侍到深夜，我实在活不下去了。”格萨尔听后，惊奇地问：“为什么要舔脚?”姑娘说：“九头妖怪睡觉的时候，一定要人给他舔脚，直到他鼻孔里窜出两条蛇说明他入睡了方能罢休，有时得给他舔上半夜才能入睡，在他脚下累死的白骨就可以堆成几座山。”格萨尔又问：“那海岛离海岸这样远，你是怎么过来的呢?”姑娘说：“这群羊是过海羊，骑上过海羊就可以独往独来。”格萨尔说：“你应该逃走！”姑娘说：“谁也走不了，凡来这里的人都要迷失在这海滩上，横竖也得饿死。”格萨尔听了，请求姑娘借给他一只过海羊。姑娘惊奇地说：“你要到海岛上去吗?”格萨尔点点头。姑娘说：“千万去不得！海岛上防备森严，一不小心，就要死在乱箭之中。即使你进到九头妖怪洞里，也很难靠近这个九头妖怪。他身上除了他的正头外，还有狮、虎、豹、蟒、牛、马、羊、狗八个兽头，凡有生人进洞，这些兽头都吐出像火一样的舌头。碰上石头，石头就成粉末；碰上刀剑，刀剑就会变为铁水；碰上人，人就顷刻化为灰烬。”格萨尔说：“不怕！我一定要去，皇上命令我来拯救大家。”姑娘说：“你一定要去的话，混在这群过海羊里就可以到海岛上。你要记住，上岛后听到问你怎么过海的，你就回答有过海羊。”格萨尔点点头，说：“我一一记住了。”

傍晚，格萨尔把马留在海滩上，跟着牧羊姑娘骑着过海羊到了海岛。海岛上群石林立，千奇百怪。山间树丛之中，狮吼虎啸。黑暗处，飞禽走兽眼里发出的五颜六色的光，像簇簇鬼火团团乱转。九头妖怪洞在一座最险峻的悬崖上，洞口闪耀着火光，把四周照得如同白昼，山脚下，一条蜿蜒小路通到洞口，活像一条巨蟒的舌头。格萨尔正在观赏岛上的风光，一阵洪钟般的声音响了起来。他听正是妖怪们问话的暗语，马上按牧羊姑娘的嘱咐回答了妖怪的问话。他混过了一道又一道的关卡，来到了悬崖下。

天黑后，格萨尔沿着蜿蜒路向九头妖怪洞爬去。洞里灯火明亮，九头妖怪直挺挺地躺在床上，牧羊姑娘正为他舔着脚掌。格萨尔还没走近九头妖怪的身旁，八个兽头的毒舌一齐吐出来乱飞乱舞，顿时山洞热得像火炉一样。格萨尔怕牧羊姑娘碰到火舌上，跳过去拉她。眨眼间，牧羊姑娘已变成肉泥。格萨尔大叫一声，抡起大刀朝九头妖怪砍过去。九头妖怪霍地翻起身来，八条火舌一齐朝格萨尔飞来。格萨尔知道他们的厉害，不敢轻易靠近他们，一步跳出洞口，从山路上退下来。九头妖怪也跟着冲出山洞。他们在岛上来回扑杀了几百个回合，仍然分不出胜负，九头妖怪像一头发怒的雄狮，它气得大吼起来。这吼声震得岛上的石头铮铮发响，全岛的禽兽吓得嗷嗷直叫。

等格萨尔再看时，九头妖怪全身的毛都竖起来了，巨大的兽掌直朝他头上抓来。九头妖怪比格萨尔高出半个身子，他的手爪大得吓人。格萨尔见势头不妙，急中生智，把身子一猫便从他的胯下钻过去。待九头妖怪转过身来再抓时，格萨尔已搭好了弓箭，“嗖嗖嗖”一连射出八支。九头妖怪躲闪不及，八支箭正好钻入八颗兽头的咽喉，八个兽头软绵绵地耷拉在他的身上。九头妖怪无心恋战，撒腿就跑，格萨尔腾空跳过去，手起刀落，将他的正头砍了下来。九头妖怪一死，一群小妖也个个跳进了海里。

格萨尔骑着过海羊又回到海岸上。他骑上马往回走，几天几夜过去了，总没有走出海滩。后来，他才发现老在原地绕圈儿。他迷失了方向，几天没吃没喝，疲困难挡，便倒在马下，呼呼地睡起来。这一觉睡了几个月还醒不来。据说，这时天有三十三层，地有十八层。第十八层地狱里有一个妖怪，狮头人身，他专门吃那些压在第十八层地狱里的人。一天，它从地狱里出来走到海岸上，老远地看到一个地方不断闪着光华，走近了，才见一巨人正躺着睡觉。它不知道是格萨尔，也不敢走近，便悄悄走到马的身旁，用火舌去舔马的屁股，马快被烧死了。正在这时，天王发现了格萨尔，命风神和雷声喊醒了他。雨神把守神水洒在马身上，不久马也复原了。格萨尔醒了，但他仍然找不到去路。突然有黑、白二鹰不住地在他头上来回盘旋。格萨尔有些奇怪，顺口说：“神鹰啊，你快去寻找我的家乡，探望一下我的妻子吧!”话音刚落，黑、白二鹰真的“哇”地飞走了。格萨尔骑马在海滩上又绕来绕去地飞奔了几天。一天，黑、白二鹰又出现在他的眼前。这次不待格萨尔开口，倒是黑、白二鹰先说话了：“格萨尔，你快跟我们走，你的妻子被白可汗抢走了，赶快搭救去吧!”格萨尔归心似箭，听了黑、白二鹰带来的消息，心里万分焦急。黑、白二鹰在前面引路，格萨尔打马追赶。跑了几天几夜，黑、白二鹰落在一棵大树上不动了。格萨尔来到这个地方，一看是一个很大的盆地。在那棵大树后头，有一座高楼，楼下既无阶梯又无入门，隐隐约约看见几个窗户。黑、白二鹰“哇哇”叫了几声，楼上的窗扇“吱呀”开了，随声从窗口飞出一个东西，黑、白二鹰霍地飞起来用口衔住，落下来丢给格萨尔。格萨尔一看是妻子的手镯，这才知道她被囚禁在里面。他抡起大刀劈开楼壁，从楼上放下妻子。他俩刚上马，白可汗领着众兵追杀过来，拦住格萨尔的去路。格萨尔先用箭射死一层白可汗的军队，又用剑刺死一层白可汗的军队，后用大刀砍死一层白可汗的军队。白可汗武艺高强，死死挡住格萨尔不放。一阵，白可汗的军队潮水般地又把格萨尔团团围住。格萨尔这才看清四周的山峰上都是白可汗的军队，他拼命冲杀了几天几夜，还是杀不出重围。格萨尔的妻子见情势不妙，心生一计，对格萨尔和白可汗说：“你二人不必死战，我想让你们比武，谁胜了我就是谁的妻子。”格萨尔和白可汗都停下厮杀，各自退到一边。他俩先比射箭，都是百发百中，没有输赢；后又比舞刀，都是龙腾虎跃，没有输赢；最后两人同时击剑，眼看仍无输赢，格萨尔的妻子将一把豌豆悄悄扔在白可汗脚下。白可汗没有注意，一脚踩在豌豆上，脚下一滑，跌了个倒栽葱。格萨尔手起剑落，砍掉了白可汗的脑袋，白可汗的军队又包围上来。格萨尔抡起大刀，像砍瓜似的杀了一层又一层人马，直杀得天昏地暗、神哭鬼叫才算突出重围。格萨尔和妻子回到自己的国土，老皇上念其出征有功，特封格萨尔为“雄狮大王”。不久，老皇上也病故了，临死时，老皇上又把王位让给了格萨尔。

【搜集整理】武文

格斯尔[①]的出世和智娶公主

从前有两个人，一个叫阿克绍东，一个叫阿克沙尔嘎勒。他俩还有个妹妹。可是兄弟俩心肠很坏，常常在妹妹身上为非作歹，不是打来就是骂，还要她天天背水干活儿。为了折磨妹妹，弟兄俩常常用针把妹妹背水用的皮袋扎破，害得她总是背水不止，可水老也背不够。

有一天，妹妹去放牧，她来到草滩上，实在太劳累了，一坐在草地上，竟躺下呼呼睡着了。睡着后做了一个梦，梦见太阳和月亮忽然从天上“忽啦啦”飞下来，一下子从她的口里钻进肚子去了。

又过了一天，她去山泉背水，突然发现泉底有一个金灿灿的纺锤，她伸手拿出这个金纺锤，把它揣在怀里回来了。谁知一回到家里纺锤却不见了，她对哥哥们说了这件奇怪的事，可是哥哥们都不相信她，说她是在撒弥天大谎，反而把她结结实实地打了一顿。

两个哥哥施坏心眼，又悄悄把皮袋用针扎破，强迫她去背水。她来到泉边，又看见金灿灿的纺锤仍然沉在泉底里。她心想：这下可得捞回去让哥哥们亲眼看看，于是就捞出纺锤揣在怀里，背上水回到了家。

“喂！我说你这一回把那个什么纺锤到底捞回来了没有呀？”一个哥哥一见她进门就巴不得地问着。

① “格斯尔”和“格萨尔”均为同一名称的异译，习惯上前者指蒙古族的，后者指藏族的。

“这一回我真的捞回来了，你们看——”

说着她从怀里去掏那个金纺锤，不料纺锤又不翼而飞了。不容分说，哥哥们抓住她又是一顿好打。

妹妹第三次来到泉边背水，又眼睁睁看见那个金纺锤好端端地沉在泉底里。这次她再也不把它揣在怀里了，免得它又跑掉，为了它尽挨哥哥们的毒打。皮袋里装好了水，妹妹就捞出金纺锤，把它含在嘴里回家来了。

刚一进家门，一个哥哥就问道：“嗨！这回该拿回你那个金纺锤了吧?!”

“是呀——”妹妹刚要回答哥哥的话，谁能想到一张口，竟把金纺锤给咽进肚里去了。

这一下糟了，这个哥哥抓住她毒打不算，那个哥哥又说她曾经做过不祥之梦，两人把妹妹追出家门，赶到雪山上去了。临走时，哥哥们只给她一匹老母马、一只黑母狗、三只山羊。哥哥绍东又大念黑咒，连着下了七天七夜大雨，存心要把妹妹害死在外。七天过后，他们想这下子该把她活活冻死了吧，就跑到雪山上去看。不料到那里一看，哥哥惊呆了，雪山上并没有冻死的尸体，相反，冰雪全都融化了，老母马生下马驹了，马驹儿俊秀精神，活蹦乱跳；黑母狗也生了一只狗崽子，东跑西窜；三只山羊也产了小羊羔，跳上跳下玩着哩。哥哥看在眼里恨在心头，愤愤地想再过几天看她死不死！

又过了两天，哥哥跑来看妹妹冻死了没有，谁知她一如往常，还生养了一个儿子。这就是格斯尔。

“啊呀，这丫头生下了一个祸害！可不能留下这小子！”哥哥们贼心不死，非要害死妹妹的儿子不可。

这一天，哥哥对他们的魔王黑老鸦说：“快快飞去吧！去把那坏丫头的祸害儿子给我杀死吧！”

绍东恶毒的念头刚一生出来，就让他的外甥给预知了。孩子对妈妈说：“妈妈，妈妈！今天你出门时在我身边放一个舂杵吧！因为那个‘有良心’的舅舅派魔王黑乌鸦来吃我，我要打死它！”

晚上母亲放牧回来，果然看见儿子打死了一只黑乌鸦。

儿子又对妈妈说：“妈妈，妈妈！你把这个死了的魔王黑老鸦用杆子举着送到黑魔敖包上挂起来！”母亲就照他的话去办了。过了几天，舅舅来到敖包上，看见魔王黑老鸦早被打死挂在那里。他气极了，又让魔王黑母狗去吃掉外甥。谁知他这个恶念又被外甥预感到了。

儿子对妈妈说：“妈妈，妈妈！今儿你出门时，把弓箭搭在门槛上吧！”妈妈照儿子说的那样办好，就去放羊走了。

不一会儿魔王黑母狗果真来了。孩子就对它说："喂！你是不是那只吃人的黑母狗？如果就是，你就顺着门进来吧！"

母狗一听孩子在叫它，就从门口进去，不料刚一推门，就被早已搭好的弓射中了一箭，一下子就送了命。等母亲收了羊群回到家，儿子就让母亲再把这条黑母狗拖到黑敖包上去。

两个哥哥跑来看结果，才发现黑母狗已经被外甥杀死扔在黑敖包上了。

又过了几天，哥哥们又派了一个黑妖魔去吃妹妹的孩子。可外甥又老早地知道了他们的黑心肠，就对母亲说："妈妈，妈妈！今儿你就别去放羊啦！有一个黑妖魔要来吃我，我要变成一颗蛋，你把我放在木盘里等着。到时候，你要对他说：哎呀！你们平日里可吃的东西真是数也数不完，何必对我这样一个独生的嫩娃娃打主意哩！其实他连你的牙缝儿也填不满呀！连你可下刀子的一点肉也没有呀！求只求你生吞他时，喉咙可万万用不得劲，我是怕我的孩子会忍不住疼痛的呀。"

不久黑妖魔果真来了，母亲就照儿子教的那套话说了一遍。黑妖魔听完拿起蛋来就吞，谁知刚咽到嗓子眼跟前，就再也咽不下去了，想呕吐吧又吐不出来。黑妖魔再也受不住了，难过得直折腾。正在这时，孩子的神姐在天上说话了。只听得她说："哎呀呀！你瞧瞧！我弟弟这是刚坐在你喉咙里，你就这般地受不了，要是他站在你的嗓子眼里，我看你该怎么办吧！那可真够你受的哩！"

黑妖魔一听这话，吓得急忙说："那你就坐在里面吧！等我把你给呕吐出来吧！"

黑妖魔还没说完，孩子就在它喉咙里站立起来，一下子掰开了它的下巴子，从它的嘴里跳了出来。

母亲就把这个黑妖魔的死尸又给拖到黑敖包上去了。

等了七天，舅舅们还不见黑妖魔回来，就打算亲自去杀掉这个外甥儿。可是第二天一大早，他的这个坏心肠就给外甥儿知道得一清二楚了。孩子对母亲说：

"妈妈，妈妈！今儿那个'好心肠'的舅舅要亲自来啦，你就在我的摇床上倒些灶灰吧！"

母亲刚好做完这些，那个舅舅就进门了。他假惺惺地说："唉，我是给外甥儿送点吃穿的东西来啦！看，这是肥肉，这是黄油，这里还有这么多布，都是送给孩子用的，就拿着用吧！"

妈妈接过来一看，肉还填不住个牙缝儿；黄油呢，连握住一把手心那么点也不够；还有什么布啦，连缠个孩子的小拇指那么点也没有！狡猾的哥哥眼看要露馅儿了，就又施出一计说："哎，妹妹，我是请你到家里去看一趟的呀，咱们就快走吧！"

妹妹跟着他走到半路上的时候，他忽然又故作惊讶地说："哎呀，真糟糕！我怎么把一件东西忘在你家里了，我这就去取回来吧，你去我家等着吧！"

妹妹一听对他说："哎，我说哥哥呀，你又要在我孩子身上打什么主意呀？你的孩子也好，我的孩子也好，还不都是一样嘛，你这是何苦来?!"

"瞧瞧，你这是个什么话呀！"哥哥连连狡辩说，"我这分明是取忘了的东西嘛，你不要胡想啦，就好好先到我家去等着吧！"说完他就匆匆走了。

哥哥来到妹妹家里，一把拖起外甥的摇床就跑，他一气来到九河滩上，才把摇床放在地上，在上面压上千斤重的大磐石，又用黄木橛子把外甥的四肢给牢牢钉住，孩子头上用牛毛毡给严严捂住还不算，嘴里头又给塞上了东西，他这才洋洋得意地回来了。

"哥哥，哥哥！看样子你是不是招惹了我儿子才跑回来啦?"

"我怎么会惹你的孩子呢？你的孩子、我的孩子还不都是一样嘛！"

妹妹回到自己的家里，才发现孩子没有了。她急得到处叫喊，可是哪里还有人影儿！到这时她才想起早晨时儿子说过摇床里要倒灶灰的话，现在她才明白了孩子的用意，便顺着地上撒漏下的灰迹一步步追踪找去。她一直来到九河滩上，果真发现自己的孩子被牛大的磐石压着，四肢也给牢牢地钉在地上，嘴里塞着东西，头上又被缠上了牛毛毡。看到这一切，她伤心地痛哭起来："哎哟哟，我心爱的孩子怕是给害死了……唔唔……"

"妈妈，妈妈！快别哭了，把我身上的大磐石给推下来吧！"母亲正在哭诉着，听见了儿子在说话，就忙起身搬石头，她推呀，搡呀，怎么也挪不动这块牛大的大磐石。她又去拔四肢上钉的木橛子，拔了老半天，还是一动也不动。她眼看着没办法，生怕自己的孩子就这样给害死掉，急得她又唔唔哭起来。

"妈妈，妈妈！再别哭了！我的四肢被钉上橛子，这是预兆我将要管辖四面八方之地；头上给我缠上牛毛毡，这是预示我永不离开老百姓的家；而我的嘴里给塞上东西，这就是说明要我永远不忘喝平民的淡茶①。"说着，他猛地大叫一声，一下子就把压在身上的大磐石甩出三大高山之外，四肢上的黄木橛子也全给拔脱了。他站起身来，这才跟母亲又重新回到自己的家里。

在家里母子一商量，都觉得这里再也不能多待下去了，得赶快搬到别处去。他们就搬着家走，走着走着来到一处地窝子，看见扔着一个断线的"浩尔畏"②。

① 原文是"黑茶"，指没有放牛奶的茶，系穷人的茶水。

② 浩尔畏：又叫"撂抛子"，是毛制的抛石器，用来驱打野兽和放牧。

“妈妈！快把这个拾起来，会有用的。”

母亲就捡了回来拿着。

走着，走着，又来到一处地窝子，看见地上扔着一块破磨石。

“妈妈！快把这个收起来，会有用的。”

母亲又捡回来拿着。

走着走着，母子来到一条河口。平日都传说，这里有一头凶蛮的大牤牛，专门顶撞来往行人，煞是可怕。他们刚走到河岸，果然有一头好斗而凶蛮的牤牛一下子冲出来，挡住了他们的去路。

“妈妈，快把刚才拾到的东西扔给我。”

母亲把东西给了他。他用破磨石架在“浩尔畏”里，用劲一抡，“嗡——”一声，就把牤牛给打死了。

母子平安顺利地蹚过了河。儿子又对母亲说：“妈妈，我看咱们就到金加敏河那里去生活吧！那里有牛、马脑袋那般大的草根哩，我们去吧！”

他们就这样来到了金加敏河畔，靠草根、土拨鼠和放牧过日子。

有一天，可汗的两位公主出来游玩，来到了这里。她们看见这个小伙竟然和土拨鼠生活在一起，只见那些精灵的土拨鼠从洞里跑进跑出的，两位公主忍不住捂住嘴巴嗤嗤地笑。小伙子邀请她俩进去喝茶，她们谁也不愿意进小伙子有土拨鼠的屋子里来。两位公主回到宫帐里就对皇后说，她们见到了怎样一个小伙子，又是如何和土拨鼠生活在一顶草棚子里，怎样请她们做客去喝茶，她们又是如何不愿意进去，等等，说了一遍。皇后听了对她们说：“你俩再去游玩时，就进去吧！只要你俩把袍襟向上一甩，那小伙子的草棚子就会倒塌的。那时你们就笑着跑回来吧！”

两位公主按皇后的话又来到小伙子这里，这次她们果真进了屋。不过把袍襟向上一甩，小伙子的草棚子不但没倒塌，却看见草底下有一只土拨鼠。她俩感到心里怪恶心的，急忙喝了茶就起身要走。谁知这时候小伙子却说她俩偷了他的土拨鼠。两位公主生气地说：“我们天天有的是肥羊吃，谁还稀罕你的那土拨鼠！”

“那我们数一数看！”小伙子说着就去数他的土拨鼠，结果真的少了两只土拨鼠。小伙子便挖苦她们说：“嗨，瞧！这不少了两只吗？还说什么‘我们天天有的是肥羊吃，谁稀罕你的那土拨鼠！’这是怎么搞的呀！”说着用手一抖，她们的袍襟真的掉出两只土拨鼠来。两位公主又气又羞，哭着跑回家。一路上，只听得山坡上的松树都在“嗡嗡”地咕哝着：“嗨，公主偷人家的土拨鼠，真可笑……”公主们哭了一路，一气跑回宫帐，差点哭断了气呢。她们把一切都告诉了皇后。她们的母亲对她俩说：“这有什么关系呀？不怕什么！赶快去把头梳好吧，呸呸！那你们是遇上了格斯尔啦，他那意思是想娶你们中的一个做妻子哩。”

当时前来求娶公主的人很多，可汗就决定设大赛比胜负来做最后决定。这样就派了一名唐古特仆人把这个情况转告了格斯尔，格斯尔自然表示愿意参加比赛。不料仆人走出草棚子时一不小心，惊动了所有的土拨鼠，一下子它们全都四散逃跑了。仆人手忙脚乱地到处去收赶土拨鼠，最后还是连一个也没有收回来。这样，仆人只好向小伙子说：“现在我是没办法了，主人你看我该如何赔偿你？”

“那你就用三尺白绸子来顶吧！”

“嗨，那你还不早说出来，这对我是太容易啦。”说着唐古特仆人就还了三尺白绸子。格斯尔让他回去了。

求婚的大赛开始了。第一项比赛是谁第一个上松布尔山顶，就把公主许嫁给谁。所有要参加比赛的人早就调驯着各自的烈马，而格斯尔却准备了一头黄公牛。比赛开始后，参加者们一个个骑乘着各自的马，驰骋如飞，一直向松布尔山巅跑去，但当他们前前后后赶到时，只见格斯尔早就骑着黄公牛第一个冲上山顶。这一赛他胜了。

可汗又提出了第二项比赛：谁能把一根细绳从九庹长、九道弯的犄角里穿出去，就把公主嫁给谁。

参加比赛的人一个个忙着想方设法把绳子从犄角里穿出去，一个个满头流汗，一个个全没穿成功。格斯尔不慌不忙，坐在一旁搓毛绳，凡是看见的人都耻笑着他，等着看他出洋相。可他却把毛线的一头拴在一只蚂蚁的腿上，把这只蚂蚁从犄角的一头放进去。不一会儿，蚂蚁就从犄角的另一头爬出来，把毛线也带了出来。格斯尔又胜了第二局。

可汗接着宣布第三项比赛：谁若能用绸子把松布尔山给包起来，就把公主嫁给谁。所有参加比赛的人，一个个用数以万计的马匹驮来绸子开始包山，结果谁能有那么多绸子来包住松布尔山呢？还是一个个失败了。

轮到了格斯尔来包山，只见他拿出他那三尺白绸子来，“噗——”吹了一口气，不仅把松布尔山全给包住了，还把另一个世界也给遮住了一半。当然又是他胜利了。

最后，可汗又宣布了全胜的一个比赛：我要让一百名美女同时骑马出来，谁要是从这其中认出我的女儿，公主就最后归他了。

所有参加比赛的人立刻紧张起来，一个个想方设法，怎样才能从一百名美女中把最漂亮的公主给认出来，获得这最后的全胜。

这时格斯尔一抬头，看见一只大雁，他就向大雁问道：“大雁，大雁！请你为我出一个主意，我怎样才能从一百骑乘的美女中认出可汗的公主呢？”

“这好办。”大雁告诉他说，“你得先为我办件事，我就想法帮助你。这事就是你为我架起火撑子，上面放上铜锅，锅里盛满水。”

格斯尔就照大雁的叮咛一一办完了。大雁就告诉他说：

“你要记住，当可汗把一百骑乘的姑娘全放出来后，你千万不能急着去抓你认为最漂亮的姑娘，而是沉住气等着，看哪一位骑马的姑娘，在左肩头上飞着一只黄蜜蜂，你就抓住她，她必定就是可汗的公主。”

最后的决赛开始了，可汗把骑着一匹匹骏马的百名姑娘放出来了。全体竞争的人，一个个翘首昂颈，争着去找他们各自认为最漂亮的公主。结果一个个都认错了，垂头丧气地愣着。格斯尔却不慌不忙地按照大雁的叮咛瞅着，当一个骑马的姑娘走过来时，左肩头果然飞着一只嗡嗡叫的小蜜蜂。格斯尔立即上前抓住了这匹马，结果这匹马上的姑娘就是可汗的公主。格斯尔终于获得了比赛的全胜，娶上了美丽的公主。

【搜集整理】苏民

除妖的年轻人

以往，裕固族人举行婚礼时，有这么一个习俗：婚礼前，当新娘和送行的人快到男家时，新郎举弓向新娘方向射出三支箭，然后燃两堆火，新娘和送行的人从这两堆火之间通过以后，才能举行婚礼仪式。这个习俗的来由有这样一个传说。

很早以前，裕固人没有火。后来有一个英雄不知从哪里取来了一把火，裕固人才过上好日子。为了不把火种熄掉，不用火的时候，他们就捡一块很大的牛粪烧着了埋在灰中，用火时就把牛粪拿出来当火种。据说，要是把火熄灭了，除了到一个妖精那里去求火，再没有其他办法了，而这个妖精却是专靠吃人肉、喝人血生活的。

当时有一对新婚夫妇，男人到老远的地方打猎去了，要过好几天才能回来。他离家前给心爱的妻子交代了怎样看家、怎样做饭、怎样提防妖怪等，唯独忘记了交代绝不能把火熄灭。妻子因为丈夫外出，感到孤独和寂寞，心里非常烦躁，早早煮了点饭，吃完后天还未黑，就睡觉了。第二天起来要煮早饭的时候，发现火已熄灭了，找不到一丁点儿火星。这一天她非常着急，凑合着吃了一点干肉，到了傍晚的时候，忽然看见南山坡上有一股青烟直往上冒，她高兴得不得了，就急忙朝冒青烟的地方跑去。她跑了很远，天早已黑了，夜也越来越深了，为了能找到火，她不顾一切地向前走去，终于来到了南山坡上，只见这里有一顶毡房，里面发着亮光。她兴冲冲地跑了进去，一看坐着一个白发苍苍的老奶奶，旁边还卧着一只小花狗，正在烤肉吃。老奶奶看见进来一个漂亮的年轻女子，非常高兴，便亲昵地问道："孩子啊，天这么晚了，你怎么跑到这儿来啦？你从哪儿来的？有什么事？"

女人一看老奶奶这么好，不觉流着泪说道："阿尼尕①，我男人出去打猎了，我不小心把火给熄灭了，请你给我一点火吧！没有火，我可怎么生活呢？"接着她告诉了自己住的地方。

"唉！孩子，路这么远，这火可不好拿啊！唔，这样吧，把你的袍襟撑开，我给你把火放好。"说完她就在女人的袍襟上面先放一层灰，再放一层羊粪，然后放一层火，接着又在上面放一层粪，一层火，最上面盖了一层灰。

"好啦，以后可不能再熄灭火啊。"

这个女人得到了火非常高兴，道谢告别后就往回赶路，结果一路上洒下了一道火线，回到家里只剩下很少一点火了。可是她万万没想到，那个老奶奶正是吃人的妖精。

第二天，天刚黑，这个妖精露出原形，骑着小花狗来到了女人家里，她见来了一个妖精，长着三个头，吓得直哆嗦。妖精说道："别害怕，孩子，昨天晚上我还给你火呢，现在不认识我了吗？把你的头伸过来让我看看。"

女人刚把头伸过去，妖精就一锥子扎进她前额，用木碗接了半碗血，喝完以后又说："唔，听我的话，我就饶你的命。把你的脚伸过来让我看看。"

女人胆怯地把一只脚伸过去，妖精一锥子扎进脚心，又接了半碗血，喂了她的小花狗。然后说道："唔，很好，我的狗崽子也笑着望你呢！让我再看看你那一只脚。"

女人痛得再也不敢伸出另一只脚，但一看妖精那副凶相，只好忍着伸了过去。妖精又是一锥子，接了半碗血，泼到地上，然后一句话也没有说，骑上小花狗走了。好几天都是这样，这个女人逐渐消瘦下去了。终于男人从外面打猎回来了，一见妻子几天间就变得骨瘦如柴，不像人样儿，非常奇怪，就问妻子是怎么回事。妻子起先怕妖精，不敢说，丈夫一再追问，她才把事情说了。男人听了，又后悔，又愤恨，下决心要除掉这个害人的妖精。

一天，男人假装又出门打猎去了，走不多远就躲藏起来，要看看这个妖精究竟是什么样子。恰好妖精看到男人走了，就迫不及待地骑着她的小花狗，龇牙咧嘴又来到他家里。男人一见，大喝一声，一箭射落了三头妖精最中间的一个头。妖精惨叫一声，带着其余两个头仓皇地逃走了。过不多久，妖精拿着她的弓和箭，凶恶地反扑过来。

① 阿尼尕：裕固语"老奶奶"。

这个勇敢的青年早有准备，就同她斗了起来。后来把妖精的另外两个头也射落了，可是自己也受了重伤，随即倒下死了。妻子看见丈夫死了，悲痛不已。她燃了一堆大火，把丈夫装进一只箱子里烧掉了；又缝了一个小布袋，装了丈夫的骨灰，埋在地下，还砌了一个坟头。

后来，裕固人为了防止妖精再来，也为了纪念那位为除妖死去的英雄，举行婚礼时就兴了这么一个仪式。另外，人死了，先火葬再砌坟，也是从这里来的。

【搜集整理】钟福祖

女英雄萨尔阿玛珂

传说在裕固族的故乡西州哈卓，有两座山：一座叫白山，一座叫黑山。白山下住着裕固族的白头目和他的奴隶们，黑山下住的是外族人和他们的黑头目。

白头目手下有个大圈头①，这个人品很坏，他总盘算着想当头目，可总是没有机会，不好下手。时间长了，圈头觉着自己也老了，享福的日子不多了，可又不甘心。于是，他就想出一条毒计来：挑起白头目和黑头目之间的民族仇恨，用黑头目的刀子杀掉白头目，他就可以夺得王位了。没过多长时间，由于大圈头暗中挑拨，白头目和黑头目真的打起来了，而且越打越凶，遍地都是人、马和骆驼的尸体。白头目带领全部落的青壮年男子与敌奋战，大圈头却借年老多病，不能参战为理由，躲在家里饮酒，等着坐收渔利。

战争进行了很久，白头目被打败了，原来大圈头虽不去参战，可每次头目召集定计，他都一清二楚，每战之前大圈头就把白头目的计谋偷偷地报告给黑头目。这样一来，黑头目怎么能不胜呢？白头目却蒙在鼓里，每战必败，兵马越来越少，最后彻底败下阵来。白头目自己也负了重伤，不能统兵出征。整个部落面临灭族的危险，哭声连天，悲痛异常。

正在万分危急的时候，白头目的妻子萨尔阿玛珂挺身而出。她毫不犹豫地穿起战袍，披甲戴盔，提着丈夫的宝刀，率领全部落的青年妇女，组成了一支女子大军杀向

① 大圈头：大管家。

战场。这时候，败下阵来的男人们一见妇女这样勇敢，也都鼓足勇气，跨上战马跟着萨尔阿玛珂冲向敌阵。

这时，正是夜深人静，黑头目还正在做灭掉尧呼尔①的美梦呢。突然，萨尔阿玛珂指挥大军冲进敌营，霎时间，黑头目的兵营大火冲天，士兵们还没来得及穿衣服，就被女子军杀得丢盔弃甲，溃不成军。黑头目在逃跑中差一点让乱马踏死。

白头目听见妻子胜利归来的消息，赶忙拄着拐棍出门迎接。美丽聪明的萨尔阿玛珂见丈夫带病出门迎接自己，连忙下马，谦虚温柔地深深鞠躬为他祝安，并双手捧还了宝剑，还抚摸着丈夫的伤口，安慰他灾难已经过去，要他安心养伤。众人见品德高尚的萨尔阿玛珂不但武艺高强、人才出众，而且这样热爱自己的土地和丈夫，都非常感动，许多妇女都悲喜交加地哭了起来。为了让大家高兴地祝贺胜利，有一位漂亮的姑娘站起来大胆提议：为萨尔阿玛珂立一块碑文，刻下她拯救民族的英雄诗篇。大伙儿一呼百应，异口同声地赞成，无论萨尔阿玛珂怎么劝阻和解释也说服不了大家。

大圈头没有实现美梦，早就对萨尔阿玛珂怀恨在心，一见眼前的情景，便计上心来。他故意唉声叹气地信口说道："萨尔阿玛珂在大伙儿眼中威望真高啊！"白头目在一旁听见此话觉着有些不对味，就问圈头是什么意思。大圈头诡秘地奸笑一声说："女人要做主了！"白头目本来就是个多疑爱嫉妒的人，一听这话，果然怀疑起妻子来，便再也不理睬美丽的萨尔阿玛珂了。天长日久，夫妻各居一方，各有心事。萨尔阿玛珂多么想见到自己的丈夫啊！她和白头目结婚十多年来，还从没有这么寂寞过呢！现在她每天只好把一片心意倾注在香火中，为丈夫早日病愈祈祷。慢慢日子久了，萨尔阿玛珂觉得丈夫的伤也该好了，就问圈头："我可以和大王会面吗？"大圈头一听便装作关心的样子回答说："是啊，我比你还急呢！只是大王伤口还没有全好，我看，还是暂时不见为妙！"其实，白头目的伤口早就好了。他也日夜想和妻子见面，但是听见大圈头说："大王啊，我还是劝您不要去见她吧。自从胜利到现在，萨尔阿玛珂天天在部落里饮酒欢乐，哪里还把大王放在心上！再说大王伤口刚愈合，弄不好您生了气，伤口又会恶化。加上萨尔阿玛珂武艺高强，您去见她，她高兴便罢，如大王遭到不测，我怎么向尧呼尔的子孙们交代呢！"白头目听到这话后，就下了决心，不见妻子！

有一天，大圈头见白头目愁眉不展地叹气，就上前低声说道："大王啊，你别难过了。既然萨尔阿玛珂夫人不仁，那也怪不得您另娶了。"这一句话，正中白头目胸怀。自从上次白头目见到提议为萨尔阿玛珂建立碑文的那位漂亮姑娘后，他就朝思暮

① 尧呼尔：裕固族的旧称。

想，辗转思念。可他明白：尧呼尔民族的男子对妻子必须忠贞不贰，白头到老，否则就会受到全部落的唾弃，甚至还要被你赶出部落，四处流浪。加上萨尔阿玛珂武艺高强，她决不会答应丈夫胡作非为，弄不好自己会落个身败名裂的下场。所以，他一直把这个念头埋在心里，对谁也不敢讲，也不能讲。眼下听大圈头正好说中了他的心事，就犹豫了半天，最后问大圈头："那萨尔阿玛珂怎么办呢?"大圈头见白头目已经动心，就狠毒地说："那还不好办吗? 只要大王您一声令下，萨尔阿玛珂还不人头落地!"可白头目觉得萨尔阿玛珂总是自己的结发妻子，十几年来一直忠实于他。特别是前次与黑头目的血战中，要不是萨尔阿玛珂亲自带兵打仗，说不定全部落早被黑头目杀绝了呢！想到这里，他觉得刚才大圈头的话太可怕了，一时又没有别的答复，只好说："严守秘密，以后再说。"

又过了些时候，萨尔阿玛珂见不到丈夫，就想去娘家探望父母。大圈头见时机已到，满口答应准备马匹和礼物，并暗中派人去抓了许多鸽子。

过了三天，大圈头为萨尔阿玛珂专门准备了一匹剪鬃烈马，马背上驮了两褡裢"礼物"。临行前，大圈头假心假意地对萨尔阿玛珂说："等您回来，大王的伤口就全好了，你们夫妇就可以团圆，您得记住：这两褡裢礼物是您丈夫的一片心意，不过，他要我告诉您，现在不能打开。到了您家的山冈上能看见毡房时，您就可以骑在马上，揭开褡裢口绳看看了，看完以后您便可以高高兴兴地去见父母了。"萨尔阿玛珂听信了大圈头的话，既然丈夫有言在先，更是不能违背的。于是，她告别了乡亲和大圈头，骑上烈马，奔向娘家。

到了山冈上，她远远看见父母家的毡房。萨尔阿玛珂停下了马，顺手揭开褡裢口子。刚要看时，忽听得"扑啦啦"声，一群鸽子从褡裢口中惊飞出来。这一飞，吓惊了烈马，烈子没命地奔驰起来。萨尔阿玛珂一点也没有提防，她被烈马甩下来，一只脚却不幸套进马镫里。烈马在山路上拖着她奔驰，当娘家人抓住烈马时，萨尔阿玛珂头顶出血，前胸也被拖得血肉模糊，脊背都露出了白骨。她父母哭得死去活来。

全部落的尧呼尔老少听到萨尔阿玛珂惨死的噩耗，都泣不成声，伤心极了。从此，为了纪念民族的这位女英雄，尧呼尔姑娘出嫁时，必须戴上头面。头面分前胸和后背两部分。前胸用红色珍珠镶嵌，表示要护住萨尔阿玛珂的两个乳房。背后全用白色的"董"① 錾满红底马布带，表示保护萨尔阿玛珂的脊背。帽尖上缀起红缨穗，表示萨尔阿玛珂头顶上的鲜血。扎红腰带表示萨尔阿玛珂的肠血洒在故乡的土地上。

在尧呼尔乡亲的要求下，白头目追究了妻子惨死的原因。其中有位被大圈头派去

① 董：裕固族妇女"头面"上的装饰物，系白色，多用白石或海贝磨成。

抓鸽子的家奴揭露了大圈头的毒计，白头目才明白大圈头是一条奸诈的豺狼。白头目抓住了大圈头，把他拖到萨尔阿玛珂遇难的山冈上，挑了一匹最烈的剪鬃马，将大圈头的一只脚也套在马镫里，然后，白头目在马后腿上猛插了一把短刀，烈马惊嘶着跑过山冈，跑过乱石滩，跑过激流，跑进了茫茫无际的大沙漠……

过了几个月，白头目一想起遭人暗算的妻子，就不忍心在这里生活下去了。有一天夜里，他梦见美丽勇敢而善良的萨尔阿玛珂，梦中嘱咐他领着尧呼尔一直向东走，走到叫双海子湖的地方，尧呼尔会更加兴旺。因为那双海子湖就是萨尔阿玛珂的双眼，茂盛的芨芨草就是她的头发，清清的泉水是她的血液，高高的山峰是她的身躯……于是，白头目下决心率领部落开始东迁了。他们走啊走啊，终于来到现在裕固族居住的双海子湖畔的祁连山下。从那以后，裕固人就一直歌唱聪明贤惠的萨尔阿玛珂。到现在，这支歌还传遍我们的家乡。

【搜集整理】才让丹珍

阿斯哈斯

在古老的传说里，裕固族的婚礼是释迦牟尼盖天铺地的时候形成的。什么是盖天铺地呢？据传那时只有天没有地，释迦牟尼从天上请来青龙，在青龙身上披上青绸子，驮上黄金，又从林间请来了白象，在白象身上披上了白绸子，驮上白土，每天不停地往海洋里撒，想铺出一块陆地。但是时间久了，还是一片汪洋大海，不见地面形成。释迦牟尼没办法，只好去天上求教拉依尔昂迦神。拉依尔昂迦神说："你要使海洋中形成地面，必须在天的四角立四根柱子，火神要生火，胎子要生人，这样地面就自然形成了。"释迦牟尼回来后照此办理，海洋果然渐渐变小，不但出现了地面，还形成了山川河流。从此，地面上有了人间炊烟，人又创造了万物。

随着大自然的变迁和进化，人开始组织家庭。那时，有一位鲍尔得汗王，生有一子，另有一位郑尔斯汗王，生有一女。鲍尔得汗王的儿子提出向郑尔斯汗王的女儿求婚，就派人去送礼，头天送去，第二天退回来了。看来这门亲事有不成的可能，鲍尔得汗王又去求告拉依尔昂迦神，神说："要得这门亲事成就，一百户人家都要有姓，千万个人必须有名字，山丫上还要垒起鄂博①，家家户户都要形成办婚事的规矩。”鲍尔得汗王临行前，拉依尔昂迦神又说：“天上无云不下雨，地上没媒不成婚，你要办成这门亲事，还必须请四位媒人。”

鲍尔得汗王回来后，先给手下的四位宰桑（大臣）定了姓，起了名。一个叫柯拉库勒，一个叫杨乃登曾，一个叫索讨浩买里盖，一个叫考鲁布里加。并请这四人为媒，拿上哈达又到郑尔斯汗王家去求婚，郑尔斯汗王这次愉快地收下了哈达。

婚事已经说成，鲍尔得汗王准备以最隆重的形式给儿子举行婚礼。吩咐宰桑要把铺天盖地立了大功的青龙和白象请来，再把世界上所有的珍珠宝物都找来。这四人听了觉得不好办，决定劝说汗王简便从事。

柯拉库勒说：“汗王，这是盖天铺地以来的第一件大事，理应隆重，但条件不备。”

杨乃登曾说：“汗王，要求太高，恐怕拖延时间，事情会另起变化。”

索讨浩买里盖说：“汗王，从此以后，家家户户都要办婚事，现在立规矩必须周到。”

考鲁布里加说：“汗王在上，贫富在下，开创婚礼仪式须得照顾上下。”

鲍尔得汗王听了说：“你们的言语也有道理，等我和郑尔斯汗王商量后再说。”

两位汗王经过商量，认为四位宰桑言之有理，就照他们说的去办。鲍尔得汗王又召见了四位宰桑说：“其他事允许你们商量去办，唯有青龙要用青绸子包好，白象要用白绸子包好。”

四位宰桑相继走访了民间，又去见鲍尔得汗王。他们说：“我们走遍了所有的地方，看到地上的白羊是个宝，马是个宝，牛也是个宝。这三种宝都有用场。马，汗王可以乘，军队打仗可以骑，老百姓可以用。牛，是汗王最好的肉食，牛奶喝茶用，酥油在佛像面前可以点灯，曲拉什么人都能吃，牛毛捻线织褐子，牧民生活离不开它。羊，地面上大户小户、富户穷户都可以养，羊毛能织成布，也能织成粗褐子，在泥里水里都能穿。我们可以用这三件宝来庆贺婚礼，青龙、白象请不到，可以用其他生灵代替。”

汗王说：“就按你们说的选择去做吧。”

经过广泛选择，在鲍尔布吉主人放牧的羊群里挑了一只毛色灰白的大羊，驮在骆驼上去请汗王察看，鲍尔得汗王见到羊后细细看了一遍，指着羊头说：“这是待客的头等菜。”又摸着羊脖子说：“这里有六节连筋的骨头，好比是六个亲兄弟。”看了看

① 鄂博：牧民以石垒起的石堆，作为祭祀的标志。

羊胸叉说："这样肥美的羊肉，是给亲友最好的羊背子。"端详了一会儿羊肋骨说："这十二根肋条骨是一年十二个月的标志。"又指着羊的四条腿说："这羊干巴骨是新郎新娘最好的结婚证据。你们看，大头是黄色，正是金子的颜色，小头是青色，正是银子的颜色，上面那样厚的肉，正是新女婿穿长袍、套短褂的象征。"

汗王同意了四位宰桑的意见，举行了隆重而朴素的婚礼。选了一匹青马，身上披上青绸子，代替青龙；选了一匹白马，身上披上白绸子，代替白象。酒席上给亲友端上肥美的羊胸叉，客人们欢歌起舞，恭贺新禧。在羊干巴骨上抹上酥油，系上一穗羊毛，新娘从火堆中经过和新郎见面时，在众客人的欢呼声中，将干巴骨交给新郎，作为结婚凭证。

两位汗王的子女欢天喜地成了婚，这种仪式从此就流传下来，并一直延续至今。

每当裕固族举行婚礼，都有"阿斯哈斯"的仪式，给人们讲述婚礼的来历。

【搜集整理】增才

吐鲁格排尔克

裕固族在西州哈卓居住时，部落里有一对情人相亲相爱。男的叫加尔江巴吐尔，意思是穷人英雄。

加尔江人才出众不用说，武艺也很高强。别人一次只能射出一支箭，加尔江却可以射出三支箭，而且箭不虚发。黄羊、兔子、野鸭，每天都在加尔江的箭头下死亡。

加尔江为了早日能和情人结婚，披星戴月地天天出门打猎，准备用猎物换取娶新娘的彩礼。

有一天，加尔江刚出门不远，就碰上了两只非常美丽的小狐狸。他忙弯弓射去，两只小狐狸双双倒在沙丘上，加尔江剥下狐狸皮回到家里，把它们挂在毡房杆子上。

第二天，他照常出了门，还没走上五十里，天就刮起黑风，伸手不见五指。黑风一直刮到晚上，加尔江在黑风中迷失了方向，也弄不清自己被刮到哪里。正在左右为难的时候，突然发现面前的沙丘上跑来一只红毛大狐狸。这一下，他这个神箭手觉得很扫兴，越发生了气，下决心非把它射死不可。他追呀，追呀，一直追到星星出全，狐狸却还在他前面奔跑呢。加尔江追乏了，就躺在沙丘上睡了一宿。天一亮，他发现狐狸还在那里向他怪叫呢。他又鼓起劲追了上去，连射数箭，还是箭箭落空。加尔江越追越气，越气越追，连续追了五天以后，狐狸还是没有被他射死。他已经累得连腰都直不起来了，肚皮饿得粘上了后脊背，嘴唇干得裂开了口子。还没到中午，加尔江就昏倒在沙漠中了。

第五天下午，加尔江的未婚妻还不见情郎回来，心里急得火烧一般。她站在沙丘上等待着加尔江，突然听见一声怪叫，抬头一看是一只狐狸，正蹲在不远的沙丘上叫唤。她感到这是一个不祥的征兆，连忙端出香火求神辟邪。点了神火以后，又去追赶狐狸。狐狸却和她兜圈子，高一声、低一声地连连怪叫。姑娘心急如火，忙背上炒面和水，去找加尔江。

她刚走了几步，狐狸就跑到前头呜咽着。她觉得奇怪，就跟上狐狸走去。走了整整一夜之后，到天亮时狐狸突然不走了，姑娘就在周围的沙窝中寻找亲人，最后在一条沙沟中见到了加尔江。姑娘急扑上去，一摸他的心口，还能觉出心在微微跳动。她连忙给加尔江喂了水，过了一会，加尔江终于醒了过来。姑娘扶起他，给他拌上炒面。突然，他俩听到沙丘后面唱道：

加尔江呵加尔江，
射死我的孩子，
我多么悲伤！
今天我留下你的命，
以后你也要有个好心肠！

他俩奇怪地跑上沙丘一看，原来是那只狐狸在唱。加尔江觉得有些害怕，刚要举箭，却被姑娘连忙拦住。只听姑娘唱道：

老狐狸呵你把心放，
从今后我们讲好，
不把你子孙伤。
小狐皮算你送的礼物，
做成帽子我戴在婚礼上。

老狐狸听完以后，大叫一声，拔腿就跑了。加尔江和未婚妻顺利地回到家里。

过了几天，加尔江就准备结婚。未婚妻把两张小狐皮缝成婚礼帽子，裕固话叫

"吐鲁格排尔克"，提前三天戴在头上。

从那以后，裕固族姑娘出嫁就用这顶"吐鲁格排尔克"成亲配双，不管春夏秋冬结婚，新娘都要提前三天戴在头上。一直到现在，还留着这个习俗。

【搜集整理】才让丹珍

王子和公主的故事

很久很久以前，我们尧呼尔祖祖辈辈居住在西州哈卓。那儿有辽阔的草原，有许多很美丽的海子湖。红柳树开着粉红的花穗，一片又一片，一直连上了天边的彩霞，扑鼻的花香沁透了牧场。白天鹅在海子水面上自由飞翔，牛羊和驼马在草滩上奔跑。当时，尧呼尔民族分两个部落生活，分别由祯格尔斯可汗和鲍黛尔斯可汗[①]统治着。两个汗王都想把对方征服，然后达到统一尧呼尔民族的目的。因此，两个部落之间闹得长年不和，经常打仗。时间长了，两个部落就成了冤家。

那时候，祯格尔汗王有一个英俊的王子，鲍黛尔汗王虽然没有儿子，却有一个非常美丽而聪明的公主。因为两家有冤，所以王子和公主从来还没有见过面。一天，祯格尔汗王对儿子说："孩子，统一尧呼尔，你父王看来是完不成了。现在已经落到了你的肩上，你应该日夜记在心里，去努力完成！"

王子听完父亲的嘱托以后，便率领千军万马来到鲍黛尔汗王的部落边界，向鲍黛尔汗王宣战。鲍黛尔汗王刚要出城迎战，忽听前来挑战的是祯格尔王子，而不是王子的父亲，就气极了，认为这是祯格尔汗王故意欺他鲍黛尔汗没有儿子，前来侮辱自己。一气之下，鲍黛尔汗王就病倒了。公主听见父王气病的消息后，赶忙上前安慰道："父王不必心急，女儿自有主意。祯格尔汗王若是真要如此戏弄父王，那就请父王派女儿出城迎战，岂不更好！"鲍黛尔汗听过女儿之言，觉得很有道理，就立刻答应了女儿的要求，让公主带兵出城迎战。他心里暗暗思忖：看他祯格尔王子如何应付？一个男子汉与一个弱女交战，胜败都将被天下人所耻笑，看他祯格尔王子今后还如何

① 祯格尔斯可汗、鲍黛尔斯可汗：都是古代传说中裕固族的先王，现无据可考。以下称祯格尔汗王和鲍黛尔汗王。

做人！

公主带兵出城后，鲍黛尔汗王有些放心不下，害怕女儿遭了毒手，就赶紧随后派了几员勇将前去助战。谁知，勇将们刚去不久，却纷纷跑回来禀告汗王说："陛下，公主出城迎战，王子不但不战，反而下马与公主讲和。他两人和和气气，这恐怕有点……"

"什么?!"鲍黛尔汗一下从病榻上坐了起来，怒视着勇将们斥问："他们真的讲和了?"

"双方兵马并未交战。"其中一个将领回答。正在这时，突然宫外鼓乐齐奏，传来禀报："祯格尔王子和鲍黛尔公主驾到——!"

说话间，王子与公主双双走进华丽的王宫大殿，穿过在两旁肃立的文武官员，径直走进鲍黛尔汗王的卧室，跪在汗王榻前。鲍黛尔汗王面对里墙，背对王子与公主，一肚子怨气刚要发作时，只听祯格尔王子温和而坚定地说道："禀告大王，我奉父王之命前来向您宣战，以利完成尧呼尔民族统一的大业。谁知大王恩惠，派贤明的公主前来迎战。大王明知好男儿不与良女强争高低，即使我胜了公主，也要为天下人所耻笑。既然父王与汗王都已年迈，何必又将冤仇遗留给我们下辈呢！再说，我和公主都是将来尧呼尔部落的世主，我看还是和谈为好，请陛下做出英明的决定。"

刚才还想发火的鲍黛尔汗王，一听王子这些话，觉得头头是道、句句真切，便转过身来仔细打量着王子。只见王子英武善良，身躯剽悍，真乃尧呼尔的一代天骄，便说道："你们自己去商量吧，就看祯格尔汗王意下如何，至于我倒也无妨。"这些话里充满着鲍黛尔汗王对王子的喜爱与钦佩，同时也觉得自己女儿做得很对。

王子和公主一听汗王的这些话，已经明白了全部意思，便千恩万谢地叩拜了汗王，走出卧室。当公主邀请王子在宫中小憩时，王子婉言说道："你我如今还是相争的冤家，待我父王回转之后，再前来拜见公主，请你宽恕。"公主见他说得诚恳，只好含情相送，一直到部落边界，才依依不舍地告别了王子。

祯格尔汗王一直在等待着王子征服鲍黛尔部落的胜利捷报，谁知却等来了王子不战而归的消息。他恼羞成怒，一气之下将王子贬为贫民，连骂带逼地把亲生儿子轰出王宫。从此，王子便流离失所，到其他族部落流浪，过着衣不遮体、食不果腹的苦难生活。谁还能相信他竟会是一个王子呢！

王子日夜想念着鲍黛尔公主。他钦佩公主的才能胜过自己，因为公主能用聪明大胆的办法，请王子进宫劝说她的父王，而自己呢？却被亲父王赶出家园，四处流浪，他能不感到惭愧吗?！他怨恨自己的父王不识时务，可又有什么办法呢？

王子在外流浪了五年的光景，又回到了自己的家乡。满脸的胡子，长长的头发，焦黑消瘦的面容，已经代替了他原来英武的模样。一天，他来到王宫前乞讨，突然身后金鼓齐鸣，一群披红挂绿的宫女簇拥着一队飞马奔向王宫来。王子急忙悄悄打听了一下，才知道是鲍黛尔公主驾到。说话间，公主一行急驰而过，王子见公主虽然威风凛凛，却愁眉不展，于是他便细细打听公主来祯格尔部落王宫的原因……

原来，祯格尔汗王赶走王子以后，便亲自率兵前去讨伐鲍黛尔汗王。鲍黛尔汗王和公主还一直在等待着祯格尔王子的好消息呢！哪知眼下祯格尔汗王的大兵突然压境，他们竟连一点准备也没有。至于王子被赶走的消息，他们父女俩根本无从知道，相反，还以为是王子欺骗了他们。公主一怒之下，率兵出城与祯格尔汗王大战起来。一开始，祯格尔非常傲慢地随便应付着公主，谁知公主武艺出众，愈战愈勇，只几个回合，就把祯格尔汗王杀得大败。祯格尔欲想退兵，公主哪里肯让，命令部下勇将围追堵截。不一阵工夫，祯格尔汗王就被公主用绳索套住拉下马来。

公主把祯格尔押进宫后，便立即松绑和他和谈。谁知，祯格尔汗王不但不讲和，反而破口大骂公主与鲍黛尔汗王。公主并没有发怒，只是进一步问王子为什么骗人。祯格尔汗王一听公主提说王子，更是火上加油，骂亲生儿子中了妖魔的鬼魂，已经被他轰出部落。公主一听此话，差一点气昏过去，暗暗埋怨自己冤枉了王子。此刻，公主觉得再不能留情，命令部将重新绑上祯格尔汗王去见鲍黛尔汗王，请求父王严加惩处。

鲍黛尔汗王听完女儿的叙述，便立即作出决定：收复祯格尔部落，统一尧呼尔民族。祯格尔汗王本应斩首，只因王子下落不明，暂关进死牢看押，若五年内王子不回家乡，则处以死刑。祯格尔部落从此由鲍黛尔公主管理……

在这五年内，鲍黛尔公主日夜不眠，盼望王子能顺利归来。她不知派了多少人马，四处奔走，八方询问，还是杳无音讯。谁知王子现在已经回到了家乡，公主却还在独自悲伤呢。最后，有位好心的乡亲告诉王子说："今天是大王被关押五年的最后一天，听说明天一早将要斩首……咳！可怜的汗王啊，他当初真不该把王子赶走，也不知道王子现在在哪儿呢……"说完叹了口气就走了。王子这才像做了一场噩梦似的被惊醒，他想：统一民族的大业现在虽然已经完成，但是，父亲却处在万分危急的时刻。于是，王子急忙打听出刑场设在鲍黛尔部落以后，便急忙奔向那里。

太阳西下时，他身后突然卷起一股滚滚的尘雾，停脚细看，是公主又要赶回鲍黛尔部落去了。一会儿工夫，公主的人马便来到王子身边。王子不但不躲，相反却走在路的中间，不紧不慢地向前走着。公主的侍从一见有人挡住道路，不得不勒马缓行，其中一个侍从催马上前狠狠抽了王子一鞭，要他让路。皮鞭恰好落在王子脸上，鲜血一下从他鼻腔里流了下来。王子忍着侮辱，一面擦血，一面头也不回地继续向前走去。那个侍从没想到一个乞丐竟如此胆大，刚想举鞭抽打，却被后面的公主喝住："一个疯了的乞丐，你和他纠缠什么，避开赶路！”王子听到这话，两股冤屈的泪水不知不觉流出了眼眶。公主经过王子身边，见他一脸胡子和血迹，很内疚地低头走过。王子发现公主比他刚才见面时更加忧愁了，眼神里深藏着绝望。王子也顾不了想这些，边走边思谋着如何营救父亲的办法。

快到半夜时，王子终于来到将要斩首父亲的刑场，刑场周围已经布置了持矛挂刀的兵马，他便在一个角落里藏下了。天刚亮时，突然传来沉闷的螺号声，接着是宫廷卫队的吆喝声。一辆囚车驶进刑场，囚车的木栏里绑押着白发苍苍的祯格尔汗王。王子一见此情，眼泪止不住地流了下来。忽然耳边传来“鲍黛尔公主驾到”的号令，一群手持利剑的女兵簇拥着公主走上了监斩台。公主神情忧伤地环视着观望的人。太阳刚从东方升起的时候，螺号声“咘咘”地呜咽起来。人们用惊恐的双眼盯着刽子手中间的祯格尔汗王。当公主举起酒碗刚要向天空抛洒祭酒，千钧一发之际，突然人群里传来一声“爸——爸！”的哀叫声。随着声音，一个满面胡子和污血的乞丐扑向断头台，跪在祯格尔汗王面前。他正是王子。祯格尔汗王睁开眼睛一看，儿子已经被苦难的生活折磨得面目全变了，但从眼神里他完全相信面前跪的就是王子。他大叫一声“孩子——！”便昏了过去。等他清醒后，他觉得儿子做得对，不该将儿子赶出门外……

公主听到王子的叫声，也被惊呆了，手里的酒碗不知啥时候落到了脚下。一见昨天的乞丐今天变成了王子，她简直不敢相信自己的耳朵和眼睛了。观望的人们沸腾起来。公主刚才那一副悲伤忧郁的面孔顿时有了笑容，连忙发出命令，撤回刽子手和其他兵马，然后亲自为祯格尔汗王松绑，搀扶他起来。就在这一瞬间，公主和王子的眼神又一次碰在一起，公主再也按捺不住心中的感情，眼泪止不住地淌了出来。众人为尧呼尔民族的统一、为他俩的团圆而连声欢呼。

传说，就在这时，突然响起了隆隆的雷声，一道道闪电掠过天际划破长空，一条白龙和一条青龙腾空飞舞，降在公主和王子身边。它们各衔一条长长的白绸和青绸，将白绸搭在公主的双肩上，将青绸搭在王子的双肩上，然后齐声说道：“我们父王听到鲍黛尔公主和祯格尔王子欢聚团圆的喜讯之后，非常感动，特派我们姐弟俩下凡邀请您俩去龙宫游玩，以示我父王的祝贺。”这一下，刚才惊恐的人群又恢复了欢乐，高声唱起了赞美歌，为王子和公主举办了裕固族历史上第一个庄严而隆重的婚礼。尔后，小白龙驮着公主，小青龙驮着王子一同去龙宫拜见了龙王，接受了龙王的美好祝愿。从此，裕固族人结婚虽然再没有白龙和青龙来参加，却用白马和青马来代替，新娘子骑白马表示白龙，新郎骑青马表示青龙。这个婚礼习俗，一直流传和继承到现在。

【搜集整理】才让丹珍

裕固人姓安的传说

从前，裕固人有一个大头目统管全族十个部落，部落又称“家”。十大“家”就是：大头目家、东八个家、罗儿家、四个马家、杨哥家、二西八个家、五个家、贺郎格家、亚拉格家和曼台家。

可是各部落的头目都姓一个姓——“安”，所以就有“天下头目都姓安”的说法，这可为啥呢？老辈子人当中说法很多，这里头说得最广的是这样一个故事：

相传裕固人的故乡本在西至哈至。有一年裕固人的家乡突然遭到了一场特大的风灾，那个风大得呀就无法说，大风刮起来后又把附近的沙丘卷上半天空，真正是飞沙走石，天昏地暗。连续几天的工夫，就把全裕固人的房屋家舍、牲畜人口掩盖了一大半。最叫人伤心落泪的是，裕固族用黄金盖起来的经堂，也让风沙给淹没在沙山之下了！这将如何是好呀？本来裕固族就信仰佛教，可周围的外族人信仰的是另外的宗教，裕固族常常受到人家的压迫、歧视，而如今又降下这么大的灾祸，这里是万万也站不住脚了。大伙一合计就决定举族东迁。

扶老携幼，人众如流，滚滚大军，开始了艰难的征途。裕固族的大头目一看，这样的队伍何时何月才能走到目的地呀？何况一路之上阻兵重重，于是他下了一道命令：为了轻装行军，要把所有的婆姨、娃子和老人全都杀光，只留精壮男女。

话说众青年人中，有一小伙子实在不忍心亲手杀掉自己年迈的父亲，就悄悄钉了一只木箱，将父亲装进箱子，驮在犏牛身上，混进人流中，带着老人一同行军。

临行前，老人叮嘱儿子，裕固人要去的地方，必须选择既有森林又有牧场、有山又有水之处方可安身。同时要儿子把每天行军的方向，所到之处的地貌、状况暗记心中，晚上一一告诉他。儿子遵照父言，每日打尖、歇宿之时，都把所观察到的情况一一告诉父亲，并听取老人的主张。行至一日，忽然来到一处莽莽沙漠之中。这里既无水源又无生物，大军人渴马困，死伤不少，而大头目一时也没有了主张，举族灭亡的恐怖笼罩着人们的心头。青年着慌了，赶快把这一新的遭遇告诉了老父。老人听了他的话，又问了问方向、地势后，告诉他说：我们现在东去的大方向是绝不会错的。当务之急是要找到水。那么赶快把犏牛的缰绳解开，任其走动，看它们在哪里嗅土、趵土时，你们就在哪里快快挖掘，一定会有清水涌出的。

小伙子把这个办法告诉大伙，果然在几处地方找到了救命的清泉。渡过了这次难关之后，众乡亲和大头目每遇新的困难都听从这位小伙子的主张。而小伙子又按着他父亲每夜的指示，率领大军朝着东方迁徙。走呵，走呵，又经过几次难关，终于来到了一个叫“阑·麻勒盖其”① 的地方。这里山高水足，有森林，有牧场，真是一块好地方呐，于是全族人就停下来，把这里当成繁衍子孙的久居之地了。全族人终于摆脱了灾难，来到了这样优美的地盘，大家狂欢了，连大头目也高兴了，赶快把这位小伙子围起来七嘴八舌地问道：“你怎么知道有这样好的地方呀?”

小伙子开始还支支吾吾，后来经不住盘问，才老老实实告诉乡亲们说：这是依靠了我父亲的指示，并非我个人有什么聪明才干。为了使众人和大头目信得过，这才打开木箱将老人放了出来。

众人一齐拥上去，感谢这位为民族指明了方向、挽救了全族命运的大恩人，并问道：“你老人家是谁?”

老头儿不肯说出自己的名字和身世，只是谦逊地回答众乡亲：“我们姓安，是安家人。”

大家听了都议论道：不是安家老人一路指示我们渡过重重难关，我们第一次就人渴马困，早就举族遭了灭顶之灾了，哪能活着来到这样优美的地方? 今后还应该听安家老人的话，就请他当我们裕固人的大头目吧!

大伙当然都高兴地赞同了。从此，安家就成了裕固人的大姓和世代的头目。

【搜集整理】苏民

天鹅琴

古时候，裕固人只会唱歌，没有乐器伴奏。有个很穷的小伙子，整天为部落放牧，过着食不果腹的生活。小伙子有一副非常好听的歌喉，每天都赶着羊群唱歌。每当人们听见他的歌声，就减少了苦难中的忧愁。奇怪的是，每次他唱歌时，都有许多天鹅来听，而且别的天鹅听完就飞走了，唯有一只白天鹅却整天伴着他的歌声。当小伙子

① 阑·麻勒盖其：裕固语“戴红帽子的人”。

唱到高兴时，天鹅拍着翅膀跳舞；当小伙子唱述失去父母亲的悲伤时，白天鹅竟为他流泪。天长日久，小伙子和白天鹅形影不离，非常要好。不论小伙子到哪里放牧，白天鹅总是在蓝天上展翅相随。

一天早上，小伙子又来到海子边，却不见白天鹅飞来。他以为白天鹅还在芦苇中睡觉呢，于是赶忙走进芦苇丛中去找。不料，走到芦苇中，却惊起一群黄尖子鸟。他上前一看，白天鹅已经被这群毒鸟吃得只剩下了骨架和肚肠，小伙子扑上去抱着骨架大声痛哭，从早晨一直哭到星星闪亮，哭累了，也睡着了。

第二天小伙子醒来时，发现天鹅骨架变成了一架美丽的天鹅琴。他仔细一看，琴上装有六根弦，都是天鹅肠子做的。琴头和天鹅头一模一样，眼睛还在闪光呢！小伙子惊奇地拨动第一根弦，天鹅琴发出了异常美妙的声音，琴声未落，晴天突然打起了响雷，下起了大雨；拨动第二根弦时，雨住了，云也散了；拨动第三根弦，天气格外晴朗，眼前落下了一道美丽的彩虹；拨动第四根弦，传来了一阵非常动听的歌声；拨动第五根弦，发现一匹骏马远远向他走来。他骑上马，奔向歌声飞来的地方，可是到了那儿，什么都没有。小伙子想起还有一根弦没有拨动，当他拨动第六根弦时，一位身穿白裙子的美丽姑娘，从云彩里飞下来，微笑着在他马前鞠了一躬。小伙子忙把姑娘扶上马，两个人骑着马，弹着天鹅琴，走遍了裕固族家乡。原来，那姑娘是天鹅仙女，她同情小伙子，就下凡和他成了亲。据说以后姑娘又和小伙子回到了天上。

从此，裕固族才有了自己民族心爱的乐器——天鹅琴。

【搜集整理】才让丹珍

黄黛琛

很久很久以前，裕固族有一个聪明、美丽而善良的姑娘名叫黄黛琛。她出生在一个非常贫苦的穷人家里，祖祖辈辈，都给部落长保尔威当奴隶。

黄黛琛吃着香甜的野沙米儿，喝着清凉的海子水，向往白天鹅一样的自由生活，恨不能展翅高飞。

黄黛琛十七岁了，该“戴头面”① 了。她那灵巧的双手能替阿妈捻出匀细的羊毛线；她那健美的身姿出没在海子草滩上，为阿爸驯服大群的牛羊；她那美丽的面容和朗朗的笑声，更能引来百鸟的欢唱……

女儿已经长大了。母亲发现黄黛琛早已有了知心人苏尔旦，就和父亲商量起女儿的婚事。父亲执意要把她远嫁，换取丰厚的财礼；母亲出于对女儿的疼爱，央求丈夫将女儿就近择配，选一个称心的儿郎为婿。

黄黛琛和苏尔旦从小就在一起长大，一起放羊、拾柴、背水，一同去玩耍，去海子边的芦苇里捡野鸭蛋，早晚不分，形影不离……长大了，两人心里谁也不愿意离开谁，可是年龄不饶他们，总得避开父母、哥嫂和众人的耳目，像一对白天鹅一样，经常偷偷地在海子边的芦苇中相会。

一天傍晚，黄黛琛又来到这茂密的芦苇丛中等待着她心上的情人。这是第九天了。她和苏尔旦约好每九天来海子边相会一次，风雨无阻。不仅月月如此，而且年年如此。每次相会后的八天，对他俩来说就像八年一样长。可因为苏尔旦离姑娘家住得远，不能天天相见，只好耐心地等到第九天。

黄黛琛手里飞针走线地绣织着自己将来出嫁时佩戴的头面，头面上的一颗颗“董”，都是苏尔旦用白石头磨成的。她一面精心绣织，一面轻轻地唱着深情的歌：

双手绣出头面，
双眼望穿草原；
阿哥哟阿哥，
为何还看不见你的容颜？
愿我做十只天鹅，
飞进你的心房里酣眠。

突然，从芦苇深处传来清脆悦耳的天鹅琴声，原来，苏尔旦比黄黛琛来得更早。在叮叮咚咚的琴声中，苏尔旦唱起了他心中的歌儿：

贫穷中的友谊，
比月亮还要纯洁；
苦难中的爱情，

---

① 戴头面：裕固族女孩子到了一定年龄，便戴上头面装饰，意可以婚配了。

比太阳还要温暖。
愿我们像蓝天上的日月一样，
飞进彩云中酣眠……

黄黛琛听着这沁人肺腑的歌声，羞怯地低下了头。苏尔旦将一串珍珠项链佩戴在黄黛琛的脖子上。黄黛琛悄悄取出特地为苏尔旦绣织的花边毡帽，猛地一下戴在情人头上，转身就跑了。苏尔旦高兴极了，因为今天是他俩私下正式订下终身的吉祥时刻。现在两人既然已经都互相赠送了爱情的信物，小伙子还有什么理由感到心情的不安呢！

谁知，正当黄黛琛和苏尔旦在芦苇中追逐的时候，姑娘的嫂子恰好来海子边背水发现了。她悄悄溜近一看，一对情人正在甜蜜地交谈，一下惹怒了嫂子。嫂子平时本来就嫉恨小姑，这下算是抓住了把柄，赶快回家将所见所闻夸大了几倍，添油加醋地在公公、婆婆、丈夫和弟妹面前把黄黛琛大骂了一通，还扬言要去捉拿苏尔旦讲理。好心的妈妈再三劝阻，才算没有惊动海子边热恋的一对情人。但是，妈妈也为此向全家其他人许下了诺言：立即将黄黛琛远嫁别人，以防出了家丑，有伤门风。

在嫂子的挑唆下，由她丈夫连夜把信送给了部落长保尔威，并请求尊贵的部落长做主，为黄黛琛选个好婆家。

谁知，恶贯满盈的保尔威在微笑中自己却先起了兽性，不顾自己身边已有了三四个老婆，竟打算将黄黛琛也弄到手里。

算计已定，就连夜派了大管家前去黄黛琛家求婚。黄黛琛的父母和哥哥一听说是部落长想娶黄黛琛，都大为吃惊。但部落长主意已定，谁敢不从？就凭保尔威的残暴凶狠，如果一旦拒绝了这门婚事，那就要不上三天工夫，准叫你黄黛琛家破人亡，遭受祸殃。所以全家人哑巴吃黄连，有苦也难言了。黄黛琛的父亲对大管家说："等我们准备一下，你们再娶亲吧！"其他人也无可奈何，个个都默默无言了。

到了第三天，全家人就只有黄黛琛不知道这一切。保尔威以十二两银子、十二包茶叶、十二岁的一匹走马、十二头奶牛、十二颗宝珠、十二斤牛背子肉①、十二只羊羔和十二瓶酒作为彩礼，逼着订了黄家这门亲事。

正在草滩上放牧的黄黛琛见大管家鬼鬼祟祟在她家进进出出，便产生了疑心。果然不出她所料，下午黄黛琛放牧回家，正好看见父亲在数银钱，母亲在收拾茶叶，妹妹已经戴上了五颜六色的宝珠，弟弟正吃着牛肉，嫂子在门外挤牛奶，哥哥正为骏马收拾漂亮的鞍辔，桌上还摆着十二瓶酒，羊圈里多了十二只羊羔……

---

① 送礼的牛肉，一般选牛臀部的肥肉。

她明白了，一切都成了现实。她又气又急，哭得昏死了过去。她阿妈也无能为力了，望着可怜的女儿，也哭肿了双眼。

苏尔旦听到了保尔威要娶黄黛琛的消息以后，急忙悄悄赶来，与情人暗暗商量好一定要远走高飞。

夜里，黄黛琛梦见了苏尔旦，还大声喊着苏尔旦的名字，要他等一下自己一起飞向远方……这些梦话全被嫂子听见了。嫂子生怕黄黛琛真的逃走，将来落个人财两空的下场，那就更不好办了，于是连夜打发丈夫前去给保尔威报信。丈夫只得起身出门去备马，她也出门帮忙去了。其实黄黛琛早就被哥嫂的说话声惊醒了，她听见了他们商量的话，趁哥嫂出门备马的机会，便悄悄溜出家门逃向苏尔旦家。

嫂子一进门，突然发现黄黛琛不见了，出门到处找了一遍，也没有见小姑的影子。一下犯了疑，连忙叫住丈夫，让他飞马前去报告保尔威：黄黛琛已经逃走了，要部落长赶快派人前去苏尔旦家抓人，千万不能耽误。

苏尔旦听了黄黛琛的诉说以后，两人连夜离开了家乡，顺海子湖逃走了。

黄黛琛的哥哥骑马跑到保尔威家，向正在做梦的部落长报告了妹妹逃走的消息，保尔威像发了疯样地打了黄黛琛哥哥两记耳光，不干不净地骂了许多脏话，命令大管家带领家奴前去捉拿黄黛琛。

大管家一伙窜到苏尔旦家后，里里外外、前前后后寻搜了几遍，都没有发现苏尔旦和黄黛琛的踪影，料定他俩已经逃跑了。于是兵分四路，向四个方面追去。

天色已经大亮了，一对可怜的情人顺海子滩跑了半宿，还没有跑出三十里地。突然发现身后跑来一群人马，知道是保尔威派人追来了，他俩就赶紧藏进芦苇丛中，不敢露头。

谁知，狡猾的大管家还领着一条猎狗。猎狗在芦苇边上嗅见了生人味道，就面对芦苇丛叫个不停。家奴们下了马，向芦苇丛中搜寻过去。苏尔旦知道不能继续待在原地了，忙背起黄黛琛向芦苇深处一步步走去。突然“噗啦”一声，从他俩面前惊飞起一群黄鸭子。这一下，猎狗有了目标，疯狂地向他俩扑来。苏尔旦取出“奥老畏”①，准备将猎狗打死。他还没有甩起石头，就被狠毒的管家一箭射中，倒在血泊中了。苏尔旦忍着疼痛，拔出箭头，在黄黛琛的搀扶下，两人双双逃进了海子湖水中。

大管家一见此情，吓坏了，赶忙命令家奴下水打捞。结果，黄黛琛被捞起来，拴在大管家的马尾上拉走了，她手中还牢牢地握着那支折断了的箭头。

狡猾的保尔威并没有立即和黄黛琛成亲，相反，却把可怜的黄黛琛流放到一个很

① 奥老畏：一种抛物器。

遥远的地方去放牧。黄黛琛本想以死来反抗，但觉得苏尔旦死得实在冤枉，就下定决心：不报深仇，决不罢休！因此，她在悲伤和苦难中留下了自己的生命，含恨度过了又一个春夏秋冬。

第二年，到了苏尔旦遇难的日子，黄黛琛又来到海子边，一面悲哭一面祈祷，发誓一定要替情人报仇雪恨。突然，她身后传来保尔威的奸笑。她知道，保尔威等了一年，现在正是兽性大发的时候。于是她镇定自若，牢牢握紧手中锋利的箭头，等他靠近。

保尔威见黄黛琛没有一丝反抗的意思，以为她已回心转意了，于是就发了疯似的猛扑上去抱住黄黛琛，露出了满嘴的黄牙……突然，只听他“啊——”地一声惨叫，全身抽搐着倒在地上。他胸口上插进了一支闪光的箭镞，一股污血像臭水一样从箭镞边喷洒出来。一会儿工夫，他就翻起了白眼珠子，咬紧舌头，像一只老狼一样死了。

黄黛琛见已经报了仇，便狂笑着在海子边奔走。大管家和家奴，还有黄黛琛的父母、哥嫂都跑来了，一见死在血泊中的保尔威，都吓得面如土色，一个个瘫倒在地上。黄黛琛在海子岸边大声对他们斥责道：

十二两银子变成驴粪，
十二包茶叶让它霉烂；
十二岁走马叫它断腿，
十二头奶牛喂给野狼；
十二颗宝珠变成羊屎，
十二斤牛肉生上蛆虫；
十二只羊羔害上瘟疫，
十二瓶臭酒倒在灰堆上！
你们等着吧！
让我的双眼变成灯笼，
让我的鲜血变成海子；
让我的头发变成芦苇，
让我的白骨变成鄂博；
要让尧呼尔的人们全都知道，
我死得多么冤枉！
……

骂完之后，她昂首大笑一声，便纵身跳入了湛蓝的海子湖中，与情人苏尔旦永世安息在一起了……

不久以后，海子上空飞过了一对一对的白天鹅，向彩云间翱翔而去。据老人说，其中一对就是苏尔旦和黄黛琛变的，他俩一直在裕固族家乡飞呀飞呀……

【搜集整理】才让丹珍

三姑娘与白蛇王子

也不知是啥年代的事儿了，说有一位裕固族的阿瓦尕①，老伴儿不幸病死了，留下三个姑娘，全靠老头儿打猎、卖柴过日子。日子长了，姑娘们也都大了。姐妹三个长得一模一样，都很秀气。

一天，老猎人出门跑了半天也没有猎得什么猎物，只好上到一棵高大的松树上砍干柴，打算背回家。谁知刚砍了几斧子，斧头就从他手里滑下去掉在树下。当老猎人下树来拾斧头时，突然发现斧头柄上缠着一条很粗的白蛇。这下把老人吓坏了，他刚要转身逃走，忽然听见白蛇说了话："大叔，你不要害怕！我是山里的白蛇王子，想娶你的一位女儿来做我的妻子。请你回去和女儿们商量一下，若答应了我的要求，我就把斧头还你。若不答应，你将来会后悔的。"老人听白蛇说了话，而且提出要自己的一个女儿来做它的媳妇，奔到家里就一病不起。他不吃不喝，连夜做着噩梦，梦见一群蛇妖缠住他全身，硬要把他勒死。吓醒来一看，是自己的右手压住了心口。三个女儿还以为父亲真的病了，忙着熬药灌汤，可是父亲却硬不喝，弄得女儿们也没有主意。大女儿问道："阿爸你到底怎么了？快说给我听呀！"父亲这才吞吞吐吐地说出了遇见白蛇王子和它提出的要求。大女儿听完后连连摇头："谁愿意做蛇的妻子？我不去！"父亲失望地瞅着二女儿，她也坚决地说："我宁可死掉，也不愿嫁给蛇！"父亲一听绝望了，他决不会让三女儿去当蛇媳妇的。谁知，站在他身旁的三女儿却微笑着说道："阿爸你放心吧，我现在就去找白蛇王子，我愿意终身嫁给他。"阿爸听后吃了一惊："你姐姐都不愿意，你还敢去吗？""是的。再见了阿爸！"三女儿洗梳干净以

① 阿瓦尕：裕固语"爷爷"。

后，便告别了父亲和姐姐去找白蛇王子。她心里说：哪怕牺牲了自己，也要保护好老父和两个姐姐。

她走了半天感到有些困乏，就在路边歇了一会，刚一坐下就闭上眼睛睡着了。她在睡梦中见一位白发苍苍的老太婆说："姑娘，你是一个聪明人，你愿意嫁给白蛇王子是你天生的福气，我祝愿你们。"三姑娘连忙向老太婆打听白蛇住的地方，老奶奶便说："白蛇王子一家本来是天上的神仙，后来因为它触犯了神法，大帝把它们一家贬为蛇类，打下凡间。现在住进了一个山洞，离这儿还很远。我赠给你一只小蜜蜂，它会给你带路的。当你走到一座悬崖之下后，就会看见一棵灵芝草。等小蜜蜂在灵芝草周围飞上三圈以后，你就摘下灵芝推开石壁，那儿将会出现一个石门，白蛇一家就住在里面。锅台上盘的大白蛇是你的婆婆，石板上盘的是你公公，地上乱爬的是你的小姑小叔，唯有门背后盘卧的才是你最亲的人。去吧，不要害怕。"说完，老太婆就不见了。三姑娘也被惊醒了，一看四周什么也没有，便起身继续向前走去。走着走着，她突然听到了细细的"嗡嗡"声，瞅也瞅不见，看也看不着，只好顺着"嗡嗡"声一直走去。她越过了草滩，翻过了高山，蹚过了河流，终于发现了一座非常险峻的峭壁。她急忙奔了过去，看见一只金色的小蜜蜂正好在一棵灵芝草上。小蜜蜂见三姑娘来了，便展开小翅膀绕着灵芝飞了三圈。姑娘立刻摘下灵芝前来推动石壁，还没怎么使劲，果然在她手落处打开了一道石门。三姑娘走了进去，发现洞里金碧辉煌，到处是金碗、金盆、金桌、金凳。金锅台和金桌上各盘着一条大白蛇，小白蛇们都在地上乱爬，一见三姑娘进来，这些小白蛇立刻缠在她的脚上、腿上、胳膊上、脖子上。她非常镇定，连忙向金桌和金锅台上的两条大蛇俯首行了礼，然后跪在门背后的白蛇面前向它叩拜。转眼间白蛇现了原形，变成一位非常英俊的小伙子，扶起三姑娘坐在金凳上。一刹那石门自己关上了，所有的蛇都现出了原形：有白发苍苍的公公和婆婆，有漂亮、健壮的小叔们，还有很多美丽的蛇姑娘。三姑娘又惊又喜。蛇姑娘们跳起了欢乐的舞蹈，小叔们唱起了优美的歌儿，祝贺白蛇王子和三姑娘成亲。从此，三姑娘便和白蛇王子一家生活在一起了。日子长了，三姑娘虽然和白蛇王子生活得非常和睦幸福，却也免不了想念年老的父亲。白蛇王子猜出了三姑娘的心事，便准备了许多金银器皿作为礼物，依依不舍地送她回了娘家。三姑娘回到家中以后，父亲和两个姐姐都非常高兴地问长问短，她一五一十地向他们叙说了和白蛇王子生活的情况。住了两天以后，大姑娘提出要去看望一趟妹夫，不管三姑娘怎么劝阻，她都不听，妹妹只好陪着大姐一起去了。

当三姑娘照平常一样摘下灵芝打开石门以后，发现白蛇一家全又还了蛇形，满洞都是蛇，吓得大姑娘昏了过去。白蛇王子一见此景连忙现了原形，对心爱的妻子说：

“你走时我忘了告诉你，千万不能带生人进洞。等再过些时候就到了烧尽蛇皮的日子，你就可以请你阿爸和姐姐们来做客了。现在赶快把你姐姐送走吧！”说完他又变成一条白蛇。妹妹急忙把姐姐背出山洞，石门马上封合了。一阵凉风吹醒了大姑娘，她起身便哭叫着跑回家中。

过了不多日子，白蛇王子一家便烧了蛇皮，永远变成人形了。三姑娘又回到家里去请父亲和两位姐姐前去做客，大姐一听便吓得连连摇头，说啥也不敢去了，父亲也推故说年老体弱不能前往，唯有二姑娘随妹妹到了白蛇王子家里。一进门她见洞内豪华异常，男女个个漂亮英俊，看得她眼花缭乱，暗暗思量：怪不得妹妹更加美丽了，原来在这儿享尽了荣华富贵。她认不出哪个是白蛇王子，便悄悄问了三姑娘一声。三姑娘笑着说：“他出门打猎还没有回来呢，公公婆婆正在里面屋里休息，待我俩去金水河边洗梳一番，再来见他两位老人家吧。”说完便拉姐姐出门来到金水河边。二姑娘边洗边想：刚才看见的小伙子们就够漂亮的了，看来白蛇王子比他们还要英俊呢，要是我能和这样一位王子生活在一起该有多好呀！真后悔，自己当初为啥不来呢？想到这里，她便起了坏心，一把将专心梳头的妹妹推进深深的河水里，水面上冒了几个泡儿，妹妹就被淹死了。正好白蛇王子远远骑马归来，因为姐妹们长得很像，白蛇王子也分不清真假妻子，走近二姑娘便急忙下马问道：“阿爸和姐姐们来了吗？”二姑娘忸怩地回答：“上次大姐来这儿受惊之后，他们谁也不敢再来了。”白蛇王子觉得很扫兴，没有办法，只好将马缰绳递给二姑娘说：“你先饮饮马，咱们回头再商量吧！”说完便走进洞里去了。白蛇王子哪里还能认得出她们姐妹三个呢？除了三个姑娘的父亲能分辨她们姐妹外，别人是不容易说准她们大小的。

二姑娘拉马到了河边以后，骏马刚要低头饮水，却见一只金雀飞来，在马鼻子上啄了一下，骏马一下惊跳了起来。二姑娘见金雀飞走后刚又准备让马饮水，金雀又飞来在马耳朵下啄了一下，烈马干脆就拉不到水边了。她费尽力气也没有用，只好去告诉白蛇王子。王子感到有些奇怪，让二姑娘休息，自己拉马前来饮水。金雀鸟突然飞到他的肩膀上“唧唧”地叫着，他觉得挺好玩，就把鸟儿带回去养了起来。金雀鸟整天在洞里飞来飞去，和王子形影不离。每当二姑娘出门，金雀就把鸟屎拉在她的头上；当二姑娘吃喝时，金雀就把鸟屎拉在她碗里。二姑娘实在气愤不过，就趁王子不在家时把金雀鸟捉住捏死，埋在门口。过了不久，埋金雀鸟的地方长起了一丛又尖又硬的白刺，每当二姑娘路过时，总要挂住她的衣服，不是撕破了衣服，就是弄烂了手指。二姑娘更气了，又将白刺连根挖去一火烧尽。谁知刺灰凝在一起变成了一个捻线用的线砣，飞快地滚出了山洞，一直滚到了茫茫的草原上。一位非常可怜的老奶奶拾到了线砣以后，如获至宝地把它装进唯一的破木箱里。第二天老奶奶又去放羊了，下午归来时发现锅台上已经摆好了香喷喷的奶茶和肥肉，她感到非常奇怪。第三天，她刚出牧不久，就悄悄回到家门口，从门缝往里一看：只见一位美丽的姑娘正在洗锅洗碗准备做饭。老奶奶猛然推门而入，姑娘来不及躲避，只好向老人诉说了自己的遭遇。她正是被姐姐推下水害死的三姑娘，后来变成一只金雀，又变成一丛白刺，最后变成一只线砣落到老奶奶手中。老奶奶怕姑娘再走掉，就千言万语劝她留下来做义女，三姑娘也很同情老奶奶，就答应了老人的要求做了她的女儿。

母女俩在一起过得挺好，三姑娘天天去放羊、背水、拾柴，老奶奶在家做饭，两人感情很深。一天，三姑娘对老奶奶说："阿妈，请你去请白蛇王子来好吗?"老奶奶满口答应，按照三姑娘的吩咐走进了白蛇王子家里，向他说明来意。白蛇王子刚想答应，却被二姑娘阻止了。她对老奶奶说："去倒不难，只是要从我家门口到你家门口一路种上松树，等它们长成锅口粗的大树，上面再落满喜鹊①，我们立刻就去。"老奶奶一听，非常失望。她想：一棵松树要长成锅口那样粗壮，少说也得两百年时间，再说这一路要栽满松树，少说也得栽十万棵，靠我们娘儿俩就是再能活五百岁也不一定能把这么多的松树栽完。想着想着便流着泪和白蛇王子告辞了。

回到家里她对女儿哭着诉说了二姑娘的要求，三姑娘哈哈一笑说："阿妈，你放心吧！种树的事你不用发愁，落鸟的事你不用担心。只是请你老人家准备再去请白蛇王子一次行吗?"老奶奶神情忧郁地摇摇头。三姑娘也不再说什么，走出门便上山采了整整一夜松子，然后赶天亮就撒在两家来去的大路两旁。她边走边撒，瞬间，身后便长出了茂密的参天大松树。喜鹊一见，立刻飞满了树枝。老奶奶起来一看，昨日的梦想一夜间竟变成了真事，高兴得抱住女儿说："我的好神仙女儿，你不要生妈妈的气，我这就去为你请来白蛇王子吧!"说完便转身在松树林中消失了。

当老妈妈说二姑娘提出的要求已经办到时，白蛇王子和二姑娘还不相信，立刻走出门口一看，果然是真。他俩惊奇不已，面面相觑。二姑娘心里直嘀咕：这老太婆说不定是个魔鬼！于是她又对老奶奶说："你要是能从我家门口到你家门口铺上红色和白色的两条地毯，我们就一定去!"说完便拉着白蛇王子回到洞里，连老奶奶理都没有理睬。老奶奶非常生气，回到家里又对女儿讲了二姑娘的要求。三姑娘听后微微一笑说："阿妈你放心吧，女儿自会安排。"到了晚上，三姑娘在左右胳肢窝里各夹了一捆白毛，来到白蛇王子门前，咬破手指将其中一捆羊毛染红，然后将白羊毛和染血的羊毛一直从石洞门口撒到自家门上。天一亮，两条又长又宽的红、白毛毯铺在路上。老奶奶一见，异常惊喜，赶忙又去请白蛇王子。二姑娘还想出道难题，却被白蛇王子

① 喜鹊：又一说是凤凰。

果断地阻止了，这是白蛇王子第一次对二姑娘生气。二姑娘无奈，只得乖乖跟上白蛇王子来到老奶奶家做客。

三姑娘一见白蛇王子远远地来了，眼泪止不住地流出了眼眶，悄悄躲进厨房为他们烧奶茶。

等客人们坐定之后，老妈妈便端上了三姑娘熬好的奶茶。三姑娘给白蛇王子的茶碗里放上了王子赠给她的金戒指，给二姐碗底里放了一些狗屎。王子刚把奶茶喝到碗底，就发现了金戒指，一看是自己送给妻子的信物，便忙拉起二姑娘的手问："我送给你的金戒指呢?"

二姑娘被问得莫名其妙："你啥时候送过我金戒指?"

"那这是谁的?"王子紧问道。

"我哪知道那是谁的!"二姑娘嚼了一嘴狗屎，差一点呕吐出来，就没好气地这样回答。

这时，三姑娘突然出现在他俩面前，二姑娘一见便吓得昏死了过去。王子惊奇地站了起来，不知该说什么好。三姑娘再也忍不住满腹的悲伤，猛扑进了王子的怀里大哭了起来。老妈妈也跟着流下了眼泪，将三姑娘的遭遇一五一十地诉说给了白蛇王子。他听完之后像做了一场噩梦一样惊醒过来，抱住三姑娘痛哭了一场。然后跑回家取来了一张蛇皮，扔在二姑娘身上。二姑娘立刻变成一条花蛇，钻进地洞跑了。从此，白蛇王子和三姑娘又幸福地生活在一起，整天来回地侍候着老人们，相亲相爱，白头偕老。

【搜集整理】才让丹珍

珍珠鹿

很久很久以前，尧呼尔还居住在西州哈卓。在那里有一个部落，住着两家邻居。一家是只有几只羔羊的穷人，一家是有牛、有马、有羊、有骆驼的大户人家。

穷人家，日子虽然很苦，夫妻俩却很和睦，丈夫每天去打猎，妻子整天在家辛勤地替人捻羊毛织褐子。不久，他们生了个又白又胖的男孩子，夫妻俩高兴极了，为儿子取名叫萨卡。

萨卡这孩子一生下来就聪明机灵，但脾气古怪，固执而自信。不到十岁，他就能跟父亲一同出猎。他打出去的“奥老畏”百发百中。萨卡的成长，使夫妻俩的生活更充满了幸福和愉快。

再说那一家富人，过好日子当然不用发愁，可是两口子却一直争争吵吵，主要原因是女人生了个丫头。男人怕将来没人传宗接代，会失了富人的门面。女人又不服气，说生男生女是天注定，与她丝毫没有相干。就这样，姑娘还是一天天长大了。她父母为她取了个名字叫玛尔建，就是珍珠的意思。

天长日久，玛尔建长大了，父母见她聪明、美丽，也就宽心了。父母什么也不让女儿干。可玛尔建却不肯，什么活都抢着干，争着干。捻线啦、拾柴啦、放牧啦、挤牛奶啦，她没有一样不会的。就这还不算，玛尔建还偷偷地跟萨卡学会了骑马射箭。随着骑术和箭法的提高，这对年轻人的心也给连在一起了。

两个孩子整天在一起劳动、骑马、射猎，引起了两家老人的不安。萨卡的父母在私下很称赞玛尔建，说她懂事、贤惠，将来要是有这么好的一位儿媳妇，日子一定会过得很好，所以老两口暗暗祈祷这一对青年人能够成双配对。萨卡的妈妈还悄悄为玛尔建准备了新“头面”呢。玛尔建很早就看在眼里喜在心上，只装着不知道的样子，笑笑就完了。说实话，姑娘的心已经被萨卡牢牢地拴住了。

玛尔建的父母也为这对青年人着急。两位老人在私下谈论：萨卡是个勇猛无比的小伙子。他不但有智慧，就是对玛尔建的父母，也毕恭毕敬。做事粗中有细，从来没失过礼，老两口也从来没有生过萨卡一回气。可是，玛尔建的父母又老觉着萨卡家太穷，姑娘若嫁给萨卡，岂不丢了富户人家的面子？于是老两口趁女儿不在家时，就请了媒人，把十七岁的玛尔建许配给了部落中的另一家富人。

女儿听到这个消息，整整哭了三天三夜。眼睛哭肿了，也睁不开了。到了娶亲的头一天，玛尔建哭得更伤心了。她发誓要跳海子湖，别人拉也拉不住。萨卡回来，才劝住了玛尔建，不过，却不得不推迟举行婚礼的时间。这一关虽然过去了，可玛尔建明白：自己一旦让步，父母又会叫她去成亲的。她天天哭，天天闹，哭得她父母也没有了主意。

说也凑巧，就在玛尔建哭闹的这几天，老天也日日夜夜地下大雨。羊圈被雨水冲倒了，牛棚被雨水泡塌了，羊羔也被洪水冲走了不少。这下可急坏了玛尔建的父亲，他赶忙请来喇嘛念经。谁知，连喇嘛自己也弄不清究竟是怎么回事，相反，经越念得多，雨越下得大。有天傍晚，喇嘛冒雨出门看天色，突然听见了玛尔建的哭声。于是，喇嘛有了主意。进门坐定后，他就念念有词地说道：“老天下雨，是女人啼哭的原因。看来，她遇到了什么很不顺心的事儿了，不然怎么会冲了天神。只要你们能使她顺了心，劝她高兴，老天就再不会下雨了，你家的牛羊也就安全了……”玛尔建的父亲本来就奉信神鬼，听喇嘛这一说，信以为真，赶忙跑去对女儿说：“好女儿呀，我求求你再别哭了。你要再哭下去，我们家的牛羊、房屋都完了呀！我求求你吧！”玛尔建一听越发生气了，心想：父亲心真狠，连牛羊都是他心上的肉，对女儿却一点也不心疼。于是，她越发大哭了起来。正巧，屋外电闪雷鸣，震耳欲聋，大雨干脆像河水一样从天上泼了下来。这一下，吓坏了老头子，忙哭着向女儿乞求：“我答应你和萨卡结婚。你再别哭了好吗？还有，你们俩明天就走吧。走得越远越好，永远也不要回来，人家要来娶亲，我好说你俩偷着跑了，让他们也寻不见，行吗？”女儿一听，喜出望外，止住了哭声。这时候，雨也住了，月亮也朦胧地现出了明亮。

第二天早晨，朝霞满天。不一会，火红的太阳升了起来。玛尔建虽然哭成了泪人，梳洗打扮起来，还是那样美丽动人。她在父母的陪伴下，骑着心爱的骏马，来到了萨卡的父母面前。玛尔建的父母说明来意后，萨卡的父母也觉着只好如此了。两家老人挥泪送别了这一对情人，祝他们幸福地生活下去。

他俩离开了父母，离开了家乡，走啊走啊，整整走了九十九天。到一百天，他们来到了一个陌生的异族部落里。

这儿人们生活很富裕，遍地是雪白的羊毛，可是部落里的人不会捻线织褐子。

于是，玛尔建拾来了很多羊毛，为这里的人捻线织褐子，缝衣服，换来羊羔和肉食。萨卡还是出门打猎。有时打不到猎物，就帮助妻子为他人擀毡。几个月工夫，小家庭便富裕起来。邻居们和他俩虽然语言不通，但情谊却很深，有的送羊，有的送牛。他俩非常感激。过了不多时候，玛尔建怀了孕，身子不方便了。家中也有了积蓄，不愁吃不愁穿了。

萨卡见妻子什么也不想吃，心里很着急。有一天他问玛尔建：“你到底想吃啥？我去给你准备。”玛尔建微笑着摇了摇头。萨卡急了就说道：“今天我去给你打个黄羊，让你尝尝野味吧。”玛尔建忙说：“家里肉有的是，别去了。”可萨卡执意要去，妻子拗不过，就让丈夫去了。

萨卡刚走了十几里地，就遇见了几只黄羊。他举起“奥老畏”将石头打了过去，正好打中了其中一只。为了让妻子能吃到新鲜的黄羊肉，萨卡就拼命地去追他打伤了的那只黄羊。追呀、追呀，追过了几十个沙丘，又追过了几十道沙梁。几天过去了，瘸黄羊却还在他面前奔跑。有时眼看就得手了，一刹那，黄羊又不见了。抬头一看，它早就上了另一个沙丘。

就这样，萨卡追了三天三夜。想不追了吧，又不甘心，直追到了第五天，突然天色大变，戈壁滩上起了黑风。

风暴卷着黄沙、红柳，凶猛地向萨卡扑来。他连躲都没有来得及，就被黑风吹得昏昏沉沉，感到又渴又饿。一看带在身边的水袋和沙米，早就不知道丢在哪里了。

萨卡挣扎着爬了起来，向四周望去，到处是茫茫的戈壁沙滩，连东南西北都分不清了，怎么能找到家，回到妻子身边呢！他知道自己已经迷失了方向，越想越有点害怕。可一想到自己心爱的妻子和即将出世的孩子，他就有了勇气。他试着走了几步，觉得还有点力气。但是究竟上哪去呢？

暴风虽然过去了，但是仍茫然不知所向。突然，远处隐隐约约传来了几声黄鸭的鸣叫。这一下，他感到有了希望，有黄鸭就有水。他一步步向黄鸭叫的方向走去。他决定先去找水。

他忍饥挨渴地走了整整一夜，东方终于发白了。不一会太阳升了起来，他才知道自己在向东走。他走上了一个最高的沙丘，突然发现远处一片绿海。他像发疯似的扑了过去。

这儿不但有水，还有牛羊和人家。他刚趴下喝了几口泉水，就听见身后传来脚步声。还没来得及起来，就被两个粗壮的人拉到一边，用鞭子抽了起来。当他知道疼痛时，已经发现被绑进一个木笼里，旁边站着两个手持利刃的壮年男子。

不一会，来了一位穿红袍的人，用萨卡听不懂的话问他。萨卡只是摇摇头。最后那人挥了一下手，又说了几句话，两边拿刀的人就把萨卡从笼子里放了出来。随后，这三个人都走了。留下萨卡一人，他也不知道该怎么办好了。从此他就在这个陌生的部落里流浪乞讨。

过了十年之后，萨卡懂得了这里的语言，才知道自己流落在千里之外的异国国土上。就这样，他还是日日夜夜在想念自己亲爱的妻子和孩子，想着想着，就哭了起来。最后，他还是下定决心去找家乡，去找亲人。他迎着太阳一直走，走了整整八年。这时候，萨卡的头发已经垂到脚后跟，衣服穿成了沙漠中的“索索柴”。他的脸已经被胡子盖满了，手脚都裂开了道道血口子。可他还是一路乞讨，一路打听着，继续往前走。

有一天，他独自来到一个海子湖边。这时正是冬天，可湖水却冒着热气。他俯下身子喝了几口水以后，觉得浑身连一点力气也没有了。他望着水中自己焦黑的面容和可怜的穿戴，又伤心地哭了起来。哭着哭着，就在水边睡着了，他做了一个梦：看见海子水中间突然长出了绿色的莲花叶子。接着，一朵又美又大的莲花盛开了。突然，他看见自己心爱的妻子玛尔建怀抱着孩子从花瓣上向他走来。他高兴极了，大喊一声：“玛尔建啊——”就哭了起来。当他被自己的喊声惊醒来时，满眼的泪水已沾湿了胡子。他一边哭，一边想：为什么冬天能梦见莲花呢？十八年过去了，难道玛尔建她……萨卡再不敢往下想了。可他还得想下去：难道妻子真的死了吗？这也可能呀！反正自己看来再也寻不见她了，眼下已经走投无路，不如趁早在这海子水中永远安息了吧……想着想着，这个可怕的念头已经逼迫他双脚伸进了湖水。他突然发现离这不远的泉边上伫立着一头美丽的花鹿。他连忙从水中拔出腿向鹿走了几步，花鹿却一动也不动，只顾自己饮水，好像它根本就没有看见有人一样安静。萨卡又走近几步细看时，才发现花鹿的茸角红得发光，全是用红珍珠嵌镶在上面的。萨卡平生不要说见，就连听都没有听说过世界上有这样美丽的珍珠鹿。

这样追了两天以后，萨卡因为有了追黄羊而遭不幸的教训，就决定不追了。当他转身回来时，没想到珍珠鹿倒跟他来了。萨卡觉得非常奇怪，就干脆下决心跟着珍珠鹿走吧，走到哪天算哪天。

萨卡又迎上前去，珍珠鹿也掉过了头奔跑在前面。这样一天又一天，萨卡饿了，珍珠鹿就把他领到有沙米的地方。渴了，又把他领到海子泉边。萨卡累了，珍珠鹿也学萨卡的样子，在离他不远的沙丘上卧下过夜。冷了，他们都走进茂密的红柳丛中防寒。日日夜夜，他们形影不离地，一直走啊走啊……

再说玛尔建自从丈夫出门失踪以后，天天盼望丈夫回来。几天过去了，几个月过去了，杳无音信。有一天，突然她觉得腹疼如刀搅，知道自己要生孩子了。在她悲喜交加之时，一个小女孩落了地。谁知玛尔建自己却昏迷不省了。当她苏醒过来时，发现孩子早就没气了。她失声痛哭了半天，只好抱着孩子来到海子泉边。一边哭着，一边给孩子包了一块红布，放在泉边的沙丘上，就哭着回家了。

第二天天刚亮，一群鹿来到海子边饮水。突然听见一个孩子的哭声，其中有一头母鹿闻声赶来。它见四处无人，只有婴儿挣扎着哭叫，便用嘴衔起孩子奔走了。天长日久，孩子在母鹿的抚养下，也不知成了什么模样。

玛尔建回到家里，想起丈夫，又想到刚生下来就离开了亲娘的孩子，悲哭了几天。有时她干脆就不想活下去，但想到自己心爱的丈夫，她总觉得萨卡一定会回来的，就下决心活下去。

从此，她白天干活，晚上啼哭，她怕自己美丽的面容会招来灾祸，就长年累月地不洗脸，也不洗头，甚至连外衣也不洗。左邻右舍的异族乡亲们都以为她疯了，都可怜她，同情她。

过了十年以后，玛尔建用血汗挣来了一群又一群的羊羔，用双手的劳动换来了一头又一头的肥羊，一匹又一匹的骏马。牲口多了，草场也大了；财产多了，房屋也变得美观多了。

有一天下午，突然小狗叫了起来。她开门一看，见一位十岁的小姑娘来讨饭。她心疼地看了好半天以后，就把小姑娘领进家，给了吃的、喝的。小姑娘刚要起身出门，玛尔建却难过地哭了起来。这时小姑娘也扑到玛尔建怀里大哭起来。玛尔建决定要收养这位无家可归的小姑娘。从此母女俩互相依靠，比亲母女还要亲。

后来姑娘渐渐长大了，玛尔建见她和自己一样美丽，又想起了自己已经失散了十几年的丈夫，同时也为自己女儿以后的生活担忧。

又过了几年，玛尔建看女儿已经长大了，自己就梳洗干净，不出门了，里里外外的事都由女儿掌管。有一天夜里，天上飘着几片雪花，月亮牙牙挂到天边，玛尔建不能入睡。她算了一下，丈夫离开已整整十八年了。一生的辛酸苦水，全都涌上心头，她默默哭了起来。哭着哭着，觉得有些困了。刚闭上眼睛，就梦见月亮又圆又大，挂在窗口，她一下子又醒了过来。一看天上的月牙快要消失了，只剩下像针那样细细一线微光。她感到这是吉祥的预兆，连忙下地，来到女儿房内，喊醒女儿说道："从今天开始，凡是经过我们家门口的客人，不分穷富，不分男女，不分老小，要一个不漏地请进门给他们吃喝。要记住：三十岁到四十岁的男子，一定要请到后院吃喝。"玛尔建住在后院的屋子里，只要后院一来人，她从窗口就可以看见是谁了。从那以后，女儿虽然天天照母亲的吩咐去做，却没有发现一丝萨卡的影子。慢慢地，玛尔建又打消了见到自己丈夫的念头。

有一天傍晚，玛尔建的小狗突然又叫了起来。女儿出门一看，什么也没有。小狗狂叫着从门外又奔进门里，一直追到后院，还叫个不停。这时候从门外走进了一位非常可怜的老乞丐。他衣服烂得索索吊吊，不成样子。手里拄着一根磨得发光的木棍，头发上带着沙漠里的骆驼刺。脚跟、脚背上凝着血块，脚指头还流着鲜血。满脸的胡子已经花白，看上去足足有五十八九岁了。玛尔建的女儿一见他，吓了一跳。见他是一位老人以后，女儿就请他进门。可这位老乞丐说什么也不敢进这家富人的门。突然小狗又扑了出来，老头刚要举棍赶它，小狗却摇着尾巴，亲昵地舔着老头脚上的血迹。姑娘执意要老人进门，小狗也咬住老人的烂衣服往里拉他。可他还是不肯进门，只是请求姑娘把他的珍珠鹿还给他。姑娘奇怪地把这个老人的请求告诉了后院里的玛尔建。玛尔建也不知为什么，心急如火，一听到门外的情形，就连忙跑了出来。老人一见一位贵夫人走来，忙低下头不敢说话了，心想，这下子又得挨一顿臭骂，只好等待着。"你从哪儿来的？"玛尔建问他。老头一听见这熟悉的声音，身上抖动了一下，偷偷地看玛尔建一眼，又忙低下了头不敢回答。"你叫什么名字？"玛尔建非常和气地问道。"我叫穷鬼。"老头儿回答了她。玛尔建突然像认出了亲人一样，大声喊道："不！你不叫穷鬼，你叫……你叫……你叫萨——卡——呀！"玛尔建猛扑上前，昏死在萨卡脚下，萨卡又惊又怕地问姑娘："孩子，她是谁？她怎么知道我的名字呵？""她是我妈妈，叫玛尔建——！”萨卡悲痛欲绝，轻轻摇动自己心爱的妻子。可是他迟了。

女儿见母亲已经离开了人世，哭得死去活来。最后，萨卡扶起女儿哭着说道：“孩子，我就是你妈妈的亲人萨卡呀……”“我也不是妈妈的亲女儿，可她比亲妈还要亲呢！”女儿哭着说。“那她的亲生孩子呢？”萨卡问道。“听妈妈说，十八年前生下就死了。”

萨卡埋葬了心爱的妻子，又拄起用了十八年的木棍，走上了更辛酸、更悲惨的道路……

【搜集整理】才让丹珍

贡尔建和央珂萨

老人们常说：贡尔建和央珂萨是亲兄妹。贡尔建是妹妹，她聪明而善良；央珂萨是哥哥，他勤劳而忠厚。兄妹俩自小就失去了父母，自幼相依为命，慢慢都长大成人。

央珂萨一天到晚去放牧、拾柴，有时还去打猎。贡尔建在家辛勤地缝缝补补，为哥哥做饭、烧茶，有时还得替人捻线织褐子。日子虽然很贫穷，可他俩还从来没翻过脸、吵过架。

年纪一天比一天地大了，妹妹自己倒没有什么。可想到哥哥，她就为央珂萨着急，怎样才能为哥哥娶个媳妇呢？央珂萨却一天到晚默默无语，同妹妹没有多少话说，妹妹又不好意思当面说这种事。

有一天，央珂萨放牧回来，见妹妹没有为自己烧茶，也没有做饭。他以为妹妹病了，就赶快抱来柴火准备生火。妹妹上前拦住央珂萨说：“哥哥，我一人在家实在忙不过来，你还是快给我娶个嫂子帮帮忙吧！”哥哥叹了一口气，扔下手中的柴火说道：“谁家的姑娘愿意嫁给我呢？……”说罢，他摇了摇头。贡尔建很喜欢哥哥的忠厚、老实，但也为哥哥的呆痴而发愁。

央珂萨明白妹妹的好意，也觉得自己应该娶一个媳妇了，不然，累坏了妹妹又该怎么办呢。再说，妹妹也不是长留在自己家中的人呵！想来想去，他下了决心去找个媳妇，就对妹妹说：“从明天起，你就替我照看几天羊，我去闯一闯吧！”哥哥终于说了这么一句话，妹妹可高兴了。她一口答应，并连夜为哥哥收拾好衣服，准备好吃喝，喂好了骏马。

第二天，央珂萨告别妹妹出了门。他骑着马走呵，走呵，终于来到了一家门口。央珂萨下马取出“拜立克”[1]，拜见了主人。说明了来意之后，主人问了央珂萨的家景。央珂萨就一五一十地说给了主人。主人还没有听完就连连摇头说：“我虽然有姑娘，她也该出嫁了，可嫁给你不适当，我们门不当，户不对。这事儿就算了吧！”央珂萨再三请求也没用，他知道这家嫌他穷。于是，连口水也没喝上又上了路。

翻过了几座沙丘，央珂萨又来到第二家门口，主人待他倒挺热情。问明来意之后，主人觉得小伙子很结实，有力气，能干活。找这个女婿也倒合算，就答应了央珂萨的请求。但有一条，央珂萨必须做进门女婿。央珂萨一听，扔下奶茶又上了路。一路上，他越想越气：怎么能扔下妹妹和家不管呢！

走到傍晚，他就睡在沙滩上。天亮了，太阳也升起来了。央珂萨翻起身，刚要上马赶路，突然发现身边站着一位非常美丽的姑娘。央珂萨惊奇地问她：“你来干什么！”“你不是要找个媳妇吗？远在天边近在眼前。”姑娘笑眯眯地回答。真是喜从天降。央珂萨非常感激这位好心的姑娘，深情脉脉地请求同姑娘结为亲眷。央珂萨问姑娘：“你叫什么名字？家住在哪儿？”姑娘很悲伤地说：“我也不知道我叫什么名字。反正在我懂事的时候，我就流浪在草原上，也没有见过父母亲是个什么模样儿。”说着姑娘就哭了起来。央珂萨非常同情她，忙拿出“拜立克”替她擦泪。两人就这样定了终身之好。

央珂萨和姑娘回到家中，第二天便成了亲。

谁知一家人还没过上一年光景，嫂子的本性就暴露了出来：她好吃懒做，对人刻薄。家里的活儿全推给贡尔建一个人干，甚至连自己的衣服也扔给小姑子去洗，却又不给贡尔建吃喝。过了不长时间，嫂子又提出和贡尔建分家过活。贡尔建实在忍受不了嫂子的虐待，要离家外出。哥哥怎么舍得妹妹走呢？妹妹流着泪说：“我也同样不愿离开哥哥。但是，我在家里，兄妹俩都要受罪，我走了，嫂嫂可能会待你好一些，况且，我相信总还有团聚的日子。”哥哥没有办法，哭着送了妹妹一程又一程，还劝妹妹不要远离，将来等他说服了妻子后，再让妹妹回来。

自从贡尔建出走以后，嫂子对丈夫更刻毒了。她一天到晚什么活儿也不干，还骂丈夫无能。由于妻子懒惰，拖累了央珂萨，他所经管的牛羊减少了多半。部落长哪里肯饶过央珂萨，不分青红皂白，把央珂萨毒打了一顿，赶上牛羊走了。央珂萨本来就积劳成疾，又遭了一顿毒打，于是一病不起了。狠毒的妻子见丈夫奄奄一息，便偷着

[1] 拜立克：裕固语“礼物”，此处指哈达。

逃走了。央珂萨挣扎着去野外找点吃的，不幸跌倒在荒滩，再也没有起来。

到了黄昏时，一只老鹰飞来掏走了央珂萨的两颗眼珠子。又过了一会，一只豹子又衔走了央珂萨的头。又过了一阵，狐狸来衔走了他的两只胳膊。最后，央珂萨的肚肠被乌鸦掏空上，心脏被喜鹊收去了，身子被狗熊拖跑了，双腿被狼偷走了，鲜血被沙子吸干了，家舍被大火烧尽了。

到了第二年，妹妹穿得破破烂烂来找哥哥。她一见家里的房屋被大火烧成灰烬，知道出了不幸的事，于是就蹲在灰堆上大哭起来。

突然走来一位白发老奶奶，贡尔建急忙上前问道："老妈妈，你们听说我哥哥央珂萨到哪儿去了吗？"老奶奶扶起贡尔建，用手巾擦净了姑娘的泪水回答："姑娘啊，你别哭了。你哥哥去年就离开了人世。你要想的话，就用泥塑起一尊你哥哥的身像吧！"贡尔建又怕又奇怪，忙和了一堆干净的泥，塑起了哥哥的像。塑好后，妹妹天天望着哥哥的塑像悲悲切切。白发老奶奶又来到贡尔建面前对她说道："好姑娘，看来你想念哥哥是诚心实意的。老实话告诉你吧：你哥的骨肉五脏六腑已被老鹰、豹子、狐狸、乌鸦、喜鹊、狗熊、狼和黄沙夺走了。你要是真正想叫哥哥来，就得先去征服这些禽兽，然后让它们还回你哥哥的骨肉。到了那一天，你哥哥就会起死回生。"

听了老奶奶的话以后，贡尔建就决定先去找鹰。刚走了几步，她就见老鹰迎面飞来了。贡尔建急忙又哭又喊，可是老鹰却一点儿也不理会，拍打着翅膀飞走了。接着她去找乌鸦、喜鹊，它们也根本不理睬贡尔建。贡尔建试着去找豹子，差一点又叫豹子活活吃掉。她实在没法，就又蹲在沙丘旁痛哭起来。正在她啼哭的时候，老奶奶却笑哈哈地来到她面前。贡尔建以为前两次照老太太的办法做都没有结果，因而对老太太有些冷淡。老奶奶却非常领会姑娘的心，对贡尔建说："孩子，你以为我在骗你吗？人的诚心不能被欺骗，但欺骗却永远不属于有诚心的人，我要是真的骗你，这次我就不会再来了。正因为你的诚心感动了我，我才愿意帮助你呀。没有武艺你是制服不了那些禽兽的，我把你带到一个地方去，教你学艺。"说罢老太太带着贡尔建飞向天空。两人在空中翱翔，不一会儿工夫，只听老奶奶说了声："你快看！"贡尔建忙睁开双眼一看：遍地青山绿水、花朵、青松，脚下是云雾滚滚。她也不知道自己究竟来到了什么地方，只是觉得芬芳、清爽。老奶奶就叫一位仙女教她武艺。贡尔建勤学苦练，不几天就学会了飞石、飞沙、飞蜂、飞绳、飞针、飞箭、飞枪的本领。老奶奶见她心灵手巧，学得用心，很满意，决定让她下山战胜禽兽，救活哥哥。到了贡尔建临行之前，老奶奶又送给她一颗"避风珠"。然后和来时一样，老奶奶又把贡尔建送回家乡。

当她走近哥哥的泥像时，泥像早被风雨淋得不成样子。她又明白了：我只顾在仙境学艺，竟忘记光阴的流逝。于是，她又照原样，塑起了哥哥的身像。刚塑完，就见老鹰在她头顶盘旋，她扔出手中的飞石，击中了老鹰，老鹰拍打着翅膀掉落在她面前。贡尔建手提宝剑上前，老鹰慌忙求告饶命。贡尔建要它把哥哥的眼珠子吐出来，老鹰忙一伸脖子，吐出了央珂萨的双眼。贡尔建收回眼珠和飞石后，才放老鹰飞走了。

她又走了一程，看见乌鸦还是不理她。贡尔建怒气冲天，顺手扔出一把飞沙，打得乌鸦在地上乱滚乱爬，连忙向贡尔建求饶。贡尔建要它们赶快还回哥哥的肚肠。它们哪里敢不依，交回她哥哥的肚肠就惊飞走了。正好，狗熊向贡尔建气势汹汹地走来。贡尔建二话没说放出了一群飞蜂，叮得狗熊痛苦难忍，连连向贡尔建认罪。贡尔建要它还回哥哥的身躯，狗熊一口答应，并由飞蜂逼迫它去取回来。这时候，多嘴的乌鸦给狼和豹子报了信。狼和豹子刚要逃走，也没有逃出贡尔建的手心。贡尔建及时放出飞箭射中狼，投出了飞枪刺伤了豹子。它俩跪在地上，乖乖交出了央珂萨的双腿和头颅。狐狸装着与这事毫不相干的样子，大摇大摆地在沙丘上走来走去，却被贡尔建的飞绳死死套住，也老老实实地交出了央珂萨的双臂。唯有喜鹊，一听到消息就自个儿飞来对贡尔建诚恳地说：“我将你哥哥的心肺保存了整整十多年，现在还在跳动。要我还你，你得给我缝一件花衣裳。”贡尔建觉得喜鹊还比较善良，就取出飞针连忙为它绣制了一件花黑绸袍，还镶了金边。喜鹊很满意，当下就捧来央珂萨的心肺交给了贡尔建，穿上黑花袍飞走了。

贡尔建一看，哥哥的骨肉和五脏都全了，就合在一起。一眨眼工夫，央珂萨就变成一个囫囵人了。可是不论贡尔建怎么哭叫，央珂萨还是一点声气也没有。突然妹妹才想起来，哥哥浑身的血液被黄沙吸干了。怎么才能让哥哥活过来呢？于是她就向黄沙求告。谁知黄沙显威，扬起了满天的风沙，劈头盖脑地向贡尔建刮来。贡尔建也不示弱，迎着风沙将避风珠扔了出去。突然天空电闪雷鸣，下起了暴雨，将风沙彻底压住了。雨越下越大，连大沙丘上都流出了水，水面上漂浮着央珂萨的鲜血，一直流到央珂萨身边。慢慢地，水面的鲜血不见了。这时候，天晴了，太阳也出来了。“贡尔建！”突然有人喊了这一声，贡尔建一转身，见自己的亲哥哥又像从前那样站在面前。妹妹惊喜地扑上去，抱住哥哥痛哭一场。当兄妹俩回到家门口时，房屋还是原来那样，里里外外干干净净。再看羊圈、牛棚里，牛羊膘肥体壮，早已归了圈。奇怪的是门口多了一条狗，据老人说它就是央珂萨原来的妻子。天神为了惩罚她，让她变成了一条看羊狗。

从此，兄妹俩生活得很幸福，也很愉快。后来，央珂萨为妹妹选配了丈夫，他自己整天出门打猎，牛羊全由妹夫家放牧，日子越过越富裕了。

【搜集整理】才让丹珍

戈尧斯

很久很久以前，有一对相亲相爱的青年夫妇，生活得非常幸福。丈夫是一个体壮勇敢的牧人，除了为别人放牧之外，还为自己的畜群里经常增牛添羊；妻子长得非常美丽，心灵手巧，为小家庭增添了不少光彩。夫妻俩相依为命，从来没有分离过。邻居们夸奖他俩是老天配就的一对天鹅。谁知，这句话传进了远方一个部落长的大少爷耳朵里。他心怀鬼胎，朝思暮想地算计着想把牧人的妻子弄到自己手里。想来想去，终于定下了一条毒计：先把牧人想法弄死，然后抢来牧人的妻子，掠为己有。

于是，部落长的大少爷打发人找来年轻的牧人，要他连夜拉骆驼启程，到远方去驮货物。牧人听后不得不服从，赶快回来向已经怀孕的妻子告别。

夫妇俩根本不知是大少爷定下的毒计，还以为只是暂时的分离呢。临行时，丈夫怕妻子想念自己，便把一面圆镜一分两半，各拿半面镜子，等到夫妻团圆时，再让破镜重圆，并再三嘱咐妻子要多多保重身子。妻子伤心地哭了又哭，挥泪送丈夫上了远路，牧人的一条小猎狗也跟了去。

牧人上路不久，在一天黑夜里，突然从路边的草丛中窜出几条面蒙黑布的大汉，把他活活地掐死了。半面破镜也掉在地上，所有的骆驼都被那伙强盗拉走了。其实那些强盗正是大少爷派来暗算牧人的帮凶。

当大少爷知道牧人已被他手下人暗算掉以后，就连夜抢来了牧人的妻子。大少爷一见她美丽的容貌，一下子看傻了眼，连口水都流了出来，马上命令管家摆上酒席招待牧人的妻子。牧人的妻子非常愤怒，不理睬大少爷的那一套，独自坐在一间屋里沉思对策。突然，她家的小猎狗衔着丈夫拿走的半面破镜跑到了妻子脚下，两眼还流着泪水呢。妻子一见此景，吓得浑身都软了。她知道丈夫遇上了大难，不然破镜是绝不会丢失的。小狗拉着她的衣角要往门外走，妻子这才猛醒过来，立刻随小狗奔出门外。还没跑上几步，就被大少爷发现了，立即派人将她拉了回来。

大少爷一见牧人妻子手中的半面破镜，便诡秘地奸笑着说："听说你丈夫也拿走了半面镜子，我看你们这一对破镜是永远重圆不了啦！哈哈……"妻子这才完全明白：他们上了部落长儿子的当。她又气又急，哭也不是，喊也不是，全身抽搐着气昏了过去。

当她苏醒以后，猛地发现自己睡在一间豪华的屋子里，身旁躺着的大少爷，早已鼾声如雷地睡着了。她对着半面破镜哭了又哭。最后，她对着镜子里自己的一对眼睛下了狠心，毫不犹豫地用小刀剜下了自己的双眼甩出门外，她疼痛得惨叫一声昏过去了。大少爷被她的惨叫声惊醒了，一见地上刚才还是娇艳美丽的牧人妻子，现在已倒在血泊之中，吓得他丢魂落魄地逃出了门外。

天亮之后，大少爷才战战栗栗地走进屋门。当他发现牧人妻子已经挖去了双目以后，便大叫一声："我多么喜欢你的一对眼睛啊！——"便倒在了地上。家奴忙扶起他，只听他糊糊涂涂地说："可怕呀……我的一对眼睛啊……快赶走她呀……怕死我了……"不多时，大少爷便不省人事了。

从此，牧人的妻子就被可恶的大少爷赶出家门，开始过上了流浪乞讨的生活。她本想寻死，只因为一心盼望着腹中的孩子能够出生在人世上，才使她有了生活下去的一点勇气。

有一天，她刚走到半路，就遇上了大风沙，突然间感觉有谁在拽她的衣角，忙俯身一摸，原来是她家的小狗。她悲喜交加地抱起小狗哭呀哭呀，一直哭到了天黑。从那以后，她再不怕流浪到荒漠野滩上去了。小狗在前面来回引路，碰到难走的小路，小狗便汪汪地叫着，用嘴衔住牧人妻子的拄棍头，把她牵引到安全的地方。饿了，小狗就把她领到有人家的地方，去讨一点饭食。这样过了不多日子，她们便来到一座已经荒废了的破旧寺里过夜。第二天一早，当牧人妻子醒来时，世上最奇怪的事情发生了：她的一对眼睛又重新看见了光明。她惊奇地伸手一摸，两颗眼珠儿完好地长在自己的眼眶里。她激动地大喊着小狗的名字跑出寺庙门外，可是哪儿都不见小狗的影子。她急忙跑到寺庙周围去找，才发现小狗躺在一棵树下。连忙上前一看，小狗却已经死了，两只眼珠儿也没有了，眼眶里还流着鲜血。她弄不明白究竟是怎么回事，只是抱住小狗哭得死去活来。哭着哭着，她觉得肚子疼得要命。不一会儿，她盼望的孩子就落了地，抱起来一看是个男孩儿。于是，她就背起孩子上了路，继续沿路乞食，踏遍了异乡土地。

随着日月的流逝，十七年过去了，牧人妻子的小木拉长成了英俊的大小伙子，这时，母子俩靠辛勤的劳动安了家，阿妈非常疼爱自己的儿子，为他取名叫戈尧斯，意思是眼珠儿。

阿妈看儿子长大了，就对他诉说了牧人在十七年前被大少爷暗暗害死的前后经过和自己被迫挖掉双眼的悲惨遭遇。戈尧斯第一次听到了自己阿爸惨死的事儿。当他听说阿妈受辱的情景，好多天不吃不喝，睡不着觉，心中对部落长一家充满了仇恨，下决心要替父母报仇雪恨。

一天，戈尧斯对阿妈认真地说："阿妈，你让我出门去学点本事吧，将来我一定要为死去的阿爸报仇！"母亲见儿子坚决要去，就含泪答应了他的要求，为心爱的儿子准备了路上的吃喝，便打发戈尧斯上了路。临行时又将当年的半面破镜装在儿子怀里，盼望母子俩早日团圆。

戈尧斯上路以后，不知翻过了多少道山梁，也不知蹚过了多少条河水，终于来到了一个人畜很多的部落里。他也不知道应该先学什么本领，更不知道该向谁求教，想问又不好问，想说又不知从哪里说起，只好向草原盲目地走去。当他经过一座豪华的房舍时，被这家一位美丽聪明的姑娘看见了。姑娘见戈尧斯虽然像个乞丐，但他脸上却有坚毅、善良的神态。于是她急忙跑出门外，准备打听一下戈尧斯的去向。刚一出门，她又觉得自己是一个姑娘，怎么能如此胆大地跟一个陌生青年随便交谈呢。正在左右为难时，突然见一位男仆从她面前提水而过，便有了主意。姑娘叫住男仆，要他立即送来一套她哥哥穿过的衣服。男仆放下水桶便双手捧来一套非常讲究的男式衣服，姑娘立刻进屋，穿在身上，顺手提了宝剑便悄悄溜出家门，骑了一匹骏马向戈尧斯追去。

戈尧斯一见这位标致漂亮的"小伙子"便连忙低头行礼，"小伙子"问他从哪里来、到哪里去、叫什么名字，戈尧斯一一回答了他。后来"小伙子"说："把你的褡裢拿来，我帮你驮在马上好吗？"戈尧斯虽然很喜欢这位"小伙子"，可对她的要求还是觉得有些不放心。骑在马上的"小伙子"看透了戈尧斯的心事，便跳下马背真诚地说："把褡裢驮上，你先骑马走吧！"戈尧斯一听这话，心里感到有些内疚，可又拗不过这位好心眼的"小伙子"，只好骑着马儿先走了。

装扮成小伙子的姑娘，非常爱慕戈尧斯，刚才听了戈尧斯出走的目的是为了想学到本事替父母报仇，她便下决心和这位勇敢的小伙子一起同甘共苦，帮助戈尧斯报仇雪恨！

戈尧斯骑在骏马上，心里有说不出的高兴，自己虽然快十八岁了，还是头一次骑这样好的马。想到后面步行的"小伙子"，他就想停下来等一等。谁知，他一勒马嚼子，骏马不但不停，反而奔驰得更快了，差一点把他甩下来。在神志慌乱中他无意将马嚼子松了一下，骏马才突然停住了。戈尧斯这才明白：要叫烈马停步就应当松嚼子。他掉过马头朝"小伙子"迎去，到了她的身边后，便猛地松开马嚼子，骏马立刻停住了。戈尧斯跳下马对"小伙子"兴奋地说："感谢你教给了我骑马的本事。"姑娘一问才明白戈尧斯以前没有骑过马，越发钦佩戈尧斯的聪明、伶俐。

快到天黑时，他俩来到一个不大的房舍门前，周围再没有别的人家，就只好叩门求宿。主人是一个身体粗壮的大汉，一见是两个青年小伙子，便笑眯眯地把他俩让进了一间专为过路客人预备的房子里，并叫他的姑娘点上了酥油灯。主人的女儿在灯光下显得很好看，清秀的面容上带着几分忧愁。当她看见来客是两位漂亮的小伙子以后，便羞怯而又悲伤地叹了一口气走出了门外。戈尧斯并没有注意姑娘的脸色，可他的伙伴却细心观察了姑娘的神态变化。“小伙子”仔细看了看屋内的陈设，突然发现门背后有一块木盖，连忙俯身挪动木盖，下面便露出一个黑糊糊的地洞。这一下“小伙子”便明白了：这是一家拦路抢杀客人的强盗窝巢。怪不得主人的女儿一见他俩就唉声叹气呢，因为她觉得戈尧斯和他的伙伴都非常年轻、漂亮，杀了多可惜呀！

“小伙子”想把自己的猜想和怀疑讲给戈尧斯，又怕他惊慌失措，万一走漏了风声，说不定强盗们先下手怎么办？只好暗自想着对策。正好主人端来了羊肉和茶，“小伙子”不露声色地边谢边打量着他，只见这位主人在满脸的微笑中藏着阴毒的杀机。

当他俩吃好喝足以后，主人就开始收拾床铺，假惺惺地劝客人们早点休息。当主人刚要出门时，“小伙子”便说：“请你慢走，这是饭钱和房钱，你收下吧。另外给我端一盆洗脸水，再灌一斤油预备路上用，还要麻烦你拿来些羊毛垫马鞍用。这些钱你都拿去吧！”主人一见“小伙子”非常慷慨大方，点头哈腰地收下银钱，立刻端来一盆清水，提来一罐酥油，送来一捆白羊毛便出门了，顺手悄悄将门朝外上了锁。

“小伙子”听主人脚步走远了以后，忙对戈尧斯耳语了一番。戈尧斯听完后，大吃一惊，便和“小伙子”商量好轮流睡觉。当戈尧斯先睡下以后，“小伙子”悄悄将水盆子放在门背后的地洞盖上，然后也躺在戈尧斯的身边装作睡着了。快到半夜时，门背后的水盆突然“哗哗”地响了起来，“小伙子”提着宝剑摸上去，幸好木盖被地洞里的强盗掀翻了。强盗还没来得及爬上洞口，就只听“啊——”的一声嚎叫，被“小伙子”用宝剑砍下了脑袋。可恶的主人还以为是他的兄弟已经杀了戈尧斯和“小伙子”呢，刚打开门锁就挨了一宝剑，幸好他闪得快，只被砍断一条胳膊，转身就逃走了。“小伙子”很快用羊毛擦掉了剑上的污血，又用酥油涂了宝剑，就和戈尧斯连夜骑马跑走了。

不大一会儿，东方就发白了。突然他俩发现背后追来一队人马，“小伙子”知道是店主不甘心失败，又派人追来了，她连忙叫戈尧斯骑马先走，自己留下来和这群强盗决战。

戈尧斯依依不舍地离开了伙伴以后，“小伙子”便和这群匪徒战了起来。她愈战愈勇，还没有施展出全部本领，就把强盗们杀得大败，纷纷逃回家向主子报丧去了。“小伙子”见敌人逃走以后，便兴奋地去追赶戈尧斯。谁知，当他俩刚见面时，那个强盗头子却忍着断臂的伤痛，率领一群人马又追了上来。他俩见前面有一座很大的庄园，便跑了进去，顺手将大门朝外顶上了。强盗们无法进门，便把庄园包围起来。

到了半夜，等强盗们睡着以后，“小伙子”和戈尧斯悄悄从庄园后墙上吊下去又逃走了。当强盗头子打入庄园发现他俩逃走以后，便又追赶起来。没过多久，就追上了步行的“小伙子”和戈尧斯。幸好，路边跑来一位骑马持弓的姑娘，一见两个小伙子被一伙歹徒追杀，便前来助战。她一箭又一箭，射死了几个强盗。突然，她用力过猛，弓绳被扯断了。“小伙子”忙摘掉缠在头上的绸巾，用宝剑割了一股长长的头发帮助姑娘接上了弓绳，姑娘又开始射了起来。戈尧斯一见“小伙子”竟留了那么长的头发，觉得非常奇怪。刚想上前问一句，谁知狡猾的强盗头子从他们三人背后甩过一把飞刀，正好刺在“小伙子”的后心窝里。“小伙子”立刻倒在血泊中，用微弱的声音说：“戈尧斯，你快随这位姑娘跑吧，我不行了……你知道吗？我不是男的……”这一下把戈尧斯惊呆了，望着已经死去的姑娘，他愤怒地拾起宝剑向强盗们冲去。当强盗头子又想杀掉戈尧斯时，神箭姑娘一箭射死了这个魔鬼。强盗们一见头目死了，便掉头逃跑各奔前程了。

戈尧斯和第二个姑娘悲伤地安葬了第一个姑娘的遗体之后，便离开了这里。

他俩走了不久，又发现身后跑来一个骑马的人。两人停下步定神一看，原来正是强盗头子的女儿。神箭姑娘刚要搭箭射死她，却被戈尧斯挡住了。等那位姑娘走近以后，便听她哭泣着说道：“请你们带上我吧！我那可恶的父亲做尽了人间坏事，他今天被你们射死是罪有应得！可我是好人呀……”说着说着，她就大哭了起来。神箭姑娘和戈尧斯都很同情这位姑娘，三人便一起上了路。

他们走呀，走呀，终于找见了部落长的大少爷，把他和一群凶恶的帮手一起剁成了肉泥，终于替戈尧斯的父母报了仇。以后，神箭姑娘和第三个姑娘都做了戈尧斯的妻子，三人共同回到了母亲身边，过上了安宁、幸福的日子。

【搜集整理】才让丹珍

金银姐妹与木头姑娘

很早很早以前，裕固族部落里有一位老妈妈，她身边没有儿子。除了丈夫之外，就是两个姑娘了。

大女儿生来就很美丽、善良。妈妈就给她取了名字叫贡彬草，意思就是和金子一样稀罕。父亲让她用金盆端水，用金碗、金筷喝茶、吃饭。

二女儿生来就很漂亮、贤惠，心地就像银子一样明亮。妈妈就给她取名叫哈旦姆草，意思是像银子一样珍贵。父亲就让哈旦姆草用银盆端水，用银碗、银筷喝茶、吃饭。

父亲每天去打猎，妈妈每日去放羊、捻线。姐妹俩慢慢长大了，也去帮助父母放羊羔，挤牛奶，拾柴火，煮肉做饭。全家人亲亲热热，相依为命。

有一天父亲去打猎，还不到上午就回来了。只见他满脸血迹，身上还背着一个昏死过去的姑娘。这个姑娘掉在半山崖的石缝中，被父亲发现救上来。看样子这姑娘好几天没吃东西，怕是饿昏了。姐妹俩赶忙接过姑娘放到热炕上，一个烧茶，一个煮肉。不一会儿，奶茶熬好了。父亲忙接过茶碗给这个姑娘灌了几口，姑娘就慢慢地苏醒了。姐妹俩又端起肉给她吃。姑娘吃饱、喝足后，脸上露出了笑容。她长着一对大眼睛、一头黑长发，可脸却被饿得蜡黄。

父亲和女儿们见姑娘得救了，都很高兴。一家人问她叫什么名字，家住哪儿，她却只是笑笑，一句话也不回答。

姐妹俩待这位新来的伙伴可好了。贡彬草见这位姑娘个头比自己高些，年龄也大些，就和妹妹都叫她姐姐。并劝她不要难过，让她把这儿当成自己家一样。姑娘见这家老小对她毫无恶意，也就放了心，和姐妹俩玩了起来。

从此，这位姑娘就生活在贡彬草家中，一家人待她像亲骨肉一样。老妈妈见这姑娘不爱说话，为她取名叫交哈瓦什，意思是“老实的木头”。父亲就让交哈瓦什用木盆端水，用木碗、木筷吃饭、喝茶。

这样快快活活地过了五年，不幸的事却发生了：老父亲上山打猎，不小心在崖顶踩翻了石头，滚下来摔死了。母女四人悲哭了几天几夜，只好将父亲的骨灰掩埋在青山绿洼中。不久，她们便搬了家，离开了这块不吉祥的地方。

在新的家乡，母女们又建起了自己的家园。老妈妈照样出去放牧，姐妹三人在家干活。

有一天早上，母亲叫姐妹三人去河边端水，她们高高兴兴地去了：贡彬草端着金盆子，哈旦姆草端着银盆子，交哈瓦什端着木盆子，嬉笑着来到河边。两个妹妹刚要端水回家，却被交哈瓦什给叫住了。交哈瓦什说：“时间还早呢，咱们玩一会儿吧！”两个姐妹问她怎么个玩法，交哈瓦什说：“咱们就玩自己的盆子吧。看谁的盆子能漂在水面上走。”于是，姐妹三个齐齐把手中的金、银、木盆扔进河水中。结果，金、银盆一下子就落到水底不见了，木盆子却浮在水面。交哈瓦什高兴地用木棍钩过自己的木盆，端起水就回家了，贡彬草和哈旦姆草却又气又急，哭着不敢回家。

交哈瓦什回到家中，母亲问她两个妹妹怎么没来，交哈瓦什告诉母亲说："那两个丫头，根本就不想端水。她们把金盆、银盆扔进河里找不见了。看，只有我一个人端来了水。"母亲听完后就说："盆子丢就丢了，别把你妹妹吓坏了，快去叫她们回来就是。"交哈瓦什却又跑到两个妹妹跟前说："你们俩丢了金盆、银盆，可不得了了，妈妈正在找牛皮绳，说要吊死你们呢。"贡彬草和哈旦姆草听姐姐这么一说，连哭都不敢哭一声，信以为真，吓得拔腿就逃走了。她俩跑呀跑呀，一直跑到松林里藏了起来。

交哈瓦什回头看见两个妹妹逃得无影无踪，就独自捧腹大笑。笑呀笑呀，一直笑到家里。母亲见回来的还是她一个人，就问："你叫的人呢?"交哈瓦什却满不在乎地回答："没找见她俩，八成是早给吓跑了。"母亲一听急了，就赶忙跑出来大声呼唤，喊呀喊呀，一直喊到天黑，还是不见两个女儿，就哭着回到家里。可是，母亲等了整整三天三夜，还不见两个女儿回家，愁得连茶也喝不下去，赶着羊群到处寻找女儿。

贡彬草和哈旦姆草饿得实在受不了了，就偷偷来到家附近藏起来，见妈妈赶着羊群走了，就赶快跑到门口。刚一进屋，就看见交哈瓦什正拌着香喷喷的酥油炒面，端着奶茶大吃大喝呢。两个姐妹也顾不得什么，拿起碗刚要动手拌炒面，却被交哈瓦什挡住了。她冷笑一声说："你们还有脸进门吗?!"贡彬草理直气壮地回答她："这是我们自己的家，你为什么不让我们吃喝?""哼！说得倒好听。"交哈瓦什声色俱厉地说道："是自己家，那为啥丢了金盆、银盆？妈妈为了金、银盆，眼睛都哭瞎了。你们俩倒自在，玩够了还想回家偷着吃，快滚吧!"贡彬草知道上了交哈瓦什的当。可不论怎么说，盆子是她们亲手扔进水里的呀。要是妈妈为金盆、银盆哭瞎了双眼，那可怎么办呀？想到这里，她的眼泪不知不觉地流了出来。哈旦姆草哭得更伤心。

交哈瓦什见自己征服了两个妹子，心里暗暗高兴。一眨眼，又想出了一条诡计。她把自己碗里的酥油炒面捏成圆球儿往嘴里扔，故意欺辱饿坏了的两个妹妹。碗里还剩下两个圆炒面团时，交哈瓦什说道："你们这两个饿鬼，把嘴张开!"两个妹妹见姐姐要给她俩喂炒面，就把嘴张得大大的。交哈瓦什狠狠地将两个面团分别扔进妹妹的嘴里，贡彬草没有嚼就往下咽，结果，炒面团儿卡在喉咙里，吐又吐不出来，咽又咽不下去。哈旦姆草刚一嚼炒面团，突然"格崩"一声，一颗牙被咬碎了，忙吐出一看，哪里是炒面团，原来是裹上炒面的一颗小铜铃铛。可恶的交哈瓦什大笑着跑了出去。贡彬草难受得吐不出铜铃来，哈旦姆草也被折腾得满口是血。

突然，交哈瓦什跑进家门说："快跑吧，妈妈回来了!"说着给她俩每人塞了一疙瘩炒面。一听说妈妈回来了，贡彬草跳出门槛就逃得无影无踪；哈旦姆草一见妈妈的羊群，就藏进羊圈。

贡彬草跑呵跑呵，跑到一条陌生的河边，这才记起手中还攥着交哈瓦什给的炒面，放到嘴里一尝，又涩又酸，她才知道是交哈瓦什用醋泡开盐巴拌的炒面。贡彬草想到交哈瓦什这么坏，为什么当时救她、留她呢？越想越气，最后气得哭了起来。可是嗓子里卡着铜铃，越哭越难受。她忍着疼痛，喝了几口河水。突然被一个叫米尔给瓦什的牧人发现了。贡彬草一见那人向她走来，拔腿就跑。米尔给瓦什并没有去追，赶着羊群回家了。他把发现了贡彬草的事儿全说给了主人，并口口声声称赞贡彬草是如何的美丽、如何的可怜……

主人听完后，立即叫米尔给瓦什备马，他决定亲自去寻找那位姑娘。他沿着米尔给瓦什说的河道一直向前走，什么也没发现，快到黄昏的时候，突然见远处一个人影在游动。他策马赶去，正好是那位姑娘。贡彬草见有人骑马向她追来，就没命地奔跑。可是她的双脚怎么能跑过马蹄呢？不一会，主人的马挡住了她的去路。主人在马上板着脸问道："黑天半夜一个姑娘乱跑什么？"贡彬草低着头，什么也不回答，只是惊恐地向后倒退。刚要转身逃跑，却被陌生人一把拉住说："我又不吃你，跑什么！"贡彬草想喊又喊不出来，想跑又脱不了手，不小心摔了一跤。陌生人这才看清楚：姑娘满脚是血，便狠狠地把她按在地上说道："不要动，你满脚是血，还能跑得动吗？"贡彬草吓得浑身发抖。她发现陌生人正在解下腰带，贡彬草手中已攥紧了一块尖石。突然，陌生人将绸腰带撕成两块，蹲在她脚边包扎她流血的双脚。她这才感到自己两眼什么也看不见了，悄悄地松开了手中的尖石……陌生人细心地为她包好双脚后，就拉过骏马，抱起贡彬草放到马鞍上，他自己一句话也没说，拉着马回到家里。

米尔给瓦什见主人驮来了贡彬草，心里非常高兴，急急忙忙给主人和贡彬草端来了热茶和羊肉。可贡彬草什么也吃不下去，只是忍着痛喝了几口茶。主人问了她几句话，她什么也说不出来。主人以为她还在生自己的气呢，他生气地在贡彬草背上拍了一巴掌说："你别把我的好心当成恶意！"谁知，他这一巴掌刚拍完，只听得贡彬草"哇"的一声，从喉咙里吐出了小铜铃铛，"当啷"一声落到地上。主人非常奇怪，问贡彬草是怎么回事，贡彬草这才把自己的遭遇告诉了年轻的主人。最后，贡彬草红着脸说："感谢你救了我。"主人回答说："你爸爸不是也救过人吗？但愿你不是交哈瓦什……"主人很同情这位美丽的姑娘，他决定等贡彬草双脚好了之后，就送她回家。

谁知，姑娘一听说主人要送她回家，就哭了起来。主人安慰她，劝她不要难过。可是贡彬草越哭越伤心，越哭对这位英武的年轻人越有情。她觉得眼前这位主人是个心眼非常好的人，要不是他，自己还不知道死活呢。想到这里，贡彬草不哭了，她羞怯地说："我不愿回家。"那你上哪儿去呢？"主人忙问道。贡彬草低头回答说："死也死在你家里。""啊——原来是这样呵！"主人这才明白贡彬草的意思。其实，主人一见贡彬草就爱上了她。只是因为觉得贡彬草是遇了难的姑娘，既然别人遇了难，只能搭救，怎能趁人之难去达到自己的目的呢，所以他不会提出这样的要求来。现在既然姑娘先开了口，主人还有什么可说的呢，他立即答应了贡彬草的要求，并决定先去向她妈妈说明这件事以后再成亲。

从那以后，贡彬草心情非常愉快。她和主人相亲相爱，形影不离。

贡彬草的妈妈自从那天在羊圈里找见了哈旦姆草，更想念贡彬草了。有时她感到女儿好像已经离开了人世，就暗暗为贡彬草落泪。交哈瓦什在暗中对哈旦姆草说过："你要是走漏一点风声让妈妈知道了，我就活活把你掐死！"所以，哈旦姆草在交哈瓦什的威吓下，从来没敢把事情的真实经过告诉过妈妈，妈妈也没有理由去责备交哈瓦什。

过了很久，有一天家门口突然来了位英俊的小伙子。他就是那位主人——贡彬草的未婚夫。主人一见老妈妈，连忙下马迎上去跪在老人面前。妈妈非常奇怪，忙扶起主人进了屋，才知道贡彬草在他家里。老妈妈非常感激这位小伙子。当小伙子提出求婚时，老妈妈一口答应。谁知，一旁的交哈瓦什一听到贡彬草还活着，同时，还要嫁给这样一位漂亮的小伙子，气不打一处来，就嫉恨地说："论年龄，我比她大，哪有妹妹先出嫁的道理？"老妈妈说："贡彬草是他救的，给他做妻子理所当然！"交哈瓦什一听这话，就不顾一切地大哭大闹起来，叫嚷着要去寻死。闹得实在没有办法，老妈妈和小伙子最后商定：把贡彬草和交哈瓦什都嫁给主人，让米尔哈瓦什来老妈妈家里，做哈旦姆草的丈夫，共同来养活老妈妈。

两方结婚后，米尔哈瓦什和哈旦姆草相亲相爱，老妈妈把女婿当成亲儿子看待。一家人日子过得非常满意。

贡彬草和交哈瓦什却常闹别扭。贡彬草每天都去放牧、拾柴，晚上回家还要挤奶、做饭，夜里还要洗衣、捻线、喂马。可交哈瓦什什么也不干，相反，她还天天辱骂贡彬草。贡彬草性格温柔，能忍就忍，从来不告诉丈夫。丈夫一天出门打猎，很少过问家里的一切。到了第二年，姐妹三个都生了孩子：贡彬草生了个金娃娃，哈旦姆草生了个银娃娃，交哈瓦什却生了个冰冷冰冷的石头疙瘩。① 这一下，可气疯了交哈瓦什。她趁贡彬草做饭的工夫，杀了金娃娃，埋在贡彬草的门背后。贡彬草回到自己屋里，不见了心爱的孩子，就到处去找。后来，她发现了地上的血迹，知道是交哈瓦什害死了孩子，但又不敢去说理，只好蒙头大哭，昏了过去。

丈夫回来见贡彬草不省人事，忙问交哈瓦什是怎么回事。

---

① 裕固族称男孩为金娃娃，称女孩为银娃娃，称流产为"石头疙瘩"。

交哈瓦什说："还用得着问？贡彬草生了个小妖精，不敢让你看就把它悄悄地杀掉扔了！"丈夫又问："那你生的孩子呢？"交哈瓦什毫不在意地埋怨道："都怪你，孩子月份不够，流了产。我早把他埋进沙丘中去了。"丈夫信以为真，赶快让交哈瓦什把贡彬草背出屋去吹吹凉风。结果，交哈瓦什把贡彬草背出去扔进了海子湖中。幸亏湖水不深，贡彬草一遇水浸，便猛醒过来。她爬上湖岸，拉着交哈瓦什去丈夫面前说理。丈夫不分真假，劝她们不要互相埋怨，好好过日子，免得家丑外扬。

从此以后，交哈瓦什好像听了丈夫的话，改邪归正了，对贡彬草异乎寻常地亲热起来。贡彬草心肠软，见交哈瓦什对自己好了，就不记杀子之仇了。有一天，交哈瓦什要去帮助贡彬草担水，贡彬草答应了，两人来到井口，交哈瓦什望着水中的影子问贡彬草："你看，咱们谁胖些？"贡彬草也爬到井口朝水中望去，还没等她抬起头来，就被交哈瓦什一把推入水中去了。这一下，交哈瓦什高兴极了，她跑回家中又吃又喝，还哼起了小曲儿。米尔给瓦什很想念主人，这天他恰好来做客，来到门前时见交哈瓦什刚进屋，他就先到井旁提水饮马。刚把吊桶放下去，突然见水中有个东西在动弹，他忙把水桶上的吊绳在井口拴牢，自己顺绳溜进水中，才发现水中掉进来的是一个人。他忙从水中把遇难者扶起，拴在吊绳的下头，自己又连忙趴在井口上，才把井中的人吊出来。他细心一看，原来是贡彬草。幸亏他来得巧，再来迟一步，哪里还有贡彬草的活命啊……贡彬草吐完了水，慢慢醒了过来，她一见米尔给瓦什，就悲哭着把刚才发生的事全告诉了他。米尔给瓦什听完之后就火冒三丈，立即要去找交哈瓦什算账。贡彬草怕妹夫闯祸，苦苦哀求他离开这里，米尔给瓦什只好答应了贡彬草的请求，带着她回到了娘家。临走时，贡彬草将丈夫在结婚时送给自己的红腰带放在井口。

交哈瓦什吃饱喝足后，躺在炕上美美地睡了一觉。醒来后，见丈夫已经归来，她便幸灾乐祸地说："贡彬草活得实在不耐烦，跳水井死了！"丈夫大惊，忙跑到水井口一看，见红腰带放在那儿，就相信了，他失声痛哭。交哈瓦什见丈夫对贡彬草感情深，便怒气冲冲地说："死了活该！你还哭她呢？她背后骂了你多少难听的话，你知道吗?!"丈夫什么也没说，他心里很清楚：只有贡彬草才是他真正的亲人，她怎么能骂他呢？再说贡彬草为什么会跳井自杀呢？可是交哈瓦什是不会说实话的，想到这里，他无可奈何地回到了自己的屋里。

贡彬草回到娘家后，后悔不要把腰带放在井口上就好了。当时她想：为了让丈夫和交哈瓦什好好生活，就将腰带放下表示自己自尽了。可眼下一想，丈夫若不明白她的心情，又该怎么办呢？他多么伤心啊——她决定天黑以后回家看丈夫。

到了傍晚，贡彬草骑上快马来到家门，刚一进门就被交哈瓦什看见了，这个女人被吓得大叫一声："有鬼！"忙跑进屋里提了一把刀就奔出来扑向贡彬草，贡彬草见势不妙，骑马想逃还没到门前，就被交哈瓦什砍了一刀，贡彬草惨叫一声倒在血泊中。丈夫听见叫声，赶忙跑回来，见交哈瓦什砍了贡彬草一刀，才知道贡彬草还活着，顿时怒气冲到了他的脑门，他拔出刀扑向交哈瓦什。交哈瓦什见丈夫举刀向她冲来，知道自己没有好下场，趁机跳上贡彬草的马跑了。还没跑出多远，烈马一跳壕沟，把心慌意乱的交哈瓦什摔进壕沟里的水中淹死了。

丈夫回过头来，赶忙扶起血泊中的贡彬草，幸好交哈瓦什的一刀砍在贡彬草的臂上还不是要害处，丈夫这才放下心了。他爱怜地把自己心爱的妻子抱进屋里，天天用麝香、草药为她洗治伤口。没过多久，贡彬草就翻身下炕。她仍和从前一样美丽、善良。后来她又生了一个金娃娃，孩子长得一天比一天可爱，一家人生活得非常幸福。

【搜集整理】才让丹珍

哥哥和弟弟

很久很久以前，一位老妈妈生了两个儿子，当儿子们长大以后，母亲就去世了。二儿子非常伤心，扑在母亲的遗体上哭了一天一夜，谁知哭瞎了双眼。他哥哥原来打算要弟弟好好侍候他，没想到弟弟先变成了累赘，因此不顾骨肉之情，常常欺辱弟弟。弟弟忍气吞声地生活着，想走又不敢走，想说没法说，只好任凭狠心的哥哥摆布。

一天，哥哥用驴驮着弟弟到荒漠上割草。到了割草的地方以后，哥哥就把驴缰绳递给弟弟说道："你拉住驴让它在这儿吃草，等我割完草咱就一同回家。"说完，哥哥就把驴缰绳一头放进弟弟手中，把另一头悄悄挽在一丛草秆上，然后拉着驴跑回了家。弟弟等了一天之后还听不见哥哥回来驮草，便顺着驴缰绳摸去，才知道自己上了哥哥的当。弟弟气得哭了起来，可怜巴巴地连爬带摸向前走去。

幸好他走进了一座破旧的寺院里，弟弟觉得又饿又累，就在一座神像旁边睡着了。到了半夜，他被饿醒了。刚翻了个身躺下，突然听见外面隐隐约约传来说话声。他很害怕，连忙藏进佛像背后。过了不大一会，听见一群是人非人的声音传进了他的耳朵："我说虎大哥，你今天吃了些什么呢？"被称为虎大哥的回答说："能吃上什么呢？听小兔说它在野外碰见了一个双眼瞎了的人，我跑去找了半天也没有找见一个人影。豹兄弟，你尝到什么新鲜了吗？"豹子回答说："别提了，我刚碰上一只肥羊，却被一个治病的人发现了，肥羊被他拉回了家。”“天鹅妹妹，你呢?”落在屋架上的白天鹅回答说：“我倒在湖水里捞了几条小鱼吃了。这样吧，明天一早我先飞出去找见那个瞎子，然后给你们报个信好了。”老虎和豹子齐声说：“多谢妹妹的关照了。”天鹅又说：“不过我担心瞎子要是碰上寺院墙后的那些灵芝草，只要摸一下，他的眼睛就会立刻重新看见一切的。那样，他就会跑了。”“那好办。”老虎回答：“我们就去找那个治病的人算账，让他把绵羊送给我们。”天鹅再次提醒说：“办法可以，就怕他不在家锁上了大门就不好办了。他院子里有五条猎狗，弄不好我们还会吃亏。”豹子说道：“他再不会出门了，前几次他是去给一家有钱人家的姑娘看病，现在姑娘的病越来越重，他也没有法子，只好偷偷地溜回家了。”“原来如此。其实呀，那姑娘是中了黑蜘蛛的邪才得的大病，只要把她家房后那一大垛牧草烧了，把黑蜘蛛烧死，姑娘的大病立刻会好的!”天鹅说完了这些话，老虎和豹子都连连称是。折腾了一夜之后，天刚蒙蒙发亮，三个伙伴便连飞带跳地奔出了破寺。蹲在佛像背后的弟弟把它们说的话都听了个一清二楚，当他觉着虎豹和天鹅走远了以后，连忙摸出寺门，顺着寺墙走向寺院背后。走着摸着，突然他手中摸见几棵蘑菇似的东西，拾起来急忙往眼睛上一擦，一刹那间他的两眼又亮了，眼前的一切都看见了。他激动地哭了起来，重新回到佛像前，虔诚地磕了一百零八个长头①便匆匆离开了寺院。

他愉快地走了半天以后，突然听见前面人家里传来了很多男女的号啕大哭声。他赶去一看，正好是那个得了重病的姑娘家。人们看着姑娘闭上了双目，奄奄一息的情景，便乱了阵脚，烧香的烧香，求神的求神。姑娘的父母更加悲伤，哭得死去活来，不省人事了。小伙子立刻向众人喊道：“你们别哭了！我有办法救活这位可怜的姑娘!”人们一听，见是一位漂亮的陌生青年，便纷纷求他想法子救下姑娘一命。小伙子便对大伙儿说：“赶快把你们房后的那垛烂牧草烧掉吧!”有些老人一听，觉得可笑，这与姑娘的疾病有什么关系呢?!于是他们失望地继续拜求苍天保佑姑娘。有几个青年人一听小伙子的话，便点起火把烧着了房后的烂草垛。一下子，大火升到了天上。火焰里冒着青烟，散发出非常难闻的一股气味。突然，一位妇女大叫一声：“姑娘醒了!”果然，这位命在垂危的姑娘慢慢睁开了双眼，不一会儿她便微笑着坐了起来。当那垛烂牧草烧尽以后，姑娘站了起来，感激地向救了她的小伙子走去，并跪在他面前。小伙子连忙扶起了姑娘，两人一见钟情，互相非常爱慕。姑娘的父母一见这位陌生的青年人救了自己心爱的女儿，就一口答应将姑娘许配给小伙子，让他们两人成了一对恩爱的夫妻。

---

① 长头：全身俯倒在地的磕头方式。

过了数日之后，弟弟想去看看哥哥，便依依不舍地告别了妻子和家中老人前去了。

哥哥没想到瞎了眼的弟弟还能活在人世上。一见眼前的弟弟不但两眼能看见东西了，而且还听说救了一位美丽贤惠的姑娘，并娶她做妻子，心里觉着确实不是个滋味，因为他自己还是个光棍呢！于是，他等弟弟走了以后也将自己的两颗眼珠子狠着心挖了出来，然后可怜巴巴地摸到了那座破寺里，照着弟弟的样子藏在佛像背后，耐心等着“好运”到来。

到了半夜，老虎、豹子和天鹅果然都来齐了。大家互相问候之后，天鹅便说道：“前一次我们在这儿说的那些话不知是谁听见走漏了风声，那个瞎子眼睛好了，而且还救了那位得了重病的姑娘，和他结了婚，你们知道吗？”老虎和豹子齐声说：“我们都没听说呢。”“是真的。不信我明天领你们去打听打听，连小银雀都知道了，你们还蒙在鼓里呢！”白天鹅说完便拍打着翅膀准备在屋架上睡觉，突然听豹子叫道：“我怎么闻见了一股生人味儿呢？”老虎仔细闻了闻也是这样。于是，在豹子的提议下，它们便在寺院里搜腾起来。最后，老虎从神像背后拉出了可恶的哥哥，一口咬断了他的喉咙，然后将头分给了天鹅，身子由老虎享受，四肢让豹子做了美味的早餐，心肠狠毒的哥哥就这样送了性命。

【搜集整理】才让丹珍

聪明的木拉

“神衣”

木拉七岁死了母亲，九岁又失去了父亲。没有兄弟，也没有姐妹，无依无靠，日子过得非常可怜。邻近的一个大牧主听见了这个消息以后，就把九岁的木拉领来当了长工。

木拉在牧主家整天放羊、放牛，吃不饱肚子，穿不暖衣服，苦难的生活使他越来越坚强。随着年龄的增长，木拉也越来越聪明了。

有一天，两条大灰狼窜进他放牧的羊群里，咬死了一只肥羊，木拉就把羊肉悄悄分给了几家穷牧民吃了，只提着死羊的烂皮子和头蹄去见老牧主。老牧主一见气坏了，连声骂道："你赔我的绵羊！不然我要你抵命！"木拉非常镇定，装作无可奈何的样子说："那你把狼打死，我保证不让它们咬死你的一只羊。"老牧主一听也没有办法，只好准备去打狼。

第二天，木拉去放羊，老牧主骑马挂弓地出发了。木拉非常清楚老牧主在打猎方面没有什么本事，干脆趁他走远了之后，很快杀掉了两只肥羊，照样分送给几家过不起日子的穷人。下午，木拉见老牧主耷拉着头扫兴而归，便暗暗发笑，连忙提着两只羊的头蹄，装作非常伤心的样子迎上去说："老爷你看，狼又来咬死两只羊，这可叫我怎么办呢……"说着便假装哭起来。老牧主也只好唉声叹气地说："先把羊赶回家吧。等明天，我一定要把狼射死！"说完自己先骑马回了家。

谁知一连四天，老牧主连根狼毛都没见着，可羊群里却又少了八只肥羊。到了第五天，老牧主决定亲自跟着木拉的羊群去打狼。到了下午也没见着狼的影子，老牧主疑惑地问木拉："喂，你不是说狼天天来吃羊，今天怎么没见它来呢！"木拉非常谦恭地说："老爷，你比狼厉害多啦，它们敢来吗！只要老爷天天跟着羊群放牧的话，那羊儿就会安全的。"从此，老牧主不得不跟着羊群放牧。还没放上五天，老牧主就耐不住性子了。这一天，他对木拉说："这样吧，你如果发现了狼就来叫我怎么样？"木拉一听，装作吃惊的样子说："我去叫你，那羊群怎么办？不是被狼吃掉得更多吗！"老牧主一听也觉得非常为难，左思右想也没个好主意。临走时，他对木拉说："那么你背上我的弓吧，狼来了你自己射。""我从来就不会打猎射箭，这一点老爷是再清楚不过了。"这一说，越发难住了老牧主，只好说道："今天我先回去，等你晚上回来再作打算。"说完便悻悻而归。木拉等他走远以后，不慌不忙地又杀了整整十只羊，分给了穷乡亲们。他又把羊皮撕成碎片，和十只羊头、四十只羊蹄一起背到牧主面前大哭着说："好老爷呀，你这羊我是说啥也不敢放了。今天你刚一走，藏在山头的五只大狼一下子扑来，有两只看住我，其余的跳进羊群，连咬带吃。一会儿工夫就吃掉了十只绵羊，连我的命都差一点搭了进去，这可叫我怎么办呢……"木拉越说越伤心，哭得干脆泣不成声了。牧主在一天内失去了十只肥羊，他能不心疼吗！气得他哭也不是，打也不是，一口气堵在喉咙里，差一点呛死，躺在炕上气昏了。

木拉知道老牧主是不会轻饶他的，想来想去，干脆来个一不干二不休，多杀掉几十个羊然后就扔下羊群一逃了事，看他老牧主有啥能耐！于是，木拉连夜通知穷乡亲们第二天去山沟里背羊肉。

谁知，狡猾的老牧主想了一夜之后，也思谋出了一点头绪，决定第二天悄悄跟上木拉，看究竟是怎么回事。木拉出牧以后，没有发现什么，便大着胆子把羊群赶到预定的山沟里。刚要动手杀羊时，猛听得一声吼叫："站住！你这小东西，竟敢如此大胆！"老牧主骂着便扑上来和木拉厮打起来。十六岁的木拉终于被老牧主拉回家里，关进了阴湿的小黑房里。老牧主想：在这数九寒天之夜，干脆把木拉冻死算了，免得自己落个杀人的罪名。

第二天天刚亮，老牧主就从门缝里看见木拉不但没有被冻死，相反却热得满头大汗。他觉得非常奇怪，打开门就问："这么冷的夜晚，你怎么会热得发汗呢？"木拉装作非常神秘的样子不肯说。老牧主一下发火了："你不说，我就用刀把你的头砍下来！"木拉这才悄悄对老牧主耳语道："我身上穿的是一套祖传的神衣呀！穿上它，能挡寒防病，箭不进，刀不入，一生吉祥如意……"老牧主一听，眉飞色舞，顿时收去了怒气，堆了一脸笑容，点头哈腰地向木拉求道："你这套神衣干脆卖给我吧，死羊的事儿就算了，怎么样？"木拉一听便犹豫地说："我阿爸在世时对我说：'神衣是不能卖的，只有好心的人穿上它才有用啊！'……这叫我怎么办呢？"老牧主见有希望，连忙又说："干脆，你放的那群羊我都送给你，作为我买神衣的价钱，你看怎么样？"木拉无可奈何地说："看在老爷面上，我也只有这样了。求神仙保佑我吧，把神衣赐给尊贵的老爷！"说着，木拉装作非常虔诚的样子，向老天连磕了三个响头。突然木拉又为难地说："脱了神衣我该穿什么呢？""这好办！来，把我的衣服穿上。"老牧主说着就脱下了自己身上的狐狸皮衣递给木拉。木拉很留恋地把自己那套破烂不堪的"神衣"双手捧给了老牧主。老牧主高兴地穿上破衣，拉起木拉出了门，要让他喝碗奶茶。

刚一出小黑房，太阳就照到他俩身上。木拉故意打了个寒战说："你这衣服也确实够冷的！老爷你感觉怎么样？"太阳暖融融地照在老牧主身上，他感到非常温暖，便连声回答："好！好！要比我的衣服暖和多了。"就这样，木拉说完赶着羊群走了，老牧主穿着"神衣"，骑上骏马要到草原四处去夸耀一下。谁知他刚走到半路，天气霎时变了，罕见的暴风雪，把穿着"神衣"的老爷活活地冻死在野滩上了。木拉呢，将所得的羊儿全分给了穷乡亲们。当他叙说了是用"神衣"使老牧主上当的事儿以后，大伙儿都捧腹大笑。原来，木拉当夜并不是用什么"神衣"挡寒，而是在小屋里奔跳了一夜，才热得浑身发汗呢！

巧娶媳妇

木拉在草原上又度过了四年以后，已经二十岁过了。他为穷人干了不少好事，大家很喜欢他。一天，木拉路过一个部落，发现前面走来一位骑着骏马的姑娘。当两人相遇之后，谁也没说什么。木拉见这位姑娘非常漂亮，就暗下决心要把她娶来当媳妇。姑娘见木拉长得浓眉大眼，面容英俊，也是一见钟情，依依不舍地从木拉身边走过。她走了好远，还一直扭过头来望着木拉，木拉已经猜出了姑娘的心事，便想法子要把她娶来。于是，他立刻掉过头追上姑娘，一同走进姑娘家向她父亲求婚。谁知这姑娘家是个富豪人家，父亲一见木拉像个叫花子似的前来要饭，还想娶他的女儿，不觉哈哈大笑地说："你有金银财宝吗？你有驼马牛羊吗？你有千里草原吗？快走你的路吧！少惹老爷我生气。"木拉灵机一动说："没见过草原的人才会说你的草原大，没见过牛羊成群的人才会夸你驼马牛羊多，没见过金银财宝的人才会对你眼红。你如果能到我的家乡去看上一趟，你才会知道世上竟会有那么大的海子草原，那么多的驼马牛羊，那么闪光的金银珠宝。我来求婚是因为看得起你，我穿得破烂是怕别人认出我高贵的身份。假若我真的是乞丐，能到你家里来吗？假若你女儿看不上我的话，我敢冒昧地前来向你求婚吗？不信请问你女儿自己吧！"说完他就装作出门要走的样子。女儿一听急了，连忙从里屋跑出来拉住木拉对父亲说："阿爸，我是非常喜欢他的，你就答应他的请求吧！"老父亲也被木拉的一番言词弄得六神无主，又被自己女儿这突然的举动弄得震惊不已，无可奈何地说道："那我也得亲自去看上一趟再说！"木拉一听便暗暗高兴地先离开了姑娘家，临行时，给姑娘父亲指了自己的去向。姑娘的父亲立即备马打算亲自去看一趟。

木拉走了两天以后，来到他过去干过活的另一个大牧主家的草原上。一望无际的草原绿油油的，撒满了千千万万只驼马牛羊，这儿的乡亲们非常熟悉和喜欢木拉。木拉向大伙儿说明来意之后，大家都愿意帮助他。有的为他牵来骏马，有的为他送来崭新的衣服，大家一口说定：不论谁问，都说这草滩和牛羊是木拉的。乡亲们中间的事儿都办停当之后，木拉便飞马来到大牧主家里。他在半路上就听乡亲们说老牧主去打猎了，家里只有小牧主。于是他装作非常惊慌的神态连跌带爬地跑进牧主家门，对小牧主结结巴巴地说："不……不好了……少爷！老爷打猎被……被摔下马……负了重……重伤！要你赶……赶快去……去呢！"少爷一听觉得声音挺熟，仔细一看，原来是木拉，便说道："你是不是又想来骗我上当？""不不不！我还要赶路呢！我是在路上发现的，你快去吧，我也要走了！"说完便抽身想走，却被少爷拉住了："我阿爸在哪里？""在离这儿四十多里地的南山松林里。"木拉诚恳地回答。少爷这才急了，信以为真，连忙领了许多家奴骑马跑去了。临走时对木拉说："木拉大哥，请麻烦你跑一趟去请个医生吧！"木拉立刻点头答应。

姑娘的父亲走了两天以后，终于来到了这块辽阔富饶的草原上。他一见眼前百花盛开，望不到边的海子草原，就暗暗称赞这块肥美的牧场。再一看，满滩的驼马牛羊，确实难以数清，连连赞口不绝。他到一个牧人面前问道："你们放牧的是谁家的牲畜和草原?"牧人答道："是我家年轻老爷的。""噢，可真多呀!"老头儿又称赞起来。"哼！还多呢！听说我家老爷前天去向一家人求婚，那家老头儿真倔，还看不起我们老爷呢。要是我呀，宁愿把十个姑娘都嫁给他!"老头儿一听，心里直后悔，就问老爷家住哪儿，牧人指着一座豪华的庄园说："你把眼睛睁大一点，那不是吗!"老头儿定神一看，果然看见一大片整齐豪华的房舍。他便高兴地策马奔驰过去。

木拉一见姑娘的父亲来了，便把其他仆人都打发出去，独自招待他。老头儿一见木拉已经换上了崭新的衣服，又见这屋内的陈设和数不清的金银器皿，连忙点头哈腰地说："老爷，请你千万别见怪，是我见识少目光短浅，一时为难了您。今天我连夜回去，明日一定把姑娘送来，你看如何?"木拉一听笑着说："你先不要着急，等我准备好了以后，我亲自去迎接新娘好了。""您如此看得起我，真是我的造化呀！您的恩德我永世不忘!"说完便跪在地上向木拉磕了几个响头。木拉忍住笑，扶起老头儿让他继续吃喝。然后来到后院找见管家说："把金库给我打开，我要取点金银去请医生!"管家哪敢不从，连忙打开牧主的宝库等候木拉前来取出金银。木拉陪着老头儿一起来到金库里，满库的金银珠宝放射着奇光异彩，看得老头儿眼花缭乱。临出门时，木拉随手拿了几锭金元宝便让管家锁上金库。老头儿早就被木拉的草原、牛羊和家财弄得神魂颠倒了，临走时又接受了木拉的几锭金元宝，感激地流出了眼泪，心里甜蜜蜜地回去了。

木拉等老头儿走了以后，立即来到乡亲们中间，请了好多好友，准备第二天就去迎亲。乡亲们连夜准备了各种礼物，还为他缝了一顶小帐篷，准备了很多生活用品，声势浩大地前去迎亲。

姑娘的父亲一见老爷亲自前来迎亲，非常激动，早就宰牛杀羊地等候着。待客人们一到便立即举行了送亲仪式。木拉不愿久留，又谢绝让娘家送亲，便和乡亲们驮上新娘走了。两年之后，木拉和心爱的妻子抱着孩子前来看望岳父，老头儿早已被气病了。当老头儿知道了自己的女婿是有名的木拉以后，无可奈何地说："金钱对于智慧是无用的。你们去好好生活吧!"

【搜集整理】才让丹珍

“戴帽子的”——狐狸

在我们尧呼尔人的恩格尔语①里，“赫讷干”就是狐狸的意思。可是平时遇到该说“狐狸”这个词儿的时候，我们大多却说“麻勒盖其”——戴帽子的。有人说因为狐子的皮就是做帽子用的，所以把它叫“戴帽子的”；有的还说“赫讷干”这个词儿多难听，多凶险，叫成“戴帽子的”——麻勒盖其有多顺耳呀！

可为啥非把它叫成“戴帽子的”不可呢？好多人就说不清了，实不知这里头还有段故事哩。

相传古时候，在我们部落里有一个猎人，这一天他像平常一样，背上猎枪，领上猎狗，骑上他的白马钻进山沟里头打猎去了。

在山沟里转来转去，没找到什么野物。他又出了山沟钻进森林里，找来找去，也没看见什么野物。

他穿出树林刚走了几步就看见前面有一只火红的狐狸，他放开马就是一顿好追。狐狸呢，撒开了劲儿地冲前跑。一个后面追呀，追呀，心想差不多了再放枪。一个跑呀，跑呀，谋算着逃一条活命。跑着，跑着，前面草滩上有一个洞，狐狸“噌”一声，钻进洞里去了。

猎人追到洞口，下了马，他心想：反正你在洞里跑不了，便消消停停干起来。他先把猎枪拴在白马的鞍子上，又把马缰绳拴在狗身上。然后他才转过身来，瞅瞅洞口，脱下自己的帽子弯腰去堵洞。没料想狐狸突然冲出洞口，一下把猎人的小帽子顶在头上跑掉了。狐狸“嗯”的这一冲不要紧，却把马给惊炸了，马就拖着猎狗惊跑了。

猎人双手空空，瞪着洞口发愣。好一会他才叹口气，决定去找自己的马和猎狗。他漫山漫洼地到处走，见人就问：“大哥，看见了我的一匹拴枪的白马没有，还有一个戴帽子的？”“戴帽子的什么呢？”——他心想说成是狐狸吧，又恐怕狐狸戴着自己的帽子，别人看不出那是狐狸，只能说成是“戴帽子的”。就这样说来说去，“戴帽子的”这个话儿，就成了我们讲恩格尔语的裕固人口头上专指狐狸的词了。

---

① 恩格尔语：裕固人讲两种民族语：一种是东部裕固语，也称恩格尔语；一种是西部裕固语，也称尧呼尔语。

不过呢，话说回来，故事嘛就是故事，是不是真的就是这么个来历呢，那可不一定。说不是吧，这个故事也是老辈子人一代代传下来的呢！

【搜集整理】苏民

骆驼的角哪去了

老人们都传说，鹿角在从前本来是长在骆驼的头顶上。有一天，鹿对骆驼说："喂！骆驼！今天我要到老虎的洞上吃宴席，可是我的头顶光秃秃的，怪丑的。我总该打扮打扮吧，你就把你头顶上那副叉叉花角借我用用。我一吃完宴席回来，准定还给你。"

就这样，骆驼把自己头顶上那副好看的花角借给了鹿。

谁知道，这一借走，鹿可就再也没有送回来。骆驼哪里知道这是把它哄了呢！

骆驼还是天天一边吃草，一边伸长脖子瞅着远方，心里老是巴望着：哦！怕是鹿快来了吧，来给我还角哩……骆驼扬着脖子望呵，盼呵，望呵，盼呵，可哪里有过鹿的影子呢？

只是到了这时，骆驼才明白没有指望了。它恨死鹿啦，就发出对鹿的诅咒说："鹿哇鹿！你若再不给我送回我的角，就让人出来杀死你吧！"

传说，从那以后果然就出现了专门杀鹿的射手。不过，骆驼也养成了长仰脖子的习惯。

【搜集整理】苏民

狡猾的兔子

从前，有一只狗熊生了两只熊崽子，有一只兔子生了一只兔崽子。三只小崽子和它们的妈妈生活在一起。

有一天狗熊对兔子说："你呐，有一个孩子，我呢，有两个孩子。我俩就合伙过吧，你在家照看咱们的孩子们，我给大家出外去寻找食物。你看好吧？"

兔子同意了，它俩就这样分了工，过起了日子。

有一天狗熊又出门为大伙儿找食物去了。走后不久，兔子就对两个小熊说："我也出外办个事，你俩一个留在家里，一个跟我一块儿走吧！"

兔子就这样带着一只小熊走出来。它们来到一条河边，河上架着独木桥。小熊怕得不敢过，兔子老是在背后催，"扑通——"一声，熊崽子掉进河里了。

晚上狗熊噙着食物回来了。它突然看见自己的孩子只有一个在洞里，就问兔子说："喂，今天我怎么只有一个孩子在家里？"

"嗨，你还说哩！你那崽子可真淘气，它硬是拉着我要过河，我挡也挡不住呀，结果就落了水……"

第二天早晨，狗熊外出时对兔子说："尕妹，如今我只有这么一个孩子了，你要好好看管它，因为我总得出去为大伙找食呀。"说完它就出去了。

老熊走后不久，兔子又把熊崽领出去过独木桥，结果把最后一个熊崽子也给摔进河里去了。

老熊晚上一进洞，兔子就抢着对它说："唉，你那小崽子闹着要出去，我实在是没法挡住它呀，到头来它自己又掉进河水里，真是……"

"哎呀，原来你是这样！你这个家伙，我非杀了你不可！"狗熊再也忍不住了。

兔子一看情况不妙，"嗖——"一声跳出洞外就跑。跑呀，跑呀，半路上遇见了一头野牦牛。

"野牦牛大哥，野牦牛大哥！狗熊正在后面追我呢，它无缘无故，还要杀我哩，求你救我一命吧！"

野牦牛一看兔子那副可怜巴巴的样子，就说："那你就快快从我的犄角上爬上来，藏到我脖子上的长鬃毛里吧！"

兔子一奔，就跳在牦牛身上，很快藏在长鬃毛里。

刚藏定，狗熊就追上来了。它问野牦牛说："你有没有看见一只坏兔子从这里跑过去了？"

"没有，我什么也没有看见！"

老熊觉得十分奇怪，它瞅来瞅去，忽然发现了什么，就问牦牛道："你脖里藏的不是它吗？我非要杀了它不可！"

"啊？你要杀兔子？那好，这就是它，你来杀吧！"

牦牛说着，猛然一头抵去，把老熊一下子给抵死在犄角下。

这时野牦牛对兔子说："现在你该出来了，不过你要为我唱支歌，谢谢我嘛。

兔子说："唱歌？那当然是我的拿手好戏。"

"不过你可不能钻到洞里去唱，因为你是个豁豁嘴，藏到洞底唱歌，我就更加听不清楚了。"

"那可不行！我嘛，我就得钻进洞里才能唱哩……"

兔子说着，一头钻进洞穴唱了起来：

哎吔……吔，吔，
哎呀……呀，呀，
狗熊死在了牦牛的角下，
谁呀，快把野牦牛来杀……呀。

牦牛一听兔子竟然唱出了这样的歌，它愤怒了，一点没有思谋，鼓尽全身力气，对准兔子洞口一头抵过去。不料使劲过猛，把犄角叉在了洞口里再也拔不出来。它扭过来，拧过去，犄角就是拔不出。结果三折腾两折腾，一头力大气壮的野牦牛竟这样死在了兔子洞口前。

兔子这才钻出洞来，头也不回一直冲前跑。跑哇，跑哇，在一个地方遇见了一个牧羊人。牧羊人放牧着一群羊，身旁还带着他的老婆和孩子。

兔子对他们说："喂，我杀死了一头野牦牛，它那犄角可好啦，是你们人类制造用具的好东西；它的皮呢，是你们缝靴子的好物件；那一身的毛，长茸茸的，可是搓绳子的上等材料呀，你俩还不快去拿吗！"

牧羊人说："这些东西当然是好东西啰，不过我们走了，谁替我们看羊群呢？我们的娃娃谁来给带呢？"

兔子连忙说："那好办呀，我来放羊还不行吗？"

"哈哈，你这个兔子怎么来放羊哩？"

"我可以一颠一颠跑着去放呀。"

"喂，兔子！那么你怎么来带孩子呢？"

"嗨，我抱着娃娃，给他唱着摇篮曲'宝贝哟……我的小宝哎呀……'我可会逗娃娃乐咧。"

经兔子这么一说，牧人真的把羊群和孩子交给了它。他俩呢，去找死野牦牛去啦。等他俩弄回来野牦牛的角、皮还有毛回到原地时，兔子早就把羊群从山岩上追赶到山脚下去了，把他们的孩子给卡死煮在锅里了。兔子好像什么也没干过一样，坐在锅旁等着他们。

牧羊人问："喂，兔子！我的羊群哩？"

"那不？全都吃得饱饱的，一只只都卧在山底下歇息呢！"兔子告诉他。

牧羊人的老婆又问："我那小乖乖哩？"

"那小家伙早就睡着了，在摇车里做梦哩。"

"哎，该给他喂奶啦。"

兔子说："你那小家伙呀，他早就吃饱了这锅里的肉，要不能安心睡觉吗？"

"哪里来的肉呀？"牧羊人好奇地问。

"你们走后，那边的财主给我送来了一只羊羔，我就把它给煮上了。嘻嘻……"

牧羊人的老婆去揭锅盖，想弄点"羊"羔儿肉尝尝，莫料想一揭锅盖，她吓呆了。"啊——这明明是我的娃娃呀！这……"

牧羊人跳起来了，他喊着："我非杀了这个为非作歹的兔崽子不可！"

兔子着急了。可它翻了翻眼珠，拿出一副真诚的样子对这两口子说："我说实在话，你们俩想抓我是根本抓不住的。可我又犯了罪，真该死！你们要捉我，杀我，就这么办吧！在我这一对长耳朵里灌满火灰，然后你们每人怀抱一扇石磨，分坐两旁等着，当我从你们中间跑着穿过时，你俩就从两旁突然滚下石磨，这不就把我给砸死在石磨中间吗？"

牧羊人看它怪真诚的，就听了它的话。当兔子跑到他俩中间时，突然用力一甩长耳朵，耳朵里的火灰向四面八方撒开，就像漫大的浓雾，把两个牧羊人的眼睛全给迷住了。他们一着急，赶忙就扔石磨，谁料兔子早就溜了，而石磨却把对方给砸死了。

兔子又跑脱了。它跑呀，蹦呀，三颠两窜，就奔到另一块原野上。它接二连三地又干起坏事来。

人们恨死了这种兔子，就诅咒起来："唉——让兔子这东西永远钻入地下吧！愿上苍从此叫它在洞下去过吧，永世不得来到人世！如果兔子胆敢钻到地面，就让兀鹰啄瞎它的双眼吧！"

受害的人们的诅咒灵验了，果然从此兔子就钻到地洞里去了。倘若哪个胆大钻出了地面，兀鹰就来啄吃它们的眼珠子。直到如今，兔子钻洞，猎人放鹰抓兔子，其根源就有这么一段经过呢。

【搜集整理】苏民

喜鹊、太阳和骡子

有一天，太阳、喜鹊和骡子在一起打输赢，比本事。

喜鹊说：“我呀，告诉你们吧！只要我喳喳喳一叫，就能马上让老天下三个六尺深的大雪，一日之间，哼哼！把普天下全变成白茫茫的世界哩！”

太阳接上说：“嗬嗬，你说得怪好哇！只要你能让老天下下来三个六尺深的茫茫大雪，我就能在一天之内，把你这三个六尺深的雪全给融化得一点儿见不着。嗬嗬，我嘛就有这个本事哩！”

骡子忍不住在鼻子里哼哼了两声，冷冷地说：“噢噢，你们的本事可真不小呐！我嘛，我就瞧瞧看谁能把雪全都给融化掉?!”

它们三个说定了，就打赌比比看。

先是喜鹊跳出来，“喳——喳——喳——”一叫，果然顿时大雪纷飞，一日之间，大雪下了三个六尺深，铺天盖地，一片茫茫世界。

太阳接着露了脸，红彤彤，火辣辣，刺得万物睁不开眼睛。它爆爆地晒了一天，竟然把一个白茫茫的世界都给晒得水流哗哗。

骡子呢？原来骡子打从下雪一开始，就死死地站在荒野的一处，一动也没动过。结果，别处的雪都让太阳给晒得化光消尽了，独独骡子四只蹄子底下的积雪一点儿也没消，还是原模原样儿。

喜鹊一见高兴了，它跳过去用嘴噙着这些积雪向四面八方乱撒，撒得到处都是白花花的。

喜鹊把骡蹄下的积雪全撒完了，颠头拨脑地问太阳说：“喂，我说太阳呐！你不是说一天之内能把三个六尺深的雪全化尽了吗？这是怎么搞的，又出来这么多雪呀?”

太阳探头一看，嘿，果然到处又是白花花的雪。太阳一想明白了，准定是骡子蹄下的雪让喜鹊给撒开的。这下子太阳生了气，它就诅咒说：“骡子呀，骡子！你为人心太坏，从今后叫你绝了后！除非你能把驹子从腰花里生出来！喜鹊你帮助坏人干坏事，就让你打今往后把蛋从嘴里生出来！”

说也奇怪，打那后喜鹊喳喳一叫就下雪，生蛋总是由嘴里吐出来。骡子没法从腰花里生小驹，从此就绝了后。

【搜集整理】苏民

牧人、兔子和狐狸

古时候，一个年轻的裕固女人，生了一个非常可爱的孩子。一天，丈夫要出门去替部落头人拉骆驼，妻子就留在家里照看孩子和羊群。一会儿，妻子见羊群离开帐篷跑远了，忙把心爱的孩子哄着睡了觉，包在皮衣里放在炕上就去放羊。

她刚走到羊群边上，突然发现一只狐狸在猛追着一只小兔子，向羊群奔来。机灵的小兔子眼看被狐狸抓住了，媳妇急忙把羊群往前一赶，恰好把兔子圈进羊群中间。狐狸见嘴边的一块肥肉丢了，非常生气，忍气吞声地回去了。它一边走一边想，要不是这个爱管闲事的女人救兔子的话，这会它早该吃完兔子肉在擦嘴呢。一想到这里，它肚子“咕儿咕儿”地直叫唤。怎么办呢？狐狸下了决心要害一下女人，为自己失去兔子而报仇。

它悄悄地溜进牧人的帐篷，这儿瞅瞅，那儿嗅嗅，没有什么好吃的。突然，孩子被它吓醒了，“哇哇”地直哭。狐狸发现了孩子，一下子就扑上去，咬断了孩子的喉咙，大吃大嚼起来。不一会儿工夫，孩子就被它吃得只剩下头了。

吃饱以后，狐狸就把孩子的头重新放在皮衣里，看上去孩子好像还在睡觉呢。然后，它笑嘻嘻地离开了帐篷。

那女人进门后，见孩子还酣睡，也就没有去打搅，在门外干其他活儿，一直到太阳落了山，还是听不见孩子醒来，就进屋去抱孩子，谁知，她一抱，孩子就从她怀中掉到了地上，一下子把她吓呆了。她哭也不是，叫也不是，发疯一样地向邻居家跑去。一会儿，远远近近的邻居都闻讯赶来，大伙儿都吓得不知说什么好。幸亏有位年老的阿瓦尕[①]打破了可怕的沉闷说道：“这是个心肠狠毒的人干的。”可又是谁呢？大家都想不出全部落里有这么坏的人。最后，乡亲们只好宽慰了年轻媳妇一阵，各自回了家。

① 阿瓦尕：裕固语“爷爷”。

第二天，那女人非常悲伤地去安葬了孩子，然后痛哭着赶着羊群出去放牧了。

狐狸远远看见牧人走了，又回到帐篷里，翻腾了半天也没有找见些吃的。突然它听见羊圈里有只羊羔在叫唤，这一下可喜坏了它。它连蹦带跳地扑进羊圈，逮住了羊羔，吃了个痛快。吃饱以后，狐狸又把羊羔的粪肠衔到帐篷里，放进火中烧黄，悄悄放到女人的枕头底下，又溜走了。

女人下午回来后，发现小羊羔不见了，更加感到不安，一直哭到半夜。她觉着有些困乏了，一取枕头，发现了羊粪肠。她认为是乡亲们送来的食物安慰她的呢。刚一吃，就觉得满嘴又臭又苦，吐出来一看，全是羊粪。她气极了，放声大哭起来。第三天，她又去放牧。刚走了几步，发现一个大野兔向她走来。媳妇有些害怕，刚要转身，突然听见兔子说道："你不要害怕我，善良的牧人。前天，你救了我的孩子，可你却失去了孩子，我也和你一样难过。昨天你又失去了羊羔，这事我都知道。这全是可恶的狐狸干的！"

女人一听说是狐狸，才明白过来，又气又恨地问兔子："那我怎么办才能报仇呢？"兔子回答说："你先不要着急，我正是为这件事儿来的。"于是兔子就悄悄地教给这女人如何惩治狐狸的办法。

女人赶忙回到家里，按照兔子的吩咐，在炕上挖了很深的坑，里面煨上了羊粪火，坑口上盖了些树枝，又在炕里头拴了一只肥胖的小羊羔。收拾停当后，她又回到了羊群边。

狐狸怕女人埋伏下圈套来抓它，上午就没敢来。快到下午了，肚子饿得实在受不了，忍不住又来到女人房前。它先怪叫试探了一下，见没有什么动静，就跑进羊圈。它见不到人，就壮大胆子走进了帐篷。一进门，就发现了羊羔，它不顾一切地扑了上去。谁知，还没有扑着羊羔，却掉进了火坑。火旺坑深，烫得狐狸直叫唤。一阵子，狐狸被烧得没皮没毛了。最后，狐狸鼓起全身力气，纵身一跳，终于跳出了火坑，逃走了。

一路上，狐狸痛得"哇哇"乱叫。兔子见到狐狸的这副狼狈相，忍住笑，装出吃惊的样子问道："大哥，你怎么落成这个样子了？""唉，快别提了。我浑身疼得要死，你快给我教个办法治一治吧！"狐狸哀求道。兔子装得十分可怜它的样子说："看样子，你是被大火烫伤了——""是啊，是啊。你快说，该怎么办？哎哟——"狐狸疼得连声惨叫。"好吧，跟我来。"兔子说完，就领着狐狸来到了冰河边上，然后对狐狸说："快到冰滩上打几个滚儿，会好受些。"狐狸还没等兔子说完，就几步纵到冰滩上，来回打起滚来。这一下，狐狸更好看了，皮肉被冰滩粘掉了一层又一层，浑身的鲜血在冰滩上流了一滩又一滩。"疼死我了，疼死我了？快救救命呀……"狐狸悲哀地大声嚎叫着，兔子在河岸上一本正经地说道："不要紧的，你感觉疼痛，就说明你快好了，现在，你就跳进水里，痛痛快快洗个澡，马上就会全好的。"狐狸听完兔子的话，连忙跳进一旁冰缝的水中，一下子被河水从冰下把它冲走了。兔子也顺水追了下去，突然发现狐狸又从水里露出了头，还在大呼救命呢。兔子大声说道："不要紧的。等着你好了，我就请你吃羊羔肉，再见了！"还没等兔子说完，狐狸就落在冰底不见了。

【搜集整理】才让丹珍

神箭手射雁

正如人们常讲的许多故事一样，我这个故事里也有一个国王。当然，有国王不能没有公主，而且，也是一位非常美丽的公主。公主已经长大了，国王问她愿意嫁一个怎样的丈夫。

"父王啊！"公主说，"我们的国家是个弱国，很需要英雄好汉来抵御外来的侵略。如果让我来选丈夫，不论贫富贵贱，只要是武艺出众、弓马纯熟的战士，我就愿意嫁给他。"

国王觉得公主这个主见很好，于是传出了一道御旨，为公主招一个武艺高强的英雄做驸马。立刻，消息在全国传开了，很多年轻人都想得到美丽的公主做妻子。

草原上有一个牧主的儿子，他本来是一个游手好闲的人，平常，只知道坐在帐篷里喝酥油奶茶，什么本领都没有，可是当他听到国王招驸马的消息之后，便也心里痒痒的。于是，他在他的马群里，挑选了一匹最好的马，又到城里选购了一张雕花宝弓。并且，在他的所有箭杆上，都刻上了一行字："天下第一神箭手"。就这样，他把自己装扮成一位武士的模样，先到草原上去实习围猎。他想：只要能侥幸射着一只山鸡野兔，就有资格去应招了。

自封"天下第一神箭手"，那倒并不难；可是，要真能射下飞禽走兽，可不是随随便便就能办到的。因此，这位"神箭手"到处奔跑了很久，结果，却连一根野鸟的羽毛都没有射着。

他很气恼，暗想："凭我这样一个汉子，不会连一只禽兽也射不着，一定是我使用的弓箭不好的缘故!"

于是，他另请了几个高手匠人，为他重新造一套弓箭——弓背是用金丝缠的，弓弦是用虎筋拧的，箭头是用银子打的，箭羽是用孔雀毛粘的——呵，这真算得世界上最漂亮的弓箭了!

牧主的儿子很高兴，他带上这套新制的弓箭，又去射猎了。恰巧，天空有一队鸿雁飞过，他开弓射了一箭。弓弦响时，竟有一只雁翻着筋斗，从白云下面跌落到草原上。牧主的儿子大喜过望，他纵马扬鞭，跑过去拾起了那只中箭的死雁。

"哈哈哈哈……"他狂笑起来，"谁能说我不是天下第一神箭手呢?像我这样高强的武艺，难道还不配做驸马吗?"

但当他仔细检查猎物命中部位的时候，意外地吃了一惊——原来穿在鸿雁喉咙上的却不是他本人的箭。显然，这雁是另一个什么人射下来的，不过恰巧在那时候，他也放了一支空箭罢了。他懊丧地想了一会儿，心里说："不!好容易我才得到了这么一只雁，这应该是我射下来的，无论如何，不能让别人抢去!"

他这样想着，便拔掉那支普通的箭，把他刻着"天下第一神箭手"的孔雀翎毛的银箭，插到死雁的脖颈里，打马就要回去。这时候，从远处走来一个青年猎手，拦住了他的马头。

"朋友!"猎手说，"你怎么把我射下来的雁拿走呢?"

"你胡说什么?"牧主的儿子答道，"我没有见到你的什么雁，你在哪里射的，就到哪里去找吧。"

"用不着我到别处去找——在你手里提着的，就是我射的雁。"

"什么?这是你的雁?你真是闭起眼睛说瞎话!你也没有仔细看一看，这只雁的脖子上，究竟穿着谁的箭?"

青年猎手看了看，冷笑一声，说："你偷着换去了我的箭，那也不行——事实如此，这是我射下的雁!"就这样，两个人各不相让，争吵了半天，不得开交。最后，他们便一同去见国王，请求给予公正的裁判。国王听完了他们各自的申述，也实在没有办法弄清楚这只雁到底是谁射的。

"我聪明的孩子!"国王对公主说，"还是由你来断断这个官司吧!"

"是真金，就不怕烈火烧炼;是英雄，就不怕当面试验。"公主对两个猎手说："看，天上的鸿雁，一队一队飞过，你们两个人，何妨不来比试一下，要是谁能够射下天空的飞雁，唔——"

"是的，是的!"国王接着说，"要是谁能射落飞雁，我就把女儿许配他!"

公主高明的主意，立刻得到在场所有人们的一致赞扬。于是，一场精彩的比试开始了。公主离开自己的座位，亲自监视这两个竞赛对手射猎。这时候，正有一队鸿雁“咕噜！咕噜！”从头顶飞过。

公主问：“你们谁先射呢？”

年轻猎手回答：“就让他先射吧。”

“不！”牧主的儿子说，“还是让你先射——我要等到最后，才向我们尊贵的公主，奉献我的绝技！”

猎手不再推让，抽出弓，搭上箭，仰天看得准确，“嗖”地射了一箭。立刻，就有一只鸿雁中箭坠地。

“真是好本事！”国王、公主和所有随从侍臣，都发出一片喝彩声。

牧主的儿子一见对手先取得优胜，心里早就慌了。他真希望这时候天空不再出现飞雁，可是，接着就另有一支雁队“咕噜！咕噜！”飞过来了。公主笑着说：“现在，就看你的了！”牧主的儿子没有办法，只好慢慢地抽出雕弓，迟迟地搭上羽箭，装腔作势，向天空瞄准。瞄了老半天，也没有勇气把这支箭射出去。公主等得不耐烦了，便走到他的身后，在他的肘子上轻轻撞了一下，催促道：

“你快射呀！”

牧主的儿子给公主这么突然一撞，心里不觉一惊，手略一松，那支箭便滑脱弓弦，直向天空窜去，恰巧碰在一对并排飞着的雁身上，立刻双双带箭，落下地来。

这意外出现的“奇迹”，使所有的人都惊呆了。当然，牧主的儿子也万万没有料到他的箭会碰得那么巧。现在，既然两只雁分明已经射中，他的胆子就马上壮起来了。

“公主啊！”他说，“您刚才不该撞我那么一下子——我是等雁队排好了，要一箭射下三只来，可惜，因为您这么一撞，我仅仅只射下了两只！”

大家听他这么一说，都被他的鬼话迷惑住了，于是，纷纷议论，都赞扬他真不愧是“天下第一神箭手”。

这时候，公主笑着对年轻的猎手说：“你是一个很不错的弓箭手！可是，你今天遇到了比你手段更高的劲敌——你输了。”

年轻的猎手回答：“是的，公主！也可以说是我输了，不过，我的劲敌是这偶然的巧合，却不是这位冒充的神箭手！”

说罢，他就扬长而去了。

“呸！”牧主的儿子啐了一口，说：“各位都看得明白，他在事实面前还不认输——这才是一个真正的骗子呢！”

国王选得了这样一位一箭能射双雁的“神箭手”，心里非常满意，便把公主许配给他，择定三日后举行婚礼。

不料，刚到第二天，就发生了突然的事变——邻邦的强敌窜入国境，进逼都城，战事爆发了！国王当即召见了新招的驸马，要他上阵退敌。公主连夜亲手绣了一面锦旗，小旗上是金光闪耀的七个大字："天下第一神箭手"。

第三天，国王、公主及全体臣子便登上城楼观战。牧主的儿子心里虽然吓得发抖，但还是强装好汉，硬着头皮，领兵上阵。敌人的军营里，恰巧也有一个出名的好箭手。当他看到那面锦旗上绣的大字时，便提议在阵前比赛射箭。当然，在战场上比试，那就不同于天空射雁了——双方互射，不是你死，就是他亡。

国王接受了对方的要求，下令驸马与敌人当众比箭。牧主的儿子心慌意乱，连向对手射了三箭，都落空了。他急忙拨转马头，正想落荒逃走，敌人已从后面赶来，只听弓弦响时，一支箭已从他的背后穿透前胸，当即栽下马来，死了。

所有在城楼上观战的人们都大惊失色。就在这时候，那年轻的猎手，不知从什么地方跑了出来。他挽弓搭箭，只一下，就射倒了跃马奔驰的敌方箭手。国王大喜，趁势擂鼓摧兵，打败了敌军。

战事就这样结束了。你们一定能够猜到，经过这样真正的考验，美丽的公主，才真正选到了一位英雄的丈夫——那就是年轻的猎手。

【搜集整理】赵燕翼

盗贼的下场

从前，有一对很穷的老夫妇，他们只有一头毛驴，长得又肥又壮，一个小偷和一只狼看见了，都想把毛驴弄到手。

一天晚上，小偷翻墙到老夫妇院里，恰好狼也来到墙根下边。只听老头子说：

"天不怕，地不怕，就是怕锅漏啊！"

"是呵，是呵。"老婆子也叹息着说。

小偷一听嘀咕着："这'锅漏'是什么东西呀？唔，我还是早点走吧，不要偷个毛驴让'锅漏'给逮住就麻烦了。"墙根下的狼也嘀咕着："这'锅漏'是什么东西呀？我吃一头毛驴事小，不要让'锅漏'把我给吃了。"两个家伙都这样想着。小偷吓得"扑通"跳下来，刚好骑在狼背上。这一下可把狼惊呆了，以为是"锅漏"骑到自己身上，便没命地逃起来了，心想：这个“锅漏”把我骑到哪儿吃哇？而小偷在狼背上更是害怕：怎么我骑到“锅漏”身上了呢？这家伙把我拖到哪儿吃？越想越发抖，在狼身上抓得越紧。这下狼更紧张，就这样整整跑了一夜。天快亮时，看到前头一棵大树，小偷心里有点高兴，心里说：“这个‘锅漏’能从那棵大树底下穿过该多好啊！我就可以抓住树枝，只要上了树它就没办法了。”狼也高兴了，心里说：“哼，我从那棵大树底下飞速而过，就可以把‘锅漏’挂死在树上。”这样狼就从树底下飞速穿过，小偷趁机抓住树枝爬了上去。

狼却一口气往老窝逃，恰好碰见一只老虎，就气喘吁吁地说：“虎……虎……虎大哥，锅……‘锅漏’……”

“你说什么？”老虎不耐烦地问道。

过了老半天，狼才喘过一口气来，把昨夜发生的事告诉了老虎，老虎听后说：

“什么‘锅漏’？我怎么不知道?！莫非是你听错了吧！”

“没有，没有，我已经把它挂在一棵大树上了。不信，去看看就知道了。”

“走就走。”老虎要走，狼有点害怕，便说：“虎大哥，您跑得快，我跑得慢，要是再遇见了‘锅漏’，您先跑了，就把我给吃了。我说呀，我们还是尾巴连着尾巴走，到时候您就看着我的眼睛，我要是一眨眼睛，您就只管跑就行了。”

“好吧”，老虎满不在乎地答应了狼的条件，尾巴连尾巴地去看“锅漏”。就这样走到大树底下，因为树长得茂盛，狼和老虎什么也没看见。狼说：

“奇怪！怎么没有了呢？”

可是小偷在树上吓得控制不住便把稀屎拉了下来，狼正朝树上张望，几滴稀屎恰好掉进狼的眼睛里，狼的眼睛一酸，眨了几下，老虎以为是给它眨眼睛，拉着狼疯狂跑起来。跑了不知多长时间，老虎感到累了，才停下来，毫不客气地骂道：

“你是怎么搞的，给我眨眼睛，究竟是怎么回事嘛？”但背后没有一点点声音，转过身来一看，狼龇牙咧嘴地笑着，老虎更生气骂道：

“你笑什么，叫我拉你拉得好苦啊！”但狼丝毫没有反应，老虎一怒之下，上前踢了狼一脚，原来狼早被拖死了。

再说那个小偷，把稀屎一拉也吓死在树上了。

【搜集整理】钟福祖、白天佑

姓“安”的来历

裕固族为啥“安”家多？这里头还有个传说呢。

据说我们裕固族在西州哈卓时，每个人只有名字没有姓。就是给孩子取名儿，也得请喇嘛来给孩子看相查经。

后来，我们民族在西州哈卓遇了难，迁移到肃州东面的双海子住下了。刚来到肃州城时，西城门还不开。我们又不会说当地话，只好用裕固话向城楼上又喊又比划。可肃州官怎么也听不来我们说些啥，我们也不知道他问了些啥。可是，过了几天后，肃州官就命令手下人开了西门，让我们通过肃州城，住到城东了，还给我们定了个“安家茶马户”。

后来，我们和当地人熟悉后，才知道他们就是现在的汉族人。我们学会了汉话以后，就问肃州人：“为什么把我们裕固族人定为安家茶马户呢?”肃州人说：“因为当时你们在城下骑马又叫又喊，肃州官问你们部落姓什么，可你们谁都听不懂，只是又拍马鞍又叫唤。肃州都督以为你们都姓‘安’，所以就给明朝的洪武大帝奏了文书，上面说的是：一个姓安的部落要求在肃州居住。洪武帝开了大恩，传下圣旨，放你们过城，把你们安顿在肃州东滩和南山里了。”我们这才明白，为啥叫我们“安家茶马户”了。茶马户就是明朝定下的规矩：我们给朝廷交马匹，朝廷用茶叶给我们顶马钱。

以后，裕固族除了大部分姓安以外，也有的姓了白、姓了贺、姓了郭、姓了巴等。那都是以后和汉族人交往多了，成了亲戚、朋友关系，才慢慢形成的。

【搜集整理】才让丹珍

射箭驱妖

相传很久以前，草原上有一对恩爱夫妻。男的叫耶尔，年轻剽悍，勤劳勇敢，从事放牧和狩猎，女的叫萨热的尔，美丽端庄，聪明贤惠，料理家务。夫妻相亲相爱、和和睦睦，过着美满如意的日子。

那时，没有专门引火的东西，草原上的人们只好用干牛粪或羊巴粪来煨火。一旦煨火熄灭，失去火种就不能驱走严寒，不能带来温暖，不能做饭、烧水。手勤心细的萨热的尔常在家门前煨着一堆牛粪火，每天要续好几次牛粪，因此，她家的火始终没有断过。每当耶尔出牧或狩猎归来，远远看到门前的一缕青烟袅袅上升，一天的疲乏顿时一散而光。当他走进屋里，萨热的尔就会把热腾腾的奶茶端在面前。

有一天，突然刮起了一股旋风，旋风过后，萨热的尔门前的煨火被风吹散，火熄了。眼看着太阳渐渐西斜，耶尔就要回来了，萨热的尔摸锅是冰的，看水是凉的，她坐卧不宁，进出无定。正在没主意的时候，忽然看到对面山梁上有一股青烟在斜阳里发着亮光。萨热的尔见到青烟高兴极了，赶紧向冒烟的地方走去。走近才看清，火堆旁端坐着一位白发老太婆，身边蹲着一条大白狗。

萨热的尔惊疑地看着奇怪的老太婆和狗，一阵说不清的恐怖涌上心头。刚想转身回去，但又想到耶尔，没有火他回来怎么办？便走上前去，胆怯地喊了一声："阿尼尕，请把你的狗挡住。"

老太婆答道："你放心来，我的狗不咬人。"萨热的尔来到老太婆跟前，恳求地说："我家的煨火被风吹散了，请你行行好，把你的火借给我一点。"

老太婆望着美丽的萨热的尔，眼里闪出一道白光，慷慨地说："好！你就拿去吧。"萨热的尔急忙用双手兜起了袍子前襟，老太婆在袍襟上先撒了一层土，中间放了一层灰，上面又盖了一层土，然后把火放在上面。萨热的尔借回了火，马上升火做饭，等耶尔回来，两人欢欢喜喜吃过了晚饭。

过了几日，一阵风过后，那位老太婆骑着白狗，驮着个木槽，到了萨热的尔家门口。萨热的尔见了老太婆慌忙出屋迎接，谦恭地说道："阿尼尕，请屋里坐。"

老太婆把四周打量了一番，问道："耶尔不在家吗？"

"他出去打猎，晚上才回来。"萨热的尔边说边让老太婆进屋。老太婆眨巴了几下眼睛，并没有进屋的意思。随后说："别客气，我是有事来求你的。"

萨热的尔听说有事求她，心想：上次我断了火，多亏她的帮助，不然连饭都吃不上呢。便答道："有啥需要我出力的事，就请阿尼尕吩咐吧。"

这位老太婆把萨热的尔从头到脚打量了一会，咽了几口唾沫，又舔了舔干咧的嘴唇，说："你把头伸过来。"萨热的尔一下失去了自制能力，顺从地将头伸了过去。老太婆用锥子刺破了萨热的尔的前额，鲜红的血浆立即冒了出来。老太婆连舔带吸，把血咽进了肚里。又说："把你的右手伸出来。"萨热的尔又顺从地伸出右手，右手刺破后，血被狗吸取。老太婆又把她的左手刺破，血流进了木槽。萨热的尔连遭锥刺，流血过多，已不省人事。老太婆的目的已达到，丢弃昏死过去的萨热的尔扬长而去。

耶尔回来看到自己的爱妻脸如蜡黄，气色不正，不知何故，再三追问。萨热的尔怕耶尔难过，只说自己身患重病，没有说出真情。时间一天天过去了，萨热的尔一天比一天消瘦。一天晚饭后，耶尔含泪求告，萨热的尔才吐出了真情。耶尔听后大吃一惊，感到事情不好，萨热的尔的血液已被妖怪吸去。于是他整弓磨箭，要和妖精算账。

第二天，耶尔正佩弓箭，准备去和妖精战斗，只见一阵狂风过后，一位老太婆向他家走来。耶尔问爱妻："你说的是不是这妖婆？"萨热的尔道："正是。"这时的老妖婆红光满面，挺胸走来。

"站住！你这老妖精，又来兴妖作怪。"耶尔随着喝声，便拉弓搭箭。

老妖婆并未惊慌，带着满脸笑容说："哟，看你说的，伸手不打上门的客，啥事动这么大的肝火。"她满以为吸了活人的血液，再凭着自己的妖术，不会有什么危险。哪知耶尔已经识破，弓张箭离弦，嗖的一声，老妖的头滚落在地上。老妖惨叫一声，慌忙骑狗而逃。当耶尔搭箭再射时，老妖已踪影全无。不多时，老妖婆又骑狗返来，掌弓握箭，气势汹汹地骂道："有本事的小伙子，再出来比一比！"

耶尔听到骂声，持弓奔了出来，看到老妖一个肩上一个头，不由得怒火心中烧，一箭射去，又一颗头落地。老妖也连连向耶尔射箭，萨热的尔被妖风冲倒在地上。耶尔和老妖连战数个回合，又是一箭，射去老妖最后一个头。老妖由于吸了人的血，虽然没了头，凭着妖术，仍和耶尔厮战。耶尔身中数箭，最后还是把老妖战败了。

萨热的尔清醒后，老妖婆不见了，耶尔却倒在了血泊之中。她悲痛欲绝，买了五尺白布葬了耶尔。萨热的尔由于错借妖火引来灾难，血被妖精吸去了，丈夫被妖精杀害了，极度悲伤，也离开了人间。从此以后，每当裕固族人结婚时，要在院内煨桑堆火，新娘必须从中间经过，新郎手持红柳做成的弓，向新娘身上连射三箭，然后将弓箭抛入火中，以示射箭驱妖。

【搜集整理】钱卫东、寻曼集

黄鸭子和白天鹅

很早以前，裕固族部落里有一位年轻媳妇，生了一对双双。两个孩子恰好一男一女，长得很可爱。

双双到了两岁，一天母亲出门放牧，中午回来，见两个调皮鬼把酸奶子倒了一地，勺子放在奶盆里，盆里却连一点酸奶也没有了。母亲非常生气，顺手就给了双双两勺头。谁知她打得太重，没防住就把两个孩子当场都给打死了。母亲一见此情，后悔莫及，悲伤地号啕大哭起来。她哭了又哭，泪水哭成了海子，她就哭死在海子边。后来听说，她的头发就变成了海子水边的芦苇。

没过多久，海子上空就飞来了黄鸭和白天鹅。后来人们都说，黄鸭和天鹅就是那对双双变的。因为倒掉酸奶子那天，酸奶糊了女孩子一身，所以她变成了白天鹅。酸奶糊了男孩子脖子一圈，所以男孩子就变成了黄鸭。怪不得黄鸭的脖子周围，到现在还留了一圈白毛呢。

【搜集整理】才让丹珍

西藏取经

相传，在清朝康熙年间，清廷为了加强统治，把裕固族划分为“七族”，即七个部落，并封大头目为“七族黄番总管”，御赐黄袍马褂和花翎顶戴。

有一年，裕固族草原上疾病蔓延，瘟疫流行，一场灾难像乌云一样笼罩着草原。为了消灾灭病，祈求平安，家家都敬奉“点格尔汗”①，请来神职人员“也赫哲”②，敬“点格尔汗”。虽然家家户户请“也赫哲”一次又一次，祭天敬神的仪式搞了一遍又一遍，可流行的瘟疫像无情的魔鬼，无时不在吞噬着草原人民。有些人家的小孩死了，有些人家的孩子成了孤儿，草原上到处是一片凄凉悲苦的惨状。大头目面对这场灾难，愁得一筹莫展，整天吃不下，睡不着。一天，大头目的妻子实在忍不住了，就对大头目说：“头目啊！您现在是七族黄番的总管，当官要想到人民，您的百姓死的死，亡的亡，家家户户祭天敬神请‘也赫哲’。现在连‘也赫哲’也快死光了，您得赶紧想办法挽救您的百姓。”

大头目听了妻子的一番唠叨，下定了决心，立即让小扎马③传各部落头目、辅帮、守备、千总速来议事。经头目会议商议，认为原信仰的点格尔汗已不灵验，不能保佑裕固族的人畜平安，决定放弃原来的信仰，改信佛教，即藏传佛教格鲁派。

经过一番筹备，各部落筹集好驮牛一百头，选派了虔诚的信徒，准备了拜佛求经的一切事宜，备齐了一行人的衣食住行，大头目亲自带领，向遥远的西藏进发。不知翻过了多少座雪山，也不知涉过多少条河流，历尽艰险苦难，才走到西藏大昭寺，求取了两部经：一部叫《干支尔》，据说是专门研究历史的经典；一部叫《易目》，这部经有二十大包。佛爷被裕固族人民千里迢迢拜佛求经的虔诚所感动，又赐给一件法宝，这件法宝取名叫“东”。取得经典之后，他们视为命根子、无价宝。为了拯救受苦受难的人民，他们昼夜兼程，想早一天赶回家来。他们翻越冰川雪山，遭受了暴风雪的袭击；他们攀山崖，涉险流，斗狼虫，驱虎豹，排除了千难万险。一百头驮牛，有些赶乏了，有些赶死了，只剩下三十头。历经六个春秋，才把经书取回来。

取回经书之后，就选定在大头目家部落一片景色秀丽的清净之地修建寺院，三年竣工，起名叫康隆寺，寓意是康熙年间建成，从此裕固族人民要隆盛兴旺。康隆寺在裕固族寺院里规模最大，建寺较早，大经堂可容五百余僧众同时诵经，寺院有活佛、法台、僧官、提经、僧人和班弟④近百人。为纪念裕固族大头目亲赴西藏取经，在寺院里为大头目建了衙门，寺院的重大活动都要请大头目参加，住在他的衙门里，昼夜有班弟伺奉。

---

① 点格尔汗：裕固语，“点格尔”是天，“汗”是可汗，即天可汗。

② 也赫哲：相当于巫师。

③ 小扎马：大头目的传令兵，也叫小圈头。

④ 班弟：小和尚。

寺院建成之后，将经典、法宝珍藏在经堂的阁楼之上。寺内僧众整日诵经敬佛，从此以后藏传佛教为裕固族的主要信仰。

【搜集整理】田自成

骑神马的巴特尔

（一）

相传，在很早以前，有一个武扎克①部落，部落的大头目苏勒都斯有三个女儿，大女儿买道格脸如满月，貌美如花；二女儿蒙苏尔齿白唇红，闭月羞花；三女儿什娃遨特目如秋水，善良温和。每当天气晴朗，夕阳西下，她们常常以饮羊为名，去温泉洗澡玩耍，逐马戏嬉。

一日，天高气爽，三姐妹又去饮羊。走到半路上，一个披着破羊皮褂的人躺在路上。他满脸乌黑，发须散乱，好像快要病死的乞丐一样。大女儿毫不理睬，打马从他身上跨过："哪儿来的穷花子，要死也不拣地方。"二女儿厌恶地扫了一眼，打马从他腿上跨过："哪儿来的穷花子，把我的去路阻挡。"小女儿缓缓绕过他的身旁："你不要在路上躺，牛羊会把你踏伤。"

又一天，姐妹三人在清澈而又温凉的泉水边饮羊，那人步履蹒跚地走到她们身旁，有气无力地说："我能喝一口你们的温泉水吗？"大女儿买道格摇头说："不行，你会把泉水弄脏！"二女儿蒙苏尔摆手说："不行，你会使牛羊染病死亡！"三女儿什娃遨特用同情的目光，将乞丐上下打量："永不结冰的泉水会使你尽快恢复健康，奔跑时敏捷如同羚羊。"三女儿不顾两位姐姐的阻拦，接过那人的红木碗，舀起泉水递给他。那人一气饮干，然后对小女儿说："谢谢善良的姑娘，老天会给你补偿，你会永远快乐，幸福吉祥。"买道格和蒙苏尔对她们的妹妹很恼火，生气地说："他一个人很孤单，你把好人做到底，去陪这个穷花子，我们可要把家还。"说完，羊也不赶，打马

① 武扎克：裕固族传说中的古代部落名字。

走了。

什娃邀特对姐姐们的无礼感到失望，怎么办？我们为了玩得开怀，家奴一个也没跟来，一大群牛羊我一个人怎么赶？那人看出小女儿的心思，就说："姑娘，请你别着急，都是因为我，才使你为难。如果你同意，我会帮你把牛羊赶。"说完，那人熟练地将一根柳条折断，一声洪亮的吼叫，牛羊迅速整齐地向前奔跑。什娃邀特骑在马上说："真是人不可貌相，你是个放羊的把式。"

此时，大头目苏勒都斯站在他的大帐篷前，向远处瞭望，两个女儿已经到了，我的小女儿和牛羊怎么还不回来？噢，看到了，近了，小女儿和牛羊安然无恙，可是那一个是什么人，他正在挥鞭赶牛羊？

（二）

转眼到了跟前，什娃邀特对他的父亲说："阿扎①，我带来一个人，他很会放羊。"大头目对那人说："你叫什么？告诉我你的家乡。"那人恭敬地行礼后说："尊贵的头人，我不记得我的家乡，从记事起就在草原上流浪，西家打柴，东家放羊，人们都叫我金格里克，草原上美丽的塔娜尔花十八年欣赏，鲜红的泼番②十八次品尝，今天来到你的地方。"大头目说："既然你在流浪又会放羊，那就留下，在这儿我只管你吃喝，工钱不会给你一个，你看怎样？"那人点头答应，可谁也没觉察他内心很高兴。当晚，他就住在离大头目帐篷不远的拉排③。第二天，天麻麻亮，他就挥鞭去放牛羊。

一放就是三年，大头目的牛羊个个膘肥体壮，数目多得像星星一样。三年间，金格里克捡回的小鹿、野羊成了群，捡回的斑鸠、雪鸡在他住的拉排附近到处飞，草原上的人们都知道他有一颗善良仁慈之心。什娃邀特看在眼里，喜上眉梢，这样勤劳心眼好的人哪里寻？大头目可高兴了，因为他的牛羊日益强壮，还不用付工钱，大女儿、二女儿也高兴了，因为她们有了更充足的时间打扮梳妆。但什娃邀特却心疼了，这样一个老实善良的人，工钱也不给，吃得又不好，我不能坏心肠！于是她经常晚上给金格里克送去美味佳肴，有时也在他的拉排附近唱支歌：

远方飞来的鸿雁哟，

① 阿扎：裕固语"父亲"。
② 泼潘：野草莓。
③ 拉排：猎人和牧民用木板搭成的简易房子。

可思念你的家乡？
这儿绿草如茵、遍地花香，
但不是你停留的地方！

远方飞来的雄鹰哟，
可依恋你的家乡？
这儿牛马成群、富裕安康，
但不是你停留的地方！

远方流浪来的人儿哟，
你可知道自己的家乡？
这儿美女如云、处处春光，
你也不能久久停留在这个地方！

（三）

就在金格里克来到这片草原的第四年，大头目准备给三个含苞欲放的女儿挑选乘龙快婿。在艳阳如火的盛夏，他召集各部落举行了一个赛马射箭比赛大会，草原上的人群涌向大头目所在的领地，会场上人头攒动，盛况空前。那儿已准备好九十九个箭靶和宽敞跑马的地方，看台上，除了各部落的大头目和管家，还坐着大头目苏勒都斯的三个如花似玉的女儿。人们惊叹她们的美丽无瑕，都想要是能够娶上她们中的一个，这辈子可比神仙都快乐。年轻人纷纷摩拳擦掌，跃跃欲试，人们的激情使整个草原沸腾了。苏勒都斯看到各部落的头目差不多到齐了，就说："现在人齐了，我们就可以开始了。"

这时，阿克部落的管家说："尊敬的大头目，我的主人巴特尔因为狩猎，把腿跌断，来不了了，我们部落有骁勇善战的九百九十九个青年参加，请大头目检阅。"大头目一听，寻思："巴特尔是草原上唯一能和我比阔的人，如今腿有残疾，也不配娶我的女儿！"

时已正午，大头目示意大家安静，然后威严地说："今天谁要是骑马一个来回射倒九十九个箭靶，我的三个女儿全部嫁给他！现在，比赛开始。"大头目一声令下，九百九十九个青年跨上骏马，手持弓箭，背上箭篓，在奔跑的马儿上拉开弓、射出箭，可是没有一个人射掉所有的箭靶，大头目生气了："怎么这样窝囊！"大女儿、二女儿泄气了："我们的终身该把谁来指望？"什娃遨特暗暗高兴，因为她内心喜欢她家的放羊娃。正在众人交头接耳、议论纷纷之时，一个骑白马的小伙子从天而降，他的白马神骏非凡，摇头摆尾，昂首嘶鸣，似蛟龙出水，猛虎下山。金马鞍上镶满钻石，金碧辉煌，熠熠生辉，还有虎皮鞍垫，银镫玉辔。再看他的服饰，金丝领口，银线镶边，玛瑙纽扣光鲜鲜，狐皮帽子豹皮鞭。他长得鼻直口方多清秀，剑眉俊目有精神。他向整个会场缓缓扫了一眼，解下乌金宝雕弓，抽出白银狼牙箭，双腿一夹，白光闪处，神驹飞一般地向跑马场冲去。人们没有看清他怎样张弓搭箭，却发现九十九个靶子全部倒下。人们还没有从惊愕中反应过来，一道白光绝尘而去，大头目猛然惊醒："快截住他，他就是我要选的女婿!"可是已经晚了，那人连影子也没有了。大头目失望了，大女儿、二女儿哭泣了，什娃遨特高兴了，因为她有机会和金格里克在一起了。这一年的选婿大会就这样在人们的叹息中结束了。

回到家，苏勒都斯安慰三个女儿："谁敢这样小看我，我跺一下脚，草原也要抖一抖，明年我要设计抓住他，让他乖乖听我的话。"

天黑了，羊儿进圈了，什娃遨特去送食物给放羊娃。金格里克对她说："今天的大会热闹吗?""有个骑白马的小伙子，一下子射倒了九十九个箭靶，可是他却跑了。"金格里克说："你喜欢他吗?"什娃遨特转身低头害羞地说："我敬慕他的英俊潇洒，神箭天下无二。可我更喜欢你的忠厚善良，仁慈天下无二!"放羊娃听了暗暗欢喜，其实金格里克就是阿克部落的大头目巴特尔，今天一下射倒九十九个箭靶的神箭手就是他，但他没有向什娃遨特说破。

巴特尔少时调皮好动，贪玩惰学，过的是衣来伸手、饭来张口的生活，在他的心目中一切都是无忧无虑，不知人间疾苦，更不懂得劳动的艰辛，整日无所事事，游荡于草原大山之中。一日，他到山中游玩，路遇一世外神人，神人从他稚嫩的脸上看到他有一颗仁慈善良之心，更兼骨骼奇特，便教授他做人处世的道理，传给他一身高超武艺。成年后，他父亲年老去世，留给他广阔的草原和万贯家财，富甲天下。草原上众多美女都想嫁给他，可他知道，她们更爱他的富裕家当和成群牛马。后来，他又听说武扎克部落的大头目苏勒都斯有天仙一般的三个女儿，但不知她们的心底是否和容貌一样纯洁无瑕?他请求神人指明路给他，于是，神人告诉他："你去武扎克部落，按我说的去做，你的心愿一定会实现，在六年后的盛夏!"

（四）

金格里克在武扎克部落已经待了五年，这一年第二次选婿大会又到了，他没有参加，他想知道什娃遨特会不会因为神箭手没有出现而失望。

跑马场上还和去年一样热闹，只不过苏勒都斯暗暗设了圈套，准备用五百箭阵抓神箭手。看台上，各部落的头人和管家已经就坐，大头目苏勒都斯和他的三个女儿坐在正中，她们今天都是花枝招展，艳丽迷人。人们翘首观望，争先恐后，小伙子们羡慕她们的绝世美貌，都想：要是娶上她们中的一个，这辈子将是世界上最幸福的人……大头目看到各部落的人差不多到齐了，就说："如果人到齐了，那我们就可以开始了。"这时，阿克部落的管家上前说："尊敬的大头目，我的主人巴特尔因为狩猎，把胳膊摔断，来不了了，我们部落有骁勇善战的九百九十九个青年参加，请大头目检阅。"苏勒都斯一听，寻思："巴特尔是草原上唯一能和我比阔的人，如今胳膊断了，也不配娶我的女儿，做我的女婿。"

大头目环视了一眼会场，举手示意大家安静，然后威严地说："今天谁要骑马一个来回射倒九十九个箭靶，我的三个女儿全部嫁给他！现在，比赛开始。"大头目一声令下，九百九十九个青年跨上骏马，手持弓箭，背上箭篓，在奔跑的马儿上拉开弓、射出箭，可是没有一个人射掉所有的箭靶，大头目生气了："怎么这样无用!"大女儿、二女儿泄气了："我们的终身该把谁来依靠?"什娃遨特暗暗高兴，因为她内心喜欢她家的放羊娃。去年突然出现的那个神俊的年轻人也没有从天而降，选婿大会不欢而散。大头目恼羞成怒："明年是最后一年选婿，射倒第一个箭靶的人娶我的大女儿，射倒第二个箭靶的人娶我的二女儿，射倒第三个箭靶的人娶我的小女儿!"大女儿、二女儿痛哭流涕，小女儿暗自欢喜。

日落天黑羊进圈，什娃遨特去送食物给放羊娃。金格里克对她说："今天的大会热闹吗？你们的终身大事定了吗?"什娃遨特说："今年的大会没有结果但很热闹，阿扎和姐姐们很懊恼，而我很高兴，因为我还嫁不了!"

金格里克故意说："你嫁不了，怎么还高兴，这个我就不懂了。"什娃遨特说："金格里克，你可知道，羊儿离不开青草，喜鹊离不开树梢，而我离不开父母的怀抱，嫁不出去才会偷着笑。"她不好意思说实话，她内心深处早已爱上了他，金格里克从她羞涩的神态已经知晓。心心相印的爱情啊，他内心倍感自豪。可他装作什么也不知道，因为明年才是他们双双回家的好时候。

（五）

就在金格里克来到这片草原的第六年，在艳阳如火的盛夏，绿茵似毯的草原上，第三次选婿大会又到了，大头目苏勒都斯带着全家人去会场了。

金格里克朝天打了一个响亮的唿哨，蔚蓝的天空迅速飘来一朵彩云，一声长嘶，云中落下了神骏的白马，昂首扬蹄到了他的跟前，马上驮着他的鞋帽衣袍和弓箭。他去温泉洗了一个澡，噢，这才是英俊神武的巴特尔。玉树临风的身躯，倜傥潇洒的神态，换上锦衣绣裤，背上弓箭，跨上神马，时刻准备奔向他心中的渴望。

跑马场上欢声雷动，喝彩声此起彼伏，只见一个青年催马奔驰，弯弓搭箭向箭靶射去，箭到靶落，大头目苏勒都斯将大女儿许配给他。又一个青年轻舒猿臂，张弓搭箭将第二个靶子射倒，苏勒都斯将二女儿许配给他。正当又一个青年要射第三个箭靶时，半空中一朵彩云飘来，一个骑白马的小伙子从天而降，众人看时，但见：

马上人，正青春，
浑身上下有精神。
鼻直口方唇若丹，
剑眉俊目甚英俊。
玉树临风身躯正，
倜傥潇洒神态凝。
金领口，银镶边，
玛瑙纽扣光鲜鲜。
狐皮帽子豹皮靴，
能工巧匠费尽心，
不肥不瘦正合身。
乌金弓，斜肩背，
白银箭壶挂腰间，
七星宝剑手中悬，
金鞍银镫碧玉辔。
雪白马，似麒麟，
昂首嘶，如龙吟，
猛虎下山出水蛟，
驰骋奔跑如腾云。

他向跑马场上缓缓地扫了一眼，双腿一夹，白光闪处，只见剩余的九十七个箭靶已全部倒下，没有一个人看清他是怎样张弓搭箭射靶的。正当人们还在惊愕之时，一道白光已绝尘而去，大头目这时才猛然惊醒："快抓住他，他就是我小女儿的丈夫。"可是再看时，那人连人带马已踪迹全无了。大头目暴跳如雷，大女儿、二女儿无可奈何，小女儿暗自欣喜，她觉得“天赐良缘”——有机会和金格里克永远在一起了。

回到家后，苏勒都斯安慰小女儿：“我的乖女儿，明年我给你准备一个绝无仅有的选婿大会，我娇贵的女儿准能称心如意。”可什娃邀特说：“阿扎，我早已爱上了一个人，请你允许我嫁给他，只有他才会使我永远幸福快乐。”大头目说：“你告诉我，那个幸运的人是谁？”什娃邀特说：“他就是给我们家放羊的金格里克。”大头目一听，火冒三丈，怒气冲天地说：“什么？我的女儿怎能嫁给一个衣不遮体、食不果腹的流浪汉！不行，一万个不行！”

正在这时，金格里克，不，是巴特尔走进大头目的帐篷，说：“大头目，就请您把什娃邀特嫁给我吧，我会使她快乐幸福、吉祥如意！”大头目被他的话气疯了，瞪着铜铃一样的眼睛，狂喊道：“反了，反了，一个流浪汉放羊娃想娶我至尊无上的大头目的女儿，简直是癞蛤蟆想吃天鹅肉，来人，给我把他拿下。”众家奴一拥而上，把巴特尔按倒在地下，大头目喊道：“把这个不知高低的东西脚筋挑断，挖出双眼，丢到野地里喂狗熊。”话音刚落，只见巴特尔大吼一声，一跃而起，将按他的家奴摔出十几米以外，手中已多了一柄寒光闪闪的长剑，剑柄上的七星宝石发出的光芒刺得家奴睁不开双眼。他将宝剑舞得密不透风，一团白光上下飞舞，众家奴的身体像风中的草一样向后倒去……巴特尔收起剑，含笑屹立不动，接着说：“头人，我要告辞了，请原谅。我要带什娃邀特一起走，您多保重！”说完，朝天一个响亮的唿哨，彩云起处，神骏的白马从天而降，巴特尔抱起什娃邀特跨上马背，腾空而起，飞向无垠的天际……一个洪亮的声音从天边传来：“我是巴特尔。”

苏勒都斯和众家奴惊得目瞪口呆。这时，草原上的人们才知道，放羊娃就是骑神马的小伙子，从此，草原上到处把他传颂：

神奇英武的巴特尔，
善良仁慈的巴特尔，
你的非凡，
像矫健的雄鹰在无边的蓝天上翱翔；
你的智慧，
像敏捷的羚羊在广袤的草原上飞扬。
草原上的人们哟，
世代把他的故事传唱。

【搜集整理】董潇红

聪明媳妇和傻丈夫

六百多年前，尧呼尔人的祖先长途跋涉到了河西走廊一带定居，祖祖辈辈过着安居乐业的生活。在一个叫巴恩交尔考①的地方，有一个戈尔盖②部落，部落大头目叫锁旦当周。漫山遍野的花草织锦般地铺在他的门前，微风过处，红柳婆娑，泉水叮咚，交织出大自然美丽的乐章。远处山峦上成群的牛羊悠然地吃着青草，如同撒在织锦上的一粒粒珍珠，格外夺目。大自然的恩赐给了锁旦当周一家丰裕的物质生活。但心事重重的大头目并没有高高兴兴地过上一天舒心的日子，一旦想起他那个力大无比但愚笨呆傻的儿子，大头目就爱恨交加，心如刀割，肥美的牛羊肉没了滋味，锦绣般的大草原顿时没了景致。

揪心的岁月说慢也慢，说快也快，转眼间到了傻儿子该娶媳妇的年龄。大头目心想：一定要给傻儿子找个聪明贤惠的媳妇，一方面了却父母的心愿，另一方面好歹也可以添家进口、传宗接代，待将来死后偌大的家业也不会落到外人的手里。

一天，锁旦当周对傻儿子浩拉说："你出去给我借个'三平'回来"。浩拉东家转西家跑，借了几天也没有借上"三平"。大头目失望有余，绝望不足，他一狠心给傻儿子准备了盘缠和一匹好马说："你到天边借去，什么时候借上'三平'，你什么时候回来，借不上的话，你也就不要回来了。"

就这样，浩拉在草原上走了几个月，碰了很多的钉子，还是没有借到父亲要的"三平"。眼看盘缠也用完了，如果再借不上，那就只有饿死在草原上喂野兽了。一天，他在饥困交加中走到了一个帐篷跟前，看见一个老阿瓦正在剪羊毛，就上前说："阿瓦③，我帮你剪吧。"老阿瓦抬头一看，来人红红的脸膛，个头高大，服饰讲究，手里牵着一匹少有的白骏马，老阿瓦说："好吧，你来剪，我去给你端茶。"浩拉脑子虽笨，可手不笨，干活很是行当，一会儿就将剩下的羊的毛全部剪下并且卷好，然后一边喝奶茶一边对老阿瓦说："阿瓦，我是到天边借'三平'的，你住的地方是不是

① 巴恩交尔考：东部裕固族恩格尔语，即红柳沟，现指东流沟一带。

② 戈尔盖：东部裕固族恩格尔语，即"罗儿家"部落。

③ 阿瓦：裕固语"爷爷"，此处为尊称。

‘天边’？你有‘三平’吗？请借给我。”老阿瓦一听直摇头：“‘天边’在哪我不知道，‘三平’是什么也没有听过，你到别的地方打听打听吧。”浩拉很失望，转身拉上马准备走，就在这时，帐篷里走出一位美丽的姑娘，修长的身材，圆圆的脸，浅浅的酒窝，淡淡地微笑着轻轻说：“阿扎①，您老就看在他给你剪羊毛的分上，借给他‘三平’吧！”老阿瓦说：“‘三平’是个啥？我听都没听过，怎么借给他？”那姑娘说：“‘斗、升、秤’就是‘三平’，自然有‘三平’的地方也就是‘天边’，阿扎怎能说没有？”老阿瓦恍然大悟。借到“三平”的浩拉高兴地手舞足蹈，连连说道：“太好了，太好了，我可以回家了！”

浩拉回到家，把“三平”交给父亲，并说了借“三平”的过程。大头目别提有多高兴，对老伴说：“我们家有希望了，快收拾东西，明天我就去提亲。”并对儿子交代说：“你明天早早起来，把驴头驴脸烫得净净的，礼当②背得重重的，我领你去求亲！”

第二天天刚亮，浩拉就起来了，他想：父亲让我把驴头驴脸烫净，不知干什么。可他又不敢去问，就架火烧了一大锅开水，拉来一头大骟驴，用勺子舀了一勺开水倒在驴的头上，大骟驴被烫得奋蹄嘶叫，挣断缰绳夺门而逃。浩拉又想起父亲说把礼当背得重重的，他不知什么是礼当，抓耳搔腮想办法。忽然他好像是想到了什么似的，就飞快跑到后院把推磨的石磨盘用绳子捆好背上来到大头目跟前说：“阿扎，驴头驴脸已经烫好，礼当我也背上了，我们走吧！”大头目一看，气得七窍生烟，但也没有办法，谁让他是个傻子呢！买买③只得给傻儿子洗脸梳头换衣服，准备提亲的茶、酒、绸缎等物，送老伴和傻儿子上路。

大头目带着儿子到了姑娘家，说明来意，姑娘的父母一听是家有骡马千匹、牛羊过万的头目家的儿子看上自家的女儿，都同意这门亲事，可他们并没有发现浩拉是个头脑愚笨的傻子。过了半年，锁旦当周家娶了聪明漂亮的儿媳娜尔旦。

婚后，娜尔旦才觉察到丈夫有点傻，可是生米已做成熟饭，丈夫虽傻但心地善良、老实本分，又加公婆对她比对亲女儿还要亲，后悔也无济于事了，从此便操持家务，安心度日。平凡的日子过了很长时间，大头目还想试一下这个媳妇是真聪明还是假聪明。一天，他对儿子说：“你拉上一个大羯羊到集市上去卖，卖下的钱买上茶叶、蔬菜、酒，回来时还要把羯羊拉回家。”浩拉回到自己的帐篷对娜尔旦说：“阿扎要我去抢人哩，不让卖羊哪来的钱买酒菜？”娜尔旦胸有成竹地说：“你去吧！按我说的办，

① 阿扎：裕固语“父亲”。

② 礼当：聘礼。

③ 买买：裕固语“母亲”。

阿扎会满意。”

浩拉到了山外集市上，边走边喊：“我卖羊，羊我卖，卖下的钱儿办酒菜，回家的时候还要把羊儿拉回来。”浩拉喊了一天，人们都笑他：“看呀，真是傻子，不掏钱倒想吃酒菜。”近黄昏时，浩拉叫卖到一个铁匠铺子门前，一个铁匠正在飞快地磨着一把剪刀，听到叫卖声就对浩拉说：“你的羊我买。”说着拿起刚磨好的剪刀走到大羯羊跟前几下就把雪白的羊毛剪下，然后给浩拉付了钱，说：“羊你拉走，钱给你拿去办酒菜。”浩拉一看，喜出望外，置办好酒菜回了家。锁旦当周一看，便问儿子是怎么办的，浩拉便把媳妇教他的话一五一十地告诉了父亲，大头目听了满意地点了点头。

又过了一段日子，大头目还想再考验一下聪明的儿媳妇。想了一会儿他眉一皱，计上心来，对傻儿子说：“你去把大青骒马卖了，要卖三百两银子，一个也不能少。”浩拉的买买疑惑地对老伴说：“一个骒马能卖三百两银子吗?”大头目说：“儿媳妇要是真聪明就一定能卖上三百两!”浩拉回到自己的帐篷对娜尔旦说：“阿扎要我去抢人哩，一匹马能卖三百两银子吗?”娜尔旦说：“你去吧，按我说的办，阿扎会满意。”

浩拉到了山外集市边走边喊：“我卖马，马我卖，卖下一百八十两银子我不拿，明年秋天连本带利收回来!”浩拉喊了一天，人们都笑他：“看呀，真是傻子，卖马也有收利钱的!”将近黄昏，浩拉遇上一个读书人模样的人，那人说：“你的马我买，明年秋天马蹄圆的时候来取钱，三百两银子不少你一厘!”浩拉问：“你的家在哪里住?”那人说：“出了南门走百步，朝南看，风陀螺船，米粮川，门前有个老鸦架，房后有个嗑米虫。”浩拉又问：“你姓啥?”那人说：“一点一横长，口字在中央，大口张开嘴，小口里面藏。”说完那人牵马走了。

浩拉回到家，他的父亲问：“你卖马的钱呢?”浩拉说：“买马的人说明年秋天马蹄子圆的时候去取。”浩拉来到自己的帐篷一五一十地对娜尔旦讲了卖马的过程，娜尔旦一听就什么都明白了。

到了第二年秋天，娜尔旦对浩拉说：“马蹄子快要圆了，一圆你就去取卖马的钱。”浩拉天天跑到马圈里看马蹄印圆了没有。

一天，娜尔旦对丈夫说：“你去取钱吧。”浩拉却说：“马圈里的马蹄子印还没有圆呢!”娜尔旦对丈夫的愚蠢哭笑不得，只得解释给他听：“马蹄子圆没圆，指的是月亮圆没有圆，而秋天的马蹄圆指的是八月十五月亮圆。明天你到集市出了南门走上百步，朝南看，有一个大水渠，大水渠上有一架水车，这就是那人说的‘风陀螺船’，绕过水车往前走，有一片小麦地，就是那人说的‘米粮川’，绕过麦地就能看到一户人家，门前有一棵大白杨树，树上有个乌鸦窝，也就是那人说的‘老鸦架’，他家的房后有个推磨的大碾子，就是那人说的‘嗑米虫’，有了这些就算你走对了买马的人家。你见了买马的人就称高先生，他会把买马的钱连本带利给你的。啥说三百两？是这样，马卖一百八十两，可卖马的钱我借给他用了一年，利息二十两，大青骒马卖的时候早已怀了驹子，小驹子现在值一百两，所以你要收回三百两银子。”浩拉点头称是。

浩拉到了集市出了南门，走了一百步，看见了一条大水渠，渠上真有一个水车，往前走又看到一大片麦地，在麦地的尽头果然有一户人家，门前有一棵大白杨树，树上有个乌鸦窝，浩拉绕到屋后发现真有个大碾子，碾子上面坐着那个买马的人，浩拉边行礼边说：“高先生，我来取卖马的三百两银子。”买马的人说：“你怎么能找到我家，还知道我姓高？”浩拉告诉说，是他的媳妇娜尔旦说的。高先生暗暗称奇，心想：从这个小伙子卖马时喊的话，我就知道有一个非常聪明的人在指点他，没想到是他的老婆，真是可惜了一个聪明睿智的姑娘，嫁的人也太窝囊！高先生转身进了家，一会儿出来，手里拿着两个包对浩拉说：“绿绸子包给你的父亲，红绸子包给你的媳妇。”浩拉接过包，不问青红皂白就回了家。

到家后，他把绿绸子包给锁旦当周，大头目解开一看，“呀，整整的三百两银子，我的儿媳真是天上少有、世上无双的聪明人，我的家财谁也骗不走！”娜尔旦解开红绸子包一看，啊？一堆狗屎上面插着一朵马莲花。这是高先生嘲笑她嫁给了一个傻子，娜尔旦又羞又气又恨，她觉得自己不该嫁给这样一个笨蛋，耽误了青春不说，又惹人嘲笑！于是，一怒之下，她收拾包袱骑马回了娘家。

锁旦当周发现儿媳骑马不辞而别，就问浩拉：“你媳妇去了哪里？”浩拉把红绸子包给父亲看，并说：“她看到这个就收拾包袱走了。”大头目一看全明白了，心想解铃还得系铃人，就问儿子：“给绸子包的人住在哪里？”傻儿子就像背书一样地说：“出了南门走百步，朝南看，风陀螺船，米粮川，门前有个老鸦架，房后有个嗑米虫，要问他姓啥？一点一横长，口字在中央，大口张开嘴，小口里面藏。”

锁旦当周也是聪明人，不用太大的功夫就明白了，他骑马找到高先生家，见面就埋怨他：“你真多事，我好好的儿媳妇被你气回了娘家，你看怎么办？”高先生一看这次玩笑开大了，人家把麻烦找上门来，就一边赔不是一边对大头目说：“你不用着急，我保证你儿媳不请自来。”说完，拉来一匹神骏的枣红马，备好马鞍，又多拿了一副鞍子，问明大头目娜尔旦娘家的住址，对锁旦当周说：“你回家去吧，你儿媳很快就回来。”说完骑马走了。

高先生到了娜尔旦娘家门前，把马拴在树上，往马屁股上备上另一副鞍子。从未备过两副鞍子的马受了惊，狂跳乱奔，大声嘶叫，怎么也备不上。可高先生不管不顾，他挥舞鞭子打马，努力要将鞍子备上去。正在这时，帐篷里娜尔旦娘家的人都围上来看热闹，他们看到门前的陌生人给马备两副鞍子都笑弯了腰，娜尔旦的阿扎走上前说："你这个人真可笑，一匹马怎么能备两副鞍子？真是胡闹。"高先生连忙说："老哥啊，你说得对，说得对，我怎么忘了，好马不备双鞍，好女不嫁二夫，你看我真是胡闹！"说完把马鞍子扔到地上，跨上马飞也似的走了。娜尔旦听在耳里，刺在心上，她拿起马鞍备在她的马上，对父母说："阿扎、买买，刚才那个人的话说得对，我要回去了。嫁出去的女儿泼出去的水，今后我要把我的傻丈夫陪。"说完，跨上马飞快地回到了婆家。

从此后，娜尔旦用充满智慧的头脑，浩拉用浑身用不完的劲，共同辛勤劳作，愉快幸福地生活着；而他们所生的九个儿女个个健壮机灵，懂事后都拜老秀才高先生为师，识字明理。据说大头目锁旦当周的三孙子什高木超什加后来还做了朝廷的大官。

青海塔尔寺的一位活佛有一天传经布道路过戈尔盖部落时，见到聪明睿智的娜尔旦，就对别人说："这个地方红柳一旦长满整个山峦，岗切保木①就会遍布整个草原，他们都是娜尔旦的后代，既聪明又强壮，一代会比一代强。"且不说那位活佛的预言，现如今尧呼尔的后代都是青出于蓝而胜于蓝，尧呼尔人的明天更是灿烂辉煌。

【搜集整理】董潇红

裕固族东迁的故事

迎着太阳走

传说，很久很久以前，裕固族在嘉峪关外游牧，后来因异族入侵，人们不得不扶老携幼，赶着牲畜，风餐露宿，进行大规模的东迁。部落里的老人因受不住长期的跋涉，相继死去，只有安千赞吉的阿爸安巴特木尔活了下来，然而他也辛劳成疾，举步

① 岗切保木：藏语"大脚女人"。

艰难，安千赞吉就将阿爸装在土布拉①里，驮在牦牛身上继续前进。但是，这种迁徙既无人指挥，又没有目的地，人们多么渴望能有一个人走出来，带着大家朝着一个方向前进啊！

安千赞吉看到乡亲们受苦受难，自己又拿不出主意，整天愁眉苦脸，唉声叹气。老人看到儿子心事重重，便问："你为什么不高兴？有什么心事告诉我吧！"安千赞吉说："阿爸，我们部落离开故乡已有很长时间了，大家又不知道向什么地方去，路途艰难，部落里的老人都死去了，牲畜也死去了一半，该怎么办呢？"老人说："木拉②，你看太阳从东边升起，到西边落下，我们只要迎着太阳升起的地方走，就一定能走到理想的地方，那里的人都穿着短腰子鞋。"

安千赞吉把这些话告诉了乡亲们，大家都非常高兴，部落里充满了欢乐，唱着拉毛③，赶着牲畜朝着太阳升起的地方走去。

泡牛刨出水

几千人的队伍，浩浩荡荡向东迁徙。不久，进入了浩瀚的大沙漠，在沙漠里人们艰难地走着。不几天，全部落带的水都用完了，不少人因缺水而失去了生命。一天，安千赞吉捧着一盆羊血让老人喝，并流着泪告诉父亲："死神降临部落，因无水，人们都在等待死亡。"老人说："让泡牛替我们找水。"儿子不解地说："我们多少年轻力壮的小伙子，四处找水都没有找到，泡牛能找到吗？"老人告诉了他这样一个往事：一次，老人赶着牛羊放牧，突然狂风四起，飞沙蔽日，老人迷失方向，走进了沙漠，三四天没有喝到一口水，只好爬到泡牛背上行走。泡牛走一走，闻一闻，走到一个地方，前蹄乱刨，一会儿，出现了湿漉漉的沙。老人赶紧继续刨，水出来了。年轻的安千赞吉听后，高兴地把这事儿告诉了乡亲，人们赶出部落里所有泡牛，终于找到了水，而且出水的地方越来越大，天长日久，四周长满了青草，成了今日肃南县明花区的东、西海子④。

钻石头取火

裕固族在东迁过程中，遇到了许多困难。有一天，突然阴云密布，雷声大作，紧

① 土布拉：毛制的一种小口袋。

② 木拉：裕固语"小男孩"。

③ 拉毛：裕固族民歌中的第一句。

④ 海子：湖泊。

接着瓢泼大雨劈头盖脑而来，部落里所有的火都被雨淋灭了。人们又饿又冷，只好吃生肉，喝生奶。但这终究不是长久之计。安千赞吉的父亲依据自己广博的知识，对儿子说："古人有钻木取火的事，我们只好钻石取火了。"为了不使部落里的人失望，老人首先和儿子找来石头相撞，终于打出了火。这时部落又沸腾了，人们围着篝火跳起了欢乐的舞蹈。

裕固族人民历尽千辛万苦，克服重重困难，终于来到了祁连山下的八字墩滩上，来到了汉族居住的野马坪梁和康乐草原。从此，就在这一带游牧。人们感谢安巴特尔，推选他为部落头目。

【搜集整理】李发录

黄黛琛

很早以前，裕固族还住在西至哈至的时候，尧呼尔部落有个美丽的姑娘，她叫黄黛琛。黄黛琛不仅长得非常漂亮，而且温柔贤淑，品格端庄，从小经高人指点弓马娴熟，武艺高强，如果不是部落之间发生战争，部落不东迁，按照她的才能，很可能当上尧呼尔人的首领。

不料，战争爆发了，为了保存尧呼尔人，决定连夜东迁。顶着狂风，不畏艰险，尧呼尔人赶上牛羊，用骆驼驮上帐篷行装，离开了西至哈至，踏上了困难重重的漫漫征途。

一路之上，到处充满着艰难险阻，困难已经使人忧心如焚，可是善于摇唇鼓舌、造谣中伤的加瓦尕却对黄黛琛深怀恶意，无中生有，给黄黛琛散布了好多流言蜚语。俗话讲：明枪易躲，暗箭难防。加瓦尕的流言蜚语，给黄黛琛造成了终身的苦难。尧呼尔人迁居河西走廊，黄黛琛由于加瓦尕造谣的缘故，她没有当上头人，成了一个普普通通的牧羊姑娘。

黄黛琛已满了十七岁，出脱得像一朵带露的鲜花。她的阿扎为了得到丰厚的彩礼，打算把女儿嫁到远方去。

阿扎说要把女儿嫁到远方，

阿娜说要把我嫁给近邻。
阿扎用上了雪白的银子，
阿娜喝上了包儿茶，
阿格[1]骑上了白走马，
恩改[2]有了花乳牛，
森诺[3]戴上了孔雀石和珍珠。

黄黛琛被嫁到很远的地方，她的父母兄嫂和妹妹都得到了丰厚的彩礼，而黄黛琛嫁到婆家后得到的却是痛苦和折磨。她唱道：

衣服穿得只剩下领子，
帽子[4]戴得只剩下缨子，
鞋穿得只剩下鞋尖。

黄黛琛在苦难中痛不欲生，多么盼望她的亲人来看望她，但却失望了。

给阿扎捎去一百八十个字的信，
阿扎若问就说日子没法过。
给阿娜带去一百八十颗珠子，
阿娜若问就说女儿无法活。
恩改若问也给恩改捎个信，
就说早上身上留下三条鞭痕，
晚上身上留下树条打的伤印。
我吃的是喂狗的狗食，
我穿的是青狗皮缝成的衣。

黄黛琛的信一封又一封，犹如石沉大海，毫无音讯，最后她给阿格带信说：

① 阿格：裕固语“哥哥”。
② 恩改：裕固语“嫂嫂”。
③ 森诺：裕固语“妹妹”。
④ 缨子：指裕固族妇女头上戴的尖顶红缨穗帽子，戴帽者表明已成婚。

亲爱的阿格，
请给我捎来一条三丈长的黑毛绳，
我好每天用它
到四十里以外的井里去背水。

黄黛琛的阿格闻讯后，马不停蹄，昼夜兼程，赶到时，黄黛琛已经跳井死了。

【搜集整理】田自成

猴媳妇的故事

从前，有个头人生了两个姑娘。一天，邻居家的三个儿子来向他的女儿求亲。头人说："你们三个都在自己的箭上做上记号，从你们家同时向我家院内射一箭，射中哪个姑娘的门，哪个姑娘就嫁谁。"

弟兄三个同时射了一箭。大儿子的箭插在大姑娘的门上，娶了大姑娘。二儿子的箭插在二姑娘的门上，就娶了二姑娘。只有三儿子的箭在空中绕了几圈，向西飞走了。三儿子在一个山坡上找到了自己的箭，箭旁蹲着一只猴子，就把它领到家里来了。回家后，哥嫂们都讥笑他领回来了个猴媳妇，家里也开始另眼看待他们。从此，他们整天待在自己的屋里不出门，也不去吃嫂嫂们做的饭。就这样有时还要受气，所以他们出走了。走了几天，他们来到一院漂亮的房子前，猴媳妇说："这就是我们的家，我们就在这里住下来吧。"在这里，三儿子发现猴媳妇非常能干，没几天工夫家里什么都不缺了。从此，夫妻恩爱，日子也过得很顺心。

有一天，三儿子的父亲捎信叫儿子回去一趟。临走时媳妇把一只猫给丈夫说："路很远，你骑着它去吧。快到家时，你下来把它藏在袖筒里。"三儿子把猫放在地上，猫就变成虎那么大了，他骑着猫不一会就回到了老家。

三儿子回去后，父亲给了一碗面说："我给每个媳妇一碗面，明天每人给我做一个塔一样的千层糕送来。"

三儿子骑着猫回到家，把面交给媳妇说："父亲要你做一个塔一样的糕，明天就要送去，这怎么做呀？"猴媳妇说："这有什么难的，明天送去就是了。"临睡前猴媳妇在面里倒了点水，搅了几下放在锅里就睡了。第二天一揭锅盖，锅里放着塔一样的千层糕。三儿子骑着猫把糕送去，父亲高兴得直夸猴媳妇能干。两个嫂嫂不会做，挨了公公一顿骂。后来问三弟，三弟也如实地讲了。两个嫂嫂到晚上也在面里倒了点水，搅了几下放在锅里睡觉去了。第二天一看，面还是原样放在锅里，结果又挨了一顿骂。

过了几天，父亲又捎信叫三儿子回去一趟。这次父亲只给了每个媳妇一尺绸子说："给我做一件单袍，明天就送来。"三儿子回家后，把绸子给媳妇，发愁地说："一尺绸子咋够做一件单袍呢?"媳妇说："你到后面坡根去，那里长着一根芦苇，你把它摇三下，有人出来你就说：三姑娘说她有个妹妹让快来一下，说完你回来。"三儿子去把芦苇摇了三下，果然出来了一个白胡子老头。他把话说完就往回走，进门一看，媳妇的妹妹已经在家里。当晚，姐妹俩把那一尺绸子剪成碎片，绕成一卷扔在一边就睡了。到第二天，一件特别漂亮的单袍已放在炕头上。

三儿子又骑着猫把单袍送给父亲，父亲穿上单袍一试，长短肥瘦刚刚合身。两个嫂嫂不会做，又来问三弟，三弟说："我只见她把绸子剪成碎片，扔下睡了一觉，袍子就做成了。"两位嫂嫂也照着去做，到第二天碎片还是碎片。父亲知道后又是一顿骂。

又过了几天，父亲家里要设宴请客，两个嫂嫂忙了半天，还没有做出什么像样的茶饭，眼看着客人们都要到了，她们就说："这事也应该让三媳妇来，我们实在忙不过来。"猴媳妇得到信后脱下猴皮去了，这一去人们惊呆了，谁也没想到三儿子有这样美貌的媳妇。她走进厨房不见生火，不见提水，不一会儿就把最好的茶饭摆在客人们面前。酒宴后人们开始唱歌跳舞，两个嫂嫂自以为是头人的女儿会跳舞，首先出来跳了一阵，她们越是做作，客人们越不爱看。人们又请猴媳妇出来跳舞，她的舞姿特别优美，好像脚都不着地，谁都说她跳得太好了。两个嫂子很嫉妒，她们听说猴媳妇把猴皮留在家里了，就对三弟说："你快去把猴皮烧掉，你看现在这样多好，不要让她再变猴子了。"三儿子听了也觉着对，就先回家把猴皮烧了。猴媳妇回到家找不到猴皮，一问丈夫才知道烧掉了。猴媳妇哭着说："那你以后就见不到我了。"当夜睡下，妻子伤心落泪，丈夫也感到心里特别难过。

三儿子睡到天亮一看，媳妇和房屋都不见了，发现自己睡在一块草滩上，这时他才知道上了两个嫂嫂的当。他开始找妻子，但找了很长时间也没有找到，后来他让算卦的算了一卦，算卦的说："你要是穿一双铁鞋向东走，到穿破铁鞋时也许能找到。"

三儿子穿着铁鞋找了好多天。这天他又饿又渴，铁鞋也破了。正好在一个山脚下找到了一眼泉水，他爬下刚喝了两口，就被一个人不像人鬼不像鬼的怪物抓住了。那怪物说："我找的就是你，原来你蹲在这儿。"二话没说，就把他抓去押在一间房子里。

原来这个怪物有四个女儿，三女儿就是猴媳妇。她见自己的丈夫被父亲关起来，就求三个姐妹帮她救丈夫。姐妹们变成四只麻雀来到关人的房间，三女儿给丈夫披了一件麻雀皮，丈夫马上变成一只麻雀跟着她们飞走了。姑娘们的父亲发现她们后马上变了只鹞子追去。三姑娘把丈夫变成了一个拾牛粪的人，姐妹们变成了筐里的牛粪。姑娘们的父亲追上来问道："见五只麻雀没有？"三儿子回答说："刚从这儿飞过去。"姑娘们的父亲一走，她们又变成麻雀往前飞。不一会鹞子又追上来，三姑娘又让丈夫变成了一个卖瓜的，姐妹们变成西瓜。姑娘们的父亲又问道："见五只麻雀没有？"三儿子说："往那边飞走了。"姑娘们的父亲一走，她们又变成麻雀往前飞，刚飞不远鹞子又追来了。三姑娘把丈夫变成了一座房子，姐妹们变成谷穗子挂在门头上。鹞子马上变成一只大公鸡去啄谷穗子，公鸡吃完谷穗之后就飞走了。只有一粒谷子掉在门槛里，公鸡没有看见，公鸡一走，谷子就变成了三姑娘。从此，他们又回到了原来的地方，夫妻二人相亲相爱，日子也过得很富裕，生儿育女，一直到老。

【搜集整理】杨进禄

历史传说歌

尧呼尔来自西至哈至[1]

（一）

唻哪噢，
我尊贵的客人呐，
快走进这温暖的毡房吧！
你们肩披着明丽的阳光，
尧呼尔却把朋友揣在心上。

唻哪噢，
我亲密无间的兄弟们呐，
犹如回到生养你骨肉的家乡。
父母为儿女们荣光，
祖国是尧呼尔真正的亲娘。

唻哪噢，
我举起这明晶的牛角杯哟，
酒浆赶走你浑身的霜寒。
要说尧呼尔不能把朋友原谅，
是因为你将要把历史的苦水品尝。

唻哪噢，
牛粪火燃在我们心中，
天鹅琴哭诉着世代的衷肠。
琴声里流淌千年的眼泪，

① 尧呼尔：裕固族的古称。西至哈至：新疆西部古时一个地名。

手指间凝固着民族的悲伤。

不是因为我喝酒过量，
也不是我生来就爱嚷嚷，
是因为阿尼尕留下了苦歌，
我才有心留给子孙说唱。
谁不知道蓝天是大地的母亲，
尧呼尔说雨水是母亲的乳浆。
高山上有松柏和花朵，
它们都各自有扎根的土壤。

我们尧呼尔民族哟，
是谁把我们子孙生养？
舀一勺眼泪汇成的河流，
也能照得见我们心灵上的创伤。

呵，尊贵的客人哟，
不是我无意把你谦让，
是我那说古道今的阿瓦尕，
嘱咐我要记住尧呼尔的善良。

呵，敬爱的朋友们呐，
不是我无意中提起故乡，
是被灾难夺走生命的父兄，
要我铭记住焚烧民族的火光。

呵，珍稀的来宾们呐，
不是我无意中把情意献上，
是尧呼尔古老的沙米儿酒，
让你在寒夜里摸到春天的阳光。

呵，同胞的兄弟们呐，

不是我无意中对你叙唱，
是琴弦带来故土的浓香，
酒杯里你能见到尧呼尔的血浪。

呵，火一样的年轻人呐，
你听吧，听我说讲，
即使我流下了眼泪，
你可不要误认为今天我有什么悲伤！

（二）
说着唱着阿瓦尕才知道了：
尧呼尔生息在西至哈至的远方，
那里我们有三十五个邻邦①，
第三十六面旗帜是尧呼尔的敬仰。
丰腴明丽的牧场，
镶满了珍珠般的驼马牛羊。
红柳花连上了天空的红云，
沙丘上堆满了金子般的阳光。

慈祥的雪山化下雪水，
每一棵小草都觉得充满力量。
花儿开出了民族的容姿，
松柏筑成长年的绿墙。

在幽静的海子泉边，
白天鹅展开了闪光的翅膀。
彩云间飞来飞去的银雀，
歌唱着尧呼尔的爱情和吉祥。
我们有一万顶牛皮毡房，
我们有十万个民族的儿郎。

① 三十五个邻邦：传说西至哈至有三十五个小国，裕固族为其中一个。

就连与世长辞的祖宗，
也在无瑕的白石堆下埋葬。
大寺院常年香火缭绕，
大活佛每日里闭目合掌。
部落里到处是经幡，
奴隶们却为自己的双手歌唱。

湖滩上布满了部落长们的牛羊，
骆驼队为贵人们驮来荣光。
布谷鸟赶走了寂寞，
毡房里闻得见沙米儿酒香。

贫穷不是奴隶们带来，
富强却是我们用双手造酿。
部落虽然是贵人们的天堂，
寒夜中却有奴隶心上的火光。

老人们生就倔强的脸膛，
深藏着日月赠给他们的粗犷。
就连三岁的木拉、卡斯达尔①，
也能从一数到上万只牛羊。
苦难使我们认识了每一棵野草，
海子水为奴隶们洗净苦肠。
大佛爷袒护着凶暴的部落长，
牧人们却在黑夜里欢聚一堂。

金鹿般尧呼尔小伙子，
把沙米酒当成灵芝一样。
只要海子水不会干竭，
他们就能盛得下“海量”。

① 木拉、卡斯达尔：裕固语“男孩子”“女孩子”。

银雀儿似的姑娘们，
酒歌在她们胸中荡漾。
只要微风轻轻飘洒，
她们也会陶醉在阿哥身旁。

羊脚骨缠上柔软的绒毛，
红腰带系起情人双双。
婚礼歌唱出欢乐和悲伤，
头面等待着团聚的幸福时光。

比玛瑙还要珍贵的孩子们，
把天鹅琴声当作母亲的乳房。
只要阿娜的心儿还在跳动，
他们就永远嬉戏在甜蜜的梦乡。

母亲的乳汁使他们双眼明亮，
驼马牛羊的奶水使他们更加茁壮。
五岁的骑手急马追猎，
每支箭都各有丰富的报偿。

"啦依啦"的歌声随风飘荡，
"牙什扎①"的舞步多么豪放。
苦难的心犹如日月一样明朗，
清泉水也被激动得热泪汪汪。

褐子织进了妇女的向往，
绒毡擀进了男人的直爽。
奶桶里漂满了纯净的酥油，
头面上跳跃着珊瑚的奇光。

---

① 牙什扎：裕固语，一种古老的男女混合欢跳的集体舞，现已失传。

呵，勤劳智慧的尧呼尔，
就像那茂盛的红柳树一样；
在母亲般的西至哈至，
绿了又枯，青了又黄……

（三）

说着唱着阿尼尕才知道了：
尧呼尔来自西至哈至远方，
部落的强盛酿成灾难，
欺辱异族孕育着民族的灾亡。

奴隶们谁不愿安静地生活，
野心却使部落长头昏发狂。
任意杀掉异族的奴隶和牛羊，
显威的屠刀激怒了邻邦。

大地被黑云压得透不过半缕阳光，
一阵腥风撕破了尧呼尔的毡房。
狂风卷走无辜的牛羊，
沙丘上林立着敌人复仇的刀枪。

老佛爷跪膝拜地求苍天，
礼拜寺的钟声给佛殿送进了可怕的凄凉。①
瘟神给部落降下了疟疾，
猎手的羽箭巧射中神像。

部落里顿时失去了吉祥，
尧呼尔不得不举刀抵抗。
部落长培育了恶果，

① 传说当时邻邦小国信伊斯兰教，裕固人信佛教。此句指邻邦强迫裕固族信伊斯兰教而导致的宗教冲突。

奴隶们不得不杀向战场。

美丽的故乡鲜花枯萎，
灿烂的太阳顿时收去了明亮。
刀剑相击拼杀出万点火光，
分不清哪是星星哪是刀光。

血战中男儿们奋勇献身，
心火把故乡的泥土炙烫。
妇女们凝固在血浆之中，
婴儿还偎依着冷冷的亲娘。

战驼背峰入地，
战马四蹄伸向天上，
战刀断裂片片，
尧呼尔面临民族的灭亡。

没有弓箭就不能捕捉虎狼，
没有骆驼就不能在沙漠中游逛，
没有灯光谁敢在黑夜中奔忙？
尧呼尔不得不迅速离乡。

谁知部落长下了命令：
“把老人和孩子全部杀光！”
理由是“杀敌需要青年少壮，
还要把口轻的牲畜赶上！”

悲惨的情景历历在目：
老人和孩童全用牛皮袋装上，
沙坑里传来亲人的哀嚎，
人世间再没有比这更丧尽天良！

酥油已添满了死人的七窍，
佛灯跳跃着烧心的鬼光，
大地下奔流着冤屈的血浪，
尧呼尔从此绝别了歌唱！

不幸中总有万万幸，
有位姑娘竟把父亲珍藏。
骆驼羔皮袋捅开无数小洞，
把老人混杂在驼驮中驮上。

寺院挂上了牛大的铁锁，
黄沙把经堂深深埋藏。
红幡随风飘过红柳树丛，
红柳花抚摸着它遍体的鳞伤。

走吧！冤屈的土地，
离开吧！血染的天堂。
老人的白骨留给故乡的土壤，
孩子的灵魂刻在无情的家乡。

用一千年的风雪雷电，
铸炼出儿孙们的翅膀。
飞回西至哈至，
再建造起父辈们真正的陵场。

螺号声呜咽着民族的不祥，
启明星指给了生存的方向。
银雀鸟展开带血的翅膀，
鸣叫着飞向陌生的东方。

（四）

说着唱着阿扎才知道了：

尧呼尔趁星夜逃向东方，
三个月没敢歇鞍停步，
背后又闪耀着追兵的刀枪。

眼看民族临近灭亡，
奴隶们准备做最后的抵抗。
就在这危急的关头，
骆驼羔皮袋里传出智慧和希望。

“黑夜中不要怕火光，
胆怯时要记住力量。
暴风中不要怕迷失方向，
失望时要记住翅膀。”

“不管敌兵追得多紧，
孩子们都无须惊慌。
快说追兵离我们有多远？
用智慧去惩罚他们更为适当。”

姑娘听到父亲的语言，
说敌兵离我们只有三马站。
“要是阿扎没有办法，
死亡的灾难就会降在眼前。”

老人听完哈哈大笑，
说我们尧呼尔决不会灭亡。
“你快去告诉部落长，
就说你们自己把办法想。”

“乏弱的牛马可以不要，
短刀插在它们后腿上，
乱蹄奔向四面八方，

叫敌人难以辨认我们的去向。”

“剩下的牛马骆驼，
全都连夜倒挂蹄掌，
人们也要倒钉靴底，
然后安心地奔向东方。”

部落长听取了姑娘的忠告，
下令全部落速办。
一千把短刀刺疼乏畜，
东南西北都有它们挣扎的蹄板。

追兵到了此地，
个个被搞得眼花缭乱：
为首的六神无主，
只好放弃了灭族的恶念。

（五）
说着唱着阿娜才知道了：
尧呼尔一路受尽了苦难，
刚逃出敌兵的虎口，
面前的荒沙却一望无边。

驮上的饮水全部用完，
太阳却晒得大地冒烟。
骆驼蹄磨成了纸片，
牛肚皮干瘪得可用针穿。

大漠汲干了人畜的血汗，
皮袋里的炒米只剩下了几餐。
狂风吹倒了皮包骨的姑娘，
小伙子也不得不连声哀叹。

走呀走哟，何时到天边？
跑呀跑哟，何时没苦难？
有谁来救命？
旱魔把尧呼尔逼向死亡的边缘。

在这万分紧急的关头，
骆驼羔皮袋里又传来耆言：
“不要怕吧，孩子们！
老人是智慧的源泉。”

“死亡中活的人，
永远不会怕死；
洪水中幸存的人，
永远不怕水患。”

“大火烧不化的人，
才算是金子；
刀枪中逃生的人，
是尧呼尔的子孙。”

“兄弟姐妹要咬紧牙关，
面对祸难要攥紧双拳。
死亡的魔鬼最怕诚挚的友谊，
苦难中爱情把力量增添。”

“不要哭泣，
眼泪会淹没勇敢；
不要悲伤；
叹息会失去信念。”

“黑泡牛[1]是旱魔的对手，
它闻得到地底下珍藏的清泉。
快放它在前面引路，
人畜要紧跟上不可掉远。”

姑娘把这话说给情人，
大伙儿立即把黑泡牛放到前面。
它哞叫着奔向远方，
尧呼尔的人马跟在它后边。

走了不知多少时辰，
黑泡牛突然停蹄不前。
它俯首闻着一丛麻莲，
犄角把花丛掀翻。

姑娘把干沙掏完，
小伙子又向下挖了三尺三。
没等人们取出木碗，
清泉水已把沙坑喷满。

人喝了三天，
畜饮了九遍。
驮桶又重新装满，
清泉却突然又变成了麻莲。

（六）
说着唱着卡斯达尔才知道：
黑风暴使尧呼尔迷失了方向，
白天像黑夜一样可怕，
头顶寻不见一颗星光。

① 黑泡牛：公牛。

黑风狂吼了三天三夜，
尧呼尔也只能随风奔忙。
大黑风显完了淫威，
尧呼尔却不知被刮到什么地方。

姑娘又急忙求救老人，
老人悄然告诉她不必慌张。
问女儿天上是否有飞鸟，
还问她鸟儿会不会歌唱？

姑娘双眼望穿蓝天，
突然见一只银雀在云间翱翔。
“跟着银雀鸟儿走吧，
它会为尧呼尔带来吉祥。”

人畜振奋启程，
银雀儿引路歌唱。
苦难的尧呼尔有了欢乐，
银雀儿①给民族增添了新的敬仰。

（七）
说着唱着木拉才知道了：
尧呼尔终于看见了绿树新房，
千佛洞高雕着庄严的神像，
万佛峡透过了温暖的阳光。

人们穿着短腰子鞋帮，
麻线鞋底印在三道车辙的路上。
土著的笑脸伸出了花格木窗，
为尧呼尔送来小米和干粮。

---

① 裕固族视银雀为救民族的神鸟，从不伤害它。

黑夜里我们向东赶路，
火镰子冉冉烧着莫合烟的浓香。
土著人说我们会“吃火”①，
鼻烟壶更使他们难以想象。

沙枣花开得遍地清香，
到处是桃李垂柳和白杨。
我们来到“砖包城”② 下，
古城楼上金钟鸣响。

老人听见了钟声，
又对女儿悄悄细讲：
“这儿没有饥饿，
尧呼尔到了安居的地方。”

于是大伙儿请求部落长，
要他去和肃州官商量：
若有剩余的地方和草场，
请借给尧呼尔民族牧羊。

部落长前去说情，
肃州官向朝廷把文书奏上。
洪武帝施下大恩大德③，
让尧呼尔安居在肃州东方。

(八)

说着唱着我们才知道了：
尧呼尔来到八字墩④梁上，

---

① 吃火：关内汉族人把吸烟叫吃火。

② 砖包城：指肃州（今酒泉）。

③ 传说裕固族是明洪武年间迁到河西走廊的。

④ 八字墩：祁连山南麓的黑河沿岸，也称“犹爱”。

祁连山啊可爱的山，
尧呼尔从此有了自己的家乡。

康熙年尧呼尔被定为安家茶马，
九个寺院①又建造在新的土地上。
尧呼尔分居九个部落，
各自都分得肥美的草场。

巴衣雨夭斯湖②面天鹅飞翔，
黄鸭子在蓝天上歌唱。
芨芨草埋掉了骆驼，
尧呼尔学土著筑起了土房。

祁连山中的异族兄弟，
和尧呼尔像松柏满山生长。
吐蕃人赠给我们羔羊，
劳动使我们民族慢慢富强。

（九）

说着唱着子孙们才知道了：
老人在女儿的婚礼上露出脸膛，
部落长这才醒悟：
老人是民族的智慧和荣光。

从此不论是婚礼或是酒会，
尧呼尔都要把老人敬让；
也不论是赛马还是寺院大会，
尧呼尔都要把老人敬仰。

---

① 九个寺院：指裕固族迁居河西走廊后所建的红湾寺、康隆寺、青龙寺、景跃寺、长沟寺、水关寺、明海寺、莲花寺、黄番寺。

② 巴衣雨夭斯湖：今肃南县明花区明海乡苍尔湖。

自古到今，世世代代，
尧呼尔没有把老人遗忘，
是因为西至哈至的土地，
凝固着民族的悲伤。

我要把这支带血的歌，
留给子孙万代叙唱。
让他们永远不要忘记，
尧呼尔来自西至哈至的远方。

【搜集整理】才让丹珍

路上的歌[①]

快到了，快到了，
黄色的地方哟快到了。
一千年以前哟，
王国在这里发展。
来吧，来吧，
到黄色的地方来吧。
来吧，但阿扎怎么办？
用火镰来取火种，
火一着，
人们都高兴得流下热泪。
向着前方，
海市蜃楼出现的戈壁滩走。
黄滩埋下了先辈的骨灰，
住在了黄滩上。

① 路上的歌：相传是从西至哈至移居河西走廊路上产生的，故名。

有什么呢？
在这沙漠般的地方。
沙漠上只有海市蜃楼，
砍些草把牲口喂。
登上高处四下眺望，
招招手，
裕固人全都来了。
茶烧开了，
大伙都喝，
又走向长着西河柳的地方。
回去吧，小孩子们，
回到那有海市蜃楼的地方。
西河柳的孩子个个是英雄，
孩子的孩子是个姑娘。
千年之前就有了发展，
最后长大成人，
名叫达俄孜曼。
小姑娘穿的是花衣服，
小伙子穿的是蓝衣服。
现在总算是住下了，
让阿扎去找那
不容易寻找的珍珠和宝石。
找到了让阿娜戴，
戴上花花宝石真漂亮。
汉人看了真稀罕，
用长长的白线杆我来捻线。
羊群吃着湖滩上的水草，
我用线杆捻着白毛线。
白褐子现在开始织，
路上的歌唤起我的回忆。

【搜集整理】田自成、杨进禄

黄黛琛

《黄黛琛》是一部流传在裕固族人民中的人物传说叙事歌。

相传很久以前，在裕固草原上有一位聪明、美丽、善良的姑娘，名叫黄黛琛。她出生在一个贫苦的奴隶家庭，祖辈都给部落长当奴隶。

黄黛琛十七岁了，按裕固族的习俗就该戴头面了。她那灵巧的双手能替阿娜捻出匀细的羊毛线；她那健美的身姿出没在草原，为阿扎驯月良大群的牛羊；她那美丽的面容和朗朗的笑声，更引来百鸟的欢唱……

女儿已经长大了，母亲发现黄黛琛早已有了心上的人，父亲却盘算如何能用黄黛琛的身价改变自己贫穷的生活。每当老两口商量女儿的婚事，父亲就执意要把她远嫁，换取丰厚的财礼。母亲出自于对女儿的疼爱，央求丈夫就近择偶，选一个称心的男儿。

贫困，并没有使黄黛琛对未来自由丧失信心。相反，随着年龄的增长，更增强她对爱情的追求。可是苦命的黄黛琛怎能知道纯洁的爱情竟然是用鲜血和生命写成的。

阿瓦尕[①]唱：

传说在我们古老的家乡，
有一颗最明亮的星星，
它不在天上闪烁，
却藏在尧呼尔人的心中。

传说在遥远的西至哈至，
有一对最明亮的灯笼。
黑夜里是它照亮了路程，
使尧呼尔人不敢迷进森林。

传说在我们辽阔的故土上，

① 阿瓦尕：裕固语“老爷爷”。

芨芨草、季如菌①，
它哺育了千百只驼马牛羊，
使尧呼尔摆脱死亡的命运。

阿尼尕②唱：

传说在我们富饶的部落里，
有一股清泉日夜奔流。
在清泉滋润的沃土上，
尧呼尔人更加智慧聪明。

传说在我们敬仰的鄂博③上，
白石头堆起了尊严的圣灵。
像筋骨一样竖起的幡杆④上，
凝结着尧呼尔人的无限崇敬。
彩云间飞来白天鹅哟，
你们为啥在海子边栖身？
尧呼尔的兄弟姐妹哟，
在生活的清泉中，
怎么能忘记黄黛琛！

呵——是的，
自古以来我们把白天鹅称颂，
是因为它象征着爱情。
它有着白云般的羽绒，
它有着黄黛琛一样轻盈的身影。

---

① 季如菌：一种菌类植物。
② 阿尼尕：裕固语“老奶奶”。
③ 鄂博；裕固族祭祀山神的标志。
④ 幡杆：插在鄂博上挂经幡的杆子。

（一）爱　情

苦难中的黄黛琛，有一颗纯洁而又坚强的心。她不愿意让自己的命运由别人操纵，更不容别人拆散她和苏尔旦之间那甜蜜的爱情。

他俩每隔九天相会一次。这一天傍晚，黄黛琛又和往常一样，背着父母、兄嫂和弟妹，来到她和苏尔旦相会的海子泉边。

黄黛琛唱：

在美丽的海子边，
大雁唤起了沉醉的春天；
勤劳的尧呼尔牧人哟，
像沙漠中的红柳一样勇敢。

富饶、茂盛的牧场哟，
是我们民族的摇篮；
在这块沃土上穷人流尽血汗，
把珍珠似的牛羊撒满。

在这茂盛的芨芨滩上，
布谷鸟年年衔来绿色的春天；
马驹儿自由地奔跑哟，
生活是尧呼尔人智慧的源泉。

在母亲般的家乡，
海子水像明镜在草毡上镶嵌；
百花开放在金色的湖畔哟，
我的心和水中霞光连成一片。

白天鹅洗梳洁白的羽毛，
是为了飞向蓝天；
我凝望着水中的笑颜哟，

等待着阿哥苏尔旦。

海子水荡起轻轻的波澜，
水中映出明月的笑脸；
成对的水鸟游栖在芦苇深处，
我的心呵犹如火焰一般。

在无限幸福的遐想中，黄黛琛借明亮的月光，穿戴起和苏尔旦共同精心制作的准备结婚时用的头面。她爱抚地摸着苏尔旦用心血磨就的一颗颗“董①”，羞怯而甜美地唱：

双手才能绣出美丽的头面，
双眼才能看见水底的霞片。
双海子流出了潺潺的清泉，
双翅才能飞向阿哥的身边。

在离黄黛琛不远的水中，一只白天鹅俏皮地打着翅膀唱道：

美丽的黄黛琛哟，
你的心儿将飞向何方？
是云，是霞？
是水，是浪……
呵！我早就猜出来了：
只要你永远像我们一样忠贞，
你就会插上金色的翅膀。

海子水高兴地祝贺唱道：

贤惠的黄黛琛噢，
难道你真要离开生养你的爹娘？
是近，是远？
是暗，是亮……
呵，我早就明白了：

① 董：裕固族妇女头饰上用的材料，白色圆形，大多用贝壳磨成，也有用白石头磨制而成。

我用每一片波浪，
衷心地祝贺你和苏尔旦成双。

月亮微笑着表示赞同，唱道：

聪明的黄黛琛呵，
你的心儿难道也在自由的天上？
是金，是银？
是火，是光……
呵，我早就明白了：
是日月给了你勇气和力量，
是星辰赋予你才智和善良。

黄黛琛好像听懂了它们的话，感激地唱道：

圣洁的白天鹅哟，
我的胸怀像蓝天般宽广。
假若你愿借给我翅膀，
我定会降落在阿哥身旁。

甜蜜的海子水哟，
是你给了我滴滴血浆。
即使我有一天离开了你，
你也会永远在我身上荡漾。

明净的月儿哟，
我的心和你的光芒一样。
倘若你的光华洒在阿哥身上，
他也会感到无限明快、清爽。

圆月之下，传来了牧人之子苏尔旦豪放的歌声。随着歌声，苏尔旦那健壮的身影映落在黄黛琛身旁。苏尔旦唱道：

温暖的海子边哟，
莲花常开放。

海子水哟，
也漂满了芳香。
和森弩[①]约会的地方，
必有火一般的温暖。
我们勇敢的生命，
生息在可爱的家乡。

在碧绿的海子边哟，
沙米花儿常开放。
金子般的沙丘，
也披上了彩云般的衣裳。
黄鸭子飞来飞去，
歌声是那样优美高亢。
我们勤劳的尧呼尔人哟，
像放射在大地上的万道霞光。
珍珠似的黄黛琛哟，
早已串在阿哥的心上。
我们两颗心啊在一起跳荡，
你快摸摸吧——
在你的胸中，
还是留在我的心房？

黄黛琛唱：

自从阿娜把心儿给了我，
我就把心血溶在海子水里。
要是你真想喝口清泉水，
也应该和我一样。
快把心儿掏出来献上，
让两颗心铸成明镜，
一生一世闪耀出日月的光芒。

① 森弩：裕固语“妹妹”。

苏尔旦唱：

星星多哟数不清，
森弩是最亮的启明星；
沙粒蜜哟淘不尽，
阿哥是颗沙里金；
海子水呀亮晶晶，
森弩的心血和甘霖；
千年百载流不完哟，
阿哥愿变成腾云的龙。

黄黛琛与苏尔旦同唱：

要问我们情意有多长，
就问海子水送走了多少时光；
要问我们情意有多深，
就问海子水中的芦苇根。

苏尔旦唱：

沙漠中的清泉水，
就像血浆一样珍贵；
寒夜中的篝火哟，
就像救命星一样稀罕。

黄黛琛唱：

饥寒中的友谊哟，
就像太阳一样温暖；
贫困中的爱情哟，
就像白玉一样纯洁。

海螺磨出的“董”哟，
已在头面上嵌满；
虽没有千万颗璀璨的珍珠，
红玛瑙却在我们心中镶满。

苏尔旦唱：

吉日的晨光哟，
已洒在阿哥的房前；
虽没有绫罗绸缎，
爱情却赶走了心上的严寒。

黄黛琛与苏尔旦同唱：

一对白天鹅将要飞向蓝天，
彩霞为我们铺上绒毯，
海子水为情人映出俊美模样，
芦苇花为恋人拨动悦耳琴弦。

一对情人在明月下，手挽手地离开海子泉边，依依不舍地分离了……

（二）逼　婚

海子的水被狂风掀起，
吉日的阳光被黑云遮挡。
狐狸已窜进了苇塘，
白天鹅哟将遭受无辜的夭殇。

在黄黛琛和苏尔旦相互倾吐爱情时，部落长保尔威却派他的总圈头①来黄黛琛家求亲。

当黄黛琛从海子湖边回来时，正好碰上总圈头。圈头唱道：

天上的太阳属一方，
地下的部落长就为王；
姑娘天生嫁儿郎，
金玉还要配珐琅。

保尔威家中的百鸟中，

① 总圈头：部落长的大管家。

就差一只金翅的凤凰；
保尔威家中的玉床上，
就缺一个莲花般的姑娘。

佛爷的意志谁敢违抗，
保尔威选中的姑娘谁敢阻挡；
为接你我脚下铺满了白银，
要护送你走进金色的毡房。

黄黛琛听后，冷笑一声，愤怒地回敬了总圈头，她嘲讽地唱着：

我不是金玉，
谁要佩戴血的珐琅？
我不是珠宝，
更不需要贪得无厌的狼！

只有那日月的光辉，
才能分得清人和鬼的模样；
只有姐妹惨遭保尔威蹂躏，
多少情人被保尔威拆散鞭伤！

宁可让日月星辰失去光明，
也不为魔窟送进半缕阳光！
宁可让江河湖泊终年枯竭，
也不叫它变成喂狼的血浆！

总圈头听完气坏了。为了捞到主子的赏银，只好忍气吞声，花言巧语地诱骗黄黛琛，他假惺惺地唱道：

天上的星星多又多哟，
你总得看一看哪颗最亮；
地上的宝石多又多哟，
你总得看一看哪块发光。

草原上的毡房多又多哟，
你总得看一看哪顶最宽敞；
世上的男子汉多又多哟，
你总得听一听哪个最有威望。

聪明勇敢的黄黛琛毫不示弱，针锋相对地回敬道：

海子水虽不能充饥，
喝着它却解渴、清爽。
保尔威家的酒虽装满牛皮囊，
气味却臭得过六月天的死羊！

奸诈的圈头无计可使，索性将来定亲的事儿供了出来，他百般纠缠地唱道：

黄黛琛呀黄黛琛，
你是个多么傻的姑娘。
保尔威家里有的是金银和包茶，
更不缺那绫罗绸缎和衣裳。

黄黛琛呀黄黛琛，
你是个多么可笑的姑娘。
保尔威家有的是奶牛和走马，
更不缺镶珠宝的头面和牛皮新房①。

黄黛琛呀黄黛琛，
你是个多么没有孝心的姑娘。
你阿扎一生没见过白花花的银子，
你阿娜一世没尝过包茶有多香。

黄黛琛呀黄黛琛，
你是个多么没有良心的姑娘。
你哥哥一生没骑过骏马，

① 牛皮房：传说裕固族在很早以前，有钱人家用马、牛、骆驼皮做毡房。

你嫂嫂一生没闻过奶香。

黄黛琛呀黄黛琛，
你是个多么没有眼色的姑娘。
你弟弟一世没尝过牛背子①，
你妹妹一世没见过珠宝的光亮。

黄黛琛呀黄黛琛，
都说你是个顶聪明的姑娘。
你难道不愿仔细想一想：
离开了海子水草，
天鹅哪还有安乐的地方？

黄黛琛听完后，十分激愤，义正辞严地唱道：

白天只有一个太阳，
夜晚只有一个月亮；
星星是伴我的姐妹，
苏尔旦是我唯一的情郎。

我只有一个父亲，
生我的只能是亲娘；
再富足的保尔威家，
也不如苏尔旦的破毡房。

父亲即使得了白银子，
我也要为他洗掉肮脏；
母亲即使得了茶叶子，
我也不会把她原谅。

哥哥即使得了骏马，

① 牛背子：牛臂部的肉。

我还会把马拴在你家朽木桩上；
嫂子即使得了奶子，
我也要将奶水倒在灰堆上。

妹妹即使得了宝珠子，
我会把珠子扔到你家圈滩上；
弟弟即使吃了牛背子，
我也要叫他吐出来让你再尝！

这时圈头奸笑一声唱道：

可惜呀，可惜呀！
荒唐哟！真荒唐！
谁家的丫头敢顶嘴，
家教不严的野姑娘！

父母生就你的命，
你怎敢用狂言把人伤！
羊肉煮烂在锅底里，
我把实话对你讲：

十二两银子你父亲已经揣上，
十二包茶叶你母亲已经品尝；
十二岁走马你哥哥已经骑上，
十二桶奶子你嫂子锅里飘香；
十二颗宝珠你妹妹已经戴上，
十二斤牛背子你弟弟已供上；
十二只羔羊定为娶你的聘礼，
十二瓶美酒将要摆在喜宴上。

黄黛琛知道，可怜的父母见财心迷，上了圈头的当，她又气又急地唱道：

上当的人算不上魔鬼，
吃肉的狼常假装尊重绵羊；

受骗的父母不会把女儿忘掉，
黄黛琛永远是他们的希望。

十二两银子变成驴粪，
十二包茶叶让它霉脏；
十二岁骏马让它断腿，
十二桶奶子变做泥浆。

十二颗宝珠变成牛粪，
十二斤牛背子蛆爬满；
十二瓶毒酒变成血泪，
十二只羔羊喂给野狼。

圈头听完，怒不可遏，气急败坏地唱道：

石头久了变成沙子，
树木枯了变成渣子；
牛羊老了就该杀掉，
女人老了一钱不值。

黄黛琛唱道：

飞沙会迷住了乌鸦的眼睛，
枯木会烧毁魔鬼的殿堂。
有刀要劈开海子水哟，
黄泉若有路，
我就去你家闯鬼关！

圈头奸笑一声，对黄黛琛威胁地唱道：

好话不如马放屁，
牙齿不如刀子利。
到时候，嘿嘿！
绳绑马驮也得去！

圈头唱完，扬鞭而去。黄黛琛无限悲愤地走向茫茫沙滩，去找苏尔旦……

（三）冤　仇

呵咾咿——
沙枣花被冰雹打落，
再不会散发出盖地的香气；
爱情的神鸟被狂风折断两翅，
再不能自由地比翼双飞。

海子水卷起怒涛，
为黄黛琛鸣冤叫屈；
白天鹅惊飞天际，
给苏尔旦送去了噩息……

黄黛琛一路唱着悲愤的歌：

阿哥哟，
你在哪里？
快来救命哟，
救救你的黄黛琛。

阿哥哟，
你在哪里？
暴风撕碎了我的心，
乌云蒙上了我的眼。

阿哥哟，
你在哪里？
我的翅膀快被折断，
我的羽毛也将落完。

阿哥哟，

你为何听不见！
雷声替我呐喊，
闪电为我劈难……

可是，苏尔旦早已走远。狂风呼啸，沙尘弥天，可怜的黄黛琛没有追上阿哥，只好哭泣着回到家里。一进门，嫂子便骂道：

不要脸的小姑子，
半夜三更寻不见。
礼物送来一屋子，
你的命儿真不贱！

哥哥又骂道：

你哪里像我的亲妹子，
好话说了几褡裢。
如今选了个好门子，
收拾穿戴不可爱。

父亲也骂道：

累死累活养大你，
难道你盼我早点死？
今天把你嫁出去，
让你阿扎舒坦地过些好日子。

母亲又疼又怜，痛哭着唱道：

好花开不长哟，
时光流不断。
听你阿娜一句话吧，
命里注定苦和甜。

见了公公别开言，
见了婆婆听使唤；
见了哥哥别抬头，

见了嫂子别翻脸。

见了客人别端碗[1]，
见了生人绕个弯；
见了牛羊要爱怜，
见了柴火多积攒。

呵，可怜的女儿，
你虽是我的心肝，
可我也是你的苦命根呵，
饶恕我吧，阿娜永远把你挂牵。

黄黛琛听完后，昏死了过去……几天后，苏尔旦听到黄黛琛被逼嫁的消息，他激愤地唱道：

忽听得大雁哀嚎，
白天鹅又送来带血的羽毛；
晴空一声霹雳，
闪电送来了祸兆；
海子水破成了碎片，
星月也把眼泪抛洒。
难道我心上的黄黛琛哟，
就这样被虎狼吃掉？

白天鹅忧伤地唱道：

勇敢的苏尔旦哟，
且听我言：
在这堆满白骨的人间，
鲜花怎能不受到摧残！

① 旧社会，裕固族妇女在客人面前不能端碗，不能抬头正视。

月亮含恨唱道：

苦命的苏尔旦哟，
且听我言：
在这茫茫无垠的荒野上，
泪水决不比笑脸少！

苏尔旦悲愤满腔地唱道：

呵，苍天噢，
难道你看见的全是尸骨？
呵，大地哟，
难道你掩埋的尽是头颅？
不！鹿茸即使干成骨头，
也决不容野兽吞噬！

苏尔旦恸哭时，有几个朋友来陪劝他。大家商定：利用新娘“打尖”的机会，救出黄黛琛。

到了娶亲的日子，黄黛琛坚决不从，保尔威无法，就派圈头去抢亲。于是，圈头率领十几个家奴，将黄黛琛绑押在骆驼上，抢了回来。路上，圈头得意地唱道：

世人都骂豺狼最坏，
那是愚人的一孔之见。
若没有豺狼的威严，
牛羊岂不在夜里四处逃散？！

荒芜空旷的大沙滩，
有时竟闪现出蜃楼宝殿。
眼前这朵瑰丽的阿拉花①，
却让我换来主子的串串银钱！

高兴吧，姑娘！
你为什么总不开言？

① 阿拉花：美丽的彩花。

天上的大雁看见富饶的海子，
也会鸣叫得喜地欢天。

快看哟，黄黛琛！
在保尔威老爷的眼里，
你那乌黑的长发，
胜过千里草滩；
你那闪光的双眼哟，
胜过明亮的清泉。
难道说人间的富贵哟，
真的在天？
呵——不！不！不！
看！这不，就在你眼前！

黄黛琛在骆驼上挣扎着骂道：

呸！骆驼粪烧透了变成灰，
黄黛琛死了变成鬼！
总有一天鬼哭黄沙飞，
叫你们这些老爷永去享富贵！

圈头人马快到海子边了，藏在芦苇里的苏尔旦和朋友们，手持抛石头的“奥老喂”①，跑出来挡住了圈头的去路。苏尔旦唱道：

忽听得耳边传金锣，
只见那亲人受凌虐。
苏尔旦上前来拦截，
愤怒的胸中涌热血。
黄黛琛呵！
你为什么如此悲咽？
沙米儿能赶走饥饿，
红柳柴能烧起烈火。

① 奥老喂：裕固语，裕固族古老的抛石头的工具。

只要我们在人世上活着，
两颗心永远在一起欢乐。

黄黛琛听见苏尔旦的声音，就如出笼的小鸟，挣扎着跳下骆驼，苏尔旦忙上前扶起她。黄黛琛唱道：

白云哟，
给我送来了羽毛，
我又能在蓝天上飞翔。
只要海子水永不枯竭，
我将永远在水边栖落。
阿哥哟，
只要你在我身边，
即使严冬无情天地寒冽，
心头的烈火永不熄灭。
愿我们像红柳一样顽强，
狂风吹不散海誓山盟的婚约！

圈头一见此情，不知所措，急唱道：

要是没有酒喝，
就去吃几口醉马草；
要是没有银子，
就别在我面前胡闹！

黄黛琛是保尔威的眼珠儿，
苏尔旦是荒滩上的骆驼蒿；
要是把保尔威老爷惹怒，
杀你俩就像割蓬草！

黄黛琛和苏尔旦听完，只觉得好笑，他俩嘲弄起圈头，忿忿不平地唱道：

天上的星星多又多，
保尔威家中可曾亮？
地上的芨芨多又多，

保尔威家中可曾尝?

天上的日月明又明,
保尔威为啥是黑心肠?
地上的泉水清又清,
保尔威家为啥是臭水塘?

早晨的草原最清爽,
太阳为我们带来生活的希望;
雨后的彩虹最漂亮,
蓝天使我们心驰神往。

三九三的锁阳①最甜美,
大地赋予我们勇气和力量;
穷人的爱情似花香,
清泉浇灌着我俩割不断的心肠。

手中宁肯没有一根羊毛,
也不留下保尔威的道道鞭伤;
面前即使没有一只羔羊,
也不欠那还不清的血泪账。

身上虽无一块烂毡,
身后的脚印却永远不会肮脏;
头上虽无一顶帐篷,
明月却为我们衷心歌唱。

我们虽没有一件完好的衣裳,
高高的芨芨草却能挡住寒霜;
保尔威家虽有数不清的皮衣,

① 锁阳:沙、碱财中生长的一种菌类植物,可食,入药,呈紫红色茄子状。

可绝不是穷人落脚的地方。

我们虽整天忍受着饥饿，
心底却永存穷人的善良；
保尔威家虽有数不清的米粮，
只能喂饱那贪婪的恶狼！

圈头一听，怒火冲天，骂唱道：

管天的是太阳，
管夜的是月亮；
管地的是部落长，
管鬼的是阎王！

黄黛琛轻蔑地回敬圈头唱道：

太阳管天暖洋洋，
月亮管夜亮堂堂；
保尔威管地养狐狼，
阎王管鬼比他强！

圈头见苏尔旦等人来势不妙，赶忙命令家奴上前押黄黛琛。苏尔旦护住黄黛琛，其他人和家奴厮打起来。突然几个家奴打倒了苏尔旦一个朋友，苏尔旦忙去抢救。家奴又扑向黄黛琛，黄黛琛逃向海子，苏尔旦连忙向黄黛琛奔去。黄黛琛见苏尔旦来了，两人跳进水中……圈头见黄黛琛和苏尔旦跳了水，顿时吓软了腿，连忙喝令家奴下水打捞黄黛琛。圈头凶狠地唱：

呵——
他俩双双跳进水，
急得我忙把家奴催。
苏尔旦死了自倒霉，
黄黛琛绝不能变成鬼！

就这样，苏尔旦在海子水底安息了。苦命的黄黛琛被家奴打捞上岸后，又被抢进了保尔威的魔窟……

（四）屈　死

石头碎了更坚硬，
玉石碎了更透明；
心儿碎了情更长，
骨头碎了仇更深。

臭水里照不见月亮的影，
狼巢里留不下绵羊的命；
狐狸即使把天鹅吃尽，
雪白的绒毛却永远洁净。

走了三天三夜又三个时辰，黄黛琛被保尔威关进阴湿的牛棚。脖子上套上了拴狗的铁绳，双脚又牢牢地绑在桩根。宁死不屈的黄黛琛想起苏尔旦的惨死，无限悲痛地唱道：

我是失群的孤雁哟，
被狂风卷进了云层。
眼前没有一丝光明呵，
心中只有我阿哥的身影。

冤屈的阿哥哟，
魔鬼虽夺走了你的性命，
鲜血却染红了我们的爱情。

等着我吧——阿哥哟，
有一天我报仇雪恨，
再让我们永远同栖在水中……

狡猾的保尔威，并没有立刻逼黄黛琛成亲，而是让黄黛琛去三百里外放牧羊群。黄黛琛在羊群中唱道：

光阴难熬尖刀剜心，

浑身都留下保尔威的鞭痕。
宁可让泪水洗掉悲痛，
决不让眼里掉进沙尘。
黑胡子本是白胡子生，
保尔威呀人面兽性！
多少姑娘被你糟蹋，
黄黛琛我决不贪生！

黄黛琛一心想报仇。她将一把小刀磨了又磨，日夜带在身边。如有机会，她定要杀死保尔威……就这样过了一年多，还不见保尔威的影子。黄黛琛忍受着饥饿、劳累、寒冷，一边干活，一边耐心地等待着……

酷暑烧沸了心血，
寂寞凝固了星星；
香火①燃尽了长夜，
伤痛唤醒了黎明。

春天里阵阵寒风抽咽，
为什么听不见布谷鸟的歌声？
因为园子里的百花凋零哟，
美丽的黄黛琛变成花丛中的枯根。
褐子织了几百卷，
衣服穿得只剩领，
鞋子穿得只剩帮哟，
帽子戴得只剩顶。

夏日里道道闪电划破夜空，
为什么不见喜雨降临？
因为它化成了黄黛琛的泪水，
苦泪浸泡着苦心。
干柴拾了几千捆，

① 香火：裕固族旧时夜间用于照明的物品。

腰背弯成一张弓。
酥油打了上千斤，
一天两顿“青稞珍”①。

秋天里片片黑云翻滚，
为什么没有金果和银杏？
因为黄黛琛的血汗哟，
只喂肥了保尔威的羊群。
骨头只剩一根根，
两眼望穿盼家信。
母亲的死活有谁知哟，
黄黛琛的苦难谁心疼！

冬夜里声声冰雪崩，
为什么不见阳光暖人身？
因为善良的黄黛琛，
火热的心儿早变得冰冷。
乌黑的长发落满霜，
头面破得只剩“董”。
手脚冻裂鲜血红，
寒风刺骨罪受尽……

苏尔旦死后整整一年了。这一天傍晚，黄黛琛跪在沙丘上正伤心地哭泣时，保尔威却突然来到她的身后。保尔威奸笑一声唱道：

呵咾，牙什拉依咾②！
花儿败了又开，
鸟儿飞了又落。
花儿美了谁不来，
鸟儿晚归都有窝。

① 青稞珍：将青稞磨成碎粒状，一般用来作狗食的料。
② 牙什拉依咾：裕固语“唱支最好的歌”。

我家有吃又有喝，
哪怕你脚下铺绫罗。
只要你今日归顺我，
从此你家也飘进吉祥的云朵。

仇人相见，分外眼红。黄黛琛悄悄抽出小刀，边唱边等保尔威靠近。她心中唱道：

做梦的狗，
想吃掉骆驼。
狠毒的蛇，
想吞下天鹅。
酥油渗进柴火，
必定烧起大火。
恶狼只要靠近火堆，
烧它一个万死不活。

唱完后，黄黛琛猛扑上去，使尽平生力气，将小刀插向保尔威的胸膛。保尔威一闪，刀子刺进他的胳膊。保尔威像受伤的恶狼，嚎叫起来，家奴们听见赶来，黄黛琛已逃走了。保尔威命令家奴速去追捕，可怜的黄黛琛因受尽折磨，身体十分虚弱，没跑多远，就又被抓了回来。保尔威将她绑住，拴在马尾上，拖进了魔窟……

在阴湿的牛圈里，和一年前一样，黄黛琛又被一根黑牛毛绳绑缚着。她满脸是鲜血，衣服已经被柴火刮成“索索柴”① 了。她精疲力竭，一躺倒就合上了双眼。

突然，她眼前展开了美丽的莲花，白天鹅在海子水中自由地游荡……黄黛琛在梦中唱道：

莲花哟朵朵开放，
我的心为何如此惆怅？
天鹅们凌空飞翔，
我的翅膀为何被牢牢捆绑？

清泉水涓涓地流淌，
我的鲜血为何凝固在心上？

① 索索柴：沙漠中的蓬棵。

日月普照大地闪闪发光，
我的眼珠为何老被泪水遮挡？

天神呵，
都说你给世上带来如意吉祥，
我眼前却为啥一片凄凉？
都说你专为人间送喜造福，
我耳边却为啥尽是哭泣感伤？

别骗我了，
我是苦水的波浪。
别哄我了，
我是血养的姑娘。
别吓我了，
我是冤鬼的灵光。
别挡我了，
我是地狱中的刀枪。

走吧，走噢！
翻过三座沙丘向后望：
可怜的母亲泪流光。
走吧，走呀！
翻过六座大坂向后望：
家乡终年夜茫茫。
走吧，走哟！
翻过九座雪山向后望：
看不见草滩和牛羊。
走——没有路呀！
又有深渊万千丈……

梦中，黄黛琛站在深渊边上，眺望着家乡。她怀念地唱道：

呵，我看见了呀，

我那上了当的父亲；
他手捧着银子，
却卖掉了女儿的性命。

呵，听说了呀，
我那可怜的母亲；
双眼已经哭瞎，
却未见女儿的面颊。

呵，我猜着了呀，
我那狠心的哥哥；
他骑上了骏马哟，
哪知道我受尽折磨。

呵，我知道了呀，
我那贪婪的嫂子；
牛奶挤了一桶，
哪知道我苦大仇深。

呵，我想起来了呀，
我那无知的小妹妹；
她虽然戴上了宝珠子，
却逃不脱和我同样的命运。

呵，我听见了呀，
孤单的小弟弟在呜咽；
苏尔旦比他哥哥亲，
黄黛琛更是他最亲的人。

黄黛琛在梦中又看见一位打酥油的老妈妈，唱道：
打奶子的老妈妈哟，
你快救救姑娘可怜人；

替我把毛绳松一松呀，
你能打出酥油千万斤。

打奶子的老妈妈哟，
你快挨近姑娘身；
给我灌口“打拉水”① 哟，
你挤的牛奶流不尽……

打奶子的老妈妈没敢走近黄黛琛。突然，奶桶倒了，奶子全部流在地上，老妈妈吓跑了。黄黛琛接着唱道：

牛毛绳子你再别紧哟，
让我去看一眼母亲；
你若能放开我，
让我去水中会亲人。

突然，她在梦中又发现一队大雁，黄黛琛忙向大雁求情唱道：

大雁呵，求你停一停，
请捎一百零八封书信给父亲；
每个字上都有血，
每句话里都有情。

大雁呵，求你救救命，
请捎一百零八颗珍珠给母亲；
我连接起头发千万根，
让她永远牵住女儿心。

大雁呵，请你再捎个口信：
我的水井七十丈深，
没绳无法吊柳斗桶；
若要哥哥搓一根绳，

① 打拉水：取尽酥油的奶水。

请你扔进我的门……

在梦中，黄黛琛听见月亮在为她哭泣，她又唱道：

明月呵，请你作见证，
我虽然被折磨了一生，
可我和你一样呵，
还留着一颗最纯洁的心。

保尔威把我不当人，
他家的牛羊全遭瘟；
我的冤魂缠住他，
叫他全家死干净。

让我的长发变成青湖滩，
让马驹儿畅快地吃个尽；
让我的鲜血变成清泉水，
让穷人和牛羊日夜来痛饮。
让我的双眼变灯笼，
受苦人夜行走明路；
让我的白骨变做幡杆，
我要和苏尔旦一起飞升到白云里，
永远倾吐纯洁忠贞的爱情。

在梦中，黄黛琛看见一朵莲花正在井口盛开。她忙走了过去，突然苏尔旦从莲花中站起来走向她。悲喜之中，两人紧紧地拥抱在一起。可是，一转眼，苏尔旦又不见了。黄黛琛大声呼唤，惊醒了……

黄黛琛异常悲伤，她挣扎着站起来，磨断了身上的牛毛绳，奔向一眼水井……

尾　声

从此，黄黛琛的名字永远留在尧呼尔人民心中，人们至今还在歌唱她、赞颂她……

阿瓦尕唱：

有名的黄黛琛呵，
你那纯洁的爱情，
是尧呼尔人的骄傲，
是我们民族的忠魂，
几百年来没有把你忘掉。
是你用生命赢得人民的赞颂，
几辈人一直把你崇敬，
因为你是尧呼尔人向往自由的心灯。
美丽的黄黛琛，
你的灵魂是那样的美好。
好像雨后的彩虹，
谁不愿常留在心中！
一对白天鹅飞进白云，
这多像你和苏尔旦的化身！
愿你俩与日月共存，
永生永世甜蜜相亲。
让我们尧呼尔的子孙，
都懂得苦难中的爱情。
安息吧！在你俩酣睡的泉边，
弹奏起深沉古老的天鹅琴①。
安息吧！美丽、贤惠的黄黛琛，
你永远是尧呼尔人心中的女神。

【搜集整理】才让丹珍

① 天鹅琴：裕固族传说中一种弹拨乐器，白色，七根弦，因形状似天鹅落地而得名。

说着唱着才知道

听老辈人说唱才知道了，
西至哈至是我祖先的故乡。
许多年前那里灾害降临，
狂风卷走牲畜，
沙山吞没毡房；
河道干涸无水流，
草原荒芜无马牛。
寻不见我们尧呼尔的寺院，
找不到黄金铸成金顶的经堂。

灾难降临的时刻，
敌人又跑来趁火打劫。
马蹄扬起黄沙，
刀剑迸出火光。
我们笃信佛祖的祖先，
为抵御异教徒的侵略，
人人勇敢地挺起胸膛，
都为民族的生存打仗。

我们尧呼尔人坚持抵抗，
尽管我们人数很少，
虽然寡不敌众，
流血伤亡惨重，
男女老少宁死不降。
尧呼尔不是任人宰割的羔羊，
部落头目商量决定，

天黑突围奔向太阳升起的地方。

走过了千佛洞①，
穿过了万佛峡②，
酒泉城下把营扎。
走上那高高的祁连山，
望见了辽阔的八字墩草原。
草绿花香的草滩，
水草丰美的牧场，
从此变成我们可爱的家乡。

尧呼尔从西迁到祁连山，
这是明朝洪武年间的事，
距今有好几百年的时光。
西至哈至的歌世代传唱，
说着唱着才知道，
知道尧呼尔民族来自西方。
尧呼尔民族英勇顽强，
民族的历史永记心上。

【搜集整理】田自成

① 千佛洞：今敦煌莫高窟。
② 万佛峡：今安西榆林窟。

我们来自西至哈至[1]

（一）
哎！
部落里产生了争端和纠纷，
我们从西至哈至启程。
哎！
从西至哈至向东走哟，
经过了千佛洞万佛峡[2]。
哎！
站在了八字墩[3]半山上眺望，
远处有一片黄色的草场。
哎！
沿着横路向前走，
住在了长着西河柳的黄滩上。

（二）
我们是从西至哈至迁来的民族，
依靠了先辈的智慧没有死在路上。
泡牛刨出一眼清泉不曾渴死，
汉人给了粮食途中才没断粮。
用火镰和火石打出火种来[4]，

① 西至哈至：地名，传说中裕固族先民居住的地方，不见于史籍。
② 千佛洞：今敦煌莫高窟；万佛峡：今安西榆林窟。
③ 八字墩：在今青海省祁连县境内。
④ 火镰火石：古时候一种引火工具，用铁制的火镰和火石相撞，发出火星，火星燃着火硝蘸过的纸绒，就可燃火。

威武地越过七座山冈。
站在八字墩顶上四下瞭望，
转来转去驻扎在红柳滩上。
走呀走，
最后住在长满西河柳的地方，
康熙年间把茶马[①]交上。

（三）
在那西至哈至时，
我们曾经开过会。
把爷爷们都请来，
把舅舅们也都请来商量。
经过历次战争，
裕固人已面临灭绝的危险。
有地位的人快把办法想，
在这生死存亡的紧急关头。
大伙儿快拿主意吧，
趁着这月色明亮。
有人说：
“尧呼尔人必须离开西至哈至，
赶上牛羊，
让骆驼把东西驮上。
现在应当马上离开西至哈至，
不然敌人会把尧呼尔人全杀光。”
众人经过反复考虑，
最后决定：
离开故乡，
即刻启程。
狂风大作，

① 茶马：清代，裕固族要向朝廷纳税，以马代税，清廷以茶易马进行交易，为朝廷取得大批战争用马，故称“茶马”。

疾病流行，
我们遇到了很多灾难，
征途漫漫道路艰险。
九个困难，三个困难①，
然而最大的困难是水已喝完。
安家部落②把母亲和父亲驮上，
于是他们向老人请教怎么办。
“把犏牛和骡子饿上三天，
然后把它们放出圈。”
犏牛用角刨土，
在沙漠中挖出一眼清泉。
走过千佛洞的时候，
全族人集中起来协商，
经过七个部落的讨论决定：
祖祖辈辈
让安家部落人把头目当。
从此后，
在安家部落的带领下，
步调一致，
继续向前方。

（四）
哎！
我们是从西至哈至走来的，
尧呼尔人用骆驼驮着老年人，
走到千佛洞那个地方。
从千佛洞又走到八字墩顶上眺望，
八字墩下有条横路通向远方。
沿着横路走见到了人烟，

① 东部裕固人以“九”“三”为多，此意为困难很多。
② 安家部落：大头目家。

到了汉族地区才没有饿死在路上。
从那里又走到了酒泉城，
又从酒泉城走到有黄土的地方。
走过了长着红柳的地方，
经过了长着西河柳的地方，
从那里走到了一片黄色的草原上。
在那里驻扎以后，
又出发走过了一片黄色的沙丘。
到了长着一棵树的地方，
种牛刨土刨出了一眼清泉。
在有水的地方，
先辈们才没有渴死。
这是什么地方，
问了之后汉人说是盐池河。
于是有十八家人，
就在盐池河这地方住下。

【搜集整理】田自成

尧呼尔的家安下了①

走啊！走啊！
走到了！
白鞭麻在高山上生根开花。
转啊！转啊！
转到了！

① 裕固族举族东迁，此歌记述了迁徙走过的历程，白鞭麻开花是在祁连山，长红柳的是今日明花草原。

长红柳的滩上安下了家。

【搜集整理】田自成

黄黛琛

（一）

黄黛琛，
黄黛琛，
有名的黄黛琛。
阿扎答应把她许给远处，
阿娜答应把她许给近处。

阿扎为了使白银，
索要了银元；
阿娜为了喝香茶，
索要了整块的茶砖；
阿格①为了骑走马，
索要了口轻的公马；
恩改②为了挤牛奶，
索要了健壮的乳牛；
森诺③为了戴珍宝，
索要了珍珠玛瑙。

① 阿格：裕固语“哥哥”。
② 恩改：裕固语“嫂子”。
③ 森诺：裕固语“妹妹”。

阿格们研究商定怎么样送亲，
姑艾[1]们研究商定怎么样做嫁妆，
恩改们研究商定怎么样帮忙，
公婆们研究商定怎样办喜事，
妯娌们研究商定怎么样赴喜宴。

早晨的启明星从东方升起，
马镫哗哗作响，
人们忙着备骒马。
我骑上乳白色的骒子，
急急忙忙起了程。

我身上穿的衣服，
只剩下长衫前襟的上半截；
我头上戴的派尔克[2]，
只剩下帽穗子的根部；
我脚上穿的高统靴，
只剩下靴腰和靴帮。

灰狗的狗食，
是我似宴席般的美食；
灰狗的狗窝，
是我似上等客房般的卧室；
用灰狗的毛捻制的长衫，
是我像似绸缎般的衣裳。

早晨我挨的是双数的皮鞭，
打得我浑身是伤；
晚上我挨的是双数的红柳条抽打，

① 姑艾：裕固语“姨娘”。
② 派尔克：裕固语“帽子”。

打得我体无完肤血肉飞溅。

唉！
黄鸭子啊黄鸭子，
你吵叫着要飞到哪里去？
唉！
黄黛琛啊黄黛琛，
我要到你阿娜所在的地方去，
我要到你阿扎出生的故乡去。

唉！
黄鸭子啊黄鸭子，
你稍等一等，
我托你给我娘家带个信。
我给阿扎带一百八十封书信，
我给阿格带一百八十个口信，
我给阿娜带一百八十个珍珠似的泪珠，
我给恩改带一百八十个像玛瑙大的血字泪珠。
唉！
黄鸭子啊黄鸭子，
请你叫我阿格紧快搓——百庹毛绳，
快快给我送来，
千万莫来迟。

(二)
黄鸭子啊！我没有路可走了，
美丽的孔雀遭难了。
爱钱的老子吃钱去吧，
嘴馋的娘母子喝茶去吧；
爱马的阿格骑马去吧，
爱绸袍子的恩改穿袍子去吧。
为了你们的满足，

挨打受罪都落在我的身上。
黄鸭子啊！黄黛琛无法活，
我没有一条活路可以走。

（三）
有了名的黄黛琛，
有了名望，
把我送到遥远的地方，
横下一条心不愿多说半句话。
头人我劝你把捆我的绳子松一松，
你家牛羊洒满你门前的湖滩。
打酥油的阿妮尕你醒一醒，
香甜的酥油曲拉堆成堆；
你若沉睡再不醒，
所有酥油都淌光。
狠心肠的人啊！
我恨不得把你们骂死。
把捆我的绳子紧了又紧，
你们的牛羊马儿全死完，
草滩上的牧草芨芨全烧光。
愿我的头发变成湖滩，
愿我的鲜血流成河，
让穷苦人的牛羊吃饱喝够。
愿我的眼睛变成两盏明灯，
烧掉人世间的不公平；
愿我浑身的白骨变成鄂博，
让人们永远记住这些。

（四）
出了名的黄黛琛啊，
出了名。
快把捆我的绳子松一松，

松一松。
愿我满头黑发变成湖滩，
让穷苦人的牛羊吃个饱。
愿我的眼睛变成清泉，
浇灌干渴的人们的心田。
愿我浑身的鲜血变成大海，
人们都有海洋般的胸怀。
愿我的白骨变成鄂博，
让人们永远纪念我。

【搜集整理】田自成

情　歌

愿和你在一起

男：你的俊美像杨柳一样，
能否让百灵鸟在枝头歌唱？
你的秀丽像山崖一样，
能否让雄鹰在崖尖飞翔？
你的胸怀像草场一样广，
能否让骏马在上面奔放？

女：这里的杨柳多如林，
不知愿在哪个枝头上歌唱？
这里的山崖真不少，
不知愿在哪个崖尖上飞翔？
这里的草原很宽广，
不知愿在哪块草场上奔放？

男：杨柳虽多我不爱，
但愿落在你的枝头上。
山崖不少我不去，
但愿飞翔在你这崖尖上。
草场虽广没心思跑，
但愿奔放在你的马场上。

女：你的歌喉如百灵，
我愿和你一起歌唱。
你的胆略如雄鹰，
我愿和你一起飞翔。
你的身体如骏马，

我愿和你一起奔放。

【搜集整理】田自成

要吃酸奶莫作声

女：要吃酸奶莫作声，
　　和你第一次见面时，
　　你为什么脸红？

　　要骑马驹莫要跑，
　　和你第一次见面时，
　　你为什么低头笑？

男：牛羊赶到沙柳坡，
　　沙柳坡里骆驼多。
　　我唱山歌羊吃草，
　　姑娘你为啥偷看我？

【搜集整理】田自成

好不过自找的爱人

荞麦花开满山红，
比不过牡丹花红；
封建婚姻害死人，

好不过自找的爱人。

【搜集整理】田自成

这样的哥哥谁不爱

哎……
依尔拉，依尔拉[1]，
我把心爱的哥哥唱。
哥哥骑着枣红马，
身挎闪亮的钢枪，
头戴金边毡帽，
身穿紫色氆氇[2]袍。
他年轻英俊的影子，
时刻在我的心头上跳。

哎……
依尔拉，依尔拉，
我把心爱的哥哥唱。
哥哥心灵手儿巧，
样样活儿干得好，
豺狼雪豹他敢打，
金银财宝他会找，
人人把他夸。

哎……
依尔拉，依尔拉，

① 依尔拉：裕固语“唱一唱”。
② 氆氇：一种毛织品的衣料。

我把心爱的哥哥唱。
遇事稳重话儿少，
勤奋好学爱动脑，
人都称他“难不倒”。
我爱哥哥哥爱我，
永远不分离。

【搜集整理】田自成

这样的好哥哥怎么能忘

女：吔，啦咾咿——
　　唱一唱，唱一唱，
　　唱一唱我的好哥哥。
　　夕阳下走来的是好哥哥，
　　朝霞中归去的是好哥哥。

男：吔，啦咾咿——
　　唱一唱，唱一唱，
　　唱一唱我的好妹妹。
　　夕阳下迎我的是好妹妹，
　　朝霞中送我的是好妹妹。

女：吔，啦咾咿——
　　水合合白牙齿对我笑的是好哥哥，
　　当朗朗笑一笑对我说的是好哥哥，
　　这样的好哥哥怎么能忘？

【搜集整理】杨进禄

骑骆驼的巴特尔——俊又俊

（奕尔莱奈）

呵咾咿——
美丽如画的湖草滩哟，
（呵咾咿）鲜花红又红；
骑骆驼的巴特尔哟，
（呵咾咿）人儿俊又俊；
牧人的歌声哟，
（呵咾咿）传得远又远。

【搜集整理】杨进禄

每天看你一趟

你是芳香的山花，
开放在草原上；
我若是只蝴蝶，
日夜绕你飞翔。

你是株嫩嫩的河柳，
生长在溪流旁；
我若是只百灵，
永远在你枝头歌唱。

你是位多情的姑娘，
牧羊在草原上；
我若是匹骏马，
每天都去看你一趟。

【搜集整理】钱卫东

歌儿唱给亲爱的妹妹

我要唱一支歌，
献给我亲爱的妹妹。
每当黄昏时，
等待迎接我的妹妹；
黎明时，
送我上路的妹妹；
牙齿雪白，
笑脸可掬的妹妹。

口齿伶俐，
歌喉嘹亮的妹妹。
她的句句话，
像扣子一般扣在我的心上。

她走过的脚印，
像朵朵花儿一样；
她的笑脸，
像初升起的太阳。

她的眼睛像十五的月亮，

纯净又明亮。
远离这样的妹妹，
我只有为她放声歌唱。

【搜集整理】田自成

生活歌

没有太阳的天

没有太阳的天，
我们受尽熬煎。
夏天我们穷得没单衣穿，
木拉①光着身子赤脚片，
皮肤晒成紫茄子。

没有太阳的天，
劳苦人更艰难。
冬天我们没有吃没有穿，
给孜达尔②饿得心发慌，
无铺无盖躺地上。

没有太阳的天，
黑暗茫茫无边。
穷苦人盼了星星盼月亮，
更盼温暖的红太阳，
光明和温暖是希望。

【搜集整理】田自成

---

① 木拉：裕固语“男孩”。
② 给孜达尔：裕固语“女孩”。

驮户歌

驼铃响彻戈壁滩，
驮户行路四更天。
露宿沙漠披毡片，
哎哟！驮户人儿受熬煎。

站大走到深夜半，
站小走到二更天。
鞋底磨破赤脚片，
哎哟！驮户人儿苦难言。

肚子饿得腿发软，
衣裳破烂不遮寒。
戈壁路途走不完，
哎哟！驮户人儿路艰难。

【搜集整理】田自成

看不见的青天

吃不够的青稞汤，
挨不完的牛皮鞭。
当不完的奴隶，
受不完的苦难，

看不见的青天。

【搜集整理】田自成

一日三顿青稞汤

褐子织了几十卷，
衣服穿得只剩领；
牛皮剥了几十张，
靴子穿得只剩帮；
羊毛剪了千万斤，
帽子戴得只剩顶；
干柴打了千万捆，
手脚冻裂鲜血淌；
酥油打了上万桶，
一日三顿青稞汤。

【搜集整理】杨进禄

我只得含泪到处流浪

朝霞射到林边的草原上，
我想起了可爱的家乡。
为什么要想它呀？
它是我生长的地方。

布谷鸟婉转地歌唱，
我想起美丽的亲生姑娘。
为什么要想她呀？
她是我生我养。

太阳夕落满枝金黄，
我想起年迈的爹娘。
为什么要想起他们呀？
骨肉之情永远难忘。

我不能回到自己的家乡，
不能和爹娘、女儿聚会一堂。
因为交不起头人的草租，
我只得含泪到处流浪。

【搜集整理】田自成

怀里揣个破木碗

甲：叮叮当当地走过来，
　　黄草芨芨晃悠晃。
　　曲根皮绳扽断了，
　　八两银子白搭了。

乙：唏里哗啦地走过来，
　　青石片子脚下踩。
　　扁扁毡帽歪歪戴，
　　怀里揣个破木碗。

【搜集整理】杨进禄

紫红的檀香

咿啦再，
紫红的檀香是多么美丽，
它的色彩来自太阳。

当我登上高高的山冈，
禁不住思念我的故乡。

当我爬上高高的大坂，
禁不住把娘家回想。

当我进入西山沟，
禁不住想起亲爱的达尕①。

盼望亲爱的哥哥，
一个月里能来三次看我。

盼望亲爱的弟弟，
今天下午就能到达这里。

盼他们在天黑之前，
就能到达我的毡房前。

盼他们快点来，
我在一个时辰一个时辰地等待。

① 达尕：裕固语“舅舅”。

喇嘛教会我识字，
喇嘛的恩情永不忘。

阿娜[1]用乳汁哺育我长大，
阿娜的恩情牢记心上。

当我告别娘家的时候，
依偎在阿娜怀中不想离开。

当我嫁到这陌生的地方，
一会儿都不停地思念故乡。

每逢月亮升到高山顶上，
就想念生我养我的潮日沟[2]地方。

站在大坂上思念故乡，
自己编歌自己唱。

【搜集整理】田自成

我爱祁连山的云

我爱祁连山的云，
看见了云，
就想起说过古今的母亲。

① 阿娜：裕固语“母亲”。
② 潮日沟：地名。

我爱北京的天安门，
看见天安门，
就想起裕固族的恩人。

我爱家乡的白杨沟河，
看见白杨沟河，
就想起饮过马的解放军。

【搜集整理】田自成

苦难深似海的尧呼尔

三九寒天给富人下苦哩，
六月里在阴山上歇冷哩，
受苦人的难都是一样的。
穿在身上的衣服在富人家磨烂，
吃在肚里的饭在富人家消化。
算着当长工的月龄满了，
算着受苦的日子够了，
空着双手抱着臂膀回家了。

【搜集整理】解少文

赞丹枣黑

赞丹枣黑①是养育我的地方，
想起它像亲人在身旁。
出嫁后已满三月，
泪水伤坏我的心。
站在那高高的山上，
望着远方的故乡。
爬上那艰难的达坂，
思念我的父母。

【搜集整理】达隆东智

再怠毛日英（送亲歌）

备好马鞍，
驮上嫁妆。
尝过阿妈亲自做的奶食，
跨上银鬃白马。
留下思念留下乡愁，
走向远方。
带着悲伤和泪水，
去寻找亲人。

【搜集整理】达隆东智

① 赞丹枣黑：东部裕固语，地名。

阿勒坦什鄂毛日英

金色骏马是若颜①喜爱的坐骑，
彩色绸子是格颜②爱惜的珍品。
银鬃白马是若颜喜爱的坐骑，
鲜艳绸子是格颜爱惜的礼物。

【搜集整理】达隆东智

什凯巴哈什鄂

在辽阔无比的草原，
我们对着蓝天祝福。
向金色寺院祈祷，
举起金轮，
祝福生命长寿。
摇动经轮，
祝福美满安康。

【搜集整理】达隆东智

① 若颜：裕固语“头目”。
② 格颜：裕固语“喇嘛”。

塔拉、塔拉格加持

在美丽草原的地方，
骏马飞奔而来。
那是金银换来的马，
是吉祥的祝福。

在山峦起伏的地方，
骏马腾空而来。
那是金银换来的马，
是平安的祝福。

在遥远遥远的地方，
披着彩绸而来。
那是金银换来的马，
是永久的祝福。

在遥远遥远的地方，
远征而来。
那是金银换来的马，
是生命的祝福。

【搜集整理】达隆东智

库 库 塞

金黄色的马是格颜的坐骑，
骑上它翻过一座又一座山。
美丽的鬃毛在风中飘舞，
银造的马钗，
金镀的马鞍，
铜做的马镫，
在金光中闪亮。
举起赞丹木马鞭，
奔向遥远的地方。

【搜集整理】达隆东智

这里就是我的家乡

哎——
站在高处望雪山，
雪山上银光闪闪。
俯看山下草原宽广，
各色花儿齐齐开放。

羊群好像白云一样，
火红的马群骏又壮。
河里淌着清清流水，

走马在大道上奔向前方。

洁白的帐篷扎草原，
牧歌声声传自四方。
哪里有这样好地方，
这儿就是我的家乡。

【搜集整理】田自成

裕固族姑娘就是我

哎——
裕固族姑娘就是我哎！
裕固族姑娘歌儿多，
额前彩络多美丽，
头上小辫有七个。哎！

哎——
美丽的沙士达什戈①头上戴哎！
漂亮的双尕尔挂胸前。
珍珠耳环多好看，
绣花袍子身上穿。哎！

哎——
小羊羔子我会放哎！
花花奶牛我敢抓。
提着奶桶把奶挤，

① 沙士达什戈：裕固语，姑娘的头饰名称。

客人来了忙倒茶。

【搜集整理】田自成

我怎能不把山歌唱

我在美丽的草原上放羊，
羊群像白色的云朵一样。
心中的喜悦装满着哩，
我怎能不把山歌唱。

【搜集整理】田自成

美好的生活是我们自己创造

鹿的角野牛的角黄羊的角，
这三个长得不一样。
黑鹰的毛白鹰的毛鹞子的毛，
这三个毛色不一样。
高山上的牧民富平川里的农民富，
这不是神仙给的，
美好的生活是我们自己创造。

【搜集整理】田自成

太阳和月亮

初三的月亮是一个很细的圈，
这是拿什么磨石磨细了？
十五的月亮很好看，
这是什么样的画匠画得这么好？
二十九的月亮不见面，
这是哪里来的贼娃子偷走了？

【搜集整理】解少文

裕固族妇女能人多

裕固族妇女能人多，
能人的心里装满歌。
红穗子毡帽我会擀，
花花的头面我绣过。
白羊毛细线我会捻，
绵软的毯子我织过。
上山下滩我放羊，
山泉河水我背过。
花背子乳牛我挤奶，
香甜的酥油我打过。
裕固妇女心灵手也巧，
灵巧人心里歌儿多。

【搜集整理】田自成

裕固族姑娘也有歌

裕固族姑娘就是我，
姑娘也有姑娘的歌。
七个辫子我辫过，
沙士达什戈我戴过，
花花的背子我戴过，
花花的双尕尔我戴过，
珍珠耳环我戴过，
绣花的袍子我穿过。
小羊羔子我去放，
花牛娃子我拴下，
手提奶桶去挤奶，
客人来了忙烧茶。

【搜集整理】田自成

裕固族男子的歌

裕固族男子就是我，
男人自有男人的歌。
金边毡帽我戴过，
氆氇袍子我穿过，
红绸腰带我系过，
香牛皮靴我穿过。

枣红骏马我骑过，
大群马儿我放过，
高大的骆驼我拉过，
东里西里我走过，
芨芨青草我割过。
裕固男子歌儿多，
开口一唱满山坡。
唱得牛羊遍草原，
唱得河水波连波。

【搜集整理】田自成

放驼人的歌

裕固族小伙就是我，
小伙也有小伙的歌。
沙漠里放过黄骆驼，
沙海沙丘我走过。
黄骆驼链子我拉过，
百里千里我走过。
到了河边我下水，
遇到高山我翻越。
你能干的事情我能干，
你去过的地方我走遍。
东走包头张家口，
西去哈密吐鲁番。
蒙古草原上交朋友，
吐鲁番葡萄架下会情人。
风流轶事也不少，

都别小看放骆驼的黑小伙。

【搜集整理】田自成

十二属相歌

格乌格乌小老鼠，
它在那草原上吃草。
哈乌哈乌小老鼠，
它在那草原上吃草。
十二相中第一相哟，
我已经把它说对了。
（满住莫日根①）

说起牛呀遍地都有，
世界上人们都把它饲养。
宝贵的牛哟，
就是呀十二相中第二相。
（满住莫日根）

住在悬崖下面时，
身上长着黄花纹；
离开悬崖下面时，
身上变成黑花纹。
十二相中第三相，
就是威震山川的老虎。
（满住莫日根）

① 满住莫日根：据歌手们说是一位伟大的可汗的名字，此处用作衬词。

卧在草窝里，
睁开灰色的大眼睛；
跳出草窝跑，
竖起灰色的长耳朵。
十二相中第四相是兔子，
它用藕蔗来做窝。
（满住莫日根）

飞到天上去，
天空黑云弥漫；
离开天空后，
天空即刻变蓝。
十二相中第五相，
它是生活在水中的龙。
（满住莫日根）

它多像松软的皮绳，
又像眼前这细长的毛绳。
十二相中第六相是蛇，
人们常把它叫“小龙”。
（满住莫日根）

马长到两岁就很肥壮，
马长到三岁就能奔驰疆场。
马是人类的好帮手，
它是十二相中第七相。
（满住莫日根）

两岁的母羊长到三岁，
就能生下小羊羔。
羊羔长到一岁，
就长得膘肥体壮。

羊是十二相中第八相。
（满住莫日根）

摇着那带梢的尾巴，
带领一群小娃娃，
人干啥它学啥。
十二相中第九相是猴子，
森林里有它们的家。
（满住莫日根）

黎明时它叫人们快起来，
牧人赶着牲畜去放牧，
农人扛着锄头去薅秧，
终年为人报时辰。
鸡是十二相中第十相。
（满住莫日根）

呀呀呀它是这样啃骨头，
汪汪汪它的叫声是这样。
它是人类忠实的朋友，
狗是十二相中的第十一相，
它为我们看羊群守毡房。
（满住莫日根）

被抓住之前它直哼哼，
被抓住后它乱喊乱叫。
第十二相就是猪，
我把十二属相说全了。
（满住莫日根）

十二月来一年满，

骆驼它把十二相都占全。①
鼠耳朵、牛蹄子，
虎牙兔嘴龙脖子，
蛇眼马鬃羊绒毛，
狗后腿、猪尾巴，
猴子般的驼峰，
鸡一样的叫声。
（满住莫日根）

【搜集整理】田自成

伟大的可汗

伟大的可汗，
光辉普照；
传经十天，
给我们教导，
您的话儿都要记牢。

狮子向上跑，
张牙舞爪；
七个活佛，
住下来站好；
大家念经，
把您的英名记在心；
向着齐尔丁大活佛，
齐把头磕。

【搜集整理】田自成

① 裕固族认为，骆驼有十二属相动物的全部特征。

阿乌拉

阿乌拉寺院的佛爷和喇嘛，
我们朝拜多虔诚。
当我们离开这寺院时，
活佛的话使大伙高兴。

水草丰茂的达库多奥，
有着蔚蓝的天空。
当我来到这地方时，
感到幸福和欢欣。

【搜集整理】田自成

完达完尕山

宽阔的山沟，
就在那完达完尕山上。
美丽的野鸭子，
展翅高高地飞翔。

青海湖水，
卷起汹涌的波涛。
但它不会泛滥，
波浪会静止在它该停的地方。

骑上青色的走马，
去到那长着檀香的地方。
女儿已经出嫁了，
嫁到那遥远的他乡。

骑上黑色的骏马，
去到那长着檀香的异乡。
女儿已经走了，
到了那遥远的地方。

【搜集整理】田自成

送葬歌

西面的大山呀，
突然倒塌。
啊，呀呀，
我家的院子里，
啊伊啊呀呀，
坐满了念经的喇嘛。
啊呀呀伊，
昨天的这个时候，
伊啊，呀呀伊，
我们是一对。
呀呀伊，
今天的这个时候，
伊啊，呀呀伊，
只把我一人留下，
呀呀伊，啊，呀呀伊。

【搜集整理】田自成

这样的日子咋过哩[1]

蓝天上飘来了黑云，
爹娘卖我不商量。
卖下的银钱你们还账，
挨打受罪在我身上。

好看的花儿我咋绣哩，
绣花布靴我咋做哩。
这些话我给谁说哩，
这个日子我咋过哩。

【搜集整理】田自成

这样唱的就是裕固人

哎，唱起来呀，唱起来，
放开金嗓唱起来，
裕固人自古以来就是这样唱的。

哎，光芒四射的红太阳，
把金光镶嵌在大地上，
这就是萨里尧呼尔的家乡。

① 裕固族在中华人民共和国成立前有卖女和娶童养媳等封建婚姻制。

哎，祁连雪山巍峨连绵，
那茫茫积雪一片洁白，
是献给牧人的哈达。

哎，海子湖水碧波荡漾，
黄鸭子阵阵鸣叫，
是献给牧人的歌。

哎，苍老的古沙城历经千年风雨，
记忆着裕固人的过去，
展现着草原的今天。

哎，浩瀚的沙海金光闪，
从骆驼步胯下穿过，
串串驼铃声敲碎了戈壁的寂静。

哎，绿色的草原一望无际，
滚动着无数的羊群，
那是牧人们抛撒的珍珠。

哎，牧人的歌声那样悠扬，
句句赞颂着美丽的家乡。
祖国啊我的亲娘。

哎，要问我是什么人？
我就是裕固人的儿子，
要问我的名字叫什么——杨拉格·雅道格尔。

哎，要问裕固人是什么样？
这样说的是裕固人，
这样唱的就是裕固人。

【搜集整理】杨进禄

永不见面

对，你打骂我了，
我还是说好的，
我转过来说，
我没有一点喜悦。
今天你亏了我，气了我，
以后不再受你的压迫，
也不再见你的面。
你说我不好，
你把我赶走，
从今后，
你是你，
我是我，
永不见面。

【搜集整理】田自成

人的头是达尕[①]

水的头是泉源，
衣服的头是领子，

① 达尕：裕固语“舅舅”。裕固族舅舅、舅母虽不是外甥家庭成员，但关系十分密切，受到特殊的尊敬。外甥家无论喜庆丧事，舅舅是必到的贵客。

人的头是达尕。

帽无缨子不好看，
衣无领子不能穿，
人无达尕就无根源。

【搜集整理】田自成

劳动歌

割草歌

哎咳哟，哎咳哟，
青青草儿多丰茂，
羊儿吃了长满膘，
快来割草，快来割草。

哎咳哟，哎咳哟，
镰刀飞快像风飘，
一年储下两年草，
快来割草，快来割草。

哎咳哟，哎咳哟，
青草堆得比山高，
金山银山比不了，
快来割草，快来割草。

【搜集整理】田自成

奶牛犊

吔谢谢，
小牛犊呀小牛犊，
你快快吃奶，
吃了奶才能长大，

呀夏夏，呀夏夏。

吔谢谢，
小牛犊呀小牛犊，
你快快吃草，
吃了草才能膘肥体大，
呀夏夏，呀夏夏。

吔谢谢，
小牛犊呀小牛犊，
快快奔跑吧，
快快奔跑才知道草原的宽大，
呀夏夏，呀夏夏。

吔谢谢，
小牛犊呀小牛犊，
快快练你的犄角，
练好犄角才能无敌于天下，
呀夏夏，呀夏夏。

【搜集整理】田自成

採草歌

草儿青青多丰茂，
我们大伙来割草，
快来快来来割草，
快来快来来割草。

草儿割好捆成捆，
大家动手捆成捆，
大家动手捆成捆。

快把捆儿往回驮，
快驮快驮往回驮，
快驮快驮往回驮。

快把捆子堆成垛，
快垛快垛堆成垛，
快垛快垛堆成垛。

草垛子垛得高，
好呀好呀垛得高，
好呀好呀垛得高。

【搜集整理】田自成

奶绵羊羔

堆拉尕依托托托托依，
睁开眼睛看托托，
唉你不看那小羊羔，
你的眼睛瞎了吗？
你不闻那小羊羔？
你的鼻子不通吗？
你为何不反刍，
你的下巴骨折了吗？
你用角抵羊羔，

你难道是牛吗？
你用蹄子踢羊羔，
你难道是骡子吗？
你不反刍，
奶水怎么能下来呢？
你只有反刍，
奶汁才能流下来呀！

【搜集整理】田自成

奶山羊羔

堆拉尕衣吉吉吉吉依，
为啥你连看也不看，
难道你没有长眼？

为啥你睬也不睬，
难道你良心太坏？

亲生的羊羔你不认，
难道还有这样的母亲？

小羊咩咩叫妈妈，
催你快快把奶下。

要是好好奶羊羔，
等会给你吃好草。

若是把羊羔好好领上，

你就是我的好母羊。

【搜集整理】田自成

擀毡歌

大伙来擀毡呀，
擀哟布尔，
擀哟什格，
擀哟欧什，
擀哟吊尔得，
擀哟贝斯，①
……
领：选中好的年份、好月份
选中这吉日吉祥的时刻。
我们用那洁白的羊毛，
擀成漂亮的软毡。
众：噢呀！
领：用牛奶加水洗过的纬线，
用清清的河水洗过的羊毛，
平展的羊毛毡啊，
现在铺在了众人面前。
众：噢呀！
领：祝愿我们的牧业发展，
羯羊的毛长得厚如山崖一般，
母羊的毛长得能有四指厚，
小羊羔的毛也要有一指宽。

① 布尔、什格、欧什、吊尔得、贝斯：裕固语，数字“1、2、3、4、5”。

众：噢呀！
领：擀下的新毡叠成八层，
　　谁若能铺上这毛毡，
　　定能活到八十八岁，
　　定能长寿，
　　永远健康。
众：永远健康。

【搜集整理】田自成

婚礼歌

梳妆歌

她阿娜不动的干净头发，
她姐姐不动的雄伟的头发，
她妹妹也不动的秀丽的头发，
今天出嫁，
孕得爱斯、凯门拜什①
怎么戴呀？
卡老木派尔克②，
怎么戴呀？
素鲁买道奴③，
怎么穿呀？
真是发愁又害羞。

安慰、鼓励新娘的唱词：
不必发愁，
不必害羞，
男大当婚女大当嫁，
这是拉依尔昂迦神定的规矩。
你要当只六岔鹿，
把你的新家置起来；
你要当只八岔梅花鹿，
把七十副的帐篷支起来。
这样给父母添了光彩，

① 孕得爱斯、凯门拜什：裕固语，裕固族妇女出嫁时戴的头面。
② 卡老木派尔克：裕固语，裕固族妇女出嫁时戴的尖顶红缨穗帽子。
③ 素鲁买道奴：裕固语，新娘的嫁衣。

远处的好听，
近处的好见，
名副其实地把家当起来。

【搜集整理】田自成

哭嫁歌

生我养我的阿扎、阿娜，
今天给我戴头出嫁，
你们要把我常常挂念。
不是我对你们无情，
是生活在向我召唤。

我亲爱的阿扎、阿娜，
我虽离开了你们，
父母的恩情永记心间。
老子娘母子要保重，
你们的丫头出嫁了，
丫头骑上枣红马，
挥着鞭儿离去了。

【搜集整理】田自成

惜别歌

向左转给阿扎鞠躬说谢，
向右转给阿娜鞠躬说谢。
马镫哗啦哗啦地响，
请姑娘把马镫踩上。
姑娘再不要难受了，
我们亲自把你送去。

【搜集整理】田自成

父母唱送亲歌

给你戴上崭新的头面，
迎着早晨的阳光，
去吧，孩子，
要珍惜光阴和时光，
要保持你容颜整洁，
再不要泪流满面。
去吧，孩子，
迎着吉祥的太阳，
就要和你丈夫见面。
近处的邻居们听了高兴，
给我们的村庄部落添了光彩。

【搜集整理】田自成

众人唱送亲歌

(一)

祁连山上的松树籽，
落地开了一朵美丽的花，
莲花的海子湖畔也开了一枝花，
两朵花经太阳晒、雨水淋、春风吹，
花的香味碰到一起，
两朵花儿配了一对，
远处的亲戚们听了高兴。
去吧，孩子，
不要耽误你一生美好愿望。
父母亲好比是土地，
儿女是地上长的草，
从小护在父亲胳肢窝里，
长大要像雄鹰一样飞向蓝天。
去吧，去吧，
好女儿哟，
时间不饶人呐。

(二)

洁白的云彩一朵又一朵，
好像是撑开的花伞；
银雀鸟儿一对又一对，
歌唱在辽阔的蓝天。
万紫千红的花儿朵朵，
向新娘把头点。

美丽、善良的新娘哟，
前面就要为你打尖。

红柳花开了一片连一片，
好像是新娘织出的花毡；
雪白天鹅一双又一双，
飞舞、嬉戏在海子边。
吉祥如意的彩虹为新娘搭桥，
送亲歌儿撒满了一路。
美丽幸福的新娘哟，
前面你就要和新郎见面。

【搜集整理】田自成

迎亲歌

（一）
一对鸳鸯天配成，
小两口子放光明。
家中牛羊一大群，
骑上走马一溜风。
喝茶穿绸无饥冷，
荣华富贵享不尽。
不要责怪父母亲，
新娘脚下铺金银。

【搜集整理】才让旦珍

（二）
呵依咾——
红红的狐皮帽子戴上了，
丝绸的长袍子穿上了，
绫缎的系腰带系上了；
后面戴的是“彤带斯格”①，
前面戴的是新头面；
满身的穿戴叮当响，
就这样成了婆家的人。

送亲队扬起了顶天的飞尘，
贺亲客挤满了婆家的圈滩。
怎么从父母的肋膀下撕下来？
我撒下串串白珍珠②。

【搜集整理】杨进禄

尧达曲格尔③（片断）

啊！这羊腿的筋为什么是黄色的呢？
啊！因为这是戴门汗的价值一千两黄金的道行所渗透了的羊腿！
啊！这羊腿的血管为什么是青色的呢？
啊！因为这是成吉思汗的价值一千两白银的道行所渗透了的羊腿！

① 彤带斯格：裕固语，妇女背后戴的装饰品。
② 白珍珠：比喻，即眼泪。
③ 尧达曲格尔：在婚礼上给新郎赠羊小腿时，歌手朗诵的贺词。

啊！这羊腿下端的髓油为什么是冷的呢？
啊！这象征着新娘将要跟娘家日渐疏远！
啊！这羊腿上端的髓油为什么是热的呢？
啊！这象征着新娘将要与婆家日渐亲热！
啊！这羊腿的腱子肉为什么是一层层的呢？
啊！这象征着两家今后亲上加亲！
啊！这羊腿上为什么要缠着羊毛呢？
啊！这象征着两家今后亲密无间！
啊！这碗里为什么要放上鲜奶呢？
啊！这象征着新人的命运比森海子还要平稳！
啊！这碗里为什么要放上一疙瘩酥油呢？
啊！这象征着新人的命运比须弥山还要崇高！
啊！这碗的四边为什么也要放酥油呢？
啊！这象征着新人对双亲更加孝顺！
……

【搜集整理】陈宗振、雷选春

送别歌

姑娘们唱：
咴啦咴嗦咴啦！
你爸爸的供桌上，
为什么放满了洁白的哈达？
你妈妈的奶盒里，
为什么装满金黄的酥油？
你家的地毯上，
为什么摆着酒瓶和全羊？
你家的帐篷里，

为什么宾客满堂？

新娘唱：
我家的亲友很多，
都在遥远的他乡，
今天他们来了，
当然要沽酒宰羊。

姑娘们唱：
亲戚们为何前来，
是不是单把你父母探望？
朋友们为何前来，
是不是单为造访？

戴头面歌①

（一）
啊咾咴！
启明星儿出来了，
新娘应该梳头了。
东方朝霞升起了，
新娘该戴头面了。

啊咾咴！

① 头面，是已婚的裕固族女子戴在胸前的一种饰物，宽约五寸，长约三尺，用珊瑚、玛瑙、海贝、珍珠镶嵌而成。戴头面，是婚前必经的仪式。戴头面歌，是在结婚的当天清晨给新娘梳洗打扮戴头面时，由新娘的舅舅演唱的。

新娘坐在镜子前面，
黑油油的头发多好看。
像丝线一样光亮，
像流水一样柔软。

啊咾咴！
镶着珍珠玛瑙的头面，
是慈祥的母亲在灯下绣成。
新娘戴上多么漂亮，
好像一架六岔的鹿茸。

啊咾咴！
穿上这件绣花的长袍，
祝新娘到婆家生个男孩；
戴上这顶带穗的毡帽，
祝新娘到婆家生个女儿。

啊咾咴！
送亲的队伍就要出发，
送亲的马队浩浩荡荡。
扬起的灰尘遮天盖地，
把新娘送到婆家门上。

【搜集整理】杜亚雄

（二）
依呐噢——
启明星上来天亮了，
丫头戴头面的时刻到了；
东方已经发白了，
丫头戴头面的时辰到了。

日头一样的阿扎①啊，
谢谢您的抚养；
疼儿疼女的阿娜②呀，
谢谢您的恩情。
我对你们的感情像头发一样，
每日每时都会增长。

恩重如山的阿扎、阿娜，
你女儿有一双明亮的眼睛，
走路会避开深渊；
丈夫是个好心的人，
勤劳又勇敢，
你们要把心儿放宽。

【搜集整理】田自成

（三）
呵依咾——
黎明的启明星已高照，
启程的时辰已到了。
绸缎的头面怎么戴？
背后的“彤带斯格”③ 怎么戴？
珍珠玛瑙怎么戴？
层层的丝绸长袍怎么穿？
双双的绫缎腰带怎么系？
红缨子的毡帽子怎么戴？
婆家的门儿怎么进？
父母的肋窝下怎么出？

① 阿扎：裕固语“父亲”。
② 阿娜：裕固语“母亲”。
③ 彤带斯格：裕固语，妇女戴在背后的装饰品。

向前望是婆婆的家，
向后望是娘家的屋。
雪白的大马我骑上了，
出嫁的日子就是今天了，
父母养育之恩忘不了。

【搜集整理】杨进禄

（四）

新娘唱：
啊依诺，
来尔来尔莫呀依啊依！
啊依诺，
母亲都没碰过的头发，
姐姐没有梳过的秀发，
妹妹没有动过的头发，
有眼睛图案的凯门拜什①怎么样戴？
前后的头面怎么样戴？
镶边的袍子又该怎么样穿？

娘家人唱：
穿上下摆宽大的袍子，
到婆家生个胖小子；
穿上袖口窄窄的袍子，
到婆家养个漂亮的给孜达尔②。
新娘打扮起来多么漂亮，
像长着六岔鹿茸的鹿一样英俊。
你到六十家的帐篷转一转，
大伙都会把你夸奖。

---

① 凯门拜什：裕固语，头饰，在结婚戴头仪式上给新娘戴上。
② 给孜达尔：裕固语“姑娘”。

你在裕固族七个部落中，
人人都会把你赞扬。
你要把七十二副的牛毛帐篷支起来，
名副其实地把家当起来。
这样，远处的好听，
近处的好见。
是我们部落的光荣，
也是草原的光荣。
姑娘莫再忧伤，
莫错过良辰快把头面戴上。

【搜集整理】田自成

告别歌

（一）
新娘唱：
啊索那，
啊著索那吗呀依，
拉者唉那瓦唦依那，
今天这日子呀依依，
不同那往常一般啊呀依。
我阿扎哟哪呀，
白色佛龛上献满哈达，
我阿娜的褡裢①里酥油装满，
阿扎的桌子上酒瓶摆满，

① 褡裢：用羊毛捻线织成的彩褐缝制的生活用具，两头的袋子可装东西，人可背，马可驮。

阿娜的盛奶木盆把茶叶炒面装，
这奇怪的情景实在费人猜想。

（二）
阿依索依诺，
阿依索依诺，依哪，
我阿扎要把我嫁到阿哥的身旁，
我只有向着高处来把歌儿唱，
让我的歌声飞上天飞向云端，
让我的歌声传遍人世间，
让我的歌声传遍山冈和草原。
我投错了胎，
成为一个倒霉的给孜达尔。
想要继承父母的财产，
如今已成为不现实的梦幻。
向右转去向阿扎告别，
向左转告别我的亲娘。

【搜集整理】田自成

哭嫁歌

东方的太阳升起了，
一个吉祥美好的日子来了。
养育了十九年的姑娘要出嫁了，
左邻右舍亲戚朋友都来送行，
姑娘的心情十分伤痛。
哥哥牵来了白龙马，
阿扎斟满了上马酒。
在这难舍难分的时候，

姑娘流下了悲伤的眼泪。
巩尔（即姑娘）啊！
你莫要十分愁伤，
临行前有几句话你要记心上：
到婆家之后，
尊老爱幼贤淑温柔，
保持你那勤劳的本分。
部部、爱池衷心祝福：
生活甜蜜幸福，
为我们家庭争个好名誉。

送亲的大队人马上了路，
回头再望一眼生我养我的父母，
父母多多保重，
女儿要远离故乡。
看一眼亲自放牧的牛羊，
止不住的眼泪像雨水一样。
翻过高山来到达尕的房地上，
多谢达尕达妮关怀教养，
感谢把我送到迎亲路上。

山好水好花更好，
草青树青人更亲。
虽然离开了故乡，
新的生活在向你召唤。
只要你勤劳又节俭，
美好的日子在后边。
你的公婆为人好，
你的丈夫勤劳又勇敢。
你鼓起生活的勇气，
好日子过得比蜜甜。

【搜集整理】田自成

婚礼曲

一对鸳鸯天配成，
小两口子放光明。
我家牛羊一大群，
骑马有高头骏马，
喝茶有安徽六安茶，
穿袍子有彩色绸缎。
荣华富贵享不尽，
再不要埋怨娘老子。

【搜集整理】田自成

婚礼歌

就是这样一回事，
事情就真正地这样。
今日是隆重的节日，
选在最好的时节。
如上弦之月顺利圆满，
喜庆的日子高兴又欢乐。
亲朋宾客互相尊重，
相互平等互相谦让，
两亲家互敬互让。
今天是成亲的一天，

在往日的时代里，
在我们的前辈里，
就树立了这样的习惯。
藏族和裕固族礼节是一样的，
真正的也是这样的。
主人迎来送往，
要把宾客招待得心满意足。
一个部落欢聚一堂，
要把迎娶的大事商量。
在今天娶亲的喜庆日子里，
我主人怎样才能报答宾客。
礼貌不周，
物欠席薄，
还请亲戚朋友多多包涵。

【搜集整理】田自成

仪式诵词

尧达曲格尔[1]

裕固族婚礼仪式中，女方给婆家交新娘后，在主婚人的主持下举行冠戴新郎的仪式，叫“尧达曲珠尔”。举行尧达曲珠尔时，让新郎和新娘站在事先准备好的红色毛毡或红色单子上，并在新郎的脚下用米撒一个“卐”字。主婚人手拿一块白布或一条哈达说，另一人端一个盘子陪说，盘中放一只盛满鲜奶、酥油的龙碗和上面绕有黑、白两种绵羊毛的尧达，主婚人每说一句，他复诵一句。另外还有两个人端着新郎的礼服，准备为新郎换装冠戴。主婚人说到最后一句时将尧达插在新郎的腰带下，作为男女青年的结婚凭证。这时众人高呼“尧达、尧达”，有些小青年也要抢尧达逗新郎，一对新人在家人护拥和众人的呼唤声中进入洞房。

主婚人的祝词：

噢，日子中选一个吉日，
噢，月儿中选一个圆月。
噢，要说起今天的日子，
噢，是尊佛的神灵普洒光芒的日子。
噢，是攀亲的礼行蒂结良缘的日子。
噢，要是说源道头的话，
噢，天神造就了人类、山川、河流和大地。
噢，从召尔嘉甘[2]讨来了圣经，
噢，从海神那里讨来了水，
噢，从火神那里讨来了火，
噢，从花海草丛中牧育了驼马牛羊。
噢，据说这些都是千真万确的，

---

① 尧达曲格尔：裕固族婚俗中主婚人冠戴新郎时的说词。“尧达”，裕固语，指羊后腿第二节骨头，作为裕固族青年男女结婚的凭证。

② 召尔嘉甘：“召”，指西藏拉萨；“尔嘉甘”，指青海塔尔寺。

噢，据说也是这样传下来的。
噢，说起攀亲定俗的起源，
噢，据说二位先汗商定要定一个先例。
噢，要说二位先汗怎样攀亲定俗，
噢，丁格尔汗[①]说要铸一个金尧达，
噢，阿木兰汗[②]说要打一个银尧达，
噢，二位先汗说要定就要这样攀亲。
噢，二先汗找这些东西并不难，
噢，众穷人找这些东西谈何容易，
噢，众说这样攀亲实在太难。
噢，七族四个草瓦[③]的上户们聚会一起，
噢，据说每个草瓦有四个上户家[④]。
噢，杨拉哥的杨奈登三[⑤]宰桑[⑥]，
噢，安丈家的昂奈登三宰桑，
噢，贡尔阿的浩然伯日宰桑，
噢，陶什家的陶恩买莱宰桑。
噢，就这四位宰桑共议上汗的尧达圣俗，
噢，宰桑们把尧达下在青龙白象的身上[⑦]。
噢，青龙白象说他们确有难处，
噢，要说这难处是什么？
噢，它说它冬天要让高山河谷冰封七层与山同眠；
噢，它说它夏天要给金色土地饱淋雨水与地同在，
噢，它说还要给蓝天缝上白云和彩霞，

① 丁格尔汗：是指元世祖忽必烈第七子西平王奥鲁赤之子镇西武靖王铁木儿不花。

② 阿木兰汗：裕固族的先汗名。

③ 七族四个草瓦：清康熙三十七年（1698年）将撒里畏吾儿划为“七族”，即大头目家、杨哥家、八格家、五格家、罗儿家、亚罗格家以及贺郎格家（家即氏族）。以上“七族”又分为四个草瓦（部落）。

④ 上户家：氏族的首领或长者。

⑤ 杨拉哥、安丈家、贡尔阿、陶什：分别指杨、安、郭、妥四姓，杨奈登三、昂奈登三、浩然伯日、陶恩买莱是宰桑的名字。

⑥ 宰桑：氏族的地方官，由上户家沿袭，相当于大臣、宰相。

⑦ 青龙白象：实际是指天上的青龙和白龙，相传青龙管雨，白龙管雪。

噢，说它还是一个不吃不饮水的仁保奇[1]，
噢，众说这些都不是人能所为的。
噢，话虽然是这样说的，
噢，四位宰桑再次聚议上汗的尧达圣俗。
噢，据说千泉沐浴着万只羊，
噢，万只羊中有一只领头的驼色绵羊，
噢，这尧达就下在驼色绵羊的身上。
噢，驼色羊说这还是不妥，
噢，说不妥的理由何在？
噢，驼色羊是稀罕之物，
噢，繁衍人类是浩繁大业，
噢，浩繁大业怎能只靠稀罕之物？
噢，话虽然是这样说的，
噢，四位宰桑再次聚议上汗的尧达圣俗。
噢，最后这尧达就下在一只绵羊的身上，
噢，据说绵羊身上有五个奕尔得尼[2]，
噢，要说第一样奕尔得尼是什么？
噢，平地上铺盖一层黑色的珍珠，
噢，它的火焰使人们得到了温暖，
噢，据说第一样奕尔得尼是足够的。
噢，要说第二样奕尔得尼是什么？
噢，剪下它的羊毛捻成线，
噢，做十件长袍穿在人们的身上。
噢，据说第二样奕尔得尼是足够的。
噢，要说第三样奕尔得尼是什么？
噢，取下它肥美的胸叉和羊背[3]，
噢，敬献给头人和喇嘛当个茶点，
噢，据说第三样奕尔得尼是足够的。

① 仁保奇：裕固语，意指世间少有的宝物。

② 奕尔得尼：裕固语，意指珍贵之物。

③ 胸叉和羊背：裕固族有把一只整羊分为十二个礼份的习俗，羊背和胸叉分别是一、二等份子，分别要敬献给最尊贵的客人。

噢，要说第四样奕尔得尼是什么？
噢，挤下它的鲜奶打一团酥油，
噢，给神佛点一盏佛灯，
噢，据说第四样奕尔得尼是足够的。
噢，要说第五样奕尔得尼是什么？
噢，取下它的尧达做一份吉礼，
噢，用来冠戴幸福的新郎，
噢，据说第五样奕尔得尼也是足够的。
噢，要说在这以前的尧达，
噢，送给牧羊童也嫌上面肉少，
噢，据说阿瓦尕①吃了胡子生虱子，
噢，据说阿尼尕②吃了头上生虱子。
噢，要说这今天的尧达，
噢，是支撑蓝天四角的尧达，
噢，是在汗前定论过的尧达，
噢，是给头人面前讨过礼行的尧达，
噢，是给新郎降福的尧达。
噢，又说起今天的尧达，
噢，蓝天的四角都布满了彩霞。
噢，为什么尧达的一头是黄的？
噢，据说是渗透了丁格尔汗的千两黄金。
噢，为什么尧达的一头是蓝的？
噢，据说是渗透了阿木兰汗的万两白银。
噢，为什么尧达上缠上了白毛和黑毛？
噢，据说是夫妻情意缠绵白头到老的象征。
噢，为什么尧达的肉是一层又一层的？
噢，据说是亲上加亲子孙团结友好的象征。
噢，尧达！尧达！

① 阿瓦尕：裕固语“老大爷”。
② 阿尼尕：裕固语“老太太”。

这时主婚人每说一句，家人便以诵词的内容给新郎穿戴一件衣物。

噢，要说今天的尧达，
噢，是冠戴新郎女婿的尧达。
噢，给你戴上这顶帽子，
噢，它就像从蓝天上取下的一个记号；
噢，给你穿上这件长袍，
噢，它就像从白云上裁下的一片云彩；
噢，给你系上这条腰带，
噢，它就像从半空中闪过的一道霞光；
噢，给你穿上这双靴子，
噢，它要在这金色大地上留下你一生的足迹。
噢，在这喜庆的吉日里，
噢，为什么在这龙碗的四边抹上酥油？
噢，是头顶双方四位父母的象征。
噢，为什么里面又盛满了鲜奶？
噢，是子女洪福似海子水无边的象征。
噢，给你抹上这洁白的鲜奶，
噢，是你们爱情纯洁无瑕的象征。
噢，给新郎腰里别上尧达，
噢，这是你们蒂结良缘的凭证。
噢，做杨拉哥家的上户吧！
噢，可汗面前骑官马吧！
噢，头人面前成双成对吧！
噢，毡房门前牛羊成群吧！
噢，铁身石头长命百岁吧！
噢，对于生育你的大地做出贡献吧！

【搜集整理】杨进禄

酒宴诵词

裕固族婚礼中，主人家要设宴待客，酒席宴上要请新郎的舅舅观看酒宴丰盛不丰盛。如果舅舅不会诵说酒宴诵词，他就得请总东①替他观席。总东端一碗酒和一块方布主说，另一人端一小盘肉、馍、果点陪说，主说人说一句，陪说人复诵一句，说词夸耀酒宴的丰盛，逗乐幽默风趣，增强了酒宴的欢乐气氛，说词是：

噢，今天要说的话那么多，
噢，今天究竟说些什么好？
噢，还是先说党的政策英明吧。
噢，为什么先要说党的政策英明？
噢，是因为在它的光辉照耀下，
噢，裕固人的优秀风情习俗没有丢，
噢，裕固人的光荣传统历史没有忘。
噢，要说今天这喜庆的日子里，
噢，这盛大的酒宴应该由谁来看看？
噢，俗话说皇上大不过舅舅，
噢，那自然是尊贵的新郎舅舅。
噢，尊贵的新郎舅舅说：
噢，虽然吃席送亲有过多少次，
噢，看这样盛大的酒宴还是第一次，
噢，他说他还是要请我总东替他看席。
噢，我本来推托一下，
噢，也许会被人认为不愿效劳。
噢，我要是接受了这样荣耀的邀请，
噢，的确也有点为难之处。
噢，要说这为难之处是什么？
噢，虽说我吃席送亲地活了七十八岁，

① 总东：裕固族婚礼主持人。

噢，就怕说起话来颠三倒四。
噢，话虽然是这样说的，
噢，我还是看了主人的酒宴。
噢，要问主人的酒宴如何？
噢，这酒宴的确是丰盛无比。
噢，要说主人为您准备了多少牛羊肉？
噢，堆起来比苏木尔山①还要高。
噢，东家们都提着十二斤的大斧头，
噢，两个小伙子握着一把斧柄，
噢，绕着肉山在不停地劈。
噢，尽管是这样，
噢，劈低这座肉山谈何容易。
噢，虽然羊筋巴只削来个捎捎，
噢，家主的心意是那样深厚。
噢，虽然手中只有一把五寸小刀，
噢，还是请您尽情地吃罢！
噢，要说家主为您准备了多少美酒？
噢，他说他有七缸美酒，
噢，要问一缸有多少斤美酒？
噢，他说每一缸有一百五十斤美酒，
噢，要问七缸有多少美酒，
噢，少说也有一千零五十斤美酒。
噢，这样多的美酒怎么才能喝完？
噢，事先也没有准备好大酒壶，
噢，今天就用这木碗和小汤碗吧。
噢，我们在酒面上把酒皮子舀来了一点，
噢，这酒皮子实在是醇香还带着绿色，
噢，可见这也是主人的一片诚意。
噢，这样醇香的美酒应该先敬给谁？
噢，还是先敬给这些老太婆们吧，

① 苏木尔山：指榆木山。

噢，老太婆们说她们实在不敢品尝。
噢，要问为什么不敢品尝？
噢，据说女人家酒后三腆肚子三伸腰，
噢，有时候还会把裤子掉下去。
噢，真要是这样请那位老头子帮她提一下吧！
噢，真要是这样老太婆们就免了吧！
噢，还是敬给这上席的老头子们尝一尝吧！
噢，老头子们也说不敢品尝。
噢，要问为什么不敢品尝？
噢，据说酒喝多了胡子里面要生虱子。
噢，当着这样多的尊贵客人，
噢，怎么好意思抓虱子挠痒痒。
噢，要是在平常的日子里，
噢，请一位老太婆帮您刨来刨去地抓一抓也是可以的，
噢，今天当着众人让人也怪不好意思的。
噢，既然是这样的话，
噢，老头子们也免了吧！
噢，话虽然是这样说的，
噢，还是敬给最尊贵的客人吧。
噢，在这样喜庆的日子里，
噢，多亏了各位客人的光临。
噢，家主心意是真诚的，
噢，他说要喜庆三天三夜，
噢，时间虽然短了些，
噢，他说一定要把贵客们款待好。
噢，这就请大家好好唱一唱，
噢，这就请大家好好吃一吃，
噢，这就请大家好好喝一喝，
噢，这就请大家好好玩一玩，
噢，这就请大家收下家主的一片心意吧！

【搜集整理】杨进禄

小孩剃头仪式诵词

裕固族给小孩举行剃头仪式，要等小孩满三周岁时进行。剃头时，要请来舅舅等主要长者和亲戚为小孩举行剃头仪式。客人们上座后，父母抱着小孩，一人端着“阿智斯”①，一人拿着酥油糌粑②，首先请舅舅剪下小孩的一撮头发放在盘中，并许给小孩几只白羊或白牛、白马等，或当时送给小孩礼钱等物。然后，来祝贺的客人们都来剪一撮，许给牛、羊，并送上礼品。剪头发时，一般由舅舅诵说祝词，每说完一句众人口呼“噗特噢”③，以示共同祝福。诵词是：

领诵：“噢，你是父母身上滴下的一滴血肉；愿这酥油和鲜奶的洗礼是对你圣洁美好的祝愿吧！”

众呼：“噗特噢！”

领诵：“噢，在你头上动一动铁的剪刀；愿你石头铁命长寿留名吧！”

众呼：“噗特噢！”

领诵：“噢，你的家庭人丁兴旺；愿你的牛羊满圈驼马成群吧！”

众呼：“噗特噢！”

领诵：“噢，你交际天下门庭若市；愿八方四面都献来洁白的哈达吧！”

众呼：“噗特噢！”

领诵：“噢，召尔嘉甘④的神佛保佑你；愿你高头大马走遍天下吧！”

众呼：“噗特噢！”

领诵：“噢，你用那八十峰骆驼的毛织成的毡房；愿陈设得珠光宝气金碧辉煌吧！”

众呼：“噗特噢！”

领诵：“噢，你弟兄姊妹和睦相处；愿忠心报答父母生育之恩情吧！”

众呼：“噗特噢！”

【搜集整理】杨进禄

---

① 阿智斯：裕固语，一个盛着酥油和鲜奶做的供品，以及系有哈达或方布的剪刀的盘子。

② 糌粑：用酥油和炒面做的食品。

③ 噗特噢：裕固语，“实现”“祝福吧”之意。

④ 召尔嘉甘：“召”指西藏拉萨，“尔嘉甘”指青海塔尔寺。

剪马鬃仪式诵词

裕固族人选农历的四月间给骟马驹子剪马鬃，因为四月二十七日、五月初四日都是牧人的好时节。经过严寒而漫长的冬天，春风吹醒了大地，青草长出来了，牛羊吃饱了青草，牧人吃上了鲜奶和酥油，牧人经过风雪严寒，保住了牛羊。夏初，等于开始了新的一年，牧人的心情轻松了，这时候的牧人要收拾马鞍，调教马驹，访亲拜友，到左邻右舍家走门串户。剪马鬃时，主人请一位家族中的长者，或请一位德高望重的人，操剪马鬃。当主人经过挑选，把一匹最中意的四岁骟马驹披红挂绿打扮起来，拉到毡房门对面站好后，家人就要给剪鬃人端来一个盘子，盘中有一只盛有鲜奶和酥油的龙碗和一把系有哈达的剪刀。剪鬃人一边诵说美好的祝词，一边把鲜奶和酥油抹在马的前额和鬃毛上开始剪马鬃。剪鬃人每说一句，众人都要合一声“噗特噢”①，剪下的第一撮鬃毛放进盛鲜奶和酥油的龙碗中，由家人毕恭毕敬地献在毡房内正面佛龛神像的桌上。

剪鬃人边剪边说：“噢，给你抹上这金黄的酥油和洁白的鲜奶；愿主人对你的祝愿是最圣洁美好的吧！”

众合：“噗特噢！”

领诵：“噢，苏木尔山肥美的青草使你膘肥体壮；愿那千泉万河的滋润使你更加矫健吧！”

众合：“噗特噢！”

领诵：“噢，你的双耳尖尖似芦叶；愿你听清百里以外的声响吧！”

众合：“噗特噢！”

领诵：“噢，你那饱满的天庭上有一对龙眼；愿你看到千里之外的一切吧！”

众合：“噗特噢！”

领诵：“噢，你有一个龙的前胸；愿你做阿木兰汗②的官马吧！”

众合：“噗特噢！”

---

① 噗特噢：西部裕固语，“实现”“祝愿吧”之意。

② 阿木兰汗：裕固族最早的可汗。

领诵：“噢，你有如此坦荡的脊背；愿那是主人乘行到天涯海角的宝座吧！”
众合：“噗特噢！”
领诵：“噢，你有着起风生火的长尾；愿你马群的马多得像数不清的尾毛吧！”
众合：“噗特噢！”
领诵：“噢，你的四蹄那样刚劲矫健；愿你的蹄声威震四面八方吧！”
众合：“噗特噢！”
领诵：“噢，你的左面缀满金银右面挂满绫缎；愿你成为主人最剽悍的骏马吧！”
众合：“噗特噢！”

【搜集整理】杨进禄

扎新帐篷仪式诵词

裕固族在儿女结婚成家、分家另过时，都要缝制新帐篷。新帐篷缝好往起扎时，要举行隆重的扎新毡房仪式。

扎新房仪式开始时，首先在一个新碗内盛满鲜奶，碗四边放四块金黄色的酥油，献在佛龛前。扎新房仪式由一位德高望重的老人主持，老人端起鲜奶碗，把鲜奶、酥油抹在毡房杆上、毡房顶上、支锅石上。然后老人说一番美好祝愿的诵词：

呀来赛，呀来赛①，
新房子酥油般的光滑，
房主人鲜奶般的纯洁，
在吉祥美好的日子里，
来给房主人恭喜安家。

呀来赛，呀来赛，
新毡房花楞楞的花，

① 呀来赛：裕固语，“恭喜”之意。

是用四十幅或八十幅花毯子缝成，
房主人全家长命百岁。
呀来赛，呀来赛，
新毡房四棱见线的整齐，
美观耐用可用八十年或八百年，
房主人全家和和睦睦亲亲密密。

呀来赛，呀来赛，
新房子明亮宽敞漂亮，
房里叠着八十层整齐的被褥，
吃穿用具样样齐全。

呀来赛，呀来赛，
全家人长久地过着幸福生活，
人丁兴旺家境美满，
牛马羊一年比一年发展。

呀来赛，呀来赛，
风调雨顺年境好，
尊老爱幼人缘好，
贤淑美名传草原。

【搜集整理】田自成

剪羔毛仪式诵词

裕固族选定农历的四月十一日、二十七日或五月初四日举行剪羔毛仪式。剪羔毛是羊羔出生以来的第一次剪毛，裕固族牧人当成一件大事来办。这天要请来亲戚朋友、左邻右舍。在一个碗内盛上鲜奶，碗边四面放四块酥油，代表四面八方。用酥油拌炒面，把炒面捏成下大上小的宝塔形，放在一个盘子里。用酥油捏成一个小羊，站在炒面捏成的宝塔尖上。盘内还放一把系着白色哈达的剪刀。在帐篷上方的佛龛前点上一盏酥油灯。

准备工作就绪之后，从羊羔群内挑选一公一母两只最好的羊羔，拉来站在帐篷门前，羊羔头上系一条白色哈达。一个人端着鲜奶碗，一个人端着盘子，分站在羊羔两旁，仪式主持人操剪，先把碗内的酥油、鲜奶蘸一点抹在羊羔头上。先在公羊羔头上剪一剪，然后在母羊羔身上剪两剪。剪完后仪式主持人要说一段“哈尔给斯”，即吉祥美好的祝愿诵词。

呀来赛①，
酥油一般的光滑，
鲜奶一般的纯洁。
草原上草青花茂盛，
牧羊人盼来好收成。
今年在一只公羊羔头上动剪，
明年就会在一百只羊羔身上把毛剪。

羊群在高高山上吃草，
羊群在滔滔海子边喝水。
从此羊群大得前面的羊上了山，
后面的羊还没离开圈。
白色珍珠撒草原，
绿色海洋浪花翻。

呀来赛，
酥油一般的金黄，
鲜奶一般的洁白。
草原上人欢羊儿叫，
牧羊人心里乐陶陶。
今年在一只母羊羔身上动剪，

① 呀来赛：裕固语，“恭喜”之意。

明年就会在一百只羊羔身上把毛剪。

羊群里百母跟百子，
只只成活膘肥体壮。
从此羊群大得前面的羊上了山，
后面的羊还没离开圈。
白色的云彩草原上飘，
绿色的草原上多美好。

在仪式进行之前，家庭主妇蒸一锅大米，放上酥油、白糖招待客人们，表示今后的日子甜甜美美。

从剪羔毛仪式举行之日起，不论哪天都可剪羊羔毛，直至全部剪完。

【搜集整理】田自成

剃头仪式诵词

裕固人家的小孩，自出生到满三岁时才第一次剃头。剃头仪式一般选在农历五月初四日或者六月十三日，剃头要当成家中的一件大事操办。仪式之前，要在炒面里倒上牛奶，加上白糖和成面团，把和好的炒面做成碗口大的一个炒面饼，饼中间开一圆孔，圆孔上还要做一个盖把圆孔盖住。把炒面饼放一盘子内，饼上抹一层酥油，饼周围倒一些牛奶，并在盘子里放一把系有白色哈达的剪刀。

仪式开始时，孩子的阿娜①抱上孩子，阿扎②端上放炒面饼的盘子，剃头仪式的主持者对剃头的孩子给予美好的祝愿，诵词说：

天地间最大的是太阳，
赶太阳最好的日子是每年五月初几；

① 阿娜：裕固语“母亲”。
② 阿扎：裕固语“父亲”。

赶月亮赶到最满的时候，
月亮最满最圆是每年六月十几。
帐篷右面是放灶具、牛奶、女人做活的地方，
从今往后，
家里的牛发展得满山遍野，多得像野牛一样，
挤出的牛奶多得像河流的漩涡一样在旋转着。
帐篷的左面是客人就坐、待客、休息的地方，
从今往后，
家里养的枣红马多得圈滩里站不下，
跑在前面的已掺入了野马群；
家里养的羊多得撒满山坡，
就像白云一样飘荡在草原，
跑在前头的已和野生的大头盘羊合了群。

在仪式主持者诵说的同时，孩子的舅舅双手拿起炒面饼，放在孩子的头顶上，取掉饼子圆孔的盖子，从孔内拉出一撮头发，把酥油抹在孩子的嘴、鼻子和前额上，从盘中拿起剪刀时诵说：

左面是金剪子，
右面是银剪子。
金剪子剪头发，
娃娃像金子般光亮美好。
银剪子剪头发，
给娃娃带来金银财宝。
铁剪子剪头发，
娃娃身体结实像铁疙瘩。
马驹剪鬃才算马，
娃娃剃头才成人。
祝娃娃长命百岁，
祝娃娃一生幸福美好。

【搜集整理】田自成

民间谚语

志气·胆识·忠告

牛不抵牛是㞞牛，
秃葫芦也有抵过有髂的牛的时候。

好汉子跌倒也好看，
㞞汉子站着也难看。

羖䍽[1]再瘦尾巴扎着，
人再穷志气要有着。

有了你的金把刀子，
还愁没个狗皮鞘子。

心痛马子丢路，
宝贝儿子丢人。

喝醉酒人的嘴门子，
睡着觉人的尻门子。

滚得了鞍子滚不了疮，
瞒得了今天瞒不过明天。

瘦羊不瘦头，
人穷志不穷。

---

① 羖䍽：山羊的别称。

闲马骑不得，
闲枪动不得，
闲话说不得。

不要屎憋到肛门口才解裤带绳，
不要事搁到火烧眉毛才想办法。

骚胡[1]退毛里外发烧，
烧酒过量掏钱买痛。

【搜集整理】杨进禄

精灵的头羊会把羊群领到好的牧场，
精明的头人会把穷百姓领到富路上。

头马不慌，
马群不乱。

朋友用酒待，
豺狼用枪打。

宁给好汉牵马，
不给尿汉出谋。

牧人的胸中能驰骋九十九匹骏马，
可拴不得一只虱子。

硬穿朋友的衣，
不沾朋友的妻。

---

① 骚胡：公山羊的别称。

猎人不怕山高，
好马不怕路远。

小鸡娃叫鸣，
紧阅阅努哩。

人要闯关，
马要翻山。

光叫不跑的马驹，成不了千里马；
光说不干的孩子，成不了好汉子。

淋过大雨的人，
就不怕露水珠；
要干大事情的人，
就不怕沟沟坎坎。

男子在困难面前流眼泪，
还不如振作精神攥拳头。

刀要锋利就得在石头上磨，
马要英俊就得在草原上跑。

好马的走势是压出来的，
好人的胆量是练出来的。

山再高也有顶，
水再长也有源。

马群奔驰靠头马，
群雁翱翔靠头雁。

英雄喝酒打虎哩，
毛胡郎喝了倒吐哩。

到了嘴的羊肉，定要趁热吃；
出了口的誓言，定要算个数。

好汉子说话如同拔牙，
说话算话。

沙子里能澄出黄金，
人群里能造就英雄。

好汉护一群，
屃汉顾个人。

不登上险峰，
不觉得天宽。

孔雀不怕中毒，
大山不怕雪压。

娘养身子，
自立志气。

【搜集整理】田自成

表面·内部·实质

虎的华丽在外表，

人的善恶在心里。

蛇的纹纹在外表，
人的曲曲在里面。

乌嘴头山羊出奶多，
闷嘴头汉子出话精。

耷拉头爱拾东西，
老实人爱做错事。

好走马丑似狗，
能干人不出头。

牲畜身上淌金银，
人的身上淌污垢。

青蛙没尾巴，
野马无苦胆，
鱼儿有翅不能飞。

花马两张皮，
滑人两片嘴。

灵人的发薄，
笨马的鬃长。

要说力气和外表，
犏牛黑汉铁青马。

【搜集整理】杨进禄

失去良心的人，
比豺狼还狠毒。

青马用不着问口，
包屁股用不着问走。

抓狗儿子，
看狗母子。

好清茶没盐水一般，
好汉子没钱鬼一般。

狗娃子卧到粪堆上，
硬要充大狗的样子。

小山羊叫声虽高，它是奶声奶气；
大母羊叫声虽低，却是老声老气。

野兽的花纹在外头，
人的计谋在心里头。

眼镜蛇虽毒，
它却有一张美丽的皮。

马棚里养不出千里马，
花盆里栽不出万年松。

豁唇骡子卖了个驴价钱，
吃亏全吃在嘴头子上。

珍珠在黑夜里，也不会失去光泽；
鱼眼珠在太阳光下，也不会发光。

蟒古斯[①]打扮得孔雀一样，
改不掉歹毒的心肠；
善良人身穿破衣烂衫，
心地却像泉水清清亮亮。

门口喜鹊叫，
必有贵客到。

抬头赔笑脸，
低头瞪眼睛。

驴乏了懒肘棍，
人错了怨别人。

骆驼的脖子再长，
吃不了隔山的草。

成事在天，
谋事在人，
天算不如人算。

割下卵泡子敬神，
对神也不敬，
自己也疼死了。

天上的星星虽明，
却被乌云遮盖；
地下的金银虽好，
却被黄土掩埋。

① 蟒古斯：妖魔。

离开家门矮三分，
三句好话暖人心。

人的贵贱，不要看衣着的好坏，
而应看灵魂和品德的高低。

已经失掉的东西，
越觉得它的可贵；
懂得尊重别人的人，
才能得到别人的尊重。

人心与人心之间，
真诚比黄金更可贵。

雄鹰独立时，
恶鸟不敢飞。

山高人自正，
路险心要平。

人逢喜事精神爽，
月到中秋分外圆。

好花遭雨俱褪，
芳草经霜绿尽凋。

伟大与平凡是孪生兄弟，
他俩之间没有不可逾越的鸿沟。

恩深似海恩无底，
义重如山义更高。

打鸟知鸟音，
逮鱼知鱼性。

坚石可裂不可卷，
义士可杀不可辱。

没有远虑，
必有近忧。

有力无心空负力，
有心无力枉劳心。

看准方向撒缰的骏马，
九头牦牛也拉不回头；
领着群雁飞翔的大雁，
风浪再大也勇往直前。

套马杆是直的宁折不弯，
牧人的心是红的宁碎色不变。

不管在多少只羊的叫声中，
小羊羔也能辨出妈妈的叫声。

小河的水干了还有雪山，
人有了困难还有众乡亲。

有一把刀不是铁打的，
那是野牛头上的觡；
有一朵花不是笔画的，
那是老虎身上的斑。

好看的彩云做不出美丽的衣服，

年轻漂亮的姑娘不一定是自己的妻子。

一匹善跑的骏马开头不用鞭打，
它决不顺着正道走。

好酒敬给英雄饮，
骏马送给好汉骑。

好苗仍须勤浇灌，
响鼓还要重槌敲。

常将有时思无时，
莫待无时思有时。

不登上险峰，
不知道天宽。

害怕攀登高山的人，
只能永远在洼地里徘徊。

山苹的尾巴连自己的屁股都遮不住，
爱拨弄是非的人连自己说过的话也说不圆。

见鞍思骏马，
滴泪想亲人。

山不碍路，
路自通山。

山高自有客行路，
水深自有渡船人。

海水的波涛会冲掉沙滩上的脚印，
时间的流失磨灭不掉英雄的业绩。

不管别人说得多么好听，
老人们办事从来有自己的规矩。

用穿金戴银打扮自己，
不如用知识充实头脑。

患难时要意志坚强，
顺利时要小心谨慎。

一千个朋友不嫌多，
一个敌人不算少。

虎瘦雄心在，
人老志气高。

拉弓手颤的人，
成不了开路的先锋。

一个好牧人不但要有骏马般的力量，
更重要的是要有雄鹰般的智慧。

一个真正的牧人要有山羊般的灵活，
要有狮子般的勇猛和雄鹰般的矫健。

经过严寒的人最知道太阳的温暖，
饱尝过苦难的奴隶最珍惜新社会的幸福。

大水流去才能看见石头，
云雾散去才能看见青山。

不能把瑕玉当顽石，
不能把镔铁当废物。

雪地上跑马留蹄印，
正经人干事留名声。

寸草滩留不住带驹的马，
地方不好留不住过路的客。

急于求成是胜利的敌人，
简单急躁是失败的本家。

不喝酒的人脸不红，
不做贼的人心不虚。

要骏马撒开蹄子跑，
就不能死死勒住马缰。

常在深山能听懂鸟音，
久靠河边能熟悉水性。

【搜集整理】田自成、贺继新

秤砣虽小，
能压千斤。
胡椒虽小，
有辣人的滋味。

【搜集整理】王政德

诚实·团结·友谊

在诚挚热情的牧民怀里，
一个冰凉的石头也会揣得滚烫。

经历风雨侵袭而不凋谢的花，
是最美的花；
经历了漫长岁月而始终不渝的友谊，
是最真诚的友谊。

时常揭你短的人，不一定是恶意；
经常说你好的人，不一定是好心。

混在狗群里的恶狼，
尾巴藏不住真相；
掺进谷子里的秕糠，
片粒经不起波扬。

诚实的人朋友多，
虚伪的人大话多。

爱说谎言的人，
说了真话别人也不相信。

实话说着好听哩，
老羊皮皮袄遮风哩。

磕了三个头，放了九个屁，

恶多善少。

沙子和金子混在一起，用水一淘，
沙子就被冲走，留下的是真金；
真理和谎言混在一起，用事实一对照，
谎言就会被揭穿。

真金子不怕火烧，
高丽铜不用纸包。

脸上长狗毛，
翻脸不认人。

人在危难困境中，
友谊比黄金更珍贵。

骏马还要有好骑手，
好汉还要有好帮手。

牛不吃水不能强按头，
话不投机莫要乱插言。

一根牛毛捆不住蚂蚱，
千万根牛毛搓成的绳可套住烈马。

打断骨头筋连着筋，
天下穷人心连着心。

进门就是客，
待客如敬神。

羊毛虽细，只要拧成一股绳，

就能捆住雄狮。

人心齐，
泰山移。

远亲不如近邻，
近邻不如对门。

【搜集整理】田自成

稳健·沉着·狩猎

急性马压不出好走，
莽撞汉办不成稳事。

忙和尚摆不成好道场，
急汉子找不上好婆娘。

急躁越多，
智慧越少。

人再老也会办错事，
马再老也会失前蹄。

水随着山转，
人随着理行。

驮不动的垛子要老马驮，
不知道的事情向老人问。

火心要空，
人心要实。

狼不吃野狐子，
都是跑山的。

早打獐子晚打鹿，
中午打个老骚胡。

家鸡打得团团转，
野鸡一打泼天飞。

用麻秆扦打狼，
两家害怕。

狗鼻子尖，
闻着腥味跑一天。

不会布罗网的人，
算不上好猎手；
不会疼爱部下的人，
不算好头领。

寸草留心的猎人，
才能辨出狡猾的狐踪。

野鹿舍山不舍命，
獐子舍命不舍山。

干事应在干前想，
不可干后悔。

年轻人图个红火，
老年人图个安然。

抓个雀儿子，
撒把秕糜子。

天上有雄鹰盘旋，
地上就有引动它胃口的吃食。

人忙没好事，
狗慌一泡屎。

兔子绕山过，
老来找旧窝。

没有裕固族智慧老人，
就没有裕固族的子孙；
不敬重裕固老人的人，
不是裕固族的好儿孙。

人心换人心，
八两换半斤。

人善人欺天不欺，
人恶人怕天不怕。

树高风必摧，
人高恶人非。

房梁里的蛀虫倾倒大厦，
河坝里的蝼蚁毁坏长堤。

甜言美语三春暖，
恶语伤人六月寒。

画人画虎难画骨，
知人知面不知心。

富家一席酒，
穷汉半年粮。

劝人莫做伤心事，
世上应无切齿人。

酒肉朋友千个有，
落难之中一个无。

结心可以同生死，
结面那堪共贫贱。

频频握手未为亲，
大难临头意才真。

冤家不可结，
结了无休歇。

不信上山擒虎易，
果然开口求人难。

见人只说三分话，
未可全抛一片心。

君子之交淡如水，
小人之交黏如漆。

不能用美丽的鲜花装饰空洞的口号，
只能靠真正的实践验证真理。

虎卑其势将有击，
狸缩其身将有取。

请神容易送神难，
拜佛不诚佛不来。

耗子挨着土拨鼠，
一样都是灰脊背。

魔鬼钻进谁的脑子，
谁就会变成魔鬼。

本本分分的念经人，
不能把佛珠掐错了。

野兽没有落入陷阱前，
千万不可惊动它。

谁有本事挤狮子奶，
谁敢在老虎头上拍苍蝇。

狼在窝里舔好伤口，
它随时都要窜出害人。

坏蛋造谣时舌头上真像蘸了毒药，
从不说一句好话。

有时坏蛋舌头上就像蘸了蜜糖，
专拣好听的话说。

老虎吃算盘珠，
一个个心里有数。

要人知重勤学，
怕人知事莫做。

蝮蛇口中草，蝎子尾后针；
两般犹未毒，最毒负人心。

飞蛾扑火身须丧，
蝙蝠投竿命必倾。

各人自扫门前雪，
休管他人瓦上霜。

惯于在牛奶里掺水的卖奶人，
最忌讳旁人向自己出售兑水的奶。

牛蹄子煮了一百滚，
蹄子还是朝里弯。

三个手指捏，
十拿九稳。

棒槌敲竹筒空响，
麻雀衔糠壳空喜欢。

见财弃义的人，
比抢盗还厉害。

总想毁灭别人的人，
自己终将被毁灭。

愚昧无智，
比贫穷更可怕。

看到狮子露出牙齿，
不要以为它在微笑。

苍蝇叮在玻璃上，
看到光明没出路。

蚂蚁戴眼镜，
自觉着脸面不小。

丢人丢净的人，
只有把脸藏在马靴里。

毒蛇要出洞，邪气在起风；
乌龟四脚松，河面起波动。

石头磙子两头有眼，
中间不通；
有眼没知识的人，
是理上不通。

人心隔肚皮，
里外不相知。

母鸡下个蛋满世界叫嚷，
谦虚的人不愿把劳功挂在嘴上。

奶搅千遍才打出酥油，
人遭到挫折才受到教育。

河水起浪的地方必有礁石，
阴风吹出的地方必有洞穴。

弓弦拉得太紧容易绷断，
缰绳扽得太紧马会狂奔。

毒蛇披上美丽的画皮，
是把它当成自己的护身符。

狐狸跳进大海里，
也洗不净骚臭的尾巴。

半斤羊油灌不成蜡，
三根棍栽不起一道篱笆。

明枪易防，
暗箭难躲。

【搜集整理】田自成

乖马背上鞍疮多，
穷人心里忧愁多。

受苦人身上的老茧多，
享福人脸上的油汗多。

骑马人不知道步行人的苦，
饱汉子不知道饿汉子的饥。

畜群中有肥瘦，
人群中有贫富。

步行人先破的是靴子。
骑畜人先破的是裤子。

老汉老婆子，
茶窝茶槌子。

肚子吃饱了，
眼睛还不饱。

病人面前不要说药物的事情，
富汉面前不要说礼节的事情。

嘴上不说的想的多，
心里不忘的来的多；
嘴上不语的想的多，
心里忘掉的来的少。

土里头长出的木头，
肉里头长出的骨头。

辈数太大的人，
找不到相谈的人。

马比骆驼各有所长，
驴比骡子驮不成。

牛大值钱，
气大伤身。

眼睛是个胆小鬼，
做事全靠一双手。

骚胡羔子的胆量，
男儿娃子的办法。

逗笑过分离哭喊不远，
亲近过分离吵架不远。

夏天出门备寒天的衣，
出门一天备三天的粮。

山羊胡子长，
老爷袖子长。

手里捧着星星，
心里想着月亮。

心底里的话酒赶出来，
草丛里的兔狗撵出来。

不走的路走三趟，
不见的人见三回。

老将善骑，
落于惊兔。

不怕慢，就怕站，
站一站，十里半。

好马不用鞭催，
智者不用人言。

阳山里吃草，
阴山里拉粪。

缺耳子铁锅烫老婆的手，
没本事汉子叫全家挨饿。

进了寺院不脱帽，
反而屁股上扣痒痒。

骑马的到得早还要骝马，
步行的来得迟进门就生。

在家给客人挡狗拴马，
出门人给你上茶递碗。

好马生鞍疮，
好人名望高。

人美不在穿，
马好不在鞍。

有人奉承你是他想得到赞誉，
有人咒骂你是你没给他好处。

好走马有失蹄的时候，
明白人也有做错事的时候。

骆驼的身子大，
吃不了隔山的草。

当面奉承你的不一定对你有诚信，
背后指责你的不一定对你有恶意。

毛毡里头尘土大，
人群里面人才多。

痛苦说给亲人听，
流血不给仇人看。

要吃羊肉就不怕羊膻味，
想睡热炕就不怕炕烟熏。

多人商议的事能办成，
人少做下的饭总是剩。

骑驴不与快马赛，
理正不与蛮汉争。

【搜集整理】杨进禄

说话·做事·是非

牛说牛大，
觡说觡长。

生马子没跳马鞍子跳，
有理的没讲亏理的闹。

毛绳没娘，越拉越长，
闲话无根，越传越远。

带东西的越带越少，
传闲话的越传越多。

带话的加着说哩，

带馍的掐着吃哩。

不要把丢人当成学礼行。
羊圈里的驴粪蛋个头就是大。

羝羊①越老卵袋越大越难阉，
毛病不改时间越久越难改。

照客有主，
拴马有桩。

【搜集整理】杨进禄

锋利的刀剑能砍下人头，
带刺的语言会刺破人心。

人长颗脑袋，要用它来想事，
可不能单用它来喝甜奶子。

嘴上没毛，
办事不牢。

吃食越带越少，
话儿越带越多。

再狡猾的狐狸，
也会留下它自己的踪迹。

狗咬狗两嘴是毛，

① 羝羊：公羊的别称。

人斗人两败俱伤。

良药难治相思病，
好话难劝糊涂虫。

先长的眉毛，难道不如后长的胡子；
先来的婆婆，难道不如后来的媳妇。

驴驮草，
刚够搅。

猪喂年半，
不够食钱。

糟蹋食粮，
必遭饥荒。

不惹我，我是观音菩萨；
惹怒我，我是牛头马面。

石头大了趸着走，
是非多了莫掺呼。

尿泡打人不疼，
臊臭气味难闻。

酸奶子喝多了瞌睡多，
闲话听多了是非多。

鸡儿不尿尿，
各有曲渠道。

站着说话腰不疼，
不养娃娃心不疼。

秃嘴子的话多，
瘸腿子的路多。

巧言遮不住谎话，
雪里埋不住死尸。

十个会说的，
说不过一个胡搅蛮缠的。

舌长惹是非，
脚大拌露水。

草尖上的露水随风倒，
见啥人说啥话的人脸变得快。

卖酸奶的人不说奶太酸，
卖甜瓜的人从不说瓜不甜。

【搜集整理】田自成

好话不出门，
坏话一溜风。

物越带越少，
话越带越多。

牛对三个角对角，
人对三年心里拿刀戳。

【搜集整理】贺继新、王政德

气势·力量·威风

泡牛[①]抖威风，
全凭头上的功夫。

狮子没项圈，抖不起威风来；
骒马[②]没鬃毛，立不起势子来。

树影再长，也离不开树根；
雁飞再远，也忘不了故乡。

骏马没腾起四蹄，
哪个也断定不了它是千里驹。

兔子硬要仿照狮子跳雪山，
定会跳到深谷里摔死。

斧子再快，不砍自己的木头把；
再有本事，不能在乡亲面前充大。

独人难活，
独柴难着。

离了群的孤羊，
是狼的口粮。

① 泡牛：公牛的别称。
② 骒马：公马的别称。

众人拾柴火焰高。

天高往高里看，
地大往远里瞧。

慢火能煮烂牛头，
细雨能下透褐衫。

德高望重的老人，
全在他平时的修养。

肉煮烂了烂在锅里，
干了好事记在乡亲心里。

做人做事好与坏，
乡亲心里有本账。

牛不吃水不能强按头，
礼行不顺不能抢着行。

话不说不明，
理不讲不透。

【搜集整理】田自成

阴谋·小气·欺诈

小气鬼办不出大方事。

狗戴礼帽进经堂，
早有了嘲腊之心。

眼前的便宜，得之于阴谋；
永恒的胜利，取之于正义。

拍马屁拍到了马蹄上，
完全拍错了地方。

宁在直中取艰难，
不向曲中求富贵。

乌鸦叫得山响，
总没鹰飞得高。

佛爷的心里常想的是地狱，
脸上却露出天堂一样的笑容。

瘸腿子上拿棒敲，
绳绳偏达细处断。
走投无路的豺狼，
要比平时凶恶三倍；
穷凶极恶的人，
到死也要反咬一口。

眼孔浅时无大量，
心田偏处有奸谋。

好人还是好人救，
恶人自有恶人磨。

精着沟子撵狼，胆大不害羞；
脱掉裤子推磨，转着圈圈丢人。

凤凰还没叫，
野鸭子乱呱呱什么？

活剥刺猬，无处下手；
狼吃天，无处下口。

不要把夜猫子当成雄鹰，
不要把毒蛇当成美女。

醉马草叶子秀长花儿艳，
真正的骏马不闻它。

乌鸦叫破嗓子，
也变不成百灵鸟。

苍蝇钻进喇叭，
闻见全是铜腥味；
色狼钻进女人伙，
闻见全身臊臭气。

苍蝇下蛆，
有缝就钻。

不懂得尊重别人，
也得不到别人的尊重。

【搜集整理】田自成

勤劳人一起讲的是畜群时令，
懒惰人一起说的是吃喝玩乐。

身在福中不知足的是蠢人，
拴在桩上蹦跳的是蠢驴。

耳听千遍不如眼看一遍，
眼过千遍不如手过一遍。

圈滩没有粪堆的是懒人，
家里没有肉块的是馋人。

好马不在一个地方失蹄，
灵人不在一件事上犯错。

愚人做事袖子擦鼻屎，
灵人做事量力而行。

聪明人事先承担责任，
糊涂人事后埋怨朋友。

脏皮袄里生虱子，
卑劣人前生事非。

转寺院有个左右，
办事情有个头尾。

人爱看穿花袍子的，
狗爱咬穿破皮袄的。

对挤眉弄眼的人要提防，
对低头夹尾的狗要小心。

迎风撒尿的人，
尿湿的是自己的鞋裤。

狂叫的狗不一定伤人，
伤人的狗不一定狂叫。

马顺主人，
狗咬生人。

有鞍疮的马胆怯备鞍，
有劣习的人总怕人说。

不听主人挡的狗离挨棍子不远，
狂傲叉腰的人离提裤子不远。

狗恐惧了夹起尾巴，
人害怕时抱起膀子。

穿皮袄的挨鞭子，
光膀子发抖。

人有个情连，
肉有个筋连。

脖颈的肉转着转着啃，
舅舅的饭来来去去吃。

土炕的热处在脚头上，
父母的好处在心头上。

好官为一方，
好马护一群。

狗跟地稀屎胎，
官跟地白话匠[1]。

马绕着桩转，
民围着官转。

跟野狗打架保不住袍襟，
跟恶官吵架保不住脑袋。

昏官和拍马的好，
毛驴和骡子好。

狗戴礼帽越像狗，
坏人当官心越黑。

毛毡房怕的猛雨，
老百姓怕的赃官。

恶官护恶奴，
母狗护恶崽。

赃官指缝漏油，
平民指缝流汗。

① 白话匠：爱讲谎话的人。

汗水多的是大膘马，
呵气大的是黑心官。

官小架子大，
犟驴脾气大。

拍马的人官场上聚的多，
吃屎的狗房背后围的多。

【搜集整理】杨进禄

勤劳・节俭・幸福

杀牲害命，
骨头啃净。

酒醉不在一杯子，
偷懒不在一斧头。

上了马是马猴子，
下了马是马孙子。

懒婆娘的系腰带，
老和尚的捻珠子。

懒人上了马脊背，
屁股就像狼的嘴。

乳牛犁地尿多，

懒汉干活话多。

懒牲口的屎尿多，
懒汉子的毛病多。

靠胡子上的饭渣舔不饱肚子，
靠过路人的施舍过不了日子。

空话吃不饱肚子，
本领压不塌肩膀。

【搜集整理】杨进禄

懒驴的尿多，
懒人的话多。

家有勤谨人，
一辈子不受穷。

懒汉不出门，
出门多拿绳。

有勤劳的好骑手，
就有矫健的千里驹。

老马勤引路，
小马早识途。

闲时不拜佛烧香，
忙时跳到供桌上。

平时给骏马加料加到腿上，
赛马时给骏马加料加到嘴上。

不会烧火枉费柴，
不会当家跑烂鞋。

娃娃看小时，
媳妇看来时。

娃娃勤，爱死人；
娃娃懒，狼啃脖子没人喊。

吃不穷，穿不穷；
计划不到当日穷。

省着省着，
窟窿等着。

捡破烂的遇上要饭的，
能有几个钱。

狗舔了自己的灯，
望了别人的脸，白望。

大富在天，
小富在人。

牙齿不好吃不动豆子，
肚子不好盛不住酥油。

宁可三顿不吃饭，
不可一日没有茶。

硬在家里喝水，
不到千里路上吃喜。

挣一个，
不如省一个。

不吃苦中苦，
难为人上人。

哑巴吃黄连，
有苦无法说。

毡房杆上荡秋千，
经不住晃荡；
穷人家里出大事，
经不起折腾。

酒鬼见酒贪杯，
不醉不罢休；
羯羯见柳贪吃，
吃叶又剥皮。

羊毛出在羊身上，
羊丢了羊群里找。

兔子不吃窝边草，
好汉不取乡亲的利。

【搜集整理】田自成

季节·时令·气象

月亮戴帽起大风，
石头出汗有大雨。

草原上的天像木拉①的脸，
说变就变。

黄边黑心的云，是冰雹的来源；
不僧不俗的人，是佛门的败类。

礌山顶上戴了帽，
必有大雨到。

九里的雪，
请来的客。

三九天的石头都瘦三分。

一点一个泡，
下到明天鸡儿叫。

晚出火烧云，
第二天必晴。

一九一场雪，

① 木拉：裕固语“娃娃”。

来年好种麦。

干冬湿年，
石头上种田。

冬天天不冷，
夏天天不热。

冬天不下雪，
夏天雨水少。

猪的肋条羊的腿，
冰碴羺羖[①]草芽鸡。

惊蛰寒，寒半年。

驴盼清明马盼夏，
老牛盼地是四月八。

云朝东，一场风；
云朝西，一场雨。

头年秋雨好，
二年牲畜旺。

【搜集整理】田自成

正月十五雪打灯，
来年尽是好收成。

① 羺羖：山羊。在秋天水结冻有冰碴时，山羊最肥。

有雨下在四月八，
猪狗不吃麦麸拉。

羊羔撒欢牛犊跳，
阴雨将至晴天到。

【搜集整理】王政德

实践·经验·真理

鞍子不好压马，
首领不好压人。

老实马谁都想骑，
老实人谁都想使。

没有骨头哪来的肉，
没有肥肉哪来的油。

好走马的走势是骑出来的，
好汉子的本事是闯出来的。

生下就有的耳朵后长的角。

没有不失蹄的骏马，
没有无过错的好汉。

人打刀子刀杀人。

老鸡儿死了小鸡儿自然叫鸣。

【搜集整理】杨进禄

为人·处事·社交

人认不得了脸上看，
字认不得了半个上看。

人喧着认，
畜闻着认。

狗冻鼻子人冻脚，
猫儿冻的天门盖。

狗咬的是穿破皮袄的人，
人喜的是说恭维话的人。

宁给好汉子牵马坠镫，
不给囊尕屎出谋定计。

人的面前不说不行，
人的背后不给不行。

话是个苦的，
心是个甜的。

生火不要让过路人加柴，
宰羊不要让借宿人煮肉。

骑上马驹不要跑，
见了姑娘不要追。

给汉族人敬茶不要调酥油，
给裕固人上饭不要上小菜。

【搜集整理】杨进禄

咻人的伤多，
秕谷子的糠多。

天有三宝日、月、星，
地有三宝水、火、土，
人有三宝精、气、神。

官向地官，
民向地民，
关老爷向地蒲州的人。

揉到的面精良，
教到的媳妇知礼。

【搜集整理】贺继新

爱情·婚姻·家庭

雪山上照太阳雪化哩，
情人上说句话心化哩。

吃萝卜撒些盐巴，
到晚上盼个姑娘。

母亲是病，
巴掌是药。

父母的心在儿女上，
儿女的心在雪山上。

孩子看着自己的心痛，
老婆看着别人的好看。

烧着吃的肉香，
盼回来的人亲。

【搜集整理】杨进禄

生活·劳动·其他

好茶没盐水一般，
好汉没钱鬼一般。

人是衣裳，
马是鞍掌。

青黄不接，
想舔驴疮。

一个娘能养十个儿子，
十个儿子养活不了一个娘。

含在口里怕化掉，
捧在手里怕丢掉。

半夜里起来煮羊头，
为的是两个眼窝子。

小狗爬在粪堆上装大狗，
小人翻穿裤子认不得人。

狗肚子里盛不住酥油，
爱吹的人成不了大事。

人坐下了话出来，
狗蹲下了屎出来。

人闲了吸烟，
驴闲了耍鞭。

驴啃脖子工偏工，
狗咬狗是两嘴毛。

上山不骑的不是马，
下山骑马的不是人。

犏犋的皮毛不怕石崖上刷，
死驴躺在冰堆上不怕狼啃。

狼掉在陷阱里不给骚胡叫老子不行，
三岁的骟马驹不备鞍子是个怪事情。

毛驴三天不使，
认为主人死了。

心底黑恶的人也会天天煨桑。

舅舅家的猫儿大似虎。

没有马也得栽个拴马的桩。

三九的兔子不挪窝，
饮酒惹祸人不好。

缺奶的羊羔子难过春。

胆小鬼遇上的尽是狼。

狼吼一声野狐子乱叫。

穿上新袍子怕干活。

不要看人的穿戴递茶碗。

蠢人不说自己的脚歪怨鞋不正。

天天煨桑的人不一定心善。

用自己的拳头捣自己的眼窝。

无赖把谦让当枕头。

绊倒人的不一定是大石头。

【搜集整理】杨进禄

后 记

编辑《中国裕固族民间文学资料汇编》的想法很简单，就是秉承之前出版的《中国裕固族研究集成》和《国外裕固族研究文集》，为关心热爱裕固族文化事业的各方人士提供文献资料方面的方便。虽然想法简单，但是付诸实践还是蛮难的，主要是这些已成文的民间文学资料跨半个世纪散落在各种各样的报刊中，逐一搜罗分类整理确实需要花费一番工夫。但是这些和我们的民间传承人默默无闻一代代传承，以及广大的民间文学搜集工作者一次次跋山涉水深入牧民家中逐字逐句记录整理相比不值一提。在此我们向默默无闻传承裕固族口头文学的广大传承人致以崇高敬礼，在漫漫历史岁月中你们是延续裕固族文化血脉的主力军。

与此同时，我们也对不同时代克服种种困难深入民间搜集记录裕固族口头文学的各位同仁表示崇高的敬意和真诚感谢！在本书付梓出版之际，本人专程赴兰州、张掖、肃南等地拜访了对裕固族口头文学搜集整理做出重要贡献的田自成、才让丹珍、杨进禄、白文信、安玉玲、贺继新、达隆东智等文化工作者，征求他们意见并同意将其收集整理的作品收录本书。由于本书涉及搜集整理工作人员较多，无法一一面谈征询，在此对各位逐一表示感谢，他们是：潘竞万、吴天成、贺德锋、董潇红、多红斌、任龙、巴战龙、萨里延羽、贺吉军、苏民、钟福祖、增才、赵燕翼、钱卫东、李发录、解少文、陈宗振、杜亚雄、屈大卿、丁师勤、杜生贵、杨永贤、柴红生、钟雪琴、郭正贤、铁永刚、铁穆尔、兰永武、王政德、乔维森、武文。

本书从策划、搜集、分类到送交出版社录入、编校等已经过了五个年头，在即将正式出版之际，中共中央办公厅、国务院办公厅印发了《关于实施中华优秀传统文化传承发展工程的意见》，并指出文化是民族的血脉，是人民的精神家园。文化自信是更基本、更深层、更持久的力量。中华文化独一无二的理念、智慧、气度、神韵，增添了中国人民和中华民族内心深处的自信和自豪。但愿本书出版也为裕固族文化建设发挥其应有的作用，为建设社会主义文化强国，增强国家文化软实力添砖加瓦。

最后对本书搜集、分类、整理工作付出辛勤劳动的我的博士研究生，现大连民族大学文法学院老师苏珊表示感谢！也对本书编辑出版工作付出心血的石朝慧女士表示感谢！

钟进文

2018 年 2 月 22 日

图书在版编目(CIP)数据

中国裕固族民间文学资料汇编/钟进文主编．—北京：民族出版社，2018.6
(中国人口较少民族非物质文化遗产研究系列/文日焕主编)
ISBN 978-7-105-15223-0-01

Ⅰ.①中… Ⅱ.①钟… Ⅲ.①裕固族—民间文学—作品综合集—中国
Ⅳ.①I277

中国版本图书馆 CIP 数据核字(2017)第 324202 号

中国裕固族民间文学资料汇编

策划编辑：石朝慧
责任编辑：石朝慧
出版发行：民族出版社
地　　址：北京市和平里北街 14 号
邮　　编：100013
网　　址：http://www.mzpub.com
印　　刷：河北鑫兆源印刷有限公司
经　　销：各地新华书店
版　　次：2018 年 6 月第 1 版　2019 年 11 月北京第 2 次印刷
开　　本：787 毫米×1092 毫米　1/16
字　　数：700 千字
印　　张：36
定　　价：120.00 元
ISBN　978-7-105-15223-0-01/I·2907(汉 2813)

该书如有印装质量问题，请与本社发行部联系退换
编辑室电话：010-58130041；发行部电话：010-64224782